KB107190

문혜진

한국문학사의 사각(死角)

외국인의 언어·문헌학(philology)과 조선후기-식민지 언어문화의 생태

문혀진

한국문학사의 사각(死角)

외국인의 언어·문헌학(philology)과 조선후기-식민지 언어문화의 생태

이 상 현

박문사

▌책머리에▐

이 책은 2011~2016년 사이 학계에 제출한 필자의 논문들을 새롭게 다듬고 고쳐 엮은 것이다. 또한 한국고전번역가 게일(James Scarth Gale, 1863-1937)을 고찰한 첫 번째 책 이후 대략 4년 정도의 시간이 흐른 뒤, 세상에 내놓은 두 번째 졸저인 셈이다. 물론 이 책에서 나는 파리외방전교회, 유럽 동양학자, 한국의 개신교선교사, 한국주재 일본지식인 등 근대 초기 한국에 거류했던 외국인 학술집단을 주목했기에, 첫 번째 졸저보다 그 연구대상과 범주가 넓어진 편이라고 말할 수 있다. 하지만 그들을 바라보는 관점이나 방법론이 과거의 책과 크게 다르지는 않다. 이 책에 수록된 논고는 본래 애초부터 특별한 기획 속에 작성된 것도 아니었으며, 그 중 일부는 첫 번째 단행본을 집필, 출판하던 때 작성했던 원고이기도 하기 때문이다.

오히려 첫 번째 졸저로부터 이어진 연구관점과 자료들이야말로 이 책에 수록된 개별원고들을 묶어주는 가장 중요한 구심점이다. 먼저, 이 외국인들을 우리와 무관한 타자가 아니라 한국어와 한국고전을 오늘날 우리의 입장과 같이 근대 '학술'과 '번역'이라는 관점에서 사유한 인물들로 조망하고자 했다. 적어도 나는 이 외국인들이 남긴 업적을 우리가 검토해야 될 한국학의 중요한 유산이라고 믿는다. 글로벌 시대 우리의 고전문학이 현대세계의 다양한 문화 이해에 대한 길잡이가 되어야 하며, 과거 우리문화를 읽는 행위는 곧, 우리문화와 다른 문화를 읽어나가는 행위라고 생각하기 때문이다. 이와 관련하여 이 책에서 검토한 자료인 '외국인의 한국 언어·문헌학(philology)' 논저는 보다 각별한 의미를 지닌 외국인의 한국학 논저들이다. 이 저술들은 그들이 그들의 체험과 관찰로 탐구할 수 없는 연구대상, 오랜 연원을 지닌 한국의 언어·역사·종교·문학 등을 연구한 논저들이며, 또한 그들이 한국고전을 매개로 근대지식을 생산한 양상과 활동을 엿볼 수 있는 자료들이기 때문이다.

이 책에서 이 논저들과 외국인 저자들의 활동을 'Philology'에 대한 통상적인 번역어인 '문헌학'이 아니라, '언어·문헌학'이라고 명명한 이유가 있다. 근대 초기 개신교선교사 존스(George Heber Jones, 1867-1919)와 원한경(Horace Horton Underwood, 1890-1951)은 그들이 편찬한 영한사전에서, 'Philology'를 "박언학(博言學)과 언어학(言語學)"이라고 번역한 바 있다. 실제 이 책에서 검토한 논저들 중에서 한국어학 즉, 일종의 언어학적인 성격을 지닌 저술이 함께 존재한다. 하지만 이 논저들 역시 언어 그 자체를 일체의 다른 사상(事象)에서 분리해, 서구의 자연과학에 대비할만한 엄밀한 방법론으로 연구하는 '자율주의적 연구', 소위 '과학적' 언어학과는 결코 동일하지 않다. 이 논저들은 언어학과 고전문헌학의 경계가 미분화되었던 당시의 학술현장을 증언해준다. 사실 이 책에서 검토한 자료 전반의 성격을 잘 포괄해주는 개념은 문세영(文世榮, 1888-?)의 『조선어사전』(1938) '문헌학' 표제항에서 발견할 수 있다. "고전(古典)이라 불리는 텍스트를 주된 대상으로 삼는 학문, 특정한 민족의 언어와 문학을 조사하여 그 문화의 성질을 밝히는 학문"이라는 규정이 바로 그것이다. 이 책에서 검토하고자 한 외국인의 언어·문헌학 논저는 문세영이 제시한 이러한 개념규정에 그 근거를 둔 것이다.

하지만 이 책의 초점이 어디까지나 외국인의 한국학 그 자체가 아니라, 이들의 한국학을 포괄한 당시의 학술사적 현장과 이들의 개입으로 말미암아 변모된 한국어·한국고전의 새로운 문화생태에 맞춰져 있음을 강조하고 싶다. 무엇보다 외국인의 한국학을 우리와 상관없는 외국인의 업적으로 환원하지 않고, 오리엔탈리즘이라는 도식과 타자의 그릇된 편견에서 생성된 한국관이라는 관점에서 살피지 않기 위해서이다. 즉, 이 책에서 나는 이들이 남긴 유산을 서구와 한국이 관계를 맺게 된 한국근대사에 있어서 중요한 역사적 사건이라는 관점에서 접근하고자 노력했다. 그 이유는 크게 두 가지이다.

첫째, 외국인의 언어·문헌학 논저는 '한국문학사의 사각(死角)'이자 묻혀져 있던 '한국 학술사의 기원'이라는 점이다. 우리가 한국학의 연원이자 기원으로 소환하는 실체이자 국학·조선학이라 통칭되는 역사적 실상 즉, 한국 근대지식인의 한국학에는 서구문명과의 접촉, 일본을 통한 근대 학술 사상 및 개념어의 유입과 같은 번역적 과정이 깊이 연루되어 있었다. 그럼에도 근대 민족국가 중심의 일국중심적인 논리로 인하여 이 역사적 과정 그 자체와 그 속의 혼종성은 온전히 조명되지 못했다. 즉, 이 책에서 그리고자 한 바는 외국인의 한국학 그 자체보다는 근대 한국학 창생의 역사적 현장으로, 서양인, 일본인 그리고 한국인이란 연구주체들이 펼친 역동적인 활동의 장이다. 즉, 서구어, 일본어, 한국어 등 복수의 언어를 원천으로 했던 '근대초기 한국학', 그것이 놓여있던 혼종적인 현장의 일면이라고 말할 수 있다.

둘째, 그들의 논저를 통해서 조선후기에 연원을 둔 한국고전이 새롭게 놓이게 된 통(通)국가적 지형도를 성찰할 수 있다는 점이다. 즉, 우리는 19세기 중후반 이후, 한국의 언어와 고전이 한국이라는 국경·민족적 경계를 넘어 외국인이 개입할 수 있는 전지구적 장소에 재배치된 사건을 고찰할 수 있다. 이 사건은 한국의 언어와 고전이, 한국민족을 알기위해 연구·번역해야 될 외국어이자 외국문학으로 소환되던 당시 한국 문화생태의 전변양상과 한국어, 한국고전이 놓이게 된 새로운 교통로이자 역로(譯路)의 존재를 증언해준다. 더불어 이 교통로의 성립은 외국인들이 한국에 관한 담론을 생산하며 공유할 수 있었던 그물망 즉, 서울에서 파리로 이어진 학술네트워크의 출현을 의미한다. 또한 그들이 '서울－엔푸－텐진－상하이－요코하마－파리－런던' 등의 시공간을 횡단하며 형성한 '신앙과 앎의 공동체'를 뜻하는 바이기도 하다.

외국인의 언어·문헌학 논저가 지닌 이 두 가지 의미를 탐구하기 위해서, 이 책의 '여는 글'과 '닫는 글'에는 전체의 연구 구도와 지향점을 제시해줄 총론이자 시론적인 성격을 지닌 논고 2편을 배치했다. 더불어 이 논고들은 외국인의 언어·문헌학 논저들을 통해 한국문학사의 사각을 검토하고자 한 이 책의 시원이자 발원지이기도 하다. 『조선문학사』(1922)를 비롯한 안확(安廓, 1884-1946)의 국학 논저 속에 남겨진 외국인 언어·문헌학 논저의 자취와 그 상관성을 탐색한 글들이기 때문이다. 이 논고를 통해 서구인, 일본인, 한국인 세 연구주체가 개입한 학술장의 총체적인 모습과 더불어 1910년대 이후 한국고전이 근대 인쇄물과 대량출판의 형태로 재탄생하며, 외국인과 한국근대 지식인의 근대 문학담론에 의해 재조명되는 양상을 보여주고자 했다. 특히, 고소설이 근대 어문질서의 변동에 따라 한 편의 문학작품이자 고전문학으로 재편되는 양상이, 이를 가늠할 중요한 표지란 사실을 제시했다.

고소설이 왜 이처럼 중요한 표지이며, 이 책에서 고소설을 논한 부분(2-3장, 6-7장, 닫는 글)이 많은 사정에 대해서 조금 더 상세히 언급할 필요가 있다. 주지하다시피 고소설은 "시·소설·희곡 중심의 언어예술", "작가의 창작적 산물"이라는 근대적 문학개념에 부합하는 장르적 속성으로 인하여 외국인들에게 일찍부터 주목받았다. 특히 국문고소설은 당시 한문 독서층을 제외한 한국 민족 전체를 포괄할 수 있는 국민문학으로 재조명되며, 그들에게는 지속적인 번역의 대상이었다. 즉, 고소설을 둘러 싼 여러 실천들은 하나의 단일한 국적과 언어로 환원할 수 없는 외국인들 나아가 한국인의 활동을 묶을 수 있는 매우 중요한 연구대상인 셈이다. 또한 외국인에게 고소설은 결코 '한국의 고전'이 아니라 동시대적으로 향유되는 설화 혹은 저급한 대중적 독서물로 인식되었다. 이를 통해 '고전'으로 인식되기 이전 고소설의 존재양상을 살펴볼 수 있다.

더불어 고소설이 외국문학으로 번역의 대상이 된다는 점은, 이본 중 정본의 선정 그리고 어휘와 문장구조에 대한 분석이 전제됨을 의미한다. 또한 이는 고소설의 언어를 문법서, 사전이 표상해 주는 규범화된 국문 개념 안에서 재편하는 행위이다. 하나의 고소설 텍스트를 완역한 행위는, 고소설 텍스트의 언어를 해독 가능한 '외국어=한국어'로 재편하는 행위와 다르지 않기 때문이다. 이와 관련하여 '고소설 번역본'은 외국인 번역자만의 문제가 아니라, '번역저본=고소설'을 산출하고 그 장르의 위상을 변모시킨 한국 사회, 한국인의 행위와도 긴밀히 관계된다. 근대 매체의 출현과 함께 국문 글쓰기의 위상변화, 즉, 필사본·방각본에서 활자본이란 고소설 존재양상의 변모는 새로운 형태의 고소설 번역본을 창출시킨 중요한 계기이기도 했다. '고소설 번역본'의 이러한 역사를 되짚는 것은 근대 문학개념의 등장과 함께, 국문고소설의 언어가 문어로서 지위를 확보하고 문학어로 규정되는 역사, 그리고 근대 이전의 문학이 '고전'으로 소환되는 역사를 살피는 매우 중요한 가늠자가 된다.

이 점이 이 책에서 외국인[나아가 한국인]의 고소설 담론을 중요한 줄기로 설정한 가장 큰 이유이다. 이 큰 줄기를 포괄하여 이 책의 1부와 2부에 담고 있는 내용 전반에 대한 개관을 제시해보면 다음과 같다. 1부에서는 19세기 말 한국어·한국고전이 서구문명과 접촉하며 외국어이자 외국문학으로 소환되는 현장을 주목했다. 또한 한국어·한국고전과 이를 매개로 한 외국인의 학술적 담론이 유통되는, 서울에서 파리로 이어지는 학술네트워크의 형성과정을 조망하고자 했다. 이를 통해 구한말 파리외방전교회에서 유럽 동양학자[이자 외교관, 나아가 개신교선교사]로 이어지는 한국학의 계보와 고소설이 일종의 '혼종성을 지닌 텍스트'이자 서구문화와는 다른 한국문화를 알기 위해 살펴 볼 민족지학적 대상으로 소환된 양상을 제시하고자 했다. 먼저 외국인의 언어·문헌학에 있어 시원적인 위상을 점하고 있는 저술 즉, 파리외방전교회가 출판한 『한불자전』이, 이 유산의 상속자인 유럽 동양학자와 개신교선교사에게 '전범'이자 '기념비'라는 두 가지 형상을 지니게 되는 양상(1장) 그리고 고소설을 설화집 편찬과 문헌학적 검토라는 각기 서로 다른 입장에서 활용한 알렌(Horace Newton Allen, 1859-1932)과 쿠랑(Maurice Courant, 1865-1935)의 저술 및 그들의 번역 실천(2-3장)을 고찰했다. 마지막으로 쿠랑의 행적을 중심으로 외국인들이 당시 한국어, 한국고전을 접촉하며 연구할 수 있었던 그 토대이자 기반 즉, 19세기 말 - 20세기 초 한국고전의 새로운 유통망과 당시의 학술네트워크를 제시해보고자 했다.(4장)

2부에서는 1부에서 고찰한 한국어·한국고전의 통국가적인 지형이 형성됨으로 말미암아, 역으로 식민지 시기 한국어·한국고전의 문화생태가 변모된 양상을 규명해보고자 했다. 물론 한국에 장기간 머물렀던 개신교선교사의 언어문헌학 논저들을 검토한 것이지만, 제국 일본의 지식인과 한국 근대 지식인이 공유했던 한국고전에 관한 관념을 주목했다. 특히, 한국고전이 근대 국민국가 단위의 민족문화를 구성하는 대상으로 변모된 모습과 더불어, 한국고전을 통해 기억/보존해야 될 민족문화의 연원과 원형을 찾고자 한 그들의 실천을 조망해보고자 했다. 또한 고소설이 민족지학적인 차원이 아니라 한 편의 문학작품으로 소환되는 양상과 이 시기 진행된 고소설의 정전·고전화 양상을 묘사해보고자 했다. 게일의 단군신화와 고소설에 관한 인식의 변모양상(5-6장)을 통해, 이광수(李光洙, 1892-1950)·게일·호소이 하지메(細井肇, 1886~1931) 등의 <춘향전> 담론을 통해(7장), 한국에서 문화재 원형 관념의 형성과정(8장)을 통해, 한국의 언어·신화·고소설·문화유산이 일종의 '방치된 유물'에서 그 연원을 추적하고 보존해야 될 '문화적 원형'을 지닌 대상으로 변모되는 양상을 드러내고자 노력했다.

이러한 기획에 이 책이 얼마나 부합한 것인지 그 여부를 판단하는 일은 당연히 나의 몫이 아니라, 이 책을 읽을 여러 동학들의 몫이라고 말할 수 있다. 그렇지만 이 부족한 책을 만드는 데 큰 도움을 주신 분들이 있다. 먼저, 여전히 내 안에 잠재되어 있는 민족주의 담론에 대해 소중한 일침(一針)을 주셨던 로스 킹(Ross King) 선생님, 또한 쿠랑의 서한문에 대한 연구와 재구작업을 동참해 주었던 콜레주 드 프랑스(Collège de France) 한국학연구소의 선생님들께 감사의 말씀을 전하고 싶다. 더불어 이 책의 교정 및 윤문작업을 도와주셨던 장정아, 서강선 두 분 선생님의 노고에도 감사를 드린다. 또한 이 책은 현재까지도 소중한 인연을 이어가고 있는 부산대 인문한국(HK) [고전번역+비교문화학연구단] 선생님들, 점필재연구소의 "근대 초기 외국인 한국고전학 역주 자료집성 편찬사업"팀 선생님들, 인문학연구소의 "19세기 한국어·한국고전의 문화생태와 서울－파리의 학술네트워크" 공동

연구팀 선생님들과 나눈 학술적 교류의 산물이기도 하다. 이제는 굳이 이름을 특별히 거론하지 않아도 내 감사의 마음이 이 책과 함께 전해질 것이라고 믿는다. 이 책의 출판을 허락해주신 박문사의 윤석현 실장님과 직원 분들께도 감사의 인사를 드린다. 마지막으로 항상 응원해주는 지도교수이신 최박광 선생님 또한 나의 부모님과 조모님, 여동생들에게 한 편으로는 죄송한 마음 또 한 편으로는 고마운 마음을 함께 전한다.

2017년 8월 20일
금정산 기슭에서
이상현

▌목차▌

제2부

식민지 언어문화의 생태와 문화원형의 관념

▌일러두기▐

1. 'Korea' 관련 어휘는 가급적, 한국, 한국인, 한국어로 통일하고자 했다. 다만, 원문을 직접 인용하는 경우에 한해서는 다양한 국명을 그대로 제시했다. 특히, 제국 일본-식민지 조선의 대응 구도가 명백한 경우는 조선이라는 국명표기를 허용했다.

2. 외국인명 또는 지명 표기는 외래어 표기법과 국립국어원 홈페이지에서 제공하는 '외래어 표기 용례'에 의거하여 적었다. 서양인명의 경우 해당 인명이 각 장에 처음 나올 때에만 괄호 안에 중간이름까지 밝혀 병기했다.

3. 서양인의 논저를 거론할 때 번역서 내지 일반화된 번역명이 있는 경우 이를 본래 제명에 맞춰 활용했으며, 주석에서도 원서의 출처는 "서명, 발행년"의 형태로 병기했다. 서양인이 출판한 서적 국문제명의 경우에도 일반화되어 잘 알려진 서적의 경우 현재의 맞춤법에 의거하여 표기했다. 그렇지 않은 경우에는 원서명을 그대로 표기했다.

   예) C. C. Dallet, 안응렬·최석우 공역, 『한국천주교회사』, 서울: 분도출판사, 1980(*Historie de l'Eglise de Corée*, 1874).
   Korea in Transition → 『전환기의 조선』
   『한불즈뎐』 → 『한불자전』

4. 약물의 경우 단행본, 잡지, 신문의 경우 『 』로, 논문 혹은 단행본에 수록된 편명을 표기할 때 「 」로 통일했다. 다만, 고소설 작품의 경우 서지형태 혹은 문헌서지를 제명과 함께 병기할 필요가 있을 경우에는 '『작품명』(판본 및 서지)'의 형식으로 통일했으며, 이와는 달리 특별한 판본을 지칭하지 않는 고소설 작품명은 < >로 표기했다.

예) <춘향전>, 『홍부전』(경판25장본), 『구운몽』(영역본)

5. 한국어 관련 이중어사전에서 번역용례 등을 활용하는 경우, 황호덕·이상현이 편찬한 전집(『한국어의 근대와 이중어사전』 Ⅰ~Ⅺ, 박문사, 2012)에 수록된 자료는 '편찬자와 발행년'만을 표시했다.

묻혀진
한국문학사의 사각(死角)

여는 글

고전어와 근대어의 분기, 그리고 불가능한 대화의 지점들

『조선문학사』(1922) 출현의 근대 학술사적 문맥, 외국인의 언어·문헌학

안확(安廓, 1886-1946)

게일(James Scarth Gale, 1863-1937)

다카하시 도루(高橋亨, 1878-1967)

1. 『조선문학사』(1922)와 안확의 학술어

(1) 복수의 언어로 구성된 근대 한국의 학술장

안확(安廓, 1884-1946)은 자신의 저술, 『조선문학사』(1922)가 '최초의 한국문학사'라는 사실을 분명히 알고 있었다. 그의 말대로, "예로부터 지금까지 조선 문학사를 논한 것은 없"[1]었기 때문이다. 국민의

심적 현상을 가장 "민활영묘(敏活靈妙)"하게 나타내주는 문학의 기원·변천·발달을 질서 있게 기재하는 행위 즉, '문학사'를 쓴다는 그의 실천은 과거의 '명시·명문'을 엄선하거나 한시문의 '문채(文彩)'를 비평하는 행위와는 변별되는 것으로, 과거에는 없던 새로운 실천이었다.[2] 또한 그의 문학사는 "신학문의 서광을 연" 갑오경장(甲午更張) 이후 1910년까지의 시기, 여전히 "문학의 면목"이 변치 않았으며 "정치적 관념이 비등"한 시기를 지나 출현한 기념비였다. 무엇보다도 그의 문학사의 새로움은 어디까지나 근대적인 문학 관념에 의거한 시도였다는 점에 있었다.[3]

이 글에서 내가 주목하는 바는 사실 그의 『조선문학사』 그 자체의 의미가 아니다. 오히려 『조선문학사』의 이러한 새로움이 비단 한국인이라는 주체에게만 한정되지 않았던 당시의 역사적 현실이다. 즉, "근래 외국인의 논평이 있으나 이는 다 완전치 못한 것"[4]이라는 안확의 짧은 언급이 가리키는 바이다. 안확은 한국문학론을 논한 외국인의 존재가 있었고, 그들의 논의가 문학사라고 부르기에는 불완전

---

1 안확, 『朝鮮文學史』, 韓一書店, 1922, 2면. 더불어 최원식, 정해렴 편역, 『안자산 국학논선집』, 현대실학사, 1996을 함께 참조. 또한 안확의 국학 논저는 권오성, 이태진, 최원식이 편찬한 자료집(『自山安廓國學論著集』 1-5, 여강출판사, 1994)에 영인된 논저들 활용하도록 한다.

2 위의 책, 2-3면.

3 "人民의 "外形"이 아닌 "內情을 支配하는 者", 미적 감정에 바탕한 언어, 문자에 의하여 사람의 감정이 표현된 '문학이라는 근대적 學知'를 통해, 『朝鮮文明史』(정치)와 구별된 『朝鮮文學史』(문학)를 세상에 내놓았기 때문이다(위의 책, 1-3면 ; 안확, 「朝鮮의 文學」, 『학지광』 6, 1915).

4 안확, 앞의 책, 3면.

한 형태였다는 사실을 증언해 주고 있는 셈이다. 그렇다면 그가 지칭한 외국인들은 누구이며 그 저술들은 무엇일까? 물론 이를 분명히 말할 수는 없다. 하지만 나는 게일(James Scarth Gale, 1863-1937)과 다카하시 도루(高橋亨, 1878-1967) 두 인물을 일단 주목해보고자 한다.

게일, 다카하시는 1920년대 문학사로 보기에는 체계와 분량면에서는 불완전한 것이지만 분명히 한국문학론을 제출한 인물들이다. 이 점에서 그들은 안확의 짧은 논평에 부합한 인물인 셈이다. 더불어 두 사람의 문학론은 안확이 '신구문예의 대립'이라고 명명했던 1910년대 한국이라는 시공간에 그 학술적 연원을 두고 있었다. 이 시기 서로 간의 상호참조 여부 그 자체보다 더욱 더 주목되는 바는 한국이라는 동일한 시공간과 한국의 고전을 주어로 삼을 때 드러나는 역동적인 실체이다. 그것은 한국고전을 통해 근대 지식을 산출한 안확, 게일, 다카하시의 동시대적인 실천이자, '복수의 언어로 구성된 근대 한국학'의 현장이라고 말할 수 있다.

(2) 불가능한 대화의 지점에 대하여

'문학(론)'과 '문학사'라는 구분은 안확이 『조선문학사』를 외국인의 한국문학론과 구별 지은 변별점이다. 하지만 세 사람이 보여주는 전체적인 얼개는 안확의 이러한 구별만으로는 살필 수 없다. 오히려 게일이 술회하는 다음과 같은 일화가, 이후 외국인과 한국인이 대면한 전체적인 대화상황을 잘 보여준다.

극동에서 무슨 일을 하건 당연히 부딪히게 되는 가장 중대한 문제는

> 동양의 마음이다 …… 모든 일의 기초를 이루고 있는 특별한 지적 구조 때문에 몹시 어리둥절하게 되는 수가 있다. 그 만치 생활의 대부분은 그들의 정신 속에서, 우리 만물의 실제와는 정반대로 되어있다. 한국인들은 이렇게 말한다. 만일 세계가 둥글다는 것이 사실이라면, 서방에서 사는 우리들은 파리들처럼 저 아래 세계의 천장 위에 거꾸로 달라붙어서 걸어다니는 힘을 가지고 있어야 한다는 것이다. 그러나 우리들은, 아니다, 밑에 있는 것은 당신네들이다, 라고 대답한다. 이와 같이 우리들은 별도리 없이 반대되는 입장을 취해고 있는데, 우리들의 형제인 동양인들한테서 뭔가를 배우는 재주가 없는 한, 우리들로서는 반대 의견을 고집하는 수밖에 없다.[5]

서양과 동양(한국)은 지구를 중심에 두고 거꾸로 마주보는 존재, 서로가 정반대의 위치에 놓이며 서로를 규정해주는 존재이다. 서양인이 이야기해 주는 지동설, '둥근 지구(地球, globe)'라는 이미지는, 이야기 속 한국인이 미처 생각하지 못한 '밖(외부)에서 바라보는 지구(내부)'라는 이미지를 제공해 준다. 서양인이 말한 지구 이미지와 지구를 바라보는 방식에는 주관과 객관, 주체와 분리·대상화된 사물, 원근법과 같은 서구적 관념들이 이미 전제되어 있기 때문이다. 서양인이 이야기한 지구 이미지는 한국인의 감각적이며 체험적인 실체, 내부에서 바라보는 하늘이 상징하는 천동설 속의 형상과는 지

5 J. S. Gale, 장문평 옮김, 『코리언 스케치』, 현암사, 1970, 207-208면(*Korean Sketches*, 1898).

극히 대조되는 형상이었다.[6]

하지만 여기서 문제는 둥근 지구 이미지, 지동설이라는 근대 지식을 한국인이 수용하는 차원에만 있는 것이 아니다. “누가 천장에 달라붙은 파리인가?”라는 한국인의 반론이자 질문이야말로 근대 지식의 수용 이후에도 여전히 남겨져 있는 중요한 문제를 말해 준다. 서양인이 그들의 지식을 한국인들에게 가르쳐 주고 한국인이 이를 수용한다고 해도, 양자 사이의 차이, 그 거리감과 간격이 소멸되는 것은 아니기 때문이다. 그들은 여전히 서로 반대의 위치에 놓이며, 오히려 새로운 문제적 상황을 대면하게 된다. 그것은 주체와 객체 혹은 중심과 주변의 설정과 관련되는데, 외국인과 한국인은 각자 자신이 서 있는 발화의 위치에서 지속적으로 “반대의견을 서로 고집할 수”밖에 없는 상황 즉, 서로 간 합의를 이룰 수 없는 대화적 상황에 놓이게 되는 셈이다.

이 불가능한 대화 속에 간과해서는 안 될 점이 있다. 그것은 서양인과 한국인은 각자 자신의 의사와 입장을 분명히 전달하고 있다는 사실이다. 비록 합의는 할 수 없지만 대화 그 자체는 가능한 형국, 즉 서양인과 한국인의 언어가 서로 번역되며 소통되는 상황 그 자체를 간과해서는 안 된다. 서구와 한국이란 두 꼭지점은 비록 겹쳐질 수 없지만, 어디까지나 등가교환의 관계, 서로가 서로의 의미를 한정해 주는 번역적 관계를 형성하는 것이다. 즉, 둥근 지구 이미지 속 서양

6 이러한 관점은 마이클 크로닌의 논문(「인문학, 번역, 미시정치학」, 『코기토』71, 부산대 인문학연구소, 2012)에서 시사점을 얻었다.

인과 동양인이 놓인 정반대에서의 모습은 이중어사전 속의 대응 쌍, 즉 등가성을 전제로 나란히 배치된 사전 속 외국어와 한국어의 형상을 연상시켜 주는 것이기도 하다. 이 고정된 차이와 간극 속에서도 한국인과 서양인이 서로가 대화를 나눌 수 있게 된 상황, 그 형성과정과 역사를 주목해볼 필요가 있다.[7]

(3) 한국의 '이중어사전 편찬사'와 안확의 학술어

1910-1920년대 한국의 문학을 한국어/일본어/영어로 동시에 말할 수 있게 된 역사적 상황은 무엇이며, 그 속에 놓인 안확의 학술어가 지닌 정체성은 무엇일까? 안확의 언어는 서구적 개념을 재현해 주는 '한국의 근대어'이며 또한 지구이미지, 지동설이 표상해주는 외부, 제3자적 시야에서 한국을 이야기할 수 있는 학술어이기도 했다. 이 새로운 한국어의 출현은 외국인에게도 일종의 곤혹스러운 경험이었다. 이와 관련하여 "주관/객관", "추상/구체" 등과 같이 서구의

7 게일이 상기 인용문에서 그처럼 알고 싶어 했던 대상, 서구와 반대위치에 놓인 한국인의 마음을 발견한 대상은 한국의 문헌들이었다. 게일은 그의 실천을 그 역시 "한국문학연구"라고 말했다. 그가 한국의 문학을 통해 제시하려고 한 것은, 한국인의 내면 속 은밀한 목소리, 영원한 한국이란 민족의 정체였다. 이 점에서 그의 문학개념은 안확의 문학개념, 그 재현대상은 안확이 문학사를 통해 제시하려고 했던 국민의 심적 현상과 겹쳐지는 것이기도 했다. 또한 한국문학을 통해 한국의 민족성을 말하는 상황에서 다카하시 역시 예외적 인물은 아니었다. 이에 대해서는 이상현, 『한국고전번역가의 초상, 게일의 고전학 담론과 고소설 번역의 지평』, 소명출판, 2013, 3장 및 황호덕·이상현, 『개념과 역사, 근대 한국의 이중어사전』1, 박문사, 2012의 2부 3장[初出: 「근대 조선어·조선문학의 혼종적 기원: 「조선인의 심의」(1947)에 내재된 세 줄기의 역사」, 『사이間SAI』 8, 국제한국문학문화학회, 2010]을 참조.

이분법적 인식론을 재현할 한국어 대역어들을 모색하며 이중어사전(특히 영한사전)에 등재시키기 위한 서구인들의 노력이 『조선문학사』의 출현과정과 겹쳐져 있었던 우연성을 주목할 필요가 있다.[8]

일례로, 안확이 자신의 저술을 외국인의 논평과 구별한 개념, "문학사"란 한글표제항이 한국의 이중어사전 속에 자리를 잡은 것은 1928년 출판된 김동성(金東成, 1890-1969)의 사전이었다.[9] 김동성의 「머리말(Forward)」을 보면, 그는 자신의 사전이 한국인이 출판한 최초의 이중어사전이란 점과 자신이 편찬한 사전이 지닌 유효성을 잘 알고 있었다. 이러한 그의 진단은 결코 과장된 것이 아니었다. 그의 사전을 원한경(H. H, Underwood(元漢慶), 1890-1951)은 서구어로 된 한국학 저술목록에 포함시켰으며, 오구라 신페이(小倉進平, 1882-1944)는 한국인이 출판한 중요한 사전 중 하나로 인식했다.[10] 무엇보다도 그

8 그 대표적인 사례로 1921-1923년 사이 연재된 *The Korea Bookman*에서 클라크(W. M. Clark)를 비롯한 개신교선교사들의 언어정리사업과 게일, 원한경(H. H. Underwood)의 영한사전 출판이라고 말할 수 있다. 이에 대해서는 황호덕·이상현의 앞의 책, 213-221면·414-418면(初出: 「번역과 정통성, 제국의 언어들과 근대 한국어: 유비·등가·분기, 영한사전의 계보학」, 『아세아연구』 145, 고려대 아세아문제연구소, 2011, 56-87면)을 참조. 그 구체적인 자료적 실상은 황호덕·이상현 옮김, 『개념과 역사, 근대 한국의 이중어사전』2, 박문사, 2012, 212-238면을 참조.

9 본고에서 제시할 이중어사전 원본은 황호덕·이상현 편, 『한국어의 근대와 이중어사전』 I ~XI, 박문사, 2012에 의거한다. 또한 자료출처는 '편찬자, 발행년'으로 약칭해서 표기하도록 한다. '문학사'에 관한 등재양상을 정리해보면 다음과 같다. "문학사(文學史) A History of literature"(김동성, 1928), "문학ᄉᆞ(文學史) A History of literature"(Gale, 1931) ; 김동성에 관해서는 박진영, 「천리구 김동성과 셜록 홈스 번역의 역사: 『동아일보』 연재소설 『붉은 실』」, 『상허학보』27, 상허학회, 2009를 참조.

10 H. H. Underwood, "A Partial Bibliography of Occidental Literature on Korea," *The*

의 사전은 『한영자전』(1911) 이후 약 17년의 공백기를 마감하는 새로운 한영사전이었다. 그 공백 기간 동안 사전을 준비하고 있었던 또 다른 인물, 게일이 잘 말해주듯, 이 시기 한국어의 전체상은 『한영자전』(1911)을 재판하는 것만으로 해결할 수 없는 것이었다. "수천, 수만 개의 신어가 생"겼기에 신판을 내놓아야 할 수준이었기 때문이다.[11]

안확의 국학논저와 『조선문학사』(1922)라는 '언어구성물'은 이와 같이 한영사전의 공백기의 산물이며, 1914년 이후 영한사전의 지속적 출판이 지향했던 바, 『한영자전』(1911)으로는 충족할 수 없는 새로운 어휘들을 한국어 속에 기입하는 행위와 궤를 같이하고 있다. 나아가 한국어로 한국을 학술적 차원에서 말한다는 그의 구도는 분명히 '이중어사전과 한국어사전의 분기', '한국어를 한국어로 풀이'하는 한국어사전(단일어사전)의 등장을 예비하고 있는 것이었다.

그럼에도 불구하고 안확의 「사서(辭書)의 류(類)」(『啓明』8, 1925. 5.)를 보면, 그는 한국어를 표제항으로 한 이중어사전 5종을 한국어사

Transactions of the Korea Branch of the Royal Asiatic Society 20, 1931, p. 35 ; 小倉進平, 『增訂朝鮮語學史』, 刀江書院, 1940, 27면.

11 J. S. Gale, "Korean-English Dictionary Reports"1926. 9(『황호덕·이상현 옮김, 앞의 책, 110면) ; 게일이 출판한 마지막 이중어사전인 『韓英大字典』(1931)의 「머리말(Forward)」을 보면, 사전편찬자들은 82,000 항목으로 그 표제항 수를 추정하였다. 이는 게일의 『한영ᄌᆞ뎐』(1911)의 경우는 50,000으로 추정했던 사실(이은령은 자신의 논문(「19세기 이중어사전 『한불자전』(1880)과 『한영자전』(1911) 비교연구」, 『한국프랑스학논집』 72, 한국프랑스학회, 2010)에서 실제 표제항수가 48,623항목임을 밝혔다)을 감안하면, 그 변모의 편복을 생각해볼 수 있다.

전이라는 단일어사전의 형태에 미달된 것으로 보지 않았다.[12] 비록 외국인의 손에 의해 이 사전들이 나온 일에는 유감을 표시했지만 이중어사전의 등장으로 말미암아 "조선어(朝鮮語)의 사서(辭書)"가 "신기축(新機軸)을 발(發)"하게 되었다고 고평했다. 운서(韻書)나 옥편(玉篇)과 달리, "정음(正音)" 즉, 언문(국문, 한글) 어휘를 표제항으로 삼은 혁명적이며 혁신적인 사건이고, 그것이 어디까지나 근대적 산물임을 그는 분명히 알고 있었다. 이는 또한 안확의 국학이 고유성과 함께 보편성을 지니고 있었던 측면, 고유성과 외래문화의 교류를 열어두었던 일면을 여실히 보여주는 것이다.

안확의 문학사는 타자와의 불가능한 대화의 지점을 지닌 민족단위의 자국학처럼 보인다. 하지만 안확의 "국수(國粹)"는 결코 "배타(排他)"적이지 않았다. 즉, 그 이면에는 모순적이기도 한 타자와의 번역(교환)관계, 복수의 언어로 구성되어 있던 근대 한국학이란 거시적 맥락이 놓여 있었다. 따라서 외국어로 된 한국학과의 접점을 찾기 위해서, 우리는 그가 창출한 새로운 한국학의 영역, 문학사라는 근대 지식뿐만 아니라, 이 책의 부편(附編)으로 수록된 「조선인(朝鮮人)의 민족성(民族性)」과 「조선어원론(朝鮮語原論)」을 함께 주목할 필요가 있다. 안확의 학술어가 구성해준 지식은 문학이외에도 언어, 민족성론을 포괄하고 있기 때문이다. 이와 관련하여 문학사-민족성-

12 안확, 「辭書의 類」, 『啓明』 8, 1925. 5 ; 안확은 이 글에서 『한불ᄌᆞ뎐』(1880), 『한영ᄌᆞ뎐』(Underwood 1890, Gale 1897·1911), 『朝鮮語辭典』(1920)에 대한 설명 및 개관을 시도했다. 안확이 주목한 이 사전들과 한영영한 이중어사전이라고 할 수 있는 언더우드의 사전 1부 「한영부」만을 논하고 있는 모습을 보면, 그가 한국어 표제항을 외국어로 풀이한 사전을 중요시했음을 알 수 있다.

언어라는 세 관계가 설정된 그 연원을 주목해볼 필요가 있다. 즉, 안확이 자신의 "국학연구의 실마리를 구체화한 시기", 1910년대 그가 『학지광(學之光)』에 수록한 국학 논저 2편(「조선어(朝鮮語)의 가치(價値)」, 「조선(朝鮮)의 문학(文學)」)을 주목해볼 필요가 있다.[13]

2. 『조선문학사』의 학술적 연원, 「조선어의 가치」(1915.2)를 둘러싼 정황들

(1) 안확과 외국인 한국학의 연결고리, 한국어학 연구

「조선어의 가치」(『學之光』4, 1915.2)는 조선어의 계통을 문법, 어족의 분류 안에서 찾고, 개별 조선어 어휘들의 전파(傳播)양상과 외국인의 조선어 연구를 거론한 후, 향후 한국인의 조선어 연구의 필요성을 주장한 글이다.[14] 여기서 '조선어'라는 어휘가 지닌 개념적 함의는 안확이 후일 "구음어(口音語)", "민중(民衆)의 격음(格音)"을 뜻하는 '"언(諺)"의 문자' 즉, "표음문자로서 사회 일반에 통합한 평민적(平民的) 문자(文字)"란 의미에서 사용할 "언문(諺文)"이라는 개념과 실상 동일한 것이었다.[15] 안확은 서구의 표음문자, 알파벳에 비견될

---

13 안확의 생애와 이력에 대해서는 권오성·이태진·최원식 편, 『自山安廓國學論著集』6, 여강출판사, 1994에 수록된 이태진, 「안확의 생애와 국학세계」, 22-47면 ; 최원식, 「안확의 국학: 『조선문학사』를 중심으로」, 69-75면 ; 류준필, 「자산 안확의 국학사상과 문학사관」, 112-117면을 참조.

14 安廓, 「朝鮮語의 價値」, 『學之光』4, 1915. 2.

15 安廓, 「諺文名稱論」, 『正音』26, 1938.

만한 '언문'을 연구한 외국인들을 다음과 같이 거론했다.

> 西洋人에도 '시볼트'Siebold, '짤넷'Dallet '언더우드'Underwood '께일'Gale 等이 此에 硏究하야 朝鮮辭典及 文法 等을 著하얏스며 日本에셔는 一八九一年 岡倉由三郎[오카쿠라 요시사부로, 1868-1936: 인용자]이 京城 日語學校 敎授로 在할 時부터 硏究를 始하고 一八九八年 日本政府가 金澤庄三郎[가나자와 쇼사부로, 1872-1967, 인용자] 宮崎道三郎[미야자키 미치사부로, 1855-1928: 인용자] 등을 朝鮮에 留學케 하얏스니 金澤庄三郎은 『日漢兩國同系論』을 著하얏고 及 一九〇四年 日本國學院大學에 韓語科를 設하고 敎授하며 硏究하얏나니라. 英國의 外交官으로 東洋에 來한 人은 普通外交官 試驗 以外에 其國 言語에 關한 試驗을 受하야 其 及第者는 語學留學生으로 渡來하야 三年 以上의 硏究를 過한 後 更試를 受하여야 비로소 官職에 就任케 하는지라 故로 朝鮮에 來駐하얏던 英國領事 '아스톤' Aston은 朝鮮語硏究에 大腦力을 費하얏고 及 其領事 '스쿠트' Scott도 朝鮮語에 代하야 著書가 富하며 及 朝鮮에 來駐하얏던 佛國公使 쿠란트Courant는 大形韓書目錄을 編纂하야 自己 本國에 送하얏더라.[16]

그가 거론한 서구인들은 사전, 문법서, 한국어학 관련 논문을 남긴 인물들이다. 안확은 외국인 저술들의 존재와 저자의 실명을 직접 거론했다. 이는 『조선문학사』에서 외국인의 한국문학론을 거론했던 방식과는 매우 다른 것이다. 이를 반영하듯, 안확의 문학사 서술

16 安廓, 「朝鮮語의 價値」, 『學之光』4, 1915. 2, 35면.

부분과 달리 「조선어원론」에서 외국인들의 업적은 "조선어학사"의 전사(前史)로 분명히 거론된다. 즉, 안확은 이 논저들을 자신의 선행 연구로 수용한 것이다. 따라서 이는 외국인 한국학과 안확 국학의 연결고리를 짚어볼 수 있는 중요한 지점이 된다.

물론 안확은 현재 한국어학사에 있어서도 중요하게 인식되는 서양인 논자들을 적절하게 거론했다.[17] 서구인의 한국어학 연구가 여행가, 항해가, 지리 연구가들의 어휘수집과 대역(對譯) 이상의 수준을 넘어, 한국어의 문자 및 음운에 관한 구체적인 분석을 보이기 시작한 시점은 1820년대 이후이다. 이와 관련하여 지볼트(Fr. Von Siebold, 1796-1866)의 업적은 1820년-1850년 사이 가장 괄목할만한 수준의 성과였다. 지볼트의 저술 속에는 서양인의 한국어에 관한 관찰 및 어휘 수집의 역사가 개괄되어 있다. 특히, 품사중심의 문법 개설, 문자 및 음운에 관한 분석이 담겨있다. 더불어 달레(Claude Charles Dallet, 1829-1878)의 저술(1874) 역시 19세기를 대표하는 성과였으며, 한국어 문법에 대한 개요를 저서 속에 포함하고 있다.[18]

---

17 이 시기 외국인의 한국어학사에 대한 개괄은 고영근, 『민족어학의 건설과 발전』, 박문사, 2010 ; 김민수, 『신국어학사(전정판)』, 일조각, 1980 ; 김민수 외, 『외국인의 한글연구』, 태학사, 1997 ; 小倉進平, 『朝鮮語学史』, 刀江書院, 1940를 참조.

18 지볼트가 남긴 한국어학 관련 저술 및 자료에 관해서는 고영근, 앞의 책, 7-9면, 90-109면, 355-385면, 409-415면 ; 한영균, 「19세기 서양서 소재 한국어 어휘 자료와 그 특징」, 『한국사전학』 22, 한국사전학회, 2013, 289-290면 ; 한영균, 「『朝鮮偉國字彙』의 국어사 자료로서의 가치 」, 『코기토』 77, 부산대 인문학연구소, 2015, 126-128면을 참조 ; 달레의 저술 속 한국어학 관련 서술내용에 관한 상세한 검토는 윤애선, 「파리 외방전교회의 19세기 한국어 문법 문헌 간의 영향 관계: *Grammaire Coréenne*(인쇄본), *Grammaire Coréenne*(육필본), *Histoire de l'église de Corée*의 비교」, 『교회사연구』 45, 한국교회사연구소, 2014, 212-232

그렇지만 「조선어의 가치」에서 그 내용이 거론되는 층위는 이러한 제반 내용보다는 '한국어의 계통론'이었다.[19] 안확은 한국어가 '우랄-알타이어족'이라는 가설에 대하여 "조선어학자(朝鮮語學者)의 정밀(精密)한 연구(硏究)"가 진행된 뒤 확정될 것이라고 말했다. 안확이 인용한 인물 중 이와 긴밀히 관련되는 논저를 제출한 이는 달레였다. 그는 그의 저술에서 타르타르 제어와 한국어의 친족관계를 제시했기 때문이다.[20] 하지만 안확이 「조선어의 가치」에서 실제 논문의 서지를 밝히며 그 내용을 수용한 논저는 영국의 외교관이자 일본학자인 애스턴(William George Aston, 1841-1911)의 논문이었다.[21] 애스턴은 그의 논문 말미에 그가 참조한 저술을 명시했는데, 그 중에서 가장 권위를 지닌 업적으로 달레의 저술을 들었다. 그러나 안확은 달레의 저술을 한국어계통론과 관련하여 거론하지 않았다.

애스턴의 논의는 어디까지나 일본학 전문가의 한국어학이었으

면을 참조.

19 安廓, 앞의 글, 36-37면.

20 C. C. Dallet, 安應烈, 崔奭祐 역, 『韓國天主敎會史』(上), 분도출판사, 1980, 126-161면(*Histoire de L' Eglise de Coree*, 1874) ; 아벨 레뮈자(Abel-Rémusat)로부터 달레에 이르는 이러한 타르타르 제어 계통론의 형성과정에 관해서는 이은령, 「19세기 프랑스 동양학의 한국어 연구: 아벨 레뮈자(Abel-Rémusat)에서 레옹 드 로니(Léon de Rosny)까지」, 『코기토』 82, 부산대 인문학연구소, 2017, 388-391면, 405-406면을 참조.

21 W. G. Aston, "A Comparative Study of the Japanese and Korean Languages," *The Journal of the Royal Asiatic of Great Britain and Ireland, new series* XI(Ⅲ), 1879 ; 이 논문에 관한 검토는 이준환, 「조선에서의 한국어학 연구의 형성과 전개에 영향을 끼친 유럽과 일본의 학술적 네트워크 탐색」, 『코기토』 82, 부산대 인문학연구소, 2017, 306-309면을 참조.

며, 일본 왕립아시아학회지에 게재된 것이었다. 즉, 안확과 이 저술 사이에는 일본이라는 분명한 매개항이 존재했던 것이며, 지볼트의 경우도 역시 마찬가지였다. 이 점을 잘 보여주는 것은 안확이 주목한 한국어의 계통론이 한국어와 일본어의 동계설이었던 사실이다. 「조선어의 가치」에서 그는 애스턴의 견해를 통해, "일본어(日本語)는 조선어(朝鮮語)의 자어(子語)"이며 현재 문법적으로 볼 때 동일한 언어라고 지적했다. 「조선어원론」에서 두 언어 사이의 친족성이라는 주제는 공통적인 것이었다. 물론 차이점도 분명히 있는데, 이를 정리해보면 다음과 같다.

첫째, 안확은 애스턴, 오카쿠라 요시사부로(岡倉由三郎, 1868-1936), 가나자와 쇼사부로(金澤庄三郎, 1872~1967) 이외에도 시라토리 쿠라키치(白鳥庫吉, 1865-1942) 등을 추가적으로 거론했다. 또한 애스턴 뿐만 아니라 이들 인물들 역시 한국어와 일본어 사이의 친족성을 말한 인물들로 규정했다. 둘째, 과거 한국어가 문명의 언어로 일본에 전파되었음을 거론하기보다는 두 언어 사이의 공통점과 차이점을 비교하는 내용이 보다 중심을 이룬다.[22] 여기서 두 번째 차이점은 친족관계의 언어라는 가능성과 문법상의 유사성은 인정했지만, 차이점이 존재함을 논증한 애스턴의 본래 논문의 요지에 더욱 더 부합된

---

22 「朝鮮語原論」(218-222면)에서 안확이 "조선어의 계통"과 관련하여 언급한 논자는 "세이쓰"(Sayce)가 있다. 여기서 "세이쓰"(Sayce)는 Archibald Henry Sayce(1846-1933)를 지칭하는 듯하나, 실제로 이 인물이 한국어의 계통을 논한 사실은 확인하지는 못했다. 다만, 애스턴이 한일 두 언어의 친족성을 검토하는 데 적용시킨 기준이 인도-유럽제어와 관련된 논의였다는 점이 안확이 이 인물을 거론한 이유로 짐작해볼 수 있을 따름이다.

것이었다. 애스턴은 인도-유럽제어를 성립시킨 기준을 적용하여, 두 언어의 친족성을 검토하는 방향으로 논의를 전개했기 때문이다.

애스턴의 논문은 파리외방전교회와 한국개신교 선교사들이 본격적으로 사전 및 문법서를 편찬하기 이전, 한국이 아니라 재외의 공간인 일본에서 출판된 한국어학 논문이었다. 손쉽게 단언할 수 없는 문제이지만, 안확은 상기 거론된 인물들의 논의 전체를 검토하지는 않았으며, 오히려 일본인의 저술을 매개로 서구인들이 보여준 선행연구의 존재를 알았을 가능성이 더욱 크다. 더불어 안확의 참조양상 역시 외국인들이 한국어학의 해당분야에 업적을 낸 사실을 간헐적으로 알고 있는 차원이었을 것으로 추론된다. 그렇지만 안확이 주목한 한국어의 계통론은 '언문'의 기원문제와 함께 향후 지속적으로 논의될 중요한 주제였다. 즉, 이 주제는 달레(엄밀히 말하면 아벨 레뮈자)가 제기한 질문이었지만, 스콧(James Scott, 1850-1920)의 영한사전(1891)에서도 "한국인과 한국어는 어떤 민족과 어족에 속하는가?"[23]란 물음으로 이어져 나간 논의였다. 나아가 안확에게 언어가 각 민족에 따라 구별되는 고유성을 전제한다는 사실, 한국어와 언문이 한국민족의 고유성의 표지라는 사실은 자명한 명제였지 결코 논증의 대상이 아니었다. 즉, 이러한 의미를 알려준 외국인들은 그에게 소중한 선행연구를 제공한 인물들이었던 셈이다. 오히려 그의 고민은

---

23 스콧(J. Scott) 영한사전(1891)에 수록된 「서설」은 오구라 신페이가 "緖言으로서 장편의 논문"이라고 평가할 만한 한 편의 논문이다. 물론 스콧은 이 질문에 대한 명백한 답을 제시하지는 않았다(황호덕·이상현 옮김, 앞의 책, 83-85면(J. Scott, "Introduction," *English-Corean Dictionary*, Corea: Church of England Mission Press, 1891)).

다른 곳에 존재했다. 그것은 현재 그리고 미래의 한국어 즉, 언문의 모습이었다.

(2) 안확의 '혼종적 글쓰기'

애스턴은 단기간 한국을 체험한 인물이었으며, 달레의 저술은 한국의 파리외방전교회 선교사들의 보고를 기반으로 작성된 것이었다. 하지만 그들의 연구는 향후 파리외방전교회·개신교 선교사의 한국어 연구와 달리 재외(在外)의 공간에서 이루어진 초기 한국학적 업적이라는 공통점을 지닌다. 이에 비해 파리외방전교회와 개신교 선교사들은 한국을 오랜 시간 실제로 체험했던 사람들이다. 달레는 한국어에 관해서 향후 리델이 발행할 문법서와 사전을 참조해 줄 것을 부탁했다. 파리외방전교회가 『한불자전』과 『한어문전』을 출판한 이후, 언더우드(Horace Grant Underwood, 1859-1916), 스콧, 게일은 이를 잇는 사전 및 문법서 출판의 주역이 된다.

하지만 '한글운동의 선구자'란 의의를 얻게 된 인물들은 개신교 선교사들이었다. 이러한 의의는 한국인의 호응의 문제일 뿐만 아니라 개신교 선교사들이 선교활동을 했던 당시 한국사회 그 자체의 변모와 긴밀히 관련된다.[24] 그것은 이중어사전에 다음과 같이 등재된

---

24 『조선문학사』에서 안확의 술회가 잘 말해주듯, 그는 개신교선교사들이 체험한 '甲午更張 이후 동일한 한국이라는 시공간'에서 성장한 인물이었다. 그는 신교육·신학문을 수학하고, 독립협회에의 연설, 『독립신문』·『황성신문』·『제국신문』 등의 매체, 유근·장지연 등의 국한문혼용 문체, 『음빙실문집』, 유길준의 저술을 접했다. 또한 20세기 초 안확 자신이 학교건립에 힘쓰며 학생을 가르치며 교육의 振作에 일조했다. 그는 학회의 설립과 잡지의 간행, 소설 출간, 『대한매

언문(諺文)이란 표제항의 개념변천이 보여주듯, 근대 한국어 자체의 급격한 변모와 관련된 것이기도 했다.

諺文

The common Korean alphabet (Underwood, 1890)

The native Korean writing; Ünmun See. 국문 (Gale, 1897-1911),

The native Korean writing; oral and written languages (Gale, 1931)

國文

The national character Ünmun(Gale, 1911)

自國の言語にて製作したる文學(조선총독부, 1920)

The national character ; the national literature(김동성, 1928)

The national literature ; korean unmun.(Gale, 1931)

이중어사전에 수록된 '언문(諺文)', '국문(國文)'이라는 표제항이 보여주는 상기의 개념적 범주를 주목할 필요가 있다. 우선 '언문'은 그 개념이 서구의 알파벳과 동일한 "표기체계(Underwood, 1890)"에서 구어와 문어를 포괄하는 "언어(Gale, 1931)"로 변모되었다. '언문'의 동의어로 1910년대 초 '국문'이 출현하고 향후 국자(國字)의 의미에서 국문학(國文學)으로 확대되는 개념적 층위의 변주를 보여준다. 「조선어의 가치」에는 19세기 말부터 1910년대 사이 '언문(諺文)', '국문

일신보』의 출간이라는 중요한 근대문학의 역사적 현장을 체험한 인물이었다.

(國文)'이라는 개념이 단지 '표기법'이었던 한계, 즉 '언문'이 처했던 당시의 한계적 상황과 향후 발전의 가능성이 동시에 담겨져 있었다. 그것은 「조선어의 가치」에 반영된 안확의 언어관이자 "언문관"이었다.

특히 외래어에 관한 안확의 관점은 그가 보여준 독자적인 견해 중 하나이다.[25] 현대 수만의 외래어를 일절 폐지하고 고대어를 사용하자는 주장을 그는 비판했다. 그것은 "진화론"이 내재된 그의 언어관에 기인한 것이며, 고유사상과 외래사상을 '협화(協和)'란 관점에서 사유하는 관점이 작동한 것이었다. 그 속에는 "일국의 국어가 번역이나 언어 이입에 의한 오염이나 확장 없이는 언어적 갱신에 이를 수 없다는 탁견"이 내포된 것이기도 했다.[26] 하지만 안확이 보기에 언문에 관한 당시의 상황은 표음문자란 가능성에도 불구하고 "실용적(實用的)으로 발달(發達)"했으나 "학술적(學術的)"으로 그렇지 못해 문법도 음성학도 없는 야만적인 언어로 전락한 현황이었다. 그것이 언문이 처했던 한계적 상황이었다.

즉, 한국어 연구에 있어서 서구어가 한국을 근대 학술의 영역에서 체현하며 유통시켰던 과거의 현실, 당시 "조선어"가 학술적 차원에서 지닌 결핍을 그는 분명히 인식하고 있었던 것이다. 이는 그

25 이기문은 '훈민정음의 기원문제', '諺文'이라는 명칭문제, 맞춤법의 문제와 함께 이 점을 안확이 보여준 독특한 견해로 평가했다(「安自山의 國語 硏究: 특히 그의 周時經 批判에 대하여」, 『自山安廓國學論著集』 6, 여강출판사, 1994, 86-94면).

26 황호덕·이상현, 앞의 책, 30면[初出: 황호덕, 「개화기 한국의 번역물이 국어에 미친 영향: 외국인 선교사들이 본 한국의 근대어」, 『새국어생활』 22(1), 국립국어연구원, 2012. 7].

가 조선어로 된 조선어 문법서(1917)를 저술한 계기로 볼 수 있으나, 보다 더 큰 맥락을 포괄하고 있었다. 한국을 근대 학술의 영역에서 한국어로 체현할 수 없는 점은 후술하겠지만, 다카하시가 "조선"을 정체된 민족으로 규정하는 가장 큰 준거점이기도 했기 때문이다. 하지만 안확의 언어관 속에는 "언문"에 대한 발전과 "진화"의 가능성이 내재되어 있었다. 안확은 언어가 "발생(發生)한 이상(以上) 사용여부(使用與否)를 인(因)하야 소멸(消滅)도 하며 진화(變化)도 하며 신어(新語)가 생(生)"하는 것이라고 말했다. 왜냐하면 "인지(人智)가 발달(發達)하야 사회사정(社會事實)이 복잡(複雜)하야지매 사상교섭(思想交涉)이 자연(自然) 담대(擔大)"해지는 것이기 때문이다. 즉, 언어는 "항상(恒常) 진화(進化)하여 부지(不止)"하는 것이기에 "변화(變化)함은 퇴보(退步)가 아"니라 "발달(發達)"하는 것이었다.[27] "정치(政治)"의 변화, "학술(學術)의 발달(發達)"이 "신어(新語)"를 발생시키는 계기였다.[28] 1910-1920년대 안확의 학술어 혹은 글쓰기 그 자체와 이를 구성하는 신어들의 존재는 한국 학술의 발달이자 진화를 예비하는 언어였다. 이 언어는 일본이라는 매개항을 통해 그가 체험한 외래어이기도 했지만, 외래어로 한정할 수 없는 의미를 지닌 것이었다.

이 신어이자 외래어는 근대에 있어 필연적으로 서구문명과의 직접적인 접촉인 직역이 아닌 일본을 경유한 '중역의 과정'을 거칠 수

27 안확, 「조선어원론」, 『朝鮮文學史』, 韓一書店, 1922, 179면.

28 위의 글, 185면.

밖에 없었던 역사적 실상을 보여준다. 즉, 그 중역의 과정은 "한일 어휘 간의 연결, 서양 단어의 번역 및 이입과정"이 복잡하게 얽힌 양태였다. 둘 이상의 한자 어휘가 조합되며 생성된 한자 문명어는 비록 그 음가는 한국어로 읽힐지 모르나, 이를 구성하는 개념과 이 한자 어휘의 조합에는 일차적으로 일본어에서 한국어로 경유한 과정이, 보다 더 근원적인 기원에는 서구 문명어에 대한 번역의 과정이 놓여 있었다. 이 한자어휘의 조합물에서 한자가 사라지고 음성화됨으로써 그 기원과 이 중역의 과정은 은폐되게 된다.[29] 사실 이러한 '중역된 근대'[30]야말로 언문의 진화를 뒷받침해주는 근간이었던 것이다. 그리고 안확의 국학논저는 한국어로 된 근대 학술의 부재상황 속에서 이를 해결하기 위한 그의 혼종적인 글쓰기를 보여주는 실천이었던 것이다.

---

29 이 점에 대해서는 황호덕·이상현, 앞의 책 2부 1장을 참조(初出: 황호덕, 「漢文脈의 근대와 순수언어의 꿈: 한국 근대 개념어 연구의 과제」, 『한국근대문학연구』 16, 한국근대문학회, 2007).

30 중역에 대한 새로운 사유방식은 다음 논저들을 참조. 조재룡, 「중역의 인식론: 그 모든 중역들의 중역과 근대 한국어」, 『아세아연구』 54(3), 고려대 아세아문제연구소, 2011 ; 조재룡, 「중역과 근대의 모험: 횡단과 언어적 전환이라는 문제의식에 관하여」, 『탈경계인문학』 4(2), 이화인문과학원, 2011 ; 김남이, 「20세기 초 한국의 문명전환과 번역: 중역과 역술의 문제를 중심으로」, 『어문논집』 63, 민족어문회, 2011.

3. 『조선문학사』의 학술적 연원, 「조선의 문학」(1915. 7)과 다카하시의 대척점

(1) 다카하시 한국민족성론의 중심기조

「조선어의 가치」 속 "조선에 내주(來駐)하얏던 불국공사(佛國公使) 쿠란트(Courant)는 대형한서목록(大形韓書目錄)을 편찬하야 자기 본국에 송(送)하얏더라"라는 안확의 진술을 상기해볼 필요가 있다. 안확은 외국인의 한국어학과 함께 모리스 쿠랑(Maurice Courant, 1865-1935)의 서지목록을 하나의 중요한 선행연구로 이야기한 셈이다. 하지만 쿠랑이 한국의 서적을 통해 도출한 한국의 민족성은 안확과 동일한 것은 아니었다. 또한 그의 저술 역시 안확이 '문학사'라고 정의한 개념을 충족시킬만한 성과물도 아니었다. 쿠랑이 개척한 것처럼 보이는 한국의 문헌세계에 대한 연구 혹은 한국 언어문헌학 또는 한국문학에 대한 심층적인 연구의 길에는 여전히 해결해야 될 문제점과 탐구되어야 할 많은 자료들이 남겨져 있었다. 한국문학이라는 연구대상은 1910~1920년대 게일·다카하시에게도 여전히 일종의 미개척지였던 것이다. 사실 본격적인 문학논문이라는 관점에서 본다면 안확의 「조선의 문학」(『學之光』6, 1915. 7)은 게일, 다카하시 두 사람보다 더 이른 시기에 출현한 것이라고도 볼 수 있다. 이 논문의 목차를 제시해보면 다음과 같다.

1. 文學은 何오　　2. 文學의 起源

3. 文學의 發達 其一　　4. 文學의 發達 其二

5. 漢文學과 朝鮮民族性　　　6. 今日 文學家의 責任

1절은 근대적 문학개념에 대한 정의와 범주를 규정한 것이다.[31] 언어를 진화의 관점에서 사유하는 방식은 문학에서도 동일하게 적용된다. 그의 논문 2-4절의 각 제명에 포함된 기원과 발달이라는 맥락은 이 점을 잘 보여준다. 안확은 3절에서 이른 시기의 한역가, 향찰표기의 향가, 시조, 국문소설 등의 고유문학을 개괄하고, 4절에서 한문학사에 초점을 맞춰 조선 특유의 한문이 생성되는 측면과 국정이 문란할 때 이를 일깨우는 위대한 작품이 출현한 사실을 중요시했다. 5절에서는 한문학과 유학에 의한 폐단을 극복하고 고유하고 신성한 민족성을 되살리는 것을 시급한 과제로 제시했다. 안확에게 언문(諺文)으로 된 문학, 언문으로 되었을 것이라고 추론되는 고대의 문학은 한국의 고유성을 제시하기 위한 가장 핵심적인 심급에 놓인 연구대상이었다. 또한 이 고유성과 한문학, 중국문학이 상징하는 외래성 사이의 길항작용은 안확에게 있어 가장 주된 고찰대상이었다.

「조선의 문학」에서 안확의 논리에는 중국 문화의 영향을 배제하고 한국 문화의 독창성을 드러내려는 지향점 즉, "한국을 중화주의로부터 결별"[32]시키려는 지향점이 분명히 내재되어 있다. 안확의 이

---

31 이에 대한 검토는 이경돈, 「근대문학의 이념과 문학의 관습」, 『민족문학사연구』 26, 민족문학사연구소, 2004, 244-255면 ; 이희환, 「식민지 체재하, 자국문학사의 수립이라는 난제: 안자산의 『조선문학사』가 놓인 동아시아 문학사의 맥락」, 『국학연구』 17, 한국국학진흥원, 2010, 24-31면에서 상세히 고찰된 바 있기 때문에, 생략하도록 한다.

32 정출헌, 「국학파의 '조선학' 논리구성과 그 변모양상」, 『열상고전연구』27, 열상

러한 입장과 선명한 보색대비를 이루는 인물은 게일보다는 다카하시였다. 안확이 거한 현실 속 그의 삶 전체에 걸쳐 있는 가장 본질적인 문제는 "제국주의 일본 : 식민지 조선"의 관계[33]였고 다카하시 역시 이 구도와 관계에 있어서 예외적인 인물일 수는 없었기 때문이다. 따라서 안확이 드러내고자 했던 "신성(神聖)한 정신(精神)" 혹은 "고유(固有)의 정신(精神)"과 대척점에 놓인 인물은 게일보다는 역시 다카하시였다. 다카하시의 본격적인 한국문학론, 「조선문학연구」(1927)에서의 조선 민족성 담론은 그렇지만 사실 긴 연원을 지니고 있었다. 그 궤적을 따라가 보면, 조선사회의 풍속과 생활, 구술문화를 대상으로 한 민족지학적 연구, 나아가 문학연구를 통해서 그가 도출하고자 논리가 무엇인지를 알 수 있다.[34]

그 단초는 『朝鮮の物語集附俚諺』(1910:이하 『조선설화집』으로 약칭)에서 제시된다. 「서문」을 보면, 다카하시는 한국의 속담과 민담 연구를 통해, "장백산의 철분이 침전되어 압록강과 두만강의 깊은 강바닥의 금덩이 된" 것과 같은 침전물을 발견하려고 했다. 다카하시의 연구목적은 사회관찰자로서 "있는 그대로의 생활 속에서 변하지 않는 특색"을 인식한 후, 그 "풍속과 습관 속에서 일관된 정신(情神)

고전연구회, 2008, 16-17면.

33 류준필, 앞의 글, 103면.

34 게일 한국학의 전환양상에 관해서는 이상현, 앞의 책, 2장 및 황호덕·이상현, 『개념과 역사, 근대 한국의 이중어사전』 1, 박문사, 2012. 2부 2-3장[初出: 이상현, 「제국들의 조선학, 정전의 통국가적 구성과 유통: 『天倪錄』, 『青坡劇談』소재 이야기의 재배치와 번역·재현된'朝鮮'」, 『한국근대문학연구』 18, 한국근대문학회, 2008]을 참조.

을 밝혀내고 그 사회를 통제하는 이상(理想)으로 귀납"할 때 달성되는 것이었다.[35] 그렇지만 다카하시는 『조선설화집』에서 조선인의 정신과 이상을 규정하지는 않았다. 『朝鮮の物語集附俚諺』(1914: 이하 『조선속담집』으로 약칭)에서 그 단초가 제시된다. 다카하시는 서문에서 그가 "연구해 온 조선의 사상과 신앙 즉, 철학 및 종교의 측면"에서 "조선사회 내면에 넘치는 특성을" "사상의 고착성, 사상의 무창견(無創見), 무사태평, 문약(文弱), 당파심, 형식주의"라고 규정한다.[36] 여기서 사상의 고착성, 사상의 무창견(無創見)은 『조선인』(1921), 「조선문학연구」(1927)까지 다음과 같이 반복되게 될 조선민족성 담론의 원형이며 중심기조였다.[37]

> 첫째, 사상의 고착이다.……이것은 조선인이 한번 어떤 사상을 수용해서 이를 자신의 사상으로 삼으면 끝까지 그것을 붙들고 즐기며 그 권위

---

35 高橋亨, 박미경 편역, 『다카하시 도루의 조선 속담집』, 어문학사, 2006, 18-19면[高橋亨, 「自序」, 『朝鮮の物語集附俚諺』, 京城: 日韓書房, 1910, 1-4면].

36 위의 책, 21-22면[高橋亨, 「自序」, 『朝鮮の俚諺集附物語』, 京城: 日韓書房, 1914, 1-3면].

37 高橋亨, 구인모 옮김, 『식민지 조선인을 논하다: 다카하시 도루가 쓰고 조선총독부가 펴낸 책 『조선인』』 동국대학교 출판부, 2010(『朝鮮人』, 京城: 朝鮮總督府, 1921) 이하 『조선인』으로 약칭하도록 한다. 김광식, 이시준 그리고 구인모의 해제에 따르면, 이 저술은 「朝鮮人特性之硏究」(1915)라는 유인본 형태로 유통되었으며 1917년 『日本社會學院年譜』에 논문으로제출되었다. 이 논문을 수정, 보완하여 소책자의 형태로 간행된 것이기도 하다. 이 글에서 다카하시가 거론한 한국인의 민족성론에 한정해서는 출판년을 1915-1917년으로 상정하여 살피도록 한다[김광식·이시준, 「다카하시 도루(高橋亨)와 『조선 이야기집(朝鮮の物語集附俚諺)』」, 이시준·장경남·김광식 편, 『조선이야기집과 속담』, 제이앤씨, 2012, 16면].

아래에 있는 것을 가리킨다.……두 번째는 사상의 종속이다. 이것은 사상이 지나에 종속되어 어떤 것도 조선의 독창적 사상으로 볼 수 없는 것을 가리킨다. 바꾸어 말하여 사대주의라고 해도 무방할 것이다."[38]

"문화적 고착성이란, 일단 사상 혹은 신앙의 내용으로서 받아들여진 관념 혹은 교리가, 그 후 시간이 아무리 경과하고 시대가 변하더라도, 용이하게 다른 것으로 변경되려고 하지 않는 성질을 일컫는다.…문화적 종속성이란, 고래 문헌에서 살필 수 있는 모든 문화가 지나 문화에 종속된 것뿐이며, 조금도 조선 특유의 것으로 볼만 한 것이 발생하지 않았음을 일컫는다."[39]

비록 그 구체적 표어나 수사에 있어 차이점이 있지만, 이는 다카하시가 지속적으로 개진해온 한국 민족성(national character) 담론의 가장 핵심적인 중심기조였다. '중국과 분리되며 독자적인 민족성'이 존재하지 않으며, '근대에도 여전히 정체된 조선'이라는 다카하시의 규정은 안확과 공존할 수 없는 논리처럼 보인다. 하지만 한국을 근대 학술이라는 언어의 층위에서 표상시키고자 한 안확, 다카하시 두 사람에게는 분명한 공유의 지점이 존재했다. 첫째, 한국민족성 즉, 한국민족의 정체성과 본질을 규명하려고 한 동일한 시도를 수행한 사실이다. 다카하시가 비유를 통해 제시한 한국의 민족성, 즉, 다

38 高橋亨, 구인모 옮김, 앞의 책, 25-42면.

39 高橋亨, 「朝鮮文學硏究: 朝鮮の小說」, 『日本文學講座』 15, 東京: 新潮社, 1927, 2-9면.

른 민족과 구별되는 한국민족의 심층이며 오랜 시간 속에 축적된 한국의 정신과 이상이라는 개념 자체는 두 사람 모두 규명하고자 한 연구대상이었다.[40]

나아가 안확의 『개조론』(1921)을 보면, 다카하시 한국민족성론의 중심기조는 안확 역시 극복해야 될 한국의 취약한 민족성으로 서술한다. 예컨대, "반도성(半島性)"이라고 규정하며 한국민족의 약점을 말하는 다음과 같은 대목에서 이를 발견할 수 있다.

> 아무렵 孤立性이 有함으로 五千年 獨特의 文明的 生活을 하야왓서 그러나 五千年 文明이라하는 것이 而今에 丁하야 何者가 餘한가 所謂 朝鮮文明은 繼續的 進步가 업시 山谷에서 生하얏다가 山谷에서 死하얏서 오즉 餘滓라 하는 것은 言語와 諺文뿐 偏狹한 頭腦의 作用이 엇지 遠大의 思想을 振作할이오.[41]

안확이 보기에도, 한국은 5천년의 연원을 둔 고도의 문명이지만 현재 남겨진 것이 없는 상황이었으며, 지리적인 "고립성"으로 인해 진보, 발전이 없는 정체된 장소였다. 한국은 한국어와 언문이라는 유산만이 남겨진 상황이었던 것이다. 이 남겨진 유산에 관련된 그의

---

40 안확에게 역시 민족성은 각 나라의 "人民"들에게 공통되는 특성으로, 이는 공통된 "感情, 思想, 信仰"의 공유로 인하여 수천 년 역사 속에서 생겨난 것이다. 따라서 "固定的으로 永久律"이 되어, "文明 前半의 進行을 支配"하는 것이었다. (안확, 『改造論』, 朝鮮青年聯合會, 1921, 7면).

41 위의 책, 9면.

진술은 다카하시와의 두 번째 공유점이었다. 즉, 두 사람 모두 언문과 한문을 각각 고유성과 외래성의 표지로 인식했다. 다만 안확의 시각은 다카하시와 달리 '과거'가 아니라 언문과 한국어를 단초로 만들어가야 할 '현재'와 '미래'를 향해 열려 있었다. 「조선어의 가치」, 「조선의 문학」은 한국학의 계통을 찾는 시도라는 점과 더불어, 향후의 한국어학가, 문학가의 소명을 말했다는 공통점을 지니고 있었다. 이와 관련하여 다카하시와의 가장 큰 공유의 지점이자 변별점, 근대적인 문학개념을 한국의 문헌에 투영한 모습을 살펴볼 필요가 있다.

(2) 안확, 다카하시 한국문학론의 공유/변별점

다카하시의 「조선문학연구」와 『조선인』을 비롯한 저술들이 두 가지 한국의 민족성을 공유할 수 있었던 까닭은 그가 정립한 논리의 근원이 어디까지나 문헌자료 속에 전하는 과거의 조선에 있었기 때문이다. 다카하시는 조선의 문학을 "광의(廣義)"라는 차원, 광의의 문학개념을 통해 연구하고 있다고 말했다. 그는 "시문가요(詩文歌謠)의 순문학", 과거로부터 전해오는 조선인의 사상과 신앙이 담겨져 있는 "유학 및 불교관련 여러 저술들", 조선인의 이상적 생활이나 당시의 시대상을 엿볼 수 있는 "설화·이야기(物語), 비사소설류(秘史小說類)"를 모두 '조선문학개념' 안에 포괄하려 했다.[42]

그가 「조선문학연구」에서 제시한 광의의 문학개념이라는 맥락에서 말한다면, 그가 지금까지 개진해 온 연구는 본래 일종의 '문학연구'

42 高橋亨, 앞의 글, 1-2면.

이기도 했다. 그리고 광의의 문학개념의 투사는 다카하시만의 고유한 연구방법론은 아니었다. 그 학술적 연원은 모리스 쿠랑으로도 소급할 수 있다. 또한 게일 역시 그가 쓴 한국문학관련 논문 속에서 별도의 문학개념을 규정하지는 않았지만, 그의 용례를 감안해본다면 쿠랑이 『한국서지』 「서론」(1894)에서 한국문헌 전반을 풀이하기 위해 다음과 같이 제시한 광의의 문학개념과 큰 차이점은 존재하지 않았다.

> 중국에의 모방은 문자와 언어에서나 마찬가지로 문학에서도 나타났다. 여기서 문학이라는 단어는 보다 넓은 의미에서 문자로 쓰여져 표현된 정신의 산물(産物)을 말하는 것이다. 그 책 자체를 서술하고 어떤 문자 어떤 언어로 쓰였는지는 이미 제시했던 바, 이러한 의미 즉 도서의 내용으로서의 문학이 지금부터 바로 내가 다루려는 것이다.[43]

쿠랑은 이처럼 '문학=literature' 보다 광의의 문학개념으로 중국으로부터 전래된 불교, 도교, 유교 사상의 영향을(Ⅳ장), 유교의 영향이 드러난 한국인의 문장(小考, 書簡文, 보고서, 의례서, 祝願文및 기타 跋文, 序文, 獻辭와 같은 글쓰기)을(Ⅴ장), 국문으로 쓴 대중적인 한국의 서적(Ⅵ장)을 중심으로 기술한 바 있다. 하지만 이러한 개념 규정에도 불구하고 그 논리를 따져보자면, 결국 근대적 문학개념을 한국의 전

---

43 M. Courant, 이희재 옮김, 『한국서지』, 일조각, 1997[1994], 41면(*Bibliographie Coréenne*, 3tomes, 1894-1896, *Supplément*, 1901) 이를 반영하듯 게일의 『한영주뎐』(1911)에 처음 등재된 '문학' 표제항은 "literature; literary, philosophical, or political studies ; belles-lettres"으로, 『조선어사전』(1920)에서는 "文章と學問"으로 풀이된다. 학문일반과 문장을 포함하는 개념적 외연을 지닌 것이었다.

근대적 문헌 일반에 투사시키는 행위였다. 즉, 한국문헌 전반에 대한 전체상을 근대적 문학개념으로 인식하며 이 개념 범주에 의거하여 질서화하기 위한 방식이었다. 이를 반영하듯이 근대 문학개념에 가장 근접한 문학 장르가 한국문헌 전반에서 가장 높은 위계와 서열을 점하며, 또한 한국문학의 가치를 결정하는 최종심급으로 존재한다. 이는 쿠랑, 안확, 게일, 다카하시 모두에게 공통된 것이었다. 쿠랑의 『한국서지』 「서론」에서 제시된 다층적인 문학개념의 층위를 살펴볼 때 이 점은 보다 명확해진다.[44]

Ⅳ. 조선의 종교와 학문

· 목차 : 불교, 도교, 유교

· 본문 :

불교 - 大藏都監과 불교의 經版, 이조의 崇儒斥佛과 불교의 타락

도교 - 도교와 점성술, 풍수의 사상, 이조말 도교부흥운동과 도교서의 출판

유교(李朝 이전) - 논어를 비롯한 서경의 전래, 國學鄕校, 南京으로부터의 儒書의 구입과 조선에 있어서 유교 르네상스, 주자학의 전래와 그 발전

李朝와 유교 - 귀족과 유교의 결합(抱合), 유교의 專橫과 斥佛, 文

---

44 오구라 치카오(小倉親雄)는 쿠랑의 「서론」에 장제목, 목차의 주제어, 본문의 두주를 부여하여 그 내용을 일목요연하게 정리해줬다. 아래의 내용은 이를 반영하여 제시한 것이다[M. Courant, 小倉親雄 譯, 「(モーリスクーラン)朝鮮書誌序論」, 『挿畵』, 1941].

廟와 향교, 당쟁, 경서의 과다한 출판

Ⅴ. 조선문헌의 종류

· 목차 : 한문학, 법전, 역사, 자연과학, 실용학

· 본문 :

조선의 문학과 법전-문장에 나타난 유교사상, 모방주의, 시문과 그 실용, 시집의 복각(覆刻), 禮典과 六典, 冠婚葬祭

역사 - 패관, 사관과 실록, 야승, 通鑑類, 正史類, 別史, 遺書, 地誌, 紀行

자연과학서 - 자연과학적 정신의 결여, 박물학, 수학, 천문학, 점성학, 曆書

실용서 - 兵學, 醫學, 譯舌學, 어학(支那語, 몽고어, 일본어, 여진어, 범어)

Ⅵ. 조선의 俗文學

· 목차 : 소설, 가요, 언해서, 천주교관계서

· 본문 : 소설, 가요, 지나서의 언해, 기독교관계서

상기 인용은 쿠랑이 「서론」의 각 장에 제시한 literature의 변별성(광의(Ⅳ-Ⅴ장)/협의(Ⅵ장)의 문학개념)과 그 요지를 잘 보여준다. 이는 『한국서지』「서론」에서 한국문헌들이 진열되는 총체적 형상을 잘 재현해주고 있는 셈이다. 사실 한국 민족성을 기술함에 가장 중요한 영역으로 기능하는 바는 상기 목록에서 Ⅵ장이다. 그리고 상기 광의

와 협의의 문학 개념층위의 서로 다른 위계와 역할은 다카하시 역시 동일하다. 그의 「조선문학연구」의 목차를 제시해보면 다음과 같다.

1. 조선문학에 나타난 민족성　　2. 조선문학에서의 순문학의 지위

3. 조선문학에서의 소설의 지위　4. 조선소설의 분류

다카하시는 1절에서 '문화의 고착'과 '문화의 종속'이라는 조선인의 민족성을 이야기한다. 그리고 '순문학', '고소설'을 통하여 두 민족성을 논증하는 과정(2-3절)이 「조선문학연구」의 가장 기본적인 골자이다. 이러한 논증방식은 그의 한국민족성론과 이를 구성하는 문학이라는 근대적 학술분과지식의 관계를 잘 보여준다. '문화의 고착'은 과거로부터 현재까지 이어져 온 한국의 모습을 진술하는 데에 비해, '문화의 종속'은 근대의 학술분과에 해당되는 한국학의 연구대상을 살피는 방식을 취하고 있다. 즉, 한편으로는 중국과 분리된 독자적인 것이며 또 한편으로는 서구적이며 근대적인 언어, 문학, 역사 등의 존재유무가 문화의 종속여부를 가늠하는 준거가 되는 것이다. '문화의 종속'과 관련하여 한국만의 민족성을 판단하는 곳에서 우선순위로 배치된 중요한 준거는 무엇보다도 언어·문학이라는 근대적 학지였다. 이를 정리해보면 다음과 같다.

	「조선인」	「조선문학연구」의 차이점
1) 언어	조선어에서 한자의 위치 ㄱ) 한자에 대한 의존성 : 조선어에서 한자를 제거하면, 일상회화의 대화조차 불가능함, 훈독이 아닌 음독 형태로 수용함. ㄴ) 이두와 언문이라는 표음문자를 지니고 있었음에도 이를 활용하지 못함.	ㄱ)에 관하여 조선총독부의 『조선어사전』편찬 참여경험과 실제 표제항수를 객관적 지표로 추가제시. ㄴ)에 관하여 1911년 신교육령 시행 변모된 조선어에 대한 변모양상을 추가했다.
2) 문학	한문만을 문장과 시문으로 여겨 조선 국문체를 만들 지 못함. 조선 중엽에 등장한 언문소설 역시 田夫, 野人, 내방 부녀자의 읽을거리였을 뿐이며, 또한 그 소설적 발상이 중국적임.	국문고전시가에 관한 내용을 추가.

문화의 종속을 말하는 부분에서 『조선인』과 「조선문학연구」 두 논저 모두 다카하시가 언어·문학이라는 근대적 학지를 1순위로 논증의 대상으로 삼았다. 더불어 언어·문학이란 학술적 범주에 준하는 한국의 '순문학'이 가장 중요한 연구대상으로 소환된다. 다카하시가 논문의 2-3절에서 다루고 있는 '순문학'의 층위는 어디까지나 "시문가요의 순문학", "설화·이야기[物語], 비사소설류(秘史小說類)"에 해당된다.[45] 사실 '학문일반'이나 '문장'이란 개념이 소거된 시·소설·희곡이라는 언어예술, 협의의 문학개념이 투영된 지점은 바로 이곳이었다.

45 물론 「朝鮮文學硏究」 2절에서도 유교의 주자학은 중요한 요소로 거론되고 있었다. 그러나 여기서 다카하시가 거론하는 것은 문화의 종속에서 거론했던 사상, 철학적인 측면에서의 주자학이 아니다. '학문일반'이란 개념이 아니라 '문장'에 초점이 맞춰져 있었기 때문이다.

> 1천수백 년 동안 단지 한문만을 문장과 시로 여겨 조선 국문체를 만들어 내지 못했다. 일본의 국문에 해당하는 문제가 없고 철두철미하게 한문만으로 문학을 이루었다. 조선 중엽에 이르러 비로소 언문의 소설이 많이 나타나나, 田夫·野人이나 내방의 부녀자의 읽을거리였을 뿐이다. 다만 그러한 소설조차도 발상은 유명한 작품인 <춘향전>같은 것도 『西厢記』를 서투르게 모방한 것에 [인용자 : 불과하며]…<구운몽> 같은 것도 중국적 사상에 무대인물 또한 모두 중국에 취하여, 조선인 사상의 특징이라고 볼만한 것은 거의 없다.[46]

상기 『조선인』에서의 진술은 「조선문학연구」의 가장 핵심적인 요지이기도 하다. 또한 조선 민족의 독자성을 평가하는 가장 큰 준거가 '협의의 문학개념'이었다는 사실을 잘 보여주는 징표이기도 하다. 더불어 그 논리 속에는 한문과 대비되는 조선어(고유어/속어)가 우위를 점하는 '언어내셔널리즘'이 더 강하게 작동하고 있었다. 즉, 한국문학이 발달하지 못했다는 판별의 최종심급에는 언문으로 된 한국문학이 놓여 있었던 것이다.

물론 『조선인』과 「조선문학연구」에서는 분명한 차이점이 존재했다. 『조선인』에는 「조선문학연구」에는 없는 "형식주의, 당파심, 문약, 심미관념의 결핍, 공사의 혼동, 관용과 위엄, 순종, 낙천성"으로 규정되는 민족성이 존재했기 때문이다. 다카하시는 일본의 통치로 말미암아, 여기서 부정적 특성인 "형식주의, 당파심, 문약, 심미관념

46 高橋亨, 구인모 옮김, 앞의 책, 39면.

의 결핍, 공사의 혼동"은 사라질 것이라고 전망했다.[47] 이것이 일종의 '기질'적인 특성이라고 한다면, 그가 말했듯이 문학 속에서 발견하고 자 한 '고착'과 '종속'이라 규정되는 두 민족성은 "가장 근본적인" "사상과 신앙"의 특성이었다. 그리고 이를 규정하는 방식이 근대적인 학술에 부합되는 언어·문학의 존재 여부 그 자체였던 셈이다.

안확이 국학연구를 통해 규명하려고 한 민족성의 층위도 '민족의 기질'이 아니라 '민족사상'을 뜻하며, 그 역시 조선어, 조선미술, 조선문학을 그 자립성(독립성)의 외화된 실체로 파악했다는 측면[48]에서는

---

47 위의 책, 90면.

48 류준필, 앞의 글, 108-109면을 참조 ; 더불어 게일이 "Korean Mind"(1898)에서 사랑이 없는 결혼, 자립(독립)적이지 못함, 보수적이며 억압적인 교육, 겉과 속의 불일치, 허례허식 등으로 규정한 한국인의 민족성은 결코 그가 발견하고자 한 국인의 마음이 아니었다. 게일 역시도 문학연구로 그 보완점을 찾아간 것이라고 볼 수 있는데, 종교적 사상, 심층과 근원이 오히려 그가 찾고자 한 한국인의 마음이었다. 이 점은 서양인이 편찬한 "mind"에 대한 한국의 대역어들을 보면 한결 더 선명하게 이해할 수 있다.

Underwood, 1890	Scott, 1891	Jones, 1914	Gale, 1924	Underwood, 1925
ᄆᆞ옴, 심지, 뜻, 의ᄉᆞ, 긔함, 진일총	ᄆᆞ옴, 심	(opposite of body)ᄆᆞ옴(心) : (inclination)의향(意向) : (intellectual faculty)지능(知能) : ᄉᆡᆼ각(生覺) : 의견(意見)	셩졍(性情), 의향(意向)	ᄆᆞᄋᆞᆷ, 심지(心志), 뜻, 의ᄉᆞ(意思), 심령(心靈), 심신(心神)

게일의 「心靈界」(『眞生』, 1925.12)에서, '心靈=spirit'(Gale, 1931)이란 어휘를 통해 다음과 같은 논지를 전개한다. 그는 '심령계'의 문제가 현대인의 '물질계'에의 지나친 몰입으로 말미암아 망각됨을 탄식한다. 물질계는 신문명, 문명계, 현대문명이라는 어휘와 동의관계이다. 또한 가시와 비가시, 순간과 영원, 현재에 중시되는 것과 과거에 중시되었지만 잊혀져 가는 것이란 선명한 개념적 대비로 '심령계'와 변별되어 있다. 게일은'심령계'를 추구한 인물들로 바울과 프란시스코의 일화, 공맹노장의 글, 황제 헌원의 일화, 퇴계 이황을 만난 율곡 이이의 일화를 서양, 동양이라는 순서에 맞춰 배치한다. 즉, 기독교의 성인과 유·도가의 근원/한국

공통점을 지니고 있었다. 다만 안확의 문학론에 엿보이는 진화·진보 관념, 조선문학의 변천, 발달은 다카하시의 문학론 속 조선민족성 담론, 특히 사상(문화)의 고착성에는 전제되어서는 안 되는 모순적인 개념이었다. 다카하시에게 한국문학 나아가 한국은 어디까지나 정적인 대상이었다. 이에 따라 「조선문학연구」에서의 초점은 한국문학 전체 속에 놓인 순문학이 양·질적으로 미비한 위상에 맞춰진다. 하지만 다카하시의 이러한 정체성 담론은 '현재 조선'이라는 시공간에 변화가 없다는 가정이 정립할 때 자체의 논리적 모순이 발생하지 않는 것이었다. 이 점에서 한국 사회문화의 급속한 변모는 다카하시 한국민족성론에 있어 일종의 '균열의 지점' 그 자체를 의미할 수밖에 없었다.

4. 근대 학술어의 출현과 한국민족성 담론의 재구성

(1) 1920년대 근대 학술어의 출현

안확, 다카하시 두 사람의 차이점은 특히 단군을 위시로 한 한국민족의 기원을 말하는 부분에서 잘 드러난다. 안확이 상고의 정신으로 규정한 '종(倧)'사상이라는 기원(고유성)과 다카하시가 한국문화의 기원을 외래문화인 중국문화로 규정한 '문화의 종속성'이라는 논리는 양립될 수 없는 것이기 때문이다. 다카하시는 단군신화와 관련된 논문을 1920년 2-3월 사이 세 가지의 다른 형태의 글쓰기 - 일

의 성현이 동서란 차이 대등하게 심령계를 추구한 인물로 배치되어 있는 셈이다.

본어, 한문, 한글(국한혼용문)로 작성했으며 모두 "조선학자"와의 대화를 열어 놓고 있었다.[49] 그렇지만 그 대화는 결코 생산적일 수는 없었던 것처럼 보인다. 예컨대, 1927년 발표한 그의 논고, 「조선문학 연구」에서 다음과 같은 대목은 이러한 사실을 잘 보여준다.

> "병합 이후 해마다 조선인의 민족정신이 발흥함에 따라 여러 국민역사의 체재를 본뜬 조선역사 저술이 나타났다. 대체로 엄밀한 학적 연구의 결과를 이루었고 동시에 불순한 목적을 가지며 또한 연구법 및 자료가 과학적으로 불완전하기 때문에 史的 정확성이 결여되어 있다. 그렇지만 그러하기에 시대의 추이를 점칠 수 있다. 특히 기이한 것은, 종래 기자를 조선 개국의 성군이라고 하여 조선에 문화의 씨를 뿌린 성인으로서 숭배해온 것이, 돌연 기자 숭배를 그만두고 대신 종래 釋氏를 위해 사용된 전설의 神人인 단군에게 아마테라스스메오미카미(天昭皇大神)와 같은 지위를 부여하여 민족의 기원적 우상으로 삼고자 하는 것이다. 지금의 조선인은 지나에 대항하여 천오백년의 문화적 종속에서 일거에 독립하고자 하는 것이다."[50]

상기인용문을 보면, 다카하시는 안확의 한국문학사를 읽은 바와 크게 다름이 없는 상태라고 말할 수도 있다. 안확의 학술어가 상징해주는 바 즉, '한국의 근대어로 된 근대 학술의 출현'은 다카하시가

49 高橋亨, 「檀君傳說に就きて」, 「檀君傳說攷(煎論文漢譯)」, 『同源』 1, 1920. 2 ; 「檀君傳說에 대하여」, 『매일신보』, 1920.3.6-3.10.

50 高橋亨, 「朝鮮文學硏究」, 앞의 책, 15면.

규명했던 한국민족과는 다른 형태의 표상을 만들어 주는 것이었다. 다카하시는 1910년대 진행되는 한국사회의 변화를 분명히 감지하고 있었다. 다카하시는 이미 『조선속담집』(1914)에서, 과거 『조선설화집』(1910)에서 그가 수집한 속담과 그의 주해(註解)가 당시 한국의 사정과 어울리지 않는 사례가 적지 않음을 스스로 인정할 수밖에 없었다. 도로 보수로 인한 교통의 개선, 토지조사의 시행과 소유권의 확정, 사회적 계급의 타파, 직업의 귀천이 소멸되고 수입을 숭상하는 분위기의 등장 등이 말해주듯, 한국사회가 크게 변모되었기 때문이다. 그가 보기에, 한국은 "일본을 모방하여 한 발 한 발 접근"하고 있었던 것이다. 그렇지만, "사상의 고착성·사상의 무창견(無創見)·무사태평·문약(文弱)·당파심·형식주의"라고 규정한 한국의 민족성이 사라져 버렸으며, 민족적으로 완전히 일본에 동화되었다고 보는 것은 큰 오해라고 그는 지적했다.[51]

이러한 변동은 언어-문학에 있어서도 동일한 것이었다. 다카하시는 「조선문학연구」에서 '언문'이 비단 표기와 표기법에 국한되는 것이 아니라, 문학과 학술의 층위를 포괄할 수 있는 개념이자 언어로 변모된 사실을 다음과 같이 진단했다.

> 메이지 44년[인용자 : 1911년] 신교육령 시행 이후 처음으로 언문철자법 조사위원회가 관설(官設)되어, 이에 따라 보통학교용 교과서의 언문철자법을 일정하게 하고, 이후 여러 사람들에 의해서 조선어문법의 연구

---

51 高橋亨, 박미경 옮김, 앞의 책, 22-23면.

> 의 발달도 볼 수 있기에 이르렀다. 그렇다면 언문과 일본문화의 관계는, 마치 일본어가 메이지 초년 이래 외국어 및 외국문학의 영행에 의해서 위대한 발달을 이루었던 것과 마찬가지다. 오늘날이 되어서는 이미 언문혼용 조선문체에 의해서 어떠한 학술도 문학도 자유롭게 완전하게 표사(表寫)할 수 있기에 이르렀다.[52]

사실 이러한 한국어의 전변은 그가 지금까지 제시했던 한국의 민족성 담론에 핵심적인 골자를 이루던 중국문화에 대한 사대주의이자 한국문화의 종속성·고착성과도 관련되는 중요한 문제였다. 그의 민족성론을 규정하는 가장 큰 핵심적인 영역인 한국의 언어-문학 그 자체에 큰 변화가 이루어진 것이기 때문이다. 한국에서 이러한 언어질서의 전변을 다카하시가 감지한 시기와 그의 입장은 「조선의 문화정치와 사상문제(朝鮮の文化政治と思想問題)」(1923)에서 잘 드러난다.[53] 다카하시는 이 글에서 한국인의 민족정신의 고조와 함께 "조선인이 조선어를 존중하고 조선어를 국어로 삼고자 하는 노력"이 최근 몇 년 사이 두드러지게 나타났고 했다. 이러한 다카하시의 진단은 상당히 정확한 것이라고 말할 수 있을 듯하다. 예컨대, 안확의 「조선어연구의 실제」(『東光』8호, 1926. 10)를 펼쳐보면, "성음학(聲音學)"과 "문법(文法)"이 없음을 한탄하던 「조선어의 가치」(1915)와는 달라진 상황을 대면할 수 있기 때문이다.

52 高橋亨, 「朝鮮文學硏究」, 앞의 책, 11면.

53 高橋亨, 구인모 옮김, 앞의 책, 142면(「朝鮮の文化政治と思想問題」, 『太陽』29, 東京: 博文館, 1923. 5).

近來 朝鮮語를 硏究하자는 소리는 四面에서 들너. 그러나 그 硏究라고 것은 感情的이오 學術的이 안이야. 그럼으로 그 硏究라고 써 내는 글발들은 諺文을 바로 쓰자 漢文으로 된 말은 쓰지말자 乂는 文法說明도 通例를 避하자 이러한 主見들로써 常套를 삼아 한갓 外壓的 反感의 動機로서 엇던 엇던 政治的 氣分을 씌여 그 硏究를 絶對的 價値가 잇게 하지 안하는 모양이 된지라…[54]

한국어 연구의 필요성을 주장했던 과거와 달리, 그 당위성과 필요는 이미 충분히 공감을 획득하고 있었다. 오히려 안확이 '감정(感情)'을 버리고 '과학적(科學的)'으로 연구해야 한다고 주장할 만치, 다카하시가 말한 민족정신의 고조와 이에 수반된 한국인의 국어(國語) 존중 및 애호의식은 증대되었던 것이다. 하지만 그 이면에는 더욱 중요한 사건과 변화가 놓여 있었다. 이는 안확의 글 자체가 보여주는 상황이자 다카하시는 상상도 할 수 없었던 상황이다. 그것은 한국인의 지식인들이 "조선어로 사상을 표현"하는 상황이었다. 다카하시가 보기에 "조선어의 발달과 조선 문장 작품의 족출(簇出)"은 "총독부 문화정치에 대한 반항 운동" 중 가장 눈에 띄는 것이었으며, 이러한 흐름이 "제법 성공하리라는 것은 의심할 여지가 없"었다. "문화정치가 표방하는 바가 무색할 만큼 조선인들 스스로 훌륭한 국가를 경영할 수 있는 역사와 능력을 지니고 있음을 암시"해주는 것이었기 때문이다.[55]

54 安廓, 「朝鮮語硏究의 實際」, 『東光』 8, 1926. 10.
55 高橋亨, 구인모 옮김, 앞의 책, 142-143면.

특히 이는 『조선속담집』(1914)부터 「조선문학연구」(1927)까지 일관되게 주장했던 '사상(문화)의 종속성'으로 규정되는 한국인의 민족성과는 매우 어긋나는 사건이었다. 즉, 다카하시의 한국민족성 담론에 반영된 피사체 한국 그 자체의 변동이자 이로 인해 그의 논리에 생성된 균열이었다. 그럼에도 그가 이렇듯 새로워진 한국어를 말할 수 있었던 까닭은, 이 현상을 문화의 종속, 사대주의의 새로운 형태로 인식했기 때문이다. 그가 보기에 이는 한국인이 "옛날에는 한문, 지금은 일본어로 지식계급의 용어 혹은 학문적 용어"로 삼는 행위였다. 근대 한국어의 재편은 "어떠한 일본어라도 번역에 거의 지장이 없을 정도"가 된 "조선어의 장족의 발전"이었다. 하지만 다카하시는 그 새로운 표현을 제공해준 원천이 바로 일본어라고 인식한 셈이다.[56] 그가 보기에 한국의 '근대어'는 원저자를 표시하지 않은 비윤리적인 표절이었을 따름인 것이다.

(2) 근대 학술어의 출현과 한국어의 재편

다카하시가 대면한 1920년대 한국의 근대 학술어와 이로 인한 한국 공론장의 변화는 서구인들의 신어정리사업, 영한사전 2종의 발행, 게일 한영사전의 개정으로 이어지는 급격하고 절박한 것이었다.[57] 하지만 그 징후는 1910년대에도 이미 잠재되어 있었다. 다카하

56 위의 책, 143면.

57 이 점에 대해서는 황호덕·이상현, 앞의 책, 1부 3장[初出: 「번역과 정통성, 제국의 언어들과 근대 한국어: 유비·등가·분기, 영한사전의계보학」, 『아세아연구』 54(3), 고려대 아세아문제연구소, 2011]을 참조.

시가 언급한 한국어의 재편양상을 *The Korea Magazine*에 1917년 3월부터 1918년 사이 연재된 게일의 한국어학강좌 속에서 발견할 수 있다.[58] 한국의 근대어를 설명하는 글들이 처음 선보인 것은 같은 해 7월이었는데, 그가 한국의 근대어에 관한 글을 쓴 가장 큰 이유는 "한국어가 비록 동양에서 유래가 깊은 언어"이지만, 여전히 "생성과정 중인 언어"였기 때문이다. 게일이 잘 말해준 것처럼, 외국인들이 한국어를 온전히 배우기 위해서는 그 생성과정 그 자체에 발을 맞춰 좇아야만 했다.[59]

게일이 체험한 한국어는 본래 사서삼경으로 대표되는 중국고전의 영향 속에 갇혀져 있던 언어였다. 비록 근대어를 포함한 중국어사전이 존재했지만, 이를 소유할 수 있었던 한국인은 매우 한정되었다. 게다가 설사 그러한 사전류 자체가 한국어를 발전시킨 바는 극히 적은 것이었다. 게일은 근대어를 포함한 중국어사전을 활용하여 한국인에게 새로운 사상과 영적인 개념들을 전달하려고 했던 과거 외국인의 시도를 이야기했다. 이러한 그의 진술은 '근대어'를 내포한 중영사전을 그들이 참조하여 한국인에게 활용해보고자 시도했던 그들의 과거 전례를 증언해준다.[60] 게일은 이러한 시도가 실패였

58 게일의 한국어 강좌 기사 목록을 정리해보면 아래와 같다. "The Korean Language," *The Korea Magazine* I, 1917, p. 50·98·149·255 ; "The Korean Language," *The Korea Magazine* II, 1918, pp. 53-54 ; "Difficulties in Korean," *The Korea Magazine* I, 1917, p. 98·149·215·345·386 ; "Modern Words and Korean Language," *The Korea Magazine* I, 1917, pp. 304-306; "Korean Language Study," *The Korea Magazine* II, 1918, pp. 116-118·153-154·208-209·253-255·257-259·305-307·404-405·441-442·497-498·540-541.

59 J. S. Gale, "Modern Words and Korean Language," *The Korea Magazine* Ⅰ, 1917. 7.

음을 지적했다. 그 한자음을 한국식으로 옮기는 작업이 선행되어야 했으며, 설사 이 작업이 훌륭하게 완수되어도 이를 듣는 한국인에게 그 언어표현은 "영어 단어와 한국어 어미가 혼종된 어휘"와 별반 다르지 않게 들렸기 때문이다.[61]

요컨대, 문제는 개념을 등가교환의 관계로 제시해주어야 할 번역어 그 자체가 아니라 이 어휘와 개념을 사용하게 될 한국인에게 있었던 셈이다. 즉, 번역어가 사회·관습화되어 한국인에게 정통성을 얻지 못한 상황 속에서 외국인들의 시도는 매우 무의미한 것이었다. 하지만 게일은 대략 십년 전에 이러한 한국어의 상황이 크게 변모되었음을 지적했다. 그 이유는 첫째, 근대적 교육을 담당하는 학교들의 설립, 둘째 일본어·문학의 영향력에 있었다. 특히, 신어와 새로운 사상을 이해할 수 있는 신지식인이 지속적으로 증가함에 따라 한국어는 급속도로 재편되었다. 그는 그 사례로 15개의 어구들을 예시문과 함께 제시한다. 게일의 『한영자전』(1911)과 존스(George Heber Jones, 1867-1919)의 영한사전(1914) 속 해당어휘의 등재양상을 함께 정리해보면 다음과 같다.[62]

---

60 물론 개신교선교사들이 어떠한 서적을 통하여 이러한 시도를 했는지 구체적으로 말할 수는 없다. 다만, 언더우드의 경우 S. W. Williams, *A Syllabic dictionary of the Chinese language*, Shanghai: American Presbyterian Mission Press, 1874를 게일의 경우 H. A. Giles, *A Chinese-English dictionary*, London: Bernard Quaritch; Shanghai: Kelly and Walsh, 1892를 참조사전으로 밝힌 바 있다. 실제로 언더우드, 게일의 『한영ᄌᆞ뎐』(1897)에 있어 중요한 참조사전은 중영사전이었던 측면을 보면, 그의 진술은 실제 자신과 주변의 경험을 말한 것으로 보아도 좋을 듯하다.

61 J. S. Gale, "Modern Words and Korean Language," *The Korea Magazine* I, 1917, p. 304.

	"Modern Words and Korean Language"	표제어	Gale, 1911	Jones, 1914
1	經濟上困難 (구라파젼쟝으로말미암아경졔샹곤난이 만소.) economic distress(1917.9)	經濟	Fiance, economy	Economy
		經濟上	×	Economical
		困難	Hardship, suffering	Perplexity Trial Trouble
2	理想的人物 (리샹뎍인물이되랴면학문을잘닥가야되오.) ideal man(1917.9)	理想	×	Ideal
		理想的	×	×
		人物	Human appear- ance, look	Personage Celebrity
3	青年界影響 (신식에쳥년계에영향밋칠것이젹지안소.)	青年	Youth, the green and salad days of youth	Young Manhood
		青年界	×	×
		影響	Literally 'shadow and echo', influence, effect	Influence
4	法律上對照 (법률샹으로대됴히본즉형사요.) In the eyes of the law(1917.9)	法律	×	Law
		法律上	In law, legal matters	Legal
		對照	×	×
5	一時的事業 (그러훈일은일시뎍ᄉᆞ업에지나지못ᄒᆞ오.)	一時的	×	Temporary
		事業	Occupation, business	Occupation, Trade
6	人類界模範 (인류계에모범이될만ᄒᆞ오.)	人類	Man-as opposed to brute creation	Race Mankind Humanity
		人類界	×	×
		模範	Example, model, pattern, standard, rules	Model Paragon Pattern Shape Standard

62 Ibid., p.305 ; 이하의 도표는 J. S. Gale, "Difficulties of the Language," *The Korea Magazine* I, 1917. 9, pp. 386-387에서 보여준 해당어구에 대한 번역양상을 함께 배치한 것이다. 1911년 게일의 한영사전에 대한 표제항 검색은 윤애선, 이은령, 김인택, 서민정, "웹으로 보는 한영자뎐 1.0", 저작권위원회 제호 D-2008-000027-2, 2009.(http://corpus.fr.pusan.ac.kr/dicSearch/)를 활용하기로 한다.

<table>
<tr><th colspan="2">"Modern Words and Korean Language"</th><th>표제어</th><th>Gale, 1911</th><th>Jones, 1914</th></tr>
<tr><td rowspan="3">7</td><td rowspan="3">處理上不便
(편지를얼는회답ᄒᆞ지안임으로처리샹불편이 만소.)
By not answering letters at once much inconvenience is caused in the management of affairs(1917.9)</td><td>處理</td><td>Management-as of affairs,
negotiation</td><td>Treatment</td></tr>
<tr><td>處理上</td><td>×</td><td>×</td></tr>
<tr><td>不便</td><td>×</td><td>×</td></tr>
<tr><td rowspan="3">8</td><td rowspan="3">政治的觀念
(졍치뎍관렴이업ᄂᆞᆫ사ᄅᆞᆷ은관쟝이될수업소.)
관념=ideals(1917.9)</td><td>政治</td><td>Government
the administration
of affairs</td><td>Government
Politics
Rule</td></tr>
<tr><td>政治的</td><td>×</td><td>Political</td></tr>
<tr><td>觀念</td><td>×</td><td>×</td></tr>
<tr><td rowspan="3">9</td><td rowspan="3">實業界注意
(이ᄯᅢᄂᆞᆫ실업계에셔쥬의할ᄯᅢ요)
This is an age of making a specialty of some practical calling.(1917.9)</td><td>實業</td><td>Literally, true trade of profession-applied chiefly to the trade of a skil-led artizan</td><td>×</td></tr>
<tr><td>實業界</td><td>×</td><td>×</td></tr>
<tr><td>注意</td><td>×</td><td>×</td></tr>
<tr><td rowspan="3">10</td><td rowspan="3">學術上進就
(십년동안된력ᄉᆞ를삷혀보면학슐샹진취된것이만소.)</td><td>學術</td><td>Learning and ac-complishments,
science and art.</td><td>×</td></tr>
<tr><td>學術上</td><td>×</td><td>×</td></tr>
<tr><td>進就</td><td>×</td><td>×</td></tr>
<tr><td rowspan="3">11</td><td rowspan="3">心理的作俑
(심리뎍쟉용으로병이낫지달니병난것이안이오.)
His illness is caused by mental trouble, there is nothing else the matter.(1917.9)</td><td>心理</td><td>×</td><td>×</td></tr>
<tr><td>心理的</td><td>×</td><td>×</td></tr>
<tr><td>作俑</td><td>×</td><td>×</td></tr>
<tr><td rowspan="3">12</td><td rowspan="3">道德上問題
(그것은도덕샹뮨뎨로만말ᄒᆞ여야되오.)
That should be spoken of as a moral question only.(1917.9)</td><td>道德</td><td>Religion and virtue</td><td>×</td></tr>
<tr><td>道德上</td><td>×</td><td>×</td></tr>
<tr><td>問題</td><td>A theme,
a subject,
a problem,
a question,
written examples</td><td>Issue
Problem
Question
Subject</td></tr>
<tr><td rowspan="2">13</td><td rowspan="2">可及的範圍
(학싱은학교규측을가급뎍범위안에셔잘직힐것이오.)
Students should, by all means in their power, live up to school regulations.(1917.9)</td><td>可及的</td><td>×</td><td>×</td></tr>
<tr><td>範圍</td><td>Limits,
sphere,
province,
circle,
field or domain</td><td>×</td></tr>
</table>

"Modern Words and Korean Language"		표제어	Gale, 1911	Jones, 1914
14	學問上理論 (학문샹리론만가지고는안되오.) Theory by itself is ineffectual(1917.9)	學問	Learning, knowledge of characters	×
		學問上	×	×
		理論	Theory	×
15	實際的經驗 (실졔뎍경험이잇서야되오.) You must have practical experience to pull through (1917.9)	實際	×	×
		實際的	×	×
		經驗	Experience practice	×

상기도표의 어구들은 『한영자전』(1911)에는 등재되지 않은 새로운 개념 및 어휘를 포함하고 있지만, 그 선별의 가장 큰 준거는 "-적(的), -상(上), -계(界)"와 같은 접미사를 포함한 일본식 한자 어구였다.[63] 존스의 영한사전 「서문」은, 게일이 말한 한국어의 사례를 잘 말해준다. 즉, "-적(的), -상(上), -훈"을 통해 영어의 명사어휘를 형용사로 전환시키는 용례를 존스 역시 많이 고민한 흔적이 보이기 때문이다. 더불어 상기도표가 잘 보여주듯이 게일의 『한영자전』(1911)이 이렇듯 새로운 한국어 어휘를 풀이해주는 데에는 충분하지 못한 사실을 잘 알고 있었다. 즉, 존스는 『한영자전』(1911)이 지닌 한계점을 잘 알고 있었다. 이 점은 게일 역시 마찬가지였다. 게일 역시 존스의 영한사전이 출간될 필요성을 절실히 느끼고 있었기 때문이다.[64] 물론 상기 도표가 보여주듯, 존스의 사전이 해결해줄 수 있는

63 게일의 글("The Korean Language," *The Korea Magazine* Ⅱ, 1918. 4)을 보면 상기 도표에 제시된 "-的, -上"의 의미를 도저히 모르겠다고 질문을 받았고, 이를 "문화뎍으로 보면……신령뎍으로 보면 = from a literary point of view……from a spiritual point of view", "졍치뎍ᄉᆞ상 idea concerning government", "물질뎍 materialistic"과 같이 그가 풀어주는 모습이 보인다.

일부의 어구들 역시 존재했다. 하지만 우리가 주목해야 될 점은 다른 곳에 있다. 그것은 게일이 상기의 어구들에 상응하는 영어를 제시하지 않고, 독자들에게 번역해볼 것을 요청했던 당시의 상황 그 자체이다.

즉, 이 어구들은 영어에 상응하는 한국어 번역어가 아니라, '번역되어야 할 한국의 새로운 어구'로 제시된 것이었다. 이에 대한 독자들의 번역과 그에 대한 게일의 논평은 9월호에 게재되는 데, 그 양상은 오히려 예시문을 영어로 적절하게 번역하는 양상이었다.[65] 이 과정은 "서구어의 번역으로 부터 자국어를 창출하는 과정"이 아니라 오히려 한국에 "이입된 신조어들을 영어문맥 안에 고정하려는" 과정이었던 것이다.[66] 이 어구들의 출처를 쉽게 단정할 수 없지만, 게일이 한국어의 재편과정에 보조를 맞춰갈 공부의 대상으로 제시한 자료는 『매일신보』였다.[67] 그런데 이러한 새로운 한국어의 등장은 『매일신보』를 비롯한 일부의 매체에 한정되는 것이 아니라, 과거 한국 언어질서의 전체상을 변모시킬 수준이었다.

---

64 황호덕·이상현 옮김, 앞의 책, 114-119면(G. H. Jones, "Preface," 『英韓字典영한ᄌᆞ뎐(*An English-Korean dictionary*)』, Tokyo: Kyo Bun Kwan, 1914 ; J. S. Gale, "English-Korean Dictionary by George H. Jones," *The Korea Mission Field*, 1915. 3).

65 J. S. Gale, "Difficulties of the Language," *The Korea Magazine* I, 1917. 9, pp. 386-387.

66 황호덕·이상현, 앞의 책, 73-74면.

67 J. S. Gale, "Difficulties of the Language," *The Korea Magazine* I, 1917. 9, p. 386 ;"The Korean Language: A Newspaper Paragraph," *The Korea Magazine* Ⅱ, 1918. 11, pp. 497-498.

(3) 고전어와 근대어의 분기

게일의 한영이중어사전(1897-1931)「서설(Introduction)」에서 그는 한국어의 전체상을 다음과 같이 규정한 바 있다.

> 만일 언어가 쓰인 단어나 분절된 음성이라는 수단에 의해 사고들을 표현하는 것이라고 규정된다면…[인용자 : 한국어는] 구어(Colloquial), 서적형태(Book-form) 그리고 문자(Character)라는 세 가지 언어가 있는데, 여기서 서적 형태란 한국 본래의 서기 방식으로 쓰인 것을 뜻하고, 문자란 한문으로 된 것을 의미한다.[68]

구어와 한글문어는 엄연히 변별되는 것이었으며, 한문은 중국이 아니라 동일한 한국어라는 지평 속에 놓여있었다. 물론 게일이 참여한 한영이중어사전의 최종판까지도「서설」에서 소개되는 한국어의 세 층위는 동일하게 제시된다. 하지만 그가 이 변모를 감지하지 못했던 것은 결코 아니었다. 게일은 십년간이란 짧은 기간 동안 한국의 문어(the Korean written language)가 세 가지의 큰 영향력에 의해 변모되어, 새롭게 말(speech)을 기록하는 방식이 나오게 되었다고 했다. 그 영향력 중 첫 번째는 한국인의 삶 속에서 중국 고전이 소멸된 것이었다. 한문과 병행되었던 고유어 접사와 종결어미를 찾아보기 어렵게 되어, "문리(文理)"라는 고전적 문체와 고유표기는 결별하게 된

68 황호덕·이상현 옮김, 앞의 책, 100면(J. S. Gale, "Introduction,"『韓英大字典(*The Unabridged Korean-English Dictionary*)』, 京城: 朝鮮耶蘇敎書會, 1931).

셈이라고 말했다. 둘째, 과거에는 문어에 비해 큰 중요성을 지니지 못했던 구어(colloquial)가 문어에까지 영향력을 끼칠 정도로 그 위상이 달라진 측면이었다.[69]

셋째, 옛 한국인들은 들어보지도 꿈꿔보지도 못했던 사상과 표현들이 일본어를 통해 들어온 것이었다. 근대 철학 및 과학의 술어들, 정부·사회·사업·교육과 다른 많은 것들에 관계된 술어들, 과거 한국인들에게 이 술어들은 불필요한 것들이었다. 하지만 현재 한국은 이미 근대 세계 속에 거하는 한 부분이 되었다. 게일은 평범한 서구인들로서 이러한 술어들을 익히는 것이 어쩌면 우스꽝스러운 일이지도 모르며, "순례자이자 이방인"들인 자신들은 잘해야 언어의 가장자리에 닿을 수 있으며, "근대의 삶을 지탱하는 모든 어휘와 구문을 배운다는 시도" 그 자체가 "희망 없는 부질없는 것일지도 모른다"고 말했다. 하지만 학생들을 만나게 될 때 최대의 난점 중 하나는 집 안에서 제 자리를 찾지 못하는 "일상적인 통화"와도 같은 어휘들, "Character, ideals, influence, manhood"이었다. 그는 이 어휘에 대한 온전한 등가성을 지닌 한국어 어휘를 찾아야 할 시점이 도래했음을 인정했다.[70]

더욱 유심히 보아야 할 점은 게일의 한영이중어사전 「서설」이 제시해준 본래의 분절과 다른 양태로 한국어의 전체상이 변모된 사실이다. 즉, 한국어의 전체상 속에서 한문문어가 배제되며, 구어와 한

69 J. S. Gale, "The Korean Language," *The Korea Magazine* Ⅱ, 1918. 2, pp. 53-54.

70 Ibid., p. 54 ; 영한 이중어사전 속에서 그 대응관계를 정리해보면 다음과 같다.

글문어의 간격에 변모가 생긴 것이다. 또한 일본을 통한 근대 사상과 개념을 표현하는 새로운 언어표상의 층위가 더해진 셈이었다. 게일은 이광수의 「신생활론」 중 기독교 관련 부분을 발췌하며, 이 글이 "근대적인 화법, 글쓰기, 사고"의 좋은 표본이라고 말했다. 여기

	Underwood, 1890	Scott, 1891	Jones, 1914	Gale, 1924	Underwood, 1925
Character	셩픔	(repute) 일홈, 힝실 (nature, etc.) 셩픔, 셩졍, 셩벽 (letter) 글, 글ᄌᆞ	(disposition) 셩품(性稟) : 셩질(性質) : (personal)본셩(本性) : (letter) 문ᄌᆞ(文字) : (reputation) 명문(名聞) : 명예(名譽)	셩격(性格), 인격(人格).인물(人物), 인품(人品), 기질(氣質)	(1)셩질(性質), 셩품(性品) (2)명망(名望), 톄면(體面) (3)디위(地位), 신분(身分), ᄌᆞ격(資格) (4)글ᄌᆞ, 문ᄌᆞ(文字), ᄌᆞ호(字號), 긔호(記號) (5) 인물(人物)
ideal(s)	×	×	(standard of excellence) 표쥰(表準) : (in imagination) 샹샹(像想) : (phil.)리샹(理想)	×	리샹, 모범(模範), 표준(標準).
influence	권셰, 힘, 인유ᄒᆞᄂᆞᆫ것, 풍화	형셰, 권셰, 셰도	권셰(權勢) : 유력(有力) : (personal)셰력(勢力) : 감화 (感化) : (effective cause)영향(影響)	영향(影響), 긔세(氣勢)	권세(權勢), 셰력(勢力), 힘, 바람, 덕(德), 긔운, 효력(効力), 영향(影響)
manhood	쟝셩ᄒᆞᆫ것, 쟝남ᄒᆞᆫ것, 쟝뎡, 담력, 셩관ᄒᆞᆫ것, 셩인	쟝뎡	쟝년(壯年)	×	(1) 인격 (人格), 인셩 (人性). (2) 셩인 (成人), 쟝년 (長年), 장뎡 (長丁). (3) 굿셴것, 강의 (剛毅), 강용 (剛勇).

서 더 큰 문제는 게일이 지적한 대로 신지식인이 생성시킨 한국의 근대어가 한국의 전통적인 한학적 지식인을 문맹인으로 만들만큼 아주 낯선 언어였다는 점이다.[71] 하지만 새롭게 등장한 한국의 지식인들이 과거 한문 문헌들을 읽을 수 없게 될 것이라고 감히 말하지 않았다. 그러나 게일이 1920년대에 쓴 한국문학을 논하는 그의 글에는, 한문고전의 세계를 망각하게 된 이 교육받은 지식인들에게 느끼는 그의 심정이 여실히 형상화된다.[72] 즉, 근대어의 출현은 '언어 내 번역'이란 구도 속에 함께 배치되어 있던 국문과 한문을 "언어 간 번역"이란 틀 속에서 재사유하게 해주는 것이었다. 또한 그것은 과거 한국어의 전체상을 새롭게 분절시킨 사건이었다.

---

71 J. S. Gale, "The Korean Language," *The Korea Magazine* Ⅱ, 1918. 12, pp. 498-499 ; 이광수「신생활론」과 관련된 게일의 논의 및 번역에 대한 검토는 황호덕·이상현, 앞의 책, 422-428면(初出: 이상현,「근대 조선어·조선문학의 혼종적 기원:「朝鮮人의 心意」(1947)에 내재된 세 줄기의 역사」,『사이間SAI』8, 국제한국문학문화학회, 2010) ; 황호덕,「사전과 번역과 현대 한국어문학, 고유한 근대 지성의 출현과 전파 번역의 황혼: 이광수, 제임스 게일, 윌리엄 커의 근대 한국(어)관, *The Korea Bookman*을 중심으로」,『반교어문연구』42, 반교어문학회, 2016, 18-29면.

72 황호덕·이상현 옮김, 앞의 책, 164-168면(J. S. Gale, "Korean Literature," *The Christian Movement in Japan, Korea, and Formosa*, Kobe, 1923 ; "What Korea Has Lost," *The Christian movement in Japan, Korea and Formosa*, Kobe, 1926) ; 같은 책, 129면(奇一,「歐美人の見たる朝鮮の將來: 余は前途を樂觀する」2,『朝鮮思想通信』788, 1928).

5. 불가능한 대화의 지점과 한국의 근대어문학

(1) 한문고전의 번역과 재편

게일에게 한국문학의 전체상을 제시해준 것은 쿠랑의 『한국서지』(1894-1896, 1901)였다. 그의 한국문학론(Korean Literature(1923))을 펼쳐보면, 게일은 한국이 "몇 세기를 거쳐" "헤아릴 수 없이 많은 양의 광범위한 문헌을 축적해 왔"음을 말하며, 광의의 문학개념에 해당되는 이러한 한국문학의 전체상을 『한국서지』의 분류표제항 항목을 빌려 다음과 같이 제시한다.[73]

> "① 교육관련 서적, ② 중국어·만주어·몽고어·산스크리트어 관련 어학서적, ③ '역경'과 같은 철학적 고전을·비롯한 유학 경전들, ④ 시집과 소설류, ⑤ 예법과 풍습·제례·궁중전례·어장의(御葬儀)의 규범을 다룬 의범(儀範) 관계서, ⑥ 정부 문서, 복명·포고문·중국 관계서적·군서(軍書), ⑦ 국사·윤리 관련 사서류·전기류공문서류, ⑧ 기예(技藝) 관련서적, 수학·천문학·책력(冊曆)·점복서적·병법서·의서·농서·악학(樂學)·의장 및 도안 관련서적, ⑨ 도교 및 불교 관련 종교서적"[인용자 : 쿠랑의 9분법에 분류에 맞춰 ①-⑨로 구분했다.][74]

상기 목록을 구성해주는 서적의 언어는 한문이었고, 이에 대한 게

73 위의 책, 161-162면[J. S. Gale, "Korean Literature," *The Christian Movement in Japan, Korea, and Formosa*, Kobe, 1923].

74 위의 책, 162면.

일의 탐구는 이른 시기부터 비롯되었다. 엘린우드(F. F. Elinwood)에게 보내는 게일의 서한을 보면, 한국에 입국한 후 게일은 1891년까지 한문고전을 정기적으로 읽고 있었으며, 이 작품들이 그에게 큰 위안이 되고 있음을 술회했다. 1892년에는 그가 한자를 익히며, 공자의 책을 읽기 시작한 것이 일년이 훨씬 넘었고 이제는 한문성경을 읽을 수 있는 수준이 되었다. 게일은 한국문학을 연구하기 위해서 또한 한국의 구어를 익히기 위해 이러한 한자·한문에 대한 공부가 필수적이라 여겼다.[75] 즉, 게일이 보기에, 한문고전의 언어는 한국어와 결코 분리되지 않는 매우 중요한 것이었다. 또한 이 언어는 과거의 언어가 아니라 그가 체험한 한국 속에서 유효성을 지닌 동시기적인 언어였다. 한국어를 습득함에 있어 반드시 탐구되어야 할 분명한 실체였던 것이다.

그렇지만 한문고전을 읽는 게일의 실천 속에는 번역의 과정이 내재되어 있었다. 그가 한국의 고전을 읽어나가는 과정 그 자체에 의당 해독 및 번역의 과정이 놓여있기 때문이다. 그러므로 그것은 '한국 고전, 고전어의 재편 과정'을 형성한다고 할 수 있다. 게일의 영어라는 '모어'이자 '근대어'와 '한문고전의 언어'의 관계는 결코 동일한 하나의 언어 체계 안에 놓인 관계가 아니었기 때문이다. 이와 관련하여 한국 한문고전에 대한 번역이 본격적으로 게일 한국학의 가장 주된 탐구영역이 된 시기와 계기들인 1910년대 조선고서간행회,

75 J. S. Gale, 김인수 옮김, 『제임스 S. 게일 목사의 선교편지』, 쿰란출판사, 2009, 17, 38면 ; J. S. Gale, 권혁일 옮김, 『제임스 게일』, KIAT, 2012, 153-154면.

광문회의 '한국고전에 대한 대량출판'이란 사건을 주목할 필요가 있다. 또한 우리는 이 속에 개입된 일본어라는 또 다른 언어를 중심으로 진행된 언어정리사업을 주목해야 한다. 그것은 조선총독부의 규장각도서정리사업과 병행되었던 『조선어사전(朝鮮語辭典)』(1920)의 편찬과정이다.

(2) 『朝鮮語辭典』에 관한 안확의 비평과 그 정황

안확은 조선총독부의 『조선어사전』에 관하여 "8-9년간(八九年間)의 공정(功程)을 비(費)하야 다수(多數)한 인원(人員)과 거액(巨額)의 금전(金錢)을 투(投)한 것인데 그 내용(內容)은 고사(姑捨)할 지라도 일개(一個) 웅대사서(雄大辭書)이라 하갯다"[76]라고 평가했다. 즉, 이 사전은 편찬기간과 동원된 인원과 비용, 수집어휘의 양적인 측면에서는 한국에서 그 유례를 찾아볼 수 없는 대규모의 사전편찬과정을 거친 업적이었다. 하지만 안확은 이 사전을 구성하는 실제 그 내용 즉, 수록 어휘들에 관해서는 좋은 평가를 내리지 않았다. 왜 그랬던 것일까? 사전의 내용, 수록어휘에 대한 안확의 평가가 지닌 의미는 『조선어사전』의 편찬사업에 관여했던 일본인들의 증언을 통해서 충분히 유추해볼 수 있다.

『조선어사전』에 수록된 오다 미키지로(小田幹治郎, 1875-1929)의 「서문」에는 사전편찬과정이 잘 정리되어 있다.[77] 오다 미키지로의 글에

---

76 안확, 「辭書의 類」, 『啓明』8. 1925.5.

77 황호덕·이상현 옮김, 앞의 책, 123-127면(小田幹治郎, 「朝鮮語辭典 編纂의 經過」, 『朝鮮語辭典』, 朝鮮總督府, 1920.12.1.(印刷), 1920.12.5.(發行)) ; 『조선어사

제시된 『조선어사전』의 편찬과정 속에서 다카하시의 이름은 물론 거론되지 않는다. 하지만 다카하시의 「조선문학연구」를 보면, 그는 이 사전의 편찬 작업에 분명히 참여했다.

> 몇 해 전 조선총독부 참사관실에 있어서 『朝鮮語辭典』을 편찬하자, 나는 사업의 속성을 기하기 위해서, 한자어로 하여 그 의미가 문자 그대로인 것은 제거하고, 오로지 순수 조선어 아울러 '조선어화'하여 원뜻을 잃은 한자어만의 해석에 그치면 어떤가라고 제의(提議)했었다. 그런데, 무시하면 어수(語數)가 매우 감소하여 실제 일용 조선어의 대부분을 생략하는 것이 된다는 이유로 채택되지 않고, 지금의 총독부사전은 모든 한자어를 망라하고 있어 한자어는 수에 있어서는 훨씬 순수조선어를 능가하여, 대략 총 어수(語數) 51,675어의 약 4분의 3은 한자어일 정도로 추산되는 것이다.[78]

다카하시는 "'조선어화'하여 원뜻을 잃은 한자어"와 "순수 조선

전』은 1920년 3월에 1,000부가 먼저 인쇄되어 필요한 기관에 배부되었고, 일반인에게 발매하기 위하여 1920년 12월에 발행할 때는 인쇄자의 의뢰에 의해 오다 미키지로(小田幹治郎)의 「朝鮮語辭典 編纂의 經過」를 첨가해 출간되었다. 그 경위와 총독부의 관련서류철에 관해서는 이병근, 「朝鮮總督府編 ≪朝鮮語辭典≫의 編纂目的과 그 經緯」, 『震檀學報』 59, 진단학회, 1985를 참조. 오다 미키지로의 글에 따르면 그 편찬절차는 다음과 같은 순서로 진행되었다(1911. 4 - 1913. 3 : 語辭의 수집과정, 1913. 4- : 語辭의 해설(조선어 해설 및 일본어 역, 1913. 6 - 1915. 5 : 특별어 및 보통어 해설 심사, 1915. 7-1917. 12 : 해설문의 수정 및 語辭의 배열, 1917. 12 : 원고본의 완성, 1918. 1 - 1919. 3 :원고 심사, 1919. 4 : 인쇄 준비, 1919. 10 : 인쇄, 1920. 3 : 편찬작업 완료).

78 高橋亨, 「朝鮮文學硏究」, 앞의 책, 10면. ; 오다 미키지로는 총 단어수를 58.639개(한자어 40,734개, 언문어 17,178개, 이두 727개)라고 이야기 했다.(황호덕·이상현 역, 앞의 책, 127면).

어"만을 수록대상 어휘로 삼자는 견해를 제출했다. 그렇지만 그의 제의를 수용할 경우, 편찬과정 속에서 수집했던 수록어휘가 상당량이 무의미하게 되는 것이었고 사전의 가치는 크게 훼손되는 것이었다. 따라서 다카하시의 제의는 받아들여지지 않은 셈이다. 하지만 『조선어사전』이 수집한 전체 한국어의 어휘목록이 당시 한국어의 실상에 얼마나 부합한 것이었을까? 물론, 이 문제는 당시 한국어의 실상을 확정할 수 없는 이상 쉽게 답할 수 없다. 다만 어휘를 수집하는 과정 속에서 『조선어사전』의 한계점은 충분히 추론할 수 있다. 오다 미키지로에 따르면, '한자어'와 '이두'의 수집은 한국정부로부터 인계받은 십 수만의 도서가 있었으며, 다른 문서와 금석문 역시 풍부한 자료를 지니고 있었다. 반면 '언문(諺文), 구어(口語)' 자료는 한국인의 기억, 즉 그들의 구술적 증언에 기댈 수밖에 없는 상황이었다. 오다 미키지로는 이를 매우 우려했다.[79] 즉, 다카하시가 제시한 조언은 애초부터 실현될 수 없는 건의였으며 오히려 『조선어사전』이 지니고 있었던 한계점이었던 것이다.

오다 미키지로는 "역사가 갖추어져 있지 않은 나라에서 구비(口碑)가 전해지고 있는 것과 마찬가지로 사전을 지니고 있지 못한 한국인은 생각 밖으로 언어에 대한 기억과 식별 능력이 있어 이 역시도 큰 결함 없는 결과를 얻게 되었다"[80]고 말했다. 다카하시 역시 "필경 오랜 동안 지나를 모방한 결과, 재래 조선어의 사용을 소홀히

79 위의 책, 125면.
80 위의 책, 125-126면.

하여, 결국 언제라고 할 것 없이 참된 조선어를 망각하여 오로지 한자어를 조선어라고 하여 사용하기에 이르렀기 때문"이라고 이야기했다.[81] 두 사람의 주장에 따르자면, 문헌을 기반으로 추출한 『조선어사전』의 한국어는 실생활과 유리된 것이 아니며, 또한 『조선어사전』은 한국의 '구어'와 '언문'을 배제한 사전이 아니었다.

하지만 두 사람의 논리는 아래와 같이 조선총독부의 사전 편찬 작업 전반을 보여주는 공문서(書類綴, 奎 22004) 속 『조선어사전』 편찬의 동기와는 상당히 모순된 진술이었다.(「朝鮮語辞典編纂事務終了報告」)

> "예부터 조선에는 옥편이라는 것이 극히 간이한 한자자전이 존재하는 것 외에 시세[時世]에 맞는 사전을 찾을 수 없었다. 바야흐로 국어[인용자 : 일본어]가 나날이 조선 안에 보급되어 서울과 시골[都鄙]을 불문하고 국어[인용자 : 일본어]를 해독하지 못하는 자가 드물기에 이르렀다. 점점 조선어[鮮語]는 휴폐[休廢] 상태가 되어감에 오늘날 정확하게 전거로 삼을 만한 사전을 편찬해두지 않아 앞으로 문서를 읽기가 아주 불편을 느끼게 될 뿐만 아니라, 내지인[인용자 : 재조일본인]으로서 조선어를 가르치려는 자의 고통이 다대했다."[82]

『조선어사전』은 당시 한국어보다는, 소멸되고 있었던 과거 한국의 문학어를 번역하기 위한 필요에 의해 편찬된 것이었다. 다카하시

---

81 高橋亨, 「朝鮮文學硏究」, 앞의 책, 10-11면.

82 황호덕·이상현 옮김, 앞의 책, 137면.

는『조선인』(1921)에서 각급 학교의 학생들이 한문의 가치를 경시하는 일이 심해지고, 일본인 교사들 가운데에서 한문을 독해할 수 있는 이가 많지 않음을 지적했다. 그가 보기에, 이러한 새로운 동향은 한문이 새로운 생활에 필요치 않은 언어라는 사실을 반증해주는 사례였다. 또한 십수년이 지나 교육을 받은 학생들이 사회에 나오면, 한문은 일본의 경우와 마찬가지로 사상과 문헌으로만 남게 될 지경이라고 전망했다.[83] 즉, 한국의 어문질서가 변하고 있는 점과 향후 전망을 다카하시도 충분히 알고 있었던 셈이다.

그럼에도 불구하고 이처럼『조선어사전』발간의 지향점은, 어디까지나 소멸되는 과거 한국의 문학어에 놓여 있었다. 이 언어가 휴폐[休廢]상태에 놓여 있음을 적어도『조선어사전』의 편찬자들은 사전편찬의 종료를 알리는 시점에서는 분명히 알고 있었던 셈이다. 또한 과거의 언어가 망각되는 동시에 일본어를 해독할 수 있는 한국인들이 증가하고 있었다. 문제는 일본인들이 간과한 일본어와 한국어의 관계였다. 그들의 시선에서 일본어와 등가교환의 관계가 성립한 한국어는 번역어였을 따름이다. 그것은 일본어사전과 구별된 한국어사전을 편찬함에 있어 수집대상의 어휘로 인식되지 않는 언어의 층위였던 것이다. 하지만 그 중에서 한국의 매체 속에서 등장하고 있던 '신한어(新漢語)', '신문명어(新文明語)', '신제한어(新製漢語)', '신사(新詞)', '신생한자어' 등이라 명명된 '근대 외래한자어'는 중요한 한국어의 한 부분이 되고 있었다. 하지만 이는 그들이 보기에 과거

83 高橋亨, 구인모 옮김, 앞의 책, 90면.

한문고전의 번역어, 한자음을 표기하던 한국어가 과거 한자가 아닌 새로운 대상을 표기하게 된 현상이었던 것이다.

『조선어사전』은 이후의 이중어사전, 나아가 존스의 영한사전(1914)보다도 근대의 문명어를 포함하지 못한 업적이었다. 그들은 물론 한국어 어휘를 수집하는 과정에서 "내외인의 손으로 만들어진 조선어에 관한 서적도 대조하여, 조금도 남거나 빠지는 것이 없도록" 노력했다. 이에 그들은 게일의 『한영자전』(1911)을 참조했으며 비교검토를 수행했고, 수집한 어휘의 양이 8만 여개였다는 점은 분명히 『한영자전』을 웃도는 수준이었다.[84] 그럼에도 오다 미키지로가 어휘의 수집과정을 1913년까지로 한정한 사실과 그 근원이 한문전적이었던 사정을 주목할 필요가 있다. 이는 『조선어사전』이 한국인에게도 해독가능해진 일본어와 등가관계에 놓인 한국어, 1910-1920년대 새로운 전환기 속 한국어를 배제했음을 보여준다.

게일, 안확 두 사람 모두 주목한 『매일신보』와 같은 매체, 그 속에서 게일이 감지했던 근대어의 징후들과 같이 안확의 글쓰기를 예비해 주는 언어들의 개입여지가 차단되어 있었던 것이다. 즉, 안확이 보기에, 『조선어사전』에 수록된 그 어휘들은 당시의 언어가 아니라, 실생활과 유리된 일종의 고어(古語)로 보였던 것이다. 나아가 『조선어사전』과 관련된 이러한 안확의 감각은 한국의 고전어와 근대어가 완연히 분기된 양상을 잘 보여준다. 『조선어사전』의 편찬과정에서 중요한 역할을 담당했던 오구라 신페이가 후일 현대 '조선어사전'

---

84 황호덕·이상현 옮김, 앞의 책, 138면.

과 '고어사전'을 함께 준비했다는 사실은 이 시기 한국어의 전체상이 두 층위의 언어로 분절되고 있었음을 잘 말해준다.[85]

(3) 『朝鮮文學史』에 드러난 고전(어)와 근대(어)의 분기

『조선어사전』의 편찬과정이 암시해주는 고전어/근대어로 분기된 1910년대 문학사의 현장은 『조선문학사』(1922)에서 「신구대립(新舊代立)의 문예(文藝)」란 제명 아래 제시된다. 그 중 '구문예'의 흐름은 다음과 같이 초두에 배치된다.

> ○○○○○○○○○ 오직 古書를 古形에 依하야 刊行함에 不過하니 金敎獻 柳瑾 崔南善 等이 組織한 光文會는 古代歷史 及 古跡을 刊行함에 周族을 力하니라 此 史詩的 思想은 모름지기 古文藝를 復興함에 至할새 處處에 漢詩의 風이 起하야 古代科擧式의 白日場이 開하니 安宅重氏의 槍起한 辛亥唫社는 當時 漢詩名作을 採集하여 刊行한 것이며 京城 奬忠壇 洞天에서 開한 擬科會는 실상 高麗적 時代를 再來한 듯하다 金允植『雲養集』發行은 漢詩思想으로 出한 바 當時 代表的의 發行物이러라 此 風潮로브터 漢學熱은 大起함에 至하야 新敎育을 受한 靑年도『孟子』『論語』를 習讀하며 書籍業者는『千字文』『痛鑑』『四書』等 古漢籍을 發賣함에 多大한 利益을 取得하며 古代小說의 流行은 其勢가 漢學보다 오히려 大하야 八十餘種을 發行되니……[86]

---

85 安田敏朗, 이진호 외역, 『「언어」의 구축: 오구라 신페이와 식민지 조선』, 제이앤씨, 2009, 212-214면.

86 안확, 『朝鮮文學史』, 韓一書店, 1922, 127-128면.

더불어 그가 술회한 이 현장 속에는 신소설, 번역소설, 이광수의 『무정』, 『개척자』 등으로 대표되는 신문예의 흐름이 제시된다. 양자는 "일반(一般) 문예계(文藝界)는 구파(舊派)와 신파(新派)가 양양상대(兩兩相對)의 기관(奇觀)을 생(生)하니라"[87]는 진술과 "대립"이라는 제명에 부합되듯, 어떠한 연속선이 존재하기보다는 동일한 시공간에서 병존한 두 방향의 흐름으로 기술된다. 하지만 인용문에서 진술되는 문화현상은 "부흥(復興)"이며 "재래(再來)", 근대에 소환된 고전이었다. 나아가 '구'문예('舊'文藝)로 환원해주는 다양한 명명들("古書", "古代歷史", "古跡", "古代小說")을 부여하는 것은 어디까지나 '신문예'란 대응 쌍이었다. 즉, "신구대립의 문예"라는 당시의 현장보다 주목해야 될 지점은 '신문예'라는 대응 쌍에 조응하는 신구(新舊)를 나누는 안확의 시선과 초점이며, 옛 문예의 부흥을 기술하고 있는 그의 언어(근대어) 그 자체이다.

한국문학 논저를 제출한 게일, 다카하시의 경우에도 '신구대립의 문예'라는 상황과 그 속에 놓인 그들의 위치는 문학이라는 근대적 학지를 투사시킨다는 측면에서는 동일한 것이었다. 인용문의 고소설의 "유행(流行)" 이후 이해조의 개작 고소설을 이야기하고 바로 이어지는 "문학적(文學的) 관념(觀念)은 7-8여년전(七八餘年前)보다 진보(進步)되야 점차(漸次) 소설(小說)을 애독(愛讀)하는 풍(風)이 성(盛)하얏나니"[88]를 주목할 필요가 있다. 이는 안확의 개인적인 관찰에 근거

87 위의 책, 129면.

88 위의 책, 128면.

한 것이 아니었다. 즉, '문학적 관념의 진보', '고소설의 유행', 소설을 애독하는 풍조는 게일, 다카하시에게도 영향력을 끼쳤다. 무엇보다도 두 사람이 고소설로 대표되는 순문학의 영역에 해당되는 논문을 쓴 것 그 자체가 큰 변화였다.

게일의 문학논문은 사실 '성취론'이란 관점에서 문헌 속에 드러난 한국인의 유일신 관념을 찾는 탐구였다.[89] 그의 연구대상은 1910년대 후반 '종교'에서 '문학' 특히 고소설로 전환된다. 더불어 1920년대 고소설에 관한 진술에는 근대문학에 대한 비판적 관점이 전제되어 있었다.[90] 다카하시의 「조선문학연구」에서 고소설에 대한 접근방식은 『조선설화집』(1910)과 달리, 이본군, 원작자 및 형성연원, 판소리 창자, 일본문학과의 비교란 측면, 즉 지극히 학술적인 차원에서 논의되고 있었다. 그가 제시되는 고소설의 얼개와 윤곽은 과거 '방각본'이라는 고소설의 유통현황만으로 규명할 수 없는 실체였다. 즉 고대소설의 유행, 방각본에서 활자본 고소설로 이행되는 과정이 반영된 것이었다.[91]

---

89 류대영, 『한국 근현대사와 기독교』, 푸른역사, 2009, 150-156면 ; 옥성득, 「초기 한국교회의 단군신화 이해」, 이만열, 『한국기독교와 민족통일운동』, 한국기독교역사연구소, 2001 ; 이 책의 5장[初出: 이상현, 「한국신화와 성경, 선교사들의 한국신화 해석: 게일(James Scarth Gale)의 성취론과 단군신화 인식의 전환」, 『비교문학』 58, 한국비교문학회, 2012]을 참조.

90 이상현, 앞의 책, 153-156면.

91 특히 1유형(조선의 고대사와 영웅전기를 윤색한 소설: 김유신전, 김덕령전, 임경업전, 개소문전, 을지문덕전 이외에도 많은 작품이 있다고 덧붙임)과 6유형(중국(支那)史實에서 일반적으로 알려진 것을 윤색한 작품: 유악구감, 선한연의, 화용도, 대단강유, 이태백실기)은 과거 외국인의 고소설 번역목록에 없던 작품들이었다. 1유형과 관련해서는 1919년을 기점으로 새로운 활자본 고소설이

다만 "신구문예"라는 '병렬'적인 두 흐름에 대한 시선은 엇갈리고 있었다. 즉, 동일한 개념, 등가교환의 관계에 놓인 "Literature"(영미), "文學"(일본), "문학"(한국)이란 어휘를 통해 제시되는 한국문학의 전체상은 차이점을 지니고 있었다. 안확은 이인직(李人稙, 1862-1916) 이후 소설의 조류가 "진지(眞摯)한 인생문제(人生問題)"와 "직접(直接)" "현실(現實)"과 "접촉(接觸)"하며, "주관적(主觀的)으로 자기(自己)의 신앙(信仰)을 고백(告白)하여" "국민사상(國民思想)의 중심(中心)"이 되기에 이르렀다고 고평했다.[92] 즉, 문학사 속 내러티브의 정점에 위치에 근대소설을 배치한 셈이다. 이는 한국의 전근대 문학과 근대문학의 연속선을 예비하는 논리였다. 이러한 근대문학을 향한 게일·다카하시의 시선은 결코 안확과 동일하지는 않았다.[93] '신구문예'에 대한 관계 맺기의 방식, 즉 한국의 고전문학과 근대문학을 묶는 방식에서는 세 사람은 명백한 차이를 드러냈다. 다카하시는 근대문학에 대해 침묵했으며 게일은 이에 대해 부정적 시각을 보여주었기 때문이다. 여기서 이 세 사람을 불가능한 대화의 지점으로 이끄는 대상은, 한국의 근대문학이었다.

등장하지 않고 1920년대 역사소설이 등장한 경향과 긴밀히 관련된다. 6유형은 1917-1918년 사이 중국소설의 번역, 번안작이 많이 등장한 흐름과 관련된다(권순긍, 『활자본 고소설의 편폭과 지향』, 보고사, 2000, 21-31면).

92 안확, 앞의 책, 128면.

93 이상현, 앞의 책, 5장 1절[初出: 이상현, 「<춘향전>소설어의 재편과정과 번역」, 『고소설연구』 30, 한국고소설학회, 2010, 400-406면]을 참조 ; 게일에게 근대문학은 오염된 것이었으며, 다카하시는 그의 「조선문학연구」에서 조선의 근대문학을 배제했다. 두 사람 모두 전근대/근대 문학의 불연속을 가정한다는 측면에서는 동일했다.

6. 고전을 '번역·풀이'하는 근대어

지금까지 고찰한 내용을 정리해보면 다음과 같다. 본고는 안확의 국학 논저들, 『조선문학사』(1922)를 구성하는 언어가 한영사전의 공백기에 산출된 산물임을 주목했다. 이에 안확의 글쓰기를 1914년 이후 영한사전의 지속적 출판이 지향했던 바, 『한영자전』(1911)으로는 충족할 수 없는 새로운 어휘들을 한국어 속에 기입하는 행위로 규정했다. 본고는 이러한 관점에 의거하여 안확의 저술을 게일, 다카하시 도루의 언어문헌학 논저와 겹쳐서 고찰했다. 게일, 다카하시는 안확과 함께 1910년대 한국에 거주하며 그 급격한 변모를 경험한 인물들이었다. 하지만 당시 생성되던 한국의 근대문학에 대한 그들의 관점은 엇갈렸고 이는 일종의 불가능한 대화의 지점이었다. 이러한 대화양상으로 이끄는 차이점을 더욱 상세하게 정리해본다면, 안확이 한국의 근대문학을 전근대문학과 연속적인 것이고 진보이자 발전으로 인식했던 반면, 게일, 다카하시는 전근대문학과 단절된 다른 것으로 인식했다는 점이다. 근대문학은 게일에게 한국에서 고전이 소멸되어가는 징표였고, 다카하시에게는 배제의 대상이다. 그러나 그 이면, 번역의 관계에 놓인 자신들의 학술어와 전근대 한국문헌 속에 놓인 언어의 관계를 주목해볼 필요가 있다.

이렇듯 한국의 전근대 문헌이자 고전을 풀이해주는 근대어와 관련하여 다카하시, 게일이 엄선했던 공통된 작품 <춘향전>에 대한 그들의 논의를 일별(一瞥)하는 것으로 이 책의 여는 글을 갈무리하고자 한다.[94] 다카하시는 『조선설화집』(1910)에서 "중류 이상의 부녀자들이 모여 이들 작품을 열독하여 주인공에 동정하여 여덕(女德)을 닦는 데에 도움을 주며, 그들에게 주는 감화는 바킹[馬琴]의 이야기들이 바쿠후[幕府]시대 가정에 주었던 것과 동일하다"고 했다. 따라서 "조선의 남녀관계, 상류 부인들의 도덕을 관찰하는 데 좋은 자료"라고 평가했다.[95] 그의 이 짧은 진술에는 관찰자와 관찰대상의 분리가 전제되어 있다. 한국과 일본이라는 국경·국가·민족 단위의 분리 그 속에는 우열의 관계를 내포한 전근대/근대라는 시간적인 구분이 전제된다. 즉, '바쿠후[幕府]시대 = 전근대의 한국문학'을 말하는 '근대' 일본이라는 발화의 위치가 상정되어 있다.

다카하시의 「조선문학연구」에서도 이 점은 동일했다. 그는 "조선인의 이상적 인생을 그려낸" 작품으로 <춘향전>을 유형화했다. 물론 『조선설화집』(1910)과 달리, 여성독자 혹은 춘향의 열(烈) 실천 혹은 정절에 초점을 맞춘 것이 아니었다. 그는 이 유형의 이야기를 "양반 가문에서 태어나, 용모가 수려하고 재주가 뛰어나고, 일찍이 미인과 서로 연모하는 사이가 되어, 오래지 않아 과거에 급제하고, 그 미인과 혼인하고, 후에 마침내 대관에 이른다"라고 개괄했기 때문이다. 하지만 그가 <춘향전> 속에 반영되어 있다고 본 한국은 결코 1910년대 이후 변모된 "조선"이 아니라, 과거의 모습이었다. 또한 조선 여성의 열, 정절 관념을 말하는 근대 학술어의 존재가 개입되어 있었다. 즉, "도덕(道德)"이라는 개념어, 이에 대한 탐구를 통해 도

94 이에 대한 단상과 간략한 논증은 이상현, 앞의 책, 3장 5절과 5장 1절에서 제시한 바 있다.

95 高橋亨, 『朝鮮の物語集附俚諺』, 京城: 日韓書房, 1910, 201면.

달해야 될 "조선"의 "이상(理想)", "정신(精神)"이라는 개념어가 생성해주는 과거 한국의 유교적 덕목에 대한 번역적 관계도 동일했다. 이 점은 게일 역시 마찬가지이다. 전근대 유교적 덕목으로 표현되는 춘향의 열(烈) 실천을 한국인에게 "생명 그 자체보다 더 귀하게 여겨졌던 이 동양의 이상(Ideal)"이라고 규정했기 때문이다.[96]

'춘향의 열(烈) = 道德·理想·精神(= Ideal)'이라는 번역적 관계, 이 어휘들의 묶음을 주목해볼 필요가 있다. 사실 세 사람 모두 춘향의 실천을 '열(烈)'을 비롯한 <춘향전>텍스트를 구성하고 있는 언어들 즉, 전근대의 유교적 덕목들 그 자체로는 표현하지 않았다. 안확 역시 춘향의 '열'을 결코 과거의 유교적 덕목으로 풀이하지 않았기 때문이다. 안확의 『자각론』과 『개조론』을 보면, "열"이 표상해주는 "구윤리(舊倫理)" "불평(不平)한 가정(家庭)" 속 부부 사이의 관계는, "애정(愛情)"이 없고 "압제(壓制)·복종(服從)"만 있는 주종의 관계 즉, 전통적인 유교질서의 관계와 동일한 것이었다. 그것은 새로운 한국의 윤리로는 적합하지 않은 것이었다.[97]

---

96 J. S. Gale, "Preface," *The Korea Magazine*, Ⅰ, 1917. 9 ; 高橋亨, 「조선문학연구」, 앞의 책, 23-24면. : 더불어 지적할 점은 게일, 다카하시 두 사람 모두에게 <춘향전>은 한 편의 문학작품으로 인식된다는 점이다. 게일은 <춘향전> 속 여주인공의 실천이 "대중들 혹은 인류를 감동시키며 동양에 대한 한층 더 높은 차원의 감상을 제공할 것"이라고 말했다. 다카하시에게 <춘향전>은 여전히 중국 『西廂記』의 모방작이었고, 이에 여규형의 한문본 <춘향전>을 가장 중요한 선본으로 삼았다. 하지만 「조선문학연구」에 제시된 <춘향전>은 『조선설화집』에 실린 저본을 말할 수 없는 번역과 달리, 여규형 한문본이라는 저본을 찾을 수 있는 번역이었다. 즉, 원본을 보존해야 될 한 편의 문학작품이었다.

97 안확, 『改造論』, 朝鮮青年會聯合會, 1921, 14-17면 ; 『自覺論』, 滙東書館, 1923, 16-17면.

이에 맞춰 안확은 <춘향전>을 "기녀(妓女)의 정절적(貞節的) 연애(戀愛)의 정사(情事)를 기술(記述)"한 것이라고 규정하며, 춘향은 문학 속에서 그 몸을 연애에 바치니 <춘향전>은 "연애신성(戀愛神聖)과 인권평등(人權平等)의 정신(精神)"에서 나온 것이라고 지적했다. 게일·다카하시와 달리 안확은 "연애(戀愛)"란 어휘(개념)를 통해 춘향의 열(烈)을 번역·풀이했다.[98] 물론 안확은 "소설적(小說的) 연애(戀愛)"의 위험을 말하며, 결혼을 결코 남녀 쌍방(個人道德)뿐만이 아니라 부모, 벗들의 동의를 포함한 "사회도덕(社會道德)"과의 관계도 함께 포괄했다. 하지만 "연애(戀愛)"는 최근에 생긴 문화현상이며 남녀의 동의보다 외부적 조건이 결혼의 준거였던 과거와는 다른 것으로 분명히 인식했다.[99] 즉, 그의 이러한 <춘향전>에 대한 번역·풀이에는 남녀 사이의 인격적으로 평등하며 대등한 관계, 인격실현을 위한 결혼, 일부일처(一夫一妻)의 남녀관계, 남녀 모두에게 관계되는 정절(貞節)과 같은 새롭게 만들어가야 할 "도덕(道德)"이 내재되어 있었던 것이다.[100]

즉, <춘향전>의 '열(烈)'은 다카하시의 "道德, 理想, 精神"과 같은 개념어, 게일의 Ideal과 같이, '열'이 아니라 "연애신성(戀愛神聖)과 인

98 안확, 『朝鮮文學史』, 韓一書店, 104-105면 ; 이러한 안확의 진술과 선명히 대비되는 인물은 게일이다. 게일에게 있어 서구와 대등한 관계로 배치시킬 수 있는 <춘향전>의 사랑은 결코 근대의 문화현상인 연애가 아니었다. 오히려 그에게 한국의 근대 연애라는 문화현상은 <춘향전> 속 여성형상과 대비되는 일종의 병리학적인 풍경이었다.

99 안확, 『自覺論』, 滙東書館, 1923, 19면.

100 위의 책, 16-17면.

권평등(人權平等)의 정신(精神)"이라는 새로운 어휘를 통해 의미화된 것이다. 그럼에도 그의 언어는 과거의 언어에 대한 직역, 더 엄밀히 말한다면 동일한 한국어로 인식된다. 하지만 안확이 구가하는 이 어휘들은 서구의 개념, 일본어와 투명한 관계로 등가성을 확보할 수 있는 어휘였다. 더불어 그의 언어는 게일의 영어, 다카하시의 일본어로 구성된 학술어처럼 한국의 문헌 속에 놓인 언어와 투명한 관계에 놓여 있다는 공통된 믿음이 상정된 언어이기도 했다. 이렇듯 역설적으로 서구어, 일본어와 교환이 가능한 대등한 한국어의 성립이야말로 동일한 한국의 고전에 대한 세 사람의 불가능한 대화상황의 근본적인 계기였던 것이다. 이후 이 책에서는 이 학술의 언어들이 유통된 서울-파리 학술네트워크의 형성과정(1부)과 이 학술네트워크 및 학술 언어들의 출현으로 말미암아 변모된 한국어, 한국고전의 문화생태(2부)를 조명해 볼 것이다.

제1부

조선후기 언어문화의 생태와 서울-파리의 학술네트워크

제1장

외국인 언어·문헌학의 시원,
파리외방전교회가 한국어에 남긴 자취

『한불자전』의 두 가지 형상 그리고 19C말~20C초 한국의 언어-문화

제2장

구한말 외교관과 한국의 고소설,
'민족지'라는 번역의 지평과 한국문화의 재현

알렌의 한국설화/고소설 번역과 모리스 쿠랑의 번역비평

제3장

19세기 말 고소설 유통의 전환과
'민족지'로서의 고소설

모리스 쿠랑의 『한국서지』와 한국 고소설의 문화생태

제4장

횡단하는 주체와 한국고전,
그리고 서울-파리의 학술네트워크

『삼국사기』에 새겨진 27년 전 서울의 추억, 모리스 쿠랑과 한국의 고전세계

묻혀진
한국문학사의 사각(死角)

제1장

외국인 언어·문헌학의 시원, 파리외방전교회가 한국어에 남긴 자취

『한불자전』의 두 가지 형상 그리고 19C말~20C초 한국의 언어-문화

리델(Felix Clair Ridel, 1830-1884)

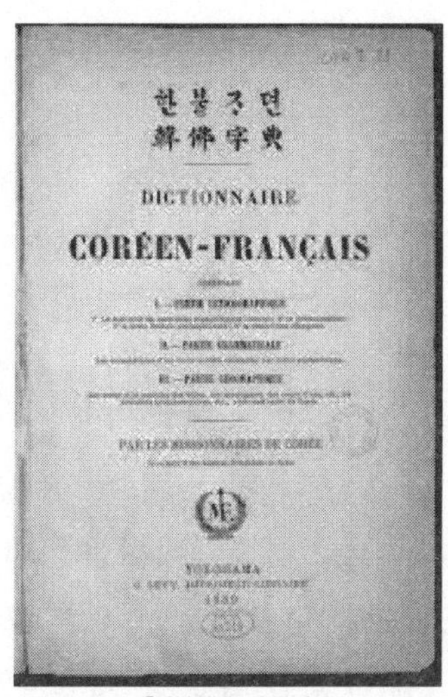

한불ᄌᆞ뎐
韓佛字典
DICTIONNAIRE
CORÉEN-FRANÇAIS
PAR LES MISSIONNAIRES DE CORÉE
YOKOHAMA

『한불자전』 속표지

1. 전범과 기념비, 『한불자전』의 두 가지 형상

'최초의 한국문학사가'이자 근대초기의 한국학자 자산 안확(安廓, 1886-1946)에게 『한불자전』은 오늘날 우리의 통념과 다른 형상을 지니고 있었다. 사실 이 형상은 『한불자전』 이래로 출판된 이중어사전들에 있어서도 동일했다. 그 이유는 무엇보다도 그가 문학사를 비롯한 초기 국학논저를 쓰던 시기, 한국에는 한국어를 한국어로 풀이하는 총체적인 형태의 국어사전(한국어사전)이 없었기 때문이다. 「사서(辭書)의 류(類)」(『啓明』8. 1925. 5)에서 안확이 이중어사전들에 관해 남긴 다음과 같은 고평은 이러한 사실을 잘 보여준다.

> "朝鮮語의 辭書라하면 韻書 玉篇 等 漢文을 主로 하고 正音을 附註한 書類 外에는 可觀할 著이 업섯다 近代에 至하야 西士學者에 依하야 비로소 正音의 順序에 依하야 言語를 排列하게 되니 於是乎 朝鮮語의 辭書는 新機軸을 發하게 되얏다."[1]

여기서 '조선어'라는 어휘가 지닌 함의는 안확이 후일 "구음어(口音語)", "민중(民衆)의 격음(格音)"을 뜻하는 '언(諺)의 문자', "표음문자로서 사회 일반에 통합한 평민적 문자"라는 의미에서 사용할 "언문(諺文)" 개념과 실상 동일한 것이었다. 즉, 안확은 운서(韻書)나 옥편(玉篇)과 다른 정음 즉, 언문(국문, 한글) 어휘들을 담은 한국어사전의 등장 그 자체가 일종의 혁명이며 혁신적인 사건이며, 그것이 어디까지나 근대 문명의 부산물임을 분명히 알고 있었던 셈이다.[2] 특히, 안확은 1880~1920년 사이 등장한 5편의 사전—『한불자전』(1880),

---

1 安廓, 「辭書의 類」, 『啓明』8, 1925. 5.

2 安廓, 「諺文名稱論」, 『正音』 26, 1938 ; 이하 본고에서 필자는 한글·국문·언문을 과거 안확이 인식한 동일한 개념으로 활용한다.

언더우드(Horace Grant Underwood, 1859-1916)의 『한영자전』(1890), 게일(James Scarth Gale, 1863-1937)의 『한영자전』 2종(1897·1911), 조선총독부의 『조선어사전』(1920)을 중요한 한국어사전들로 지목했다. 그러니까 여기서 '조선어사전'의 경계는 어디까지나 한국어가 표제어인 사전 즉, 한국어 어휘가 풀이의 대상으로 존재하는 이중어사전에 한정되어 있었던 셈이다.

즉, 그에게 이중어사전들은 오늘날 보다 더욱 상대적으로 한국어사전이라는 의미를 지니고 있었던 셈이다. 그리고 그 처음이자 시작이 바로 『한불자전』이었다. 이 사전에 대하여 안확은 "조선에서 서양인이 저술한 최고(最高)의 사서이다. 그 내용은 자못 정연하야 실로 사서계(辭書界)의 걸작이라 하갯는데 이것이 외국선교사의" 손에 의해 성취된 것은 "실로 찬탄할 외(外)에 업갯다"라고 평했다. 그에게 『한불자전』은 한국어학사의 중요한 '기념비'였다.

> 此書는 頁數 約七百을 有한 著作인데 그 「緖言」에는 本書 使用上 注意를 述하고 次에는 正音을 羅馬字로 書하는 方法을 論하며 그 體裁는 먼저 正音으로 語彙를 示하고 次에는 그 語彙의 發音을 佛蘭西語類의 綴字로 表示하며 最後에는 佛語로써 說明한 著이라.

안확에게 『한불자전』의 미시구조, 즉 "한글 표제어, 로마자발음 표기, 프랑스어 풀이" 에서 일순위로 배치된 한글 표제어 그 자체는, 과거 한국의 옥편 및 운서와는 다른 새로운 사전편찬의 역사가 시작됨을 알리는 중요한 표지였다. 『한불자전』의 이러한 의의는 비단 안확의 견해로 국한되지 않는다. 외국인들 역시 자신들이 편찬한 사전의 서문을 통해 『한불자전』을 자신의 업적 이전에 그들이 참조한 선구적인 사례로 거듭 강조했기 때문이다. 그렇지만 안확이 증언한 한국어사전(이중어사전)의 역사에는 한국어와 세 가지 다른 언어—프랑스어, 영어, 일본어—사이에 번역 혹은 교환관계가 형성된 서로 다른 역사적 맥락과 층차가 분명히 존재했다. 또한 그 속에는 19~20세기 사이 한국 언어-문화의 전변이 반영되어 있다.

이미 선행연구에서 잘 조명되었듯이, 게일 『한영자전』(1911)의 1931년 개정증보판인 『한영대자전』(1931)이 보여주는 한글표제어의 급격한 증대양상은, 『한불자전』을 참조하여 한영사전을 발행했던 19세기 말과는 다른 20세기 초 서구인의 언어정리사업과 한국언어-문화의 존재를 암시해준다.[3] 이와 관련하여 『한영자전』(1911)을 그 기점으로 본다면, 『한불자전』은 두 가지 다른 형상을 지니고 있었다. 첫째, 한국어에 관한 가장 중요한 동시기의 어휘자료이자 "전범"이라는 형상이다. 즉, 개신교 선교사들이 『한불자전』의 성과를 계승하며, 그들의 한영사전을 출판하던 시기의 형상이다. 안확이 증언한 한국어사전의 역사에서 본다면, 이 시기는 게일의 『한영자전』 초판본(1897)이 출판되던 시기까지를 의미한다.

둘째, 한국의 급격한 언어-문화의 변모로 말미암아, 개신교 선교사들이 『한불자전』에 수록되지 않은 신어를 사전 속에 지속적으로

3 『한불자전』에 관한 연구사적 검토는 이은령, 「『한불자전』과 현대 한국어문학」, 『반교어문연구』 42, 반교어문학회, 2016을 참조.

포함해야 했던 시기의 형상이다.[4] 두 번째 시기에 이르러, 『한불자전』의 형상은 새롭게 변모된다. 『한불자전』은 19세기 말 당시 한국의 언어-문화를 반영하며 그 실상을 담고 있는 중요한 자료와는 다른 모습이기 때문이다. 안확이 「사서의 류」에서 언급한 『한불자전』의 형상은 20세기 초의 새로운 형상에 근접하다. 즉, 한국어의 전환과 함께 『한불자전』은 동시대적인 한국어사전의 전범이 아니라, 안확이 잘 말했듯이 언문(국문·한글)이 사전의 표제항(혹은 학술적 대상)으로 소환된 연원이자 일종의 '기념비'가 된다. 이 글에서는 이처럼 한국어사전의 '전범'에서 '기념비'로 변모되는 『한불자전』의 형상을 묘사해보고자 한다.[5]

---

4 이 두 번째 시기의 역사에 대해서 이미 다음과 같은 논저들이 있기에, 이 글은 첫 번째 시기에 초점을 맞춰보고자 한다. 황호덕·이상현, 『개념과 역사, 근대 한국의 이중어사전』 1, 박문사, 2012, 1부 3장[初出: 황호덕·이상현, 「번역과 정통성, 제국의 언어들과 근대 한국어: 유비·등가·분기, 영한사전의 계보학」, 『아세아연구』145, 고려대 아세아문제연구소, 2011]를 참조. ; 더불어 이준환, 「개화기 및 일제 강점기 영한사전의 미시구조와 국어 어휘 및 번역어 고찰: 공통 표제어 대응 어휘를 중심으로」, 『대동문화연구』80, 성균관대 대동문화연구원, 2012. ; 「英韓辭典 표제어의 다의성 및 다품사성, 뜻풀이어의 유의어 확대」, 『코기토』73, 부산대 인문학연구소, 2012를 참조.

5 본고에서 제시한 이러한 『韓佛字典』에 대한 2가지 형상을 논증하는 데에는 사실 각 사전을 구성하는 어휘들에 대한 세밀한 비교검토가 전제되어야 할 것이다. 이 작업을 수행하지 못했고 그것이 본고의 한계란 사실을 먼저 밝힌다. 또한 이 글이 주목하는 자료는 이중어사전 서문들 및 서구인 한국학 논저들이며, 이와 관련하여 중점적으로 다루게 될 측면은 언더우드, 게일 등의 한국어에 대한 증언들이다. "그들의 증언이 말해주는 한국어의 실상이 얼마나 당시 한국의 언어실상에 부합되는 것이며 객관적인가?"라는 질문은 과문한 필자의 능력으로는 해결할 수 없는 어려운 과제이며, 이 역시 후일 해결할 숙제로 남겨놓는다.

2. 19세기 말 『한불자전』이 지닌 "전범"으로서의 형상

(1) 서구인의 초기 한국어학논저와 『한불자전』의 위치

『한불자전』의 출판시기, 한국이 미국을 비롯한 서구와 조약을 체결한 1880년경에 이르러, 한국어(한국의 구어 혹은 한글(언문·국문))는 한국인만의 소유로 한정할 수 없는 언어가 되었다. 아니 오히려 더 정확히 말한다면, 한국인보다 먼저 외국인들이 한국어를 주목하고 과거와는 다른 방식으로 이 언어에 대하여 이야기하고자 했다. 이와 관련하여 안확은 훈민정음 창제이후 한국어 연구의 선편을 잡은 인물들이 오히려 외국인이었다는 사실을 지적했다. 이 책의 여는 글에서도 제시했던 글, 그의 초기 국학논저 「조선어(朝鮮語)의 가치(價値)」(『學之光』4, 1915. 2)에는 한국어를 연구한 다수의 외국인들의 이름이 다음과 같이 거론되기 때문이다.

> 西洋人에도 '시볼트'Siebold, '딸넷'Dallet '언더우드'Underwood '께일'Gale 等이 此에 硏究하야 朝鮮辭典及 文法 等을 著하얏스며 日本에셔는 一八九一年 岡倉由三郎[오카쿠라 요시사부로, 1868-1936: 인용자]이 京城 日語學校 敎授로 在할 時부터 硏究를 始하고 一八九八年 日本政府가 金澤庄三郎[가나자와 쇼사부로, 1872-1967, 인용자] 宮崎道三郎[미야자키 미치사부로, 1855-1928: 인용자] 등을 朝鮮에 留學케 하얏스니 金澤庄三郎은 『日漢兩國同系論』을 著하얏고 及 一九○四年 日本國學院大學에 韓語科를 設하고 敎授하며 硏究하얏나니라. 英國의 外交官으로 東洋에 來한 人은 普通外交官 試驗 以外에 其國 言語에 關한 試驗을 受하야 其 及第

> 者는 語學留學生으로 渡來하야 三年 以上의 硏究를 過한 後 更試를 受하여야 비로소 官職에 就任케 하는지라 故로 朝鮮에 來駐하얏던 英國領事 '아스톤' Aston은 朝鮮語硏究에 大腦力을 費하얏고 及 其領事 '스쿠트' Scott도 朝鮮語에 代하야 著書가 富하며 及 朝鮮에 來駐하얏던 佛國公使 쿠란트Courant는 大形韓書目錄을 編纂하야 自己 本國에 送하얏더라.[이하 강조표시는 인용자의 것][6]

물론 안확의 언급 속에서 『한불자전』이 거론되고 있지는 않다. 또한 지볼트(Fr. Von Siebold, 1796-1866)와 다른 인물들의 저술이 지닌 차이점 즉, 어휘목록과 사전이라는 구별이 없다. 또한 사전을 출판했던 인물들에 대한 혼동된 서술마저 보인다. 무엇보다 안확의 글이 이야기하는 시기는 오히려 19세기 말 『한불자전』을 언더우드·게일이 계승하는 기간이자 스콧(James Scott, 1850-1920)·애스턴(William George Aston, 1841-1911)·쿠랑(Maurice Courant, 1865-1935)이 각자 한국학 논저를 낸 시기에 근접하다. 즉, 안확이 언급한 선행연구들은 오히려 『한불자전』의 편찬 이후 생산된 외국인들의 대표적인 논의라고 정리할 수 있을 것 같다. 하지만 안확은 한국의 문법 및 음운을 연구했던 대표적인 인물들을 분명히 거론하고 있었다. 나아가 그의 글은 1910년대 한국의 지식인이 인식했던 근대초기 한국어학사의 일면을 보여주는 매우 중요한 증언이다.

그렇다면, 그가 감지한 이 인물들이 내놓은 저술들의 공통된 함의

6 安廓, 「朝鮮語의 價値」, 『學之光』4, 1915. 2.

는 무엇일까? 그것은 한국어가 근대 학술의 대상이 된다는 측면 즉, 한국어가 한국 민족과 사회연구를 위해 살펴야 할 중요한 지식 중 하나로 여겨진다는 사실 그 자체이다. 이는 과거 한국인의 업적과 전례를 살펴볼 수 없는 실천들이었다. 왜냐하면 '한국어'라는 대상을 확정해준 것은 한국인들의 말과 글 그 자체는 아니었기 때문이다. 역설적으로도 그것은 오히려 안확이 거론한 저술들, 즉 한국인들의 언어를 추상화된 하나의 실체로 상정한 학술적 논의들이었다.

이 논의들 속에서 제시되는 한국어라는 추상은 그만치 과거와는 완연히 변별되는 외연과 내포를 지닌 것이었다. 그들에게 한국어라는 추상은 언어라는 상위 개념 혹은 만국의 언어라는 얼개 속에서 한국어(=한국민족)의 계통과 연원을 새롭게 규명하는 작업이었기 때문이다. 이러한 한국어가 놓이는 외연과 함께 그 내연, 한국어 그 자체가 표상해주는 의미 역시 주목할 필요가 있다. 여기서 한국어는 한국민족의 정체·본질과 분리된 것이 아니라 등치되는 것이었다. 이러한 관념은 향후 외국인과 한국인의 공유점이었다. 그것은 소위 모어=국어 중심의 언어내셔널리즘의 관념으로, 이미 1880년을 전후로 이러한 관념을 통해 한국어는 새로운 의미망을 획득하고 있었다.

안확이 개괄해주는 외국인이 내놓은 서적은 사전·문법서와 같은 '어학서'와 '한국어학 관련 논문'으로 나누어볼 수 있다. 서로 다른 영역으로 보이는 이 세 가지 작업은 한국어라는 추상을 향해 수렴된다. 이 한국어라는 추상을 가장 잘 보여주는 것이 외국인의 한국어학논문들이었다. 이와 관련하여 안확이 실제 외국인의 논저를 참조하여 거론하고자 한 주제는 한국어의 계통이었다. 즉, 우랄-알타이 제어설과 같이 한국어의 어족을 탐구하는 논의들이다. 이 때 안확이 논저와 함께 그 내용을 구체적으로 거론한 인물은 애스턴이었다. 애스턴의 논의(1879)는 한일 양국어의 동계설과 관련된 것이었다. 그의 논문은 특히 일본어와 한국어가 근접한 언어임을 논증한 연구사적 큰 의의를 지니고 있었다.[7] 즉, 그 화두는 "한국인과 한국어가 어떤 민족과 어족에 속하는가?"라는 질문이었으며, 더불어 방법론적으로는 역사비교언어학이라는 관점에서 한국어의 어휘와 문법을 다른 언어와의 비교검토를 통해 공통점과 차이점을 밝히는 작업이었다.

물론 이 시기 애스턴은 『한불자전』을 참조하지는 못했다. 그가 당시 학술적인 정통성을 지닌 저술로 지명한 유일한 책은 달레(Claude Charles Dallet, 1829-1878)의 『한국천주교회사』 「서설」(1874)의 한국어 관련 부분이었기 때문이다. 애스턴은 달레의 저술과 더불어 일본인 통역관과 재한 일본인이 만들어준 한국어 자료에 의거하여, 그의 논문을 작성했다.[8] 그러나 파리외방전교회의 출판물을 참조했으며, 1891년 영한사전을 출판했던 스콧 역시 한국어의 계통에 대해서는 분명한 결론을 내 놓지 못했다. 그가 보기에 "우랄 알타이 어족", "인도 데칸 지역의 드라비아 어족"과 밀접한 연관을 말하는 논의는 증

---

7 W. G. Aston, "A Comparative Study of the Japanese and Korean Languages," *The Journal of the Royal Asiatic of Great Britain and Ireland, new series* XI(III), 1879.

8 W. G. Aston, op. cit., pp. 169-170 ; C. C. Dallet, 안응렬·최석우 역, 『한국천주교회사』(上), 분도출판사, 1979, 126-161면.

명된 사실이 아니라 하나의 주장이자 가설에 가까운 것이었다. 그것은 애스턴이 문제를 제기한 일본어와 한국어의 관계에 있어서도 마찬가지였다. 어원학적 근원이 전혀 동일하다고 볼 수 없는 경우, 문법 구조 상 특정부분의 유사성만으로는 충분한 논증은 사실상 불가능한 것이었기 때문이다. 왜냐하면 그가 보기에 "한국 현지의 문헌은 어느 것을 막론하고 한국어와 한글 자모의 역사와 기원에 대해서 침묵으로 일관"하고 있었기 때문이며, "한국어의 문법을 체계적으로 정리하거나 어휘사전을 편찬하려는 시도는 단 한 번도 없었"기 때문이다.[9]

그렇다면 여기서 안확이 거론한 외국인들의 저술이 유통되던 동시기적인 지평을 보여주는 사례로, 한국어에 대한 탐구가 진행되던 당시 서양인의 한국학에 대한 연구사적 검토의 성격을 지닌 논저 2편을 주목해보자. 그것은 1900년까지의 서구인 한국학 논저를 개괄적으로 검토한 모리스 쿠랑의 논문(1898), 서구인 한국학 논저 전반에 대한 총괄적인 집성을 수행한 러시아대장성의 『한국지』(1900)이다.[10] 쿠랑은 1894년까지 출판된 어학서를 검토했다. 그는 "한국의

---

9 황호덕·이상현 옮김, 『개념과 역사, 근대 한국의 이중어사전』2, 박문사, 2012, 53면, 83-85면(J. Scott, "Introduction," *English-Corean dictionary : being a vocabulary of Corean colloquial words in common use*, Corea : Church of England Mission Press, 1891).

10 M. Courant, P. Grotte·조은미 옮김, 「조선 및 일본 연구에 대한 고찰」, 『프랑스 문헌학자 모리스 쿠랑이 본 한국의 역사와 문화』, 살림, 2009, 213-215면("Notes sur les études coréennes et japonaises,"*Extrait des actes du congré des orientalistes*, 1898) ; 러시아대장성, 한국정신문화연구원 역, 『국역 한국지』, 1984(Составлено въ канцеляріи Министра Финансовъ, *Описаніе Кореи (съ картой)*,

말이 글로 쓰여진 것은 15세기 이후이므로 한국어의 역사를 쓰기가 쉽지 않"으며 한국어의 계통을 쉽게 규정할 수 없지만, 애스턴의 논의 덕분에 일본어와 근접하다는 판단을 내릴 수 있음을 지적했다. 더불어 문법과 어휘에 관한 여러 결과를 함께 언급했다. 시기적으로 "매우 특이한 지볼트의 연구"(1832-1930), 『한불자전』, 『한어문전』, 스콧이 간행한 문법서와 사전, 게일의 문법서(1894)를 거론했다.

반면, 쿠랑은 달레의 저술에 대한 언급을 생략했다. 하지만 달레 『한국천주교회사』「서설」(1874)의 한국어 관련 항목은 19세기 말 서구인의 학술네트워크에서 유통되는 지식으로 큰 의미를 지니며, '한국어=한국 민족'의 탐구에 있어서 시원의 위치에 놓인 저술이었다.[11] 이 점을 잘 보여주는 것이 1897년까지 한국어학서를 총괄적으로 검토한 러시아대장성의 『한국지』였다. 한국어의 계통과 관련하여 본문 중에서 가장 시원적으로 거론되는 업적이 바로 달레의 저

С.-Петербургъ : изданіе Министерства Финансовъ, типографія Ю. Н. Эрлиха 'Ju. N., 1900).

11 파리외방전교회의 한국어학적 산물의 국어사적 의미는 고영근, 『민족어학의 건설과 발전』, 박문사, 2010, 373-385면을 참조 ; 윤애선은 세밀한 비교검토를 통하여 달레가 참조한 저술이 리델이 준비한 『韓語文典』(육필본, 1867)의 보완본이라는 가설(「개화기 한국어문법연구사의 고리 맞추기」, 『코기토』73, 부산대 인문학연구소, 2013)을 제기했으며, 후속 논문(「파리 외방전교회의 19세기 한국어 문법 문헌 간의 영향 관계: *Grammaire Coréenne*(인쇄본), *Grammaire Coréenne*(육필본), *Histoire de l'église de Corée*의 비교」, 『교회사연구』 45, 한국교회사연구소, 2014)을 통해 이를 실증했으며, 나아가 달레의 저술이 『한어문전』의 요약본이 아니라, 리델 저술과 쌍방향적 영향관계를 지닌 저술이라는 점을 논증했다.

술이었기 때문이다. 즉, 한국어의 계통 문제와 관련하여 "자료의 불완전한 상태"에서, 달레는 "카톨릭 선교사들이 수집한 자료에 의거하여" 타르타르 제어설을 제시했기 때문이다. 달레의 저술을 한국어학적 성과로 포함하지 않은 쿠랑과 마찬가지로, 애스턴, 『한국지』의 논자들은 달레의 저술이 불완전한 것이란 점을 분명히 알고 있었다.[12]

달레 역시도 이 사실을 분명히 인정했다. 그는 한국어가 "서양에는 전혀 알려져 있지 않으므로, 약간의 설명은 주제의 참신성 때문에 모든 독자의 흥미를 끌 수 있을 것이고, 전문적인 학자들에게 무익하지도 않을 것"이라고 말했다. 그의 연구가 극히 초보적이며 개론적인 수준임을 스스로 인정한 셈이다. 달레는 그가 해결하지 못한 몫을 분명히 향후 다른 이가 대신해 줄 사실을 알고 있었다. 그는 "리델 주교와 그의 세 동료들은 그들의 선임자인 순교자들의 일한 것을 부분적으로 다시 만들어, 몇몇 박식한 본토의 천주교인들의 도움을 얻어 한국어 문법과 사전을 준비하였"고 "이 저작들은 사정이 허락하면 근간에 출판될 것"이라고 말했다.[13]

주지하다시피, 달레가 말한 이 저작은 리델(Félix Clair Ridel, 1830-1886)이 출판하게 될 사전(1880)과 문법서(1881)였다. 즉, 달레의 저술은 안확의 「조선어의 가치」에 누락된 『한불자전』(나아가 『한어문전』)과의 연결고리였다. 또한 『한불자전』의 존재를 말해주는 중요한 자료였다.

---

12 러시아대장성, 한국정신문화연구원 역, 앞의 책, 391-393면 ; W. G. Aston, op. cit., p. 364.

13 C. C. Dallet, 안응렬·최석우 역, 앞의 책, 137-138면.

러시아대장성의 『한국지』는 주석으로 "한국에서 다년간에 걸쳐 선교 활동을 하는 기간에 한국어 연구에 귀중한 자료를 수집한 카톨릭 선교사들이 이 나라의 언어 연구에 많은 노력을 하였다는 데는 이론의 여지가 없다"고 파리외방전교회의 한국어학적 성과물이 지닌 공적을 분명히 인정했다.[14] 즉, 파리외방전교회의 업적은 한국어 연구의 실증적인 자료 그 자체였다. 외국어와 직접적으로 비교가능한 한국어의 어휘와 문법을 말해줄 구체적인 자료이자 징표였기 때문이다.

『한국지』의 논자는 파리외방전교회, 개신교 선교사의 사전과 문법서에 더욱 더 각별한 의미를 부여했다. 무엇보다 이들의 저술들은 '재외(在外)'의 공간에서 출현한 산물이 아니었기 때문이다. 그것은 19세기 말에서 20세기 초 한국의 언어-문화 속에서 한국인과 함께 거주한 체험적 산물이었으며, 더불어 한국에서의 실제 활용을 전제로 생성된 서적들이었기 때문이다. 즉, 한국어의 계통을 말하는 논의들보다 더욱 더 한국인의 말을 망라하여 총체적으로 보여주는 것이었으며, 한국어의 구체적 실상을 투명하게 재현해 주는 산물이었던 것이다. 쿠랑은 「한국 및 일본 연구에 대한 고찰」(1898)에서 이러한 『한불자전』의 의의를 가장 적절히 말해 주었다. 파리외방전교회의 두 저술은 한국어에 관한 "실질적 연구가 가능해지면서" 출판된 것이었다. 또한 한국인들 스스로도 "한국어 문법책을 쓴 적이 없고" "부실한 청조(淸朝)의 어휘목록만을 갖고 있을 뿐"인 정황에서 나온 출판물이었다.[15] 또한 "실제로 최근에야 이 분야에 뛰어든" 자신이

14 러시아대장성, 한국정신문화연구원 역, 앞의 책, 391면.

"무슨 자격으로 선교사들이 펴낸 『한어문전』"과 "『한불자전』"과 같은 "선행 연구자들의 연구성과를 판단할 수 있겠느냐"라는 쿠랑의 언급을 주목할 필요가 있다. 이는 단순하며 의례적인 쿠랑의 겸사가 아니었다. 그만치 파리외방전교회의 한국어학적 성과물은 19세기 말 당시 사실상 찾아볼 수 없는 독보적인 수준의 업적이자 전범이었기 때문이다.

(2) 『한불자전』 「서문」이 보여주는 한국어 이해의 수준

『한불자전』은 총 707면으로 된 1권의 서적이며, 3부로 구성되어 있다. Ⅰ부는 가장 핵심적인 부분이라고 할 수 있는 어휘부이며, Ⅱ-Ⅲ부는 일종의 부록의 성격을 지니고 있다. Ⅱ부는 알파벳 순에 의거하여 대표 동사의 어미변화를 다룬 '문법부'이며, Ⅲ부는 한국의 도시, 산, 강 등의 명칭, 행정구역 및 한국지도가 수록된 '지리부'이다. Ⅰ-Ⅲ부에는 본문과 함께 각기 서문이 들어 있는 데, 그 중에서 Ⅰ부 어휘부의 「서문」을 보면 최초의 업적이자 효시에 준하는 자신들이 편찬한 사전에 대한 긍지가 잘 드러난다.

> 한국어 문자의 괴이한 생김새는 아마도 이 사전에서 가장 먼저 마주치게 되는 어려움일 텐데, 한국 외방에서 아직 미지의 것으로 남아있는 이 언어의 비밀을 알아내고 싶어 하는 정신의 소유자들은 이에[이 괴이한 생김새를 보고서] 시작부터 낙담할 수도 있으리라. 독자여, 안심하라. 이

15 M. Courant, P. Grotte·조은미 옮김, 앞의 글, 213-214면.

러한 첫 느낌은 이집트 상형문자, 중국 문자, 한 마디로 표의문자 공부에 접근하려는 경우라면 이해될 수도 있을 것이나, 여기서는 전혀 경우가 다르다. 서둘러 밝히자면, 한국 문자는 알파벳식이며, 25개 글자만으로 구성된다.[16]

「서문」에서 『한불자전』을 접하는 독자는 '미지의 한국어'를 대면한 사람이며, '한국의 문자'를 한 번도 접해보지 못한 사람으로 가정되고 있다. 이를 반영하듯, 서문의 도입부분은 일종의 전문가로서 그들의 입장이 잘 드러난다. 『한불자전』의 편찬자들은 한국어는 25개의 글자로 구성된 표음문자로 배우기 어렵지 않은 언어라고 소개했다. 물론 언문(한글·국문)은 한자·한문에 비한다면 배우기에는 상대적으로 쉬운 글자였다. 이는 언문을 체험하고 관찰한 서구인들의 통념이기도 했다. 일례로 게일이 향후 참조하기도 한 자일즈(Herbert Allen Giles, 1845-1935)의 중영사전(1892), 이 저술에 수록된 파커(Edward Harper Parker, 1849-1926)의 서문에서 "언문(諺文, vulgar script)"은 가장 무식한 남녀들조차 쉽게 익히고 읽을 수 있는 것이며 어떤 유럽인이라도 한 시간 안에 다 배워 읽을 수 있는 언어라고 기술된다.[17]

그러나 『한불자전』 「서문」의 진술과 파커의 진술은 그 전제기반에 있어 결코 동일한 것이 아니었다. 『한불자전』 「서문」의 진술은

---

16 황호덕·이상현 옮김, 앞의 책, 17면(F. C. Ridel, 『韓佛字典(*Dictionnaire Coréen-Français*)』, Yokohama: C. Levy, 1880).

17 E. H. Parker, "Philological Essay," H. A. Giles, *A Chinese-English dictionary*, London: Bernard Quaritch; Shanghai: Kelly and Walsh, 1892, p. xx.

"단지 한국어 글씨가 입문자들을 뒷걸음질치게 할 만한 성질의 것이 전혀 아님을 독자들에게 입증하고 싶은" 의도를 지닌 것이다. 또한 "심화된 독해"를 위해 그들은 한국어 문법 부분(Ⅱ부 문법부)을 사전 속에 함께 비치했다.[18] 즉, 파커의 단편적이며 단정적인 진술과 달리, 『한불자전』 편찬자들의 진술에는 당시 한국어에 관한 그들의 깊은 이해수준이 반영되어 있었다. 그들은 실제 한국의 한글서적과 언어-문화를 오랜 기간 체험한 인물들이었기 때문이다. 이 점은 게일 『한영자전』(1897) 「서설」에 기술된 파커의 서문에 대한 비판에서 잘 드러난다.[19]

게일은 한글서적 역시 식별력 있게 읽기 위해서는 한문독해에 못지않은 상당한 수준의 학습과 시간이 필요함을 주장했다. 또한 어떠한 유럽인도 한 시간커녕 수개월이 걸려도 언문을 쉽게 습득할 수 없었음을 술회했다. 사실 한국의 구어, 한국인의 목소리를 받아 적는 방식 즉, 글자를 단순히 읽고 적는 것에도 적지 않은 난점이 존재했다. 나아가 게일의 시야 속에는 '문장 이상의 단위에서 의미를 파악하는 문제'가 함께 내포되어 있었다. 이러한 게일 그리고 파커의 견해 차이 속에는 두 가지 역사적 흔적이 새겨져 있다. 첫째, 『한불자전』 또한 파리외방전교회의 한국어학적 수준이 당시 근접할 수 없는 '전범'이었던 모습이며, 둘째 파리외방전교회와 개신교 선교

---

18 황호덕·이상현 옮김, 앞의 책, 19면.

19 J. S. Gale, "Introduction," 『韓英字典(*A Korean-English Dictionary*)』, Yokohama: Kelly&Walsh, 1897, p. Ⅵ ; 게일의 자일즈에 관한 비판은 황호덕·이상현, 앞의 책, 2012, 83-84면을 참조.

사들이 체험했던 한국 언어-문화의 변모이다.

이와 관련하여 파커가 한국어에 구두점을 비롯한 문장부호가 없으며, 띄어쓰기가 없음을 지적한 사실을 주목할 필요가 있다. 게일은 "한글 문어에는 구두점, 대문자, 인용 부호 그리고 다른 부호와 같은 역할을 하는 격조사, 종결어미, 접속사, 단락 부호, 특정단어들에 띄어쓰기"가 존재한다고 말하며, 파커의 지적은 부합되지 않는 면도 있다고 말했다.[20] 물론 두 사람 중 게일은 보다 더 한국의 언어-문화를 깊이 체험하고 이해한 인물이었다. 하지만 한국을 체험했던 서구인에게 파커가 지적한 측면은 한국의 한글서적을 읽기 어렵게 하는 요소였으며, 당시 한국의 언어-문화를 잘 말해주는 지적이었다. 향후 규범화되지 않은 한국의 언문은 언더우드, 게일의 사전편찬에 있어서도 큰 난점으로 존재했기 때문이다. 이 난점에 관해 애스턴은 한국의 고소설을 검토한 논문(1890)에서 다음과 같이 말했다.

> 인쇄상의 실수는 셀 수 없이 많고, 이로 인한 당혹스러움을 더 증가시키는 것은 혼란스러운 철자이다. 4백년 전 영국에서 그러했듯이 '철자법'이라는 단어는 한국에서는 아무런 의미가 없기 때문이다. 모든 작가들은 자기 눈에 보기 좋은 대로 글자를 적고, 사람과 지방의 특이성은 언제나 추적 가능하다. 마침표도 없고, 어디서 한 단어가 끝나고 다른 단어가 시작되는지 보여주는 장치가 없다. 새로운 장이나 단락은, 인쇄 상의 어떤 단절을 통해 나타나는 것이 아니라, 원이나 아니면 매우 원시적인 장치인

---

20 Ibid., p. VI.

'각설(change of subject)'이라는 말을 삽입함으로써 구분된다.[21]

한국고소설을 통해 애스턴이 접촉했던 언문의 모습과 그의 곤경을 쉽게 상상해볼 수 있다. 서구인들에게 있어서 고소설은 극히 가독성이 떨어지며, 읽기 어려운 텍스트였다. 그 이유는 근대적 인쇄물에 미달된 인쇄 상태와 미비했던 정서법 때문이었다. 즉, 그것은 고소설이 새겨진 좋지 못한 종이질, 특정글자가 잘못 인쇄된 경우나 오탈자와 같은 인쇄상의 오류, 문법 및 정서법과 같은 일종의 규범화되지 못했던 당시 언문 활용의 실상과 관련된다. 한국어는 그들이 보기에 근대적인 인쇄어이자 국민·민족어로는 미달된 언어였던 것이었다. 하지만 이는 한국의 언어-문화 속에서 언문을 체험한 경험의 수준 문제이기도 했다. 그 일례를 애스턴이 언문(한글, 국문)의 서체에 관해 언급한 다음과 같은 부분에서 찾아볼 수 있다.

> 사용된 글자는 몇 백 년 동안 한국에서 사용되고 있는 알파벳 형식의 글쓰기인 언문을 '초서체 형식'으로 적은 것이다. 초서체 언문은 몇몇 일본 작가들이 일본어의 기원으로 삼고 있는 초서체를 단순하게 만든 것으로, 그 모양은 '중국 전설 시대의 글자'를 닮았다. 인쇄된 책에서 사용되는 보다 뚜렷한 언문 글자 형태에만 익숙한 사람들에게 이 초서체 글자는 거의 혹은 전적으로 해독이 불가능하다. 줄여서 쓴 글자가 수도 없이 많고, 글자

21 W. G. Aston, "On Corean popular literature," *The Transactions of the Asiatic Society of Japan* XVIII, 1890, p. 104.

들이 서로 구분이 되지 않으며, 한 글자가 다음 글자로 이어지면서, 한 글자가 어디서 끝나고 다음 글자가 어디서 시작되는지를 알기 어렵다.[22]

상기 인용문이 보여주듯, '초서체'라고까지 표현한 고소설 방각본의 서체 그 자체 역시 애스턴에게는 텍스트 자체의 해독을 방해하는 심각한 장애물이었다. 하지만 이는 얼마나 이 서체에 익숙하며 당시 언문에 관한 출판문화를 경험했는가의 문제였다. '초서체'를 비롯한 한국 한글서적의 서체를 읽는 것에 대하여, 『한불자전』 편찬자들의 「서문」은 다음과 같이 상반된 진술을 보여주고 있기 때문이다.

일본인들조차도 책에서 중국 문자를 주로 쓰고, 자기들 글자인 가나를 사용하는 것은 중국 문자들의 발음을 밝히기 위해서이거나, 그들의 언어에 고유한 어미로 단어나 문장의 의미를 만들기 위해서일 뿐이다. 게다가 그들의 초서체 글자는 제각각의 변덕에 너무나 독특한 형태를 취하기에, 제 아무리 굳은 의지를 지니고 근면히 노력하는 외국인 학습자들조차 기가 꺾이고 만다. 한국 글자는 그렇지 않아서 누구나 습득할 수 있다. 중국 문자가 더 높이 평가되기는 해도 이 나라의 상용 글자이며, 초서체 형태에서도 항상 고유의 단순성을 잃지 않아서, 한국어 알파벳을 배운 사람이면 유럽 문학 텍스트만큼 쉽게 한국어 텍스트를 자유로이 접할 수 있다.[23]

---

22 Ibid., pp. 104-105.

23 황호덕·이상현 옮김, 앞의 책, 19-20면.

『한불자전』의 이 진술은 거짓이 아니었다. 쿠랑의 『한국서지』 「서론」(1894)에는 천주교의 한글문서 출판의 역사가 증언되어 있기 때문이다. 쿠랑의 증언에 따르면 천주교는 초기 한글로 된 종교서적의 서체를 "다소 흘겨 쓴 자체로 목판에 조판했"고, 1880년경부터 "반듯한 형태"의 활자를 사용하기 시작했다.[24] 또한 언더우드가 1886년 엘린우드에게 보내는 서간(1886.1.31)을 보면, 그는 천주교와 개신교의 한국어학적 수준과 기반의 차이를 분명히 의식하고 있었다. 개신교보다 이른 시기에 한국에 들어와 문법과 사전을 보유했던 천주교는 "한국어에 능통한 선교사", "한글 천주교 문학관련 소책자", "성당건축의 기획", "천주교 신학교와 학생들"을 보유하고 있었기 때문이다. 이는 "만일 개신교가 그 의무를 수행하지 않을 경우 이교도들 대신 천주교도들을 개종시켜야 할 지경"에 이르리라고 우려할 정도의 수준이었기 때문이다.[25]

즉, 파리외방전교회는 19세기 한국의 출판문화에 대한 오랜 경험과 나름의 노하우를 가지고 있었던 셈이다. 나아가 자신들의 서적을 이 동일한 문화 안에서 출판해본 경험이 있었던 것이다. 이는 한국어와 프랑스어가 관계를 맺은 40여년의 시간이 축적된 성과였다. 그리고 이것은 당시 한국어의 통·번역수준과도 긴밀히 관련된다. 일례로, 이 책의 2-3장에서 더욱 구체적으로 살펴보겠지만 쿠랑의 <홍

24 M. Courant, 이희재 옮김, 『한국서지』, 일조각, 1997[1994], 18-19면(*Bibliographie Coréenne*, 3tomes, 1894-1896, Supplément, 1901).

25 H. G. Underwood, 이만열·옥성득 편역, 『언더우드 자료집』 I , 연세대 국학연구원, 2005, 24-25면.

부전>에 대한 번역수준은 '원본에 대한 충실성'이란 기준에서 본다면 당시 알렌(Herace Newton Allen, 1859-1932)의 영역본(1889)을 훨씬 웃도는 수준이었다.[26] 그 이면에는 파리외방전교회의 축적된 한국어에 대한 이해수준이 반영되어 있었던 것이다. 이와 관련하여 『한불자전』이 보여준 전범으로서의 탁월함은, 『한불자전』을 계승하고자 한 개신교 선교사들의 이중어사전 편찬과정 속에서 발견할 수 있다.

언더우드, 게일은 사전편찬의 어려움을 그들의 사전 서문에서 술회했다. 물론 언더우드·게일 등이 느꼈던 사전편찬의 어려움은 일차적으로 그들이 체험했던 당시 규범화되지 못한 한국인의 언어-문화에 있었다. 하지만 동시에 거기에는 그들에게 『한불자전』이 향후 출간할 한국어사전의 모델이며 전범이었던 사정도 분명히 존재했다. 왜냐하면 이 전범이 보여준 한국어학적 수준에 부합한 사전을 출간하기란 그리 쉬운 문제가 아니었기 때문이다. 그렇다면 그들이 소망했던 한국어사전의 이상형이자 전범의 모습이란 무엇일까? 이 점은 언더우드 사전이 간행된 이듬해 사전을 출판한 스콧의 「서문」(1891)에서 발견할 수 있다.

스콧은 그가 그의 저술이 "'사전'이란 거창한 제목을 붙였지만 '개요사전'이라는 제명이 적당할 것"이라 밝혔다. 이 사전은 임시적

26 이 점은 이 책의 3장[初出: 이상현·이은령, 「19세기 말 고소설 유통의 전환과 '민족지'로서의 고소설: 모리스 쿠랑 『한국서지』 한국고소설 관련 기술의 근대 학술사적 의미」, 『비교문학』59, 한국비교문학회, 2013, 57-71면]을 참조 ; 더불어 이상현·이진숙·장정아, 「<경판본 홍부전>의 두 가지 번역지평: 알렌, 쿠랑, 다카하시, 게일의 <홍부전> 번역사례를 중심으로」, 『열상고전연구』47, 열상고전연구회, 2015, 381-405면을 참조.

인 것이었다. 왜냐하면 그가 사전을 훨씬 규범적인 방식으로 이해하고 있었던 까닭이다. 그는 이 점을 「서문」에서 다음과 같이 술회하고 있다.

> 사전이라는 이름에 걸맞은 사전은 마땅히 막대한 노력과 연구의 성과여야 하며, 개인적 관찰을 통해 수집한 자료들을 바탕으로 차근차근 집필되어야만 실질적 가치를 지닐 수 있다. 나는 일부에서 사용하는 체계, 즉 현지 교육자에게 몇 가지 질문을 하고 이를 바탕으로 일련의 단어를 취합한 뒤 그 옆에 외국어의 해당 단어를 배치하는 체계를 신뢰하지는 않는다. 각 단어의 정확성은 실제 경험을 통해 시험되어야 하며, 이 시험을 통과하고 다양한 문맥에 적용해 보았을 때 그 적합성을 확인받은 용어만이 사전에 수록되어야 한다. 이런 체계는 발달 단계에 도달하는 데만도 여러 해가 걸릴 것이 명백해 보이며, 본서가 표방하는 바는 앞서 말했던 일정한 절차에 기초한 편집물(compliation)일 뿐이다.[27]

그가 자신의 사전을 '일정한 절차에 기초한 편집물'이라고 말한 까닭은 사전에 수록된 어휘의 규모를 물론 무시할 수 없을 것이다. 『한불자전』과 대비해본다면, 스콧의 사전은 언더우드의 사전과 함께 소형사전으로 분류할 수 있다. 또한 일상회화용 어휘들이 수록된 초기의 영한사전이란 특징을 전형적으로 보여주고 있기 때문이다.

27 황호덕·이상현 옮김, 앞의 책, 51면(J. Scott, "Preface," *English-Corean Dictionary*, Corea: Church of England Mission Press, 1891).

안확은 스콧의 사전을 한국어사전의 계보 속에 포함하지 않았다. 그 이유는 그의 사전에서 표제항이 한국어가 아닌 영어였으며, 스콧의 사전이 영한사전이었기 때문이다. 스콧의 사전은 한국어 어휘를 수집한 후, 이에 대한 영어 풀이를 수행한 사전이 아니었다.

하지만 '편집물'이라고 말할 수밖에 없었던 더욱 중요한 문제가 있다. 무엇보다 그의 사전은 수록어휘들의 정확성, 문맥 속에서의 적합성을 오랜 시간 동안 검토해서 펴낸 출판물이 아니었기 때문이다. 따라서 스콧은 그의 사전을 "한국어를 공부하는 사람 본인의 관찰 결과를 기록할 수 있는 일종의 공책"으로 생각해주기를 원했다. 즉, 사전의 독자들이 함께 "책의 규모를 확장하고 오류를 수정할 수 있"기를 원했던 것이다. 하지만 스콧이 말한 이러한 사전으로서의 완전성과 그 정합성을 영어로 충족시켜주는 업적은 당시 존재하지 않았다. 그를 비롯한 개신교 선교사들이 상상한 한국어 사전의 이상에 가장 근접한 유일한 전범은 1897년까지 『한불자전』이었다.

3. 19세기 말 『한불자전』의 계승과 『한불자전』의 형상 변화

(1) 언더우드·게일의 한영사전 편찬과 '전범'으로서의 『한불자전』

안확의 「사서의 류」가 제시해주는 한국어사전의 역사에서 『한불자전』 이후 거론된 인물은 언더우드와 게일이다. 두 사람의 사전 편찬에 있어서 『한불자전』은 전범으로서의 큰 역할을 담당했다. 먼저, 언더우드의 사전(1890)은 안확이 잘 지적해주었듯이, 그 발행목적이 휴대용 소형사전을 편찬하는 데 있었다. 그 수록 어휘의 양이 많지 않으며 풀이도 간명한 특징을 보여준다. 이러한 안확의 지적은 매우 정확한 것이었다. 게일의 1889년 「한국선교 보고서」에는 언더우드의 사전이 출판된 이유와 그 작업과정이 다음과 같이 새겨져 있다.

> 소래에서 돌아온 얼마 후 포켓용 사전 출판에 관한 것이 화제의 대상이 되었다. 수년 전에 구교 신부들이 발행한 큰 불어사전은 가지고 다니기가 너무 어렵기 때문에 우리는 소형사전 편찬의 필요성에 대한 이야기를 하곤 했다. 만약 내가 그[인용자: 언더우드]를 도와준다면, 즉시 시작하겠다고 언더우드는 말했다. 소형사전을 출판할 목적으로 우리는 (1890) 6월 말경에 여기서 4마일 떨어진 한강변에 있는 언더우드의 여름 별장으로 갔다. 무더운 날씨에 고된 작업, 작열하는 태양, 그리고 고온다습한 환경으로 인하여 우리의 사전 편찬 작업은 지루하고 힘든 일이었다.[28]

애초에 언더우드의 사전은 『한불자전』을 대신할 휴대용 소형사전의 용도로 출간되었던 것이다. 언더우드는 자신의 사전을 편찬하는 데, 『한불자전』을 참조했음을 「서문」에서 명시했다. 1890년에 출판된 언더우드의 사전은 한영사전과 영한사전이 각각 1부와 2부로

---

28 유영식 편역, 『착한 목자: 게일의 삶과 선교』 2, 도서출판 진흥, 2013, 293-294면 (J. S. Gale, "One Year in Korea," 1889).

편제되어 있다. 언더우드는 이 중에서 1부 한영부 편찬에 있어 『한불자전』의 도움을 받았음을 다음과 같이 밝혔다.[29]

> 프랑스 선교사들의 업적인 훌륭한 사전에 대하여, 비록 철자법과 정의라는 면에서 저자와 의견을 달리하는 지점도 많았으나, 저자는 특히 한영(韓英)부의 편찬에 있어 이 사전의 도움을 받았음을 기쁜 마음으로 밝히는 바이다.

언더우드 사전의 1부, 한영사전의 작업을 도운 인물은 게일이었다. 게일은 종국적으로 『한불자전』을 계승할 대형사전의 제작을 담당했다.[30] 1893년 2월 25일 엘린우드(Frank Field Ellinwood)에게 보내는 게일의 편지를 보면, 게일이 사전작업을 담당하게 된 이유는 프랑스어에 대한 독해능력 때문이었다. 게일은 당시 한국의 개신교 선교사 중 누구보다도 『한불자전』을 잘 활용하여 대형사전을 작업할 수 있는 능력을 지닌 자였다.[31] 더불어 언더우드의 사전뿐만 아니라 게일의 『한영자전』 초판(1897)까지 『한불자전』이 한국어사전의 전범으로 지녔던 영향력을 엿볼 수 있는 것이 한글자모의 배열방식이다. 언더우드 사전의 「서문」을 보면 다음과 같이 기술되어 있다.

---

29 황호덕·이상현 옮김, 앞의 책, 44-46면(H. G. Underwood, "Preface," 『韓英字典(*A Concise Dictionary of the Korean Language*)』, Yokohama: Kelly & Walsh, 1890).

30 위의 책, 13면.

31 J. S. Gale, 김인수 옮김, 『제임스 S. 게일 목사의 선교편지』, 쿰란출판사, 2009, 57면.

> 자모의 순서에 대해서도 역시, 앞서 언급한『한불자전』의 방식을 따르는 것이 최선이라 간주하였다. 한국식 순서로 변경하는 것이 여러모로 더 나으리라 생각하였으나, 아직은 영어를 공부하는 한국인의 수가 매우 적고 한국어를 배우는 영어 사용자들이『한불자전』에서 사용된 순서에 매우 익숙해 있는 터인지라 지금 변경하기에는 시기가 적절치 않다고 여겼다.

그의 이러한 언급은 당시 "한국어를 배우고자 하는 영어사용자"들에게『한불자전』이 제시한 알파벳 순에 의거한 표제항 배열방식이 매우 익숙해졌음을 말해주고 있다. 게일 역시『한영자전』초판에서 "이 사전에 가장 관심을 지닐 법한 사람들의 요구에 따라,『한불자전』이 따른 바의 알파벳 순서"를 따랐음을 명시했다.[32] 나아가『한불자전』은 단순히 사전이라는 서적의 형태로만 남겨진 것이 아니었다. 사전의 편찬 작업에 관여했던 인물들이 있었기 때문이다. 언더우드의 한국어 공부와 향후 사전 및 문법서 편찬에 큰 도움을 준 송순용(宋淳容, 字는 德祚) 역시 그 중에 한 인물이었다. 그는 "언문 활용에 대한 철저한 지식과 세심한 작업"을 통해 언더우드의 작업을 도왔다. 언더우드가 엘린우드에게 보낸 서간(1885. 7. 6.)에서 송순용과의 만남은 다음과 같이 기술된다.

> 저는 어학교사로 한 천주교인을 구했습니다. 얼마 동안은 천주교인 가

32 황호덕·이상현 옮김, 앞의 책, 93면(J. S. Gale, "Preface,"『韓英字典(*A Korean-English Dictionary*)』, Yokohama: Kelly&Walsh, 1897).

운데 한 사람을 쓰는 것이 좋을지 몰라서 망설였으나, 그가 이 나라에서 가장 탁월한 교사이고 또 그가 와서 고용되기를 청했으므로 그를 채용하기로 결정했습니다.

그는 칠팔 명의 프랜시스파 신부들을 가르쳤기 때문에 외국인을 가르친 풍부한 경험이 있는 자로 『한불ᄌᆞ뎐』을 편집하는 데도 관여했습니다.

저는 그를 교사로 채용한 후에도 얼마동안 그것이 현명한 행동이었는지 의심했으나 지금은 그것이 섭리였다고 확신합니다.[33]

즉, 송순용은 프랑스 신부들에게 한국어를 가르쳐본 경험이 있었고, 또한 "『한불자전』의 편집에도 관여"했던 인물이었다. 언더우드는 "그를 한국어 교사로 채용한" 것을 하나님의 "섭리"라고까지 표현했다. 그렇지만 당시 송순용은 영어를 한 마디도 못했고, 언더우드 역시 한국어로 그와 신학적인 토론을 할 수 없었다. 두 사람이 함께 사전과 문법서를 발간하는 데에는 상당한 시간이 필요했다. 그 결실이 언더우드의 이중어사전이었던 셈이다. 하지만 1890년 발행한 언더우드의 사전은 『한불자전』을 온전히 계승한 것이 아니었다. 그의 사전은 『한불자전』을 대신할 수 있는 대형사전이 아니었기 때문이다.

언더우드의 소형사전은 한국어 전체를 포괄하려는 목적에서 발간한 것이 아니었다. 그의 서간(1890.5.11)과 사전의 서문을 보면, 그는 소형사전과 더불어 대형사전을 기획하고 있었음을 알 수 있다.

---

33 H. G. Underwood, 이만열·옥성득 편역, 『언더우드 자료집』 I , 연세대출판부, 2005, 11면.

대형사전이 1/3가량 완성된 형태였고, 그는 이후 2년 정도의 시간을 통해 작업이 마무리될 것으로 예상했다.[34] 여기서 소형/대형 사전이란 형태로 구분을 가능하게 했던 한국어 어휘의 전체상을 제시해준 모델이 바로 『한불자전』이었던 셈이다. 언더우드의 사전이라는 입장에서 본다면, 역학서(譯學書)의 어휘집인 유해류(類解類)와 비교하여 『한불자전』은 당시 그들에게 있어 일상생활의 구어를 포괄할만한 가장 유효한 한국어 어휘목록을 제시해주는 자료였다.[35] 실제 언더우드 사전 한영부의 표제어수 그리고 『한불자전』에서 가져온 것으로 예상되는 표제어수를 정리해보면 다음과 같다.

구분	언더우드 韓英部 표제어 총량	『韓佛字典』 참조표제어	구분	언더우드 韓英部 표제어 총량	『韓佛字典』 참조표제어
ㅇ표제어	765	674	ㅍ표제어	128	125
ㅎ표제어	361	337	ㅅ표제어	585	553
ㄱ표제어	851	814	ㄷ표제어	468	447
ㅋ표제어	14	14	ㅌ표제어	91	89
ㅁ표제어	346	337	ㅈ표제어	468	447
ㄴ표제어	326	319	ㅊ표제어	154	145
ㅂ표제어	376	363	총계	4,910	4,637

34 위의 책, 207면.

35 이지영의 논문은 서구인의 이중어사전을 사전편찬사란 관점에서 객관적이며 계량적인 차원에서 검토할 방법론과 결과물을 제시한 중요한 논문이라고 할 수 있다(「사전편찬사의 관점에서 본 『韓佛字典』의 특징: 근대 국어의 유해류 및 19세기의 『國漢會語』, 『韓英字典』과의 비교를 중심으로」, 『한국문화』 48, 서울대 한국문화연구소, 2009, 75-79면). 그의 연구에 따르면 『韓英字典』 수록 총 19,446 항목 중 11,718 항목이 공통된 한자어이며 그 일치율은 51.01%로 밝혀졌다. 이 중에서 이전 시기 유해류에 등재되지 않은 『韓佛字典』 수록 새로운 한자어가 9,016 항목으로 전체 한자어 중 39.25%를 차지한다.

언더우드의 사전에 수록된 어휘들의 출처는 최소 94% 이상이 『한불자전』으로 추측된다.[36] 언더우드는 그의 사전 서문에서 "즉각적인 활용에 대비할 수 있도록 작고 간결한 포켓판 사전, 한국어에서 가장 유용한 단어들을 가능한 한 모두 포함하는 사전"을 발행해줄 것을 요청받았고, 이에 맞춰 "가장 흔히 사용되는 단어들(common words)을 모두 수록하는 동시에 그 분량 면에서 포켓용 사전이라는 한도를 넘지 않도록 하는 것"을 사전 편찬의 목표로 삼았던 것이다. 언더우드의 사전 1부 한영부(한영사전)를 구성하는 가장 중요한 출처가 『한불자전』이란 사실은 역으로 그가 발견한 가장 귀중한 문헌화된 구어자료가 『한불자전』이었음을 반증해준다. 즉, 언더우드는 『한불자전』의 어휘군에 대한 배제와 선택 그리고 그에 대한 기록화를 통해 영어와 교환되는 가장 일상적인 어휘군을 확정했다고 말할 수 있다.

언더우드는 사전, 문법서와 관련된 업무를 마무리하며 귀국 후 포부로 "거의 모든 시간을 성경번역에 바칠 수 있기를 희망"한다고 했

36 일차적으로는 표제어 사이의 유사성을 가장 중요한 준거로 활용했다. 하지만 그 당시 국어정서법이 통일되지 않은 사정이 존재한다. 특히 언더우드와 리델의 사전은 동사가 큰 차이점을 보이는 데 그 이유는 '-오/소'란 종결어미를 기본형으로 설정한 언더우드 사전의 독특한 특성 때문이다. 이에 대하여 이지영의 선행연구는 서구인 이중어 사전을 계량적으로 고찰할 좋은 방법론을 제시했다. 그것은 병기된 한자를 중심으로 언더우드가 가져온 것으로 판단되는 표제어 수를 측량하는 것이다. 한자가 병기되지 않았을 때에는 한국어 풀이 부분의 유사성을 기준으로 판단했다. 비일치 항목은 이러한 측면에서 『韓佛字典』에서 그 연원을 찾기 어려운 경우를 모두 포함한 것이다. 즉, 언더우드가 게일과 함께 수행한 작업의 대략적 윤곽은 『韓佛字典』의 29,026 항목의 한국어 어휘 중에서 5,000 어휘를 엄선한 셈이다

으며, 그 이유는 "일반 대중이 이해할 수 있는 형태로 반드시 번역해야 한다고 점점 더 느끼기 때문"이라고 하였다.(1890.5.11)[37] 그의 이러한 비전에 부합하는 도구는 의당 한문보다는 언문이었고 문법서와 사전의 집필을 통한 구어의 확정은 그 가능성을 느끼게 해주었을 것이다. 그의 이 같은 비전과 포부 속에서 성서의 언어를 번역해야 할 언문은 비록 실현된 것은 아니었지만 익명의 대중을 위한 국민어로서의 지위를 지닌 어떤 규범적인 형상을 지향하고 있었다. 또한 성서번역은 결코 그가 발행한 사전과 문법서가 제시한 구어의 층위에서 해결될 수 있는 사안이 아니었다. 이러한 언문을 향한 비전을 실현하려고 할 때 대면하게 된 가장 근본적인 문제는 그가 설정한 한국어 통사구조의 구문에 배치될 어휘의 부족이었다. 그것은 앞으로 만들어나갈 한글문어용 어휘를 포함한 대형사전을 요청했고, 이에 언더우드는 2개의 사전을 준비했던 것이다. 물론 전술했듯이 대형 한영사전을 준비하던 언더우드의 시도는 그의 다른 출판업무로 인해 끝끝내 실현되지 못했다.[38]

이어서 언더우드가 준비하던 대영사전 출간을 대신 담당했던 게일의 증언을 주목해보도록 하자. 게일은 그의 사전 「서문」(1897년)에서 "사전을 준비하는 작업 과정에서, 프랑스 신부들이 편찬한 단어들의 목록이 작업의 기반"으로 활용되었으며, "사전을 준비하는 6년 동안, 수천 개 이상의 단어가 유용한 자료들로부터 추가되"었다

37 H. G. Underwood, 이만열·옥성득 편역, 앞의 책, 216면.

38 황호덕·이상현 옮김, 앞의 책, 147-148면(H. H. Underwood, "Preface," 『英鮮字典(*An English-Korean Dictionary*)』, 京城: 朝鮮耶蘇敎書會, 1925).

고 했다. 실제로 수록된 어휘량을 참작한다면 게일의 이러한 진술은 온당한 것이다.[39] 이는 게일의 사전이 『한불자전』 수록 어휘들 전반을 검증하여 수록했으며, 『한불자전』 이상의 어휘수를 보유한 대형 사전임을 나타낸다. 『한불자전』에 대한 온전한 발전적인 계승은 게일에 이르러 비로소 가능해진 셈이다.

물론 게일은 『한영자전』초판 서문(1897)에서 그의 사전이 『한불자전』을 비롯한 한영이중어사전에 기반을 둔 것이라고 말했다.

---

39 이영희의 연구(「게일의 『한영자전』연구」, 대구카톨릭대학교 대학원, 2001)에 따르면 1부(한국어-영어)는 33,537 표제어, 2부(한자-영어)는 12,133 표제어이다. 게일은 『韓佛字典』에서 불필요할 정도로 동일한 말들을 반복한 것을 하나의 어휘차원으로 정리했다고 서문에서 밝힌 바 있다. 나아가 한 글자로 된 한자를 『韓佛字典』 역시 포함하고 있었다는 점을 감안해야 한다. 즉, 12,133 표제어에 이르는 2부의 구성 역시 당시 한국어의 전체상과 관련하여 중요한 사항이었다는 점을 간과해서는 안 된다. 한문문어를 별도로 분별함에 있어서 공헌했던 것으로는 참조했던 중영이중어사전의 차이점이 존재한다. 언더우드와 게일이 참조했던 중영사전의 '禮'란 한자의 풀이방식을 펼쳐보면 다음과 같다.

* 언더우드 참조: Williams, 1880 禮 礼 From worship and a sacrificial vase; the character '體' body resembles it; the contracted form is common. / A step, an act, particularly acts of worship 事神, which will bring happiness; propriety, etiquette, ceremony, rites; the decent and the decorous in worship and social life; decorum, manners; official obeisance, worship; courtesy; offering, gifts required by usage, vails.
* 게일 참조: Giles, 1892 禮 Ceremony; etiquette; politeness; Presents; offerings. Worship.

언더우드가 참조했던 윌리엄스에 비해 자일즈의 풀이는 한결 더 간결하며 어휘간 일대일 교환의 관계로 제시해주는 것이었다. 게일은 1897년 그의 사전 서문에서 "자일즈(Giles)의 사전에서 얻은 간결한 정의들은 중국에 있는 학생들에게 도움이 되는 그만큼 한국 학생들에게도 큰 도움이"될 것이라고 했다. 그리고 자일즈의 한자풀이를 그의 사전 2부 "한자-영어"부에 대폭 수용했으며, 자일즈가 용례로 제시한 한자어와 그 풀이(禮義, 禮貌, 禮文, 禮法, 禮度, 禮節 등)를 1부에 수용했다. 한자를 간결한 영어풀이로 그 훈을 제시해주는 진전된 모습이 게일 사전의 어휘를 풍성한 형태로 만든 셈이다.

① 나는 여기서 『韓佛字典』과 더불어 언더우드 박사와 스콧 씨의 노작들의 도움을 받은 것을 밝힐 수 있어 기쁘다.[40]

② 약 35,000 단어를 수록하여 1896년에 출판된 이 책[인용자 : 『韓英字典』]의 초판은, 한국어와 한국문학 분야의 영예로운 개척자들인 프랑스 신부들의 훌륭한 업적에 바탕을 두고 있었다.[41]

하지만 제3판(1931)에서는 그 근간이 어디까지나 『한불자전』에 있었음을 명시했다. 상기인용문에서 『한불자전』을 "한국어문학 분야의 영예로운 개척자"라고 기념한 『한영대자전』(1931)은, 『한불자전』(나아가 『한영자전』(1897, 1911))과는 완연히 변별되는 새로운 전범이었다. 이중어사전 편찬의 역사 속에서 한국사회에 급격히 증대된 어휘들이 등재되어 있기 때문이다. 『한영대자전』에 있어 『한불자전』은 분명히 뿌리이자 근원이었지만, 게일이 동시기 한국어문화를 담기 위해 참조한 일영사전과 조선총독부의 『조선어사전』(1920)과는 결코 동일한 성격이 아니었다.[42]

즉, 이 시기 『한불자전』은 동시기 한국 언어문화를 담고 있는 '전범'이 아니었음을 주목할 필요가 있다. 『한불자전』의 형상은 오히려

---

40 황호덕·이상현 옮김, 앞의 책, 94면(J. S. Gale, "Preface," 『韓英字典(*A Korean-English Dictionary*)』, Yokohama: Kelly&Walsh, 1897).

41 위의 책, 97면(J. S. Gale, "Preface," 『韓英大字典(*The Unabridged Korean-English Dictionary*)』, 京城: 朝鮮耶蘇敎書會, 1931).

42 위의 책, 110-111면(J. S. Gale, "Korean-English Dictionary Reports," 1926. 9).

한국어사전편찬 분야를 최초로 개척한 '기념비'로 변모되었던 것이다. 물론 『한불자전』의 형상이 '전범'에서 '기념비'로 변모되는 계기이자 과정은, 한국어 자체의 큰 변동과 관련된다. 하지만 우리는 이 변동의 시기가, 한국어사전의 '전범', 『한불자전』을 개신교 선교사들이 계승하던 시기와 겹쳐져 있음을 주목할 필요가 있다. 즉, 『한불자전』의 형상변화는 개신교 선교사들이 『한불자전』이 정립한 과거의 전범을 대신할 새로운 전범을 수립하는 과정과 맞물려 있는 것이다.

(2) 개신교 선교사의 언어정리사업과 전범으로서의 『한불자전』

사전 만들기는 해당 표제어 즉, 등재된 어휘를 본래의 '화용'과 '문맥'으로부터 분리하여 고립시키는 것을 의미한다. 즉, 『한불자전』에 수록된 한국어 표제어에는 그 해당어휘가 본래 놓였던 용례와 문맥이 생략되어 있는 셈이다. 따라서 『한불자전』의 성과를 계승한다는 것의 의미는 단순히 표제어를 모으고, 프랑스어 풀이를 영어로 번역하는 행위로만 제한되지 않았다. 『한불자전』의 편찬자들이 알고 있었던 지식들, 사전만으로는 제시될 수 없는 해당 어휘가 놓였을 다양한 맥락을 검토할 추가적 자료들이 의당 필요한 것이었다. 이를 『한불자전』에 '내재'된 진정한 의미에서의 전범적 가치라고 말할 수 있을 것이다.

하지만 개신교 선교사들은 파리외방전교회의 미출간 자료들을 접할 수는 없었다. 즉, 개신교선교사들에게 파리외방전교회가 남겨준 자료는 지극히 한정적이었던 것이었다. 19세기 파리외방전교회의 한국선교시기 그들이 체험했을 한국의 언어-문화를 알려줄 한국인의 구술적 증언이나 한국인이 남겨준 문헌의 결핍 역시 마찬가지였다. 이와 관련된 게일의 고민을 『한영자전』(1897) 「서문」에서 살펴볼 필요가 있다. 그는 여전히 한국에서 사전 만들기가 "기나긴 좌절의 연속"이라고 술회하고 있었기 때문이다.

> "현재의 한국어 연구 단계에서, 사전을 만드는 일은 기나긴 좌절의 연속이다. 구어에 대한 기록이 없어서 단어를 수집하려 하자마자, 더 노력을 기울여 보려는 어떤 의욕도 사그라지게 된다. 일본인 학자들도 이와 비슷한 어려움을 겪어 왔고 수년간의 연구와 준비 끝에 완벽한 사전을 지난해(1896년)에 출간하였으나, 일상적인 한국어 단어 상당수가 빠져 있는 것이 확인된다. 이를 보더라도 이 작업이 얼마나 방대한 일인지가 증명된다."[43]

게일이 보기에, 그가 수록·감지하지 못한 어휘, 하지만 어쩌면 과거에도 존재했으며 현재 한국인이 분명히 알고 있는 한국어 어휘 전반을 포괄할 사전을 만드는 것은 불가능한 작업이었다. 왜 그랬던 것일까? 일차적으로 "구어에 대한 기록이 없어서 단어의 수집" 그 자체가 어려운 것이었기 때문이다. 또한 사전편찬업무를 담당할 수 있는 현지인이 부재한 측면이 사전 만들기를 어렵게 했다. 물론 교육수준이 높은 한국의 식자층은 "적절한 문맥에서 단어를 잘 사용"

43 위의 책, 92면.

했다. 그러나 "단어만을 따로 빼내어 독립적으로 취"하고, 다른 용어를 활용하여 정의하는 작업, 사전 만들기 자체가 당시 한국인의 사고방식에 있어서 "완전히 낯선" 행위였던 것이다.[44] 언더우드에 의하면, 이점은 문법서를 만드는 과정에 있어서도 동일한 문제였다.

언더우드의 한국어 학습에 큰 도움을 준 이는 분명히 송순용을 비롯한 한국 현지인 교사와 조사들이었다. 언더우드는 그의 문법서에서 책으로만 한국어를 온전히 학습할 수 없다는 점을 강조하고, 현지인 한국어 교사 혹은 한국인들과의 대화가 필수불가결한 과정이라고 말했다. 좋은 한문학자들이기도 한 한국인 교사들은 문자를 읽는 올바른 발음법과 표현형식, 관용구들에 대해 설명해줄 수 있으며, 동의어들 간의 구분, 학생의 실수를 교정해줄 수도 있는 존재였다. 그러나 이들 중에 문법의 규칙과 철자법을 정확하게 알고 있는 자는 드물었다. 이에 따라 언더우드는 진정한 의미에서 현지인 어학교사를 찾을 수 없다고 말했다.[45]

적어도 이러한 그들의 증언에 따른다면, 그들을 대신해 사전과 문법서를 쓸 수 있는 한국인이 없었으며, 또한 반대로 개신교 선교사들의 한국어에 관한 이해수준이 한국의 원어민과 동일한 수준일 것

---

44 위의 책, 92-93면.

45 H. G. Underwood, "Introductory remarks on the study of Korean," 『韓英文法(*An Introduction to the Korean Spoken Language*)』, Yokohama, Seishi Bunsha, Kelly & Walsh, 1890, pp. 1-2. 이 책이 실제 선교사들의 한국어교육과정에 활용된 예는 Ross King, 「영어권 학습자를 위한 문법교육(Korean grammar education for Anglophone learners: Missionary beginnings)」, 『한국어교육론』 2, 국제한국어교육학회, 한국문화사, 2005를 참조.

이라고 자신할 수도 없는 노릇이었다. 즉, 문제의 골자는 한국어가 규범화되어 있지 않은 정황 속에서 구어를 기록하는 방식, 즉, 국문 정서법에 대한 개신교 선교사의 고민과 그 실천이었다. 여기서 게일이 말한 '구어'를 비롯한 당시 한국의 어문질서는 오늘날 우리의 통념과는 다른 것이었다.

게일은 『한영자전』(1897) 「서설」에서 "언어"를 "쓰여진 단어나 분절된 음성이라는 수단에 의해 사고들을 표현하는 것"이라 정의한 후, 한국어를 구어, 한글문어 및 한문문어라는 세 층위로 구분했다. 여기서 한글문어를 지칭하는 용어는 "서적 형태(Book-form)"이다. 이는 경서언해본과 같이 서적으로 출판된 서적의 언문을 지칭하며 "구어의 어순에 의거하지만 많은 한자(어)와 형식적인 어조사를 지닌 것"으로 규정된다. 하지만 이 한글문어는 오늘날 우리가 상상하는 '구어의 온전한 재현이자 기록' 즉, '언문일치'라고 상정된 형태를 의미하는 것이 아니었다. 왜냐하면 게일이 보기에, 한국의 구어는 "문학이나 다른 어떤 종류의 문어 형태도 갖지 못한 언어"이며, "오직 소리로만 전해져 온 유물(antiquity)"이었기 때문이다.[46]

따라서 구어를 언문으로 기록하는 것은 그리 쉬운 문제가 아니었다. 이 점은 언더우드가 남긴 문법서 속에서도 발견할 수 있다. 언더우드는 그의 문법서가 어디까지나 구어표현에 초점을 맞춘 것임을 명시했다. 그는 문어에서 쓰이는 종결어미와 몇몇의 표현들은 결코

46 J. S. Gale, "Introduction," 『韓英字典(*A Korean-English Dictionary*)』, Yokohama: The Fukuin Printing CO. L'T., 1897. pp. 4-5.

구어에서 발견할 수 없어, 한국어의 구어와 문어는 다른 것이라고 했다. 언더우드는 한국의 문어에는 한자가 모든 공식적인 서간, 철학적 저술들과 같이 진정한 가치가 있는 곳에서 쓰이지만, '언문(諺文)'은 시시한 사랑 이야기나 동화 같은 저급한 곳에 쓰인다고 했다. 이러한 상황으로 말미암아, 외국인들에게는 "말(speech)은 언문"이란 오해가 존재했다. 언더우드는 "언문"은 단지 서기체계(a system of writing)일 뿐이기에 이는 틀린 것이라고 말했다.[47]

실제로 언더우드의 사전 속에서 '언문'이란 표제어는 한국의 표음문자를 지칭하는 의미였다. 즉, "구어와 문어를 포함한 언어"라는 차원의 의미를 지니고 있지 않았다.[48] 언더우드의 사전에는 국문(國文)이라는 한국어가 배치되어 있지 않다. 게일의 사전에서 언문과 유사어로 배치된 "국문(國文)"은 1897-1911년까지 국자(國字) 차원의 의미(The national character-Ünmun)를 지니고 있었다. 이는 사전 속에서 한문과 대비된 용어로 언더우드의 진술과도 사실 동일한 의미였다.[49] 즉, 1890-1897년 사이 사전에 배치된 언문=국문(諺文=國文)은

47 H. G. Underwood, op. cit., pp. 4-5.

48 서구인의 이중어사전을 펼쳐보면, 언문이라는 개념의 사회적 변천사를 발견할 수 있다. 언더우드의 사전에서 "The common Korean alphabet"로 풀이되던 "언문"은 게일의 『韓英大字典』(1931)에서는 "The native Korean writing; oral and written languages"로 변모된다.

49 국문(國文)이 국문학이란 어휘와 유사한 의미를 지니게 된 것(The national literature. Korean Ünmun)은 게일의 1931년판 사전에 이르러서 이다. 게일의 1911년판에서 1931년판 사이에 '언문'과 '국문'에 있어 의미전환과 함께 이중어 사전에 國語("The national tongue; the language of a country")와 "言文一致"가 출현한다. 여기서 言文一致에 대한 풀이는 1911년판에는 "The oneness of the oral and written languages"으로 되어 있으며, 1931년판에는 "The unification of the oral

쓰기(표기)의 한 방식일 뿐, 그에 수반된 문학작품을 지니지 않았으며[50], 언문일치란 관념을 통하여 구어, 한글문어라는 한국어의 모든 영역을 포괄할 수 있는 '국민어'라는 조건을 충족시켜주지 못했다.

『한불자전』과 게일·언더우드 한영사전의 서문이 보여주는 변별점 즉, 게일·언더우드의 철자법에 관한 고민은 '새로운' 전범이자 규범을 모색하려고 한 실천이기도 했다. 이와 관련하여 언더우드의 사전편찬시기 한영이라는 대응관계의 측면에서 본다면, 한국의 구어는 확정된 층위를 지니지 못했고 오히려 기록됨으로 새롭게 창출되는 과정에 놓여있었다. 즉, 우리는 리델과 언더우드 사이에는 한국의 구어가 엄선되며 기록됨으로 확정되는 역사를, 언더우드와 게일 사이에는 이 형성된 구어를 기반으로 한 새로운 한글문어가 생성된 역사를 가정해볼 수 있다.

다만 이 가설 즉, 상기 두 가지 역사에 덧붙일 점이 있다. 이 두 가지 역사의 자취는 어디까지나 개신교 선교사들이 남긴 단편적인 자

---

and written languages"으로 되어있다. 1897-1901년 사이 한말 기독교 신문 속에서 신속한 문명개화를 위한 지식전달도구로 국문의 실용성(표음문자)이 한문의 비실용성(형상문자)과 대비하여 제시한 용례가 존재하며, 이 속에는 언문일치란 개념이 분명히 내재되어 있다(류대영, 「한말 기독교 신문의 근대국가론」, 『한국기독교와 역사』 29, 한국기독교역사연구소, 2008, 19-21면 ; 김영민, 「근대계몽기 기독교 신문과 한국 근대 서사문학」, 『동방학지』 127, 연세대 국학연구원, 2004, 253-269면 참조). 이 속에서 국문 역시 아직 미정형의 대상이었다고 규정해도 좋을 것 같다. 언더우드와 게일의 초판사전은 개신교 선교사들이 신문이란 미디어를 한글을 실험한 이전 시기에 출판된 사전이란 측면을 지니고 있다. 나아가 한문에 대한 서구인들의 이러한 태도도 역사적 시기에 따라 변별되는 측면이 분명히 존재한다.

50 H. G. Underwood, 이광린 역, 『한국개신교수용사』, 일조각, 1989, 56면(*The Call of Korea*, 1908).

료를 통해서 우리가 유추해 볼 수 있는 지극히 한정적인 사례일 뿐이란 점이다. 사실 그 곤경은『한불자전』과『한어문전』을 펴낸 파리외방전교회가 체험했고 해결했던 것일 수도 있다. 그 흔적을 개신교 선교사의 정서법에 대한 고민 속에서 찾아볼 필요가 있다. 언더우드는 "한글의 철자법이 매우 혼란스러운 상태"란 점을 지적하고, "한글의 철자"는 어디까지나 "순전히 발음에 의거하는 데" "사람마다 자기만의 규칙을 따른다"고 말했다. 소리를 단순히 옮겨 적는 것이라면 문제는 어려운 것이 아니었다. 언더우드는 구어의 발음 그대로를 전사하는 것을 결코 정서법의 기본으로 삼지 않았다. 그 까닭은 구어의 발음이 사람마다 서로 다르다는 차이, 즉 균질화되어 있지 않던 당시 구어상황의 문제 때문이었다.

언더우드의 언문표기용례는『한불자전』을 벗어나지 않았다.『한불자전』은, 이미 소리를 그대로 옮겨 적는 방식이 아니라, 형태음소적 표기로 언문을 활용하는 모습을 보여주고 있다. 언더우드는『한불자전』과 달리, 로마자로 해당 한국어 어휘의 발음을 표기하지 않았을 뿐이다. "한글 자모는 배우기 쉽고, 각 문자가 나타내는 다양한 소리들은 쉽게 익힐 수" 있다고 판단했기 때문이다.[51] 즉, 그에게 언문은 단지 소리를 옮겨 적는 발음기호가 아니었다.

게일은『한영자전』초판에서 발음되는 소리와 기록·전승된 음 사이에서 중도를 취했음을 밝혔다. 이에 따라 '형태음소적 표기'라고

---

51 황호덕·이상현 옮김, 앞의 책, 45면(H. G. Underwood, "Preface,"『韓英字典(*A Concise Dictionary of the Korean Language*)』, Yokohama: The Fukuin Printing CO., L't., 1890).

할 수 있는 측면이 게일의 『한영자전』(1897)에 오면 한층 더욱 강화된다. 게일은 비록 『한불자전』의 표제항 배열방식을 따랐지만 "미세한 차이점"이 있음을 강조했다. 『한불자전』에서 "ㅅ, ㄷ, ㄴ, ㄹ 등은 경우에 따라 하나의 문자로 취급되고 있으며, 따라서 바로 옆에 나란히 제시되"는 경우와 달리, 그의 사전에서는 "이들을 철저히 분리했으며, 제시된 목록 순서는 문자의 음의 변동에 관계없이 엄격히 고정시켜 제시"했음을 명백히 말했다.[52]

그렇지만 이렇듯 『한불자전』과의 변별점, 문자와 별도로 존재하는 발음, 음운현상을 언더우드, 게일을 비롯한 개신교 선교사들만이 발견한 것은 아니었다. 오히려 그것은 『한불자전』보다 더욱 오래된 학술적 연원을 지니고 있었다. 언문을 구성하는 문자와 발음의 관계가 1:1 대응이 아니란 사실, 언문의 초출자와 재출자를 비롯한 제자원리, 한국어의 다양한 음운 현상—활음조 현상, 자음동화, 탄설음화, 두음법칙, 말음규칙, 구개음화 등은 재외의 공간에서 논의되는 서양인의 한국어학 연구에서 이미 규명되고 있었기 때문이다.[53] 하지만 문제는 한글을 구성하는 25개의 표음문자가 아니라 한국어의 전체와 그것을 구성하는 개별 어휘들에 있어 존재하는 모든 경우의 수였다. 이와 관련하여 『한불자전』은 29,000여개의 한글표제어로 한

---

52 위의 책, 93-94면(J. S. Gale, "Preface," 『韓英字典(*A Korean-English Dictionary*)』, Yokohama: Kelly&Walsh, 1897).

53 귀츨라프부터 리델에 이르는 이에 대한 상세한 검토는 김인택, 「19세기 서양인의 한국어 문자와 음운현상에 대한 기술」, 『코기토』73, 부산대 인문학연구소, 2013을 참조.

국어의 전체상을 형상화해준 셈이다. 나아가 개신교 선교사들이 탐구해야 될 번역의 단위는 한국어 어휘가 아니라 더욱 미시적인 층위, 한국어 어휘를 구성하고 있는 개별 한자의 층위를 내포하고 있었다.

그것은 또한 외국인과 한국인의 접점이기도 했다. 즉, 이 새로운 '전범' 만들기는 비단 외국인 선교사들의 고민만은 아니었던 것으로 보인다. 한국인에게도 '언문'을 새롭게 '사용'해야 할 필요성과 관념이 출현하고 있었던 것이다. 그 흔적은 애스턴의 한국고소설 논저(1890)에도 새겨져 있다.

> 중국 단어로 넘치는 언어에 알파벳 글자를 사용하는 것은 일본어 표기에 로마 문자, 혹은 일본 가나를 채택하고자 진행 중인 최근의 움직임과 명백한 관계가 있다. 여기서 우리는 쪽 수 매기기를 제외하곤 단 하나의 한자도 사용되지 않는 문학을 보게 된다. 이 예는 이러한 체계의 장려자에게는 고무적인 일인 것 같고, 그러할 것이 분명하지만, 어떤 과학적, 종교적, 기타 학문적인 작업은 이런 식으로 쓰여지거나 쓰여질 수 없다는 것을 주목해야 한다.[54]

물론 애스턴의 진술은 이 새로운 동향에 관한 분명한 한계점을 지적했지만, 그의 진술은 역사적 전환기 속에서 언문을 새롭게 활용하려는 한국인의 모습이 분명히 반영된 것이다. 그가 순수하게 언문으로 쓴 서적에 대하여 한계점을 지적했던 모습은 당시 언문이 지녔던

54 W. G. Aston, op. cit., pp. 106-107.

한계점과 긴밀히 관련된다. 그는 그의 한국어 교사로 추천받은 한국인에게 언문으로 된 한국고소설에 한자를 병기해 줄 것을 요구했다. 하지만 한국인 교사는 터무니없는 실수를 보여 주었다. 그는 이 한국인 조력자가 실은 책의 절반도 이해하지 못한 것이라고 판단했다.

하지만 더욱 주목해야 할 점이 있다. 사실 애스턴의 이러한 시도는, 언더우드가 사전을 편찬할 때 정서법을 확립한 방법이기도 했기 때문이다. 이 때 그에게 기준이 되는 좌표는 어디까지나 한자라는 문자였다. 가장 근본이 되는 것은 『전운옥편(全韻玉篇)』에 기록된 한국식 한자음이었다. 해당 한자음이 없을 경우, "나모라고도 ᄒᆞ고 나무라고도 ᄒᆞ니 모와 무를 엇더케 쓰리오 아마도 나모목ᄒᆞ니 나모라 쓰는 거시 올코"(「언문ᄎᆞ례」)라는 기술이 보여주듯, 기록되어, 한자의 훈으로 전하는 어휘였다. 그리고 그 연원을 잃어버린 구어에 대하여 그 한자어의 기원을 찾아 정서법을 명확히 하기 위해서 『한불자전』을 절대적인 기준으로 삼았다고 말했다.

반면, 게일은 한자의 현실음과 문헌으로 전하는 규범음 사이에서 중도를 찾는 고민을 했음을 술회했다. 게일 『한영자전』의 2부 한자-영어사전이 1914년에 출판된 사정, 이와 관련하여 한국인에게 있어 국어사전보다 먼저 출판된 근대적 자전(『자전석요』(1909), 『신자전』(1915))들을 함께 주목할 필요가 있다.[55] 두 자전 모두 『전운옥편』을

55 이하 두 자전에 대한 기술은 이준환, 「『字典釋要』의 체재상의 특징과 언어적 특징」, 『반교어문연구』32, 반교어문학회, 2012 ; 「朝鮮光文會 편찬 『新字典』의 體裁, 漢字音, 뜻풀이」, 『어문연구』40(2), 한국어문교육연구회, 2012에 의거하여 진술하도록 한다.

전거문헌으로 삼았으며 현실 한자음에 대한 조응을 보여준다. 『자전석요』는 '현실음'에 『신자전』은 『전운옥편』의 '규범음'을 제시하고자 한 서로 다른 지향점을 보이지만, '·'음가, '치음 아래서의 j계 상향 이중모음', '구개음화'와 관련하여 이를 반영하고 있다. 이와 관련하여 게일 역시 "1)아래아(·)의 폐기, 2)목적격 'ᄋᆞ'를 '으'로 바꿈, 3)ㅅ, ㅈ, ㅊ+복모음을 ㅅ,ㅈ,ㅊ+단모음으로 전환"을 골자로 한 '신철자법'을 1902년에 주장한 바가 있다.[56]

물론 이 점이 『한영자전』에는 반영되지 않았지만 이는 한자음에 대한 정리사업과 밀접한 관련이 있다. 『신자전』(1915)이 한국의 현실음을 상대적으로 충실하게 반영하려 한 『자전석요』와 달리, 『전운옥편』의 규범음을 존중했던 사정은 게일의 『한영자전』 재판(1911)에서 과거와 달리 정서법에 대한 언급이 사라진 이유를 짐작할 수 있게 해준다. 첫째, 한자음에 관한 정리가 어느 정도 이루어졌다는 전제 하에 『신자전』의 발행목적이 "한자음에 있지 않고 자석(字釋)의 풀이"에 있었기 때문이다. 나아가 둘째, 자석을 한문이 아닌 국문풀이로 제시하려고 한 지향점이다. 이러한 『신자전』 편찬과정 속 "한

56 그러나 북부지방 교인들의 심한 반발로 인해 이는 실현되지 못했다(류대영·옥성득·이만열, 『대한성서공회사』 II, 대한성서공회, 1995, 59-60면). 1902-1906년까지 진행된 개신교선교사들에게 정서법 논쟁에 대한 구체적인 검토는 로스킹(Ross King)의 다음 논문들을 참조(Ross King, "Western Missionaries and the Origins of Korean Language Modernization," *Journal of international and area studies* 11(3), Seoul: Institute of International Affairs, Graduate School of International Studies, Seoul National University, 2005, pp. 17-26 ; "Dialect, Orthography and Regional Identity: P'yong'an Christians, Korean Spelling Reform, and Orthographic Fundamentalism," *The Northern region and Korean culture, history and identity*, Ed. Sun Joo Kim, University of Washington Press, 2010, pp. 145-150).

자에 대한 연구"는 실은 "국문에 대한 연구"를 겸한 것이었다.[57] 당시 국한혼용문의 시대, '한문'과 '국문'에 관한 지식의 겸비는 필수불가결한 것이었기 때문이다. 나아가 『신자전』이 보여주는 한자·한문을 국문으로 풀이하는 구도야말로, 『한불자전』을 비롯한 이중어사전이 보여주는 구도였다. 그것은 번역을 통해 생성되는 새로운 한국어의 존재를 암시해주기 때문이다.

(3) 개신교 선교사의 근대문체 기획과 『한불자전』 형상변화

『신자전』의 편찬과정이 개별 한자에 대한 국문풀이를 통해 새로운 어문질서의 모습을 암시해준다면, 개신교 선교사의 성서번역은 새로운 문체, 한글문어(언문·국문·한글) 그 자체를 보여주는 것이다. 양자는 『한불자전』에 수록된 표제어 자체만으로는 드러나지 않는 것, 즉 『한불자전』에 '내재'된 전범적 가치를 실현하는 공통점을 지니고 있는 것이다. 특히 후자는 상대적으로 더욱 새로운 한국어의 문체, 그 활용의 문맥을 구현하는 행위였다. 이와 관련하여 20세기 한국인, 개신교 선교사 사이에는 중요한 접점이 존재한다. 그 연원이라고 볼 수 있는 언더우드의 자취를 살펴보면, 개신교 선교사들은 국한혼용문 시대에 동일한 고민을 가지고 있었기 때문이다.

언더우드에게 그의 선교활동의 지역이 서울이었던 사정은 한국의 표준어라는 전제조건은 충족시켜주는 것이었다. 하지만 "한국어가 2개의 언어로 존재한다"는 서구인의 한국어에 대한 인식과 관련

---

57 이준환, 「朝鮮光文會 편찬 『新字典』의 體裁, 漢字音, 뜻풀이」, 앞의 책, 127-139면.

된 정황은 여전히 해결되지 않은 난제였다. "말을 하는 대상의 계층에 따라 각 표현을 세 가지 내지 다섯 가지로 변형해야"하는 어려움이 한국어에 있다는 언더우드 부인의 편지(1888.6.2.)는 이러한 그들이 대면했을 곤경을 잘 말해준다.[58] 언더우드는 "길가를 지나가며 들을 수 있는 상인들, 중간계층, 머슴들"의 언어와 관리, 학자들의 언어는 다른 것처럼 들릴지 모르지만 사실 후자는 한자로부터 파생된 용어들을 사용하는 것일 뿐 틀림없는 한국어라고 말했다. 언더우드는 '한자=문어', '언문=구어'라는 인식의 허구성을 잘 알고 있었다. 하지만 향후 한글문어를 위해 양자를 어떤 방법으로 교합해야 하는가라는 문제는 여전히 남아 있었다.

사실 1890년 그의 분명한 공적이라고 할 수 있는 한국어 문법서, 소형사전의 어휘만으로 성서를 번역할 새로운 한국어에 대한 비전은 충족될 수 없었다. 이와 관련하여 한문 그리고 한국인의 말 속에서 제시된 한자어는 이 어휘의 부족을 보충해주는 매우 중요한 통로였다. 언더우드는 중국어가 "말을 외우기 잘하는 사람"에게 유리한 언어였다면, 한국어는 일본어와 함께 "모든 문제의 원인과 유래를 찾도록 훈련을 받은 사람들"에게 쉬운 언어라고 했다.[59] 이는 다분히 표의/표음 문자라는 구분과도 관계되는 것이었다. 하지만 언더우드는 한국어, 중국어, 일본어와의 관계를 쉽게 단정하지 않았다. 그 까닭은 그가 보기에 어휘의 측면에서 한국어가 중국어(한자)와 긴밀

58 L. H. Underwood, 이만열·옥성득 편역, 앞의 책 Ⅰ, 107면.

59 H. G. Underwood, 이광린 역, 앞의 책, 55-56면.

한 영향관계를 지니고 있었기 때문이었다.

1906년 국한혼용문 성경의 발행은 이러한 측면을 여실히 보여주는 중요한 역사적 사례였다.[60] 언더우드는 "언문이나 한글"이 "기독교 교회의 필요조건으로 증명"이 되지는 않았다고 했으며, 국한혼용문 성경이 당시 미디어, 공식문서, 교육부가 출판하는 모든 책의 가장 기본적인 문체라는 사실을 인정했다. 한자의 상형성을 통한 의미 확립 그리고 "전치사와 시제 등을 나타내는 한글 어미와 연결사"라는 측면 즉, 한자와 언문의 상호보완을 통해 구성된 국한혼용문 성경의 발행이 요청되었던 것이다.(1903.12.23) 그에게 있어 성서번역의 이상적인 수단이라고 볼 수 있는 언문은 한문의 영향력이 여전히 건재한 한국의 문어에서 분리될 수 있는 것이 아니었다. 게일 역시도 언더우드의 이러한 견해에 동의하며, 국한혼용문 성경의 발행이 "아직 복음을 모르는 수 천 명의 학자들에게 복음을 주는 것을 의미한다고 믿"으며 환영했다.[61]

한자어를 대폭 수용하는 문제는 한국어의 어휘를 증대시키는 데는 큰 도움을 주지만 큰 딜레마를 동시에 제공해주는 것이기도 했다. 성서번역에서 언더우드의 가장 큰 고민은 "수준 높은 문체"와 "통속적인 문체"라는 두 난관 사이를 헤쳐 나가는 것이었기 때문이다. 그가 성서번역의 가장 이상적인 문체로 삼았던 것은 "가장 무지한 사람들이 이해할 수 있을 만큼 단순하면서도 지식인들의 마음을

60 그 경위에 대해서는 이만열·옥성득·류대영, 앞의 책, 82-89면을 참조.

61 H. G. Underwood, 이만열·옥성득 편역, 앞의 책, 146-151면.

끌 만큼 품위 있는 문체"였다. 이는 당시에 있어 요원한 과제였다. 언더우드에게 있어 이러한 문체 창조의 주인공은 "성경에 사용된 원어를 철저하게 공부한 한국인 학자"였다. 그러나 그들이 성경의 의미내용을 상당한 부분을 이해했을 때에도 "일반 대중이 이해할 수 없는 딱딱하고 고어체인 한자식 한국어"로 표현한다는 문제점이 존재했다. 그는 이것이 "동양 학자들의 고질적인 성향"이며, 그들이 "충분히 명료하고 단순한 용어를 사용하도록 하는 것"이 거의 불가능하다고 보았다.(1911.10)[62]

이렇듯 한문과 언문이라는 두 층위의 문어, 양자 사이에서 성서번역을 위한 한글문어 창출의 어려움을 표현한 근본적인 이유는, 사실 한국의 한글문어가 도달해야 하는 모델인 그들의 언어 즉, 영어라는 완성형이자 이념이 존재했기 때문이다. 게일은 성서번역과 관련하여 영어와 한국어가 지닌 차이점을 다음과 같이 이야기한 바 있다.

> 한국어는 우리의 언어처럼 고정화된 일련의 법칙과 인쇄 문헌에 의해 인위적으로 구성된 것이 아닌 단순한 언어이다. 한국어의 복음서 시대에 해당된다. 왜냐하면 한국어로 『로마서』와 『갈라디아서』를 표현하는 데에는 상당히 힘들지만, 복음서 표현은 아름답게 할 수 있기 때문이다. 한국어는 생활의 단순함을 가장 적절하게 표현할 수 있지만, 한국어의 경어와 중국어의 파생어[인용자-한자어]를 배우기는 대단히 어렵다.[63]

62 위의 책 Ⅳ, 294-296면.

63 J. S. Gale, 신복룡 옮김, 『전환기의 조선』, 집문당, 1999, 31면(*Korea in Transition*, New York: Eaton & Mains, 1909, pp. 21-22).

한국어는 그들의 성서전체를 번역할 수 없는 언어였다. 성서번역과 관련하여, 예수의 일화 및 우화를 담은 복음서의 번역을 수행하기에는 더할 나위 없이 좋지만, 바울의 교리를 담은 서간을 번역하기에는 어렵다는 진술은 이러한 점을 잘 보여준다. 서구의 교리 혹은 학술개념을 체현할 번역어=개념어를 확충하는 과정 또한 한국어가 "고정화된 일련의 법칙, 인쇄문헌에 의거한 인공어를 지향해 나가는 지점"은 한국 근대어의 등장을 의미하는 것이기도 했다. 그것은 단지 외국인이 한국어를 배워나가는 과정만을 의미하는 것이 아니었다.

왜냐하면 여기에는 근대의 언어 내셔널리즘과 함께 작동하고 있는 '언어 도구관'이란 관념이 분명히 존재했기 때문이다. 이것은 물론 『한불자전』에도 내재된 것이었다. 사전과 문법서는 한국어의 형상을 한국인이 한국에서 자연스럽게 습득하게 되는 말과는 다른 모습으로 변모시켜 주기 때문이다. 그 속에서 한국어는 외국인을 위한 교육과 학습의 대상, 즉 인공적인 교육과 학습을 통해 습득해야 할 의사소통의 도구로 규정되기 때문이다. 어학적 연구의 대상, 인공적인 교육과 학습의 대상이라는 한국어의 총체적 형상을 서구인 선교사들은 한국인들에게 제공해준 셈이다. 한국 어휘들을 모으며 그 의미를 확정하는 작업, 이런 어휘들을 문장 속에 배치할 정서법 및 체계적인 문법을 확립하는 작업은 자연 상태에 놓여 있던 한국어를 시각적이며 추상적인 대상으로 규범화하는 작업을 의미했기 때문이다.[64]

---

64 이러한 관점은 이연숙의 논의(이연숙, 고영진·임경화 옮김, 『국어라는 사상: 근

그것은 한국어를 서구인뿐만 아니라 한국인 역시도 인공적으로 배워야 할 지식으로 변모시켜 주는 것이며, 이는 국민을 위한 균질화된 국어를 가시화해주는 작업이었다. 또한 이러한 언어관은 개신교 선교사들에게 『한불자전』이 상속해준 빚으로 여전히 남겨져 있는 것이었다. 즉, 양자는 외국인·한국인이 새로운 한글 활용을 향해 나아가는 과정이자 근대 한국어를 기획·조형해 나가는 노정이라는 공통된 함의를 지닌 것이었다. 다만, 개신교 선교사들이 문법서 및 사전의 발간, 그리고 그 결실이라고 할 수 있는 성서를 완역해 가는 과정에는 하나의 차이점이 존재했다. 개신교 선교사들의 업적은 '한국인들과 공유'되며 19세기 말에서 20세기 초에 이루어진 새로운 '한국어의 전범 만들기'였다는 사실이 그것이다. 이에 따라 『한불자전』은 과거의 '전범'이자 '기념비'로 그 형상이 변모된 것이다.

4. 20세기 초 『한불자전』의 새로운 형상, 한국어사전의 기념비

1925년 안확이 증언한 한국어사전의 계보에서 마지막을 장식하는 출판물은 게일의 『한영자전』(1911)과 조선총독부의 『조선어사전』(1920)이다. 1928년 김동성(金東成, 1890-1969)의 한영사전이 출판되기

대 일본의 언어인식』, 소명, 2006, 15-23면(李妍淑, 『「國語」という思想』, 東京: 岩波書店, 2004))에 빚진 것이다.

까지 한국어를 표제어로 삼은 이중어사전은 없었기에, 안확의 정리는 비교적 실제 사실에 충실한 편이었다. 게일 그리고 조선총독부 사전의 출판 시기는 안확의 서술에서 보이던 '한국어사전 출판의 효시이자 기념비'라는 『한불자전』의 형상이 등장한 시기이다. 동시에 개신교 선교사의 한국어학 출판물이 또 다른 '시원'이 되던 시기이기도 했다. 이 새로운 시원을 잘 말해주는 것이 게일이 남긴 언더우드의 행장이다. 게일은 과거 그 역시 동참했던 언더우드의 사전과 성서번역이 지닌 의의를 다음과 같이 평가했다.

> [인용자 - 언더우드]牧師가 渡朝日에 士人 宋德祚氏를 交際ᄒᆞ야 朝鮮語를 學習홀 ᄉᆡ 古 丁若鏞, 李家煥, 南尙遠 洪鐘三 諸氏의 規定ᄒᆞᆫ 國文需用法을 採用ᄒᆞ야 英韓字典과 新舊約聖書飜譯에 着手ᄒᆞ니 國文需用法의 一枚짐이 自此爲始ᄒᆞ엿스며[65]

언더우드가 남긴 업적들은 적어도 게일에게 단지 외국인의 번역적 성과가 아니었다. 게일은 한국인에게도 "과거 한국의 현인들로부터 채용한 국문사용법의 한 장을 연 시원"이라고 평가했기 때문이다. 이곳에는 언더우드 이전 파리외방전교회 신부들의 선행업적이 드러나 있지 않다. 전술했듯이 상기 인용문의 송순용은 프랑스 신부들에게 한국어를 가르쳐본 경험이 있었고, 또한 "『한불자전』의 편집에도 관여"했던 인물이었다. 언더우드는 "그를 한국어 교사로

65 奇一 牧師, 「元牧師行狀」, 『神學世界』, 1916.11.

채용한" 것을 하나님의 "섭리"라고까지 표현한 바 있다. 송순용과 알게 된 것은 정약용, 이가환과 함께 했던 천주교 신부들의 유일무이한 한국어에 관한 선행업적을 언더우드가 상속하게 됨을 의미하는 것이었기 때문이다.

이 점에서 송순용이 당시 언더우드에게 있어 "한국어의 권위 그 자체"라는 평가는 타당한 것이었다. 나아가 언더우드와 게일의 사전편찬에 있어 『한불자전』이 준 빚은 어떻게 본다면 송순용보다 지대한 것이었다. 그러나 게일의 행장 속에서는 이러한 문맥이 소거되었다. 즉, 1916년이라는 시점에서 한글운동의 시원을 연 주체는 엄연히 개신교 선교사란 인식이 전제되어 있었다. 또한 이러한 인식은 개신교 선교사들만의 것이 아니었다. 한국인 역시 파리외방전교회가 아니라 개신교 선교사들을 한글운동을 촉발시킨 선구자로 기억했기 때문이다. 왜 그랬던 것일까? 러시아대장성의 『한국지』(1900)는 다음과 같이 『한불자전』의 출간사정을 증언해주고 있다.

> 다블뤼는 장기간 중국-한국-프랑스어사전의 편찬에 노력하였으며 다음에 신부 뿌르디에는 한국-중국-라틴어 사전을 편찬하였으며, 그런가 하면 신부 쁘띠니꼴라는 약 30,000개의 라틴어와 약 100,000개의 한국어의 어휘를 담은 라틴-한국어 사전을 편찬하였다. 이외에도 공동저작으로 한국어문법이 편찬되었다. 그러나 불행하게 1866년 출판을 위해 이들 멋진 작품들이 거의 프랑스로 보내지기 바로 직전에 한국에서 또 다시 그리스도교인들에 대한 추적, 박해가 부활되어 이 기간에 선교사들이 편찬한 모든 작품이 한국의 관헌들에 의해 압수되어 불에 태워져 버렸다. 이후

> 이 사업에 고심을 한 사람은 주교이자 한국의 카톨릭 부사교인 리델이었다. 그리고 기타 다른 많은 선교사들이 지식이 있는 한국의 그리스도교인들의 도움을 받아 1880년 로코감에서 "Dictionnaire Coréen-Français"라는 제목으로 辭書, 문법 및 지리의 3부로 나누어져 있는 극히 귀중한 작품을 출판하였다. 이어 1881년에 바로 이들 선교사에 의해 역시 로코감에서 한국어 문법이 출간되었다."[66]

천주교에 대한 박해로 말미암아 끝끝내 출판되지 못했던 다블뤼, 뿌르디에, 페롱 등이 준비하던 한국어학서, 우여곡절 끝에 간신히 출판되었던 『한불자전』. 즉, 파리외방전교회의 저술들과 게일의 『한영자전』이 출판되던 당시의 여건과 정황은 전혀 달랐다. 게일의 저술은 천주교 신부와 교인들에 대한 박해와 같은 극적인 상황에서 출판되지 않았다. 또한 그의 사전은 한국인이 알 수 없는 먼 곳에서 유통되는, 한국인과 동떨어진 책이 아니었다. 오히려 그의 사전은 출판과 동시에 한국인에게 홍보되었고 나아가 그 출판을 열렬히 환영받았다.[67] 이는 천주교와 개신교가 선교를 위해 한국을 접촉했던 시기 그리고 한국인의 두 종교에 대한 인식의 차이에서 기인하는 것이라고도 볼 수 있다. 또한 의료와 교육사업에 중점을 둔 정교분리를 원칙으로 한 개신교의 간접선교방식, '서구=문명의 종교'라는 당

66 러시아대장성, 한국정신문화연구원 역, 앞의 책, 392면.

67 "죠션 사ᄅᆞᆷ은 몃 쳔년을 살면셔 ᄌᆞ긔 나라 말도 규모잇게 비호지 못하여ᄂᆞᆫᄃᆡ 이 미국교샤가 이 ᄎᆡᆨ을 ᄆᆞᆫ드럿슨 즉 엇지 고맙지 아니ᄒᆞ리요."(『독닙신문』, 1897.4.24.).

시 개신교의 위상과 관계된 것일지도 모른다. 프랑스어-한국어의 대응관계와 영어-한국어의 대응관계가 형성되던 당시 한국의 사회문화적 기반은 이처럼 큰 층차와 시차를 지니고 있었던 것이다.

그렇지만 보다 중요한 변별점은 1909년 "주시경(周時經)과" 외국인들이 "한어연구회(韓語硏究會)를 조직하다"[68]라는 『대한매일신보』의 기사가 잘 말해준다. 즉, 한국어 연구회를 한국인과 외국인이 함께 조직하고 연구를 수행하게 된 문제적 상황이다. 사실 과거와 다른 가장 큰 변별점은 한국어 연구를 함께 공유할 수 있는 한국인의 존재였다. 근대 한국어 연구의 상징이자 언어민족주의의 구성에서 가장 시원적인 존재, 주시경(周時經, 1876-1914)이라는 인물의 개입이야말로 개신교와 천주교의 한국어학 연구의 분명한 변별점인 것이다. 또한 개신교 선교사들에 의해 한국어-영어 사이 대응관계가 형성되던 시기, 특히 게일이 마지막 한영사전을 개정보완한 시기(1911~1931년)는 한국(인)의 근대, 근대어, 근대문학의 형성시기이기도 했다. 사전편찬자들의 의지와 상관없이 한국어 그 자체의 큰 변동이 놓여 있었던 것이다. 그 속에는 한국인이 근대 미디어를 통해 적극적으로 한국의 언어-문화와 근대 학술의 공론장 속에 개입하는 과거와는 다른 새로운 모습이 놓여 있었던 것이다.

요컨대 개신교 선교사의 사전, 성서번역이 지닌 시원으로서의 의미는 한국인과 한국어(근대어)에 초점을 맞출 경우 지극히 타당한 것이었다. 물론 개신교 선교사들은 진정한 의미에서 개척자이자 기원

68 『대한매일신보』 1909. 12. 29.

의 위치에 놓인 존재는 아니었다. 그들은 분명히 『한불자전』으로 대표되는 파리외방전교회의 한국어학적 저술의 상속자들이었기 때문이다. 하지만 또한 그들은 한국인에게 유산을 상속한 이들이었다. 한국인들은 『한영자전』이 대표해주는 개신교선교사의 한국어학적 저술들의 가치를 공유하고 있었고 이에 대한 상속자들이었던 것이다. 나아가 한국인들이 직접적으로 상속한 이중어사전은 『한불자전』이라기보다는 『한영자전』이었다. 개신교 선교사들은 최초로 한국의 이중어사전을 제공한 시원적 존재는 아니었지만, 한국인에게 직접 한국어사전을 전달해 준 시원적 존재였던 셈이다.

이를 반영하듯 게일의 『한영자전』(1911) 출판 이후 『한불자전』의 형상은 달라졌다. 그것은 19세기 말 개신교 선교사들에게 『한불자전』이 지닌 의미, 동시대 전범으로서의 형상과 다른 것이었다. 1914년에 출간된 존스(George Heber Jones, 1867-1919)의 영한사전 「서문」 속 『한불자전』의 형상은 이 점을 잘 보여준다.

> 서양 학자들의 한국어에 대한 연구를 시작한 것이 매우 최근 들어서였다는 점을 고려할 때, 사전 편찬 분야에서는 매우 고무적인 출발이 이루어졌다고 할 수 있다. 이러한 종류의 작업 목록 중에서 그 중요성이 가장 크고 역사가 오래된 것은 프랑스 신부들의 『韓佛字典』이다. 우리 모두는 그들이 한국어에서 이룩한 선도적인 업적에 큰 신세를 지고 있다. 그러나 모든 한국어 사전 중 가장 두드러지는 작품은 제임스 S. 게일 박사의 것이다. 그의 『韓英字典』은 노고를 아끼지 않은 철저한 학문적 성과가 현저히 드러나는 기념비적 업적이다. 이 사전은 한국어 쪽의 전체 기반을 완전히

장악하고 있어, 사용하면 사용할수록 그 정확성과 가치에 대한 우리의 신뢰감은 커져만 가게 된다.[69]

물론 『한불자전』은 여전히 선구적인 업적이자 기념비였다. 또한 개신교 선교사들이 진 빚이 완전히 망각된 것도 아니었다. 하지만 과거 동시대적인 한국어 어휘 자료를 담고 있는 가장 중요한 전범이란 과거의 의의는 달라졌다. 그 의의를 게일의 『한영자전』이 물려받았고 전범의 역할을 담당하고 있었다. 이러한 사정은 조선총독부의 『조선어사전』(1920)에서도 동일했다. 『조선어사전』이 어휘를 수집하고 참조한 서목은 사전편찬의 과정을 보여주는 공문서 속에서 찾아볼 수 있는데, 이 속에는 『한불자전』과 『한영자전』이 포함되어 있었다. 하지만 그들이 수집한 어휘를 비교해볼 가장 중요한 기준이자 지표는 『한불자전』이 아니었다. 그들은 "약 8만 단어를 찾"은 후 정밀한 심의를 거쳐 순수한 한국어를 68,500여 단어를 골랐다. 한국어 어휘를 조금도 남거나 빠지는 것이 없도록 수록하려고 한 그들의 업적을 가늠할 기준은 어디까지나 게일의 『한영자전』(1911)이었다.[70]

게일의 『한영자전』(1897)은 『한불자전』을 근간으로 삼아 만들어진 사전이었다. 그의 『한영자전』(1911) 역시 그의 1897년 출판된 초판본이 근간이 된 사전이다. '이중어사전의 편찬사'라는 관점에서

69 황호덕·이상현 옮김, 앞의 책, 115면(G. H. Jones, "Preface," 『英韓字典(*An English-Korean dictionary*)』, Tokyo: Kyo Bun Kwan, 1914).

70 위의 책, 138-139면.

본다면, 하나의 사전이 당시 한국어사전의 '전범'이 된다는 것의 의미는 차후의 사전편찬에 있어 '대규모 표절'을 이끄는 사전이 됨을 뜻한 셈이다. 이후 편찬된 사전의 이 표절은 정당화될 수밖에 없다. 그것은 비도덕적 행위가 아니라 일종의 '집대성'을 의미했기 때문이다. 또한 이렇듯 전대 사전에 대한 집대성만으로 당시 유통되고 사회·관습화된 한국어 어휘의 전체상을 담으려는 기획 그 자체는 성취될 수 없었기 때문이다. 그만치 한국 언어-문화, 혹은 언어질서의 전변은 포착할 수 없는 급격한 것이었다.

새로운 전범으로서의 역할을 담당한 게일의 한영사전 역시 당시 한국어의 전체상을 모두 포괄해주는 것은 아니었다. 게일은 "한국어의 전환기"라는 당시 그들의 곤경과 난국을 충족시켜줄 것이라고 여겼기에 존스의 사전이 출판되기를 고대했다.[71] 또한 존스는 게일의 "새로운 『한영자전』을 볼 수 있게 되기 전"에 자신의 사전이 출판됨을 안타깝게 여겼다. 또한 이러한 사정은 안확이 한국어사전 편찬의 계보에서 마지막으로 거론한 사전, 『조선어사전』에 있어서도 동일한 것이었다. 분명 조선총독부의 사전은 수록어휘의 양적인 측면과 사업의 규모에 있어서 "집대성"이라고 말할 만한 수준의 작업이었다. 또한 향후 게일의 『한영대자전』(1931)에 대한 하나의 전범으로 그 역할을 담당했다.

하지만 안확과 다카하시 도루의 언급, 나아가 사전편찬에 큰 역할

71 위의 책, 118-119면(J. S. Gale, "English-Korean Dictionary by George H. Jones," *The Korea Mission Field* 1915. 3).

을 담당했던 오구라 신페이(小倉進平, 1882-1944)의 『조선어학사』를 보면, 『조선어사전』은 그 수록 어휘의 면에서 결코 좋은 평가를 받지는 못했다. 한국어문질서의 변모는 그만큼 따라잡기 힘든 대상이었다. 이 점은 『조선어사전』 편찬 관련 공문서의 진술에서 발견할 수 있다. 일본어와 한국어 사이의 경계가 사라지고, 한문고전 및 전적의 언어가 "휴폐(休廢)상태가 되어감에 따라" 당시 "정확하게 전거로 삼을 만한 사전을 편찬해 두지 않아 앞으로 문서를 읽기가 아주 불편을 느끼게 될 뿐만 아니라" 일본인으로서 "한국어를 가르치려는 자의 고통이 다대했다."[72] 즉, 『조선어사전』의 수록어휘는 '실생활어'라기보다는 '과거 한국의 문학어'에 초점이 맞춰진 것이었다. 이것이 수록어휘에 대한 좋지 못한 평가를 낳은 셈이다. 특히 사전편찬 당시 한국의 미디어 속에서 등장하고 있던 '신한어(新漢語)', '신문명어(新文明語)', '신제한어(新製漢語)', '신사(新詞)', '신생한자어' 등이라 명명된 '근대 외래한자어'가 등장하며 한국어의 한 부분이 되고 있었지만, 『조선어사전』은 이후의 이중어사전, 나아가 존스의 영한사전(1914)보다도 근대의 문명어를 포함하지 못한 업적이었던 것이다. 한국인의 말과 글의 세계를 포괄하며 전범이 되려는 사전의 지향은 끊임없는 새로운 '전범'을 요구하고 있었다.

이러한 급격한 한국어의 변동 속에서 전범이 아니라 '기념비'로 남겨진 『한불자전』의 의미는 무엇일까? 이와 관련하여 게일이 하나님의 어원을 한국인을 통해 알게 된 사건을 기록한 글을 주목할 필요

---

72 위의 책, 137면.

가 있다. 이 글은 게일이 주시경과의 만남을 언급한 것으로 추론되는 글이기도 하다. 게일은 기독교 이전 시기에도 한국인이 기독교의 신(God)을 알고 있는 지를 물었고, 주씨는 게일에게 한국인에게 신이 "크신 한 님"(the Great one)이며 "하ᄂᆞ님"(Hananim)이라고 답변했다. 그는 '하나'(one)를 뜻하는 "하ᄂᆞ"와 "주, 주인, 임금"(lord, master, king)을 지칭하는 "님"으로 구성된 "하ᄂᆞ님"을 한국인은 천지를 만드는 일과 관련시키며 "고대의 창조자, 조화옹(造化翁)"이라고도 부른다고 가르쳐 주었다. 게일은 순수한 유학자들의 말과는 다른 이 한국인의 말을 주목한다. 게일은 그의 경험 속에서 '아들을 살려 달라'고 하나님을 부르는 노파, 천둥이 칠 때 담뱃대를 치워두는 한국인의 모습을 이야기 한다. 주 씨는 그 속에 담긴 한국인들의 생각들을 설명해주며, 기독교가 이 "지공무사(至公無邪)"하고 "거룩한" 존재가 '사랑'이라는 새로운 사실을 가르쳐 주었다고 말한다. 그리고 게일은 주 씨의 마음 속에 존재하는 예수의 형상을 이야기하며 글을 마무리한다.[73]

하지만 주 씨란 한국인은 개신교란 종교를 분명히 알고 있는 인물이었다. "하ᄂᆞ님"이란 어휘를 보완해주는 개신교의 개입이 주 씨의 대답에 이미 내재되어 있기 때문이다. 즉, 게일은 '하늘+님'으로 인식했던 과거 선교사의 담론에 의거하여 한국의 유일신 관념을 수용한 것이 아니었다. 오히려 개신교가 개입함으로, 한국인의 유일신 관념의 결핍이 해결된 새로운 유일신 개념("지공무사(至公無邪)"하고

---

73 J. S. Gale, "Korean Ideas of God," *The Missionary Review of the world* 1900. 9. pp. 697-698 ; 이만열, 류대영, 옥성득의 연구(『대한성서공회사』 II, 대한성서공회, 1994, 115-116면)에서 이 글에서 거론한 한국인을 주시경으로 유추한 바 있다.

"거룩"하면서도 '사랑'이라는 존재)을 선택한 셈이다. 그것은 적어도 주씨와의 일화를 통해서만 본다면, 개신교에 의해 전통적 유일신 관념이 변용된 '하ᄂᆞ님'이란 새로운 술어를 지칭하는 것이었다. 하지만 그 술어는 분명히 한국인의 언어와 사유 속에 내재된 것이기도 했다.

이와 관련하여 성서를 한국어로 번역해야 했던 게일의 처지와 입장을 염두에 둘 필요가 있다. 그에게 성경전서의 출판은 한국인과의 만남 속에서 그가 언급한 '하ᄂᆞ님'이란 어휘가 지니지 못했던 개념적 결핍이 해결된 중요한 사건이었다. 첫 한글 성경전서 출판 기념식에서 게일의 연설이 1914년 개신교 선교사의 영미정기간행물(*The Korea Mission Field*)에 게재된다. 그 글 속에서 '하ᄂᆞ님'은 많은 신들에게 적용할 수 있는 일본어 "kami", 여러 신들 중에 최고신에 지나지 않는 중국의 "상제(上帝)"와 달리, 유일신 개념을 체현할 히브리어 여호와를 재현할 가장 온당한 어휘로 기술된다.[74] 기독교의 교리가 한국어로 체현됨으로 말미암아 사실 '하ᄂᆞ님'은 일종의 새로운 술어로써 재탄생하게 된 것이다.

그러나 이러한 "God=하ᄂᆞ님"으로 상정된 새로운 전범 만들기 이전에, "천주(天主)"로 기독교의 'God'이 번역되었던 역사가 『한불자전』에 내재되어 있다. 이는 개신교 선교사의 성경번역에도 개입·참조되었을 용어들이자 『한불자전』이 보여주는 한국 천주교의 "자기진술의 언어"이자 '번역'의 역사이기도 하다. 그것은 개신교 선교사와 한국인 조사들의 신학적 차이에서 비롯된 『한불자전』에 대한 배

---

74 J. S. Gale, "Korea's Preparation for the Bible," *The Korea Mission Field* 1914. 1.

제·선택의 역사이자, 과거 한국 가톨릭이 개입한 "한국을 비롯한 동아시아 가톨릭 교회의 번역어 변천사"이다.[75] 더불어 한국의 개신교 선교사들이 체험할 수 없었던 19세기 한국인과의 소통, 한국 언어-문화를 추적할 수 있는 역사적 흔적이다. 이 점을 가장 잘 증언해준 이는 모리스 쿠랑이다. 그의 『한국서지』「서론」(1894)에서 이 점을 확인할 수 있기 때문이다. "천주교의 도입"은 "한국문학의 새로운 지류를 탄생케" 한 공적이 분명히 있었다. 그의 말대로, "종교는 모든 사람에게 다가가야 하고 종교적 저술은 누구의 손에나 닿게 하여야 하므로, 바로 이 새로운 요구에 부응할 수 있는 것이 한글"이었기 때문이다. 비록 박해로 인해 유실된 문헌을 모두 볼 수 없었지만, 쿠랑은 그가 검토한 서적의 범위에서 이를 평가했다. 그가 보기에 "모든 천주교 서적은, 한 두 권을 제외하고는, 중국 책을 번역하거나 축소한 것"이며, "사용된 언어는 한국어이지만 그 기술용어는 중국적 표현으로서 한글로 단순히 전사한 것에 지나지 않는" 것이었다.[76]

하지만 쿠랑이 「서론」을 작성한 시기 나아가, 개신교의 출판물을 본 시기는 그가 한국의 서울에 거주했던 시기가 아니었다. 나아가 그는 『한국서지』「서론」(1894)에서는 결코 한글서적을 통해 한국의 고유성과 자주성을 진술하지 않았다. 하지만 『한국서지』의 「보유편」(1901)에서는 다음과 같이 달라진 그의 관점이 보인다.

75 개신교 선교사들의 신명논쟁에 관해서는 이만열, 류대영, 옥성득, 앞의 책, 104-118면. ; 조현범, 「선교와 번역: 한불자전과 19세기 조선의 종교용어들」, 『교회사연구』 36, 한국교회사연구소, 2011, 182-188면.

76 M. Courant, 이희재 옮김, 앞의 책, 72면.

> 한국의 자주성은, 특히 새로운 교육용 도서에 적용되어 새로운 문체와 새로운 문자의 구성 또는 발전을 가져오게 되었다. 그러나 이들은 법전, 일간 또는 주 3회 발행 신문에도 사용되었다. 그 때까지 사람들은 한자 혹은 한글을 사용하였는데, 이 두 문자는 단지 아주 적은 숫자의 작품에서만 혼용되어 왔었다. 그러나 모든 이들 새로운 문헌에서는 한자를 단어들의 語根에, 한글을 속사나 동사의 어미에 사용하였다. 그곳에서는, 수세기 전부터 거의 모든 도서에 이와 비슷한 혼용문자를 사용해온 일본에의 모방을 볼 수 있다. 이 같은 개선의 결과는, 교육의 확산과 한글문학(이 국어는 거의 소설과 노래에만 사용되어 왔음을 우리는 알고 있다)의 창조를 가져왔다고 할 수 있다. 이와 같은 사조는 한국인에 의해 한글로 쓰여진 최초의 한글문법서를 탄생케 했는데 그 작업은 단지 시작에 불과한 것이었다.[77]

여기서 그가 언급한 문헌은 비단 19세기 말 개신교 선교사의 출판물로 제한되는 것이 아니었다. 학무아문(學務衙門)이 출판한 교과서, 관보(官報), 『한성순보(漢城旬報)』·『독립신문(獨立新聞)』·『매일신문(每日新聞)』·『황성신문(皇城新聞)』 등의 신문들, 1897년 이봉운(李鳳雲)이 지은 한국 최초의 근대문법 연구서로 평가받는 『국문정리(國文正理)』와 같은 한국인의 저술들이었다. 이 저술들은 그가 자주성이라고 말한 언문의 새로운 모습이 무엇인지를 구체적으로 보여주는 것이다. 또한 카톨릭 선교사와 다른 상황의 등장, 당시 한국인의 국문관이 태동하는 모습, 한국의 언어-문화가 변모되는 계기를 암시해 준다.

---

77 위의 책, 767면.

그렇지만 19세기 중반 진행되었던 『한불자전』의 언어정리사업이 지닌 이와는 다른 맥락은 무엇일까? 즉, 쿠랑이 검토한 이러한 징후를 발견할 수 없었던 시기, 오랜 기간 한국을 체험했던 카톨릭 선교사들의 작업이 지닌 의미는 과연 무엇일까? 또한 우리는 이를 얼마나 편견 없이 살펴보며 재구할 수 있을까? 이 질문은 19세기 한국 언어-문화의 전범이자 20세기 한국어사전의 기념비인 『한불자전』의 의미를 규명하는 작업에 있어서 해결해야 될 우리의 과제이다.

제2장

구한말 외교관과 한국의 고소설, '민족지'라는 번역의 지평과 한국문화의 재현

알렌의 한국설화/고소설 번역과 모리스 쿠랑의 번역비평

KOREAN TALES

BEING A COLLECTION OF STORIES TRANSLATED
FROM THE KOREAN FOLK LORE

TOGETHER WITH

INTRODUCTORY CHAPTERS DESCRIPTIVE
OF KOREA

BY

H. N. ALLEN, M.D.

[illegible]

NEW YORK & LONDON
G. P. PUTNAM'S SONS
The Knickerbocker Press
1889

알렌의 한국설화집 속표지

CHING YUH AND KYAIN OO.

THE TRIALS OF TWO HEAVENLY LOVERS.

PRELUDE.

CHING YUH and Kyain Oo were stars attendant upon the Sun. They fell madly in love with each other, and, obtaining the royal permission, they were married. It was to them a most happy union, and having reached the consummation of their joys they lived only for one another, and sought only each other's company. They were continually in each other's embrace, and as the honey-moon bade fair to continue during the rest of their lives, rendering them unfit for the discharge of their duties, their master decided to punish them. He therefore banished them, one to the farthest edge of the eastern heavens, the other to the extreme opposite side of the great river that divides the heavenly plains (the Milky Way).

They were sent so far away that it required full six months to make the journey, or a whole

96

알렌의 『백학선전』(영역본)

427 LIV. IV : LITTÉRATURE

de l'amour qu'elle éprouvait pour son compagnon d'études, l'avait mariée à un autre individu. Le jeune homme retourna donc dans sa famille et y mourut de chagrin. *Ryang tai,* quand elle apprit sa mort, succomba également à sa douleur.

Mais bientôt, tous deux ressuscitèrent. Le jeune homme épousa son ancienne amie, dont le mari avait pris une autre femme. *San paik* prit les armes contre les barbares et devint un célèbre général ; après une vie heureuse, ils moururent tous deux pour la seconde fois.

807. 빅 학 션 젼
白 鶴 扇 傳

Paik hak syen tjyen.

HISTOIRE DE L'ÉVENTAIL EN PLUMES DE CIGOGNE BLANCHE.

1 vol. in-4, 24 feuillets.

L.O.V.—Brit. M.—Coll. v.d. Gabelentz.

Sous la dynastie des *Ming,* 明, la demoiselle *Eun ha,* 恩河, fille du ministre *Tjyo,* 趙, avait épousé *Paik ro,* 白露, fils du ministre *Ryou,* 劉, dont la famille possédait, depuis de nombreuses générations, un éventail en plumes de cigogne blanche. La jeune femme en eut la garde et elle en prenait le plus grand soin. Sur ces entrefaites, *Paik ro* fut nommé général en chef d'une armée de trente mille hommes, chargés d'opérer contre les barbares qui assaillaient la Chine. Mais les troupes impériales, n'étant pas en nombre, furent battues et le général fut emmené en captivité. Sa femme résolut de le venger : elle prit le comman-

(문 [illegible]) ([illegible]) (文 [illegible])

쿠랑의 『백학선전』 문헌서지

이 책의 2장에서는 외교관이자 의료선교사였던 알렌(Horace Newton Allen(安連) 1858-1932, 한국체류 1884-1905)의 『한국설화(*Korean Tales*)』(1889)에 수록된 '견우직녀 설화'를 주목해볼 것이다. 이 설화는 알렌이 한국의 고소설 <백학선전>을 번역한 작품이다.[1] 그렇지만 알렌

1 H. N. Allen, *Korean Tales: Being a Collection of Stories Translated from the Korean*

의 『백학선전』(영역본)은 고소설 번역본이 아니라 한국의 '견우직녀 설화'를 번역한 작품으로 알려져 왔다. 그 이유는 한국문학전공자들에게 <백학선전(白鶴扇傳)> 자체가 크게 주목받지 못한 작품이었기 때문이다. 또한 알렌이 「견우직녀("Ching Yuh and Kyain Oo - The Trials of Two Heavenly Lovers")」라는 본래의 제명과는 다른 제목을 붙였기 때문이기도 하다.[2] 반면, 알렌의 저술에 <홍부전>, <춘향전>, <심청전>, <홍길동전> 즉, 4편의 고소설 번역본이 수록된 사실은 잘 알려져 있었다. 알렌의 저술은 일찍이 구자균(具滋均, 1912-1964)에 의해 '한국고소설을 영역한 최초의 사례이자 효시'로 평가받은 바 있다. 더불어 조희웅은 이 저술 전반에 수록된 번역물을 검토하며 "근대 설화학 상 단행본 형태로 출간된 최초의 자료선집"이라는 의의를

Folk Lore, New York & London : The Nickerbocker Press, 1889 ; 이하 알렌의 이 책을 인용할 시에는 본문 중에 'Allen, 인용면수'의 형식으로 명기하도록 한다. ; 알렌의 이 저술에 관한 전반적인 검토는 구자균, 「*Korea Fact and Fancy*의 書評」, 『아세아연구』 6(2), 고려대 아세아문제연구소, 1963 ; 조희웅, 「韓國說話學史起稿: 西歐語 資料(第Ⅰ·Ⅱ期)를 중심으로」, 『동방학지』53, 연세대 국학연구원, 1986를 참조했다.

2 우스다 잔운(薄田斬雲)의 『여장군』의 사례에서 알 수 있듯이, <백학선전>에 대한 번역은 비단 서구인에게만 한정된 실천이 아니었다(허석, 「근대 한국 이주 일본인들의 한국문학 번역과 유교적 지(知)의 변용」, 최박광 편, 『동아시아의 문화표상』, 박이정, 2007 ; 김광식, 「우스다 잔운(薄田斬雲)과 한국설화집 「조선총화」에 대한 연구」, 『동화와 번역』 20, 건국대 동화와 번역연구소, 2010). 또한 일본인들의 <백학선전> 번역이 알렌의 작품이 중요한 하나의 참조저본이 된 사실이 최근 장경남, 이시준의 논문(「『백학선전』의 일역본 『여장군』의 번역양상과 의의」, 『민족문학사연구』 54, 민족문학사연구소, 2014)을 통해 밝혀졌다. 더불어 게일의 미간행 유고에도 역시 『백학선전』(영역본)이 있어, 19세기 말-20세기 초 서울에서 <백학선전>이 널리 유통되던 작품이었던 사실을 능히 짐작할 수 있다(이진숙·김채현, 「게일의 미간행 육필 <백학선전> 영역본 고찰」, 『열상고전연구』 54, 열상고전연구회, 2016).

부여했다. '서구어로 번역된 고소설의 효시'(구자균)이자 '설화(집)로서 유통된 작품'(조희웅)이라는 알렌 저술의 중요한 두 가지 특징이 모두 조명받은 셈이다.

그렇지만 구자균과 조희웅의 선행연구는 알렌 저술과 관련된 세 가지 중요한 문제를 주목하지는 못했다. 첫째, 설화이자 고소설 번역본이라는 알렌의 번역물이 지닌 두 가지 특징이 동시에 고찰되지는 못했다. 둘째, 알렌의 『백학선전』(영역본)의 존재를 간과했다. 사실 이 두 가지 문제를 고찰할 수 없었던 가장 큰 이유는 세 번째 문제, 알렌 저술에 관한 당시 서양인의 비평을 살피지 못했기 때문이다. 일찍이 모리스 쿠랑(Maurice Courant, 1865-1935)은 『한국서지』를 집필하는 데 알렌의 작품들을 참조했으며, 『백학선전』(영역본)의 존재를 알고 있었다.[3] 쿠랑의 이러한 진술은 단순히 새로운 고소설 영역본 한 편을 발견한 것 이상의 큰 의미를 지니고 있다. 왜냐하면 쿠랑은 원본 고소설을 함께 읽을 수 있었던 서구인 독자였기에, 고소설에 대한 비평뿐

---

3 M. Courant, 이희재 옮김, 『한국서지』, 일조각, 1997[1994] 284면(*Bibliographie Coréenne*, 3tomes, 1894-1896, Supplément, 1901) 이하 이희재의 번역문을 활용할 경우는 인용면 만을 표기하도록 한다. 기존논의 속에서 <토끼전>, <흥부전>, <춘향전>, <심청전>, <홍길동전> 5종의 작품을 고소설을 저본으로 한 것으로 추정되었다. 이에 비해 쿠랑은 *Korean Tales*에서 동물우화를 제외한 나머지 작품들을 모두 고소설의 번역본으로 파악하고 있었다. 쿠랑의 『한국서지』에서 <토끼전> 제명만이 제시되어 있다. 이는 그가 목록만을 옮겨왔을 가능성을 지닌 고소설이며, 알렌 영역본에서 설화와 함께 포괄적으로 거론되고 있다. 이 점을 감안하다면, 그가 <토끼전>을 고소설 번역본으로 생각하지 않은 이유를 능히 짐작할 수 있다. 즉, 그는 알렌 영역본의 Ⅲ장(The Rabbit and Other Legends Stories of Birds and Animals(토끼와 다른 전설들. 조류와 동물들의 이야기들))을 그가 검토한 고소설과 대비할 필요는 없는 완연한 설화의 채록으로 인식했던 셈이다.

만 아니라 원본 고소설과 번역본을 대비하는 번역비평의 모습을 함께 보여준 셈이기 때문이다. 따라서 이 책의 2장에서는 알렌의 『백학선전』(영역본)을 비롯한 그의 고소설 영역본 전반을 이러한 쿠랑의 고소설 비평과 번역비평이라는 지평 속에서 그 의미를 규명해보려고 한다.

1. '설화집'이라는 고소설 유통의 맥락과 서구인 초기의 고소설 인식

(1) 민족지로서의 설화/고소설

알렌의 『한국설화집』(1889)은 한국에서 채록한 설화작품으로만 구성된 것이 아니라, 고소설이 "초역(抄譯) 혹은 동화화(童話化)"된 형태의 작품을 포함하고 있다. 따라서 설화집으로서는 일정량 한계를 지니고 있지만, 후대의 한국설화집과 설화연구에 끼친 영향력은 결코 "과소평가할 수"없는 수준이다. 또한 고소설과 설화의 미분화된 모습은 당시 설화집 출판의 매우 보편적인 형태였다.[4] 1931년 서구인 한국학 논저를 집성한 인물이기도 한 원한경(元漢慶, H. H. Underwood, 1890-1951)

4 조희웅, 앞의 글, 103-104면 ; *Korean Tales*(1889)가 절판된 이후 출판사와 (서구인)독자들의 요청에 의해 1904년에 재출간된 사정(H. N. Allen, "Publisher's Note," *Korea, fact and fancy : being a republication of two books entitled "Korean tales" and "A chronological index"*, Seoul : Methodist Publishing House, 1904), 또한 아르노스(H. G. Arnous)에 의한 독일어 번역본(H. G. Arnous, 송재용, 추태화 옮김, 『조선의 설화와 전설』, 제이앤씨, 2007(*Korea, Märchen und Legenden*, 1893))을 비롯하여 서구인이 편찬한 한국설화집에 재수록되며, 설화연구서에서 거듭 거론되는 모습을 감안해보면 그 영향력을 충분히 짐작할 수 있다.

은 알렌을 회고하는 글에서, 알렌의 이 설화집을 대표적인 그의 저술로 지적하며 "매력적인 한국의 전설과 설화들을 서양에 처음으로 소개"[5]한 사례로 평가했다. 이는 알렌의 저술을 설화집으로 규정하는 통념이 이 시기까지도 여전히 이어졌음을 잘 말해준다.[6] 알렌 역시 이 책의 「서문(Preface)」에서 그의 저술을 구성하는 작품들을 한국의 토착적인 민간전승물(native lore) 즉, 한국의 설화이자 민담으로 규정했다.

> 내가 이 책을 쓰는 목적은 한국인이 반미개인이라는 다소 강하게 남아있는 잘못된 인상을 고치는 곳에 있다. 그리고 나는 이 목적을 달성하기 위해서 한국 사람들의 생각, 삶, 풍속을 그들의 토착적인 민간전승물(native lore)로 보여주는 것이 가장 효과적인 방법이라고 믿기에, 특별히 엄선된 작품이 아니라 삶의 다양한 국면을 보여주는 작품들을 번역한 것이다(Allen, p. 3).

알렌의 저술목적은 한국에 대한 서구인의 오해를 시정하는 것에 있

5 H. H. Underwood, 서정민 편역, 「호레이스N. 알렌」, 『한국과 언더우드』, 한국기독교역사연구소, 2004, 239면("Horace N. Allen," *The Korea Mission Field* 1933. 3).

6 고소설을 설화로 규정하는 서구인의 시각은 비단 알렌의 저술에만 해당되는 사항은 아니었다. 원한경은 서구어로 된 한국학 자료를 집성하며, 알렌의 저술을 서구어로 된 한국학의 대표적 업적 50선 중 한 작품으로 엄선을 했다(H. H. Underwood, "A Partial Bibliography of Occidental Literature on Korea," *The Transactions of the Korea Branch of the Royal Asiatic Society* 20, 1931, pp. 184-185). 그는 설화, 전설, 이야기(Fairy Tales, Legends, and Stories)라는 표제항 아래 알렌의 저술(*Korea, fact and fancy*, 1904)를 배치했다. 고소설과 설화가 구분되지 않는 정황은 19세기 말 - 20세기 초 대표적인 서구인 한국학 저널이었던 *The Korean Repository*, *The Korea Review* 등에 수록된 문학관계 논저를 통해서도 발견할 수 있다. 조희웅이 잘 지적해 주었듯이, 이 잡지에 한국설화에 대한 번역물이 많은 분량을 차지하기 때문이다(조희웅, 앞의 글, 103-104면).

었다. 그는 이를 위해 한국인들의 삶을 한국인들의 언어로 보여주는 방법을 선택했다. 즉, 설화를 직접 번역하여 이를 재현해주는 방식을 그는 선택한 셈이다. 즉, 이 저술에 수록된 고소설은 하나의 문학작품이 아니라 한국사회 혹은 한국인의 생활과 풍속을 엿볼 수 있는 자료, 즉 민족지학적 연구를 위한 대상으로 존재한다. 알렌의 고소설 영역본을 살필 때는 이렇듯 설화집이라는 유통의 맥락과 동시에 '민족지'라는 측면을 함께 염두에 두어야 한다. 알렌이 전하고자 한 바는 설화/고소설 그 자체가 아니라 설화/고소설에 반영된 한국인의 삶과 생활이었기 때문이다. 이는 그의 저술 전반의 구성과 편제와도 긴밀히 관련된다.

알렌의 저술 Ⅰ-Ⅱ장에는 Ⅲ장 이후에 수록된 설화와 고소설을 안내해주는 한국과 수도 서울에 대한 간략한 소개글이 있다. Ⅰ장(「서설 : 국가, 국민, 정부(Introductory : The Country, People, and Government)」)에서는 한국의 지리와 기후, 인구, 국토, 광물, 자연경관, 정치제도, 세금·화폐·토지·호패제도, 의식주, 건축, 신분제도, 과거제도 및 한국인들의 성격과 언어·종교, 선교사들이 온 이후 신앙, 교육, 문물의 변모, 과거 그리고 현재 중국과 한국의 관계에 대해 소개한다. Ⅱ장(「묘사 : 수도 안과 주변의 풍경(Description : Sights in and about the Capital)」)에서는 서울이 한국에서 차지하는 중심적인 위상과 그 내력, 인구와 거주양상, 도로와 수로, 가옥, 백의(白衣)의 옷차림, 가정생활, 서울의 정경, 궁궐과 왕실에 대하여 이야기한다.

즉, 그의 저술 Ⅰ~Ⅱ장은 한국을 소개하는 민족지라고 볼 수 있다. 알렌이 「서문」에서 참조하길 부탁했던 그리피스(William Elliot Griffis, 1843-1928)의 『은자의 나라 한국(*Corea, The Hermit Nation*)』(1882), 이 저술의 1부와 3부에 수록된 역사(1부 고대중세사 / 3부 근현대사)와 구분된 2부 '정치와 사회'에 해당되는 주제들—8도의 지리와 풍물, 왕과 왕궁, 정파(政派), 정부조직과 통치방법, 봉건제도·농노·사회제도, 여성과 혼속, 아동생활, 가정·음식·복식, 상제와 장제, 옥외생활, 무속, 종교, 교육 등—을 알렌이 간략히 정리한 셈이기 때문이다.[7] 알렌이 편찬한 설화집 속에 배치된 번역물은 이러한 한국에 관한 지식과 분리되지 않는다. 이는 "민간에 전승되어온 설화"이며 동시에 한국인이 지닌 일종의 "민족문화"로 규정된다. 그 속에는 설화를 국민국가 단위로 분할하는 근대의 시선이 놓여 있었다. 또한 설화를 통해 종국적으로 한국인의 사회생활과 풍속, 한국의 민족성을 도출하려는 민족지학적인 목적이 존재한다. 이 점에서 민족지와 설화집은 구분되는 것이 아니었다. 이러한 측면이 알렌이 설화란 지평에서 고소설을 번역한 가장 큰 목적이자 지향점이었음을 기억해야 한다.

그리피스 역시 '전설과 민담'(Legends and folk-lore)을 『은자의 나라, 한국』의 2부를 구성하는 주제항목 가운데 하나로 배치했다. 그리피스는 동양 "민족의 역사는 역사적인 사실이나 왕조의 역사"와 함께 동양인의 "정신적·심리적 역사"(a history of a mind, of psychology)를 함께 검토해야 하며, "실제로 발생했었다고 믿고 있는 사실들을 기술하려는 노력"과 함께 동양인들이 "믿고 있는 사실" 그 자체를 기록하는 것이 중요하다고 말했다.[8] 여기서 설화는 후자의 영역에 놓이

7 W. E. Griffis, 신복룡 옮김, 『은자의 나라 한국』, 집문당, 1999(*Corea, the Hermit Nation*, 1882).

8 위의 책, 395면.

는 것이다. 이렇듯 그리피스가 언급한 "정사(正史)가 보여줄 수 없는 지점"에 관해서 헐버트(Homer Bezaleel Hulbert, 1863-1949)는 더욱 더 상세하게 말해준다. 그는 설화(Folk-Tales)에는 "역사의 정사 속에서 발견할 수 없는 여러 가지 흥미 있는 인류학적 내용의 부품들"이 존재하며, 역사상의 큰 사건을 조감하는 것만으로 얻을 수 없는 "가정과 가족과 일상생활"을 발견할 수 있다고 여겼다.[9] 즉, 설화가 보여주는 바는 국가, 정부, 왕조란 단위 보다 작은 사회의 역사(미시사, 생활사)이며, 설화는 과거가 아닌 한국인이 현재 살아가는 삶과 생활의 모습을 생생하게 재현하는 역할을 담당한 셈이다. 이것이야말로 서구인의 초기 '설화=고소설' 번역의 가장 큰 목적이었던 것이다.

'설화=고소설'이라는 인식은 알렌의 고소설 번역양상에도 투영되어 있다. 알렌의 영역본들은 문학작품의 번역이라는 시각에서 원본의 언어표현을 직역하려는 지향과는 다른 모습을 보여주기 때문이다. 이는 조희웅이 지적한 알렌 영역본의 특성, 고소설을 "초역 혹은 동화화"한 양상 즉, 고소설 원전에 대한 축역 및 변개양상과 긴밀히 관계된다. 알렌 영역본의 특징은 기본적으로 그의 요약진술이 중심을 이루는 축역이라고 말할 수 있다. 하지만 이와 관련된 구자균의 지적을 함께 주목할 필요가 있다. 알렌의 한국어"실력(實力)은 결코 경판본(京板本)을 내려 읽을 만한 것이 물론 되지 못하여 경판본

9 H. B. Hulbert, 신복룡 옮김, 『대한제국멸망사』, 집문당, 1999, 437면(이 글은 본래 왕립아시아학회 한국지부 학술지에 게재되었던 글이기도 하다. 그 출처를 밝히면 다음과 같다. H. B. Hulbert, "Korean Folk Tales," *The Transactions of the Korean Branch of the Royal Asiatic Society* 2, 1902).

의 '스토리'를 자세히 이야기하게 하고 이것을 토대로 역출(譯出)한 것이 틀림없을" 것이란 그의 추론도 충분히 타당성을 지니고 있기 때문이다.[10] 비록 축역이지만 그 근간에는 경판본 고소설의 내용화소를 보존하고 있어 저본과의 일정량 길항작용도 존재하는 것이다. 더불어 문헌과 문헌이란 차원뿐만이 아니라, 한국인과 서구인 사이 구술적 상황이 개입되었을 가능성이 있어, 당대의 한국어에 대한 어학적 측면들도 감안해 볼 필요가 있다.

(2) 한국의 언어질서와 서구인의 고소설 인식

구자균이 잘 지적했듯이 알렌 영역본의 등장인물에 대한 표기 속에서 우리는 오늘날 로마자 표기와 다른 어색한 표기들을 발견할 수 있으며 구술적 상황의 개입—알렌의 한국어 받아쓰기의 모습—을 추론할 수도 있다. 하지만 이 시기 한국의 언어질서는 규범화된 표준어를 지닌 오늘날과는 다른 상황이었다. 미국 선교사들에게 국민·민족이라는 단위로 규범화된 한글표기를 정립하는 문제 그 자체가 지독한 난제 중 하나였다. 1890-1897년 사이 출판된 서구인들의 한영사전, 문법서와 같은 한국어학서 속에서 가장 큰 난제는 국문 정서법 그 자체였을 정도로, 국문은 문어로서의 위상과 축적된 관습을 지니지 못했다.[11]

예컨대, 언더우드(Horace Grant Underwood, 1859-1916)는 그의 문법서

---

10 구자균, 앞의 글, 232-233면.

11 황호덕·이상현, 『개념과 역사, 근대 한국의 이중어사전』 1, 박문사, 2012, 1부 2장[初出: 이상현, 「언더우드의 이중어사전 간행과 한국어의 재편과정」, 『동방학지』 151, 연세대 국학연구원, 2010 235-246면]을 참조.

서문에서 한국어에 대한 서구인의 두 가지 오해에 관해서 이야기했다. 첫째, '말(Speech)은 언문(諺文)'이라는 인식이다. 이는 언어를 말과 글로 분리해서 생각하지 않던 서구의 관점에서 한국어를 보는 오해였다. 언더우드가 보기에, "언문"은 단지 표기체계일 뿐(a system of writing, The common Korean alphabet)이었다. 즉, 고소설을 구성하는 국문(한글·언문)은 한국인의 언어를 포괄/기록할 수는 없는 도구였다. 둘째, 한국에는 두 가지 언어가 있다는 오해였다. 언더우드는 "길가를 지나가며 들을 수 있는 상인들, 중간계층, 머슴들"의 언어와 관리 혹은 학자들의 언어는 다른 것처럼 들릴지 모르지만 사실 후자는 한자로부터 파생된 용어들을 사용하는 것일 뿐 틀림없는 한국어라고 말했다.[12] 이는 지식인의 구어 속에 영향력을 발휘하고 있는 한문·한자어의 존재를 잘 말해주는 것이다.

이러한 정황들은 고소설에도 마찬가지였다. 헐버트의 글에서 설화/고소설은 구분되지 않고 함께 동일한 것으로 거론된다. 그는 당시 고소설 향유의 관습에는 '인쇄된 서적'이란 형태가 아니라 직업적인 이야기꾼의 '구전(口傳)'이라는 옛 풍습이 남아 있다고 말했다.[13] 헐버트는 이러한 향유양상을 긍정적으로 평가했지만, 그 원인

---

12 H. G. Underwood, "Introductory remarks on the study of Korean," 『韓英文法(*An Introduction to the Korean Spoken Language*)』, Yokohama: Kelly & Walsh, 1890, pp. 4-5.

13 H. B. Hulbert, 신복룡 옮김, 앞의 책, 371면(본래 이 글은 잡지에 다음과 같이 게재되었던 글이다. H. B. Hulbert, "Korean Fiction," *The Korea Review* II, 1902). 예컨대,"한국인들은 그들의 민담(folk-tales) 속에 시적 운치를 넣는 것을 좋아한다.……그와 같은 유형의 가장 두드러진 것 중의 하나가 『조웅전(the story of Cho-ung)』이다"라는 언급에서 짐작할 수 있듯이, 헐버트는 <조웅전>을 일종의 설화(folk-tales)로 인식했다(H. B. Hulbert, 신복룡 옮김, 앞의 책, 385면).

이 "인간의 언어를 정확히 기술할 수 없는" 한국"문자어의 제약성" 때문이라고 지적했으며 이 점이 종국적으로 한국에서 소설문학의 발전을 방해했다고 평가했다. 즉, 구어와 문어가 현격히 다른 측면이 대화를 그대로 기록하는 것을 불가능하게 했고, 이로 인하여 "주제를 특유의 말투로 전개하거나 성격묘사"를 서술함에 큰 장애가 있음을 지적했다.[14]

알렌의 영역본에서 대화가 서술자의 진술로 대체되는 양상은 이러한 헐버트의 진술과 무관한 것은 아니었다. 하지만 더욱 주목해야 될 지점이 있다. 헐버트가 지적한 언문일치의 한글문어의 부재 보다 사실 구어를 기록할 도구이자 수단인 언문이 한문에 비해 위상이 낮고 문어로서 관습(기술)을 지니지 못한 측면이 그것이다. 이와 관련하여 애스턴(William George Aston, 1841-1911)은 한국의 경판본 고소설에 대하여 "띄어쓰기, 표제지, 인쇄 혹은 출판자의 이름, 발행 시기 발행처, 작가의 이름"이 부재한 사실, 인쇄의 오류, 철자법의 혼란을 문제 삼았다. 특히 고소설의 정서법은 사실상 존재하지 않으며 국문표기에 대응되는 본래 한자를 찾을 수 없는 수준이라고 말했다.[15]

이러한 언어상황을 감안한다면, 알렌이 국문고소설의 언어를 모두 해독하며 직역(완역)하는 것은 불가능했을 것이다. 그럼에도 오히려 한국어와 영어 사이 관습화된 규정이 없었다는 사실은 직역해야할 고소설이란 형상과 다른 원본고소설의 형상을 제시해준다. 그것은 새로

---

14 위의 책, 372면.

15 W. G. Aston, "On Corean popular literature," *The Transactions of the Asiatic Society of Japan* XVIII, 1890, pp. 104-105.

운 재창작의 원천으로서 고소설이 참조저본으로 기능하는 지점이며, 알렌의 고소설읽기 혹은 비평의 지점이라고 말할 수 있다. 하지만 알렌의 원본 고소설에 대한 해독 혹은 문식력이 쿠랑과 동일하지 않았던 점을 함께 염두에 둘 필요가 있다. 당시 영미권과 다른 쿠랑의 뛰어난 문식력을 암시해주는 것이 이 책의 1장에서도 잠시 언급했던 『한불자전(韓佛字典)』의 「서문」 속 사전편찬자의 진술이다. 『한불자전』의 편찬자는 "한국의 초서체는 항상 고유의 단순성을 잃지 않아서, 한국어 알파벳을 배운 사람이면 누구나 유럽 문학 텍스트들만큼 쉽게 한국어 텍스트들을 자유로이 접할 수 있다"고 말했다.[16] 이러한 진술은 현저히 떨어지는 고소설의 가독성을 문제 삼았던 애스턴의 언급과는 다르기 때문이다. 이러한 쿠랑의 문식력에 대해서는 이 책의 3장에서 고찰하도록 할 것이다.

2장에서 더욱 주목하는 바는 쿠랑에게 알렌의 이러한 고소설 읽기와 번역이 허용되는 수준이었다는 점이다. 사실 쿠랑의 『한국서지』 「서론」에 수록된 고소설 비평은 당시 설화로 인식되며 유통되던 고소설에 대한 서구인의 통상적인 기대지평에 잘 부응한다. 그가 지적한 한국 고소설의 가장 큰 단점은 '몰개성적이며 천편일률적'이란 측면에 있었다. 즉, 고소설은 개성을 지니지 못한 등장인물, 단순한 줄거리, 서투른 결말구조를 지닌 것으로, 쿠랑은 이를 서구인들의 '아동용 우화 중 가장 볼품없는 것보다도' 못한 작품들로 규정했다.[17] 쿠랑의 진

16 황호덕·이상현 옮김, 『개념과 역사, 근대 한국의 이중어사전』 2, 박문사, 2012, 19-20면(F. C. Ridel, "Préface," 『韓佛字典(*Dictionnaire Coréen-Français*)』, Yokohama: C. Levy Imprimeur-Libraire, 1880).

술 속에서 한국의 고소설 작품은 서구의 근대문예물에는 미달된 작품들이었다. 고소설은 결코 오늘날의 관점에서 볼 수 있는 고전이 아니라, 지식인이나 관료가 아닌 존재들, 한문으로 문자생활이 가능하지 못한 저급한 독자들의 향유물이며, 시정에서 쉽게 구입할 수 있는 동시기의 대중적인 독서물이었다. 고소설에 대한 쿠랑의 기대지평은 결코 문학작품이란 기준에 맞춰져 있지 않았다. 즉, 설화라는 알렌의 고소설 번역 지평과 쿠랑의 고소설 비평은 어긋나지 않았던 것이다. 이후 살펴볼 쿠랑의 고소설 번역비평은 이러한 사실을 잘 보여준다.

2. '민족지'라는 번역의 지평과 쿠랑의 번역비평

(1) 〈춘향전〉의 번역과 쿠랑의 번역비평

쿠랑은 개별 고소설 작품의 서지와 개관을 기술한 말미에, 그가 참조한 서구인들의 논저를 표시했다.[18] 그 중 알렌의 저술을 참조했음을 명기한 작품은 5종이다. 알렌 저술의 목차에 따라, 선행연구의 논의들[19] 그리고 쿠랑이 거론한 해당저본, 알렌 저술에 대한 아르노

---

17 M. Courant, 이희재 옮김, 앞의 책, 70면.

18 쿠랑이 참조한 한국 고소설과 관련된 논저는 알렌의 저술을 비롯하여, J. Ross, 홍경숙 옮김, 『존 로스의 한국사: 서양 언어로 기록된 최초의 한국 역사』, 살림, 2010(*History of Corea ancient and Modern*, 1879); W. G. Aston, "On Corean popular literature,"*The Transactions of the Asiatic Society of Japan* XVIII, 1890 등을 들 수 있다. 그 구체적인 참조양상에 관해서는 이 책의 3장에서 고찰해보도록 할 것이다.

19 오윤선, 『한국고소설 영역본으로의 초대』, 집문당, 2008 ; 전상욱, 「방각본 춘향전의 성립과 변모에 대한 연구」, 연세대 박사학위논문, 2006, 166면 ; 사재구·전

스 독일어번역본의 작품 편제양상을 함께 정리해보면 다음과 같다.

알렌 번역본(1889)		쿠랑이 지적한 알렌 번역본의 저본(1894)	아르노스 번역본 III장 「조선의 설화와 전설」(1889)의 편제양상
표제명	선행연구 속의 해제		
Ⅲ. The Rabbit and Other Legends Stories of Birds and Animals.(토끼와 다른 전설들. 조류와 동물들의 이야기들)	• 개관 : 일반적인 식물·동물들에 대한 설명·뙤꼬리 전설·궁녀와 관원의 애절한 사랑 이야기·鳥類에 대한 俗信, 까치가 종을 쳐서·제비(홍부놀부의 略述)·토끼전 • 번역비평 : 고소설의 초역, 동화화 • 변개부분 : 魚王이 낚시 줄에 걸렸다가 重病을 얻었다는 설정, 토끼의 간이 아니라 토끼의 눈이 필요한 설정(조희웅(1986)) 토끼의 눈을 얻으려고 한 용왕이 잘못을 뉘우침(송재용·추태화(2007))	×	1. Der Has und die Shildkröte(토끼와 거북이 : 본래 수록되어 있던 일반적인 식물·동물들에 대한 설명에 관해서는 Ⅱ장 「조선에 관한 기술」에서 별도로 번역했다.)
Ⅳ. The Enchanted Wine Jug Or, Why the Cat and Dog are Enemies? (요술에 걸린 와인단지, 혹은 왜 고양이와 개는 적인가?)	• 개관 : 犬猫爭珠 설화(조희웅(1986), 한국의 전래동화와 서양의 전래동화를 적절히 배합한 것으로 추론됨(송재용·추태화(2007))	×	3. Die verzauberte Winkanne oder wesweben Hunde und Katzen Feind sind (마법의 술병 혹은 개와 고양이가 원수가 된 이유)

상욱, 「춘향전 이본 연구에 대한 반성적 고찰」, 설성경 편, 『춘향전 연구의 과제와 전망』, 국학자료원, 2004 ; 이상현, 「묻혀진 <심청전> 정전화의 계보: 알렌(H. N. Allen), 호소이(細井肇), 게일(J. S. Gale) <심청전> 번역본의 연대기」, 『고소설연구』 32, 한국고소설학회, 2011 ; 이문성, 「판소리계 소설의 해외영문번역 현황과 전망」, 『한국학연구』38, 고려대 한국학연구소, 2011 ; 아르노스 설화집에 대한 송재용·추태화의 해제도 함께 정리하도록 한다.

알렌 번역본(1889)		쿠랑이 지적한 알렌 번역본의 저본(1894)	아르노스 번역본 III장 「조선의 설화와 전설」(1889)의 편제양상
표제명	선행연구 속의 해제		
V. Ching Yuh and Kyain Oo The Trials of Two Heavenly Lovers.(견우직녀, 두 천상배필의 시련)	• 개관 : 견우직녀 설화 • 저본 : 불명(<백학선전>, <구운몽>, <주봉전> 등등의 소설들을 재구성(송재용·추태화(2007))	<백학션전白鶴扇傳> (항목번호 807) 1책, 4절판, 24장	5. Ching Yang Ye, die treue Tänzerin(직녀와 견우(별들의 사랑)
VI. Hyung Bo and Nahl Bo Or The Swallow-King's Rewards.(홍부놀부, 혹은 제비왕의 보은)	• 개관 : <홍부전>의 번역 • 저본 : 경본25장본 혹은 20장본 (이문성(2011)) • 번역비평 : 고소설의 초역, 동화화 - 변개 : 놀부가 多妾無子한 것으로 설정, 놀부에게 양식을 얻으러 갔다가 쫓겨난 인물이 흥부의 아들로설정(조희웅(1986), 놀부가 박을 탈 때마다 사람이 등장하며 금전적 문제로 파산한다는 설정(송재용·추태화(2007))	<흥부젼興甫傳> (항목번호 820) 1책, 4절판, 25장	2. Hyung Bo und Nahl Bo order des SchwalbenKönigs Lohn(흥부(Hyung Bo)와 놀부(Nahl Bo), 제비왕의 보답)
VII. Chun Yang, The Faithful Dancing-Girl Wife(춘향, 충실한 기생 부인)	• 개관:<춘향전>의 번역 • 저본: 경본30장본 이하 (전상욱(2004, 2006) • 번역비평 : "直譯도 아니며 意譯도 아닌 中庸을 얻은 훌륭한 名譯" - 개작된 부분이 존재 (원본 이상으로 巧妙하게 描寫한 부분, 以前府使들의 虐政을 적극적으로 드러낸 부분) 이도령의 부친이 춘향의 이름을 기생명부에서 삭제한 내용, 소경점쟁이가 아버지의 친구였다는 내용. - 불충실한 번역의 예 : 守廳에 대한 설명, 房子를 "pan san(valet)"으로 번역한 부분.(구자균(1963))	<츈향젼春香傳> (항목번호 816) 1책, 4절판, 30장	4. Chun Yang Ye, die treue Tänzerin (節義의 기생 춘향이)

알렌 번역본(1889)		쿠랑이 지적한 알렌 번역본의 저본(1894)	아르노스 번역본 III장 「조선의 설화와 전설」(1889)의 편제양상
표제명	선행연구 속의 해제		
VIII. Sim Chung The Dutiful Daughter (심청, 효성스러운 딸)	• 개관:<심청전>의 번역 • 저본 : 경판24장본(한남본)으로 추정 • 번역비평 : 축약이지만 확장 · 변개시킨 부분이 존재. 한국인의 생활과 풍속을 보여주기 위한 번역적 지향이 엿보임. - 변개 : 짜임새 있는 이야기 구성과 한국의 풍속을 보여주기 위해 전반부를 확장. (이상현(2011))	<심청전沈靑傳> (항목번호 809) 1책, 4절판, 16장	6. Sim Chung, die gute Tochter(효녀 심청)
IX. Hong Kil Tong Or, The Adventures of an Abused Boy (홍길동, 혹은 박해를 받은 소년의 모험)	• 개관 : <홍길동전>의 번역 • 저본 : 불명 • 변개양상 : 홍판서가 길몽을 꾸어 본부인과 합궁하려 하자, 기생 첩 때문에 못한 점. 홍길동이 왕이되는 것이 아니라 섬을 다스리는 수령의 딸을 구출하여 벼슬을 제수받음. 홍판서의 장례에 참석하기 위해 서울로 귀환하여 묘자리를 잡고, 정실과 친모를 섬으로 보시고 와 행복하게 사는 것으로 끝남(송재용·추태화(2007))	<홍길동젼洪吉童傳> (항목번호 821) 1책, 정방8절판, 30장	7. Hong Kil Tong oder die Geschichte des Knaben, welcher sich zurückgesetzt glaubte (홍길동 자신이 차별받는다고 생각한 소년의 이야기)

알렌 영역본에 대한 참조양상이 쿠랑과 아르노스는 결코 동일하지 않다. '설화집'이라는 동일한 견지에서 아르노스는 알렌이 번역한 모든 작품을 수록했다.[20] 반면 모리스 쿠랑은 알렌 저술에 수록된 5편의 고소설 관련 작품들만을 거론했다. 쿠랑의 『한국서지』는 아

르노스와 달리 한국인의 말의 세계가 아니라 "한국의 도서"를 소개하려는 저술목적을 지닌 것이었기 때문이다. 즉, 쿠랑의 저술에서 소개되는 고소설은 분명히 구전물이 아니라 서적 속의 작품으로 인식되는 것이었다.

물론 쿠랑은 알렌의 영역본에 참조표시를 붙였을 뿐 그에 대한 구체적인 언급은 남기지 않았다. 하지만 홍종우(洪鍾宇, 1854-1914), 로니(J.H.Rosny, 보엑스(Boex)형제의 필명)의 불역본에 관해서는 '원본에 대한 충실한 번역'이라는 관점에서 평가했다. 쿠랑은 홍종우, 로니의 『춘향전』(번역본)(*Printemps Parfumé*)의 특징을 "번역"이라기보다는 "번안" 즉, "모방"이라고 여겼다. 더불어 『춘향전』에 관한 해설 역시 잘못된 것이라고 평가했다.[21] 이러한 쿠랑의 번역비평을 명확히 살

20 물론 동물과 관련된 부분이 있는 작품들을 <토끼전>, <홍부전>, '犬猫爭珠' 설화를 먼저 배치한 차이점은 존재한다.

21 M. Courant, 이희재 옮김, 앞의 책, 432면. 더불어 쿠랑은 홍종우의 『심청전』(불역본)(*le Bois sec refleuri*, 1895) 역시 번역이 아니라 '번안'이라고 평가했다(같은 책, 789-790면). 즉, 홍종우의 『심청전』(불역본)에 대해서도 쿠랑의 관점은 동일했다. 이를 반영하듯 『한국서지』에서 쿠랑이 <심청전>의 줄거리를 기술할 때 참조한 번역본은 알렌의 작품이었다(같은 책, 423-424). 사실 홍종우의 번역본은 선행연구 속에서도 "<심청전>을 바탕으로 하여, <별주부전>, <구운몽>"과 "<유충렬전> 등과 같은 군담소설류를 섞어 만든 것"으로, <심청전>의 온당한 불역본으로 평가받지 않았다. 이에 따라 본고에서는 비교검토는 생략하도록 한다. 그 구체적인 번역양상과 텍스트는 부분역이지만 홍종우, 김경란 옮김, 「다시 꽃이 핀 마른 나무」, 『한국학보』 7(2), 일지사, 1981, 139-156면을 통해서 살펴볼 수 있다. 이에 대한 해제는 김윤식, 「'다시 꽃이 핀 마른 나무」에 대하여」, 『한국학보』 7(2), 일지사, 1981, 132-138면을 참조. 홍종우, 로니의 고소설 불역본이 소개되던 정황에 대한 설명은 Frédéric Boulesteix, 이향, 김정연 옮김, 『착한 미개인 동양의 현자』, 풀빛, 2002, 137-145면 ; 더불어 이 작품 수록된 홍종우의 서문과 텍스트 전반 관한 상세한 분석은 장정아, 「'민족지'로서의 고소설 번역본과 시선의 문제: 홍종우의 불역본 『심청전 *Le Bois sec refleuri*』을 중심으로」,

피기 위해서는 쿠랑이 잘못된 것이라고 말한 로니의 『춘향전』 비평을 먼저 주목해볼 필요가 있다.[22] 그 요지를 정리해보면 다음과 같다.

① 『춘향전』은 허구가 아닌 사실로 전승되며, 이도령의 후손들은 서울에 존재하고 있다.

② 『춘향전』은 '반정부의 비판'을 포함하고 있기에 작자가 미상이며, 이는 한국 소설의 전반적인 특징이다. 한국소설의 작가들은 대체로 庶出들이다. 그들은 산중에 은둔하며 사회적 신분에 반대하는 신랄한 작품을 쓴다.

③ 『춘향전』은 "농부와 학생들의 노래", "이도령이 운봉의 관리에게 건네준 시"를 보면 사회비판서이다.

④ "관리의 아들과 서민의 가난한 딸의 결혼" 자체가 관습에 대항하는 것이다.

『불어불문학연구』 109, 한국불어불문학회, 2017 ; 장정아·이상현·이은령, 「외국문학텍스트로서의 고소설 번역본 연구(II): 홍종우의 불역본 『심청전』 *Le Bois sec refleuri*와 볼테르 그리고 19세기 말 프랑스문단의 문화생태」, 『한국프랑스학논집』 85, 한국프랑스학회, 2014를 참조.

22 『한국학보』40(1985)에 수록된 번역문(홍종우·로니, 김경란 옮김, 「향기로운 봄」)과 김윤식의 해제(「춘향전의 프랑스어 번역」)를 통해서 그 개략적인 양상을 살필 수 있다. 또한 전상욱의 연구(「프랑스판 춘향전 *Printemps Parfumé*의 개작양상과 후대적 변모」, 『열상고전연구』 32, 열상고전연구회, 2010 ; 「<춘향전> 관련 자료 몇 종에 대하여」, 『국문학연구』 23, 국문학회, 2011, 157-161면 ; 「<춘향전> 초기 번역본의 변모 양상과 그 의미: 내부와 외부의 시각 차이」, 『고소설 연구』 37, 한국고소설학회, 2014, 129-132면, 139-142면)를 통해 번역저본 및 그 특징을 알 수 있다.

⑤『춘향전』의 두 주인공은 "부모의 명에 의"하여 "서로 모르는 사람끼리 결혼시키는 관습"에서 벗어나 있다. 이들이 맺은 사랑의 맹세는 유럽의 어떠한 가치와 견줄 수 없는 선의와 고결함을 지닌 것이다.

⑥ 이 소설은 못된 관리일지라도 아무도 죽지않는다라는 특징을 보여준다.

⑦ 간결하지만 소설 속 정황에서 한국풍속의 특징들을 엿볼 수 있으며, 자연을 소재로 한 묘사는 천진한 매력을 주며, 이도령의 시문은 사회고발적인 모습을 보여준다.

로니의 서문이 보여주는 가장 큰 변별점은『춘향전』을 사회비판적이며 부조리한 관습에 저항하는 의미를 지닌 하나의 '문예물(문학작품)'로 인식했다는 점이다. 이는 한국고소설을 설화로 재편하여 번역한 알렌의 영역본과 쿠랑의 고소설 비평과는 다른 양상이다. 쿠랑에게 알렌 영역본의 변개양상은 이러한『춘향전』(불역본)보다는 원본 고소설과 완연히 어긋나는 것으로 규정하지는 않았던 것으로 보인다. 이 점을 잘 반영하듯 구자균은 알렌『춘향전』(영역본)의 저본이 경판본계열이란 사실을 규명했다. 그리고 그 번역양상을 "직역(直譯)도 아니오, 의역(意譯)도 아닌 중용(中庸)을 얻은 훌륭한 명작(名作)"이라고 평가했다. 이러한 구자균의 번역비평과 마찬가지로 쿠랑 역시 경판본계열 고소설의 내용화소, 그 줄거리 요약에 위배되지 않는 축약, 생략을 문제시 하지 않았음을 추론할 수 있다.

다만 구자균과 쿠랑의 번역비평 사이에는 큰 변별점이 존재한다. 구자균이 "수청(守廳)"에 대한 불충실한 번역이라고 지적한 부분이 그것이다. 쿠랑이 비판한 로니·홍종우의 『춘향전』(불역본) 역시 신관 사또의 수청요구를 결혼요구로 변개했다는 공통점을 지니고 있었다.[23] 쿠랑의 <춘향전>에 대한 줄거리 요약내용을 보면, 그가 소설 속 남녀관계를 온전히 이해하고 있었다는 점을 알 수 있다.[24]

하지만 로니·홍종우의 『춘향전』(불역본)에는 알렌의 영역본과는 다른 큰 차이점이 존재했다. 그것은 "(1) 춘향의 신분이 평민의 딸 (2) 여장(女裝)화소 (3) 방자의 역할 증대 (4) 노파의 존재"라는 변개양상이다. 이는 로니의 해석 즉, <춘향전>의 사랑이 '관리의 아들과 가난한 서민의 결혼'이라는 신분차이를 극복하고, '부모의 명과 매파의 중매'라는 관습에 벗어난 사랑(④, ⑤)이란 해석을 이끈 가장 큰 원인이다. 알렌은 『춘향전』(불역본)과 달리 춘향의 신분을 어디까지나 기생으로 번역했다. 더불어 알렌은 기생이 사대부와 결연하는 경우가 로니가 제시한 그러한 특별한 의미가 아니며, 한국사회에서 보

23 홍종우, 로니의 『춘향전』(불역본)의 전반적인 개작양상은 "전상욱, 「프랑스판 춘향전 *Printemps Parfumé*의 개작양상과 후대적 변모」, 『열상고전연구』32, 열상고전연구회, 2010"를 참조.

24 M. Courant, 이희재 옮김, 앞의 책, 287-288면("그러는 동안 李사또는 다른 고을로 파견되어 가고 그의 후임으로 온 자는 춘향이 매우 예쁘다는 것을 알고 그녀를 자신의 노리개로 삼고자 했다. 그러나 억지로 당하는 것을 피하기 위해 그녀는 선임자의 애첩이었다고 말하면서 사또에게 가는 것을 거절했다.") 또한 쿠랑이 참조했으리라 판단되는 『한불자전』(1880)에는 "守廳"이라는 표제항이 등재되어 있다.

편적으로 있을 법한 사실임을 분명히 알고 있었다.[25] 즉, 알렌의 변개 속에는 상대적으로 그가 체험한 한국사회에 대한 일정량의 이해가 반영되어 있었던 셈이다. 이는 쿠랑과 알렌의 중요한 공유지점으로 쿠랑·알렌의 <흥부전> 번역에도 잘 반영되어 있다.

(2) 알렌, 쿠랑의 〈흥부전〉 번역과 '민족지'라는 번역의 지평

쿠랑은 <흥부전>의 서지사항과 줄거리 개관을 제시한 후, 그 전반부인 홍부가 놀부를 찾아가 매를 맞는 장면까지를 직접 번역했다. 이러한 쿠랑의 <홍부전> 해제는 그의 고소설 읽기를 살펴볼 수 있는 매우 중요한 지점이다. 쿠랑의 정밀한 번역양상은 이 책의 3장에서 고찰해볼 것이다. 여기서는 알렌, 쿠랑의 공통점과 차이점을 제시하며 알렌의 민족지이자 설화라는 번역 지평을 제시해주는 차원에서 그 초두 부분만을 간략히 대비해보도록 한다.[26]

---

25 기생에 관해 알렌은 "자기를 좋아하는 사람 중에서 장차 훌륭하게 될 만한 사람을 정복하거나 벼슬하고 부유한 사람의 첩이 되기를 기대할 수" 있으며, "남자와 자유로이 어울릴 수 있는 여인들에 대해" 벼슬아치나 부유층이 굳이 도덕관념을 지니지 않다고 말했다(H. N. Allen, 신복룡 옮김, 『조선견문기』, 집문당, 1999, 117면(*Things Korea: A Collection of Sketches and Anecdotes Missionary and Diplomatic*, 1908)).

26 『홍부전』(경판본)은 『25장본』과 『20장본』이 있다. 하지만 그 차이는 字句 출입 이상의 큰 변화가 없는 편이다. 따라서 쿠랑의 서지사항에 부합되는 『홍부전』(경판25장본)과 쿠랑의 번역, 알렌의 번역을 비교해보는 것은 동일한 텍스트이지만 서로 다른 번역지향을 살필 수 있는 흥미로운 지점이라고 말할 수 있다.

	흥부전(경판 25장본)	쿠랑의 번역	알렌의 번역
1	놀부심시 무거ᄒᆞ여 부모 싱젼 분ᄌᆡ젼답을 홀노 ᄎᆞ지ᄒᆞ고 홍부 갓튼 어진 동싱을 구박ᄒᆞ여 건넌산 언덕 밋히 ᄂᆡ쩌리고 나가며 조롱ᄒᆞ고 드러가며 비양ᄒᆞ니 엇지 아니 무지ᄒᆞ리	못된 심성을 타고난 **형 놀부는 그의 부친이 그들에게 나누어준 유산을 혼자 가지려고 고심했다.(첨가 : 서술자의 진술을 보다 합리적으로 개작❶)** 그는 재산을 모두 혼자 차지하는데 성공했고 쫓겨난 아우는 산기슭에 살게 되었다. 이는 못된 자의 행동이 아니겠는가?	한 사람은 부자였지만 다른 사람은 너무 가난했다. 유산 분배할 때 아버지의 자리를 물러 받은 큰 형이 어린 동생들을 부양해야 하지만 형은 그러지 않고 전 재산을 독식하여 동생에게 아무 것도 주지 않아 동생을 비참한 가난의 나락에 빠지게 했다.
2	놀부 심ᄉᆞ롤 볼작시면 초상난 ᄃᆡ 춤츄기 불붓는 ᄃᆡ 부ᄎᆡ질ᄒᆞ기 **ᄒᆡ산ᄒᆞᆫ ᄃᆡ ᄀᆡ닭잡기(①)** 장의 가면 억ᄆᆡ 흥졍ᄒᆞ기 **집의셔 못쓸 노룻ᄒᆞ기(②)** 우는 ᄋᆞ희 볼기치기 갓난ᄋᆞ희 ᄯᅩᆼ 먹이기 무죄ᄒᆞᆫ 놈 ᄲᅡᆷ치기 **빗갑시 계집 ᄲᆡᆨ기(③)** 늙은 녕감 덜믜집기 ᄋᆞ희 ᄇᆡᆫ 계집 ᄇᆡᄎᆞ기 우물 밋ᄐᆡ ᄯᅩᆼ누기 **오려논의 물터놋키** 잣친 밥의 돌퍼붓기 픠는 곡식 삭 ᄌᆞ르기 **논두렁의 구멍뚤기(④)** 호박의 말쑥밧기 **곱장이 업허놋코 발꿈치로 탕탕치기(⑤)** 심ᄉᆞ가 모과나모의 ᄋᆞ들이라 이놈의 심술은 이러ᄒᆞ되	지난날 놀부의 행동을 살펴보자면, 그는 누가 죽으면 기뻐하며 춤을 추었고, 불(화재)이 나면 불기를 돋우었다. 시장에 가면 정당한 값을 치르지 않고 물건을 취했으며, 그의 돈을 꾼 사람의 여인을 빼앗고, 칭얼대는 아이를 때리고, 먹을 것을 달라고 하면 쓰레기를 주었다. 임신한 여인의 배를 발로 찼고, 이유 없이 사람들의 따귀를 때렸다. 노인을 밀치고 목덜미를 잡아챘다. **곱사등이의 등을 발꿈치로 때렸고,(⑤에 대한 변개)** 논에 대어 놓은 물을 빼려고 논의 제방을 뚫었다. 밥을 하고 있는 솥에는 모래를 뿌렸고, 곡식의 이삭을 뺐으며, 아직 어린 호박에 뾰족한 방망이로 구멍을 뚫는가 하면, 우물에 그의 오물을 갖다 버렸다. 놀부의 마음은 누런 모과만큼이나 울퉁불퉁했다. (①-④ 생략 : 장황한 사설)	생략

	흥부전(경판 25장본)	쿠랑의 번역	알렌의 번역
3	집은 부자라 호의호식하는구나.	그러나 그는 부자이므로 맛있는 음식을 먹고 좋은 옷으로 치장할 수 있었다.	두 사람은 결혼을 했다. 형인 놀보는 마누라 이외에도 첩들이 많았지만 자식이 없었다. 반면에 흥보는 단 한명의 아내와 서너 명의 자식들을 두었다. 놀보의 처첩들은 허구헌날 싸웠다. 흥보는 아내에게 만족하며 평화롭게 살았다. 흥부 부부는 그들에게 주어진 힘겨운 삶의 짐을 나누어지려고 했다.(첨가 및 변용) 형은 따뜻하고 편안한 여러 채의 가옥이 있는 넓고 좋은 저택에서 살았다.
4	흥부는 집도 업시 집을 지으려고 집ᄌᆡ목을 ᄂᆡ려 가량이면 만첩청산 드러가셔 소부동 ᄃᆡ부동을 와드렁퉁탕 버혀다가 안방ᄃᆡ청 힝낭몸ᄎᆡ ᄂᆡ외분합 물님퇴의 살미살창 가로다지 입구ᄌᆞ로 지은 거시 아니라(①) 이놈은 집ᄌᆡ목을 ᄂᆡ려 ᄒᆞ고 슈슈밧 틈으로 드러가셔 슈슈ᄃᆡ ᄒᆞᆫ 뭇슬 뷔여다가 안방ᄃᆡ청 힝낭몸ᄎᆡ 두루 지퍼 말집을 쏵 짓고(②) 도라보니 슈슈ᄃᆡ 반 뭇시 그져 남앗고나	형에게 쫓겨난 흥부는 홀로 집을 지었다. 그는 수수밭에 가서 대를 잘라 짚단을 만드는 것으로 만족해야만 했다. 이 짚단으로 그는 1부아소[인용자: 곡물을 재는 프랑스의 단위로 1부아소는 약 13리터를 지칭한다.] 만한 크기의 초가집을 세워 거처를 구성해 나갔다. 그러고도 그에게는 짚단의 반이 남았다. (①, ② 생략 : 집과 관련된 다양한 어휘들을 모두 번역하는 것이 어려웠던 이유로 추정됨)	그들은 삶의 낙을 위해 쓸 돈은 없었고 뜻밖의 행운으로 생필품이라도 얻을 수 있으면 행복했다. 흥보는 일거리를 얻을 수 있으면 언제든지 일했지만 비 오는 날과 농한기는 그들에게 큰 시련의 시기였다. 아내는 쉬운 바느질을 했다. 그들은 함께 농부와 행상인에게 팔 짚신을 만들었다. 날씨가 좋을 때는 짚신 장사가 잘 되었다. (첨가 및 변개)

상기도표를 통해 <흥부전>을 '설화'와 '문헌' 속의 언어라는 서로 다른 전제 속에서 알렌과 쿠랑이 번역한 차이점을 엿볼 수 있다. 쿠랑은 원본과 문장단위의 차원에서 대비가 가능한 수준에서 <흥부전>을 직역했다. 이는 당시로서는 매우 희귀한 사례였다. 즉, '원본

에 대한 충실한 직역'이라는 기준에 의거할 경우 쿠랑의 번역수준은 알렌 영역본을 훨씬 웃도는 차원이었다.

알렌과 쿠랑의 번역이 보여주는 현격한 차이점은 도표 1에서 발견할 수 있다. 원본 고소설의 "엇지 아니 무지ᄒᆞ리"는 서술자가 직접 개입하여 놀부에 대한 인물평을 행한 부분이다. 쿠랑은 이 부분을 "이 어찌 못된 행동이라 하지 않겠는가"라는 형식으로 서술자의 목소리를 그대로 보존했다. 이에 비해 알렌은 서술자를 소거시키며, 원본의 서술자가 인도하는 장면위주의 서술방식을 굳이 쫓아가지 않고 사건의 전개양상에 초점을 맞춰 축역했다. 알렌은 한국의 이야기를 들려주는 서술자(이야기꾼)의 위치에서, 원본에는 없는 부자 놀부와 가난한 홍부의 생활모습(도표 3, 4)을 첨가하여 제시했다. 그럼에도 쿠랑은 알렌의 영역본이 보여주는 자신이 번역한 <홍부전>과는 다른 모습들을 원본 대한 오역 혹은 번안으로 규정하지는 않았다. 그 이유는 무엇이었을까?

그것은 문학작품이 아닌 설화라는 알렌의 번역지평과 관련된다. 어휘나 문장단위가 아니라 내용화소를 중심으로 한 알렌의 축약이란 방식으로 말미암아 원본 고소설, 쿠랑의 줄거리요약, 번역문과도 충돌을 일으키지 않은 것이다. 알렌이 생략한 '놀부의 행동으로 성격을 묘사한 장면'과 이어지는 '열거 · 과장을 통해 홍부의 가난을 묘사한 대목'은 내용 및 사건의 전개와 긴밀한 관련을 지니고 있지 않다. 즉, 쿠랑이 『한국서지』에서 제시한 고소설 5편에 대한 줄거리 요약과 알렌이 제공해주는 번역본의 요지는 크게 다르지 않았다.

하지만 원본에 없는 내용이 첨가된 경우(도표의 3, 4)는 이러한 설명만으로 해명될 수 없다. 이와 관련하여 쿠랑의 <홍부전>에 대한 번역동기, "한국인들의 생활을 묘사하고 있다"[27]라고 진술한 부분을 주목할 필요가 있다. 이는 한국인의 사고와 삶, 습관이 잘 반영된 한국인의 토착적인 민간전승물(native lore)들이 서구인들이 궁금해하던 한국인의 생활(life)과 민족성(Korean characteristics)을 보여주는 첩경이 될 것이란 알렌의 저술목적과 합치되는 것이기 때문이다. 그것은 19세기 한국을 직접 경험했던 두 사람의 접점이기도 했다.

쿠랑이 번역한 <홍부전>의 해당부분 전체와 이에 대한 알렌의 변개양상을 정리해 보면, 일부다처의 놀부, 놀부와 홍부의 결혼생활(4) 이외에도 아들이 놀부의 집으로 가게 되는 설정, 놀부 집의 정경 등을 들 수 있다. 여기서 알렌의 변개에는 실제로 그가 체험했던 한국인들의 삶과 생활이란 준거가 전제되어 있다. 그것은 그들의 민족지적 저술로는 보여줄 수 없는 '한국인들의 가정생활의 생생한 현장'이었다. 즉, 알렌 영역본에서의 변형 및 첨가 속에는 알렌이 생각한 당시 한국의 현실을 재현하려는 지향점이 존재했던 것이다. 즉, 이는 비록 원본 고소설에는 없는 내용이지만, 서구인들이 체험한 한국의 현실(모습)이며, 그들이 재현하려고 했던 한국의 민족지이다. 이것이 바로 당시 쿠랑이 알렌의 변개를 수용할 수 있었던 번역의 지평이라고 말할 수 있다.

그 예를 살펴보자. 알렌은 원본이 지닌 홍부의 가난함에 대한 과장된 형상화를 변개했다. 홍부의 아이를 30명이 아니라, "서너 명의

---

27 M. Courant, 이희재 옮김, 앞의 책, 438면.

아이" 정도로 바꾸고, 홍부 부부 내외가 생계를 꾸려나가는 구체적 인 모습을 제시했다. 이는 지나친 추론일지 모르나, 아버지가 아닌 아들, 아내의 부탁을 듣고 남편이 쌀을 얻으러 가는 장면이 당시 한국의 현실에 부합되지 못한 것으로 알렌이 판단했을 가능성이 있다. 또한 놀부에 대한 변개는 그 당시 한국 부자들의 형상에 근접한 것으로 알렌이 여겼던 것일 수도 있다. 알렌의 변용양상과 관련된 한국에 대한 민족지의 내용들의 존재가 그 가능성을 뒷받침해준다.[28] 이렇듯 설화와 민족지라는 알렌의 번역지평은 『백학선전』(영역본)에도 여실히 투영되어 있었다.

3. 알렌의 <백학선전> 번역과 한국문화의 재현

(1) 칠월칠석이라는 풍속

알렌의 저술에서 『백학선전』(영역본)의 수록양상을 보면, 이 작품은 설화와 고소설 사이에 배치되어 있어, 설화와 소설을 잇는 연결

---

28 알렌이 서문에서 참조하기를 부탁했던 그리피스의 저술 속 "일부다처제를 허락하지 않지만 蓄妾이 허락되고 있음을 보여준다."(W. E. Griffis, 신복룡 옮김, 앞의 책, 328면), 여성들이 "폭군과 같은 남편과 무분별한 시어머니에게까지도 묵묵히 복종한다."(같은 책, 330면), "기근이 심해 한 계절쯤 자녀들을 다른 집에 맡겼다가 되찾아올 수 있는 방법이 애당초부터 불가능하게 되면, 棄兒가 되는 수도 있다. 지나치게 아이를 원하는 부모는 드물다. / 아이들이 제일 먼저 유념하는 일은 아버지에 대한 효도이다. 아버지에 대한 불복종은 즉시 그리고 가혹하게 응징을 받는다."(같은 책, 338면)와 같은 진술들은 알렌의 변개양상과 관련하여 검토해볼만한 지점이다.

고리의 역할을 담당한다. 또한 다른 고소설 영역본들과 달리, 원본의 제목을 「직녀와 견우: 두 천상배필의 시련(Ching Yuh and Kyain Oo-The Trials of Two Heavenly Lovers)」으로 변경했다. 하지만 알렌의 영역본에서 가장 큰 변개양상은 이러한 제목의 변경보다는 무엇보다 그가 이 작품의 서두에 삽입한 '견우직녀 설화'이다. 그렇다면 알렌이 『백학선전』(영역본) 앞에 견우직녀 설화를 배치하고 제명을 바꾼 이유는 무엇일까?

알렌의 민족지학적 저술(*Things Korea*(1904))을 보면, 알렌은 칠월칠석(七月七夕)이라는 한국의 명절을 설명하기 위해서 '견우직녀설화'를 이야기 한다. 더불어 주석을 통해 이와 관련된 다른 이야기(인용자: <백학선전>)를 그의 한국설화집에 수록했음을 밝히고 있다.[29] 즉, 알렌은 <백학선전>에 '견우직녀 설화'를 삽입한 것이 아니었다. 오히려 '견우직녀 설화'를 말해줄 수 있는 이야기로 <백학선전>을 선택한 것이다. 즉, 정기적인 장마철이 제 때에 찾아오면 수확에 필요한 강우를 경축하는, 견우와 직녀를 위한 축제, 칠월칠석이라는 한국의 명절과 관련하여 <백학선전>을 영역한 셈이다.

이 점에서 그의 『백학선전』(영역본)은 고소설이 설화에 맞춰 변개되는 양상을 그의 한국설화집에서 가장 잘 드러내 주는 작품이라고 말할 수 있다. '견우직녀 설화'와 <백학선전>을 함께 엮기 위해 알렌은 원본을 변개할 수밖에 없었기 때문이다. '백학선'이란 소재를 둘러싼 원본 텍스트에 대한 번역부분을 살펴보면, 그 중요성을 알렌

29 H. N. Allen, 신복룡 역주, 앞의 책, 136면.

역시 매우 잘 알고 있었음을 발견할 수 있다.[30] 또한 백학선이란 소재가 이야기 전개에 영향을 준 장면들—유백로가 백학선을 가지고 스승을 찾아가는 장면, 유백로가 백학선을 조은하에게 글귀를 적어 건네는 장면, 성년이 된 조은하가 백학선에 적힌 글귀를 보고 유백로의 마음을 알게 되는 장면, 백학선으로 인해 조은하가 곤경에 처하게 되는 장면 등을 알렌은 누락시키지 않았다.

하지만 후반부의 장면들, '조은하가 백학선의 도움을 받아 가달을 물리치는 장면'(42면)과 '유백로가 백학선을 통해 그가 도움을 받은 인물이 조은하임을 알게 되는 장면'(43면)은 번역하지 않았다. 즉, 서사전개양상에 있어서 중요한 구실을 하는 장면임에도, 알렌이 장면들을 배제한 셈이다. 알렌이 주목한 것은 원전의 '백학선'이라는 소재 자체는 아님을 알 수 있다. 이에 비해, <백학선전>에 수록된 조

30 <춘향전>, <심청전>, <홍부전>에 대한 저본이 경판본 계열이며, 알렌의 영역본이 당시 서울에서 유통되던 경판본 고소설에 그 근본을 두고 있다는 선행연구의 가설은 설득력을 지닌 견해이다. 이를 기반으로 살펴보면, 『백한선전』(경판20장본)은 『백한선전』(경판24장본)을 모본으로 하여 축약한 텍스트이며, 글자의 탈락, 어휘의 변화, 어순의 도치 등이 있으나 그 차이는 그리 크지 않다(이창헌, 『경판방각소설 판본 연구』, 태학사, 2000, 69-79면). 국립중앙도서관에 소장된 『백학선전』(경판24장본)(『빅학션젼白鶴扇傳』, 京城 : 白斗鏞, 1920)을 저본으로 삼아 대비해보도록 한다. 이하 작품 인용시 본문 중에 면수만을 표기하도록 한다. 원전에서 "…옥동지 빅학을 타고 나려와…"(2면)에 관해 알렌은 "…이윽고 용모가 매우 수려한 소년이 흰 깃털로 만든 멋진 부채를 타고 내려 왔다[…a most beautiful boy came down to her, riding upon a wonderful fan made of white feathers]."(Allen, p. 59)라고 번역했다. 원본에 없는 '백학선'(부채)을 직접 등장시켰고 유백로 모친의 꿈 속에서 이 부채를 옥동자가 건네주는 장면을 첨가했다. 그는 이 소재의 중요성을 잘 알고 있었으며, 서구인 독자에게 보다 합리적인 방식으로 이야기를 전개하기 위해 그 단서를 미리 유백로 모친의 태몽 속에서 제시한 셈이라고 볼 수 있다.

은하와 관련된 태몽장면을 확대시킨 부분에서 견우직녀 설화에 연결하려고 한 알렌의 의도적인 변개양상을 분명히 발견할 수 있다.

Ⅱ-2 부인이 곤뇌ᄒᆞ여 잠간 조을ᄉᆡ 오운이 남방으로 이러ᄂᆞ며 풍악소ᄅᆡ 들니거ᄂᆞᆯ 슌시 귀경코져 ᄒᆞ여 시창을 열고 바라본즉 여러 션네 금덩을 옹위ᄒᆞ여 슌시 압ᄒᆡ 이르러 ᄌᆡ비 왈 우리ᄂᆞᆫ 샹졔 시녀러니 칠월칠셕의 은하슈 오작교를 그ᄅᆞᆺ 노ᄒᆞᆫ 죄로 인간의 ᄂᆡ치시ᄆᆡ 일월셩신이 이리로 지시ᄒᆞ여 이르러스니(①) 부인은 어엿비 여기소셔 이 낭ᄌᆞ의 ᄇᆡ필은 남경ᄶᅡ 뉴시오니 쳔졍ᄇᆡ우를 일치 말나 ᄒᆞ고 말를 맛치며(누락) 낭ᄌᆡ 방즁으로 드러가거ᄂᆞᆯ 부인이 감격ᄒᆞ여 방즁을 쇄소코져 ᄒᆞ다가 믄득 ᄭᆡ다르니 침상일몽이라(4면)

그녀[인용자 - 은하의 모친]는 견우 직녀 전설 속 시련을 생각함에 슬픔을 느끼며 두 사람이 만나는 것을 보고 싶은 마음에 하늘을 올려보았다.(첨가①) 그녀는 이내 잠이 들었고, 사방의 바람이 다섯 개의 풍성하고 부드러운 구름과 함께 아름다운 가마를 전해주는 꿈을 꾸었다. 의자에는 꿈 속에서나 현실 속에서는 볼 수 없었던 어떤 존재보다도 사랑스럽고 아름다운 작은 여자아이가 앉아 있었다. 의자는 황금과 보석으로 장식되어 있었다. 가마가 꿈을 꾸는 그녀에게 더 가까이 다가오자, "너는 누구니? 나의 귀여운 아가,"라고 그녀는 물었다. 아이는

"아, 저를 예쁘게 생각해주셔서 기뻐요. 그래야 당신의 집에 머물 수 있을 테니까요. "라고 대답했다.

"나는 너를 머물게 하고 싶구나, 그렇지만 내 질문에 답해주지 않겠니?"

"예"

그녀는 "저는 하늘의 여왕님의 시녀였어요. 그러려고 그런 것은 아니었지만 저는 큰 잘못을 저질렀고 그래서 추방되었어요. 한 계절 동안 지상에 머물러야 해요. 부디 저를 머물게 해주시겠어요?"

"우리는 아이가 없으니 나의 아가, 그렇다면 나도 기쁠 거야. 그렇지만 너가 무슨 일을 했기에 별들이 너를 무리에서 추방했니?"

"예, 말씀 드릴게요", 그녀는 다음과 같이 대답했다. "저는 직녀와 견우가 매년 만날 때 인간은 평생을 함께 살아가는데 자신들은 일 년에 한 번 밖에 만나지 못한다고 한탄하는 소리를 들었어요. 그런데 인간은 길어야 80세 밖에 못 살지만 그들의 삶은 끝이 없어 인간보다 훨씬 더 많이 만날 수 있잖아요. 그들은 그것을 몰라요. 그런데도 인간들을 질투하다니 그들은 이기적이지요.

장난기 어린 마음에 저는 이 불행한 연인에게 교훈을 가르쳐 주어야겠다고 결심했어요. 그래서 지난 7월 7석에 다리가 거의 완성되어 열정적인 두 사람이 서로를 만나려는 순간, 저는 까마귀들을 흩어놓아 그들이 만날 수 있는 다리를 망가트렸어요. 장난기 어린 마음에 그랬어요. 참이어요. (첨가②) 가뭄이 발생하게 될 지를 미처 헤아리지 못했어요. 그러나 저의 잘못으로 인해 인간들에게 준 고통 때문에 추방되었어요.(첨가③) 부인, 당신이 저를 받아주시고 돌봐주실 것을 믿어요.[…she was gazing into the heavens, hoping to witness the meeting of Ching Yuh and Kyain Oo, feeling sad at thought of their fabled tribulations. While thus engaged she fell asleep, and while sleeping dreamed that the four winds were bearing to her a beautiful litter, five rich, soft clouds. In the chair reclined a beautiful little girl, far lovelier than any being she had ever dreamed of before , and the like of which is never seen in real life. The chair itself was made of gold and jade. As the procession drew nearer the dreamer exclaimed : "Who are you, my beautiful child?"

"Oh," replied the child, "I am glad you think me beautiful, for then , may be, you will let me stay with you."

"I think I should like to have you very much, but you haven't yet answered my question."

"Well," she said, "I was an attendant upon the Queen of Heaven, but I have been very bad, though I meant no wrong, I am banished to earth for a season ; won't you let me live with you, please?"

"I shall be delighted, my child, for we have no children. But what did you do that the stars should banish you from their midst?"

"Well, I will tell you," she answered. "You, when the annual union of Ching Yuh and Kyain Oo takes place, I hear them mourning because they can only see each other once a year, while mortal pairs have each other's company constantly. They never consider that while mortals have but eighty years of life at most, their lives are without limit, and they, therefore, have each other to a greater extent than do the mortals, whom they selfishly envy. In a spirit of mischief I determined to teach this unhappy couple a lesson ; consequently, on the last seventh moon, seventh day, when the bridge was about completed and ready for the eager pair to cross heaven's river to each other's embrace, I drove the crows away, and ruined their bridge before they could reach each other. I did it for mischief, ’t is true, and did not count on the drought that would occur, but for my misconduct and the consequent suffering entailed on mortals, I am banished, and I trust you will take and care for me, kind lady.”](Allen, pp. 62-63)

알렌 영역본의 일반적인 번역지향이 축역이라는 사실을 감안해 볼 때, 이 부분은 원본을 대폭 확장시킨 매우 예외적인 모습이다. 태몽을 꾸게 되는 동기가 조은하의 모친이 은하수를 보며 견우와 직녀를 생각하는 것이었다고 첨언(첨가①)했으며, “칠월칠셕의 은하슈 오작교를 그흣 노흔 죄”와 관련하여 조은하 본인이 스스로 이야기하는 장면들이 추가되었다. 즉, 견우와 직녀에게 교훈을 가르쳐주기 위해 둘의 만남을 방해했다는 점(첨가②), 그리고 이로 말미암아 비가 오지 않아 가뭄을 맞게 되었다는 진술(첨가③)이 보인다. 이는 두 연인들이 만나자마자 헤어져야 하기 때문에 눈물을 흘리기에 비가 되는데, 해후가 실패할 경우 가뭄이 온다는 서두에 배치한 ‘견우직녀 설화’의 내용에 의거한 변용이다. 즉, 원본의 “칠월칠셕의 은하슈 오작교를 그흣 노흔 죄로 인간의 닋치시미 일월셩신이 이리로 지시ᄒᆞ여 이르러스니”(①)란 짧은 구절이 알렌이 <백학선전>을 ‘견우직녀 설화’와 함께 편성한 이유였던 것이다.

알렌이 만약 <백학선전>이란 고소설 작품 그 자체를 주목했다면, 이러한 번역양상을 보여주지는 않았을 것이다. 부채란 소재를 고소설의 제목으로 배치한 희귀한 사례라고 할 수 있는 <백학선전>의 특성을 알렌은 소거시킨 셈이기 때문이다.[31] 다만, 한국인의 생활과 풍속을 보여준다는 저술목적에 부응되는 것은 부채(소재)라기보다는 인물들이란 사실을 염두에 둘 필요가 있다. 알렌이 <춘향전>, <흥부전>, <심청전>, <홍길동전>에 병기한 부재를 보면, 그가 등장인물을 보여주는 데 초점을 맞춘 사실을 분명히 알 수 있기 때문이다. 사실 알렌의 저술은 자연을 사랑하는 한국인들의 모습, 동식물에 대한 한국인들의 관념들, 견묘쟁주(犬猫爭珠) 설화를 제외한다면, 고소설이 차지하는 분량이 더욱 더 많다.

"특별히 엄선된 작품이 아니라 삶의 다양한 국면을 보여주는 작품들을" 엄선하고자 한 알렌의 의도를 상기해보면, 알렌은 고소설이 단편적인 설화에 비해 한국인의 삶과 생활을 상대적으로 더욱 더 잘 보여준다고 인식했던 것으로 보인다. 그렇다면 <백학선전>을 통해 알렌이 제시하고자 한 한국인들의 삶의 모습은 무엇일까?

(2) 견우직녀 설화와 한국인의 사랑

<백학선전>에서 견우직녀 설화의 주인공들의 시련과 대비할 수 있는 모습은 작품 속 유백로, 조은하 두 남녀의 엇갈림이다. 그리고 이를 강조하기 위해 알렌은 <백학선전>에 없는 장을 구분했다. 해당저본에 대한 번역분량을 가늠하기 위해서 영역본의 '장', 분량(면수) 이에 대응되는 <백학선전>의 내용, 분량(면수)을 함께 정리해보면 다음과 같다.

---

31 이 점에 대해서는 김진영, 「<백학선전>의 소재적 특성과 이합구조」, 『국어국문학』120, 국어국문학회, 1997를 참조.

Prelude 견우직녀 설화 (56-57)

Ⅰ장 4면(58-61) "유백로의 출생과 성장"(<백학선전> 3면(1-3))

Ⅱ장 5면(61-65) "조은하의 출생성장, 유백로와 조은하의 만남"(<백학선전>3면(3-5))

Ⅲ장 5면(65-69) "유백로의 청혼거절, 과거급제"(<백학선전> 3면(5-7))

Ⅳ장 4면(69-72) "조은하의 청혼거절"(<백학선전> 4면(7-11))

Ⅴ장 1면(73) "유백로의 고난"(<백학선전> 3면(11-13))

Ⅵ장 4면(73-76) "조은하의 고난"(<백학선전> 9면 (13-22))

Ⅶ장 5면(76-80) "유백로의 낙향, 자원출정과 패배"(<백학선전> 7면(23-28))

Ⅷ장 9면(80-88) "조은하의 용력과 무술 습득", "조은하의 출정과 승리, 유백로와 은하의 재회, 개선, 혼인" (<백학선전>20면(28-47))

(누락 - "유백로, 조은하 자녀들의 군담 및 후일담 ((<백학선전>2면(47-48))

쿠랑이 보았을 것이라 추정되는 『빅학션젼(白鶴扇傳)』(경판 24장본)과 저본대비를 해보면, 원본의 언어표현이 많이 누락되었고 상당한 변개의 모습이 보인다. 즉, 알렌의 영역본은 개별 어휘와 문장을 보존하는 충실한 직역이라는 번역양상을 보여주지는 않는다. 여기서 원본 고소설은 세밀한 언어표현을 보존할 번역의 대상이 아닌 셈이다. 하지만 알렌의 영역본은 사건전개를 위한 원본 <백학선전>의 내용전개는 분명하게 전달하고 있다. 내용화소란 차원에서 원본 고소설은 일종의 참조저본으로 기능하는 셈이다. 이를 정리해보면 다음과 같다.

<table>
<tr><th colspan="2">경판〈백학선전〉 24張本</th><th rowspan="2">알렌 영역본의 번역유무와 차이점</th></tr>
<tr><th>알렌의 장구분
(대단락)</th><th>소단락</th></tr>
<tr><td rowspan="3">Ⅰ장 유백로의 출생과 성장</td><td>1. 大明 시절 南京 땅에 상서 유태종이 자손이 없어 벼슬을 하직하고 낙향함.</td><td>○
누락 : 소설적 시공간, 구체적 관직명은 번역생략(이하 지명의 경우 서울을 제외하면 번역하지 않음으로 누락양상에서 제외함(공통누락1)
변용 : 자손이 없어서 누락한 것이 아니라 타락한 관리들과의 관직생활에 지쳐 낙향</td></tr>
<tr><td>2. 유태종이 부인 진씨에게 無子恨歎을 하고 유씨 부부가 祈子치성을 하고 부인 진씨가 天上에서 仙童이 품에 드는 꿈을 꿈.</td><td>○
변용1 : 부인과의 대화를 유태종의 심리묘사로 서술자가 대신 축약서술<u>(이하 대화를 서술자의 진술로 요약하는 방식으로 누락 및 변용양상에 제외(공통변용))</u>
첨가 : 유씨 부부가 좋은 부부관계를 이루고 있다는 진술,
변용2 : 조은하의 모친이 새로운 부인을 얻도록 권유한 대목이 유태종의 부인의 말로 도치,
변용3 : 유백로 모친의 태몽 속에서 원본처럼 백학이 아니라, 白鶴扇을 타고 오는 것으로 설정, 부인에게 '백학선'을 전해줌,
첨가2 : 유백로를 유씨 부부가 교육시키는 장면을 첨가</td></tr>
<tr><td>3. 유백로의 모친 꿈 속에서 선녀가 下降하여 順産을 돕고 배필이 조은하 임을 알려줌. 유태종은 기뻐하여 생년월일을 기록하고 아이의 이름 짓고, 일가 친척이 함께 기뻐함</td><td>×
누락: 유태종이 생년월일을 기록하고 작명하는 장면
누락 및 변용: 유백로에 대한 두번째 태몽을 Ⅰ-4에 배치</td></tr>
</table>

경판〈백학선전〉 24張本		알렌 영역본의 번역유무와 차이점
알렌의 장구분 (대단락)	소단락	
Ⅰ장 유백로의 출생과 성장	4. 10세가 된 유백로가 世傳之寶인 白鶴扇을 들고 스승을 찾아 길을 떠남	○ 변용 및 첨가 : Ⅰ-3에 해당되는 원본의 유백로에 대한 두 번째 태몽을 이곳에 배치, 첨가 : 유백로가 지닌 부채가 태몽 속에서 본 부채란 사실을 첨언.
Ⅱ장 조은하의 출생과 성장	1. 이부상서 조성노부부가 혈육이 없어 세월을 한탄하며 보냄	○ 첨가 : 유씨 부부와 동일한 상황이란 점을 알렌이 논평
	2. 상서[조성노]부부가 都官을 찾아 禱祝한 뒤 태몽과 배필을 알려주는 꿈을 꿈.	○ 변용 및 첨가 : 조성노 부인의 태몽을 견우직녀 설화의 내용과 관련하여 대폭 확장. 누락 : 배필을 알려주는 내용
	3. 선녀가 부인의 순산을 돕고, 상서는 딸의 이름을 은하라고 지음.	×
조은하와 유백로의 만남	4. 10세가 된 조은하가 외가를 다녀오다가 柚子를 따 가지고 길가에서 쉼	○
	5. 유백로는 조은하의 花容月態를 보고 欽慕하여 유자를 청해 받음	○
	6. 유백로는 白鶴扇에 情表의 글을 써서 조은하에게 전하고 길을 떠남.	○
Ⅲ장 유백로의 청혼 거절과 급제	1. 3년 동안 공부한 유백로는 문장이 뛰어나게 되어 집으로 돌아옴.	○
	2. 백학선을 찾는 부친에게 유백로가 路中에 잃어버렸다고 하자 부친이 탄식함.	○
	3. 병부상서가 유백로의 인물됨을 칭찬하고 사위삼기를 청함.	○
	4. 유백로가 立身한 후 혼사를 정하겠다고 하자, 유상서[유태종]는 청혼을 거절	○

경판〈백학선전〉 24張本		알렌 영역본의 번역유무와 차이점
알렌의 장구분 (대단락)	소단락	
III장 유백로의 청혼 거절과 급제	5. 유백로는 과거에 장원급제하여 순무어사가 되자, 조은하를 찾기로 다짐하고, 부친은 기주 刺史가 됨.	○
IV장 조은하의 청혼 거절	1. 15세된 조은하는 최국낭의 청혼에 음식을 끊고 죽기를 작정함.	○ 누락 : 최국낭의 성명누락(영역본 전반에 걸쳐 동일), 첨가 : 원본에는 없는 최국낭의 성품을 묘사한 부분이 존재)
	2. 부친이 白鶴扇의 사연을 듣고 파혼하자, 최국낭은 앙심을 품음	○ 변용(첨가) :조은하의 부친이 최국낭과 파혼으로 들이 닥칠 고난을 예상하여 걱정하는 대목이 존재함)
	3. 전홍노의 도움으로 최국낭의 陰害를 피해 조상서 일가는 유백로가 있는 남경으로 떠남.	○ 누락 : 전홍노의 이름누락, 영역본 전반에 걸쳐 동일
V장 유백로의 고난	1. 유백로는 조은하를 찾지 못하여 重病이 들고 하향현에 도착.	○ 누락 : 조은하의 일을 부모께 말 못하는 심정의 기술
	2. 유백로는 외숙인 현령 전홍노에게 조은하와의 일을 고백하고 조은하의 전후사정을 알게 됨.	○
	3. 외숙으로부터 조은하가 남경으로 갔다는 말을 듣고, 유백로도 남경으로 떠남.	○
VI장 조은하의 고난	1. 남복의 조은하는 귀주 지경에 이르러 부친을 잃고, 임시로 장사를 지냄.	○ 누락 : 춘낭 등 조은하의 시비이름이 생략(이는 이하 동일) 변용·첨가 : 여로 길에 남복을 한 것이 아니라, 시비의 권유로 남복을 한 것으로 설정. 또한 알렌은 이것이 굉장히 좋은 생각이란 점을 부연설명함.
	2. 조은하는 가달이 남경으로 침범한다는 소식을 듣고, 점쟁이에게 길흉을 물어 본토로 돌아가려고 함.	○ 누락 : 가달이란 성명누락(이는 이하 동일) 누락 2 : 점쟁이에게 길흉을 묻는 장면을 누락시킴

경판〈백학선전〉 24張本		알렌 영역본의 번역유무와 차이점
알렌의 장구분 (대단락)	소단락	
VI장 조은하의 고난	3. 백학선을 소지하고 있어 관가에 잡혀가고, 기주지사 유태종이 돌려줄 것을 요구했으나 거절하여 투옥시킴.	○ 변용 : 갑자기 관가에 잡혀가는 것이 아니라 우연히 유태종과 만나 유태종이 조은하가 백학선을 소지하고 있는 것을 발견하는 설정으로 바꿈. 위협에 가까운 유태종의 권고를 변모시킴.
	4. 옥중에서 실신한 조은하는 아황(娥皇), 여영(女英) 등의 고사 속 節婦들을 만나, 유백로의 근황과 그와의 상봉시기를 듣고 회생함.	○ 누락1 : 조은하가 오랜 세월 동안 옥에 있었다는 점을 생략, 누락2 : 아황(娥皇), 여영(女英) 등의 인명을 누락시키고, 瀟湘斑竹 고사의 내용만을 제시
	5. 유태종이 백학선을 찾을 수 없다는 것을 알고 조은하를 放送함. 조은하가 유생을 찾으러 청주로 향할 때, 청주에서 오는 사람에게 유백로가 경성으로 갔다는 소식을 듣고, 방향을 바꿈.	○ 변용 : 獄卒에게 조은하 일행이 여로를 말해줌. 방송되어 떠나는 장면에서 마무리함. 청주에서 오는 사람에게 유백로의 소식을 듣는 장면을 VIII-1에 배치
VII장 유백로의 자원출정과 패배	1. 유백로가 병세가 더욱 깊어져 사직상소를 올리자, 황제는 유백로를 대사도로 부친 유태종을 예부상서로 임명. 유백로가 황제를 직접 보고 윤허를 받아 조정을 물러나 집으로 돌아옴.	○
	2. 전홍노에게서 과거 하향현의 일을 들은 유상서[유태종]는 기주 지사 때의 일을 탄식하고, 유백로를 꾸짖음. 유백로는 조은하를 찾기로 마음을 정함.	○ 변용 1 : 유태종이 유백로를 의아해하고, 결혼을 재촉하는 모습에 전홍노가 유백로를 동정하는 마음에 하향현에서의 일을 말하는 것으로 설정, 변용 2 : 사정을 안 유태종이 의논하자, 대접받는 옥졸이 조은하 일행이 전쟁이 발발한 곳으로 갔다고 말하는 것으로 설정, 변용 3 : 유태종이 꾸짖을 때, 유백로에게 자원출정을 명령하는 것으로 설정.
	3. 유백로는 가달을 치기위해 자원출전을 고하고, 병부상서 겸 정남대장군으로 임명되어 남경으로 향해감.	○

경판〈백학선전〉 24張本		알렌 영역본의 번역유무와 차이점
알렌의 장구분(대단락)	소단락	
Ⅶ장 유백로의 자원출정과 패배	4. 유백로가 서주를 지날 때 대로변 바위에 조은하를 만나는 축원문을 씀. 가달과 싸웠으나 최국낭의 방해로 식량이 떨어져 패배하고 가달에게 사로잡힘.	○
Ⅷ장 조은하의 용력과 무술습득	1. 조은하는 고향 가는 길에 노인에게 환약을 먹고 병법, 무력, 용력을 얻음.	○ 누락 : 조은하가 장래를 점쳐달라는 요구하자 노인이 거절하는 장면. 변용 : Ⅵ장-5에 배치할 화소를 Ⅷ-1 앞에 삽입
	2. 조은하는 한수에서 태양선생을 만나 吉凶을 듣고, 그의 부인과 母女의 정을 나눔.	○ 누락 : 태양선생이란 등장인물명, 태양선생 부인과 조은하가 모녀의 정을 나누는 장면, 첨가 : 길을 가는 노정 중 늙은 농부를 음식을 얻는 장면 추가
	3. 조은하는 서주에 이러러 유백로가 쓴 비석을 보고 실성통곡하다 기절, 춘낭 등의 충고를 따라 주막에 들름.	○
	4. 유상서 댁 忠僕이었던 주막 주인이 유백로의 大敗 소식으로 통곡을 하자, 조은하는 시부모께 편지를 전해주기로 청함.	○ 변용 : 주막주인의 아내가 통곡하는 장면으로 바꾸고, 아내의 사정설명으로 유백로의 패배가 최국낭의 음모로 말미암은 것이란 사실을 알게 됨
	5. 주막주인은 유백로가 패전한 죄로 옥에 갇힌 상서[유태종] 부부를 만나 조은하의 편지를 전함	○ 누락 : 주막주인은 옥졸에게 뇌물을 주어 감옥에 들어갈 수 있었던 점
	6. 유상서는 전홍노에게 조은하를 상서 부중으로 데려오게 하고 보호하라고 명함.	○ 변용 : 유상서[유태종]의 심리기술(자신의 마음을 감춘 아들에 대한 책망하는 내용이 추가
조은하의 자원출전	7. 조은하는 시부모의 소식을 듣고 유백로를 구하려고 자원출전을 위한 表文을 오리고, 황제를 배알함.	○ 누락 : 태양선생의 예언 언급, 표문에서 황제에게 요구사항을 제외한 나머지 부분들.

경판〈백학선전〉 24張本		알렌 영역본의 번역유무와 차이점
알렌의 장구분 (대단락)	소단락	
조은하의 자원 출전	8. 조은하는 황제의 兵法시험에 막힘이 없고, 御劍으로 현란한 무술을 보여줌	○ 누락 : 병법시험)
	9. 황제가 조은하를 대도독 겸 대원수로 삼고 최국낭을 파직하옥함	○ 누락 : 최국낭을 파직하옥함.
	10. 조은하가 임금의 윤허를 얻어 시부모께 하직인사하고 남복을하고 대장군이 되어 출정함	○ 누락 : 시부모께 하직인사
	11. 조은하가 제문을 지어 올리고, 충복에게 중상을 내려 비석을 지키게 하고, 대군을 이끌어 위수에 도착함.	×
	12. 조은하는 위수에서 죽은 장졸들을 위로하기 위해 최국양의 庶子로 제를 지냄	○
가달과의 대결	13. 조은하는 陣中을 정비하고 敵陣을 정찰하여, 몽고와 和親한 가달이 대군이라 격파하기 어렵다는 생각을 가짐.	× 축약 : 이 내용이 한 단락으로 마무리됨 ―조은하의 대군이 역적을 물리치고, 포로에게 정보를 얻어 유백로를 구출하여, 비로소 두 연인이 처음 만남. 유백로에게 지휘권이 주어지고 조은하는 사직하여 서울로 돌아와 백성들의 열렬한 칭송을 받음
	14. 가달을 꾸짖어도 듣지 않자 조은하는 백학선으로 물리치고 항복을 받음	
유백로와 조은하의 재회와 개선, 혼인	15. 조은하는 가달과 마대영을 사로잡고 유백로를 구해 개선 길에 오름.	
	16. 유백로는 不孝·不忠과 代가 끊기게 될 것을 걱정	
	17. 조은하가 백학선을 꺼내자, 서로를 확인하고 다시 만난 것을 기뻐함	
	18. 조은하는 삼만 冤魂을 위해 慰靈祭를 지낸 뒤 부모 先塋에 성묘	
	19. 조은하는 태양 선생에게 은혜를 갚고, 창두 忠僕에게 상을 내림	

경판〈백학선전〉 24張本		알렌 영역본의 번역유무와 차이점
알렌의 장구분 (대단락)	소단락	
유백로와 조은하의 재회와 개선, 혼인	20. 조은하의 표문을 본 황제는 최국양을 저자로 끌어내어 죽임	○ 누락 : 조은하의 표문.
	21. 황제는 유백로를 燕王에 조은하를 貞烈忠義王妃에 유상서는 太上王에 순씨를 肇國夫人으로 奉하고 금은 노비를 下賜함.	○ 누락 : 금은 노비를 하사함 변용 : 유백로를 지방관으로
	22. 황제는 친공주를 출가시키듯이 두 주인공의 혼사를 주관	○ 축약 : 48면 자체에 대한 번역을 생략. 조은하가 향후 칭송받는 인물이 되었다는 서술로 마무리

상기도표를 보면 알 수 있듯이, 알렌의 장구분은 당연히 서구인 독자를 배려한 것이기도 하다. 이 작품을 미리 알고 있는 독자의 입장에서 서구인이 더욱 잘 이해할 수 있는 짜임새 있는 구성을 제공해준다. 예컨대 일종의 합리적인 개작의 모습이 보인다. 특히 도표 속 VI-VII장의 변용부분이 그러하다. 유백로 부친과 남장을 한 조은하가 우연히 만나 백학선을 소지하고 있는 장면을 본 것이, 갑자기 들이닥쳐 조은하를 잡아가는 원본의 장면보다는 개연성이 더욱 있다. 또한 옥졸(獄卒)을 대접하고 조은하 일행이 향후 여정을 말해 준 것이, 유백로 부친이 유백로에게 그들이 간 곳이 전쟁터란 사실을 알릴 수 있는 계기가 되는 부분은 알렌이 원본 고소설을 합리적으로 개작한 사례라고 볼 수 있다.

동시에 이러한 알렌의 장구분은 그가 원본 고소설의 내용을 적절히 분절한 양상을 잘 보여주는 표지이기도 하다. 알렌은 고소설 속에 놓인 각설, 재설, 차설과 같은 표지가 아니라 유백로, 조은하란 두 주인공의 서술초점에 맞춰, 장을 구분했다. 이러한 장구분은 알렌의 의도적인 측면이 존재한다. 도표에서 ‘Ⅰ-2-변용2(첨가)’, ‘Ⅰ-4-변용(첨가)’과 같은 대목들은 원본 이야기의 전개방식의 순서를 바꿔놓은 대목들이다. 이 중에서 특히 ‘Ⅷ장-1-첨가’를 주목할 필요가 있다. 본래 Ⅵ장 말미 혹은 Ⅶ장 초두 사이에 배치될 순서에 해당되는 원본의 내용을 새로운 논평을 첨가하며, Ⅷ장 초반에 배치시켰기 때문이다.

마참 청쥬로셔 오는 ᄉᆞ람이 잇거ᄂᆞᆯ 낭ᄌᆡ 우연이 그 ᄉᆞ람을 ᄃᆡᄒᆞ여 청쥬 슌무어ᄉᆞ의 소식을 탐문ᄒᆞᆫ즉 기인 왈 젼 어ᄉᆞ 뉴한님은 신병으로 ᄉᆞ직 상소ᄒᆞ여 갈녀가고 ᄉᆡ로 황한님이 어ᄉᆞ로 나려왓다 ᄒᆞ거ᄂᆞᆯ 낭ᄌᆡ 듯고 다시 문 왈 그ᄃᆡ 엇지 ᄌᆞ시 아ᄂᆞ뇨 기인 왈 우리는 청쥬 관인으로 뉴한님을 뫼셔 보ᄂᆡ고 오는 길이라 ᄒᆞ니 낭ᄌᆡ 이 말를 듯고 방황ᄒᆞ다가 바(22-23면)

또 운명이 끼어들어 두 연인을 다시 갈라놓았다.[인용자 : 알렌의 논평] 은하는 여행을 중지하고 서울로 가게 이끄는 소식을 접하게 되었다. 어느 날 쉬는 동안 그들은 지나가는 행인과 대화를 하게 되었다. 그는 서울에서 오는 길인데, 어사 유백로의 시중의 자격으로 은하의 어린 시절 고향 근처에서 서울로 갔었다고 했다. 그는 유백로가 지방관인 그의 삼촌 집에서 병이 들었다가 서울로 갔고 그곳에서 어사의 책무를 벗고 조정의 내직을 받았다고 했다.[Again fate had interfered to further separate the lovers, for, instead of continuing her journey, Uhn Hah had received news that induced her to start for Seoul. While resting, on one occasion, they had some conversation with pass-by, He was from the capital, and stated that he had gone there from a place near Uhn Hah's childhood home as an attendant of the Ussa[인용자 - 御使]Youn Pang Noo, who had sick at his uncle's, the magistrate, and had gone to Seoul, where he was excused from ussa duty and offered service at court.]

이 부분에 대한 원본을 살펴보면, 이 사건은 조은하가 청주가 아니라 서울로 가게 되는 계기이다. 하지만 유백로는 황제가 권한 내직(內職) 마저 하지 않고, 그의 집으로 낙향하게 된다. 그리고 조은하와 관련된 사건의 전말을 알고 자원출정을 결정하여 난징(南京)으로 떠나게 된다. 따라서 두 사람의 만남은 엇갈리게 되는 것이다. 이는 <백학선전>을 이야기 순서에 따라 읽으면 자연스럽게 알 수 있게 되는 사실이다. 그렇지만 알렌은 유백로, 조은하 두 사람을 이별시키는 운명에 관해 부연설명을 첨가하며, 이 부분의 위치와 순서를 변경했다. 조은하라는 인물에 초점을 맞춰, 조은하의 여행길이란 공통점으로 화소를 함께 묶은 셈이다. 즉, 장구분의 표지는 주인공으로 이야기가 진행되는 표지에 맞춰져 있는 것이다.

이러한 장구분으로 말미암아 견우직녀 전설에 부응하여 두 연인이 재회하지 못하고 대면하게 되는 곤경에 초점이 맞춰지게 된다. 또한 원본의 3-4면 분량을 4-5면으로 번역한 Ⅰ-Ⅳ장과 달리 Ⅴ장 이후를 상대적으로 더 많이 축약했다. 물론 Ⅴ장 이후의 축약은 알렌 영역본의 전반적인 번역양상과 분리해서 생각할 수는 없다. 즉, Ⅴ-

Ⅵ장은 주인공 유백로의 심정(Ⅴ장), 조은하가 꿈 속에서 만나는 열녀들과 관련된 중국고사(Ⅵ장), 등장인물 간의 대화(Ⅴ-Ⅵ장)를 서술자 진술로 요약함으로써 상당한 분량이 축약된 것이다. 또한 Ⅶ장에 대한 축약은 Ⅷ장에 비한다면 상당히 미비한 수준이다. 하지만 군담적 요소에 대한 대폭 축약, 유백로와 조은하 부부의 자녀들에 대한 이야기(후일담)의 배제는 이러한 알렌의 장구분과 변별해서는 생각할 수 없는 부분이다.

두 남녀 주인공에 초점을 맞춘 장구분과 변용된 제명을 보면, 알렌이 한국의 사랑이야기로 자신의 저술에 배치한 작품이 <춘향전>이 아니라, <백학선전>이란 사실을 짐작하게 해준다. 알렌은 그의 또 다른 저술(*Things Korea*)에서 한국인의 사랑에 관해 다음과 같이 말하였다.

> 결혼한 부부 또는 방금 결혼하려는 남녀가 서로 상대방을 향해 품는 감정에 있어서 미국인들이 인정하고 이해하는 것과 같은 사랑의 감정을 정답게 표현하는 것을 아시아인들은 수치로 알지는 않지만, 상스럽게 여긴다. 우리가 이해하고 있는 것과 같은 사랑은 분명히 존재하지 않는 것이라고 그들은 생각하고 있으며 설령 그러한 사랑이 존재한다 할지라도 그것을 내색하지 않는 것으로 생각한다.[32]

<백학선전> 속 남녀 주인공의 모습이 이러한 알렌의 진술에 <춘

32 H. N. Allen, 신복룡 옮김, 앞의 책, 126-127면.

향전>보다는 훨씬 부합하다. 부모에게 속마음을 쉽게 표현할 수 없는 상황이 원본 고소설에 여실히 잘 드러나기 때문이다. 이와 관련하여 유태종이, 조은하가 사지(死地)로 가게 된 상황에 대해 그의 아들 유백로를 꾸짖는 다음과 같은 내용에 대한 번역양상을 주목해볼 필요가 있다.(Ⅶ-2)

네 엇지 <u>이런 일</u>(①)를 부ᄌᆞ지간의 이르지 아니ᄒᆞ엿ᄂᆞ뇨 너도 병이 되엿거니와 그 녀ᄌᆞ 졍상이 엇지 가련치 아니ᄒᆞ리오(누락) 너를 ᄎᆞ즈려 ᄒᆞ여 ᄉᆡᆼᄉᆞ를 도라보지 아니ᄒᆞ고 남경(누락)을 향ᄒᆞ여 갈 거시니 이졔 가달이 남경의 ᄋᆞᆼ거ᄒᆞ엿는지라(누락) 만일 그 녀ᄌᆡ 그 곡졀를 모로고 젹혈의 드러갓시면 반다시 죽엇슬 거시니 엇지 가련치 아니ᄒᆞ리오 고언의 일너스되 <u>일부함원의 오월비상이라 ᄒᆞ여스니 우리 집의 엇지 ᄃᆡ해 업스리오</u>(②)…텬쉬 위로 왈 ᄂᆡ 혜아리건ᄃᆡ 그 녀ᄌᆡ 졀힝이 거룩ᄒᆞ미 반다시 하ᄂᆞᆯ이 무심치 아니헐 거시니 너는 모로미 심녀치 말나 ᄒᆞ거ᄂᆞᆯ ᄉᆞ되 왈 <u>녀ᄌᆡ 나를 위ᄒᆞ여 졀힝이 여ᄎᆞᄒᆞ니 ᄂᆡ 엇지 죽기로 힘써 찻지 아니ᄒᆞ리오</u>(③)ᄒᆞ고 마음을 졍ᄒᆞ니라(25면)

무슨 짓을 한 거니? <u>그런 고귀한 낭자와 남몰래 약혼했으면서도, 바보 같이 말을 않고, 두 번씩이나 그녀를 놓치다니, 너로 인하여 니 애비 손에 그녀가 죽을 뻔했다.</u>(첨가①) 이제 너의 어리석음으로 그녀를 死地로 보냈구나. 아, 나의 아들아! 이렇게 파렴치한 행실은 본 적이 없다. 그 고귀한 여성이 우리로 인해 죽게 되면, 너는 불쌍한 니 애비를 파멸과 수치로 몰아넣을 것이다. <u>일어나라! 상사병에 시간을 낭비하지 말고, 무</u>

언가를 해라! 내가 허락한 바대로 임금을 배알하여 장수의 의무를 다하도록 청하고, 전쟁터로 가라. 그곳에서 너의 부인과 너의 명예를 찾아라.["What have you done? You secretly pledge yourself to this noble girl, and then, by your foolish silence, twice allow her to escape, while you came near being the cause of her death at the very hands of your father ; and even now by your foolishness she is journeying to certain death. Oh, my son! we have not seen the last of this rash conduct ; this noble woman's blood will be upon our hands, and you will bring your poor father to ruin and shame. UP! Stop your lovesick idling, and do something . Ask His Majesty, with my consent, for military duty ; go to the seat of war, and there find your wife or your honor."](p. 78)

"첨가①"은 원본의 "이런 일"(①)을 자세하게 풀어쓴 것이지만, 해당내용을 원본 고소설 역시도 자세히 설명하고 있다. 그러므로 이는 오히려 축약이라고 보아야 한다. 다만, 여기서 흥미로운 변용 부분은 "여자가 한을 품으면 오뉴월에도 서리가 내린다"(一婦含怨 五月飛霜)는 속담을 들어 집 안에 화가 미칠 것이라는 원본의 내용(②)을, 명예를 실추하게 만들었다는 내용으로 변개한 부분이다. 원본에는 부친 유태종이 유백로를 책망한 후 위로를 하는 것으로 마무리(③)되고 주인공 유백로가 자원출정을 하는 것으로 되어 있다. 하지만 알렌은 부친의 명에 따라 유백로가 출정하는 것으로 변용했다. ②, ③에 대한 변용의 모습은 서구인에게 전달하기 어려운 측면들을 생략한 것이며 더불어 유태종을 원본보다 미화하려는 알렌의 일관적인 번역(Ⅰ장, Ⅵ-3)양상이 반영된 것이다.

즉, 알렌은 Ⅰ장에서 긍정적으로 묘사한 유태종의 인물소개에 부합되지 않은 장면을 변개한 셈이다. 또한 유태종의 말은 알렌이 개입한 지점이라고도 볼 수 있다. ③에 대한 변용은 옥중에서 자신의 마음을 감춘 아들에 대한 책망하는 내용이 추가된 부분(Ⅷ-6)과 함께 생각해보아야 한다. 즉, 부모에게 사랑의 전말을 말한 조은하와 달리 먼저 마음을 고백하고도 그렇지 못한 유백로의 모습이 사건의 원흉이라는 알렌의 해석이 반영된 것이기도 하다. 더불어 그것은 한국인 남성의 전형적인 사랑의 양상이기도 했던 셈이다.

(3) 양반 사대부의 가정생활

알렌의 『백학산전』(영역본)에서 마지막으로 주목해볼 점은 양반 사대부의 가정생활을 보여주기 위해 유태종에 대한 서술을 대폭 확장한 모습이다. 알렌의 『백학선전』(영역본)에는 유백로의 과거급제 이전의 내용(Ⅰ-Ⅳ장)이 상대적으로 축약되지 않았다. 그 속에는 양반들의 부부생활, 혼속, 가정교육과 같은 가정의 모습들이 있기 때문이다. 알렌은 그의 한국설화집 Ⅱ장에서 "길가에서" 한국의 "가정생활을 알 수 없"으며, "귀족들의 훌륭한 벽에 이르는 대문을 통과할 수 있고, 수 많은 안 뜰을 지나갈 수 있는 혜택을 받은 이도 그들의 가정생활을 알기는 어렵다"고 말했다. 왜냐하면 여성들은 그들만의 공간에만 있어서 볼 수가 없고, 서구인들이 접촉할 수 있는 사람들은 남성들로 한정되었기 때문이다.(Allen, p. 20) 이는 양반들의 가정생활을 아는 것에 대한 어려움을 말한 것이다. 『백한선전』(영역본) I 장 1-2의 변용은 양반들의 가정생활을 원본보다 더 세밀하게 제시하려는 알렌의 의도가 잘 반영되어 있다.

"1. 화셜 디명 시절의 남경 ᄯᅡ희(누락) 일위명환이 이스되 셩은 뉴오 명은 틱종이오 별호는 문셩이니 오디츙신 ᄌᆞ손으로 공후작녹이 디디로 ᄭᅳᆫ치지 아니ᄒᆞ고(누락) 뉴공의 위인이 인후공검ᄒᆞᆫ지라

2. 일즉 용문의 올ᄂᆞ 천총이 늉셩ᄒᆞ여 벼술이 니부상셔의 이르되 다만 슬하의 ᄌᆞ식이 업스미 일노 인ᄒᆞ여(누락) 청운을 하직ᄒᆞ고 고향의 도라와 밧갈기와 고기낙기를 일숨더니(②)

3. 일일은 갈건도복으로 쥭장을 집고 (누락)명산풍경을 심방ᄒᆞ려 한가히 나아가니 ᄎᆞ시는 츈삼월 호시졀이라 빅화는 만발ᄒᆞ고 양뉴는 청ᄉᆞ를 드리온 듯 두견은 슬피 울고 슈셩은 잔잔ᄒᆞ미 ᄌᆞ연 ᄉᆞ람의 심회를 돕는지라

4. 즉시 집으로 도라와 부인 진시를 디ᄒᆞ여 탄식 왈

"우리 젹악ᄒᆞᆫ 일이 업스되(①) ᄒᆞᆫ낫 ᄌᆞ식이 업셔 조선향화를 ᄭᅳᆫ케 되니 무슴 면목으로 디하의 도라가 조상을 뵈오리오 유명지간의 죄를 면치 못헐지라……(1면)

1. 유태종은 아주 현명한 관리였고, 매우 좋은 사람이었다.

2. 그는 많은 동료 관리들의 부패 행위를 견딜 수가 없었다.(변용) 공직생활에 실망을 하게 된 그는 관직에서 물러나 고향으로 들어갈 수 있도록 요청했고, 허가를 받았다. **그의 결혼은 다행히도 행복했고, 따라서 그는 그에게 시작될 다소 단조로운 생활에 보다 만족할 수 있었다. 그의 아내는 매우 타고난 사람이었고, 그들은 서로 서로를 깊이 공감했**

었고, 그래서 다른 이들과의 교제를 바랄 것이 없었다.(첨가 1) 하지만 그들에게 과거부터 있어왔고 그들이 결코 포기할 수 없는 한 가지 소망이 있었다. 그들은 자녀가 없었다. 심지어는 딸조차도 그들은 선물 받지 못했다. / 유태종은 그의 농토를 관리하면서(첨가 2), 자식이 없는 문제만 없다면 정말로 행복하고 만족할 수 있을 것이라고 느꼈다. 3. 그는 매력적인 취미생활로 낚시에 몰두했고, 그의 대부분의 시간을 들판에서 새들의 소리를 듣고 즐겼고, 평화롭고 평온히 자연으로부터 지혜를 받았다.(첨가 3) 그러나 만물이 짝을 맺고 아름다운 싹이 트는 계절인 봄이 되자, 그는 또 다시 그의 불행한 상황에 피가 끓어올랐다.

4. 왜냐하면 그는 명망가의 獨子로, 그의 자식 없는 삶으로 대가 끊어질 것처럼 보였기 때문이다. 그는 그의 영혼에게 제사를 지내주고 그의 무덤 앞에 절을 할 이를 남기지 못할 경우에, 그의 조상들이 경험하게 될 것이자, 그가 천국에 가서 그들을 차마 볼 수 없을 것 같은 고통을 알고 있었다. 또 그는 불쌍한 부인과 그들의 처지에 한탄했다. 부인은 그가 특권을 활용하여 또 다른 부인과 결혼함으로써 그들의 수치를 면하자고 간청했다. 그는 완강하게 이를 거절했다. 왜냐하면 그는 또 다른 부인을 맞이함으로 흔히 볼 수 있는 불화를 일으켜, 지금의 화목한 가정을 위태롭게 하고 싶지 않았기 때문이다.(첨가 4-도치)["1. You TAH JUNG was a very wise official, and a remarkably good man. 2. He could ill endure the corrupt practices of many of his associate officials, and becoming dissatisfied with life at court, he sought and obtained permission to(변용) retire from official life and go to the country." His marriage had fortunately been a happy one, hence he was the more content with the somewhat solitary

life he now began to lead. His Wife was peculiarly gifted, and they were in perfect sympathy with each other, so that they longed not for the society of others. They had one desire, however, what was ever before them and that could not be laid aside. They had no children ; not even a daughter had been granted them.

As You Tah Jung superintended the cultivation of his estate, he felt that he would be wholly happy and content were it not for the lack of offspring. 3. He gave himself up to the fascination pastime of fishing, and took great delight in spending the most of his time in the fields listening to the birds and absorbing wisdom, with peace and contentment from nature. As spring brought the matting and budding season, however, he again got to brooding over his unfortunate condition.

4. For as he was the last of an illustrious family, the line seemed like to cease with his childless life. He knew of the displeasure his ancestors would experience, and that he would be unable to face them in paradise ; while he would leave no one to bow before his grave and make offerings to his spirit. Again he bemoaned their condition with his poor wife, who begged him to avail himself of his prerogative and remove their reproach by marrying another wife. This he stoutly refused to do, as he would not risk running his now pleasant home by bringing another wife and the usual discord into it.](Allen, pp. 58-59)

상기 인용문에서, 알렌이 체험한 한국 양반들의 삶이 반영된 변개양상을 정리해보면 다음과 같다. 첫째, 원본에서는 "우리 젹악훈 일이 업스되"(①)로 간략히 제시되는 부부관계에 관해 자세히 설명하는 모습을 보여준다.(첨가1) 둘째, "고향의 도라와 밧갈기와 고기낙기를 일솜더니"(②)와 달리 유태종이 그의 토지경작을 관리하는 것으로 제시된다.(첨가2) 셋째, 자연을 사랑하는 한국인의 모습(첨가3)이 첨가되었다. 넷째, 무자근탄(無子恨歎)과 관련하여 유태종의 고민이 그의 맘속의 언어로 제시된다. 이는 서구인이 양반 댁 남성의 심정을 읽을 수 있게 해준 셈이다. 마지막으로 비록 조은하 부부에 해당되는 내용을 앞으로 옮긴 것이지만, 축첩이 관행적으로 수용되던 당시의 모습, 아이를 얻지 못하는 부인이 남편에게 축첩을 권하는 대목 그리고 그것을 거절하는 유태종의 모습(첨가4)을 그리고 있다.

알렌은 이렇듯 『백학선전』(영역본)을 통해 칠월칠석, 한국인의 사랑, 가정생활과 같은 한국의 문화를 재현하려고 하였다. 또한 알렌이 "화셜 딕명 시졀의 남경 ᄯᅡ희"(1면)로 규정된 <백학선전>의 시공간적 배경과 관련하여 서울(Seoul)을 제외한 난징(南京), 서남 땅 등의 지명에 대한 번역을 생략한 모습을 주목해야 한다. 그 이유는 이야기의 배경을 중국이 아닌 당시 한국으로 선정하려고 한 측면과 긴밀히 관련된다. 사실 쿠랑의 『한국서지』를 보면 <백학선전>은 중국인을 주인공으로 한 국문소설로 분류된다.[33] 그렇지만 알렌은 이 소설 속에서 재현되는 것을 그의 한국설화집 Ⅰ-Ⅱ장에서 제시한 한국,

33 양반들의 가정생활에 주목하고, 중국이란 소설적 시공간을 한국으로 변형한 모습은 알렌의 <심청전>영역본에도 동일하다(이상현,「묻혀진 <심청전>정전화의 계보」,『고소설연구』 32, 한국고소설학회, 2011).

서울이라는 시공간으로 제한하고 한국인의 삶으로 읽었음을 의미한다. 그 지향점이 잘 반영된 부분은 <백학선전>의 마지막 대목, 논공행상(論功行賞)이 돌아가는 장면에 대한 변용이다. <백학선전> 원본에서 유백로는 연왕으로 그의 부친은 태상왕으로 봉해진다.(47면) 하지만 이러한 설정은 소설적 시공간이 중국이기에 가능한 부분이다. 영역본에서는 유백로는 지방관으로 부친은 본래 직위를 회복시켜주는 것으로 번역된다.[34] 게다가 알렌은 한국인의 생활을 잘 보여주기 위해 원전에 없는 내용을 첨가하기도 했다. 원본에는 없는 남장을 한 조은하에 대한 묘사를 다음과 같이 첨가한 부분이 그것이다.

> 이 생각이 좋은 것 같아 그렇게 하기로 했다. 그들은 미혼 남자들처럼 머리를 등 뒤로 늘어뜨려 길게 땋고 남자 옷을 입고 별탈 없이 눈에 띄지 않고 길을 갔다.[The idea seemed a good one, and it was adopted. They allowed their hair to fall down the back in a long braid, after the fashion of the unmarried men, and, putting on men's clothes, they had no trouble in passing unnoticed along the road.](Allen, p. 74)

알렌이 묘사한 미혼 남성의 모습은 한국인 남성의 모습이었다. "소년이 약혼하게 되면 더 이상 처녀들처럼 등 뒤에 길게 늘어뜨릴

34 유백로는 어떤 지방의 지사로 임명되었고 그 아버지는 복직되었는데[You Pang Noo was appointed governor of a province, and the father was reinstated in office, …](Allen, p. 87).

필요가 없다. 외국인으로서는 미혼 남녀들이 이렇게 머리를 길게 늘어뜨리면 남자인지 여자인지 구별하기 힘들다."[35]란 진술이 보인다. 이는 상기 알렌의 묘사와 사실 동일한 것이다. 그것은 알렌이 남장한 조은하를 통해 댕기머리를 한 소년의 형상을 발견했다는 점을 의미한다.

즉, 알렌의 영역본은 일종의 문화의 번역이었으며, 알렌은 반-미개인(semi-savage people)이라고 잘못 인식되던 당시의 한국(인)을 변호하고자 노력했다. 알렌의 서문이 잘 말해주듯, 개항이후 한국을 지나가는 외국인들의 단편적인 소감에 폄하되는 한국의 형상을 바로잡으려고 했다. 알렌은 설화이자 구전물이라는 지평에서 고소설을 번역했으며, 그가 체험했던 한국문화의 지평에서 변개를 수행했다. 이러한 알렌의 번역물들은 적어도 동시기 쿠랑의 번역지평에는 부합되는 것이었다. 왜냐하면 서구 독자의 취향과 시장을 염두에 둔 홍종우, 로니의 불역본과 달리, 알렌의 텍스트 변용과 그 지향점은 어디까지나 진실하며 진정한 한국의 모습을, 서구에 알리는 것에 있었기 때문이다.

---

35 H. N. Allen, 신복룡 옮김, 앞의 책, 127면.

묻혀진
한국문학사의 사각(死角)

제3장

19세기 말 고소설 유통의 전환과 '민족지'로서의 고소설

모리스 쿠랑의 『한국서지』와 한국 고소설의 문화생태

모리스 쿠랑(Maurice Courant, 1865-1935)

CHAPITRE III

ROMANS.

전셜류　　でんせつるい　　傳說類

1ère PARTIE

ROMANS CHINOIS.

Parmi les romans énumérés ci-dessous, il en est un certain nombre que je n'ai pas vus et sur lesquels je n'ai pu me procurer aucun renseignement ; les titres m'en ont été fournis par divers Coréens et par les catalogues de plusieurs cabinets de lecture de Seoul. Les titres des romans sont toujours rédigés en chinois, mais souvent on se borne à mettre la transcription des caractères, faite à l'aide des lettres coréennes selon la prononciation usuelle, qui est variable et incorrecte ; de pareils titres sont très difficiles à comprendre, même pour les Coréens : lorsque le cas s'est présenté, je me suis efforcé de trouver un sens plausible, mais j'ai eu soin de marquer ce qu'il a de douteux par un point d'interrogation ; j'ai aussi scrupuleusement respecté l'orthographe des transcriptions, jusque dans ses inexactitudes, en ajoutant seulement la transcription correcte entre parenthèses.

(전셜류)　　(でんせつるい)　　(傳說類)

『한국서지』 소재 고소설 항목 첫 면

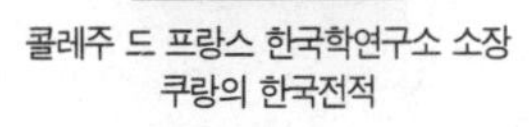

콜레주 드 프랑스 한국학연구소 소장 쿠랑의 한국전적

제3장에서는 모리스 쿠랑(Maurice Courant, 1865-1935)의 『한국서지』(1894-1896, 1901)에 수록된 고소설 관련 기술을 주목해보고자 한다.[1] 다니엘 부셰(Daniel Bouchez)가 남긴 쿠랑의 전기는 3장의 주제와 관련해서도 좋은 시사점을 제공해 준다.[2] 부셰는 쿠랑의 명저, 『한국서지』의 공과를 매우 엄정하게 비평해 주었기 때문이다. 부셰는 먼저 『한국서지』가 지닌 자료적 한계를 명확히 지적했다. "목판대장(木板臺帳)의 누락, 「예문고(藝文考)」가 없는 『동국문헌비고(東國文獻備考)』의 참조, 규장각도서목록의 미비"로 말미암아, 『한국서지』는 체계적이며 균형 잡힌 한국의 한적 일람을 제공하지는 못했다. 또한 "당대 자국의 모든 지식을 총망라한 중국의 유서와 같은 일반 개요서" 중에서 노론편향적인 김창집(金昌集, 1648-1722)의 「후자경편(後自警編)」만을 참조했고, 17세기 이후 서적의 저자들을 주로 그가 체류하던 시기 구전을 통해서 작성할 수밖에 없었기에,『해동역사(海東歷史)』와 『해동문헌총람(海東文獻總錄)』을 참조하지 못한 한계점을 지니고 있었다.

그럼에도 불구하고 『한국서지』의 학술적 가치는 현재에도 여전히 유효한 것이다. 부셰의 적확(的確)한 평가처럼, 오히려 그러한 자료적 여건이 충족되었다면 남길 수 없었던 쿠랑의 족적이 『한국서지』에 담겨져 있기 때문이다. 즉, 수많은 상점, 세책가(貰冊家), 사찰

---

1 M. Courant, 이희재 옮김, 『한국서지』, 일조각, 1997[1994](*Bibliographie Coréenne*, 3tomes, 1894-1896, *Supplément*, 1901).

2 D. Bouchez, 전수연 옮김, 「한국학의 선구자 모리스 꾸랑」(上), 『동방학지』 51, 연세대학교 국학연구원, 1986. 163-166면.

의 창고를 뒤져 당시 한국의 유가 지식층이 주목하지 못했던 수많은 도서들 예컨대, 불교서적, 이단서적, 한글로 쓴 민중문학 등을 찾아내어 해설을 덧붙였던 점, 그리고 당시 구전만으로 전하던 서적의 정보를 기록한 점들은 『한국서지』가 지닌 큰 미덕이다. 『한국서지』에 남겨진 19세기 말 한국의 출판문화에 관한 생생한 증언과 한국인의 구전으로 전하던 서적의 정보는 쿠랑이 참조하지 못한 자료 못지않은 큰 가치를 지니고 있는 셈이기 때문이다. 예컨대, 서울의 상점들에서 한국의 서적이 판매되는 다음과 같은 현장의 묘사는 쿠랑이 『한국서지』에 남겨 놓은 백미이자 오늘날 우리에게는 더없이 소중한 흔적이다.

> 서울이나 시골의 꼬불꼬불하고 더러운 골목길과 먼지 나는 장터들에는 조잡한 차일로 햇빛만을 피한 채 노천에 작은 상품진열대들이 놓여 있고 그 옆에는 등 위로 길게 머리를 땋아 내린 젊은이가 생삼베 옷을 입고 쭈그리고 앉아 있는 것을 볼 수 있다. 그는 동곳과 비녀, 망건, 손거울, 담배쌈지와 담배, 일반적인 담뱃대, 각종 궤짝, 일본 성냥, 붓, 먹, 종이 그리고 책들을 팔고 있다…(중략)…거의 모든 이 같은 통속적인 책들은 한글로 되어 있으며 가격은 저렴하여 10文에 이르는 것이 거의 없다. 한국 도착에서 부터 외국인들이 보는 책들이 이런 것들이고 수도에서나 마찬가지로 지방에서도 길모퉁이 어디에서건 마주치는 것들이다…(중략)…책을 볼 수 있는 것은…(중략)…많은 貰冊家들이 있어 특히 소설이나 노래 같은 일반 책들을 소지하고 있는 데 거의 한글판 印本이나 寫本이다. 이곳에 있는 책들은 보다 잘 간수되었고 책방에서 파는 것들보다 양질의 종

> 이에 인쇄되었다. 주인은 이들 책을 10분의 1, 2文의 저렴한 가격으로 빌려주며 흔히 돈이나 물건으로 담보를 요구하는 데 예를 들면 돈 몇 兩, 운반하기 쉬운 화로나 솥 등을 들 수 있다. 이런 종류의 장사가 서울에 예전에는 많았으나 점점 희귀해진다고 몇 몇 한국 사람들이 알려 주었다.[3]

상기 인용문은 쿠랑이 접했던 당시 한국고소설의 출판문화를 말해주는 매우 귀중한 증언이다. 이 진술은 19세기 말 고소설의 유통 현황을 생생하게 전해주는 중요한 사료적 가치를 지니고 있기 때문이다.[4] 또한 이러한 쿠랑의 증언은 당시에도 한국의 고소설을 재조명하게 한 중요한 계기였으며, 오늘날에도 고소설 연구의 초석으로서 자리한다. 쿠랑의 이러한 실천—새로운 가치를 지닌 서적들에 대한 재조명은 여전히 학술적으로 그 타당성과 정당성을 보장받고 있다. 이 점에서 부셰가 지적한 쿠랑의 미덕은 여전히 유효한 것이다. 하지만 한국의 책을 세계에 알린 선구자, 당시 한국의 출판문화를 증언해주는 쿠랑의 업적 그 자체에는 여전히 깊이 곱씹어 볼만한 지점들이 남아있다.

특히, 이 책의 3장에서는 무엇보다 쿠랑(서구인)과 한국 고소설 텍스트의 접촉이라는 역사적 사건이 지닌 의미를 주목해보고자 한다. 이 사건은 고소설의 유통을 과거와는 다른 차원으로 전환시켜준 계

---

3 M. Courant, 이희재 옮김, 앞의 책, 1-4면.

4 19세기 말-20세기 초 서구인의 저술 속 한국출판문화의 모습에 관해서는 마이클 김, 「서양인들이 본 조선후기와 일제초기 출판문화의 모습: 대중소설의 수용과 유통문제를 중심으로」, 『열상고전연구』 19, 열상고전연구회, 2004를 참조.

기이기 때문이다. 고소설은 빅토르 콜랭 드 플랑시(Collin de Plancy, 1853-1922) 등과 같은 서양인 장서가에 의해 한국이라는 제한된 장소를 벗어나, 제국의 문서고 속에 재배치된다. 이 속에서 한국의 고소설은 19세기 말 한국의 출판문화, 한국인 독자가 향유한 제한된 시공간에서만 유통되던 텍스트가 아니라, 일종의 혼종성을 지닌 텍스트로 변모된다. 서구문화와는 다른 이문화의 산물이자 번역되어야 할 외국문학 작품이며, 한국 민족을 알기 위해 살펴 볼 중요한 연구대상이기 때문이다.

요컨대, 고소설이 만국의 교통로에서 한국을 알기위해 살펴보아야 할 중요한 지식의 대상으로 유통되는 모습 즉, 이렇듯 과거와는 다른 새로운 양상을 주목할 필요가 있다. 이러한 19세기 말 고소설 유통양상의 변화는 한국의 고전세계를 질서화하는 방식과 관점을 변모시켰기 때문이다. 일례로, 트롤롭(Mark Napier Trollope, 1862-1930) 성공회주교는 쿠랑의 묘사로 인해 서구인들이 한국에서 한문고전보다 고소설과 같은 서적들이 더욱 중요한 책이라고 오해하게 되었음을 지적한 바 있다.[5] 트롤롭의 이러한 지적은 물론 매우 타당한 것이었다. 하지만 3장의 초점은 트롤롭의 논문과 같이, 쿠랑이 불러일으킨 오해 그 자체를 시정하는 것에 있지 않다. 오히려 쿠랑의 개입으로 인해 변모된 한국고소설의 위상, 나아가 쿠랑의 개입 그 자체를 심층적으로 조망해 보고자 한다. 범박하게 말한다면, 3장에서의

5 B. Trollope, "Corean Books and Their Authors,"*The Transactions of the Korea Branch of the Royal Asiatic Society* 21, 1932, pp. 11-12.

고찰은 쿠랑을 우리와 상관없는 외국인이 아니라 한 사람의 연구자로서 재조명해 보는 것이다. 굳이 방법론을 말하자면, 『한국서지』 속 고소설 관련 기술부분을 중심으로, 그가 한국의 고소설을 어떻게 읽었으며, 또한 어떠한 논문을 참조했는지를 실증적으로 고찰해 보는 것이다.[6]

이러한 실증적 고찰을 통해 쿠랑이 19세기 말 한국의 고소설을 통해 근대 지식을 생산했던 그 수행적인 맥락을 복원해보는 것이 3장의 목표이다. 특히, 그의 저술이 외국인의 참조논저가 완전히 전무(全無)한 상태에서 돌출된 것이 아니었던 현실을 주목하고자 한다. 외국인들의 학술장에서 이미 한국에 관한 지식이 유통되고 있었다. 이는 한국이 아닌 재외(在外)의 공간에서 외국어로 한국이 논해지고 있던 현장, 쿠랑이 공유했던 일종의 학술 네트워크를 의미한다. 이를 검토한다는 것은 거시적으로 본다면 근대 한국학의 기원을 살피는 작업이다. 한국인의 한국어로 된 학술 이전에 존재했던 서구인 한국학이라는 거시적 문맥 속에서 쿠랑의 『한국서지』가 지닌 의미를 재독해보고자 하는 시도이기 때문이다.

---

6 쿠랑이 당시 서양인 한국학에 관한 연구사적 검토를 수행한 논문을 보면 이러한 사실을 충분히 살펴볼 수 있다(M. Courant, P. Grotte·조은미 옮김, 「조선 및 일본 연구에 대한 고찰」, 『프랑스 문헌학자 모리스 쿠랑이 본 한국의 역사와 문화』, 살림, 2010("Notes sur les études Coréenes et japonaises," *Extrait des actes du congré des orientalistes*, 1899).

1. 한국고소설 문헌의 집성과 '문학텍스트'로서의 고소설

(1) 한국 고소설의 전체상과 서양인의 중국학 논저

『한국서지』의 고소설 관련 기술은 크게 두 가지 층위에서 살펴볼 수 있다. 첫째, 한국 문헌 전반을 소개한 총론에 해당되는 『한국서지』의 「서론」이다. 고소설 전반에 대한 쿠랑의 비평은 「서론」 VI장에 집약되어 있다. 하지만 「서론」 전반에 산재되어있는 부분들을 함께 고려할 필요가 있다. 쿠랑이 「서론」에서 '언문'서적의 인쇄형태, 언문의 연원과 역사, 대중문학(통속문학)과 관련하여 한국의 고소설을 항시 함께 거론했기 때문이다. 둘째, 총 196항목의 고소설 작품들이 정리된 각론, 서지조사의 구체적 실상을 살필 수 있는 『한국서지』 4부 3장[文墨部(Littérature), 傳說類(Romans)]에 수록된 고소설 작품에 관한 해제이다. 이후 양자를 편의상 「서론」과 「고소설 목록」으로 구분하여 본문에서 제시하도록 한다. 또한 쿠랑의 탐구과정을 귀납적으로 살펴보기 위해서, 후자를 중심으로 삼고 전자를 병행하는 방향으로 논의를 전개해 볼 필요가 있다. 먼저, 「고소설 목록」의 도입부분을 펼쳐보면, 쿠랑은 그 조사범위와 작업방식을 다음과 같이 간략히 소개했다.

> "이 아래 열거한 소설들 중 얼마만큼은 내가 본 적이 없는 책들이어서 그것들에 대해서는 어떤 정보도 입수할 수 없었다. 그 제목들은 여러 조선 사람들과 서울의 몇 몇 열람실의 목록에서 얻은 것들이다. 책 제목들은 항상 漢字로 편찬되었으나 때로 다양하고 정확치 않은 평상적 발음에 따라

한글로 轉寫해 놓았다. 비슷한 제목들은 한국인들조차 이해하기 어려운 것들이다. 그런 경우 이해될 만한 의미를 찾기 위해 노력했으나 그래도 의심이 갈만한 것은 물음표(?)로 표시해 놓았다. 나는 부정확할 때라도 옳은 轉寫를 괄호 안에 첨부시키면서, 轉寫의 철자법을 세밀하게 준수했다."[7]

쿠랑의 조사대상 자료 중에는 실제 도서 이외에도 목록 자료들이 추가적으로 존재했음을 알 수 있다. 쿠랑이 제시한 개별 작품의 해제는 ① 작품 제명만을 제시한 경우 ② 제명과 기본적인 서지사항을 제시한 경우, ③ 제명, 서지사항과 작품의 줄거리가 병기된 경우로 나누어 볼 수 있다. 「고소설 목록」에서 830-945항목이 ①에 해당된다. 여기에는 소장처의 정보가 표시되어 있지 않아, 이는 쿠랑이 작품의 실물을 검토했다기보다는 목록 자체를 그대로 전사(轉寫)했고 한글로 기록된 제명에 해당 한자를 유추하여 옮겨 놓은 것이라고 판단해도 좋을 것 같다.[8] 즉, 그가 실물을 확인할 수 있었던 고소설, 당대 유통되던 고소설은 ②와 ③이었을 것이다. 특히 구체적인 내용이 언급된 줄거리 요약이 포함된 ③을 쿠랑이 직접 읽고 엄선한 대표적인 한국 고소설 작품들로 상정할 수 있다. ③에 해당되는 고소설 작품들을 쿠랑이 제시한 소장처를 기준으로 정리해보면 아래와 같다.

---

7 M. Courant, 이희재 옮김, 앞의 책, 262면.

8 그가 얼마나 정확한 한자를 제명에 붙여는지 그 여부는 본고가 아닌 별도의 논고로 다루도록 하겠다. 즉, 이 글에서는 쿠랑이 부여한 제명의 오식을 그대로 표시하는 방향으로 제시할 것이다. 다만 편의상 도표 속에서는 한글표기를 본문 중에는 쿠랑이 부여한 한문제명을 병기하도록 한다.

소장처 (쿠랑의 소장처 약호)	작품명(일련번호, 개인 소장처 약호)
규장각(B.R)	삼국지(756), 서유긔(760, Coll. V.d. Gabelentz)
파리 동양어학교 (L.O.V.)	슈호지(766, .Coll. v.d. Gabelentz), 구운몽(770), 사씨남정긔(772), 양풍젼(781, Coll. V.d. Gabelentz), 졔마무젼(783, Coll. V.d. Gabelentz), 당틱죵젼(786, Coll. V.d. Gabelentz), 셜인귀젼(787, Coll. V.d. Gabelentz), 곽분양젼(788, Coll. V.d. Gabelentz), 옥쥬호연(790, Coll. V.d. Gabelentz), 금향뎡긔(791 Coll. V.d. Gabelentz), 진딗방젼(790, Coll. V.d. Gabelentz), 슉향젼(793, Coll. V.d. Gabelentz), 쟝풍운젼(794, Coll. V.d. Gabelentz), 당경젼(795, Coll. V.d. Gabelentz), 현슈문젼(798, Coll. V.d. Gabelentz),장한졀효긔(790, Coll. V.d. Gabelentz), 황운젼(800, Coll. V.d. Gabelentz), 됴웅젼(801, Coll. V.d. Gabelentz), 금방울젼(804, Coll. V.d. Gabelentz), 월봉긔(805, Coll. V.d. Gabelentz), 양산빅젼(806, Coll. V.d. Gabelentz), 빅학션젼(807, Coll. V.d. Gabelentz), 김홍젼(808), 심쳥젼(809, Coll. V.d. Gabelentz), 김원젼(810, Coll. V.d. Gabelentz), 쇼딗셩젼(811, Coll. V.d. Gabelentz), 징세비터록(812, Coll. V.d. Gabelentz), 임진록(814, Coll. V.d. Gabelentz), 남쟝군젼(815), 츈향젼(816, Coll. V.d. Gabelentz), 신미녹(818, Coll. V.d. Gabelentz), 쟝화홍년젼(819, Coll. V.d. Gabelentz), 흥부젼(820, Coll. V.d. Gabelentz), 홍길동젼(821 Coll. V.d. Gabelentz), 젹셩의젼(822, Coll. V.d. Gabelentz), 슉영낭ᄌ젼(823, Coll. V.d. Gabelentz),남졍팔난긔(824, , Coll. V.d. Gabelentz), 삼셜긔(825, Coll. V.d. Gabelentz)
대영박물관 (Brit. M.)	삼국지(756), 구운몽(770), 양풍젼(781, Coll. V.d. Gabelentz), 옥환긔봉(782), 졔마무젼(783, Coll. V.d. Gabelentz), 진딗방젼(790, Coll. V.d. Gabelentz), 쟝풍운젼(794, Coll. V.d. Gabelentz), 당경젼(795, Coll. V.d. Gabelentz), 됴웅젼(801, Coll. Varat), 빅학션젼(807, Coll. V.d. Gabelentz), 심쳥젼(809, Coll. V.d. Gabelentz), 임진록(814, Coll. V.d. Gabelentz), 남쟝군젼(815), 흥부젼(820, Coll. V.d. Gabelentz), 홍길동젼(821 Coll. V.d. Gabelentz) , 남졍팔난긔(824,Coll. V.d. Gabelentz), 삼셜긔(825, Coll. V.d. Gabelentz)

그가 제시한 고소설 작품들 대부분의 소장처는 프랑스 파리 동양어학교였다. 『한국서지』의 「서론」에 따르면, 이 자료들은 파리로 보내지기 이전 이미 서울에서 그가 조사한 자료였다. 쿠랑이 플랑시에게 보낸 서한(1891.10.10., 서울)을 보면, 그는 11월경 동양어학교로 플랑시 장서를 송부할 예정이었다. 또한 1891년 7월부터 보낸 서한을

보았을 때, 고소설을 검토했다는 기록이 없으며, 8월경 플랑시의 수집도서 전반에 관한 검토가 완료된 사실을 보고했다.[9] 이러한 정황을 감안해본다면, 한국고소설 전반에 관한 도서수집과 검토 그리고 이에 대한 해제 집필은 훨씬 더 이른 시기에 마무리되었음을 짐작해 볼 수 있다.

물론 상기 도표가 잘 보여주듯, 쿠랑의 조사대상은 동양어학교에 소장되게 될 고소설 작품만이 아니었다. 예컨대, 그가 감사의 인사를 전한 서양인 장서가, 폰 더 가벨렌츠(G. von der Gabeletz)의 장서목록을 말할 수 있을 것이다. 또한 1892년 10월 중국을 떠나 본국으로 귀국한 후, 직접 조사했던 영국 런던 대영박물관에 소장중이던 자료도 포함된다. 그렇지만 판본의 차이를 생각하지 않고 1작품(『옥환긔봉』)을 제외해보면, 모두 동양어학교에 송부된 것들이었다. 즉, 이러한 점을 감안해본다면, 고소설 서적 전반에 관한 조사 및 검토는 한국 혹은 프랑스에서 모두 마무리된 것이라고 판단할 수 있다.[10]

쿠랑은 상기의 고소설 작품들을 4가지 유형으로 분류하여 제시했다. 그는 고소설 자체에 관한 서지사항뿐만 아니라 그가 참조한 외국인의 한국고소설 번역본, 문학논저를 함께 표시했는데, 이를 정리해보면 다음과 같다.[11]

---

9 부산대학교 인문학연구소·점필재연구소, 콜레주 드 프랑스 한국학연구소 엮음, 『『콜랭 드 플랑시 문서철』에 새겨진 젊은 한국학자의 영혼: 모리스 쿠랑 평전과 서한자료집』, 소명출판, 2017, 210-232면.

10 M. Courant, 이희재 옮김, 앞의 책, 4-5면 ; 이혜은·이희재, 「꼴레쥬 드 프랑스 소장 한국 고서의 현황과 활용방안」, 『한국문헌정보학회지』45(4), 한국문헌정보학회, 2011를 참조.

유형		줄거리 수록 작품명(일련번호)	참조 서구인 저술
1	중국소설	삼국지(755), 서유긔(760), 수호지(766)	Mayers(1874) : 755 Wylie(1864) : 755, 760, 766
2	한국인이 지은 한자소설	구운몽(770), 사씨남정긔(772)	
3	중국인을 다룬 한글소설	양풍젼(781), 옥환긔봉(782), 제마무젼(783), 당틱죵젼(786), 셜인귀젼(787), 곽분양젼(788), 옥쥬호연(790), 금향뎡긔(791), 진디방젼(792), 숙향젼(793), 쟝풍운젼(794), 댱경젼(795), 현슈문젼(798), 장한절효기(799), 황운젼(800), 됴웅젼(801), 금방울젼(804), 월봉긔(805), 양산빅젼(806), 빅학션젼(807), 김홍젼(808), 심청젼(809), 김원젼(810), 쇼디셩젼(811), 징세비틱록(812)	Mayers(1874) : 787, 788 Allen(1889) : 807, 809 Aston(1890) : 793
4	한국인을 다룬 한글소설	임진녹(814), 남쟝군젼(815), 츈향젼(816), 신미녹(818), 쟝화홍년젼(819), 홍부젼(820), 홍길동젼(821), 젹셩의젼(822), 숙영낭즈젼(823), 남정팔난긔(824), 삼셜긔(825)	Allen(1889) : 816, 820, 821 Aston(1890) : 814, 819 Ross(1879) : 815 Rosny(1892) : 816

쿠랑은 여기서 1유형이 중국의 소설이라는 사실을 알고 있었음에도, 「고소설 목록」에 포함했다. 그 이유는 이 작품들이 한국에서 출판된 책이었기 때문이다. 그의 「서론」을 보면, 중국책과 구분되는

11 해당 저술의 서지사항을 먼저 펼쳐보면 아래와 같다. A. Wylie, *Notes on Chinese literature*, Shanghai: American Presbyterian Mission Press ; London: Trübner & Co. 60, Peternoster Row 1867 ; W. F. Mayers. *The Chinese reader's manual*, Shanghai, 1874. ; H. N. Allen, *Korean tales*, Londres, 1889 ; W. G. Aston, "On Corean popular literature," *Transactions of the Asiatic Society of Japan* XVIII, 1890 ; Hong Jong-U·J. H. Rosny, *Printemps parfumé*, Paris, 1892 ; 더불어 도표에서 이 서양인들의 저술은 '저자(발행년)'으로 표기하며, 이 논저를 참조한 쿠랑의 해당 문헌서지는 『한국서지』의 항목번호(일련번호)만을 기재하기로 한다.

한국에서 출판된 서적의 물리적인 특징을 그는 분명히 인식하고 있었다.[12] 하지만 더 큰 이유는 다른 곳에 있었다. 무엇보다도 작품 속의 언어가 '언문'이었던 점 때문이었다. 이 점은 2유형 중에서 『구운몽(九雲夢)』(770, 771), 『사씨남정기(謝氏南征記)』(772, 773)에도 해당된다. 이 두 작품을 포함하여 2유형에 집성된 작품들(『금강사몽유록(金剛砂夢遊錄)』(776, 777), 『소대성전(蘇大成傳)』(778, 811))은 대다수가 한문본과 한글본을 함께 지니고 있는 작품들이었다. 따라서 한문본만이 제시된 『증보옥린몽(增補玉麟夢)』(774)의 경우에도, 쿠랑은 그 선행본을 한글본으로 생각할 정도였다. 사실 2유형의 제명에 부합된 작품 즉, 엄격한 의미에서의 한국 한문소설은 『청구야담(青邱野談)』(775), 『해동이언(海東異諺)』(779)뿐이다.

「고소설 목록」 1-4유형에 있어서 그 구분의 기준을 정리해보면 첫째, 중국소설(1유형)과 한국소설(2-4유형), 둘째, 한문(2유형)과 한글(1유형, 3-4유형), 마지막으로 등장인물의 국적이 중국(3유형), 한국(4유형)이다. 가장 핵심적인 변별의 기준은 '중국적인 것'과 '한국적인 것', '한문'과 '언문'이라는 구분점이다. 사실 2유형을 제외한 대다수의 작품이 언문이었던 점을 감안한다면, 쿠랑에게 표기문자에 의한 구분은 사실 큰 의미는 없었다. 이는 쿠랑이 중국소설과 한국소설, 중국인과 한국인이라는 등장인물을 구분할 수 있었던 실질적인 근거가 아니기 때문이다. 쿠랑이 이를 구분할 수 있었던 이유는 그가 중국문학, 중국의 인명, 지명, 역사를 사전에 미리 알고 있었기 때

12 M. Courant, 이희재 옮김, 앞의 책, 1-4면, 10-21면.

문이다. 쿠랑이 서구어로 접촉할 수 있었던 중국학과 관련된 선행연구는 의당 한국학보다는 훨씬 풍성할 수밖에 없었다. 이 점을 잘 반영하듯, 서구인 중국학 연구의 토대, 중국문헌에 대한 이해가 쿠랑의 유형화 양상에 분명히 개입되어 있다. 쿠랑은 자신이 참조한 중국문학관련 논저들을 명시해 놓았기 때문이다.

1유형(중국소설)에 해당되는 전체작품 중에서 『춘추열국지(春秋列國誌)』(751, 752), 『삼국지(三國志)』(755, 756), 『서유기(西遊記)』(760), 『수호지(水湖志)』(766, 767), 『홍루몽(紅樓夢)』(769)과 같은 중국의 유명작품들과 관련하여, 쿠랑은 와일리(Alexander Wylie, 1815-1887)의 저술 Ⅲ장(Philosophers) 12항(Essayists)의 소설(Fiction) 관련 기술부분을 참조했다. 이곳에 소개된 작품을 모두 정리해보면, 『삼국지연의(三國志演義)』, 『서유기(西遊記)』, 『금병매(金瓶梅)』, 『수호전(水滸傳)』, 『동주열국지(東周列國志)』, 『홍루몽(紅樓夢)』, 『서양기(西洋記)』, 『봉신연의(封神演義)』, 『설악전전(說岳全傳)』,『정덕황유강남전(正德皇遊江南傳)』, 『쌍봉기록(雙鳳奇錄)』,『호구전(好逑傳)』, 『옥교리(玉嬌梨)』, 『평산냉연(平山冷燕)』이다.[13] 쿠랑은 이 작품들이 중국의 소설이라는 사실을 이미 알고 있었고, 이에 따라 그가 조사한 '언문'으로 된 고소설 중 중국소설을 일정량 선별할 수 있었던 셈이다.

---

13 A. Wylie, op. cit., pp. 161-163. Ⅲ장(Philosophers) 12항(Essayists)의 소설(Fiction)은 經史子集의 분류 중 "子部 小說家"항목을 번역한 것이다. 더불어 중국의 사대기서에 대해서는 H. Cordier, *Bibliotheca Sinica, dictionnaire bibliographique des ouvrages relatifs à l'Empire Chinois* ; 2 vol. in-8, Paris, 1881-1885 ; *Supplément du même ouvrage* ; 2 fascicules, 1893. Essai d'une bibliographie des ouvrages publiés en Chine par les Européens au XVIIe et au XVIIIe siècles ; 1 vol. in-8, Paris, 1883를 참조했음을 쿠랑은 추가적으로 밝혔다.

1유형 중 쿠랑이 중국문학논저를 참조한 표시가 없는 작품도 물론 존재한다. 이를 정리해보면 "『서주연의(西周演義)』(750), 『서한연의(西漢演義)』(753), 『동한연의(東漢演義)』(754), 『수당연의(隋唐演義)』(759), 『당진연의(唐秦演義)』(762), 『북송연의(北宋演義)』(763), 『범문정공충렬록(范文正公忠烈錄)』(764),『남송연의(南宋演義)』(765), 『전등신화(前燈新話)』(768)"이다. 「서론」에서 쿠랑이 술회했듯이, 그에게는 한국의 저자, 인명, 지명에 관한 정보보다 중국의 역사문물을 추정하는 데 도움을 줄 선행연구들이 더욱 많았다. 즉, 쿠랑은 중국의 왕조명, 지명, 저자명, 인명에 의거해서 상기 작품들을 첫 번째 유형으로 상정할 수 있었을 것이다.[14] 이렇듯 쿠랑의 중국의 역사문물에 관한 지식은 3유형과 4유형의 구분과도 관계된다. 소설에서 시공간적 배경으로 제시된 왕조와 지명, 등장인물의 인명을 바탕으로 국적을 파악하는 데에도 이러한 지식이 필요하기 때문이다. 또한 쿠랑은 「서론」에서, 중국이 소설적 시공간으로 제시된 작품들 중에는 "역사상 알려진 사건을 담고 있는 것"도 있으며 또한 온전히 작가의 "상상력에 의한 작품"도 있음을 언급했다.[15] 쿠랑의 이러한 구분에는 중국의 실제 역사에 관한 지식이 일정량 전제되었던 셈이다.

이와 관련하여 쿠랑은 중국 베이징에서 통역관을 역임한 메이어

14 M. Courant, 이희재 역, 앞의 책, 8면. ; 쿠랑은 중국의 지명과 관련한 서구인의 논의는 G. M. H. Playfair, *The Cities and Towns of China, a geographical dictionary*, HongKong: Kelly & Walsh, 1879를 참조했다고 말했다.

15 위의 책, 70면. 물론 이러한 그의 구분이 별도의 유형화 항목을 만들 정도까지는 아니었다. 또한 소설 속 비현실적인 면모들을 기준으로 역사와 허구를 그가 판단할 수 있었던 사정도 감안해볼 필요가 있다.

스(William Frederic Mayers, 1831-1878)의 저술을 참조했다. 이 저술은 중국문학연구를 위한 일종의 참고사전이라고 볼 수 있다. 1부는 중국의 고유명사(인명사전), 2부는 수(數)와 관련된 표현들, 3부는 역대왕조표로 구성되어 있다. 쿠랑은 1유형 중에서는 『삼국지(三國志)』(755), 『안록산전(安祿山傳)』(761), 『울지경덕전(蔚遲敬德傳)』(757, 758)에 관해서, 3유형 중에서는 『월왕전(越王傳)』(780), 『옥인기(玉人記)』(784), 『위왕별전(魏王別傳)』(785), 『설인귀전(薛仁貴傳)』(787), 『곽분양전(郭汾陽傳)』(788),『구공청행록(寇公淸行錄)』(796)에 관해서 이 저술을 참조했음을 밝혔다. 쿠랑의 참조양상을 구체적으로 보기 위해, 3유형 중에서 쿠랑이 별도의 서지정보를 제시하지 않은 세 작품을 예시로 살펴보자.

	쿠랑의 설명과 참조표시	Mayers 저술의 참조양상과 쿠랑의 추론근거
『越王傳』(780)	이 소설은 아마도 B.C. 496년에 즉위한 越王의 이야기를 다룬 勾踐의 傳記인 듯. Cf) Mayers, Ⅰ, 276.	Mayers, op. cit.,pp.93-94 Ⅰ부 276항목(Kow TSIEN 勾踐) 참조 - 쿠랑은 제목 속의 越王을 통해 勾踐의 전기일 것으로 추론한 것으로 보인다.
『玉人記』(784)	이 소설은 劉備의 부인인 甘夫人을 암시하는 듯하다. Cf) Mayers, Ⅰ, 415.	Mayers, op. cit.,pp. 143-144 Ⅰ부 415항목(LIU PEI 劉備) - 쿠랑의 추론적 진술은 당시 한국인의 구전에 의거한 진술일 가능성이 있음.
『魏王別傳』(785)	이 소설은 B. C. 220년에 사망한 魏王朝의 설립자인 子가 孟德인 曹操의 이야기인 듯하다. Cf) Mayers, Ⅰ, 768	Mayers, op. cit.,pp. 248-249 Ⅰ부 768항목(TS'AO TS'AO 曹操) - 쿠랑은 제목 속의 魏王을 통해 曹操의 이야기로 추론한 듯 하다.

쿠랑은 메이어즈 저술의 1부, 즉 중국발음과 해당 한자를 병기하며 알파벳순으로 정리한 중국인 인명사전을 참조했다. 실제로 쿠랑

이 읽은 것으로 판별할 수 없는 작품들의 경우(『안록산전』(761), 『울지경덕전』(757, 758))와 또한 줄거리 요약이 함께 제시되어 있어 쿠랑이 읽은 작품으로 여겨지는 작품들의 경우(『설인귀전』(787), 『곽분양전』(788),『구공청행록』(796))에도, 이러한 인물정보에 대한 참조양상은 동일하다. 즉, 중국소설 작품을 간략히 소개한 와일리의 저술과 중국역사 속 인명사전이라고 할 수 있는 메이어즈의 저술은 쿠랑의 고소설 유형화에 있어 매우 큰 역할을 담당한 셈이다. 유형화의 가장 큰 기준인 '중국적인 것'과 '한국적인 것'의 구분에는 외국인의 중국문학 논저가 개입되어 있었던 것이다.

이렇듯 서구인의 중국학 논저는 분명히 한국의 도서를 고찰하는 데에 큰 도움을 준 것이 사실이었다. 그렇지만 동시에 쿠랑이 한국문학을 중국문학에 종속된 것으로 인식한 이유이기도 했다. 쿠랑은 「서론」에서 이러한 조사과정을 통해, 한국고소설이 "중국 것을 번역했거나 모방한 것", 창작 작품인 경우에도 "중국과 한국의 역사상 알려진 사건을 담고 있거나 상상력에 의거한 것"이 있으며, "상상력에 의한 작품들 가운데에도 그 줄거리가 중국을 담고 있어", 한국인들의 정신에 미친 중국의 영향력을 발견할 수 있다고 말했다.

하지만 동시에 우리는 이러한 쿠랑의 결론과 함께 그 이면을 주목해야 한다. 이러한 유형화로 말미암아 한국의 국문고소설은 오히려 부각되기 때문이다. 즉, 쿠랑이 '중국적인 것'과 '한국적인 것'을 구분함에 따라, 특히 4유형의 작품들은 '한국적인 것'이며 한국문학 연구에 있어 핵심적인 연구대상으로 새롭게 부각된다. 이를 반영하듯 쿠랑은 4유형 해당 거의 대부분 작품에 대한 줄거리 개괄을 제시했다.[16] 이는 비단 쿠랑에게만 한정된 것이 아니었다. 쿠랑이 참조했던 외국인의 한국문학론 즉, 한국의 출판문화를 경험한 외국인들의 저술들 역시 동일한 양상을 보여주기 때문이다. 쿠랑이 참조한 외국인의 한국문학 관련 논저들은 「고소설목록」의 4유형에서 가장 많이 배치되어 있다. 또한 시기적으로 볼 때, 외국인의 한국문학논저는 쿠랑이 참조한 중국문학논저와 달리, 쿠랑이 한국을 체험하던 당시 출현한 업적이었다. 이는 한국어가 발견되고 그에 대한 탐구가 시작됨에 따라, 한국인이 등장하는 언문으로 쓴 한국의 문학작품이 함께 부각되는 연구사적 동향과 흐름을 보여주는 사례인 셈이다.

(2) 19세기말 외국인의 한국문학론과 고소설의 위상

쿠랑의 「고소설 목록」을 보면, 그가 2-4유형 즉, 한국 고소설을 읽으며 참조한 외국인 한국문학 논저를 알 수 있다. 첫째, 존 로스(John Ross, 1842-1915)의 한국역사서이다. 비록 쿠랑은 로스의 저서를 『임경업전(林慶業傳)』을 살필 때 참조했지만, 이는 작품 그 자체를 위한 것이 아니라 작품 속에 반영된 역사적 배경을 살피기 위한 것이었다.[17] 둘째, 한국고소설 작품과 관련하여 쿠랑이 참조한 또 다른 저술로 홍

16 예외적인 작품이 서지사항이 병기되어 있지 않은 <嚴氏孝門正行錄>과 <春香傳>과 동일작품으로 여긴 <南原古詞>이다.

17 J. Ross, 홍경숙 옮김, 『존 로스의 한국사: 서양 언어로 기록된 최초의 한국 역사』, 살림, 2010, 449-451면(*History of Corea ancient and Modern*, Paisley, 1879, pp. 287-288).

종우·보엑스 형제, 알렌의 한국고소설 번역본이 있다. 이는 쿠랑이 줄거리를 작성함에 참조했으며 동시에, 해당 작품에 대한 서구권의 번역본이 무엇이 있는 지를 알려주기 위해 제시한 것으로 보인다.

문학론이라는 관점에서 볼 때, 쿠랑이 참조한 가장 중요한 한국고소설 논저는 애스턴(William George Aston, 1841-1911)의 논문이라고 볼 수 있다. 애스턴의 글에는 『장화홍련전』의 줄거리 요약, 『임진록』에 대한 발췌번역, 『숙향전』에 관한 주석상의 짧은 언급이 보인다. 그리고 한국 설화 1편에 대한 번역문을 제시했으며, 한국어 발음을 영어로 전사(轉寫)했다. 쿠랑은 이 중에서 설화를 제외한 해당 개별 작품들에 대하여 애스턴의 논문을 참조한 사실을 명기했다. 물론 쿠랑은 애스턴에 비해 더 많은 고소설 작품을 검토했다. 그럼에도 두 사람이 거론한 한국고소설 전반에 관한 비평은 그 내용과 골자가 동일했다. 그 이유는 두 사람이 체험했던 19세기 말 고소설의 출판문화 때문인데, 이를 묘사한 애스턴 논문의 도입부분을 발췌해보면 다음과 같다.

> 한국의 대중 문학은 유럽 학자들의 관심을 거의 받지 못했다. 자국에서도 크게 환영을 받지 못한다. 한국 대중 문학은 한국 양반의 서재 선반에서 찾아보기 힘들고, 서울의 자랑거리인 두 서점에서도 배제된다. 이 서점들은 한문으로 된 책만 판매한다. 토착 한국 문학이 담긴 책을 사려면 서울의 주요 도로를 따라 선 임시 가판을 찾거나 작은 상점들을 찾아야 한다. 작은 상점의 한국 대중 문학은 종이, 담뱃대, 기름종이, 모자 덮개, 담배 주머니, 신발, 벼루 즉 간단히 말하면 한국 '잡화점'의 잡다한 물건들과 함께 판매용으로 진열된다. 이 책들을 멋지게 포장해서 대중에게

선보이고자 하는 노력은 전혀 없다.[18]

상기인용문에서 한국 고소설이 논의되는 방식을 주목해볼 필요가 있다. 한국 고소설은 유럽 학자들에게 거의 관심을 받지 못한 한국의 '대중문학'이다. 또한 한국의 양반 사대부 계층과 대형 서점에서는 천대받는 문학작품을 지칭하는 것이었다. 쿠랑 역시도 애스턴과 동일하게 고소설을 "학자나 역관, 양반이나 반양반, 공부한 사람", "관리이거나 관리가 될 사람들이 무시하고 있는 대중문학"[19]으로 규정했다. 즉, 고소설을 지식인에게 소외된 일종의 '저급한 대중문학'으로 인식한 셈이다. 이러한 그들의 인식은 19세기 말 한국고소설 출판문화에 대한 두 사람의 관찰과 체험에 그 기반을 둔 것이다. 그들에게 한국의 고소설은 '고전'이 아니었다. 애스턴은 300년 이상 시간이 경과된 유물과 같은 고서로서의 가치를 지닌 고소설 서적을 발견할 수 없었다. 쿠랑 역시도 고소설 혹은 노래책(저급한 종이에 인쇄된 목판본)들이 19세기의 것들임을 지적했다.[20] 두 사람이 체험한 19세기 말 한국의 고소설은 "저자명"이 없고 "연대 표시"가 없는 서적들이며, 저급한 인쇄물이자 저렴한 가격으로 '동시대'에 유통되던 통속적인 작품들이었던 것이다.

이렇듯 두 사람이 한국의 고소설을 대중문학으로 규정하는 이유는 무엇일까? 이와 관련하여 한국문학의 전체 속 고소설의 위상을 보여주는 쿠랑의 「서론」을 주목할 필요가 있다. 특히, 이 책의 여는

18 W. G. Aston, op. cit., p. 103.
19 M. Courant, 이희재 옮김, 앞의 책, 41면.
20 위의 책, 18면.

글에서 잠시 언급했던 바, 쿠랑이 「서론」에 투영한 문학개념의 다층성을 다시 상기해볼 필요가 있다. 쿠랑은 그가 조사한 서적의 내용별 분류에 의거해 장구분(Ⅳ-Ⅵ장)을 수행했으며, 이곳에 다음과 같이 다층적인 문학개념을 투영했다.

Ⅳ장 한국의 종교와 학문 : 불교, 도교, 유교

Ⅴ장 한국문헌의 종류 : 한문학, 법전, 역사, 자연과학, 실용학

Ⅵ장 한국의 대중문학 : 소설, 시가, 언해서, 천주교관계서

각 장에 투영된 것은 물론 '문학'(Literature)이라는 동일한 어휘이자 개념이었다. 하지만 각 장의 내용을 구성하는 문학의 개념층위는 결코 동일하지 않았다. Ⅳ-Ⅴ장은 '문장'과 '인문학 전반(학문)'을 포괄하는 의미를 지니는 '광의의 문학개념'이었으며, Ⅵ장의 시가와 소설에 투영된 것은 '언어예술', '작가의 상상력에 의거한 창작물'이라는 의미를 지닌 '협의의 문학개념'이었다. 또한 Ⅳ, Ⅴ장과 Ⅵ장을 구분하는 가장 핵심적인 변별점으로 표기문자의 문제가 개입되어 있다. Ⅳ, Ⅴ장과 Ⅵ장은 각각 '한문문헌 - 지식인 - 중국적'이라는 함의와 '언문문헌- 대중 - 한국적'이란 의미를 지닌 셈이다. 즉, 한국의 고소설은 '협의의 문학개념'을 투사시킬 대상이며 '언문문헌, 대중, 한국적(Ⅵ장)'이라는 의미를 지니고 있었다. 이는 매우 중요한 표지였다. 왜냐하면 애스턴과 쿠랑 두 사람이 고소설을 주목하게 된 동기이자, 또한 이를 통해 그들이 발견하고자 한 문학적 가치가 이와 긴밀히 관련되기 때문이다. 이 점은 애스턴의 다음과 같은 질문에서 확인할 수 있다.

> 한국 대중 서적의 외양에서 내용으로 눈을 돌려 보자. 호감이 가지 않는 겉모습 아래, 수준 높은 예술 문학을 만나는가? 혹은 민담, 시, 드라마가 흥미롭고 고유한 국가적인 특성을 드러내는가?[21]

즉, 한국의 서적 중 극히 일부분을 점하고 있는 언문으로 된 문학, Ⅵ장이 차지하는 비중은 결코 작은 것이 아니었다. 한국의 고소설과 Ⅵ장을 분절해주고 있는 언문으로 된 협의의 문학개념은 한국만의 독립된 민족성(고유성)을 가늠할 가장 중요한 준거였던 것이다. 물론 고소설은 쿠랑, 애스턴에게 있어 문학작품으로서의 예술성, 민족문학으로서의 고유성이라는 기대치를 결코 충족시켜주지는 못했다. "열의 아홉은 평범한 수준의 설화(tales)"일 뿐이며 "허구적 작품으로서의 예술성이 부재한 것"이라는 애스턴의 평가와 같이, 쿠랑 역시 작품들이 지닌 '천편일률적 특성'을 지적하며 예술성의 부재를 말했다. 또한 애스턴은 중국과 변별된 한국의 고유성을 논하지 않았으며, 쿠랑 역시 작가의 상상력이 발휘된 작품 일지라도 중국을 비현실적인 소설적 시공간으로 설정한 다수의 작품들을 예증으로 들며, "고유한 민족적 특성"의 부재를 지적했다.[22] 쿠랑이 보기에, 한국문학은 "독창적이지 못하고, 언제나 중국 정신에 젖어 있으며, 흔히 단순한 모방에 그친" 것이며, 다만 "독창적인 일본 문학보다는 뒤떨어진 것이지만 몽고나 만주, 그리고 그 외의 중국을 본뜬 국가들이 내

21 W. G. Aston, op. cit., p.106.
22 Ibid., pp. 106-107. ; M. Courant, 이희재 옮김, 앞의 책, 70면.

놓은 것보다는 훨씬 우수"한 것이었다.[23]

여기서 쿠랑이 독창성을 지닌 것으로 규정한 일본문학이 한국문학에 대한 대비점으로 등장한 사정을 주목할 필요가 있다. 이것은 쿠랑이 놓여 있던 당시 한국학의 동향이기도 했다. 일례로 애스턴은 오히려 일본학의 권위자였다. 19세기 말 한국을 경험한 이들이 펼친 논의의 장은 한국이라는 장소가 아니라 프랑스, 영미, 일본의 학술계였다. 즉, 한국문학이란 연구대상은 한국이라는 공간에서 공유되는 학술적인 대상이 아니었으며, 일본문학에 비해 상대적으로 연구되지 못한 미개척지였던 것이다. 쿠랑이 「서론」의 말미에 명시한 참고문헌들 중에서 한국문학과 관련된 주요한 논저로 1893년 『철학잡지(哲學雜誌)』 8권 74-75호에 연재된 오카쿠라 요시사부로(岡倉由三郎, 1868-1936)의 논문을 들 수 있다. 쿠랑은 오카쿠라의 논문을 "한글로 된 도서와 문학에 대해 흥미로운 사실들을 알려주고 일본어번역으로 몇 몇 대중적인 시를 복제해 실은 논고"[24]라고 평가했다. 오카쿠라의 논문이 「서론」 VI장에 영향을 주었을 가능성을 충분히 추론해 볼 수 있다. 여기서 쿠랑이 언급한 한국의 "대중적인 시"는 『남훈태평가(南薰太平歌)』에 수록된 작품들을 지칭하는 것이다. 하지만 더욱 주목되는 점은 한국의 시가를 소개한 오카쿠라 본인이 자신의 논문이 지닌 당시의 학술사적 가치를 다음과 같이 분명히 인식하고 있었다는 사실이다.

---

23 M. Courant, 이희재 역, 앞의 책, 72-74면.

24 위의 책, 79면.

> 조선의 이야기[物語]와 그 밖의 작은 이야기[小話]가 외국문으로 번역되어 세상에 나타난 것은 프랑스의 선교사 등의 손에 의해서 이루어진 것으로 『韓語文典』(Grammaire Coreenne)의 부록 및 의사 알렌의 '조선이야기'[朝鮮物語(Corean Tales)] 등이 있지만 조선의 노래가 그 생겨난 나라를 벗어나서 외국인에게 알려지는 것은 실로 이것이 처음이다.[25]

그는 프랑스 외방전교회의 『한어문전(韓語文典)』(*Grammaire Coréenne,* 1881)의 부록에 수록된 이야기들과 이 시기 한국고소설의 대표적 영역본, 알렌의 한국설화집(*Korean Tales,* 1889)이 한국문학을 해외에 소개한 자신과의 동시대적인 업적임을 분명히 알고 있었다. 또한 당시로 본다면, 그의 말처럼 그의 『남훈태평가』 번역이 한국의 시가문학을 해외에 최초로 알린 사례라는 학술사적 의의는 적절한 것이었다. 애스턴은 시가와 관련하여 서사시, 서정 민요에 해당하는 한국의 문학을 발견할 수 없다고 했다. 또한 이러한 유형에 해당되는 시가가 적힌 인쇄물이나 원고 그 자체를 구하기 어려웠고, 이에 해당되는 것이라고 여긴 시가작품들 역시 그가 보기에 중국의 한문시가에 대한 번역물이라고 이야기했다.[26] 대중문학을 초점에 맞춘 선행연구라고 말할 수 있는 애스턴의 논의가 지닌 이러한 정황과 여건을 생각한다면, 오카쿠라는 애스턴의 연구를 한층 더 발전시킨 인물임에는 분명했다.

또한 쿠랑, 애스턴, 오카쿠라는 19세기 말 한국도서의 출판유통문

---

25 岡倉由三郎, 「朝鮮の文學」, 『哲學雜誌』8(74), 1893. 4, 846-847면.

26 W. G. Aston, op. cit., p. 106.

화와 이에 대한 학술적 담론을 공유하고 있었다. 오카쿠라는 한국문학이 "외국어로 번역되어 세상에 나타난 것"이 큰 의미를 지닌 사건으로 여겼으며, 한국문학부재론을 제기했다. 오카쿠라의 언어(일본어)는 쿠랑·애스턴과 소통되는 언어였다. 한국에서 문학의 부재라는 그의 규정은 표면적으로 본다면 고소설의 존재를 알린 애스턴, 쿠랑과의 변별점으로도 보인다. 하지만 여기서 그가 말한 문학은 어디까지나 "literature"의 역어(譯語)란 개념에 매우 충실한 것이었다. 즉, 그는 애스턴, 쿠랑과 마찬가지로, "문학"이라는 개념에 부합되며 언문으로 된 한국의 문학작품이 부재함을 이야기했던 것이다. 그에게 한국의 고소설은 "문자 없이 지내온 사람들을 위하여 만들어진 이야기"들로 "경작한 적이 없는 토지와 같이" "그저 입에서 나오는 대로" "얼토당토 않게 서로 덧붙인 사건을 표음문자로 써낸 것"이었다. 그가 보기에, 이처럼 일본의 아동에게 들려주는 이야기와 같은 한국의 고소설은 "문학이란 칭호를" 받기에는 부적절한 것이었다.[27]

즉, 오카쿠라가 "이야기[物語]"라고 표현한 개념의 층위는 애스턴의 "설화" 그리고 쿠랑의 '아동용 우화보다 못한 작품'이라는 규정과 공통된—미달된 문예성을 지닌 고유성이 없는 민족문학을 지칭했다. 오카쿠라는 한국의 민족문학을 살필 대안으로 "조선인이 사물에서 느끼는 음악과 곡조에 따라서 나오는 노래" 즉, 시가문학을 제시했다. 물론 그는 한국시가가 어디까지나 "중국풍(中國風)"이란

27 岡倉由三郎, 앞의 글, 845-847면. ; 하층사회의 독자, 저급한 출판한 형태, 천대되는 한글서적, 세책가와 같은 유통양상을 지적한 부분 역시 동일한 것이었다. 이는 오카쿠라 역시 19세기 말 한국의 출판문화를 공유한 인물이었던 점을 잘 말해준다.

측면을 강조했다. 그는 노래에 맞춰 운을 다는 부분이 일본의 시가와 같으나, 한어(漢語)를 불가피하게 사용하는 형식이 정해져 있어 "중국의 시문예(詩文藝)에다" 언문을 "섞어서 곡을 붙여 노래한 것"에 불과하다고 평가했다.[28]

그렇지만 애스턴, 오카쿠라, 쿠랑이 이처럼 언문으로 된 문학을 통하여 한국의 고유성을 규명할 수 없었던 까닭은 비단 한국문학의 작품성 그 자체에만 있는 것이 아니었다. 세 사람의 논의가 한국의 (언문)문학에 대한 발견이라고 평가할 만한 초기적 연구였던 사실을 염두에 둘 필요가 있다. 그들이 시가와 고소설 작품에 주목하게 된 가장 중요한 계기는 언문이 상징하는 한국어였다.[29] 여기서 한국어는 오카쿠라의 언어와 같이 애스턴, 쿠랑과 학술이라는 층위에서 소통할 수 있는 언어(근대어)가 아니었다. 이와 관련하여 고소설 혹은

---

28 위의 글, 846면. 「서론」에서 제시한 쿠랑의 시가론은 언문시가의 주제와 내용에 대해서 포괄적으로 서술한 변별점이 물론 보인다. 하지만 "중국식 작시풍"이라는 규정은 동일한 것이었다. 쿠랑은 결코 언문시가를 통해 정형화된 율격—한국의 고유성을 기술할 수 없었기 때문이다. 나아가 그것은 그가 접촉했던 한국인 조력자의 한계이기도 했다. 쿠랑은 현지인 조력자를 통해서 고유의 율격에 관한 설명을 들을 수 없었던 것이다(M. Courant, 이희재 옮김, 앞의 책, 71면).

29 「서론」에서 거론되는 참조논저들은 주로 언문의 역사와 유래를 검토한 논의였다. 또한 쿠랑은 자신의 연구가 애스턴의 연구와 일치했던 점을 기뻐했다. 이 논문의 주제를 감안할 때, 쿠랑이 참조한 논문은 애스턴이 한국의 언문과 출판문화, 한일 두 언어 사이의 유사성을 검토한 어학적인 논문이었을 것으로 추정된다(M. Courant, 파스칼 크러트, 조은미 옮김, 「한국의 여러 문자 체계에 관한 소고」, 앞의 책, 109면(*Transactions of the Asiatic Society of Japan* 23, 1895. 12). ; 쿠랑의 한국연구에 대한 연구사적 검토(「조선 및 일본연구에 관한 고찰」, 앞의 책)를 통해 추론해 보면, W. G. Aston, "Writing, Printing and alphabet in Korea," *Journal of the Royal Asiatic Society*, 1895 ; "A Comparative study of the Japanese and Korean language," *Journal of the Royal Asiatic Society*, 1874일 것이라 추정된다.

시가를 구성하고 언문 그 자체에 대한 번역과 해독력이란 측면을 생각해보지 않을 수 없다. 오카쿠라는 한국에서 언문일치가 이루어지지 않은 당시의 정황을 지적했다. 즉, 그는 글에는 있지만 지금은 없어진 말, 지금의 말에는 있지만 과거의 글에는 없는 경우가 있어, 이로 인해 생기는 번역 상의 난점을 술회했다.

즉, 정서법이 확립되지 못했으며, 사전과 문법서가 부재했던 한국어라는 당시의 어문질서를 염두에 둘 필요가 있다. 오카쿠라가 한국의 시가를 '중국풍'이라고 말한 이유는 그의 『남훈태평가』에 대한 원문, 번역문, 평문을 보면 짐작할 수 있다. 오카쿠라가 평문 속에서 지적한 점은 언문시가 작품 속에서 한자가 차지하는 비중이었다. 이 점은 쿠랑의 「서론」에서 다음과 같이 기술된다.

> 가장 통속적으로 쓰이는 말까지 중국식 표현으로 채워지지 않은 곳이 없으니, 가장 하층민의 말 속에서도 들을 수 있고 통속소설이나 노래에서도 발견할 수 있다. 결국 중국식 표현이 상용어휘의 반을 차지하고 때로는 의미나 발음에서 완전히 변형되기도 하는 것이다. 그것은 한국어에 있어 불변의 어근이 되어 各格들의 接辭가 되기도 하고 조동사인 "하다"와 함께 형용사나 동사로도 가능하게 쓰인다. 많은 구어체로 사용된 중국어 표현의 수효는 당연히 대화자의 계층과 취급되는 문제들에 따라 변형되며 가능한 한 많이 넣는 것이 대체로 잘 된 것이다. 축하나 위로, 수행할 의식, 예절에 관한 경우, 문장은 한자 단어와 연결되어 약간의 한글접미사와 포함될 뿐이니 예상 못하고 듣는 이들은 이해할 수 없는 것이다. 언문으로 된 소설이나 노래 속에도 적어도 그만큼의 숫자와 같은 종류의 중

국어휘가 사용된다.[30]

더욱이 '훈독(訓讀)'이라는 일본의 어문전통을 비교대상으로 삼을 때, 한자음이 언문으로 표기된 문학작품은 '중국적인 언어표현'으로 보일만한 여지가 있었다. 중국의 한자를 단순히 언문으로 표기했을 뿐이라는 인식, 한자가 한국어의 다수를 점하고 있기에 그만치 순수한 한국어는 부재하다는 인식이 놓여 있었던 것이다. 하지만 문제는 이것뿐만이 아니었다. 규범화된 한자음과 정서법이 미비한 상황 속에서, 한자가 병기되지 않은 언문을 해독하는 문제가 있었기 때문이다. 한국의 한자음, 한자문화가 오카쿠라보다 더욱 낯선 것이었던 애스턴은, 한국인들이 언문의 가치를 인식하고 이를 활용하려는 시도를 매우 비판적으로 평가했다.

> 중국 단어로 넘치는 언어에 알파벳 글자를 사용하는 것은 일본어 표기에 로마 문자, 혹은 일본 가나를 채택하고자 진행 중인 최근의 움직임과 명백한 관계가 있다. 여기서 우리는 쪽 수 매기기를 제외하곤 단 하나의 한자도 사용되지 않는 문학을 보게 된다. 이 예는 이러한 체계의 장려자에게는 고무적인 일인 것 같고, 그러할 것이 분명하지만, 어떤 과학적, 종교적, 기타 학문적인 작업은 이런 식으로 쓰여지거나 쓰여질 수 없다는 것을 주목해야 한다.[31]

30 M. Courant, 이희재 옮김, 앞의 책, 39면.

31 W. G. Aston, "On Corean popular literature," *Transactions of the Asiatic Society of Japan* XVIII, 1890, pp. 106-107.

이는 한자 없이 언문으로 쓴 서적에 관한 애스턴의 진술이며, 당시의 언문으로 표상할 수 없는 학술적인 언어의 층위에 관해 말해주는 것이었다. 더불어 이는 고소설에 대한 애스턴의 번역 및 해독과도 긴밀한 관계를 지닌 것이었다. 애스턴은 그의 한국어 교사로 추천받은 한국인에게 언문으로 된 한국고소설에 한자를 병기해 줄 것을 요구했다. 하지만 한국인 교사는 터무니없는 실수를 보여 주었다. 애스턴은 이 한국인 조력자가 책의 절반도 이해하지 못한 것이라고 판단했다. 그렇지만 이러한 애스턴의 진술은 그의 논저 자체에 내재되었던 텍스트 해독의 한계점을 암시해 준다. 이에 비해 쿠랑은 이 해독의 문제에 있어서 상대적으로 더욱 더 좋은 조건을 지니고 있었다. 『한국서지』 소재 쿠랑의 고소설 관련 기술 속에서 이 점을 충분히 발견할 수 있다.

2. 문화의 번역과 민족지로서의 고소설 텍스트

(1) 19세기말 한국어학적 기반과 민족지로서의 고소설 텍스트

쿠랑과 동시기 한국의 한글서적을 연구한 애스턴, 오카쿠라 두 사람의 논의와 비교해볼 때, 「서론」에서 제시한 쿠랑의 고소설 비평은 그 중심적인 기조에 있어서는 큰 변별점을 보이지 않는다. 하지만 쿠랑은 당시 어떤 외국인 어쩌면 한국인보다도 많은 수의 고소설을 검토한 인물이었다. 이는 쿠랑이 읽었을 것이라 추론되는 작품들의 양적인 측면, 즉 그가 줄거리를 요약한 고소설 편수 자체가 잘 보여주는 바이다. 이렇듯 고소설 작품에 대한 그의 독서체험이 「고소설 목록」에 반영이 되었기에, 이는 다른 외국인들과 쿠랑의 변별점으로 분명히 작용했을 것이다. 이를 애스턴의 고소설비평, 알렌의 번역본과 대비해보며 조망해볼 필요가 있다. 「서론」에서 방각본 고소설의 서체는 '정방형에 가까운 한글이지만 연달아 흘겨 쓴' 필체로 묘사된다.[32] 19세기 말 한국의 출판문화를 접촉한 애스턴에게도 이 점은 동일한 조건이었다. 그는 이 서체로 인해 발생한 문제점을 다음과 같이 말했다.

> 사용된 글자는 몇 백 년 동안 한국에서 사용되고 있는 알파벳 형식의 글쓰기인 언문을 '초서체 형식'으로 적은 것이다. 초서체 언문은 몇몇 일본 작가들이 일본어의 기원으로 삼고 있는 초서체를 단순하게 만든 것으로, 그 모양은 '중국 전설 시대의 글자'를 닮았다. 인쇄된 책에서 사용되는 보다 뚜렷한 언문 글자 형태에만 익숙한 사람들에게 이 초서체 글자는 거의 혹은 전적으로 해독이 불가능하다. 줄여서 쓴 글자가 수도 없이 많고, 글자들이 서로 구분이 되지 않으며, 한 글자가 다음 글자로 이어지면서, 한 글자가 어디서 끝나고 다음 글자가 어디서 시작되는지를 알기 어렵다.[33]

서구인들에게 있어서 고소설은 정말로 해독하기 쉽지 않은 텍스트였다. 그 이유는 먼저 근대적 인쇄물에 미달된 인쇄 상태와 정서법이

32 M. Courant, 이희재 옮김, 앞의 책, 18면.

33 W. G. Aston, op. cit., pp. 104-105.

미비했던 당시의 사정에 있었다. 즉, 그것은 고소설 서적의 좋지 못한 종이질, 특정글자가 잘못 인쇄된 경우나 오탈자와 같은 인쇄상의 오류, 문법과 정서법과 같은 일종의 규범화되지 못했던 당시 언문 활용의 문제와 관련된다. 그렇지만 상기 인용문이 보여주듯, '초서체'라고까지 표현한 방각본의 서체 그 자체 역시 애스턴에게는 텍스트 자체의 해독을 방해하는 중대한 장애물이었다. 그렇지만 1장에서 잘 살펴보았듯이, 이는 얼마나 이 서체에 익숙하며 당시 고소설을 비롯한 다양한 한국의 출판문화를 경험했는지의 문제였다. '초서체'라고 표현된 고소설의 서체를 읽는 것에 대하여, 『한불자전』(1880) 편찬자들의 서문은 다음과 같이 상반된 진술을 보여주고 있기 때문이다.

> 일본인들조차도 책에서 중국 문자를 주로 쓰고, 자기들 글자인 가나를 사용하는 것은 중국 문자들의 발음을 밝히기 위해서이거나, 그들의 언어에 고유한 어미로 단어나 문장의 의미를 만들기 위해서일 뿐이다. 게다가 그들의 초서체 글자는 제각각의 변덕에 너무나 독특한 형태를 취하기에, 제 아무리 굳은 의지를 지니고 근면히 노력하는 외국인 학습자들조차 기가 꺾이고 만다. 한국 글자는 그렇지 않아서 누구나 습득할 수 있다. 중국 문자가 더 높이 평가되기는 해도 이 나라의 상용 글자이며, 초서체 형태에서도 항상 고유의 단순성을 잃지 않아서, 한국어 알파벳을 배운 사람이면 유럽 문학 텍스트만큼 쉽게 한국어 텍스트를 자유로이 접할 수 있다.[34]

34 황호덕·이상현 옮김, 앞의책, 19-20면("Préface," 『韓佛字典(*Dictionnaire Coréen-Français*)』, Yokohama: C. Lévy Imprimeur-Libraire, 1880).

『한불자전』의 이 진술은 거짓이 아니었다. 일례로, 언더우드가 쓴 1886년 1월 31일자 서간을 보면, 그 당시 천주교는 "한국어에 능통한 선교사, 한글 천주교 문학관련 소책자, 천주교 신학교와 학생들"이 있었다. 언더우드는 "만일 개신교가 성실히 그 의무를 수행하지 않을 경우, 이교도들 대신 천주교도들을 개종해야 할 지경"이라고 자신의 우려를 표현한 바 있다.[35] 쿠랑 역시 천주교의 한글문서 출판의 이력에 관해서는 분명히 알고 있었다. 그의 「서론」을 보면, 천주교 선교회가 발행한 초기 한글로 된 종교서적의 서체가 "다소 흘겨 쓴 자체(字體)로 목판에 조판했"고, 1880년경부터 "반듯한 형태"의 활자를 사용하기 시작했음을 말하고 있기 때문이다.[36] 즉, 천주교 선교사들은 19세기 한국의 출판문화에 대한 오랜 경험을 축적하고 있었다. 나아가 자신들의 서적을 이 동일한 문화 속에서 출판해본 경험이 있었던 것이다.

이러한 차이는 19세기 말 한국어에 대한 프랑스어와 영어의 어학적 기반의 차이이기도 했다. 요컨대, 애스턴의 논문과 동시기 산물이라고 할 수 있는 언더우드, 스콧의 사전은 수록 어휘 면에서 『한불자전』의 수준을 극복하지 못했고, 그 차이는 『한어문전』과 두 사람의 문법서 역시 동일한 수준이었다.[37] 물론 이렇게 어학서의 수준을

35 이만열·옥성득 편역, 『언더우드 자료집』 I, 연세대 국학자료원, 2005, 24-25면.

36 M. Courant, 이희재 옮김, 앞의 책, 18-19면.

37 이 책의 1장과 더불어 이상현, 「언더우드 이중어사전의 간행과 한국어의 재편과정」, 『동방학지』 151, 연세대 국학연구원, 2011 ; 이은령, 「『한어문전』의 문법기술과 품사구분: 문화소통의 관점에서 다시 보기」, 『프랑스학연구』 56, 프랑스학회, 2012을 참조.

곧, 고소설에 대한 독해, 번역 수준과 등치시킬 수는 없다. 무엇보다도 애스턴, 쿠랑이 그들 혼자의 힘만으로 고소설을 읽어나간 것은 아니었기 때문이다. 그들에게는 한국인 조력자가 있었다. 그렇지만 이 어학적 기반의 차이는 한국인 조력자와 외국인 사이 의사소통에 있어서 그 수준의 차이와 긴밀히 관련되는 것이기도 했다.

애스턴, 쿠랑 두 사람의 한국어학적 기반의 차이는 결코 고소설에 대한 해독력과 무관한 것이 아니다. 이에 따라 한국의 고소설 속 언문을 영어, 프랑스어로 번역하는 그 가능성과 지평은 결코 동일한 수준일 수가 없게 된다. 이를 잘 보여주는 사례가 <홍부전>을 쿠랑이 직접 번역한 대목이다. 쿠랑은 <홍부전>의 '초두 부분'부터 '홍부가 놀부에게 동냥하러 가는 부분'까지를 번역했는데, 이를 당시 영미권의 대표적 고소설 번역본인 알렌의 『홍부전』(영역본)과 대비해 볼 필요가 있다. 현존 『홍부전』(경판본)은 「25장본」과 「20장본」이 있다. 하지만 그 차이는 자구(字句) 출입 이상의 큰 변화가 없는 편에 속한다. 따라서 「고소설 목록」에서 제시된 『홍부전』(경판본 25장본)과 쿠랑의 번역 그리고 알렌의 『홍부전』(영역본)을 비교해보면, 동일한 텍스트이지만 서로 다른 번역양상과 지향점을 충분히 살필 수 있다. 원본을 기준으로 삼아 쿠랑의 번역전문 그리고 알렌 영역본의 관련 부분을 대비해보면 다음과 같다.[38]

---

38 M. Courant, 이희재 옮김, 앞의 책, 290-292면에 수록된 번역문을 바탕으로, 쿠랑의 원본(pp. 435-441)을 최대한 직역하여 제시하도록 한다. 지면관계상 쿠랑의 번역 전문과 알렌의 원문(H. N. Allen, op. cit., pp. 89-92)은 생략하도록 한다.

	흥부전(경판 25장본)	쿠랑의 번역	알렌의 번역
쿠랑의 줄거리 요약 : 형 놀부와 아우 흥부 두형제가 경상도와 전라도가 접한 곳에 살고 있었다			
	흥부전(경판 25장본)	쿠랑의 번역	알렌의 번역
1	화셜 경상 젼나 냥도 지경의 셔 亽는 亽룸이 이스니 놀부는 형이오 흥부는 아이라	(생략, 줄거리 요약에 있음으로 생략한 것으로 보임)	**한국의(첨가)** 남쪽 전라도 지방에 두 형제가 살았다.
쿠랑의 줄거리 요약 : 형 놀부는 아주 심술궂은 사람으로 그의 부모가 그들 둘의 몫으로 나누어준 유산을 혼자 독차지하고서 아우에게 못되게 굴었다.			
	흥부전(경판 25장본)	쿠랑의 번역	알렌의 번역
2	놀부심시 무거ᄒᆞ여 부모 싱젼 분진젼답을 홀노 ᄎᆞ지ᄒᆞ고 흥부 갓튼 어진 동싱을 구박ᄒᆞ여 건넌산 언덕 밋히 니쩌리고 나가며 조롱ᄒᆞ고 드러가며 비양ᄒᆞ니 엇지 아니 무지ᄒᆞ리	못된 심성을 타고난 형 놀부는 그의 부친이 그들에게 나누어준 유산을 혼자 가지려고 고심했다.**(첨가 : 서술자의 진술을 보다 합리적으로 개작●)** 그는 재산을 모두 혼자 차지하는 데 성공했고 쫓겨난 아우는 산기슭에 살게 되었다. 이는 못된 자의 행동이 아니겠는가?	한 사람은 부자였지만 다른 사람은 너무 가난했다. 유산 분배할 때 아버지의 자리를 물러 받은 큰 형이 어린 동생들을 부양해야 하지만 형은 그러지 않고 전 재산을 독식하여 동생에게 아무 것도 주지 않아 동생을 비참한 가난의 나락에 빠지게 했다.
3	놀부 심ᄉᆞ롤 볼작시면 초상난 ᄃᆡ 춤츄기 불붓는 ᄃᆡ 부치질ᄒᆞ기 힉산ᄒᆞᆫ ᄃᆡ ᄀᆡ닭잡기(①) 장의 가면 억ᄆᆡ 홍졍ᄒᆞ기 집의셔 못쓸 노릇ᄒᆞ기(②) 우는 ᄋᆞ희 볼기치기 갓난ᄋᆞ희 똥먹이기 무죄ᄒᆞᆫ 놈 섐치기 빗갑식 계집 쎅기(③) 늙은 녕감 덜믜집기 ᄋᆞ희 빈 계집 비ᄎᆞ기 우물 밋티 똥누기 **오려논의 물터놋키** 잣친 밥의 돌퍼붓기 픠는 곡식 삭 ᄌᆞ르기 논두렁의 구멍뚤기(④) 호박의 말쑥박기 **곱장이 업허놋코 발쑴치로 탕탕치기(⑤)** 심ᄉᆞ가 모과나모의 ᄋᆞ들이라 이놈의 심술은 이러ᄒᆞ되	지난날 놀부의 행동을 살펴보자면, 그는 누가 죽으면 기뻐하며 춤을 추었고, 불(화재)이 나면 불기를 돋우었다. 시장에 가면 정당한 값을 치르지 않고 물건을 취했으며, 그의 돈을 꾼 사람의 여인을 빼앗고, 칭얼대는 아이를 때리고, 먹을 것을 달라고 하면 쓰레기를 주었다. 임신한 여인의 배를 발로 찼고, 이유 없이 사람들의 따귀를 때렸다. 노인을 밀치고 목덜미를 잡아챘다. 곱사등이의 등을 발꿈치로 때렸고,**(⑤에 대한 변개)** 논에 대어놓은 물을 빼려고 논의 제방을 뚫었다. 밥을 하고 있는 솥에는 모래를 뿌렸고, 곡식의 이삭을 뺐으며, 아직 어린 호박에 뾰족한 방망이로 구멍을 뚫는가 하면, 우물에 그의 오물을 갖다 버렸다. 놀부의 마음은 누런 모과만큼이나 울퉁불퉁했다. **(①-④ 생략 : 장황한 사설)**	생략
4	집은 부자라 호의호식하는구나.	그러나 그는 부자이므로 맛있는 음식을 먹고 좋은 옷으로 치장할 수 있었다.	두 사람은 결혼을 했다. **형인 놀보는 마누라 이외에도 첩들이 많았지만 자식이 없었다. 반면에 홍보는 단 한명의 아내와 서너 명의 자식들을**

쿠랑의 줄거리 요약 : 형 놀부는 아주 심술궂은 사람으로 그의 부모가 그들 둘의 몫으로 나누어준 유산을 혼자 독차지하고서 아우에게 못되게 굴었다.			
	흥부전(경판 25장본)	쿠랑의 번역	알렌의 번역
			두었다. 놀보의 처첩들은 허구헌날 싸웠다. 홍보는 아내에게 만족하며 평화롭게 살았다. 홍부 부부는 그들에게 주어진 힘겨운 삶의 짐을 나누어지려고 했다.(첨가 및 변용) 형은 따뜻하고 편안한 여러 채의 가옥이 있는 넓고 좋은 저택에서 살았다. 그들은 삶의 낙을 위해 쓸 돈은 없었고 뜻밖의 행운으로 생필품이라도 얻을 수 있으면 행복했다. 홍보는 일거리를 얻을 수 있으면 언제든지 일했지만 비오는 날과 농한기는 그들에게 큰 시련의 시기였다. 아내는 쉬운 바느질을 했다. 그들은 함께 농부와 행상인에게 팔 짚신을 만들었다. 날씨가 좋을 때는 짚신 장사가 잘 되었다.(첨가 및 변개)
5	흥부는 집도 업시 집을 지으려고 집짓목을 너려 가량이면 만첩청산 드러가셔 소부동 ᄃᆡ부동을 와드렁퉁탕 버혀다가 안방ᄃᆡ청 힝낭몸치 ᄂᆡ외분합 물님퇴의 살미살창 가로다지 입구ᄌᆞ로 지은 거시 아니라(①) 이놈은 집짓목을 너려 ᄒᆞ고 슈슈밧 틈으로 드러가셔 슈슈ᄃᆡ ᄒᆞᆫ 뭇슬 뷔여다가 안방ᄃᆡ청 힝낭몸치 두루 지퍼 말집을 쏵 짓고(②) 도라보니 슈슈ᄃᆡ 반 뭇시 그져 남앗고나	형에게 쫓겨난 흥부는 홀로 집을 지었다. 그는 수수밭에 가서 대를 잘라 짚단을 만드는 것으로 만족해야만 했다. 이 짚단으로 그는 1부아소[인용자: 곡물을 재는 프랑스의 단위로 1부아소는 약 13리터를 지칭한다.] 만한 크기의 초가집을 세워 거처를 구성해 나갔다. 그러고도 그에게는 짚단의 반이 남았다. (①, ② 생략 : 집과 관련된 다양한 어휘들을 모두 번역하는 것이 어려웠던 이유로 추정됨)	5. 생략
6	방안이 널던지 마던지 양뒤 드러누어 기지게 켜면(①) 발은 마당으로 가고 ᄃᆡ골이는 뒷겻트로 밍ᄌᆞᄋᆞ리 ᄃᆡ문ᄒᆞ고 엉덩이는 울ᄐᆞ리 밧그로 나가니(②)	마지막 손질을 마치고 흥부와 흥부처는 잠자리에 들었다. 피곤에 지친 사지를 뻗었다.(①을 변용) 그러나 집안이 좁아서 이들의 다리는 마당으로 뻗어 나왔고 그들의 머리는 다른 쪽 뜰로 삐져나오는 등 그런 모양이 되었다. 사실적 기술에 있어서 더 이상 작가	생략

쿠랑의 줄거리 요약 : 형 놀부는 아주 심술궂은 사람으로 그의 부모가 그들 둘의 몫으로 나누어준 유산을 혼자 독차지하고서 아우에게 못되게 굴었다.			
	흥부전(경판 25장본)	쿠랑의 번역	알렌의 번역
		를 이해하기 어렵다(②쿠랑의 논평이 개입되며 축약)	
7	동니 ᄉᆞ롬이 츌입ᄒᆞ다가 이 엉덩이 불너드리소 ᄒᆞ는 소ᄅᆡ 홍뷔 듯고 ᄶᅡᆷ작 놀ᄂᆞ ᄃᆡ셩통곡 우는 소ᄅᆡ ᄋᆡ고 답답 셜운지고 엇던 ᄉᆞ롬 팔ᄌᆞ 조화 ᄃᆡ광보국 슝녹ᄃᆡ부 삼ᄐᆡ뉵경 되여ᄂᆞ셔 고ᄃᆡ광실 조흔 집의 부귀공명 누리면셔 호의호식 지ᄂᆡ는고	생략(상황 진술에 대한 생략 그리고 흥부 본인의 기구한 팔자에 대한 언급이 아님)	생략
8	ᄂᆡ 팔ᄌᆞ 무삼 일노 말만ᄒᆞᆫ 오막집의 셩소광어공경ᄒᆞ니 집웅 말ᄂᆡ 별이 뵈고 청천한운 셰우시의 우ᄃᆡ량이 방듕이라 문 밧긔 셰우 오면 방 안의 큰비 오고 폐셕초갈 찬 방안의 헌 ᄌᆞ리 벼록 빈ᄃᆡ 등의 피ᄅᆞᆯ ᄲᆡ라먹고압문의는 살만 남고 뒷벽의는 외만 나ᄆᆞ 동지셧달 한풍이 살쏘듯 드러오고 어린 ᄌᆞ식 젓달ᄂᆞ고 ᄌᆞ란 ᄌᆞ식 밥달ᄂᆞ니 참ᄋᆞ 셜워 못 살깃ᄂᆡ	나는 왜 이러한 기구한 팔자를 타고 태어났을까? 한 부와 소 크기도 되지 않은 오두막을 갖고 있다. 내 방에서는 지붕의 구멍으로 별들을 볼 수 있다. 밖에 가랑비라도 내린다면 내 방에서는 폭우로 변하는구나. 여름에는 너덜거리는 돗자리가 이와 빈대 무리의 처소가 되며 모기 한 부대가 거기에 머문다. 문은 나무 틀만 남아 있고 뒷벽은 각재만으로 버티고 있네. 겨울에는 얼어붙고 11월과 12월의 매서운 바람은 살을 뚫는 화살처럼 (우리집으로) 들어 온다. 어린 내 자식들은 젖달라 하고, 더 큰 자식들은 밥을 달라고 아우성이다. 나는 더 이상 이렇게 살 수가 없다.	생략
9	가난ᄒᆞᆫ 듕 우엔 ᄌᆞ식은 풀ᄆᆞ다 나하셔 한 셜흔ᄋᆞ믄 되니 닙힐 길이 젼혀 업셔 ᄒᆞᆫ 방 안의 모라너코 멍셕으로 쓰이고 ᄃᆡ강이만 ᄂᆡ여 노흐니 **ᄒᆞᆫ 년셕이 ᄯᅩᆼ이 마려오면**(①) 뭇 년셕이 시비로 ᄯᆞ라간다.	이렇게 가난하면서 왜 이리도 자식은 많은지?. 여긴 아이가 삼 십 여명이나 있고 내게는 그들에게 줄 옷도 없구나. 아이들이 옷이 더 이상 없기에 흥부는 짚으로 큰 거적을 짰고 삼십 여명의 아이들 머리에 맞게 삼십개의 구멍을 뚫었다. 아이들이 집에 앉아 있을 때 괜찮을 것 같았다. 그러나 만약 하나가 나가고자 하	(축약) 그러나 집에 먹을 음식이 더 이상 남아 있지 않고 신을 만들 짚이 바닥나고 새 짚을 살 돈이 없을 때가 왔다. 그러면 아이들은 엄마에게 먹을 것을 달라고 울었다. 엄마의 가슴은 아리고 아버지는 가족들의 목숨을 연명하고자 하는 마지막 시도로 여기저기를 헤매고 다녔다.

	쿠랑의 줄거리 요약 : 형 놀부는 아주 심술궂은 사람으로 그의 부모가 그들 둘의 몫으로 나누어준 유산을 혼자 독차지하고서 아우에게 못되게 굴었다.		
	홍부전(경판 25장본)	쿠랑의 번역	알렌의 번역
		면(①변개 : 비속한 표현) 나머지 29명도 그를 따라가야 했다.	
10	그 듕의 갑진 거슬 다 찻는고 ᄂᆞ 훈 년셕이 ᄂᆞ오면셔 ᄋᆡ고 어머니 우리 열구ᄌᆞ탕의 국슈 마라 먹으면 ᄯᅩ 한 년셕이 ᄂᆞ안즈며 ᄋᆡ고 어마니 우리 벙거지골 먹으면_ᄯᅩ 한 년셕 ᄂᆡ다르며 ᄋᆡ고 어머니 우리 ᄀᆡ장국의 휜밥 조곰 먹으면 ᄯᅩ 한 년셕이 나오며 ᄋᆡ고 어머니 ᄃᆡ초찰ᄯᅥᆨ 먹으면 ᄋᆡ고 이 년셕들ᄋᆞ 호박국도 못 어더먹는듸 보칙지ᄂᆞ 말녀므나 **ᄯᅩ 한 년셕 나오며 ᄋᆡ고 어머니 우ᄋᆡ 올붓터 불두덩이 가려오니 날 장가드려 듀오 이렷틋 보친들 무엇 먹여 살녀닐고**(①)	그들이 처한 이러한 궁핍한 처지에도 불구하고 아이들은 아주 귀한 것(비싼 것)만 요구했다. 하나가 말하기를 '엄마, 기름진 국에 국수를 말아 먹으면 좋겠다. 다른 하나는 가마솥에서 끓인 수육을 먹었으면, 또다른 아이는 개고기국에 흰쌀밥으로 배불리 먹었으면. 또 다른 아이는 대추떡을 원했다. 어머니는 애들에게 답했다. 에그 이녀석들아. 호박죽도 못 먹는 판에 그만 좀 얘기해라'(11-③의 배치를 바꾸고 내용을 변개) (① 생략 : 비속한 표현)	
11	집안의 먹을 거시 잇던지 업던지 소반이 네 발노 하늘긔 축슈ᄒᆞ고 **솔이 목을 ᄆᆡ여 달녓고**(①) 조리가 턱거리를 ᄒᆞ고 밥을 지어 먹으려면 칙녁을 보와 갑ᄌᆞ일이면 ᄒᆞᆫ ᄲᅥ식 먹고 쇠양쥐가 ᄊᆞᆯ알을 어드려고 밤낫 보름을 다니다가 다리의 가러톳시 셔셔 파종ᄒᆞ고 **알는 쇼릐 동니 ᄉᆞ룹이 잠을 못 ᄌᆞ니 엇지 아니 셜울손가**(②) ᄋᆞ가ᄋᆞ가 우지 마라 아모리 젓 달난들 무엇 먹고 젓이 나며 아모리 밥 달난들 어듸셔 밥이 나랴 달닉올 제 (③)	집안을 살펴보면 다 깨진 개상반은 네 발을 번쩍들어 하늘만 쳐다보고 가마솥 닦는 행주는 벽에 걸려 있고(①에 대한 의역) 국자는 못에 걸려 흔들거리고 있다. 밥을 짓는 것에 관해서는 홍부와 그 아들들이 달력의 갑자일이 되어야 밥을 먹고, 이 날은 단 한끼의 식사만을 한다. 생쥐가 이 집에 쌀 한톨이라도 찾으로 들어온다면 매우 부주의한 일이 될 것이다. 이 불행한 생쥐는 15일간 쫓아다니다가 아무것도 찾지 못하는 것이다. 생쥐는 너무 돌아다닌 바람에 다리에 껍질이 다 벗겨질 지경이었다. (② 생략 : 초점이 홍부의 집안이 아닌 다른 곳을 서술, ③의 위치를 10에 배치)	쌀 한 톨 남지 않았다. 이 친절한 가족들과 운명을 같이 했던 불쌍한 쥐는 밤이면 밤마다 작은 집 주변을 쫓아다녔지만 음식 비슷한 것을 찾지 못하자 악에 받쳤다. 악에 받치게 되자 쥐는 큰 소리를 빽 지르면서 절망감을 토로했다. 이 소리에 잠을 깬 이웃 쥐들은 그 쥐가 굶주림을 달래기 위해 쌀 한 톨을 얻으려고 달리는 헛수고를 하느라 발바닥이 다 닳았다고 소리친다고 확신했다. 계속된 굶주림은 이 작은 집의 심각한 문제였다.
12	홍부 ᄆᆞ음 인후ᄒᆞ여 청산뉴슈와 곤뉸옥결이라 셩덕을 본밧	생략(홍부의 착한 성품을 말하는 대목이기에 사건전개에	그래서 마지막으로 **엄마는 아들에게 백부 집에 가서 그들**

쿠랑의 줄거리 요약 : 형 놀부는 아주 심술궂은 사람으로 그의 부모가 그들 둘의 몫으로 나누어준 유산을 혼자 독차지하고서 아우에게 못되게 굴었다.			
	흥부전(경판 25장본)	쿠랑의 번역	알렌의 번역
	고 악인을 져어ᄒᆞ며 물욕의 탐이 업고 듀식의 무심ᄒᆞ니 ᄆᆞ옴이 이러ᄒᆞ미 부귀를 ᄇᆞ랄소냐 홍부 안히 ᄒᆞ는 말이 ᄋᆡ고 여봅소 부졀업슨 청념 맙소 안지 단표 듀린 념치 삼십조ᄉᆞ ᄒᆞ엿고 ᄇᆡᆨ이슉졔 듀린 념치 청누소년 우어스니 부졀업슨 청념 말고 져 ᄌᆞ식들 굼겨 듁이기스니 아ᄌᆞ번네 집의 가셔 쌀이 되ᄂᆞ 벼가 되ᄂᆞ 어더옵소 홍부가 ᄒᆞ는 말이 나슬 쇠 우에 슬흔고 형님이 음식 ᄭᅳᆺ츨 보면 ᄉᆞ촌을 몰ᄂᆞ보고 ᄯᅩᆼ쏘도록 치옵ᄂᆞ니 그 ᄆᆡ롤 뉘 ᄋᆞ들놈이 맛는단 말이오 ᄋᆡ고 동냥은 못 듀들 족박조ᄎᆞ ᄭᆡ칠손가 마즈ᄂᆞ 아니 마즈ᄂᆞ 쏘아ᄂᆞ 본다고 건너가봅소 홍뷔 이 말롤 듯고	큰 의미를 지니고 있지 않음)	의 비참한 상황을 솔직하게 말하고 일거리를 얻으면 반드시 갚을 거니까 그때까지 연명할 수 있는 쌀을 빌려달라고 부탁할 것을 명했다.(변용) 소년은 가고 싶지 않았다. 길에서 만나도 아는 척을 한 적이 없는 백부 집 안으로 들어가서 매를 맞지 않을까 겁났다. 그럼에도 그는 가라고 단호하게 말하는 엄마의 말을 따랐다.
13	형의 집의 건너갈 졔 치장을 볼작시면 편ᄌᆞ 업슨 헌 망건의 박조가리 관ᄌᆞ 달고 물네듈노 당ᄭᅳᆫ 다라 뒤고리 터지게 동히고 깃만 나믄 즁치막 동강이은 헌 슐ᄯᅴ롤 흉복통을 눌너 ᄯᅴ고 ᄯᅥ러진 헌 고의에 청올치로 다님ᄆᆡ고 헌 집신 감발ᄒᆞ고 셰살 부ᄎᆡ 손의 듸고 셔홉드리 오망ᄌᆞ루 ᄭᅩᆼ문이의 비슥ᄎᆞ고 ᄇᆞ롬 마즌 병인 갓치 잘쓰는 싀슈갓치(①)어슥비슥 건너다라	형네 집에 쌀 얻으러 가는 홍부의 차림새는 형편이 없었다. 앞 살 터진 헌 망건에 물레줄로 당줄 달아 쓰고 모가 빠진 헌 갓을 실로 총총 얽어매어 죽령을 달아 쓰고 깃만 남은 중치막에 동강동강 이은 술띠로 흉복을 느려 매고 떨어진 고의 적삼 청올치로 대님 매고 헌 짚신 들메고 세살부채 손에 들고 서홉들이 오망자루를 꽁무니에 비슷이 차고 비슥비슥 건너간다. 그는 자루 하나를 들고 형의 집으로 쌀을 얻으러 간다. (① : 생략)	생략
14	**형의 집의 드러가셔 젼후좌우 ᄇᆞ라보니(①)** 압 노젹 뒷 노젹 멍에 노젹 담불담불 ᄊᆞ하스니 **홍부 마음 즐거오ᄂᆞ 놀부 심ᄉᆞ 무거ᄒᆞ여 형뎨ᄭᅵ리 너외ᄒᆞ여 구박이 티심ᄒᆞ니(②)** 홍뷔 홀일업셔 ᄯᅳᆯ 아리	놀부의 안마당에서는 쌀가마를 쌓아올리고 있었다. 그는 형에게 인사했다.. '당신은 누구요? 홍부가 답하기를 '홍부라고 합니다' 놀부가 계속해서 '너의 아버지는?' 홍부가 답하기를 '아이고 형님, 무슨	**백부의 집 밖에는 잘 먹어 돈이 되는 소가 여러 마리 있었다. 우리에는 크고 살찐 돼지들이 가득했다. 이곳저곳에 암탉들이 널렸다. 개도 많았다. 이 개들은 그를 보자 짖으며 달려들어 이빨로 옷을**

쿠랑의 줄거리 요약 : 형 놀부는 아주 심술궂은 사람으로 그의 부모가 그들 둘의 몫으로 나누어준 유산을 혼자 독차지하고서 아우에게 못되게 굴었다.			
흥부전(경판 25장본)		쿠랑의 번역	알렌의 번역
	셔 문안ᄒᆞ니 놀뷔 뭇는 말이 네가 뉜고 너가 흥부오 흥부가 뉘 ᄋᆞ들인고 ᄋᆡ고 형님 이거시 우엔 말이오 비ᄂᆞ이다 형님 젼의 비ᄂᆞ이다 세 ᄭᅵ 굴머 누은 ᄌᆞ식 살너날 길 젼혀 업스니 쏠이 되ᄂᆞ 벼가 되ᄂᆞ 냥단간의 듀시면 품을 판들 못 갑흐며 **일롤 ᄒᆞᆫ들 고ᄋᆞ홀 손가 부듸 녯일롤 싱각ᄒᆞ여**(③) ᄉᆞ롬을 살녀 듀오 ᄋᆡ걸ᄒᆞ니	말씀을 하시오? 세 끼니를 거른 내 아이들을 먹일 수가 없으니 쌀이나 돈을 좀 주십시오. 형님 집에서 하인으로 일하면서 갚겠습니다. 제발 저희 좀 살려주세요. (①-②: 흥부행동묘사와 놀부의 심정진술, ③ 생략 : 장황한 사설)	**찢었다. 너무 놀란 그는 달아나고 싶었지만 개들을 달래자 곧 순해졌다. 한 마리는 다가와서 마치 다른 개들의 행동을 부끄러워 한다는 듯이 그의 손을 핥았다. 하녀가 그에게 가라고 했지만 그는 자신이 주인 어른의 조카이고 백부를 뵙고 싶어서 왔다고 말했다. 이 말을 듣고 하녀는 웃었지만 그를 안마당으로 들어가게 해주었다. 백부는 밖으로 나온 넓은 처마 아래에 있는 작은 툇마루에 앉아 있었다.(변개)**
15	**놀부 놈의 거동 보소**(①) 셩닌 눈을 부릅ᄯᅳ고 볼롤 울녀 호령ᄒᆞ되 너도 념치 업다 **너 말 드러보ᄋᆞ라**(②) 텬불싱무록지인이오 디불싱무명지최라 네 복을 누롤 듀고 나롤 이리 보치ᄂᆞ뇨 쏠이 만히 잇다 ᄒᆞᆫ들 너 듀ᄌᆞ고 노젹 헐며 **벼가 만히 잇다 ᄒᆞᆫ들 너 듀ᄌᆞ고 셤을 헐며**(③) 돈이 만이 잇다 ᄒᆞᆫ들 피목궤의 가득 든 거슬 문을 열며 가로되ᄂᆞ 듀ᄌᆞ ᄒᆞᆫ들 북고왕염 소독의 가득 너흔 거슬 독을 열며(④) 의복이ᄂᆞ 듀ᄌᆞ ᄒᆞᆫ들 집안이 고로 버셧거든 너롤 엇지 듀며 찬밥이ᄂᆞ 듀ᄌᆞ ᄒᆞᆫ들 삿기 ᄂᆞ흔 거먹암ᄀᆡ 부억의 누엇거든 너 듀ᄌᆞ고 ᄀᆡ롤 굼기며 지거미ᄂᆞ 듀ᄌᆞ ᄒᆞᆫ들 구증방 우리 안ᄒᆡ 삿기 나흔 돗치 누어스니 너 듀ᄌᆞ고 돗츨 굼기며 겨셤 이ᄂᆞ 듀ᄌᆞ ᄒᆞᆫ들 큰 농우가 네 필이니 너 듀ᄌᆞ고 소롤 굼기랴 **념치 업다 흥부놈아 ᄒᆞ고 듀머괴롤 불끈 듸여 뒤곡 뒤롤 ᄶᅡᆨ 집흐며 몽동이롤 직근 썩거 손지승의 메질ᄒᆞ듯 원화상의 법고 치듯 아조 쾅쾅 두다리니**(⑤)	놀부는 모진 눈을 부릅뜨고 무서운 얼굴로 소리쳤다. '너는 염치도 없는 놈이로다. 내가 하는 이야기를 듣거라. 하늘은 녹이 없는 사람을 내지 않고 땅은 이름없는 풀을 내지 않는다. 너는 왜 내게 구걸하러 왔느냐? 내가 곡식이 아무리 많다고 하더라도 내가 쌀 한가마를 모두 헐겠느냐? 너를 주자고 백냥짜리 묶음을 자르겠는냐? 네게 솜 한 덩이를 주기 위해 내 곡간을 열겠느냐? 오늘 남은 밥을 네게 주려고 새끼가 있는 내 검둥이 개를 굶기겠느냐? 술찌끼를 네게 주려고 금방 새끼를 낳은 내 암퇘지를 굶기겠느냐? **여기서 썩 나가서 내 귀를 피곤하게 만들지 말아라. 이 말을 하면서 놀부는 몽둥이를 들고 그를 때렸다.(⑤ 축약) (① : 판소리 특유의 서술자 개입을 생략, ② : 직접인용이 가능하기에 생략, ③-④ : 장황한 사설)**	(축약) 백부의 눈은 땅의 한 곳을 내려 보고 이마는 좁혀져 그는 매우 화가 난 것처럼 보였다. 조카는 백부가 그에게 올 경우에 대비해서 빠져나갈 쉬운 길을 찾기 시작했다. 마침내 그는 고개를 들어 말했다. "나는 쌀 곳간을 자물쇠로 꼭 잠겨 두었고 그 문을 절대 열지 말도록 명령했다. 쌀자루를 꼭꼭 싸 두어서 절대 쌀을 내올 수 없다.

이 책의 2장에서 고찰한 알렌, 쿠랑 번역의 공통점과 차이점을 먼저 상기해볼 필요가 있다. 알렌의 영역본과 대비해볼 때, 쿠랑은 『홍부전』과 문장단위의 대비가 가능한 수준의 번역양상을 보여준다. '원본에 대한 충실성'이란 기준에서 본다면, 쿠랑의 번역수준은 알렌의 영역본과는 비교가 되지 않는 수준이었다. 이는 쿠랑의 개인적이며 학문적인 역량 및 소양과도 관련되는 문제이지만, 천주교선교사와 개신교선교사 사이의 어학적 기반의 차이, 통·번역에 있어서 수준의 차이가 고소설 번역에도 반영된 결과이다. 또한 번역대상 텍스트를 설화(구어)와 서적 속의 언어(문어)로 본 두 사람의 서로 다른 접근 방식이 반영된 바이기도 했다. 두 사람의 번역방식은 <홍부전>원문에서 서술자가 직접 개입하여 놀부의 인물평을 하는 대목(도표 1 "엇지 아니 무지ᄒᆞ리")에서 살펴볼 수 있다.

<홍부전> 원문 : 놀부심식 무거ᄒᆞ여 부모 싱젼 분직젼답을 홀노 ᄎᆞ지ᄒᆞ고 홍부 갓튼 어진 동싱을 구박ᄒᆞ여 건넌산 언덕 밋희 너쩌리고 나가며 조롱ᄒᆞ고 드러가며 비양ᄒᆞ니 엇지 아니 무지ᄒᆞ리(1-앞)

쿠랑의 번역 : 못된 심성을 갖고 태어난 놀부는 그의 부친이 그들에게 나누어준 유산을 자기 혼자 차지할 방법을 모색했다. 그는 재산을 혼자 차지하는데 성공했고 아우를 쫓아내 홍부는 언덕아래 쓸쓸한 곳에서 살았으니 이 어찌 못된 행동이라 하지 않겠는가.[39]

---

39 M. Courant, op. cit., pp. 439-440.

알렌의 번역 : 한 사람은 부자였지만 다른 사람은 너무 가난했다. 유산 분배할 때 아버지의 자리를 물려 받은 큰 형이 어린 동생들을 부양해야 하지만 형은 그러지 않고 전 재산을 독식하여 동생에게 아무 것도 주지 않아 동생을 비참한 가난의 나락에 빠지게 했다.[40]

쿠랑은 『홍부전』의 서술자가 텍스트에 직접 개입한 부분을 번역했다. 반면 알렌은 이 부분을 생략했다. 이러한 생략은 비단 이와 같은 작은 부분에만 한정되지 않는다. 알렌은 쿠랑과 달리 '놀부의 행동으로 성격을 묘사하는 장면'(도표 3), '열거 · 과장을 통해 홍부의 가난을 묘사한 장면'(도표 5-8), 홍부의 외양묘사(도표13)와 같은 많은 장면을 생략했기 때문이다. 알렌은 『홍부전』 원본의 장면위주의 서술방식을 재현하지 않고 사건의 전개양상에 초점을 맞춰 원본의 내용을 재구성한 셈이다. 이러한 차이점과 구도로 말미암아, 알렌은 한국의 이야기를 들려주는 서술자(이야기꾼)의 위치에 서게 된다. 일상회화용 사전 그 자체가 부재한 형국에서 알렌은 고소설을 번역했다. 그가 쿠랑의 수준에 걸맞을 정도로 고소설 텍스트 그 자체에 대한 '직역'을 수행하는 것은 불가능한 일이었다. 그럼에도 불구하고 쿠랑은 알렌의 『홍부전』(영역본)을 원본에 어긋나는 번안(혹은 모방)으로 규정하지 않았다. 그 이유는 무엇보다 알렌의 영역본이 축약본이란 특성을 지닌다는 점을 들 수 있다. 그가 생략한 장면들은 사건전개에 큰 지장을 주지 않는 대목들이다. 또한 쿠랑의 번역문과 상

40 H. N. Allen, op. cit., p. 89.

충하는 부분이 없다.

이와 관련하여 "이야기[物語]", "설화", "아동용 우화보다 못한 작품"으로 규정했던 한국고소설에 대한 당시 외국인 논자들의 인식을 함께 염두에 둘 필요가 있다. 즉, 한국고소설은 문학작품이 아니라 일종의 설화로 인식되었던 것이다. 이로 말미암아 한국의 고소설은 원문의 세밀한 언어단위를 모두 직역 혹은 완역해야 될 문학작품으로 수용되지는 못했던 셈이다. 이 점에서 쿠랑은 알렌의 축약본을 <홍부전>에 대한 번역본으로 인식했던 셈이다. 즉, 원본에 대한 해독력을 구비하며 원문에 근거한 번역이 가능하다고 해서, 그것이 곧 한국고소설이 지닌 가치에 대한 재인식을 가능하게 해주는 셈은 아니었던 것이다. 소설 장르에 미달된 '설화', '부녀자' 혹은 '하층사회의 문식력을 지닌 남성'을 위한 '저급한 독서물'이라는 당시 한국고소설에 대한 인식을 공유했던 오카쿠라의 논저 역시 이 점을 잘 보여준다.

> 글자는 모두 예의 언문으로 우리나라의 가나와 같지만 글자의 형태는 오히려 저 로마자와 같이 부음(父音)과 모운(母韻)을 대표로 하는 글자만으로 구성되어졌다. 하지만 그 중 열에 여섯 심지어 여덟이 한어로 조선의 속어에 한어가 많이 들어가 있는 것을 살펴 볼 수 있다. 글쓰기 방법은 오른쪽 위에서 시작하여 세로로 한 행씩 점차 왼쪽으로 나아간다. 이는 우리나라 말과 다른 점은 없다.[41]

---

41 岡倉由三郎, 앞의 글, 844-845면.

일본어는 한국어에 대하여 분명히 서구어보다는 상대적으로 번역에 있어 가까운 거리에 놓인 언어였다. 또한 일본에서는 한국어 학습을 위해 이미 고소설이 번역되고 활용된 전례가 있었다. 상기 인용문이 잘 보여주듯, 고소설 속 언문을 그는 더욱 잘 번역할 수 있었다. 오카쿠라의 논문 속 『남훈태평가』에 대한 번역은 애스턴, 알렌에 비해 상대적으로 그가 더 번역을 수행할 수 있는 능력이 있었다는 점을 암시해준다. 그가 "권선징악이 주된 주제"로 정의하며 한국고소설의 대표적인 작품으로 예증한 것이 <홍부전>이었다. 하지만 그가 제시하는 것은 지극히 짧은 줄거리 자체이다. 왜냐하면 그는 고소설을 한 편의 문학작품으로 여기지는 않았던 것이다. 그가 보기에, 고소설은 "수사(修辭)의 방법"이 발견되는 점이 없는 작품 즉, "전문적인 작가의 문식이 더해진 작품"이 아니었기 때문이다.[42]

그렇지만 한국의 문학을 소개하는 입장과 한국문학에 대한 번역을 통해 한국의 문화를 소개하고자 하는 입장에는 분명한 차이점이 존재했다. 알렌의 한국설화집(1889)에도 오카쿠라와 같이 『홍부전』에 관한 다음과 같은 짧은 번역이 존재한다.

> 제비는 모든 곳에서 환영을 받지만 반면에 도둑 같은 참새는 빈번히 맞아 죽는다. 전자는 집 지붕에 살면서 새벽이 다가오면 언제나 그 쾌활

42 위의 글, 844-846면. 그가 제시한 <홍부전>의 개괄을 제시해보면 다음과 같다. "무자비한 형과 순종적인 동생이 있었는데 처음에는 구두쇠인 형이 저열하고 인색한 성격을 마음대로 부리며 한때 자기 욕심대로 탐욕을 부린다. 하지만 끝에는 아우가 천신만고를 맛보다 드디어 영원한 안락을 얻게 되는 것이 보통이다."

> 한 재잘거림으로 집 사람들을 깨우기 때문이다. 뱀으로부터 제비를 구하고 부러진 다리를 묶어준 한 친절한 사람에게 은혜를 갚은 제비에 대한 멋진 이야기가 전해진다. 그 예화는 너무 길어서 여기서는 간단히 다음만 언급하고자 한다. 제비는 그 사람에게 엄청난 행운을 가져다 준 씨앗을 주었고 반면에 제비에게 잔인했던 사악한 형에게는 그를 망하게 하는 씨앗을 주었다고 한다.[43]

그렇지만 이 짧은 줄거리 요약 속에도 고소설 전반을 번역했던 알렌의 뚜렷한 번역목적이 반영되어 있다. 오카쿠라가 제시한 것과 같이 짧은 분량이지만, 알렌은 <흥부전>을 통해 제비에 대한 한국인의 사유와 관습을 읽었고 이를 제시했다. 한국의 개신교 선교사들은 서구인의 피상적이며 부정적인 한국묘사에 대하여 진정한 한국을 알리며 한국을 변호하려고 했다. 이때 그들은 자신들의 논저들이 어디까지나 '내지인의 관점'에 의거한 것임을 분명히 했다. 더불어 한국의 아름다운 산하의 모습, 자연, 그 속을 살아가는 한국인의 사고, 삶과 생활의 모습을 제시하려고 했다.[44] 즉, '제비'에 대한 한국인들의 관념과 이 점이 투영된 고소설을 알렌은 분명히 제시하려고 했던 셈이다. 알렌의 줄거리 요약에는 한국문화를 소개하고자 한 지향점

---

43 H. N. Allen, op. cit., pp. 33-34. 이는 "토끼와 기타 전설-새와 동물 이야기"란 제명 아래 삽입된 것이다. 이 속에 <토끼전>에 대한 번역작품이 한 편 있다. 하지만 쿠랑은 이를 그가 조사한 한국고소설 번역본으로 판단하지는 않았다.

44 류대영, 『초기 미국선교사 연구』, 한국기독교역사연구소, 2001, 181-197면 ; 이상현, 『한국 고전번역가의 초상, 게일의 고전학 담론과 고소설 번역의 지평』, 소명, 2012, 47-66면.

이 존재했다. 또한 그가 별도로 제시한 『홍부전』(영역본)은 이렇듯 짧게 거론된 <홍부전>과는 달리 상대적으로 풍성하게 서구와는 다른 한국문화를 보여주는 것이었다. 이와 관련하여 쿠랑 역시 알렌이 보여준 한국문화의 재현이라는 이러한 번역지향을 공유하고 있었던 사실을 주목할 필요가 있다.

(2) 『홍부전』의 번역과 문화소통의 가능성

쿠랑은 그가 번역한 『홍부전』이 "흥미로운 한국인들 생활의 모습을 묘사하고 있다"고 지적했다.[45] 즉, 『홍부전』 속에 반영된 한국인의 삶의 모습들은 쿠랑의 가장 중요한 번역동기였던 것이다. 사실 이러한 번역동기는 2장에서 고찰했던 알렌 저술(1889)의 발간목적과 크게 어긋나지 않는다.

> 내가 이 책을 쓰는 목적은 한국인이 반-미개인이라는 다소 강하게 남아있는 잘못된 인상을 고치는 곳에 있다. 그리고 나는 이 목적을 달성하기 위해서 한국 사람들의 생각, 삶, 풍속을 그들의 토착적인 민간전승(native lore)으로 보여주는 것이 가장 효과적인 방법이라고 믿기에, 특별히 엄선된 작품이 아니라 삶의 다양한 국면을 보여주는 작품들을 번역한 것이다.[46]

45 M. Courant, 이희재 옮김, 앞의 책, 290면.

46 H. N. Allen, op. cit., p. 3.

쿠랑은 오늘날의 눈으로 보면, '번안'으로 평가할 수준의 알렌 영역본의 번역양상을 비판하지 않았다.[47] 일본과 한국에 대한 선행업적들을 검토한 논문에서도 쿠랑은 알렌 번역본에 대해서 다음과 같이 평가했다.

> 알렌은 한국 전래 설화를 번역하여 한국의 민속과 민중문학을 소개했다. 또한 로니와 홍종우가 공동으로 불역한 한국의 소설[인용자 : 춘향전 불역본]과 홍종우 단독으로 번역한 작품[인용자 : 심청전 불역본]은, 번역이라기보다는 각색에 더 가깝지만, 부분적이나마 한국의 문학이 어떤 것인지 보여주고 있다.[48]

쿠랑은 알렌의 번역을 설화에 대한 번역이라고 인식했다. 하지만 홍종우·로니의 고소설 불역본을 "각색"이며 "부분적"으로 "한국의 문학"을 보여준다라고 평가한 것에 비한다면, 알렌의 영역본이 지닌 그 효용성을 고평한 셈이다. 그 이유는 알렌의 영역본이 어디까지나 한국의 민속과 민중문학을 보여주기 때문이었다. 즉, 고소설 번역을 통해 제시하려고 한 측면은 공유의 지점을 지니고 있었던 셈이다. 한국인의 생각, 삶, 풍속은 고소설을 통해 드러낼 수 있는 또

47 M. Courant, 이희재 옮김, 앞의 책, 432면, 789-790면. 알렌 영역본과 쿠랑의 고소설 비평이 지닌 의미에 관해서는 이 책의 2장[初出: 「알렌 <백학선전>영역본 연구 - 모리스 쿠랑의 고소설 비평을 통해 본 알렌 고소설 영역본의 의미」, *Comparative Korean Studies* 20(1), 국제비교한국회, 2012]과 이상현, 「묻혀진 <심청전> 정전화의 계보」, 『고소설연구』32, 한국고소설학회, 2011를 참조.

48 M. Courant, 파스칼 크러트, 조은미 옮김, 앞의 책, 211면.

다른 가치였던 것이다. 사실 알렌, 쿠랑의 고소설 번역은 '민족지'라는 고소설의 효용을 고소설론이나 줄거리개관보다 더욱더 잘 구현해 주는 것이었다.

알렌이 보여주고 있는 원본텍스트에 대한 변용양상을 정리해 보면, '一夫多妾의 놀부'란 설정, 놀부와 홍부의 결혼생활(4), 홍부가 아니라 그의 아들이 놀부의 집으로 가게 되는 설정(12), 놀부 집의 정경(14)이다. 변개 이유와 기준점은 실제로 그가 체험했던 한국인들의 삶을 재현해주려고 한 그의 서문에서의 번역지향과 관련하여 살펴봐야 한다. 이러한 변개양상이 그들의 글쓰기나 민족지적 저술로는 보여줄 수 없는 한국인들의 가정생활의 생생한 현장을 재현하고 있음을 주목해 볼 필요가 있다. 즉, 알렌의 <홍부전>에 대한 변개는 그가 생각한 당시 한국의 현실에 부합한 것이었기 때문이다. 그는 원본이 지닌 홍부의 가난함에 대한 과장된 형상화를 변개했다. 홍부의 아이를 30명이 아니라, "서너 명의 아이" 정도로 바꾸고, 홍부 부부 내외가 생계를 꾸려나가는 구체적인 모습을 제시했다. 이는 지나친 추론일지 모르나, 아버지가 아닌 아들, 아내의 부탁을 듣고 남편이 쌀을 얻으러 가는 장면은 당시 한국의 현실에 부합되지 못한 것으로 알렌이 판단했을 가능성이 있다. 또한 놀부에 대한 변개는 그 당시 한국 부자들의 형상에 근접한 것으로 알렌이 여겼던 것일 수도 있다.

그것은 '문화의 번역'이었으며, 원본이 지닌 해학과 골계미를 훼손시키는 것이기는 했지만 반-미개인(semi-savage people)이라고 인식되던 당시의 한국인을 변호하려는 지향점을 지닌 것이기도 했다. 알렌의 서문이 잘 말해주듯, 과거 은자의 나라가 아니라, 개항된 이후, 한국을 지나치는 외국인들의 단편적인 인상에 의해 폄하되는 한국의 형상을 우려했던 그의 지향점이 반영된 것이었다. 요컨대 그가 체험했던 한국문화의 지평에서 변개를 수행한 그의 번역물들은 동시기 쿠랑의 번역지평에도 부합되는 것이었다. 다만 쿠랑에게는 설화란 지평 속에서 고소설을 번역한 알렌과는 또 다른 가능성이 존재했다. 쿠랑은 원본의 내용과 언어표현을 충실히 재현하려는 번역적 지향, 즉 <흥부전>을 한 편의 문학작품으로 보존하려고 했기 때문이다. 쿠랑이 <흥부전>을 번역한 까닭은 그가 제시한 <흥부전>의 줄거리요약만으로는 충족될 수 없는 소설의 흥미성과 그 속에 묘사된 한국인의 생활상을 제시해 주고자 했기 때문이다.[49] 이 속에서 우리는 고소설 속에서 흥미를 느끼며 세밀한 언어표현을 읽은 외국인 독자 쿠랑을 발견할 수 있다. 「서론」에도 이러한 쿠랑의 모습이 담겨져 있다. 그는 한국의 고소설 속에서 비록 묘사가 동일하여 싫증이 나지만 "신선한 풍경의 묘사", 과장이 심해 얼굴을 찌푸리게 하지만 인물에 대해 적절하게 "표현된 성격의 취급과 풍자적 의도"가 보이는 장면을 발견할 수 있었다.[50] 이렇듯 한국이라는 이문화세계의 소설 작품을 읽은 그의 공감과 부정의 시선이 쿠랑의 <흥부전> 번역에는 겹쳐져 있었다. 이는 쿠랑의 <흥부전>번역양상을 통해 발견할 수 있다.[51]

---

49 M. Courant, 이희재 옮김, 앞의 책, 255면.

50 위의 책, 70면.

51 이하 쿠랑의 <흥부전> 번역양상에 관한 고찰은 이상현·이진숙·장정아, 「<경판

먼저, 알렌이 <흥부전>에서 누락시킨 대표적인 언어표현은 이야기의 내용전개에 중요하지 않은 '사설치레'이다. 쿠랑은 이와는 달리, 각양각색 인물들의 개성적 용모나 행색, 심성, 언행 등을 구상적으로 현시하는 인물형상치레, '놀부의 심술타령' 부분(도표 3항)을 번역했다. 다만 원전의 "놀부 심ᄉᆞ를 볼작시면"을 쿠랑은 "지난날 놀부의 행동을 살펴보자면"으로 바꿨다. 사실 <흥부전>에서 이러한 놀부의 심술타령은 그 과장, 왜곡에 대하여 어떠한 합리성/불합리성 혹은 선악의 가치판단을 개입시키는 대목이 아니다. 오히려 작품 속에서 구체적이며 생동적으로 형상화된 인물이 놓인 현재적인 현장 자체에 흥겹게 동참하는 대목이라고 말할 수 있다.[52] 그렇지만 이렇듯 현재화된 서술을 서구적 문예의 관점에서는 쉽게 수용할 수 없다는 난점이 존재한다. 이에 따라 쿠랑은 서사전개가 이후 자연스럽게 이어질 수 있도록 과거에 있었던 일로 전환한 셈이다. 또한 놀부의 '심사'란 표현을 그대로 번역하기보다는 이어지는 내용들을 감안하여 그냥 '행동'으로 번역했다.

더불어 "히산혼듸 기닭잡기"(①)에 대한 번역을 쿠랑은 누락했다. '아이를 낳게 되면 개라든가 닭을 잡는 등의 부정한 일을 해서는 안 된다'는 전통적인 금기조항을 프랑스인에게 설명하기 어려웠던 사

본 홍부전>의 두 가지 번역지평: 알렌, 쿠랑, 다카하시, 게일의 <홍부전> 번역사례를 중심으로」, 『열상고전연구』 47, 열상고전연구회, 2015, 381-401면을 참조하여 정리한 것이다.

52 판소리의 인물형상치레에 관해서는 박영주, 『판소리 사설의 특성과 미학』, 보고사, 2000, 179-203면, 206-217면을 참조.

정 때문으로 여겨진다. 즉, 이러한 놀부의 행실이 어떤 나쁜 의미인지를 서구인에게 전달하는 것은 어려운 문제였던 것이다. 또한 "집의셔 못쓸 노릇ᄒᆞ기"(②)의 경우 쿠랑은 이에 대한 번역을 생략했는데, 놀부의 이 악행이 다른 부분들과 대비해본다면 구체적이지 않았기 때문이라고 판단된다. 즉, 쿠랑의 번역은 '원전의 내용 그 자체'보다 자신의 번역문을 읽을 '서구인 독자의 이해'를 더욱 중시한 결과인 것이다. 예컨대 서구인의 눈으로 본다면, 원전의 놀부 심술타령 대목에서 나열된 놀부의 행실은 무질서한 문장들이 단순하게 나열된 것으로 보일 여지가 충분히 있다. 왜냐하면 '엮음에 의한 구상적 현시'라는 사설치레의 표현기법과 그 효과라고 할 수 있는 '놀부 심술타령 대목'이 보여주는 정서를 공감하기 위해서는 『홍부전』(경판본)에 내재된 형상성과 그 율격미를 느낄 수 있어야 하기 때문이다.[53] 물론 쿠랑은 <홍부전>이 판소리로 구현되는 작품이란 사실을 알고 있었다. 그렇지만 한국의 예술작품에 내재된 율격을 공감하며 이를 논리적으로 규명한 수준은 아니었다.[54]

따라서 '놀부 심술타령 대목'은 그의 눈에도 비합리적이며 장황하고 과장된 서술로 인지될 수밖에 없었던 셈이다. 이러한 문제점

---

53 박영주, 앞의 책, 129-178면.

54 이 점에 대해서는 김승우, 『19세기 서구인들이 인식한 한국의 시와 노래』, 소명출판, 2014, 54-70면 ; 이상현·윤설희, 『주변부 고전의 번역과 횡단 1, 외국인의 한국시가담론 연구』, 역락, 2017 2-3장[初出: 이상현·윤설희, 「19세기 말 在外 외국인의 한국시가론과 그 의미」, 『동아시아문학연구』 56, 한양대 동아시아문화연구소, 2014, 321-328면 ; 이상현, 「19세기 말 한국시가문학의 구성과 '문학텍스트'로서의 고시가: 모리스 쿠랑 한국시가론의 근대학술사적 의미」, 『비교문학』 61, 한국비교문학회, 2014, 347-358면]을 참조.

때문에, 쿠랑은 원전에서 제시되는 순서를 합리적으로 재구성하고자 했다. 쿠랑은 '빗갑식 계집 쎽기'(③)를 생략했으며 "곱장이 업허놋코 발꿈치로 탕탕치기"(⑤)를 원전의 순서와 다르게 배치했다. 이러한 재구성에는 놀부의 악행을 서구인이 알기 쉽게 유형화하기 위한 목적이 전제되어 있다. 즉, "무죄훈 놈 쌤치기", "늙은 영감 덜믜집기"와 같이 "곱장이 업허놋코 발꿈치로 탕탕치기"는 '타인에 대한 폭력'이란 공통점을 지닌다. 따라서 이와 함께 엮어 재배치를 했고 공통점이 없는 '빗갑식 계집 쎽기'를 생략한 셈이다.

<홍부전>에는 서구인들이 인식할 수 없는 일상화된 소재와 풍경 또한 그 기저에 흐르는 농경문화와 농촌공동체의 모습이 내재화되어 있다. 이점은 '놀부의 심술타령 대목'에서도 마찬가지이다. 이로 인해 <홍부전>을 향유한 한국인 독자는 놀부의 악행들을 누구나 납득할 수 있는 악행으로 유형화하여 인식할 수 있었던 것이다. 반면 서구인 독자의 입장에서 본다면 한국인 독자와 이러한 동일한 수준의 인식은 불가능한 셈이었다.[55] 이와 관련하여 쿠랑은 "논두렁에 구멍뚤키"(④)를 생략했는데, "오려논의 물터놋키"와 이 표현을 구별하여 서구인 독자에게 이를 전달하기 어려웠던 사정 때문일 것으로 보인다.

즉, 쿠랑의 번역은 서구인에게 낯설게 보일 원전의 언어표현을 보

55 이 점에 대해서는 이문규, 「홍부전의 문학적 특질에 대한 고찰」, 인권환 편, 『홍부전연구』, 집문당, 1991, 446-451면 ; 정충권, 『홍부전 연구』, 월인, 2003, 325-346면 ; 김창현, 「「홍부전」의 주제와 현대적 의미」, 『비교문학』 41, 한국비교문학회, 2007, 292-296면을 참조.

다 서구인의 입장에 맞춰 풀이한 번역방식을 보여준다. 예컨대 "심ᄉᆞ가 모과나모의 ᄋᆞ들이라"라는 언어표현은 <홍부전>을 향유한 한국인 독자에게는 낯설지 않고 익숙한 표현이기에 간략히 서술된 표현이지만, 서구인 독자에게는 그렇지 않은 표현이라고 볼 수 있다. 이에 쿠랑은 "놀부의 마음은 누런 모과만큼이나 울퉁불퉁했다"라고 한층 더 비유를 풀어서 번역했다. '놀부 심술타령 대목'에서 쿠랑이 번역을 누락한 언어표현들은 실상 서구인들에게 충분히 이해 가능한 수준으로는 번역이 불가능한 것이다.[56] 쿠랑은 『홍부전』(경판본)에 대한 번역과정 속에서 이처럼 <홍부전> 번역의 아포리아를 대면할 수밖에 없었다. 이러한 쿠랑의 곤경이 여실히 드러나는 지점이 바로 아래와 같은 대목(도표 6항)이다.

> ……양뒤 드러누어 기지게 켜면 발은 마당으로 가고 ᄃᆡ골이는 뒷겻트로 ᄆᆡᆼᄌᆞᄋᆞ리 ᄃᆡ문ᄒᆞ고 엉덩이는 울ᄐᆞ리 밧그로 나가니(25장본 <1-뒤>)

"ᄆᆡᆼᄌᆞᄋᆞ리 ᄃᆡ문ᄒᆞ고"는 서구인으로서는 쉽게 이해할 수 없는 난해한 표현이다. 주지하다시피 이 언어표현은 '장님이 정문을 바로 찾아 들어간다'는 뜻으로, 어리석은 사람이 어쩌다 사리에 맞는 일

---

56 쿠랑이 『홍부전』(경판 25장본)의 언어표현을 누락시킨 부분 중에서는 이와는 달리 의도적으로 생략한 부분도 발견할 수 있다. 첫째, 생리현상이나 성을 연상시켜 혐오감을 줄 수 있는 표현의 경우, 쿠랑은 완곡한 표현으로 전환했다. 이러한 변용양상은 쿠랑이 서구인 독자를 인식한 일종의 '자기검열'이라고 말할 수 있다. 둘째, 쿠랑은 그의 부분번역의 서사전개에 있어서 불필요한 부분을 의도적으로 생략했다.

을 함을 비유적으로 이르는 '盲者直門', '盲者正門'을 풀어쓴 대목이다. 즉, 작품 속에서는 '곧바로, 일직선으로'란 뜻이다. 의당 이를 온전히 번역할 수는 없었다. 쿠랑은 이 부분을 "마지막 손질을 마치고 홍부와 홍부처는 잠자리에 들었다. 피곤에 지친 사지를 뻗었다. 그러나 집안이 좁아서 이들의 다리는 마당으로 뻗어 나왔고 그들의 머리는 다른 쪽 뜰로 삐져나오는 등 그런 모양이 되었다"고 번역했다.

하지만 이러한 번역의 생략보다 주목해야 될 점은 사실적 기술에 있어서 더 이상 작가를 이해하기 어렵다"라고 말한 쿠랑의 개입이다. 그리고 이하의 번역(도표 7항)을 생략했다. 적어도 이 부분에서 쿠랑은 원전의 서술자를 대신하는 번역자가 아니다. 쿠랑은 원전의 구체적이고 사실적인 기술을 직역하기에 자신이 갖고 있던 한계를 숨기지 않은 것이다. 아마도 그 이유는 원본이 지닌 '비현실성'때문이다. 즉, 이 과장적인 표현을 그는 이해할 수 없었다. "사실적 기술에 있어서 더 이상 작가를 이해하기 어렵다"라고 평했지만, 그는 그의 합리적인 기준을 투영하여 어긋나는 지점을 최대한 표현했으며 작품에 다가서고자 했다. 이와 같은 쿠랑의 번역 속에는 한국고소설의 세밀한 언어표현의 세계에 다가서며, <홍부전>을 하나의 작품으로 형상화하려는 그의 지향점이 분명히 내재되어 있었다. 나아가 낯선 이문화의 텍스트를 번역할 때 대면한 곤경을 최대한 서구인 독자를 위해 풀이해주고, 결국 그 곤경을 번역자란 위치를 포기하면서까지 직접 토로한 쿠랑의 방식을 그르다고 평가할 수는 없는 것이다.

이처럼 쿠랑의 고소설에 대한 독해력과 번역수준은 당시 고소설의 대표적인 영역본인 알렌의 영역본과는 비교할 수 없는 높은 수준이었다. 그것은 파리외방전교회와 당시 한국의 천주교선교사들이 지녔던 한국어학적 기반에 의거한 것이다. 쿠랑은 한국고소설이 보여주는 언어표현의 세계와 그곳에 형상화된 한국인의 삶을 분명히 발견할 수 있었다. 또한 다수의 한국고소설 작품을 접촉할 수 있었다. 「서론」을 통해 이러한 측면들이 비록 구현된 것은 아니었다. 하지만 그의 「고소설 목록」에는 당시 서구인의 한국문학관을 넘어, 이질적 문화 사이 수평적이며 진정한 상호이해에 도달할 가능성이 내재되어 있었던 것이다.

문혀진
한국문학사의 사각(死角)

제4장

횡단하는 주체와 한국고전, 그리고 서울-파리의 학술네트워크

『삼국사기』에 새겨진 27년 전 서울의 추억, 모리스 쿠랑과 한국의 고전세계

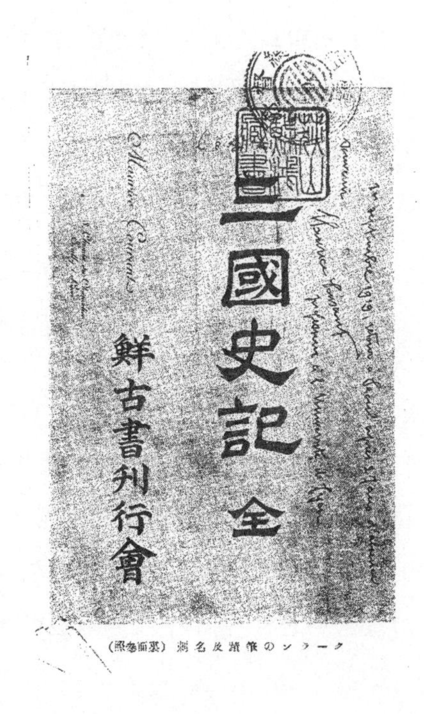

クーランの筆蹟及名刺(裏面參照)

모리스 쿠랑(Maurice Courant, 1865-1935)이 프랑스 리옹대학 교수의 신분으로 경성을 다시 방문한 흔적이 조선고서간행회가 영인한 『삼국사기』(1908)에 남겨져 있다.[1] 위 사진은 조선고서간행회의 『삼국사기』(영인본)에 쿠랑의 친필과 명함이 촬영된 것이다. 그의 친필이 전하게 된 과정을 짚어보면, 그 속에는 세 겹으로 겹쳐지는 시간축이 존재한다. 첫째, 쿠랑이 『삼국사기』(영인본)에 친필로 문구를 남긴 시간(1919년)이다. 당시 한국 주재 일본민간학술단체가 쿠랑의 필적을 보존·기념해야 할 만큼, 그는 한국도서에 관한 전문가로서 일정한 위상과 권위를 지니고 있었던 셈이다. 둘째, 쿠랑의 필적을 촬영하여 이를 하나의 기념비로 만든 시간(1941년)이다. 이 사진은 오구라 치카오(小倉親雄, 1913-1991)의 『조선서지서론(朝鮮書誌序論)』(1941)에 수록된 것이었다. 오구라의 저술은 『한국서지』「서론」의 일역본이다. 즉, 이 속에는 재조선 일본인들에 의해 쿠랑 『한국서지』「서론」이 번역되는 과정이 놓여 있다. 이 두 시간축은 『한국서지』가 출간된 이후 유통된 시간이라고 정리할 수 있다.

마지막으로 『삼국사기』(영인본)에 쿠랑이 적어놓은 짧은 메모는 또 하나의 중요한 시간을 이야기해준다. 그것은 "1919년 9월 1일 27년이 흘러 서울에 돌아온 추억에"란 그의 필적이 말해 주는 시간이다. 프랑스 파리에서 쿠랑이 구한말 프랑스공사 콜랭 드 플랑시(Victor Collin de Plancy, 1853-1922)에게 보낸 다음과 같은 서한(1899.12.18.)을 펼쳐보면, 그에게 27년전 서울의 추억은 매우 각별한 의미를 지닌 시간이었음을 알 수 있다.

---

1 小倉親雄, 「(モーリスクーラン)朝鮮書誌序論」, 『挿畵』, 1941 ; 오구라의 저술은 조선총독부의 잡지인『朝鮮』304-315호(1940.9-1941.7)에 수록되었던 그의 연재 원고를 뽑아 다시 출판한 것이었다.

"가끔 저도 모르게 한국에서 공사님과 가까이에서 보내던 때를 생각하고 있음에 깜짝 놀랍니다. 무척이나 짧았지만 저에게는 너무도 충만했고, 저의 존재에 그토록 많은 흔적을 남긴 기간이었죠. 외진 사무국에 있던 제 모습이 눈에 선합니다. - 그렇지만 물론 과거 속에서 사는 것으로 만족해야 할 정도로 제가 그렇게 나이든 것은 아직 아니겠지요?"[2]

그의 이 서한은 그의 모교인 동양어대학교에 교수 임용이 좌절된 시기, 그가 플랑시에게 보낸 서한이다. 그는 이 추억의 장소 한국, 서울의 땅을 1919년까지 다시는 밟을 수 없었으며 한국학의 선구자로서 그가 개척한 영역들을 자신의 새로운 한국학 저술로 꽃피우지도 못했다. 즉, 그가 술회했던 자신에게 "충만했"고 자신의 존재에 "그토록 많은 흔적을 남긴" 이 시간은 다시 돌아올 수 없는 것이었다. 요컨대 이 추억의 산물이자 기록이라고 말할 수 있는 젊은 한국학 전문가이자 동양학자의 열정적 산물, 『한국서지』와 같은 거질의 한국학 저술을 그는 다시는 펴낼 수 없었다. 또한 그는 과거 속에 정착하고 만족하기에는 너무나 젊은 나이였다. 따라서 이후 그의 행보는 한국학자라기 보다는 '중국학자'이자 '일본학자'에 더더욱 근접한 모습이었다.[3]

2 부산대 인문학연구소·점필재연구소, 콜레주 드 프랑스 한국학연구소 편, 『『플랑시 문서철』에 새겨진 젊은 한국학자의 초상: 모리스 쿠랑 평전과 서한자료집』, 소명출판, 2017, 282-283면.

3 위의 책, 184-185면[初出 : 이은령·이상현, 「모리스 쿠랑의 서한과 한국학자의 세 가지 초상: 『플랑시 문서철』(*PAAP, Collin de Plancy Victor*)에 새겨진 젊은 한국학자의 영혼에 대하여」, 『열상고전연구』 44, 열상고전연구회, 2015]을 참조.

조선고서간행회가 출간한 『삼국사기』(영인본)에 남겨진 쿠랑의 친필 속에는 그의 서한문(1899.12.18.)보다 더 오랜 시간이 경과된 뒤의 추억 즉, 27년 전 서울의 추억과 그가 체험했던 한국이라는 시공간이 겹쳐 있었던 것이다. 쿠랑은 27년 전, 그러니까 1890년 5월에서 1892년 3월까지 프랑스 공사관 서기관 대리로 한국에 있었다. 쿠랑의 필적이 새겨지며, 그것이 촬영된 것은 이 시기 그가 이루어낸 소중한 성과물(『한국서지』)의 공로였다. 쿠랑, 이 젊은 외교관은 한국을 떠난 후에도 베이징, 도쿄, 톈진 등에서 근무하며, 1896년 본국으로 귀국하는 과정 속에서 『한국서지』 1-3권(1894-1896)을 출간했다. 이후 『한국서지(보유편)』(1901)를 내놓았다.[4]

27년 전 서울에서 그의 주된 작업은 『한국서지』의 집필이었다.[5] 사실 쿠랑의 『한국서지』는 『삼국사기』를 최초로 서구세계에 알린 저술이기도 했다. 당시 중국, 일본측 사료를 근거로 한 서구인들의 한국역사상과 달리, 쿠랑은 『삼국사기』의 사료로서의 가치를 인정했으며 이를 통해서 새로운 한국의 고대상을 제시해 준 바 있다.[6] 하

---

4 M. Courant, 이희재 옮김, 『한국서지』, 일조각, 1997[1994](*Bibliographie Coréenne*, Paris, 1894-1896, 1901).

5 쿠랑의 생애와 저술 전반에 대한 총체적인 검토는 다니엘 부셰의 논문(D. Bouchez, 전수연 옮김, 「한국학의 선구자 모리스 꾸랑」, 『동방학지』 51·52, 연세대 국학연구소, 1986)에서 행해진 바 있다.

6 부셰의 선행연구를 기반으로 이영미는 「유럽의 한국 인식: 쿠랑의 한국사론과 동아시아」, 『동아시아 한국학의 형성』, 소명출판, 2013[初出: 「쿠랑이 본 한국의 역사와 동아시아 속의 한국」, 『한국학연구』 28, 인하대 한국학연구소, 2012]에서 쿠랑의 생애를 그의 한국학 저술을 중심으로 크게 4시기로 구분하여 살폈다. 이와 관련하여, 쿠랑이 말한 서울의 추억은 1기(서울, 베이징, 파리, 도쿄, 톈진에서 통역관으로 근무하던 시기(1890-1896))에 해당된다. 하지만 2기(파리에서 전

지만 4장에서 주목하고자 하는 바는 어디까지나 한국이란 장소에서 쿠랑의 필적이 『삼국사기』(영인본)에 새겨지며 전해진 이 역사적 사건이다. 또한 '한국의 고전'과 '한국'이라는 장소를 주어로 삼을 때, 드러나는 근대초기 한국학의 모습이다.

즉, 4장의 초점은 그가 『삼국사기』를 통해 제시한 기존 서구인과 다른 한국의 역사상[7]이 아니라, 오히려 그가 『삼국사기』를 접촉하며 연구할 수 있었던 19세기 말 - 20세기 초 한국고전의 새로운 유통양상과 당시의 학술 네트워크이다. 또한 '한국도서를 세계에 알린 개척자'라는 오늘날 쿠랑에 대한 통념적 기억 그 자체가 아니라, 그러한 쿠랑의 기억이 형성되는 과정이다. 이를 살피기 위해서는 무엇보다도 2년여 동안 체험한 한국에 대한 쿠랑의 실감을 주목할 필요가 있다. 물론 그는 한국을 지극히 짧은 시간 밖에 머무를 수 없었으며, 그의 한국학 저술은 엄연히 한국의 외부에서 출현한 재외의 한국학이었다.[8] 그렇지만 이 시기 한국은 파리, 베이징, 도쿄, 텐진 등과 연

문적인 연구자의 길을 선택한 시기(1896-1899))와 3기(동양어학교의 취직이 좌절되며 리옹에서 활로를 모색한 시기(1900-1912))까지도 긴밀히 겹쳐져 있다.

7 당시 서구인의 역사서술과 그 속에서 변별된 쿠랑의 역사서술의 모습은 이영미의 선행연구에서 충분히 잘 거론되었기 때문에, 구체적으로 상론하지 않기로 한다(「朝-美 修交 이전 서양인들의 한국 역사 서술」, 『한국사연구』 148, 한국사연구회, 2010 ; 「쿠랑이 본 한국의 역사와 동아시아 속의 한국」, 『한국학연구』 28, 인하대 한국학연구소, 2012).

8 모리스 쿠랑의 한국학 논저는 21편으로 밝혀졌다(이희재, 「모리스 꾸랑과 한국서지에 관한 고찰」, 『숙명여자대학교 논문집』, 숙명여자대학교 논문집편집위원회, 1985, 330-332면). 이 중 11편의 논저가 집성되었고 번역되어 있다(Collège de France ed, *Études Coréennes de Maurice Courant*, Paris: Éditions du Léopard cl'r, 1983 ; M. Courant, 파스칼 그러트 · 조은미 옮김, 『프랑스 문헌학자 모리스 쿠랑이 본 한국의 역사와 문화』, 살림, 2009).

결된 장소였으며, 통역관이었던 쿠랑이 계속하여 근무를 희망했던 공간이란 점을 주목할 필요가 있다.

1. 『한국서지』 집필 · 출판의 공간, 19세기 말-20세기 초 한국

(1) 1919년 9월 다시 찾은 경성

리옹대학교 교수 쿠랑은, 베이징 주재 프랑스 공사관의 방문과 도쿄 내 프랑스대학의 건립 문제와 관련하여 잠시나마, 한국을 찾아올 기회를 얻을 수 있었다. 베이징에서 도쿄를 방문하는 여정 속에서 그는 한국의 평양, 서울, 대구, 경주를 짧은 시간 동안 머무를 수 있었다.[9] 1890년부터~1933년까지 근 40년간 한국교구장이었던 뮈텔(Gustave Charles Mutel, 1854-1933) 주교의 일기에는 1919년 서울을 방문했던 쿠랑의 모습이 남겨져 있다.[10] 뮈텔은 1890년 쿠랑과 한국에서 만난 이후 지속적으로 교유하며 서신을 통해 쿠랑의 연구에 큰 도움을 준 인물이다.[11] 당연히 경성에서 쿠랑을 안내해 준 인물도 바로 뮈텔 주교였다.

---

9 D. Bouchez, 전수연 옮김, 앞의 글, 83-86면.

10 G. C. Mutel, 한국교회사연구소 역주, 『뮈텔 주교 일기』1-8, 한국교회사 연구소, 1986-2008 ; 이하 이 책을 인용할 경우에는 본문 중에는 '년월일'을 표기하며, 인용시에는 '『뮈텔 주교 일기』, 년월일'로 약칭하도록 한다.

11 쿠랑과 뮈텔 주교에 관한 고찰은 'D. Bouchez, 「모리스 꾸랑과 뮈텔 주교」, 『한국교회사논총』, 한국교회사연구소, 1982'를 참조.

쿠랑이 뮈텔과 함께 경성에 머무른 시간은 1919년 8월 31일에서 9월 10일이라는 매우 짧은 시간이었다. 뮈텔은 8월 30일 '쿠랑이 저녁 7시 25분에 도착한다'는 '전보'를 받았다. 그는 남대문 역으로 쿠랑을 맞이하러 갔다. 그렇지만 쿠랑을 만날 수 없었다.(1919.8.30) 베이징에서 한국에 도착하여 신의주에서 경의선을 타려던 쿠랑은 당시 검역의 문제가 있어 다음 열차를 기다려야만 했기 때문이다. 이날 밤 쿠랑은 이 소식을 뮈텔에게 전보를 보냈고, 다음날 아침 쿠랑은 예정대로 경성에 도착했다. 쿠랑은 프랑스 영사관을 들른 후 경복궁을 방문했다.(8.31) 그는 다음날 총독부를 찾아갔는데, 이 날은 『삼국사기』(영인본)에 그가 자신의 필적을 남긴 날이기도 했다. 이어서 그는 수녀원과 순교자의 묘소를 방문했다.(9.1)

쿠랑이 경복궁의 박물관, 이왕가박물관을 방문하던 날(9.2), 큰 사건이 발생했다. 이 사건은 뮈텔이 쿠랑을 먼저 보내고, 신임 총독 사이토 마코토(齋藤實, 1858-1936)를 맞이하기 위해 역을 방문했던 그 때 일어난 것이었다.

> 예포 한 발이 총독의 도착을 환영했다. 역 안에 있을 때 나가는 통로에서 매우 큰 폭발음이 바로 곁에서 나는 것처럼 들렸다. 그것은 총독이 나오는 때에 맞추어 던진 폭탄이었다. 동요가 일어나고 문들을 닫음으로써 사람들은 그런 사실을 알아차렸다. 무릎에 상처를 입고 피를 흘리는 사람 하나를 안으로 데리고 갔다. 출구에서는 어떠한 통행 제지도 없었고, 피의 반점들이 보이는 암살 현장은 모든 출입자에게 개방되어 있었다. 그곳에 어떤 사람이 자동차에 실려 있는 것이 보였는데 그는 다리에 심한 상

처를 입은 것 같았다.[12]

뮈텔이 목도한 것은 1919년 9월 2일 오후 2시 65세의 노인, 강우규(姜宇奎, 1855-1920) 열사가 사이토 총독을 암살하고자 폭탄을 투척한 사건의 현장이었다.[13] 당연히 뮈텔은 이 폭탄을 투척한 인물의 정체를 알 수 없었다. 그에게 강우규는 '열사'가 아니라 정체를 알 수 없는 암살범이었고, 경성은 체포되지 않은 이 암살범이 돌아다니는 을씨년스러운 장소였다. 그 분위기는 계속 이어졌다. 연일 비가 내렸다. 이는 태풍의 전조였다. 담장이 무너지고 도로와 도로의 나무들이 전복될 정도였다. 감기가 걸린 쿠랑은 영사관에 도움을 처해야만 했다.(9.3-9.4)

쿠랑이 다시 찾은 경성은 물론 그가 처음 방문했던 당시와 다른 공간이었다. 그렇지만 동시에 과거 그의 추억을 다시 체험할 수 있는 공간이기도 했다. 다음 날 밤 11시 평양으로 떠나야 하는 쿠랑을 뮈텔은 파고다공원으로 안내했다. 그리고 고서적을 파는 한남서림에 들렀고 뮈텔은 그에게 1839년 『척사윤음(斥邪綸音)』 1권을 선물했다.(9.5) 『척사윤음』은 조선 국왕의 관리 및 백성에 대한 공식적인 포고문으로, 조선 왕조의 천주교 탄압을 보여주는 역사적 흔적이자 그에 대한 유교적이며 이념적 근거를 보여주는 자료였다.[14]

---

12 『뮈텔 주교 일기』, 1919년 9월 2일.

13 박환, 「姜宇奎의 의열투쟁과 독립사상」, 『한국민족운동사연구』55, 한국민족운동사학회, 2008 ; 김창수, 「日愚 姜宇奎 義士의 思想과 抗日義烈鬪爭」, 『이화사학연구』30, 이화사학연구소, 2003.

14 박종천, 「『척사윤음』 연구」, 『종교학연구』18, 서울대학교 종교학연구회, 1999.

하지만 쿠랑에게 『척사윤음』은 한국에 방문하여 새롭게 수집해야 될 자료는 아니었다. 그의 『한국서지』를 보면, 프랑스 동양어학교 도서관이 소장처인 1839년, 1881년 반포된 윤음의 서지사항이 제시되어 있기 때문이다.[15] 또한 파리국립도서관에도 1839년 『척사윤음』이 남아있다. 이 두 소장처의 한국도서는, 주한프랑스영사였던 콜랭 드 플랑시가 수집했던 것들로, 쿠랑이 과거 한국-파리에서 검토했던 서적들이었다. 최근 밝혀진 콜레주 드 프랑스에 소장된 쿠랑이 수집한 한국고문헌 목록 속에는 1909년 금속활자본 『유중외대소민인등척사륜음(諭中外大小民人等斥邪綸音)』이 있다.[16] 이곳에 소장된 한국의 도서는 쿠랑이 사망한 다음해, 1936년 그가 소장했던 문헌을 콜레주 드 프랑스 측이 입수한 것이다.[17] 어쩌면 이 책은 뮈텔이 쿠랑에게 선물했을 『척사윤음』일지도 모른다.

『척사윤음』에는 1839년 기해사옥(己亥邪獄) 이후, 70여명 이르는 '천주교도의 순교'라는 역사적 맥락이 존재했다. 요컨대 이 책은 그들이 체험할 수 없었던 과거 한국의 역사적인 의미가 담겨져 있었다. 사실 뮈텔이 한국에 주교로 온 목적 그 자체가 한국천주교 순교

15 『한국서지』 5부 儀範部 2장 治理類에 배치시켰으며, 1895년 출판한 『한국서지』에 규장각소장도서로 1종(목록 1481번), 1901년 출판한 『한국서지』 보유편에 파리 동양어문고에 소장된 2종(3406-3407번)이 목록화되어 있다. 후자의 서지사항이 보다 상세한 편인데, 규장각보다는 파리동양어학교의 도서가 판본의 상태가 좋았고 비교적 검토하기에 용의했던 사정에 기인한 것으로 보인다(M. Courant, 이희재 옮김, 앞의 책, 388면, 796면).

16 국립중앙도서관 도서관연구소 편, 『콜레주 드 프랑스 소장 한국 고문헌』, 국립중앙도서관 도서관연구소, 2012, 40면.

17 이혜은, 「콜레주 드 프랑스 소장 한국 고문헌의 특징과 의의」, 앞의 책, 52면.

자들의 시복(諡福)을 추진하기 위해서였다.[18] 하지만 동시에 『한국서지』 집필과 관련하여 서신을 통해 주고받았던 두 사람의 추억이 담겨져 있었다. 뮈텔은 쿠랑이 입수할 수 없었던 저서와 저자들에 대한 정보를 제공해 준 매우 중요한 교력자였다. 일례로 그는 『삼국사기』와 『동국여지승람』과 같은 문헌을 쿠랑에게 제공해주었다. 나아가 권문해(權文海, 1534~1591)의 『대동운부군옥(大東韻府群玉)』을 필사하여 쿠랑에게 전했으며, 이를 참조하여 손수 역사서 목록과 그에 대한 해제를 작성해 주기도 했다.[19]

쿠랑이 방문한 한국의 서점에서 뮈텔은 여전히 가치 있는 책들의 존재가 남아 있음에 놀랐다. 한국의 서적들이 제시해주는 세계는 여전히 방대한 가능성이 놓여 있었던 것이다. 하지만 쿠랑, 뮈텔이 처음 만났고, 이처럼 한국의 도서를 최초로 접촉한 공간, 1890년대 초 한국에는 1919년 경성으로 변모되는 사회문화적 흐름이 이미 내재되어 있었다. 문호가 개방된 당시의 한국에도 쿠랑이 경성을 방문한 1919년의 일상들을 엿볼 수 있기 때문이다. 1890년경 서울에도 프랑스영사관, 파리외방전교회의 신부, 한국인 천주교도가 있었다. 즉, 그 장소는 『척사윤음』이 상징하는 과거 한국과는 결코 동일하지 않은 장소였다. 쿠랑, 뮈텔이 방문했던 한국은 외국과의 문호와 교류가 금지되었던 공간, 조용한 아침의 나라 혹은 은자의 나라가 아니었기 때문이다.

---

18 이러한 뮈텔 주교의 방문 목적을 비롯한 제반 내용에 관해서는 김정환, 「뮈텔 주교의 한국천주교회사 자료 발굴과 이해」, 『한국사학사학보』 23, 한국사학사학회, 2011를 참조.

19 D. Bouchez, 「모리스 꾸랑과 뮈뗄 主敎」, 앞의 책, 343-346면.

(2) 27년 전 추억의 장소, 한국

쿠랑은 더 오랜 기간 한국에 머물 예정이었다. 그의 한국 방문의 목적은 1908년 프랑스에서 쿠랑을 만나러 온 뮈텔 주교에 대한 답례와 조선에 대한 답사, 특히 조선남부지방에 대한 탐사였다. 그렇지만 출발예정일이 1919년 2월 중순이 아니라 5월 12일로 늦춰졌다. 또한 베이징을 들려야하는 사정이 있었기에 그의 한국 체류기간은 더욱 짧아질 수밖에 없었다.[20] 뮈텔의 일기를 통해 1919년 한국에서 쿠랑의 일정을 정리해보면, 그는 8월 31일 신의주에서 경성으로 들어왔다. 경성에 거주하며 평양을 잠시 방문한 후(9.5-9.7), 9월 10일 경성을 떠났다. 쿠랑은 대구를 거쳐 13일 저녁 부산에 도착했음을 뮈텔에게 알렸다.[21] 이렇듯 철도를 이용하여 한국을 횡단하는 여로는 1890년경에는 상상도 할 수 없는 것이었다. 쿠랑은 1888년 파리 동양어학교 중국어·일본어학과를 졸업한 후, 베이징 주재 프랑스공사관에서 통역 실습생으로 근무했다. 그가 한국에 들어온 것은 1890년 5월이었다.

프랑스의 여행가, 지리학자, 민속학자 샤를 바라(Charles Louis Varat, 1842-1893)의 여행기는 쿠랑이 1890년대 체험했던 한국의 모습을 보여준다. 샤를 바라는 후일 한국관련 서적을 소장한 개인문고를 가지고 있었던 장서가이기도 했으며, 한국에 오기 전 이미 주한 프랑스

20 D. Bouchez, 「모리스 꾸랑과 뮈뗄 主教」, 앞의 책, 351면 ; D. Bouchez, 전수연 옮김, 앞의 글, 193-194면.

21 G. C. Mutel, 한국교회사 연구서 역주, 『뮈텔 주교 일기』 6, 한국교회사연구소, 2008, 295-300면.

공사였던 콜랭 드 플랑시와도 인연이 있었다. 콜랭 드 플랑시는 동양어학교와 국립도서관에 많은 한국의 장서를 수집해서 보낸 장서가이자, 쿠랑에게 『한국서지』 편찬을 권유했으며 본래 공저자로서 함께 작업을 진행했던 인물이다.[22]

샤를 바라는 콜랭 드 플랑시가 파리를 떠나는 전날 만났으며, 그보다 단지 2달 늦게 프랑스의 마르세유를 떠나 한국을 향했다.[23] 샤를 바라의 방문목적은 당연히 선교는 아니었다. 또한 한국과 접촉한다는 사실 그 자체도 아니었다. 그의 여행기를 보면 그는 한국에 관한 많은 정보를 사전에 알고 있었다. 예컨대, 그는 한국으로 오는 세 가지 경로를 언급한다. 육로로 압록강과 두만강을 통해 넘어 들어오는 방법, 해상으로 '나가사키에서 부산과 원산으로 그리고 블라디보스크'로 통하는 길, 또한 그가 선택한 '산동 옌타이시(제푸)-제물포'를 통한 길이 있었다. 그는 마르세유에서 요코하마에 이르는 먼 항로를 의도적으로 선택했다. 나가사키에서 부산, 제물포로 이르는 경로가 아니라, 상하이에서 텐진을 경유하여 베이징으로 가는 증기선을 갈아타고 산동의 옌타이(제푸)에 도착했다.[24]

---

22 『한국서지』를 편찬함에 있어 콜랭 드 플랑시와 쿠랑의 관계에 대한 점은 D. Bouchez, 전수연 옮김, 앞의 글, 155-162면을 참조.

23 C. Varat, 성귀수 옮김, 「조선종단기 1888-1889」, 『조선기행』, 눈빛, 2001, 63면 ("Voyage en Coree," *Tour du Monde* 1892. 5. 7- 6. 4).

24 C. Varat, 성귀수 옮김, 앞의 책, 50면 ; 뮈텔이 프랑스에서 한국으로 온 경로를 정리해보면 다음과 같다(마르세유(Marseille) 출발(1890.12.14) → 알렉산드리아(Alexandria) 기항(12.20) → 수에즈 운하(Suez Canal) 통과(12.21) → 수에즈(Suez) 도착(12.22) → 아덴(Aden) 도착(12.25) 및 출항(12.26) → 콜롬보(Colombo) 도착(1891.1.2) → 싱가포르 도착(1.8) 출발(1.22)→ 사이공[호치민] 도착(1.24) 및 출

그는 중국 옌타이에서 그곳의 영사관을 통해, 1888년 한국에서 발생한 영아소동으로 인한 소요사태와 기근 문제와 같은 정보를 얻을 수 있었다. 당시 한국은 전신시설[전보]을 통해 유럽, 중국, 일본으로 연결되어 있었다. 따라서 이러한 정보공유는 충분히 가능했던 것이다.[25] 샤를 바라가 이러한 여로를 선택한 이유는 '민속학적 탐구'를 위해서, 한국의 수도에 직통으로 접근하고자 했기 때문이다. 또한 서구인 여행가들이 아직 탐험한 바가 없던 한국 남단의 육로를 횡단하기 위해서였다.

쿠랑은 외국인 한국학의 연구사를 검토한 논문(1898)에서, 샤를 바라를 "조선 주재 프랑스 외교 대표부가 정식으로 발족된 직후" "최초로 육로를 통해서 한국을 여행한 인물"로 평가했다.[26] 서울을 출발점이자 거점으로 삼은 바라의 선택은 적절했다. 서울은 파리와 마찬가지로 "한국의 중심지이자 모든 것을 관할하는 도시"였기 때

발(1.25)→홍콩 도착(1.29)→상하이로 출발(2.2)→나가사키를 향해 출발(2.13) 및 도착(2.15) → 대마도와 부산 도착(2.19) → 제물포로 출발(2.20) 및 도착(2.21)).

25 이미 1885년 중국을 통해 유럽과의 전신시설이 확보되어 있는 상태였으며, 1883년부터 부산과 나가사키를 잇는 해저전선, 1888년 7월 9일 부산-서울 간 전선이 확보된 상태였기에, 이는 충분히 가능한 일이었다(「서울과 부산 사이의 전신선 설치」(1888.7.11), 『프랑스 외무부문서』2, 국사편찬위원회, 2003) ; M. Courant, 파스칼 그러트·조은미 옮김, 「조선 주재 일본 조재지: 15세기 이후의 부산」, 『프랑스 문헌학자 모리스 쿠랑이 본 한국의 역사와 문화』, 살림, 2009, 343면("Un établissement japonais en Corée : Fou-san depuis le XVe siècle," *Annales coloniales* 1904. 8. 15-10.1).

26 M. Courant, 파스칼 그러트·조은미 옮김, 「조선 및 일본 연구에 대한 고찰」, 앞의 책, 207면("Notes sur les études Coréenes et japonaises," *Extrait des actes du congré des orientalistes*, 1899).

문이다. 그는 이곳에서 프랑스의 외교관과 천주교 주교를 만나며 한국인의 풍습과 삶, 한국 정부의 행정기구들에 대한 많은 이야기를 들을 수 있었다. 또한 콜랭 드 플랑시의 도움을 받아 한국의 고유한 토산품을 구매할 수 있었다. 그의 탐험과 관련하여 그가 구사할 수 없는 한국어의 문제도 해결되었다. 공사관은 통행증을 발행해 주었고, 팀을 구성하는 데 많은 도움을 주었기 때문이다.

그럼에도 한국의 내륙을 여행하는 일은 그리 쉽지 않은 것이었다. 일례로, 배를 타고 온 여로에 비해, 제물포에서 서울로 가는 길, 프랑스 영사관을 찾는 길이 샤를 바라에게는 더욱 어려운 여정이었다. 한국 내 도로 및 운송의 수준은 그만치 열악한 편이었기 때문이다. 이와 관련하여 샤를 바라가 대구의 관아에 들렀을 때, 그곳 관리와 나눈 대화를 주목할 필요가 있다. 그는 기근의 문제를 걱정하는 한국 관리에게 운송수단을 통해서 이를 충분히 해결할 수 있다고 말했다. 산으로 둘러싸인 한국의 지형으로 말미암아 증기기관차는 운영될 수 없을 것이란 관리의 말에, 샤를 바라는 프랑스 측의 기술자를 데리고 오면 충분히 해결이 가능하다고 답변을 한다.[27] 바라와 대화하는 관리는 서구 문명의 존재를 알고 있었다. 이는 문호가 개방된 이후 한국의 모습이었다. 그렇지만 철도가 상징하는 '시공간의 축소'라는 변화가 아직 이루어지기 이전 시기였던 것이다.

두 사람이 나눈 대화는 실제로 구현되었다. 다만, 일본을 모델로

27 C. Varat, 성귀수 옮김, 앞의 책, 164-166면.

하여 한국인 스스로 건설할 수 있을 것이라는 샤를 바라의 낙관은 실현되지 않았지만 말이다. 한국의 철도건설 기술자로 한국을 방문하여 여행기를 남긴 인물이 있다. 그가 바로 에밀 부르다레(Émile Bourdaret, 1874-1947)인데, 그가 남긴 여행기(1904) 속에서 한국의 교통에는 큰 변화가 보인다. 그는 샤를 바라와 달리, 비용적으로나 시간상으로 더 빠르고 경제적인 길로, 시베리아와 만주를 거쳐 다롄까지 가는 열차 편을 제시한다. 이러한 철도로 이어지는 교통망이 형성되고 있었다.

부산과 서울에서 그는 일본인들에 의해 부산-대구-서울 간 철도공사가 시작한 지 1년이 경과된 모습을 볼 수 있었다. 그는 제물포에서 서울로 이르는 길을 샤를 바라와 달리, 1898년 일본인에 의해 완성된 철도를 타고 올 수 있었다. 용산이 서울에서 의주까지 가는 열차를 갈아타는 곳이 되고, 서울·부산 선편처럼 한국의 간설 철도로 시베리아 만주를 주파하게 될 것이란 사실을 그는 충분히 예상할 수 있었다. 조선정부가 착수하는 서울·의주 간 철도건설을 일본이 수주하려 하고 있었다. 그는 조선을 종단하는 이러한 교통망이 확보될 때, 일본이 '고운 아침의 나라'의 운명을 좌지우지하게 될 것이라 예견했다.[28]

에밀 부르다레의 한국의 묘사는 1904년 한국의 여행가이드북에 근접한 것이었다. 이 책에서 한국과 관련된 내용을 저술한 저자가 바로 쿠랑이었다. 이 책은 제물포에서 서울로 가는 데 숙박시설 및

---

28 É. Bourdaret, 정진국 옮김, 『대한제국 최후의 숨결』, 글항아리, 2009, 25-53면(*En Corée*, 1904).

교통편과 관련된 실질적이며 편의적인 정보, 서울을 비롯한 도시들에 대한 볼거리를 설명하고 있다. 그 속에는 "신비감이나 깊이가 사라진 개국의지로 충만한 새로운 한국의 이미지"가 제시되고 있었다. 요컨대 한국은 더 이상 은자의 나라가 아니라 일종의 근대화된 관광지로 형상화되고 있었다.[29] 더불어 북중국, 한국, 시베리아 횡단 철도가 한 권의 단행본 속에 함께 묶여있음을 주목할 필요가 있다. 이렇듯 전보를 통한 통신망, 해로·육로의 교통망이 보여주듯이 한국은 세계와 연결된 장소였다. 더불어 한국과 연결된 상하이, 텐진 등 재외의 공간은 쿠랑이 한국을 떠나 부임한 장소들이었으며, 그의 한국학이 유통되는 장소이자 『한국서지』가 집필·출간되는 장소였다.

2. 『한국서지』의 출간과 유통의 맥락, '전시'되는 한국문명과 한국의 고전세계

(1) 『서울의 추억, 한국』과 쿠랑의 수평적 시각

쿠랑이 『한국서지』를 출간한 시점은 샤를 바라, 에밀 부르다레, 두 사람의 여행기가 출판(1892-1904)된 사이였다. 전술했듯이 샤를 바라의 저술과 여행의 목적은 민속학적인 탐구를 위한 것이었다. 하

29 프레데릭 불레스텍스, 이향·김정연 옮김, 『착한 미개인, 동양의 현자』, 청년사, 2001, 181-185면 ; 쿠랑의 저술이 수록된 서지는 다음과 같다. C. Madrolle, *Chine du Nord et de l'Ouest : Corée, le transsibé*, Comité de l'Asie française, Paris, 1904.

지만 쿠랑이 검토한 외국인의 성과물 중 한국의 민속, 한국인의 사회생활과 풍습을 잘 담은 저술에, 샤를 바라의 여행기는 포함되지 않았다. 쿠랑이 보기에, 이를 대표하는 성과물은 오히려 샤를 달레(Claude Charles Dallet, 1829-1878)가 쓴 『한국천주교회사』 「서설」(1874)이었다.[30] 쿠랑이 본 샤를 바라의 공적은 오히려 다른 곳에 있었다. 그것은 여행을 통해 본 한국인의 삶과 풍경을 재현했다는 점, 그리고 콜랭 드 플랑시의 도움을 받아, 그가 수집한 풍부한 자료들을 기메박물관에 전해준 점이다.[31]

샤를 바라의 수집품들은 1889년 파리에서 개최된 만국박람회를 통해 전시되고, 그의 여행기가 출판한 이듬해 1893년, 파리 기메박물관에 소장된다. 홍종우(洪鍾宇, 1850-1913)는 학예사로 이곳에 채용되어, 샤를 바라와 함께 그가 수집한 한국의 유물들을 분류하고 전시물들의 설명서를 작성하는 작업을 담당했다. 1893년에 개설된 기메박물관 한국실은 당시 프랑스 사회가 한국문화를 이해하고 한국의 예술품에 접근할 수 있는 유일한 통로였다.[32]

샤를 바라는 서울에서 수집한 물품들을 제물포를 통해 파리로 송부할 수 있었다. 또한 파리로 돌아갔을 때, 그는 한국에서 만난 관찰사에게 선물을 보냈고, 한국의 관찰사는 외교관을 통해 그에게 답례

---

30 M. Courant, 파스칼 그러트·조은미 옮김, 「조선 및 일본 연구에 대한 고찰」, 앞의 책, 209면("Notes sur les études Coréenes et japonaises,"*Extrait des actes du congré des orientalistes*, 1899).

31 위의 글, 207면.

32 이에 대한 상세한 검토는 신상철, 「19세기 프랑스 박물관에서의 한국미술 전시 역사」, 『한국학연구』 45, 고려대 한국학연구소, 2013를 참조.

를 할 수 있었다. 이는 한국에 없었으며 한국어를 구사할 수 없었던 쿠랑에게 있어서도 한국학 연구의 중요한 기반이기도 했다. 샤를 바라의 여행기에 수록된 시각자료들, 그가 수집한 문물들에는 한국에서만 발견할 수 있는 '민속학적 가치'가 분명히 존재했다. 그것은 옛 영광을 과시하고 있는 웅장한 유적들이 아니라, 그 속을 살아가는 사람들의 의복, 가구, 생활용품, 음식과 같은 것이었다.[33]

비록 수집의 대상이며 그의 주된 관심 대상은 아니었지만, 한국을 여행한 샤를 바라는 한국 건축물의 대표적인 양식인 한양의 궁궐들을 보았다. 궁궐 내의 상(喪)이 있어, 왕이 거주하는 건물은 가보지 못했지만 그보다 연원이 오래되었으며 최근 수도에서 일어난 피비린내 나는 소요로 일부 파손되었음에도 매력적인 두 개의 다른 궁궐을 방문할 수 있었다. 그는 광화문을 지나 과거 왕실의 정전, 왕과 왕비의 침전, 궁인과 관인들이 거주하는 장소를 보았다. 비록 그가 방문한 한양의 궁궐에 왕과 왕비는 없었고 훼손된 부분이 여전히 복원되지는 않았지만, 그의 서술에서의 초점은 건축물과 그 경관 그리고 어디까지나 그 장소에 머무는 왕실과 사람들이었다.[34]

33 C. Varat, 성귀수 옮김, 앞의 책, 81-97면.

34 위의 책, 74-77면. 그가 방문한 장소는 번역자가 지적한 바대로 창덕궁과 창경궁으로 볼 것인지, 아니면 경복궁으로 볼 것인지를 상정해서 서술하지는 않았다. 바라의 진술은 광화문에서 별도의 설명 없이 경복궁의 근정전으로 바로 들어간 것처럼 기술되기 때문이다. 또한 근정전과 왕의 침전이 반복설명할 필요가 없는 동일한 건축물로 규정되는 점, 왕과 왕비의 침전이 다른 것으로 기술된다는 점 등도 염두에 둘 필요가 있다. 샤를 바라는 최근 건물을 복원하려고 하는 시도가 있었음을 말했는데 샤를 바라가 한국을 방문한 시점은 고종이 복구되지 않은 경복궁[건청궁]으로 환어(1885.1)하고, 소실된 교태전과 강녕전을 비롯한 내

1901-1904년 한국을 체험한 에밀 부르다레의 여행기에는 이러한 샤를 바라와 다른 방식으로 궁궐이 형상화된다.[35] 에밀 부르다레가 고종을 알현한 장소는 공사관 근처의 경운궁[덕수궁]이었다. 그는 한양의 다른 궁궐을 볼 수 있었는데, 경복궁과 창덕궁은 오래된 건물 몇 채가 남아 있었고, 차츰 무너져 가고 있었다. 그가 찾은 경복궁은 왕실의 주거관리가 이루어지지 않았지만, 수백년 묵은 나무들이 울창하게 둘러서 있으며 매력적인 연꽃으로 덮인 못과 함께 훌륭한 공원으로 둘러싸인 장소였다. 조선왕조의 창건과 관련된 가장 오래된 궁궐, 그곳은 과거 조선왕조를 상상할 수 있는 곳이며 여전히 예술미가 남겨져 있는 건축공간이었다.

특히 왕이 부재한 궁궐에 대한 그의 묘사는 샤를 바라와는 상당히 대비된다. 그 이유는 에밀 부르다레가 알고 있던 당시의 역사적 사건 때문이다. 이 장소는 명성황후의 시해, 아관파천 이후 궁궐로서의 기능이 상실된 곳이었다. 끔찍한 사건의 증언이 남겨진 비운의 장소, 경복궁에 관해 에밀 부르다레는 다음과 같이 진술한다.

> 폐하가 짓도록 명했지만 한 번도 거처한 적은 없는 유럽식 건물 정도가 볼만하다. 조선의 루브르라 할 만한 경복궁에는 현재 아무도 살지 않고, 근위대와 관리들만 있다. 이보다 더 훌륭한 동궁에조차 아무도 거주하지 않는다. 이 두 곳이 지금 시내 진흙바닥에 둘러싸인 황제의 거처보

전일대를 재건하려고 시도(1888.4.)한 이후였던 점을 감안해야 한다.

35 É. Bourdaret, 정진국 옮김, 앞의 책, 122-133면, 209-229면.

다 비교할 수 없을 만큼 더 훌륭하지만……[36]

에밀 부르다레의 이러한 진술은 샤를 바라, 쿠랑과 공유/변별점을 동시에 지니고 있다. 왕이 거주하지 않는 장소이지만 '장소 그 자체로 조선을 이야기해주는 궁궐'이란 이미지를 샤를 바라, 에밀 부르다레, 쿠랑 세 사람 모두 공유하고 있었다.[37] 한양의 궁궐은 왕을 알현하는 장소일 뿐만 아니라, 전시·재현되어야 할 공간(더 거칠게 말한다면 일종의 관광지)으로 형상화된다. 이처럼 '전시되는 한국, 한양의 궁궐'과 관련하여 주목해야 될 사건이 1900년 파리 샹 드 마르스(Champ de Mars)에서 개최된 만국박람회의 한국관 전시이다.[38]

쿠랑이 쓴『서울의 추억, 한국』(1900)은 이 시기 한국관을 안내해주는 소책자이다. 이 책자에서 소개된 궁궐의 모습을 보면, 쿠랑이 접했던 궁궐은 에밀 부르다레가 폐허의 공간으로 묘사했던 궁궐과 달리 샤를 바라의 묘사에 오히려 근접한 것이었음을 보여준다. 쿠랑은 먼저 샤를 바라가 서술했으며 수집·전시했던 인류학적이며 민속학적 소산물—의복, 가구들을 소개한다.(Ⅱ장)

---

36 위의 책, 216-217면.

37 M. Courant, "La Corée," C. Madrolle, *Chine du Nord et de l'Ouest : Corée, le transsibé*, Paris: Comité de l'Asie française , 1904 ; 1904년 출판된 여행책자에서 쿠랑이 작성한 한국 관련 부분을 보면, 한국의 궁궐은 한양에서 견문해야될 중요한 장소였다. 그는 대한제국이 새롭게 지은 궁궐(慶運宮[德壽宮]), 과거의 궁궐들(창덕궁과 창경궁), 경복궁을 말한 후 이를 중심으로 한 인근지역을 소개했다.

38 이러한 만국박람회에 관한 제반 내용은 이각규,『한국의 근대박람회』, 커뮤니케이션북스, 2010를 참조.

그리고 쿠랑은 이와 장을 구분하여 한국의 궁궐을 소개한다.(Ⅲ장) 전술했듯이 궁궐은 한국의 대표적인 건축예술이었다. 쿠랑에게 만국박람회의 한국관은 "조선 왕궁의 어전을 재현한 것"이며, "과거 선왕들에게 제례를 올리는 공간"을 상상하게 해주었다. 또한 그가 보기에 이러한 건축양식은 비록 중국에 그 기원을 두고 있지만, 한국의 이 건축물은 중국·일본과 다른 독자성을 지니고 있었다. 그것은 독특한 "검소한 양식"이며 "우아함이 깃든 고품격의 건축물 형태"였다. 또한 그만치 자연 경관과 한국의 건축물은 더욱 조화를 이루는 것이었다.[39]

---

39 M. Courant, 파스칼 그러트·조은미 옮김, 「샹 드 마르스의 한국관」, 앞의 책, 260-262면("La pavillon coreén au Champ de Mars, Souvenir de Seoul, Coreé,"Paris: Exposition universelle, 1900) ; 파리박람회 한국관의 사진은 오영조 씨가 공개한 과거박람회 한국관의 사진이다(이명조, 「1900년 파리박람회 한국관 사진 공개」, 『연합뉴스』 2008. 1. 9). 뮈텔 일기 1892년 2월 29일을 보면, 그는 쿠랑과 어떤 영감을 얻기 위해 뽕나무 궁궐을 방문했다는 내용이 있는데, 이는 창덕궁 방문을 말하는 것으로도 보인다.

한국관은 초기 설계의 기획단계 때에는 고종황제의 여름궁전과 인천 제물포 거리, 두 장소를 모델로 기획한 것이었다. 전자를 통해 전시될 문물들이 '공식(국가·정부)적인 것'이었다면, 후자는 조선의 전통 주택, 상가, 길, 축제 등을 재현할 대상으로 '흥미를 위한 토속적인 것'이었다.[40] 이러한 구분에 의거하여 쿠랑은 '한국의 생활문화 혹은 민중문화와 대비된 고도의 인공미를 보여주는 예술작품'이란 관점에서 한국관의 건물을 묘사했다. 또한 경복궁의 근정전을 모델로 하여 파리에서 재현된 궁궐[한국관]을 통해, 쿠랑은 왕의 어전과 함께 그 주변 "환상적인 두 개의 동물석상을 거느리며 백악산 기슭에 자리잡고 있는 왕궁의 육중한 문" 즉, 경복궁의 광화문, 한국의 성벽, 사찰, 수원성, 대형 조각물을 상상했다.[41] 하지만 더욱 주목할 점은 이 책자에서 보이는 쿠랑이 한국문명을 바라보는 수평적 시선이다.

쿠랑은 이렇듯 전시·재현되는 한국의 문명, 파리의 한국관 전시를 통해 서구인이 얻을 수 있는 교훈을, '겸양의 교훈'(une leçon de modestie)이라고 말했다. 쿠랑은 한국민족이 여전히 존재하고 있다는 사실, 중국으로부터 받고 일본에 전수한 문명을 수 세기 동안 지켜오고 있다는 사실을 고평했다. 그가 보기에, 유럽이 경시했고 야만적인 것이라 여겼던 이 장소, 그곳의 문명이 지금 서구의 눈앞에 "복

40 진경돈·박미나, 「근대초기 파리만국박람회(1900) 「한국관」의 건축과정과 초기 설계안의 디자인 특성에 관한 연구」, 『한국실내디자인학회논문집』 68, 한국실내디자인학회, 2008, 7-14면 ; 「1900년 파리 만국박람회 「한국관」의 건축경위 및 건축적 특성에 관한 연구」, 『한국실내디자인학회논문집』 69, 한국실내디자인학회, 2008, 18-21면.

41 M. Courant, 파스칼 그러트·조은미 옮김, 앞의 글, 262-265면.

합적이고 세련된 문명의 기념물"로 설치되었고 전시되고 있었다. 나아가 이 전시는 비단 서구인에 의한 것이 아니라, 대한제국의 자발적인 실천이며 투자였다. 쿠랑은 유럽의 사상과 문화, 서구문명을 수용하려는 이러한 대한제국의 노력의 반대편, 서구의 한국문명에 대한 무지와 무관심을 비판했다.[42]

(2) 재외의 한국학과 한국 고전세계의 발견

쿠랑의 수평적 시각은 『한국서지』 「서론」(1894)과 『한국서지(보유편)』(1901) 사이 변모된 그의 관점에 기반하고 있었다.[43] 대한제국이 시도한 근대기획, 서구문명과의 교류 그리고 새로운 '매체어'이자 '학술어'로 등장하는 한글 이외에, 쿠랑이 한국문명에 대한 수평적 시각을 보여준 또 다른 계기를 생각해볼 필요가 있다. 그것은 『서울의 추억, 한국』에서 한국관이 제시해주는 축소된 한국문명 중에서 마지막으로 펼쳐지는 것으로, 그가 조사했던 한국의 책들이 상징해주는 세계이다. 그는 전시된 한국의 책들이 보여주는 한국문명을 이야기했다. 특히, 서구의 근대문명에도 부합한 한국의 인쇄술, 10세

---

42 위의 글, 265-266면.

43 쿠랑은 『한국서지』 「서론」에서 한국의 고유성과 자주성을 언급하지 않았지만, 『한국서지(보유편)』 「서문」은 이와 동일하지 않았다. 이에 대해서는 이 책의 1장[初出: 이상현, 「한국어사전의 전범과 기념비: 『한불자전』의 두 가지 형상 그리고 19C말 - 20C초 한국의 언어-문화」, 부산대 인문학연구소 편, 『한불자전 연구』, 소명출판, 2013]을 참조. 또한 1903년부터 쿠랑이 연재한 「극동의 정치생활」은 당시 "백인 우월성을 공공연히 표명하고 있는 데 반해 쿠랑의 기사는 그가 취급하고 있는 나라에 대해 해박한 지식과 존경이 엿보여 다른 신문기사들과 구별되"는 것이었다(D. Bouchez, 전수연 옮김, 앞의 글, 186-187면).

기 이전 목판인쇄술, 1403년 혹은 그 이전 금속활자를 고평했다. 콜랭 드 플랑시와 같은 장서가들이 수집한 한국의 서적은 그들에게도 대단한 발견이었고, 프랑스 파리 동양어학교 소장품들을 비롯한 유럽의 여러 소장품들 중에는 흥미로운 한국의 서적이 다수 존재한다는 사실을 덧붙였다.

이러한 그의 기술 속에는 한국문명에 대한 애정과 또한 다시 방문하고 싶은 옛 한국을 향한 그리움이 녹아져 있는 것이다. 쿠랑에게 한국은 그가 근무하기를 희망했던 장소였지만 결코 돌아갈 수 없는 곳이었다. 1896년 텐진에서 정식 통역관으로 발령을 받았음에도 그는 이를 포기했다. 해외근무로 인해 콜레라로 두 아이를 잃은 쿠랑은 가정을 위해 파리에서 연구자의 길을 선택하고자 했다. 하지만 그의 학자로서 진로에 있어 그가 개척해놓은 길을 갈 수 없었다. 오히려 이를 위해서는 그는 중국/일본학에 전념할 수밖에 없는 처지였기 때문이다.[44] 이는 한국학이 제도적이며 학술적인 하나의 분과학문으로 자리잡지 못했던, 당시 '재외의 한국학자'였던 그의 운명이었을 지도 모른다.

그럼에도 쿠랑은 육로와 해로를 통해 당시 그들이 도달한 마지막 한자문명권, 서구보다도 오래된 연원을 간직한 문명의 흔적, 한국의 도서를 연구하기를 염원했다. 또한 쿠랑은 기메박물관의 일련의 강연원고 및 한국학 논저, 파리만국박람회 한국관에 관한 안내책자(「서울의 추억, 한국」(1900)), 한국에 관한 여행정보 및 소개책자(「한국」

44 D. Bouchez, 전수연 옮김, 앞의 글, 171-177면.

(1904))를 써냈다. 파리는 사실 그의 이러한 염원을 이루기에는 가장 적절한 공간이었다. 한국의 서적은 한국이란 장소에서만 존재하는 것이 아니었기 때문이다. 또한 쿠랑의『한국서지』집필은 한국이라는 제한된 시공간에서만 이루어진 것이 아니었다.[45] 한양에서 수집한 자료들을 제물포에서 우편으로 파리에 송부하는 샤를 바라의 모습, 콜랭 드 플랑시가 수집한 다수의 서적들이 파리박람회에 전시되며 파리 국립도서관과 동양어학교 도서관에 보관되는 모습을 상상할 필요가 있다.[46] 즉, 공간과 공간을 연결시켜주며 형성된 네트워크 속에서 한국의 서적들 역시 유통되었으며 제국의 문서고 속에 진열되어 있었던 것이다.

그렇지만 이러한 제국의 문서고에 진열된 한국의 서적 그 자체만으로 한국의 고전세계는 널리 유통될 수 없었다. 오히려 그것을 가능하게 하는 것이 '학술논저를 통한 한국고전세계의 유통'이었다.[47] 이는 쿠랑의 저술들이 지닌 의미이기도 하다. 쿠랑의 저술은 외국인

45 M. Courant, 이희재 옮김, 앞의 책, 4-6면 ; 그는 프랑스 파리의 국립도서관·동양어학교 도서관, 기메박물관의 바라문고, 영국의 대영박물관, 일본 동경의 서점들과 우에노(上野)도서관 등에서 한국의 서적을 검토할 수 있었다.

46 그 소장현황에 대해서는 이진명,「프랑스 국립도서관 및 동양어대학교 소장 한국학 자료의 현황과 연구동향」,『국학연구』2, 국학연구소, 2003 ; 국립중앙도서관 편,『국외소재 한국 고문헌 수집 성과와 과제』(개정판), 국립중앙도서관 도서관연구소, 2011를 참조.

47 또한 '쿠랑이 체험한 한국의 출판유통의 문화'를 염두에 둘 수 있다. 쿠랑이 경험했던 19세기 말 한국 서적들의 출판유통의 문화이다. 수많은 상점, 세책가, 절의 창고를 뒤져 당시 지식층에 의해 무시되던 수많은 도서들 예컨대 불교서적, 이단서적, 한글로 쓴 민중문학 등을 찾아내어 해설을 덧붙였던 점, 그리고 당시 구전만으로 전하던 서적의 정보를 기록한『한국서지』에 남겨진 흔적들이다.

의 참조논저가 전무(全無)한 상태에서 돌출된 것은 아니었다. 외국인들은 한국을 학술적 차원에서 이미 논하고 있었다. 이는 한국이 아닌 '재외(在外)의 공간'에서 '외국어로 한국이 논해지고 있던 지점'으로, 쿠랑이 공유했던 학술 네트워크이며 그의 저술이 유통되는 시공간이었다. 그것은 외국인들이 중국-일본-한국 사이를 오갔던 교통망들을 보여주는 실체에 조응하는 것이기도 하다. 기메박물관에 근무했던 홍종우의 고소설 불역본, 애스턴(William George Aston, 1841-1911) 등을 비롯한 유럽 동양학자의 한국학 논저들도 쿠랑에게 유통되던 지식이었다. 1896년 이후 출현한 쿠랑의 한국학논저 역시 기메박물관에서 강연된 원고이기도 했다.

영국의 외교관이었던 애스턴과 제임스 스콧(James Scott, 1850-1920)은 쿠랑과 동시기 한국, 한국의 출판문화를 체험했으며, 재외의 한국학적 업적을 남긴 중요한 인물이다.[48] 스콧이 한국의 역사·문학에 관한 수감을 적은 논저(1894)는 물론 향후 그 영향력이 미비했던 것으로 보인다.[49] 하지만 쿠랑의 『한국서지』를 비롯한 한국학 논저와

---

48 두 사람이 남긴 가장 큰 업적은 한국어학과 관련된 것이었으며, 이는 쿠랑의 『한국서지』「서론」의 참고논저이기도 했다. 쿠랑의 한국학에 관한 연구사적 개괄에서도 두 사람의 한국어학에 관한 공헌은 거론된다. 애스턴은 쿠랑이 참조한 한국문학(고소설)에 관한 논저를 남겼으며, 그가 수집한 문고와 서적들은 러시아의 동방학연구소에 소장되어 있다(허경진·유춘동, 「러시아 상트페테르부르크 국립대학과 동방학연구소에 소장된 조선전적(朝鮮典籍)에 대한 연구」, 『열상고전연구』 36, 열상고전연구회, 2012 ; 「애스턴(Aston) 의 조선어 학습서 Corean Tales의 성격과 특성」, 『인문과학』 98, 연세대 인문학연구원, 2013).

49 J. Scott, "Stray Notes on Korean History and Literature," *The China Branch Royal Asiatic Society* XXVIII, 1894.

스콧의 논문은 동시기적 지평을 지니고 있었다. 첫째, 논문을 발표한 지면이 한국에서 발행되는 정기간행물이 아니라, 재외에서 발행된 서구인의 동양학 관련 잡지였다는 점이다. 둘째, 파리외방전교회의 신부들이 남겨놓은 업적을 기반으로 두 사람의 연구가 진행된 점이다. 스콧은 한국의 문호개방 이전 한국문명을 현지체험을 통해 탐구한 집단이 한국의 파리외방전교회란 사실을 알고 있었다. 물론 그들이 남겨놓은 자료는 연구자의 입장에서 보기에는 적당하지 않은 '종교적인 박해와 수난의 기록물'이었다.

하지만 그들이 남겨놓은 한국어학적 산물인 『한불자전(韓佛字典)』과 『한어문전(韓語文典)』은 달랐다. 스콧은 두 저술을 통해, 한국어를 연구했으며 그에 상응하는 사전과 문법서를 출판했다. 당시 미국선교사와 영국의 외교관이란 입장에서 프랑스(파리외방전교회)의 한국어학적 성과는 계승해야 될 중요한 선행연구였다. 또한 그 온전한 계승은 결코 쉽지 않은 문제였다. 1890년을 전후로 하여 출판된 스콧의 사전과 문법서는 파리외방전교회의 한국어학적 성과물을 대신하기에는 많은 한계를 지닌 것이었다. 쿠랑에게도 파리외방전교회의 어학적 성과물은 그가 평가할 수 없는 수준의 업적이었다. 하지만 적어도 영미권의 지식인들과 달리, 쿠랑은 '프랑스어-한국어의 관계'에 영어를 개입하는 작업을 병행할 필요는 없었다. 오히려 쿠랑에게 파리외방전교회의 성과는 그의 한국학으로 곧 바로 이어지는 중요한 기반[50]이었다. 또한 그에게는 뮈텔이라는 훌륭한 조력

50 이는 또한 한국어학에 대한 이해수준, 한국 문헌의 번역수준으로 나타난다. 한

자가 존재했다. 뛰텔은 『한국천주교회사』를 저술한 샤를 달레의 제자이며, 한국에 체류해본 바가 있으며, 한국파견을 위해 훈련된 신부로 중국어와 한국어 모두 능통한 인물이었다.

스콧의 논문은 한국어에 초점을 맞춘 어학적인 성격을 지닌 것이었다. 하지만 한국어(한국민족)는 동아시아에 있어서 매우 독특한 위상을 지니며 유사(有史) 이래의 오래된 역사와 연원이 담겨져 있는 연구대상이었다. 그는 자신의 연구주제가 "언어문헌학자(philologists)와 중국학자(sinologues)"의 연구와 같은 재외 동양학에 있어서 가치 있는 것임을 지적했다. 한국에 있어서 한자, 한문고전은 의당 중국문명과의 교류 및 접촉이 전제되어 있었다. 이와 관련하여 스콧은 한국의 한자음이 광둥어 혹은 중국 고전시대의 발음과 유사함을 즉, 중국문명과 한국문명의 접점을 주목했다.

여기서 'Philology'는 오늘날 '문헌학'으로 번역되는 어휘이지만, 언어학을 지칭하는 개념범주로 통용되던 시기가 있었다. 스콧에게 한국어 연구는 언어 그 자체를 일체의 다른 事象에서 분리해, 서구의 자연과학에 대비할만한 엄밀한 방법론으로 연구하는 '자율주의적 연구', 소위 '과학적'언어학을 지칭하지 않았다. 오히려 '고전문헌학'과 '언어학'이 분기되어 있지 않았던 당시의 정황을 반영하며, 언어 연구를 통해 문화나 문명을 이해하고자 한 지향점이 내포된 것

국고소설의 번역과 관련하여, 영미권 외교관이나 선교사와 달리 모리스 쿠랑은 『흥부전』(경판본) 원전에 매우 충실한 직역양상을 보여준다. 이 점에 대해서는 이 책의 3장[初出: 이은령·이상현, 「19세기 말 고소설 유통의 전환과 '민족지'로서의 고소설」, 『비교문학』 59, 한국비교문학회, 2013]을 참조.

이었다.[51] 즉, 그에게 연구대상은 구어라는 음성적 언어, 현재 생활 속의 언어로 제한되는 것이 아니었으며, 이 점에서 언어-문헌은 분절되지 않고 함께 묶여진 대상이었던 것이다.

이는 쿠랑의 『한국서지』 「서론」과도 겹쳐지는 지점이다. 쿠랑은 「서론」에서 한글/한문(자)이라는 구분을 기반으로, 먼저 한국 문자의 연원의 문제를 논한 후(Ⅲ장) 한문으로 된 지식인의 서적(Ⅳ-Ⅴ장)과 한글로 된 민중들의 서적(Ⅵ장)을 서술한다. 서적들을 논하는 전체 논지를 볼 때, 광의의 문학을 서술하는 것처럼 보이지만 각 장의 내용을 구성하는 변별점은 책 속에 새겨진 표기문자 및 언어의 문제가 깊이 개입되어 있다. 또한 두 사람의 연구대상은 천주교선교사의 방문과 국제조약이 이루어진 근대 이후 서구문명과 접촉한 한국으로 한정되는 것이 아니었다. 요컨대 스콧, 쿠랑 두 사람에게 한국어에 대한 탐구는 한국이 문호를 개방한 10년 동안 진행된 교류와 별도로 존재하는 과거이며, 지극히 광대한 대상이었다.

두 사람은 '한국어'에서 '문헌'으로 그 연구의 초점이 옮겨지는 공통적 지향점을 보여준다. 그것은 '문헌 속 언어의 발견'이며 '한국고전세계의 발견'이기도 했다. 사실 스콧이 이 논문에서 자신의 논의를 펼칠 수 있었던 기반은 어디까지나 그가 입수했던 한국의 문헌자료에 있었다. 그는 사찰에 전하던 『진언집(眞言集)』이라는 문헌을 통해, 그가 한국을 체험하면서 접촉할 수 있었던 한국인의 구어와는

51 이에 대해서는 이연숙, 고영진·임경화 옮김, 『국어라는 사상』, 소명, 2006, 4장과 이연숙, 이재봉·사이키 카쓰히로 옮김, 『말이라는 환영』, 심산출판사, 2012, 7장을 참조.

다른 연구대상을 발견했다. 그는 다른 그의 논문에서 이 자료가 건곤(乾坤)42년에 간행된 『진언집』(재판본)임을 밝혔다[52] 스콧은 이 도서를 2년여 정도 한국 승려와의 교류 속에 입수할 수 있었다. 이 책은 승려 용암(龍巖) 체조(體照, 1714~1779)와 그의 제자 백암(白巖)이 편수하여 1777년에 전라도 화순의 만연사(萬淵寺)에서 개판(開版)하였으나 화재로 그 책판이 소실된 『진언집』(만연사본)이었다. 이 『진언집』(만연사본)은 조선시대 『진언집』의 집대성본이며, 전대 『진언집』의 개정작업 즉 당시의 범어를 옮길 때의 지침(중국의 『홍무정운』, 諺文 및 梵語에 대한 지침)과 밀교의례에 대한 설명이 부가되어 있다. 즉, 스콧은 이 도서를 통하여 과거 한국인의 학술 즉, 당시 승려의 음운학적 지식을 발견할 수 있었던 것이다.[53] 하지만 이 책은 스콧만이 입수할 수 있었던 봉인된 희귀한 서적이 아니었다. 쿠랑이 서울에서 플랑시에게 보낸 서한을 펼쳐보면, 스콧은 쿠랑에게 이 서적을 검토할 수 있도록 도움을 준 사실을 알 수 있기 때문이다.

> 최근에 만나 본 스콧(J. Scott)은 그가 편찬한 사전의 인쇄를 하고 있는 중입니다. 그는 진지한 내용의 조선어 서적들을 상당수 지니고 있고, 흥미로운 정보도 가지고 있습니다. 그 중에서 가장 중요한 책들을 서울로 보내겠다고 약속했습니다. 저는 두 번이나 그 약속을 상기시켰지만 아직

52 스콧이 그가 참조한 자료를 공개한 것은 1897년 다른 논문으로, 이 논문의 서지사항은 J. Scott, "Sanskrit in Korea," *The Korean Repository* Ⅳ, 1897이다.

53 이러한 스콧의 논문이 지닌 의의는 '이상현, 「한국주재 영국외교관, 스콧(J. Scott)의 '훈민정음 기원론'과 만연사본 『眞言集』」, 『한국언어문학』 99, 한국언어문학회, 2016'를 참조.

까지 아무 것도 받지 못했습니다.(1891. 8. 27, 서울)[54]

드디어 스콧이 그의 책을 보여주었는데 다른 것들은 이미 알려진 것이기 때문에 흥미를 끌만한 것들만 보여준 것 같습니다. 1777년에 나온 산스크리트어, 중국어, 조선어로 된 책인데, 흥미로운 여러 정보와 함께 잘 새겨진 산스크리트 전체 음절표가 들어 있습니다.(1891. 9. 9, 서울)[55]

쿠랑의 『한국서지』(1894-1896)를 보면 『진언집』 4종에 관한 문헌서지 정보가 수록되어 있는데, 이 중에서 162번 문헌서지 항목[『眞言集』]은 스콧이 수집한 『진언집』을 쿠랑이 검토한 내용으로 보인다.[56] 나아가 쿠랑은 스콧보다 더 방대한 양의 한국도서를, 한국-파리 등에서 접할 수 있었다. 또한 스콧이 한글의 기원문제와 관련하여 인도의 산스크리트어, 한역된 중국 불교문명의 유입이라는 문제에 초점을 맞췄던 것과 달리, 쿠랑은 유교문명을 한국에 있어서의 핵심적이며 가장 지배적인 것으로 주목했다. 하지만 두 사람 모두 한국에서 발견하는 서적들, 그 속의 고전세계에 매혹되었다. 그것은 한국의 도서를 수집한 외국인 장서가와도 동일한 체험이었다.

---

54 부산대 인문학연구소·점필재연구소, 콜레주 드 프랑스 한국학연구소 편, 앞의 책, 224면.

55 위의 책, 228면.

56 M. Courant, 이희재 옮김, 앞의 책, 136-137면, 664-666면 ; 쿠랑의 『한국서지』 1권(1894) Ⅱ부 언어부 5장 몽어류에는 동일한 『진언집』(1777)과 서울 근처 원각사의 승려가 제공한 필사본이, 3권(1896) Ⅶ부 教門部[종교] 2장 佛教類 4절 '祈禱文과 讚歌'에도 2종이 목록화되어 있다. ; 이에 대한 상세한 고찰은 이상현·이은령, 「모리스 쿠랑의 『한국서지』와 훈민정음 기원론」, 『열상고전연구』 56, 열상고전연구회, 2017, 197-201면을 참조.

스콧은 그의 희망을 한국의 불교사찰을 유람하며 그곳에 보관된 문헌들을 통해, 승려들의 공간과 삶, 한국을 이해하는 것이라고 밝혔다. 물론 그의 이러한 희망은 여건상 이뤄지지는 못했다. 그렇지만 그는 자신의 논문을 통해 살핀 것이 한국 역사와 문학, 즉, 한국 고전세계의 전부가 아님을 분명히 알고 있었다. 어디까지나 자신이 다루고자 하는 주제가 광범위한 것이며, 그가 논한 바는 지극히 한정적인 것임을 알고 있었기 때문이다. 쿠랑의 『한국서지』는 그 방대한 한국 고전세계의 얼개와 윤곽을 구체화해 준 업적이었다. 그것이 집약된 글이 『한국서지』에 수록된 「서론」이었다.

(3) 『한국서지』 「서론」의 번역과 한국 고전세계의 유통

뮈텔은 1895년 9월 25일 쿠랑의 『한국서지』 1권(1894)을 받았다. 1896년 3월 23일 인천 제물포에서 쿠랑을 만났다. 쿠랑은 서울여행을 할 수 없는 처지였다. 그는 쿠랑 내외와 함께, 외국인 거리를 함께 관광했다. 이 때 쿠랑은 도쿄로 가서 『한국서지』3권(1896)의 색인 작업을 진행하고 있었다. 즉, 텐진과 도쿄를 오가며 교정 작업을 진행하던 시기이기도 했다. 뮈텔은 이후에도 샤를 달레의 『한국천주교회사』와 쿠랑의 『한국서지』를 대표적인 한국학적 업적으로 여겼고, 이를 소개했다.[57] 하지만 『한국서지』는 쿠랑의 학자적 명성에 확고한 발판을 제공하지는 못했던 것으로 보인다.

쿠랑의 업적이 당시 널리 회자되며 유통된 것은 아니었기 때문이다.

57 『뮈텔 일기』 1913년 6월 18일, 6월 30일, 1914년 7월 29일.

쿠랑은 1897년 파리국립도서관에서 중국 문헌 목록작업을 수행한 후, 1897-1899년 사이 기메박물관에서 한국을 주제로 강연을 했고, 이를 바탕으로 몇 편의 한국학 논문을 제출했다. 이후 일본학 저술을 준비하며, 파리동양어학교의 교수임용을 지원했지만, 그의 준비와 상관없이 대학측이 중국어과 교수를 선발하게 되어 실패하게 된다. 그는 리옹대 중국어학과의 임용을 바랄 수밖에 없는 처지가 되었다. 이는 파리 동양어학교와 국립도서관의 자료로부터 그가 멀어짐을 의미했다.[58]

그럼에도 그의 『한국서지』에 대한 반향은 한국이라는 장소 속에서 분명히 존재했다. 그의 연구성과를 주목하고 계승한 집단이 한국의 개신교 선교사들이었기 때문이다. 특히, 『한국서지』에 수록된 「서론」의 영향력은 더욱 큰 것이었다. 『한국서지』1-3권이 출판된 뒤, 이에 대한 켄뮤어 여사(A. H. Kenmure)의 서평이 한국개신교 선교사들의 영문정기간행물에 2회에 걸쳐 수록된다.[59] 이 기사는 사실 쿠랑의 「서론」에 대한 일종의 축역본이었다. 『한국서지』의 서지사항, 각 권의 목차가 제시된 이후의 내용은 쿠랑의 「서론」에 대한 요약 혹은 발췌 번역의 형태였기 때문이다. 하지만 켄뮤어는 일찍부터 「서론」이 지닌 가치와 중요성을 발견한 셈이었다. 사실 『한국서지』를 대면한 서구인이라면 이 저술이 지닌 중요한 학술적 가치를 결코 간과할 수 없었다.

쿠랑의 『한국서지』는 그를 단순히 '문헌학자'로 한정해서 규정

58 D. Bouchez, 전수연 옮김, 앞의 글, 171-180면.

59 A. H. Kenmure, "Bibliographie Coréene," *The Korean Repository* Ⅳ, 1897. pp. 201-206·258-266.

할 수 없도록 해준다. 쿠랑 본인 역시 이러한 사실을 잘 알고 있었다. 그의 연구가 책 자체의 내용에 한정된 순수한 서지적 연구가 아니라, 전혀 알려지지 않은 이 분야의 논의로 흥미를 지니게 하기위해서 책의 외형적 형태와 묘사를 분리시킬 수 없었으며, 나아가 "지리, 역사, 풍속" "엄밀한 의미의 문학, 철학"에 관한 내용을 수록할 수밖에 없었기 때문이다.[60] 그만치 당시 한국은 알려지지 않은 나라였으며, 한국의 책들이 제시해 주는 한국문명은 그만큼 방대한 세계였던 것이다.

『한국서지』는 박람회를 통해 전시되는 축소된 한국문명처럼, 제국의 문서고 속에 진열된 한국도서들의 총체적인 형상을 제공해주었다. 쿠랑은 『한국서지』를 통해 광대한 한국 문헌의 세계를 9개로 유형화하여 근대 서구 분과학문의 단위로 재편하여 질서화해 주었다. 또한 이러한 그의 작업은 해당 분과학문에 대응되는 한국에 관해 살피기 위해서는 그가 유형화한 목록 속 한국서적을 검토하는 것을 필수불가결한 작업으로 만든 셈이다. 이 점에서 쿠랑의 저술은 한국학의 전범이자 길잡이였던 것이며, 이것이 총체적으로 집약된 것이 「서론」이었다. 쿠랑의 「서론」은 한국 도서의 세계를 한 편의 논문이란 '축소'된 형태로 재현해 주며, 한국의 고전세계를 유통시켜 준다.

그렇지만 170매에 이르는 「서론」 자체의 방대한 분량으로 말미암아, 영어, 일본어로 완역되는 데에 상당한 시간이 소요되었다. 켄뮤어 역시 쿠랑의 「서론」을 완역한 것은 아니었다. 그를 이어 게일

60 M. Courant, 이희재 옮김, 앞의 책, xi 면.

(James Scarth Gale, 1863-1937)은 Ⅲ장을 중심으로 번역(1901)했고, 로이드 부인은 전체를 완역(1936)했다. 결과적으로 본다면 두 사람의 작업은 켄뮤어의 선행업적에 대한 일종의 보완작업이었다.[61] 하지만 동시에 그 번역과정 속에는 한국에 거주하던 개신교 선교사들이 「서론」의 해당 부분을 번역할 필요성이 존재하는 것이기도 했다. 켄뮤어가 주목한 부분은 1890년경 쿠랑의 『한국서지』 출판 경위와 과정이며, 쿠랑이 제시한 자신의 '연구방법론'이었다. 즉, 그는 한국에 거주하던 외국인들에게조차 낯설었던 한국도서의 실태, 19세기 말 한국 서적의 유통 현장, 한국의 문헌이 보관된 제국의 문서고와 쿠랑이 참조한 논문, 서적의 출판연도와 인명 및 지명을 찾는 어려움까지 거론한 내용(「서론」 I 장)을 상대적으로 더욱 상세히 조명했다.

그 만치 쿠랑의 저술이 보여준 연구와 시도는 당시로서는 획기적인 것이었다. 쿠랑의 저술로 인하여 변모된 한국학의 모습은 무엇일까? 쿠랑이 「서론」을 작성함에 있어 중요한 참조논저였으며, 재외에서 출판된 대표적인 한국문학논저, 애스턴과 오카쿠라 요시사부로(岡倉由三郞, 1868-1936) 논문과 이 점을 대비해볼 필요가 있다. 분명히 두 사람의 업적은 당시로 본다면 매우 선구적인 것이었지만 두 사람의 초점은 한글(언문, 국문)과 한글로 된 문학작품으로 제한되었다. 즉, 고소설 작품(『장화홍련전』, 『임경업전』)의 개관이 소개되거나,

61 J. S. Gale, "Introduction of the Chinese into Korea," *The Korea Review* Ⅰ, 1901, pp. 155-162 ; "The Ni-T'u," *The Korea Review* Ⅰ, 1901, pp. 289-292 ; W. M. Royds, "Introduction to Courant's "Bibiliograpie Coreene"," *The Transactions of the Korean Branch of the Royal Asiatic Society* 25, 1936.

가집(『남훈태평가』)에 수록된 시조 몇 수가 번역·소개된 정도였다.[62] 이 점은 이들의 뒤를 이은 한국개신교선교사의 한국문학론도 마찬가지였다. 한국개신교 선교사의 영미정기간행물 속 한국문학논저 중 그 중심이 속담 및 설화에 맞춰진 것은 이에 부응하는 중심된 경향이었기 때문이다.[63]

이에 따라 개신교 선교사들은 쿠랑의 『한국서지』를 통해 한국의 한문고전세계에 더욱 쉽게 접근할 수 있었다. 쿠랑의 「서론」(『한국서지』1권(1894))의 등장과 함께, 개신교 선교사의 영미간행물에 수록된 한국문학논저가 보여주는 새로운 모습들이 보인다. 예컨대 『동몽선습(童蒙先習)』, 『동국여지승람(東國輿地勝覽)』, 『동국문헌비고(東國文獻備考)』에 대한 소개글이 보이며, 한국의 고대사를 『동국통감』 등의 한국 사서를 통해서 제시하려는 시도들이 등장하기 때문이다. 이와 관련하여 게일이 쿠랑의 「서론」 Ⅲ장을 번역한 사실을 주목할 필요

62 W. G. Aston, "On Corean popular literature," *Transactions of the Asiatic Society of Japan*, 1890 ; 岡倉由三郎, 「朝鮮の文學」, 『哲學雜誌』8(74-75), 1893. 4.-5.

63 원한경의 서지목록 <문학>항목 중 한국에서 발행된 영미정기간행물에 주목할 때 이러한 사실을 발견할 수 있다(H. H. Underwood, "A partial Bibliography of Occidental Literature on Korea," *The Transactions of the Korea Branch of Royal Asiatic Society* 20, 1931, pp. 39-45). ; 1890년까지의 한국도서를 대상으로 한 쿠랑의 「서론」에도 이러한 지배적인 시각이 투영되어 있었다. 비록 그는 결코 한국의 한문문헌을 배제하지는 않았지만, 그의 논리가 보여주는 중심기조에는 '모어=국어'라는 언어 내셔널리즘과 시·소설 장르중심의 언어예술이라는 관념에 의거한 서구적 근대문학 관념이 보편자로 자리 잡고 있었기 때문이다. 이에 따라 한국의 한문고전은 기독교에 대비될 만한 고도의 윤리규범을 지닌 것이지만, 민족어라는 조건을 충족시켜 주시 못한 중국문학에 대한 모방작이었다. 또한 한국의 고소설(시가)은 문예물로는 미달된 것이었다. 그렇지만 이는 「서론」의 전체윤곽을 읽게 될 때 발견되는 양상이다.

가 있다. 그의 이러한 번역은 1900년도 『왕립아시아학회 한국지부 학술지』에서 발표한 논저와 연속선을 지니고 있었다. 게일은 한국문화에 끼친 중국문화의 영향력을 논한 바 있었다. 헐버트(Homer Bezaleel Hulbert, 1863-1949)는 게일과 반대의 입장에서 한국문화의 독자성을 규명하고자 했다. 두 사람의 논점은 한국 민족의 시원을 '단군'과 '기자'로 인식하는 변별점 이외에, 설총과 최치원에 대한 해석의 차이로 나타났다.

게일은 자신의 발표 이후 쿠랑의 「서론」 Ⅲ장을 번역했다. 쿠랑의 「서론」 Ⅲ장은 한국서적들의 문자이자 한국의 문자사에 관해 논한 부분이다.[64] 쿠랑은 『삼국사기』의 기록을 근거로 삼국시대의 왕명의 한자표기, 국사편찬, 교육기관, 불교의 전래와 관련하여 한자가 도입되고 사용된 시기를 살펴보았다. 또한 한자를 음성표기의 수단이나 한학연구의 차원이 아니라, 그 언어로 글을 쓰는 차원에서 활용한 것을 한국 한학의 발전으로 보고, 최치원을 주목했으며, 9經의 번역 및 이두와 관련하여 설총을 주목했다. 이러한 쿠랑의 관점을 가장 잘 이어받은 인물은 사실 게일-헐버트의 지면논쟁의 종합토의를 담당했던 존스(George Heber Jones, 1867-1919)이다 그는 이후 설총과 최치원에 초점을 맞춘 논문을 제시했다. 특히 최치원에 관한 논저는, 쿠랑의 『한국서지』를 참조했음을 분명히 밝히며, 이 책 속에 목

---

64 이를 주제로 한 모리스 쿠랑의 논문이 한 편 있으며, 「서론」과 겹쳐지는 부분이 있다(M. Courant, 파스칼 그라트·조은미 옮김, 「한국의 여러 문자 체계에 관한 소고」, 앞의 책("Note sur les différents systèmes d' écriture employés en Corée," *Transactions of the Asiatic Society of Japan* 23, 1895)).

록화되어 있는 최치원 관련 서적들, 그리고 이에 관한 쿠랑의 설명을 기반으로 논의를 전개했다.[65]

『한국서지(보유편)』(1901)가 잘 보여주듯, 뮈텔은 쿠랑에게 이러한 개신교 선교사들의 잡지를 보내주었다. 즉, 쿠랑은 한국에서 발행되는 영미정기간행물을 접할 수 있었다. 이 자료들은 한국에 관해 말해주는 유일한 것이기도 했다. 또한 1912년 리옹대학교의 정식교수 발령은 그에게 안정적인 연구의 여건을 만들어 주었다. 즉, 그가 염원했던 한국 고전세계에 대한 탐구를 본격적으로 할 수 있는 여건이 이루어진 것이었다. 그렇지만 그 염원은 이루어질 수 없었다. 중국학과의 교수라는 입장, 또한 1910-1911년 사고로 인하여 오른 손을 쓸 수 없게 되어, 집필이 어려워진 쿠랑의 사정은 이를 불가능하게 했기 때문이다.[66] 요컨대 1900년 파리박람회의 소책자에서 보인 쿠랑의 새로운 지향점과 시각은 불행히도 새로운 그의 저술로는 구현되지 못했다. 하지만 무엇보다도 '대한제국의 멸망'이란 사건은 그가 발견한 한국고전의 가능성을 구현할 길을 차단한 셈이었다. 프랑

---

65 『왕립아시아학회 한국지부 학술지(*The Transactions of Korea Branch Of Royal Asiatic Society*)』 1호(1900)에 수록된 세 사람의 논고(J. S. Gale, "The Influence of China Upon Korea" ; H. B. Hulbert, "Korean Survivals" ; J. S. Gale·G. H. Jones, "Discussion") 이외에도 존스의 다음과 같은 두 논문을 예로 들 수 있을 것이다(G. H. Jones,"Sul Chong, Father Korean Literature," *The Korea Review* Ⅰ, 1901 ; "Ch'oe Ch'I-Wun : His life and Times," *The Transactions of Korea Branch Of Royal Asiatic Society* 더불어 존스의 이 논문에 대한 연구는 이상현, 「한국고전작가의 발견과 서양인 문헌학의 계보」, 『인문사회21』 8(4), 사단법인 아시아문화학술원, 2017를 참조.

66 D. Bouchez, 전수연 옮김, 앞의 글, 191-194면.

스 에퀼리(론)에서 1903년 7월 7일 쿠랑이 플랑시에게 보낸 다음과 같은 서한은 그의 한국학 연구를 향한 소망 더불어 그것이 불가능했던 상황을 잘 말해준다.

> *The Korea Review*를 보내주셔서 감사합니다. 지난 번 편지에도 도한 다른 책들을 부탁드리고 새로운 질문을 드려서 죄송합니다. 아마 언젠가 저는 다시 한국에 관한 것을 발표할 것이기에 연구 자료를 모으고 있습니다. 그러나 우리는 자신의 일을 자유롭게 지휘하지 못하고 다만, 상황의 지시에 놓이게 되지요.[67]

3. 다시 찾은 경성과 모리스 쿠랑에 관한 기억/망각

쿠랑의 필적이 『삼국사기』(영인본)에 새겨진 장소는 그가 다시 찾은 경성이었다. 쿠랑은 1919년 조선총독부와 경성의 궁궐을 방문했다. 그가 다시 방문한 궁궐은 『한국서지』가 출판되던 그의 추억과는 결코 동일한 공간은 아니었다. 이왕가박물관을 방문하는 쿠랑의 모습은 그가 다시 찾은 한국의 궁궐이 지닌 새로운 모습을 잘 보여준다.

> 박물관 관리인 스에마츠 씨가 우리를 맞이하고 우리에게 수집한 고대

67 부산대 인문학연구소·점필재연구소, 콜레주 드 프랑스 한국학연구소 편, 앞의 책 292면.

> 예술품들을 대단히 친절하게 관람하게 하고 쿠랑 씨에게 이 박물관 수집품의 도록들을 주고 또 그에게 비취 플루츠와 그 상자를 압인한 것을 가져가게 했다.[68]

이왕가박물관은 창덕궁의 동물원, 식물원과 함께 박물관으로 설립되었으며, 1908년 봄 건립이 시작되어 1909년 일반인에 개방된 한국근대 최초의 박물관이었다. 이 장소는 순종(純宗, 1874-1926)의 생활을 즐겁게 하기 위하여 모든 시설과 설비를 준비하기 위한 명목으로 설립되었다. 하지만 그 속에는 유물 수집을 통한 학술연구, 미술품 전시를 통한 사회교육이라는 목적이 분명히 전제되어 있었다. 경복궁의 경우도 1915년 '시정오년기념(始政五年記念) 조선물산공진회(朝鮮物産共進會)'가 개최되었으며, 1916년 조선총독부의 청사를 만드는 작업이 진행되기 시작했고, 다수의 전각들은 훼철되었다. 그곳은 과거와 같이 조선 왕실을 위해 기능하는 궁궐이 아니었다. 이러한 관점에서 본다면, 이 장소는 에밀 부르다레가 묘사했던 '폐허의 공간'에 근접한 것이었다.

쿠랑에게 경복궁, 이왕가박물관의 방문 역시 한남서림에 서적을 조사하던 그의 목적과 크게 구별되는 행위는 아니었다. 그의 시선은 그가 과거 체험했던 한국의 고전세계에 놓여 있었기 때문이다. 그리고 그가 방문한 장소 역시 한국의 유적, 유물들이 보관되며 때로는 '전시'되는 공간이었다. 그렇지만 이곳에서 '전시'되는 한국문명은

68 『뮈텔주교 일기』 1919년 9월 2일자.

과거 파리박람회에서 전시된 공간과 또한 전시되었던 한국의 문명과는 다른 것이었다.

'파리박람회에서 재현된 한국'과 함께 전시된 한국의 도서들은 분리된 것이 아니었다. 한국의 도서들은 변모된 궁궐에서 제시되듯 과거의 유물, 유적, 일종의 골동품이라기보다는, 당시 한국에서 여전히 유통되는 동시대적인 것에 근접했기 때문이다. 그것은 분명히 과거의 것이었지만 오늘날 우리의 통상적인 고전이란 개념과는 다른 것이었다. 무엇보다 그 속에는 과거와 현재를 나누는 불연속선이 전제되어 있지 않았다. 조선왕조와 유가 지식인들에게 이는 자신의 기원이자 현재까지 지속되는 문명이었다. 파리박람회에서 재현되었던 한국은 오히려 쿠랑이 체험했던 서울이라는 공간에 대한 실감과 추억에 더욱 근접한 대상이었다. 더 이상 그 실감을 느낄 수 없는 장소, 이 변모된 한국의 시공간. 그 속에서 여전히 과거와 동일한 형태로 그가 접촉할 수 있었던 것은 오히려 한국의 고전이었다.

쿠랑은 당시의 정치적 상황 속에 한국이 독립할 수 있을 것이라고 생각하지 않았다. "한국인의 심정을 이해하긴 하지만 저 자신이 개입하려는 생각은 없습니다. 그들로 하여금 희망 없는 운동에 참여할 수 있도록 고무할 수 없습니다. 더구나 프랑스는 그 점에 대해 매우 신중한 태도를 취하고 있으니까요"라고 뮈텔 주교에게 보낸 쿠랑의 편지(1921.6.28.)는 이러한 사실을 잘 말해준다.[69] 즉, 파리박람회에서 보여준 그의 한국에 관한 낙관적 전망은 없었다. 물론 그 역시 서구

---

69 D. Bouchez, 전수연 옮김, 앞의 글, 119면.

제국주의에 대한 일관적인 비판의 시각을 제시한 인물은 아니었다. 그렇지만 프랑스의 식민지화와 일본의 한국병합을 동일한 것으로 여기지는 않았다. 그는 1903-1904년 일본인이 제의한 동맹조약의 파렴치함을 비판했다. 일례로, 그가 작성한 부산에 관한 논문은 일본인들이 주장한 '한반도에 대한 역사적 권리'가 허상이란 사실을 논증하기 위한 글이었다. 그러나 쿠랑은 종국적으로 천주교인에게 있어 러시아보다는 일본이 좋은 국가란 점을 인정했고, 더욱 더 커져가는 일본의 한국 내 영향력을 받아들일 수밖에 없었다.[70]

조선왕조, 대한제국의 멸망이라는 전환 속에서도, 한국의 고전은 여전히 유효한 연구대상이었다. 오히려 멸망으로 인해 발생하는 연속성과 불연속성, '현존'과 '부재'가 동시에 존재하는 '폐허'의 공간이야말로 한국고전의 재탄생과 근대적 소환을 예비해준 사건이었다.[71] 소멸되는 전통이기에 보존해야 한다는 역설이야말로 쿠랑과 한국 주재 일본인을 묶어주는 중요한 연결고리였다. 한국의 통신·교통망 건설과 같이, 1910년대 재조선 일본인 민간학술단체, 조선총독부의 한국고서정리사업은 고전연구의 새로운 기반을 열어주었다. 쿠랑의 『한국서지』는 그들에게도 유용한 연구 성과이자, 귀중한 선행연구였다. 『삼국사기』에 새겨진 쿠랑의 친필은 조선총독부 도서관장으로 부임하게 될 오기야마 히데오(荻山秀雄, 1883-?)가 소장한 것이었다.

70 D. Bouchez, 「모리스 꾸랑과 뮈텔 주교」, 앞의 책, 347-349면.

71 살바토레 세티스, 김운찬 옮김, 『고전의 미래』, 길, 2009, 139-151면.

그는 1909년 교토(京都)대학을 졸업한 후 1914년 5월 이왕직도서계(李王職圖書係) 촉탁(囑託)으로 한국에 와 2년여를 근무한 후, 총독부의 조선사 편찬을 위해 자리를 옮기고 1918년 1월 중추원(中樞院) 촉탁이 되어 조선사료 수집편찬사업에 관여한 인물이었다. 사실 쿠랑은 그에게 완전히 낯선 인물은 아니었다. 그의 필적이 적혀 있는 『삼국사기』(영인본)를 발간한 한국 주재 일본의 민간학술단체에게 더욱 그러했다. 그들에게는 아사미 린타로[淺見倫太郎, 1869-1943]의 일역본이 있었다. 이 일역본을 통해 『한국서지』「서론」에 대한 개괄이 이루어지고, 이 원고는 조선총독부의 독서회에서 강연되었다. 이를 보급하기 위해 『조선예문지(朝鮮藝文志)』란 제명으로 1912년에 출판된 바 있었기 때문이다.

이렇듯 쿠랑의 『한국서지』(「서론」)가 일본인에게 유통된 맥락을 말해주는 자료이자, 쿠랑의 필적이 새겨진 『삼국사기』(영인본)을 전한 자료가 바로 오구라 치카오의 『조선서지서론(朝鮮書誌序論)』(1941)이다. 그는 1936년 일본의 교토(京都)제국대학 문학부를 졸업한 후 조선총독부의 도서관사무원으로 촉탁된 인물이었다. 이 저술의 목차를 제시해보면 다음과 같다.

> 1. 모리스 쿠랑의 筆跡과 명함, 2. 譯註者 小言, 3. 원저[인용자 - 모리스 쿠랑, 『한국서지』「서론」]의 주요참조도서, 4. 영역본 서문[원한경 박사], ……(『한국서지』「서론」(일역본)) …… 5. 역주자 후기, 6. 부록 : 쿠랑의 저작목록

「역주자소언(譯註者小言)」에서 그가 밝힌 바대로, 그의 저술은 일

종의 중역본이었다. 『왕립아시아학회 한국지부 학술지』에서 수록된 로이드 부인(W. M. Royds)의 영역본(1936)에 대한 역주작업을 수행한 것이었기 때문이다. 더불어 이 영역본의 서문을 쓴 인물이며 동시에 영역본을 오구라가 번역하는 것을 허락해준 인물이 당시 왕립아시아학회 한국지부의 회장을 역임했던 원한경(H. H. Underwood(元漢慶),1890-1951)이었다.

로이드 부인이 번역한 「서론」(영역본)이 학술지에 게재된 시기는 쿠랑이 사망한 이듬해였다. 이 번역은 애초부터 쿠랑에 대한 추모의 의미를 지닌 것은 아니었다. 그녀의 실천은 쿠랑의 「서론」을 영역하여 개신교 선교사를 비롯한 영미권 독자가 이를 볼 수 있도록 보존하는 것에 더욱 초점이 맞춰진 행위였다. 이는 오구라 치카오에게도 마찬가지였다. 당시 아사미 린타로의 일역본이 한정, 출판되었기에 그만큼 입수하기 어려웠던 저간 및 사정에 때문에, 그는 새로운 일역본을 내놓은 것이다. 이와 같이 영미권 서구인과 한국주재 일본인이 쿠랑의 「서론」을 완역한 사건 속 『한국서지』의 형상은 이 책의 1장에서 고찰했던 『한불자전』의 형상과 같이 동일한 변화가 나타났다. 즉, 쿠랑의 『한국서지』는 1900년경 개신교선교사들이 한국의 역사, 문헌, 종교 연구를 위하여 일종의 '전범'으로 활용하던 모습과는 달랐다. 쿠랑의 『한국서지』 역시 그들과 '동시기의 전범'이 아니라 과거의 선구적인 '기념비'로 그 형상이 변모되어가고 있었다.

물론 한국주재 일본인이 아닌 서구인의 입장에서 본다면, 『한국서지』는 여전히 그들이 뛰어넘을 수 없는 수준의 업적이었다. 그렇지만 1894년 쿠랑이 완성한 「서론」에 대한 완역이 서구인의 한국관계 논저를 집성정리한 원한경의 업적 이후에 이루어진 점은 대단히 시사적인 것이다. 원한경은 쿠랑의 『한국서지』를 모두가 당연히 알고 있을 "1894년 출현한 기념비"적 저술이며, 어떤 서구인들도 이루지 못한 업적으로 한국의 삶에 새 장을 열은 "여러 방면에서 가장 위대한 단일 업적"이라고 고평했다.[72] 또한 그가 보기에, 쿠랑의 「서론」 역시 "한국의 책들과 문학에 관한 흥미로운 논의"였다.[73] 오구라 치카오의 『조선서지서론』은 쿠랑의 「서론」에 대한 번역으로 한정하기에는 너무나 많은 것을 담고 있었다. 쿠랑의 친필과 명함, 「서론」의 참조서목과 쿠랑 저술목록의 총망라, 본문내용에 첨가된 주석과 「서론」의 내용을 요약해주는 두주, 쿠랑의 사망에 대한 애도를 담고 있는 「역주자 후기」 등을 보면, 오구라의 저술 자체는 "친일가(親日家)"이자 그보다 먼저 한국학 연구를 수행한 선학을 향한 충실한 기념비였기 때문이다.

그렇지만 이러한 『한국서지』에 관한 기념이자 동시에 쿠랑에 대한 기억은 매우 제한적인 것이었다. 이는 어디까지나 "조선 문헌에 대한 지금까지의 긴 고찰은, 우리에게 그것이 독창적이지 못하고, 언제나 중국정신에 젖어 있으며, 흔히 단순한 모방에 그친다는 점들을 보여주었다"와 "중국문학과 역시 외부로부터 빌어왔으나 독창적인 일본문학보다는 뒤떨어진 것이지만, 조선문학은 몽고나 만주,

72 H. H. Underwood, "Occidental Literature on Korea," *The Transactions of the Korea Branch of Royal Asiatic Society* 20, 1931, p. 11.

73 H. H. Underwood, "A partial Bibliography of Occidental Literature on Korea," *The Transactions of the Korea Branch of Royal Asiatic Society* 20, 1931, p. 40.

그리고 그 외의 중국을 본뜬 국가들이 내놓은 것보다는 훨씬 우수하다"[74]란 쿠랑의 결론으로 마무리되는 1894년 출판된 『한국서지』「서론」에 대한 기념과 기억이었다. 즉, 1900년 파리박람회의 소책자, 1901년 『한국서지(보유편)』「서문」에서 보인 쿠랑의 새로운 지향점과 시각은 대한제국의 멸망과 함께 망각된 것이었다. 결과적으로 본다면 쿠랑이 발견했던 한국고전이 지닌 잠재력과 가능성에 대한 탐구는 그가 해결할 몫이 될 수 없었다. 비록 안확과 김태준 등과 같은 한국문학사가(韓國文學史家)들은 쿠랑의 저술을 직접 읽고 상속한 이들은 아니었지만, 이는 그들이 해결해야 될 목표이자 난제로 남겨졌던 셈이다.

74 M. Courant, 이희재 옮김, 앞의 책, 73-74면.

묻혀진
한국문학사의 사각(死角)

제2부

식민지 언어문화의 생태와 문화원형의 관념

제5장

한국신화와 성경, 선교사들의 단군신화 해석·번역

한국 개신교 선교사의 성취론과 단군신화 인식의 전환

제6장

20세기 초 고소설의 정전화 과정과 한국문학 세계화 기획

한 개신교 선교사가 남겨 놓은 고소설 관련 자료의 존재양상과 그 의미

제7장

20세기 〈춘향전〉 원본의 탄생과 민족성의 재현방식

이광수의 「春香」(1925–1926)과 게일·호소이 하지메의 고소설 번역담론

제8장

'문화재 원형' 개념의 형성과정과 19세기 말-20세기 초 한국어의 문화생태

한국 문화유산의 (재)발견과 복수의 언어를 원천으로 한 한국학의 현장

문혜진
한국문학사의 사각(死角)

제5장

한국신화와 성경, 선교사들의 단군신화 해석·번역

한국 개신교 선교사의 성취론과 단군신화 인식의 전환

SOCIAL LIFE AND CUSTOMS 121

SUGGESTIVE QUESTIONS ON CHAPTER IV

AIM: TO APPRECIATE THE NEW NEEDS OF KOREAN SOCIETY

I. *The Ideals of Korean Society.*

1. Which of the five laws seem to you most, and which least ideal as to relationships?
2.* Name what you consider the five principal virtues for mankind, and compare them with the Korean list.
3. Compare the five Korean virtues with the fruits of the Spirit, mentioned in Galatians v. 22-23, and note the most striking differences.
4. Compare them with the two great commandments given by Christ.
5. What do you consider the most notable omissions in the list of Korean laws and virtues?
6. What would you infer as to a system that made ceremony one of its five cardinal virtues?

1. 성취론과 단군신화

(1) 성취론과 한국종교-기독교의 접촉면

게일(James Scarth Gale, 1863-1937)이 미래의 젊은 선교사를 위해 집필한 교과서, 『전환기의 조선(*Korea in Transition*)』(1909) 4장 말미에는,

상기 도상자료와 같이 과거 "한국 사회의 이상"과 성령의 열매, 예수의 큰 계명과 같은 개신교의 교리들을 비교, 검토하는 질문들이 있다.[1] 한국사회의 이상은 "오륜(五倫)"과 "인의예지신(仁義禮智信)"을 지칭하며 다섯 개의 법과 덕(five laws and virtues)으로 번역된다. (p.121) 그렇지만 이 전환기 조선에서 옛 한국의 이상들은 이미 붕괴되어 가고 있었고, 이 이상에 토대를 둔 사회제도는 지극히 혼란한 상태였다.(96면) 그가 보기에 이에 대한 대안은 '복음'이며 '개신교의 진리'였다.(97면) 즉, 국가와 시민권을 상실한 한국 민족을 위해 그가 제시한 전망은 '예수가 주는 하나님 나라의 시민권'이었다.(43면)

사실 게일이 이 책에서 제시한 질문의 요지는 다른 곳에 있었다. 그것은 한국의 전통적 도덕이자 윤리와 개신교의 접촉면을 탐색하는 것이었기 때문이다. 그는 하나의 예시를 이 책에 담았다. 그것은 과거 한국사회의 이상들을 다음과 같이 복음을 예비해 주는 예언의 목소리로 해석하는 방식이었다.(96-97면)

> 인(仁)이라고 하는 글자는 인(人)이라는 글자와 이(二)라는 글자로 이루어져 있는데, 이는 사랑이 항상 다른 사람을 늘 염두에 두는 것이란 점을 보여주는 것이다. 그러나 모든 박애(博愛)의 가르침 중에 가장 주된 것은 '하나님의 말씀'이다. 하나님의 말씀으로 인(仁)이라는 잃어버린 덕을

1 J. S. Gale, *Korea in Transition*, New York: Eaton & Mains, 1909(신복룡 옮김, 『전환기의 조선』, 집문당, 1999); 이하 게일의 원문과 신복룡의 번역문을 각각 "p.-"와 "-면"으로 구분하여 표기하도록 한다.

대신하게 되는 것이다. 의(義)는 속죄양과 1인칭 대명사 '나'로 이루어져 있다. 속죄양이라는 의미로서의 '나'는 정의를 나타내고 있다. 예수와 나와의 '하나 됨'은 이 글자를 대체시켜 줄 뿐만 아니라, 이러한 사상을 채워 줄 것이며 지나간 과거에 대한 공부를 위대한 신의 계시를 가리키는 예언의 목소리로 만들어 줄 것이다.(p. 120; 96-97면)

게일은 유교적 사상이 담긴 "인(仁)"과 "의(義)"라는 한자를 성경과의 유비를 통해 풀이한다. 그의 설명은 한자·한문에 대한 축자적인 번역이라는 관점만으로 규명할 수 없는 역사·문화적 맥락을 보여준다. 물론 게일의 이러한 논리를 기독교 중심적인 문헌·해석학적 오류 혹은 오리엔탈리즘에 의거한 편향적 관점이라고 비판할 수도 있을 것이다. 이 속에는 관찰자와 관찰대상이 현격하게 분리되어 있다. 관찰대상은 한자·한문으로 상정된 동양(한국)의 전통이며, 관찰자는 유대 기독교적 해석과 전유를 보여주는 서구인(게일)이기 때문이다. 그렇지만 이러한 일방향적인 관점만으로는 '관찰대상' 자체의 변모와 '관찰자'의 관점이 변모되는 지점들, 그 속에 놓인 양자 사이의 다양하고 역동적인 접촉의 흔적을 간과하기 쉽다.[2]

2 그렇지만 이 시선의 변모 속에 서구와 한국의 관계망이 당시 한국의 언어질서와 역사적 전변 속에 결코 동일하지 않았다는 점을 감안한다면, 이 연구는 그 접점과 교차점에 대한 탐색의 기초와 기반을 제공할 수 있을 것이다. 유비, 등가, 분기란 세 관점으로 이 관계망을 살핀 연구들은 황호덕·이상현, 『개념과 역사, 근대한국의 이중어사전』1, 박문사, 2012, 1부 3장과 2부 3장을 참조[初出: 이상현, 「근대 조선어·조선문학의 혼종적 기원: 「조선인의 심의」에 내재된 세 줄기의 역사」, 『사이間SAI』 8, 국제한국문학문화학회, 2010; 황호덕·이상현, 「번역과 정통성, 제국의 언어들과 근대 한국어: 유비·등가·분기, 영한사전의 계보학」,

게일의 짧은 진술 속에서 관찰자의 시선의 변모를 예견해주는 모습을 발견할 필요가 있다. 그것은 유교라는 타종교(혹은 사상, 도덕, 철학) 속에도 이미 진리가 계시되어 있으며 선교를 통해 이 종교를 기독교의 진리로 성취시킬 수 있다는 전제이다. 이 전제는 기독교 이외의 종교(타종교)를 개신교 선교사가 이해했던 과거의 역사적 사례이자 비교종교학적인 이론, 성취론(fulfillment theory)에 그 토대를 둔 것이었다. 이는 1910년 에딘버러 세계선교사대회(World Missionary Conference in Edinburgh)에서 개신교선교사들이 공식적으로 채택하고 한국의 선교사들이 수용했던 입장과 관점이다. 성취론은 비기독교적 종교전통, 타종교가 가진 진리, 윤리, 계시의 흔적들을 복음을 위한 준비이자 기독교와 대화할 수 있는 접촉점들로 주목하며, 기독교가 유대교의 율법과 예언을 완성, 성취했듯이 타종교의 근본적인 영적 갈망과 예언을 완성시킨다는 입장이다.[3]

물론 게일의 상기 저술의 출판 시기(1909)가 반증하듯, 성취론적 입장은 에딘버러 세계선교사 대회에서의 공식채택 이전에도 개신교 선교사들의 저술 속에서 그 모습을 드러냈다. 하지만 1910년대

『아세아연구』145, 고려대 아세아문제연구소, 2011].

3 북미 복음주의 신학 속에서 성취론이 지닌 그 의미와 형성과정, 한국주재 개신교 선교사의 한국종교연구와 성취론의 관계에 대해서는 류대영,「선교사들의 한국종교이해, 1890-1931」,『한국 근현대사와 기독교』, 푸른역사, 2009, 150-156면과 옥성득,「초기 한국교회의 단군신화 이해」, 이만열,『한국기독교와 민족통일운동』, 한국기독교역사연구소, 2001, 209-315면 ; 안성호,「1910년 에딘버러 세계선교사대회의 성취이론에 대한 재고」,『한국기독교사연구소소식』91, 2010에서 충분히 상론된 바 있다. 이하 본고의 논의 전개를 위해, 그 중요한 입론들만을 간략히 제시하도록 한다.

이후에야 게일의 두 가지 다른 변모와 조응되고 있다. 첫째, 게일이 중국의 유교적 서적이 아니라 한국인의 문집과 같은 한문문헌을 기반으로 유일신 관념을 탐구했다는 점이다. 이는 성취론을 기반으로 한 서구인들의 중국 및 한국 종교이해와 긴밀히 연관된 실천이었다. 둘째, 단군을 게일이 수용한 시점에서, 그는 잃어버린 한국의 국권과 한국인의 시민권을 대신할 것으로, 하나님 나라의 시민권 이외의 다른 것을 이야기했다는 사실이다. 그것은 단군이 표상해주는 바, 물질이 아닌 정신(문화)적 측면에서 중국/일본과 변별된 한국민족, 한국의 민족성이었다. 특히 이 두 번째의 변별성이 이 책의 5장에서 중점적으로 고찰할 연구대상이다.

성취론적 입장에 의거한 개신교 선교사의 한국종교연구는 당시로 본다면 비기독교적 전통을 긍정적으로 보며, 열린 접근을 지향한 진보적인 타종교에 대한 이해를 일정량 함의하고 있었다. 1850년대 인도와 중국의 '진보적 보수주의자'내지 '자유적 복음주의자' 선교사들, 영국, 스코틀랜드의 신학자들이 주장한 성취론은 과거 "아시아 종교에 대한 기독교의 우월성"에 입각해 타종교를 저급한 종교로 보는 17세기 종교학자들로 비롯된 과거의 시각과는 다른 점이 있었다. 또한 동양의 종교가 지니고 있었던 "원시계시와 원시 유일신론이 시간이 갈수록 하강하여 다신론, 범신론, 우상숭배로 변모되었다"는 이론 즉, '종교 하강설 내지 타락설' 그리고 이와는 다소 상반된 종교이론 즉, "다신론, 범신론, 토테미즘, 애니미즘에서 유일신론으로 진화했다"는 종교 진화론과는 그 입장이 다르다. 물론 성취론적 종교이해 속에도 종교하강설, 종교진화론과 공유되는 측면이 분명히 존재한다. 즉, 종교진화론, 문명과 야만이라는 구분, 기독교 문명중심주의적 시각이 이곳에 전제되어 있는 사실을 부정할 수는 없기 때문이다.[4] 그렇지만 1909년 6월 에딘버러에서 개최된 세계선교대회에 제4위원회 "비기독교 종교와 관련된 선교 메시지"의 토론에 참여했던 존스(G. H. Jones, 1867-1919)는 성취론이 과거와는 다른 타 종교에 대한 접근방식이란 사실을 다음과 같이 잘 언급하였다.[5]

> 해외 선교 초기에는 토착 종교 생활은 마귀에서 기원했고 기독교의 반명제로 간주하는 것이 일반적인 경향이었다. 시간이 흘러 종교 갈등과 비기독교 민족의 역사에 대해 더 깊고 상세히 알게 되면서 이런 견해는 수정되었으며, 하나님께서 모든 민족의 삶에 대한 영향력이나 증인 없이 자리를 떠나 계시지 않았다는 것과, 하나님과의 이런 접촉의 흔적이 세계 민족의 종교생활에 묻혀 있는 채로 발견될 수 있다는 견해가 마침내 오늘날 일반적으로 수용되고 있다. 이런 고대의 종교적 진실의 잔존물들은 영적으로 왜곡되었거나, 그 의미를 상실했거나, 적대적인 표현과 발전으로 변형되었을 수 있다. 그러나 이것은 그 잔존물을 부인할 수 있는 사실에 대한 피상적인 견해에 불과하다. 아마도 어려움은 이 대단히 고무적인 사

---

4 류대영, 앞의 글, 152-156면 ; 옥성득, 앞의 글, 295-298면 ; 개신교 선교사를 비롯한 서구인의 한국종교연구는 김종서, 『서양인의 한국종교연구』, 서울대 출판부, 2006을 참조.

5 당시 한국개신교선교사가 한국의 유교, 불교, 샤머니즘 등에서 발견한 접촉점에 대한 정리는 존스가 1917년에 남긴 한국교회사 강의노트(G. H. Jones, 옥성득 옮김, 『한국 교회 형성사』, 홍성사, 2013)의 5장을 참조.

실을 진술하는 방법에 있는 듯하다.

무엇보다 개신교와 타종교 사이에서 그 접촉면을 주목하고자 한 시도 그 자체를 주목할 필요가 있다. '성취론'에 의거한 입장은, 타종교에 내재한 '원시적 유일신 관념'의 흔적을 찾고자 시도했으며, 이를 보존하며 기독교로 성취한다는 변별성이 존재했기 때문이다. 나아가 이는 개신교의 성서를 그들의 입장, 즉 선교의 대상이기도 했던 해당국가의 언어로 번역해야하는 처지와도 부합된 실천이기도 했다. 이와 관련하여 게일의 「번역의 원칙(The Principle of Translation)」이라는 미간행 원고(1893)의 한 구절을 주목해볼 필요가 있다. "성서 번역자들이나 기독교 문건을 번역하는 사람들은 그들이 원하는 어떤 생각도 표현할 수 있는 기존의 어휘가 한국어에 충분히 있다는 것을 발견할 수 있다"[6]는 말은 기독교의 언어를 한국어로 번역해야 했던 그들이 대면한 상황을 잘 예시해주는 것이기 때문이다.

한국 개신교 선교사들이 성서의 하나님을 재현할 적절한 한국어 어휘이자 개념을 찾는 과정 속에는 성취론이라는 입장이 명백히 반영되어 있었다. 런던선교회 제임스 레게(James Legge, 1815-1897) 등이, 중국고전의 한자·한문 세계 속에서 원시유교의 "상제(上帝)"를 유일신으로 이해한 모습이 그것이다. 한국 역시도 진보적 중국선교사들

---

6 유영식 편역, 『착혼목쟈 : 게일의 삶과 선교』 2, 도서출판진흥, 2013, 321면[J. S. Gale, "The Principle of Translation," 1893].

의 원시유교의 상제관을 수용했다. 이는 이 글의 논제인 한국고유의 단군신화와 관련해서도 그 속에 남아있는 샤머니즘이자 유일신의 흔적, '하느님' 신앙을 찾는 작업과도 밀접하게 관련되며, 동일한 논리적 기반을 지니고 있었다.[7]

(2) 한국 민족과 단군 신화

개신교 선교사들이 한국의 역사서 속에 만나게 된 단군신화는 가장 연원이 깊은 한국인의 원시적 유일신 관념을 발견할 수 있는 사건이었다. 게일이 보여준 단군신화 인식의 전변에 있어서 그 핵심적이며 중심적인 논리와 연원은 이미 존스, 헐버트(Homer Bezalee Hulbert, 1863-1949)의 한국종교연구(나아가 중국선교사들의 연구)속에 예비되어 있었다. 더불어 성취론이 등장한 계기 그 자체가 '19세기 말 - 20세기 초 아시아에서 대두된 민족주의'가 깊숙이 연루되어 있었던 사실을 주목해야 한다. 고등교육을 받은 새로운 세대들이 고유문화와 전통종교를 재발견하려는 시도에 대한 대응으로, 타종교를 무시하고 파괴하는 정복주의적 태도가 아니라 지적이며 포용적인 해석이 요구되었던 것이다.[8] 이와 관련하여 단군은 원시적 유일신 관념뿐만 아니라 동시에 한국민족의 고유성을 표상하는 것이기도 했던 사정을 염두에 둘 필요가 있다. 즉, 단군은 한국 고유성의 표지이며

7 옥성득, 앞의 글, 296-300면; 안성호, 「19세기 중반 중국어 대표자 번역에서 발생한 '용어논쟁'이 초기 한국성서번역에 미친 영향」, 『한국기독교와 역사』 30, 한국기독교역사연구소, 2001, 239-241면.

8 류대영, 앞의 글, 152-156면 ; 옥성득, 앞의 글, 295-298면.

'민족·국가, 일국사(一國史)'를 기본 전제로 하는 근대 한국역사의 내러티브를 구성함에 있어 한국 민족의 기원, 한국민족 그 자체였던 것이다.

게일은 한국 한문고전 속 천(天), 신(神)이란 한자어에 대한 용례 검토를 통해 원시적 유일신 관념의 계보, 비유대 기독교 전통 속 계시와 진리를 가장 면밀히 추적한 한국의 개신교선교사였다. 즉, "하ᄂᆞ님"이란 술어의 정립, 한국 한문고전 속 한국의 유일신 관념을 성취론에 입각하여 가장 면밀히 검증하며 이를 정립한 인물이 바로 게일이었던 것이다. 게일의 한국학이란 제한된 지평에서 살펴본다고 해도, 성취론적 입장(그 이면에 함께 놓인 한국 근대지식인의 민족주의적 반향)이 한층 더 깊이 투영된 시기는 어디까지나 1910년대 이후이다. 이로 인해 그의 한국학이 보여준 변모양상은 크게 두 측면이 주목된다.[9]

첫째, 한국인이 종교가 없는 민족에서 종교를 지닌 민족으로 변모된다. 물론 이 발견이자 재구성이 가능했던 이유는 방문객 혹은 여행객이 아니라 한국사회를 오래 체험한 한국전문가라는 한국개신교 선교사들의 깊이 있는 한국 종교에 대한 이해 덕분이기도 했다. 하지만 그들이 발견한 종교를 미신이 아니라 서구와 대등한 차원의 종교로 재인식하는 과정 속에서 '성취론'은 매우 중요한 역할을 담당했다. 즉, 이로 말미암아 서구와 대등하며—동시에 차이를 지닌—

9 이에 대해서 황호덕·이상현, 앞의 책, 2012, 2부 3장을 참조[初出: 이상현, 「제국들의 조선학, 정전의 통국가적 구성과 유통: 『天倪錄』, 『靑坡劇談』 소재 이야기의 재배치와 번역·재현된 '조선'」, 『한국근대문학연구』18, 한국근대문학회, 2008].

종교(적 심성)를 지닌 한국민족이란 형상이 구성될 수 있었던 셈이다.[10] 또한 개신교선교사들이 자신들의 관찰로는 탐구할 수 없는 한국 종교의 역사와 연원을 살피기 위해서, 어쩔 수 없이 언어문헌학적 탐구 즉, 한국의 문헌에 대한 연구로 이어질 수밖에 없었다. 이에 따라 둘째, 게일 한국학에서 한국은 하나의 문명세계 즉, 종교와 더불어 오래된 역사와 문학을 함께 지닌 민족으로 재구성되게 된다. 나아가 이러한 두 번째 사항과 관련된 게일의 탐구는 기독교 문명론, 성취론으로 한정할 수 없는 지점을 함께 함의하고 있던 사정도 주목해볼 필요가 있다.

이러한 게일 한국관의 변모에 있어서 또 다른 중요한 대상은 일본이었다. 이와 관련하여 3·1 운동은 한국 및 일본에 관한 그의 인식을 변모시키게 한 매우 중요한 사건이었다. 1920년대 3·1 운동 초기 총독부 관리들과 선교사들 사이에 열린 (비밀)회담 문서 속에서, 과거와 달리 게일은 자신의 반일적인 속내를 드러냈다. 또한 게일의 이 발언은 1920년대 이후 그의 문학론이나 저술 속에서 쉽게 발견할 수 있는 논리이기도 했다. 게일은 일본의 한국에 대한 통치가 물질적인 차원에서는 큰 이익을 주었지만, 그것만으로는 채워질 수 없는 대

10 그 속에는 결코 등한시 여길 수 없는 사전과 문법서 등의 발간과 같은 한국어학적 성과와 개신교의 예언, 교리, 역사를 한국어로 재현하는 성서의 번역과정이 놓여 있었다. 개신교 선교사들의 성서번역과 관련해서는 이만열·류대영·옥성득, 『대한성서공회사』1-2, 대한성서공회, 1994를, 서구인들의 문법연구와 관련된 한국어학적 성과에 관한 검토는 고영근, 『민족어학의 건설과 발전』, 제이앤씨, 2010 4부를, 서구인들이 발간한 이중어사전과 관련된 검토는 황호덕, 이상현의 같은 책을 참조.

상, 일본이 간과한 한국인의 세계가 있음을 다음과 같이 말했다.[11]

[인용자: 한국인은]물질 세계와는 완전히 동 떨어진 그들의 정신세계가 있고, 그들은 나와는 분리된 이 세계에서 살고 있다. 30년 동안 나는 그 안으로 들어가려고 노력해 왔지만, 지금까지도 단지 구경꾼일 뿐이다. 그들의 세계는 내가 그것을 알수록 더 많이 존경하도록 배워왔던 오랜 깨달음의 세계였다.…그것은 우리 서양인들의 것과는 아주 다르고 내 생각으로 일본인들의 것과도 아주 다르다.

게일은 향후 일본의 통치가 한국인들의 이러한 "문명에 공감"할 수 있는 것이 되어야 하며, 한국인들이 성장해 온 것과 "다른 것을 강요하기보다는 그 위에 건설해야 한다"고 주장했다. 이렇듯 정신(마음), 문명이라는 측면에서 표상되는 서구, 일본과 분리된 독자적인 한국민족이라는 형상이 게일의 인식 속에서 존재했다. 게일이 이러한 한국문명을 발견하는 과정은 단군을 한국인의 유일신 관념을 보여준 최초의 인물이자 종교·역사·문화적 시원으로 정립하는 과정과 긴밀히 맞닿아 있다. 게일에게 한국 고유의 유일신인 "하ᄂᆞ님"의 수용은 한국인 본래의 신관을 회복하고 성취하는 것이었다면, 단

11 「3.1 운동 초기 총독부 관리들과 선교사들 사이에 열린 (비밀) 회담 문서」(김승태, 『한말·일제 강점기 선교사 연구』, 한국기독교역사연구소, 2006, 267-270면) 상기 인용문은 조선호텔에서 1919년 3월 22일 이루어진 회담 중 게일의 말을 기록한 것이다. 일본 측의 종합보고에서 이 게일의 말은 "다년간 한결 같이 친일적인 노력을 해왔던 게일 박사가 이제 군사정부(총독부의 무단통치)의 실패를 규탄"한 "솔직"한 술회로 기술되었다(267면).

군신화의 수용은 그 연속선에서 "환인(桓因)-환웅(桓雄)-단군(檀君)"의 삼일신론을 기독교의 삼위일체론과 상징적, 유비적 대응관계를 인정하는 것이었다. 게일의 단군신화 수용은 그의 필생의 과제였던 한국학 연구에 대한 완성, 성취를 의미하는 것이었다.[12]

이 단군으로 말미암아, 게일은 한국 민족을 구성하는 작업, 한국민족의 역사상을 그리는 작업이 가능할 수 있었다. 또한 성취론에 의거하여 게일이 발견한 한국인의 유일신 관념, 그 최초의 연원이자 시원 단군(신화)에 대한 번역·해석은 오늘날 기독교 성서의 하나님이란 어휘가 정립되는 과정과도 깊이 연루되어 있다. 하지만 동시에 교회사나 종교학적인 차원에서 한정할 수 없는 중요한 일면을 지니고 있다. 그의 단군신화 수용은 한국사 서술로 마무리되는 그의 한국학 연구의 완성이었으며, 종교의 문제를 포괄한 한국민족(한국학이란 언어구성물) 그 자체의 표상이 변화됨을 의미하는 것이었기 때문이다. 5장의 2절에서는 먼저 개신교 선교사들의 단군신화 담론이란 지평에서 게일의 초기 단군신화에 대한 인식을 살펴볼 것이다. 3-4절에서는 게일 보여준 성취론에 기반한 단군신화 인식의 변모양상과 그 논리적 기반을, 5절에서는 그 전환이 의미하는 함의를 각각 고찰해보도록 한다.

---

12 옥성득, 앞의 글, 305-308면. 이 논의는 초기 한국교회, 개신교 선교사들의 단군신화 이해, 즉 해방이전 한국교회의 단군신화 해석사에 대한 교회사적 연구라고 그 범주를 한정했지만, 그 가치는 교회사로 환원될 수 없는 성과물이다. 이 논문은 단군신화와 관련한 한국개신교 선교사의 논의를 집성했다. 이뿐 아니라, 한말 역사서의 단군신화와 북미 복음주의 신학이란 두 전통의 만남 속에 드러난 '하ᄂᆞ님'이란 신명의 정착 과정과 한국인의 유일신 관념과 같은 쟁점들을 밝혀주었고, 그 기반이라고 할 수 있는 개신교 선교사의 성취론이라는 논리를 명확히 제시해 주었기 때문이다.

2. 한국 개신교선교사의 단군담론

그리스도신문

일천구백일년

단군죠션

긔ᄌ죠션

『그리스도신문』에는 「단군죠션」(1901. 9. 12)이란 제명의 기사가 「긔ᄌ죠션」과 함께 수록되어 있다. 『그리스도신문』은 1897년 4월 1일 장로교 선교사 언더우드(Horace Grant Underwood, 1859-1916) 개인이 편집자로서 큰 역량을 발휘하며 창간한 신문이다. 1897-1906년 사이 이 신문의 발행은 교과서 발간, 성경관계도서 및 성경공과, 성경번역과 함께 그들의 중요한 문서사업 중 하나였다. 물론 『그리스도신문』의 창간목적은 그들의 선교 혹은 기관지란 맥락을 완전히 배제할 수 없었지만, 그 수록 기사내용을 보면 그렇지 않았다. 멀리 있는 지방 관리에게 "관보"를 전하고, 관심거리로서 도움이 되는 주제에 대한 기사와 외국소식을 전해 주었다. 즉, 편집자이자 창간자인 언더우드의 "통전적(通全的) 복음"에 부응하도록, "농민을 위한 농사법 정보, 공인을 위한 공장법과 과학, 상인을 위한 시장 보고서, 기독교 가정을 위한 가정생활 기사"를 게재하려고 했다. 이 신문은 실제로 조선 왕실의 지원을 받았으며, 언더우드는 광고를 통해 지원받기 위해, 적절한 주의를 기울였으며 세속적인 내용을 결코 배제하지 않았다.[13]

오히려 『그리스도신문』은 한국인을 위하여 지식을 널리 펴는 것,

한국에 대한 문명개화라는 지향점을 지니고 있었다.[14] 농업, 공업, 상업과 격물치지의 실용학문의 진작(振作)과 관련하여, 「단군죠션」과 같은 역사, 문물에 대한 기사 역시 결코 동떨어진 성격이 아니었다. 이 역시도 구학, 고래의 법률과 풍속, 중국 역사만 공부하는 과거 한학적 지신인의 학문과는 변별되는 개신교 선교사의 문명론에 걸 맞는 근대 지식(신학문)이었으며, 그 속에는 그들의 시각이 분명히 투영되어 있기 때문이다. 이 점을 상세히 살피기에 앞서 「단군죠션」이 『그리스도신문』에 수록된 사적 혹은 역사라고 부를 만한 일련의 연재물 중 하나였다는 점을 주목해 볼 필요가 있다. 「단군죠션」은 1901년 9월 12일에서 이듬해 4월 17일까지, 통일신라시대에 이르는 한국의 역사를 다룬 연재물 속의 기사였다. 이 연재물은 미국, 일본, 러시아, 터키 등 외국, 러시아의 피터 대제, 나폴레옹, 비스마르크 등의 역사적 인물에 대한 전기가 소개된 기사들과도 대응되는 것이었다.

---

13 이만열, 옥성득 편역, 『언더우드 자료집』II, 국학자료원, 2006, 126면 ; L. H. Underwood, 이만열 역, 『언더우드 한국에 온 첫 선교사』, 기독교문사, 1990, 176-180면(*Underwood of Korea*, 1918) ; 김경일, 「편집자로서의 초기 선교사 언더우드」, 『출판학연구』35, 한국출판학회, 1993, 125-129면.

14 이에 따라 한국정부는 전국의 관료를 위해 450부를 구입하는 지원을 하게 되며, 국왕의 감사의 인사를 보내게 된다. 이에 따라 신문은 상당한 발전을 보며, 1901년 장로교공의회는 이 신문을 전체 교회용으로 채택하게 된다(백낙준, 『한국개신교사』, 연세대 출판부, 1973, 257-258면, 355-356면 ; H. A. Rhodes, 최재건 옮김, 『미국 북장로교 한국선교회사』, 연세대 출판부, 2009, 272면 ; 김영민, 「근대 계몽기 기독교 신문과 한국 근대 서사문학: 『죠션크리스도인회보』와 『그리스도신문』을 중심으로」, 『동방학지』127, 연세대 국학연구원, 2004 ; 류대영, 「한말 기독교 신문의 문명개화론」, 『한국 근현대사와 기독교』, 푸른역사, 2009).

서구(타자)에 대응되는 자국의 역사라는 구도가 『그리스도신문』에 내재된 번역적 관계를 보여준다. 두 연재물이 지닌 서구와 한국이라는 대응관계는 동시기 단군을 논하고 있었던 그 특수한 발화의 위치와 맥락을 잘 보여주는 셈이다. 즉, 발화의 구조 자체가 서구문화와 한국 전통문화의 대면, 서구인과 한국의 과거문헌이라는 구도, 영어와 한국어(한문/국문)라는 번역적 관계 등이 전제될 수밖에 없는 조건이었기 때문이다. 1901년 5월 1일부터 『그리스도 신문』은 언더우드가 아니라 게일의 이름으로 간행되게 된다. 나아가 이 기사내용을 보면, 1900년 『왕립아시아학회 한국지부 학술지』에 수록된 게일의 단군에 대한 논평과도 동일하다. 즉, 게일의 글로 보아도 큰 무리는 없으며, 1901년까지도 지속되었던 게일의 단군에 관한 관점과 시각이 잘 반영된 글이다.[15] 여기서 '단군신화' 관련 부분을 발췌해보면 다음과 같다.

> 동국 통감에 ᄀᆞᆯᄋᆞᄃᆡ 동방에 처음에 군장이 업더니 신인이 태ᄇᆡᆨ산 단목 아래로 ᄂᆞ려 오거ᄂᆞᆯ 나라 사ᄅᆞᆷ이 세워 님군을 삼으니 이ᄂᆞᆫ 곳 단군이라 나라 일홈을 죠션이라 ᄒᆞ니 이ᄂᆞᆫ 요님군 무진년이라 처음에 평양에 도읍을 ᄒᆞ엿다가 후에 ᄇᆡᆨ악으로 옴겨 도읍 ᄒᆞ엿더니 샹나라 무뎡 팔년 을미에 나ᄅᆞ러 아ᄃᆞᆯ산으로 드러가 신이 되엿다 ᄒᆞ니라

15 옥성득, 같은 글, 304-305면. ; J. S. Gale, "Discussion," *The Transaction of the Korea Branch of the Royal Asiatic Society* 1, 1900, pp. 42-45.

개신교 선교사들이 단군신화를 접촉한 문헌이 『동국통감』의 단군조선 기사였음을 알 수 있다. 「단군죠션」은 이에 대한 일종의 한글번역이었다. 이 외에도 「단군죠션」에는 『동국통감』 사론(史論)부분에서 「고기(古記)」에 기록된 단군이란 인물의 나이와 수명의 신빙성을 의심하는 내용 그리고 『동국통감』에서 일부분을 인용했던 권근(權近, 1352-1409)의 한시 1수(「應製詩 始古開闢東夷主」, 『陽村集』 劵一) 전체를 수록했다. 「단군죠션」은 『동국통감』을 신뢰할 수 있는 역사서로 수용하며, 기사와 사론을 함께 제시한 셈이다.

다만 『동국통감』에 없던 그들의 개입이 보이는 점은 두 가지였다. 먼저 『그리스도신문』은 "예수 강싱"을 기점으로 즉, 서력(西曆)에 의거하여 단군과 관련된 구체적 연도를 말했다는 점이다. 하지만 무엇보다 더욱 주목해야 될 지점은 두 번째이다. 『논어』 「자공(子罕)」편의 "구이(九夷)"를 근거로 하여 단군신화에 대하여 새로운 의미를 부여했다. 이러한 양상은 『그리스도신문』에 함께 수록되어 있는 「긔ᄌᆞ죠션」과는 지극히 대조되는 것이었다. 「긔ᄌᆞ죠션」은 『동국통감』의 사론부분을 모두 번역하지 않았지만, 『동국통감』 사론에서 인용한 함허자(涵虛子)의 말을 옮겼을 뿐 새로운 해석을 부여하지 않았기 때문이다. 「단군죠션」의 해당부분을 발췌해보면 다음과 같다.

"우리의 싱각에는 샹고브터 즁고ᄭᆞ지 아홉 죵류가 퍼져살며 님군도 업고 어룬도 업술 때에 타국에셔 엇더훈 사롬이 온 거술 보고 신인이라 ᄒᆞ야 님군을 삼앗는 가 ᄒᆞ노라"

「단군죠션」에서 단군은 태백산 단목 아래로 강림했으며 아달산에서 승천한 신성한 존재가 아니라 타국에서 온 인물로 규정된다. "단군=신인(神人)"이라는 내용을 종교 혹은 문화적 존재가 아닌 정치적인 통치자로 해석했던 것이다. 또한 단군은 한국의 고유성 또한 한국민족의 시원으로 서술되지는 않는다. 즉, 「단군죠션」은 단군신화 기록의 신빙성을 그대로 수용하지 않았다. 오히려 신빙성이 있는 한국 고대에 관한 기록의 근거를 『논어』로 삼았다. 이는 당시 게일의 단군인식을 잘 드러내주는 것이며 동시에 "종교적이라거나 신적 존재로서의 단군이 아니라, 개국시조이고 실존인물로서의 단군 인식"이라는 『동국통감』의 단군인식에 부응하는 것이기도 했다.[16]

『그리스도신문』 소재 단군신화는 "신인이 태빅산 단목 아래로 ᄂᆞ려 오거ᄂᆞᆯ"을 포함하고 있어, '인간의 탄생'으로 단군의 출현을 기술하는 계몽기 교과서들과는 변별된다. 그렇지만 원본 텍스트에 변개를 할 수 없었던 번역자 혹은 외국인이라는 그들의 입장을 감안할 필요가 있다. 새롭게 추가된 「단군죠션」의 사평(史評)은, "단군에 대한 탈신화화" 즉, 단군을 신인(神人)이 아니라 역사적 인물로 재규정했던 근대 계몽기 교과서의 흐름과도 공통된 지향이었기 때문이다.[17] 다만 결코 '탈중화'란 지향점을 지니고 있지 않은 큰 간극이 존

16 박광용, 「단군인식의 역사적 변천: 조선시대」, 윤이흠 외편, 『단군 그 이해와 자료』, 서울대 출판부, 2001, 161면.

17 조현설, 「근대 계몽기 단군 신화의 탈신화화와 재신화화」, 『민족문학사연구』 32, 민족문학사학회, 2006, 13-18면.

재했을 뿐이다. 하지만 전술했듯이 『그리스도 신문』에 내재된 번역적 구도가 잘 말해주듯, 이는 분명히 근대에 새롭게 소환된 『동국통감』 소재 단군의 표상이었다.

이러한 게일의 단군인식은 상당히 지속되었던 것으로 보인다. 게일이 경신학교 교과서로 편찬했던 한문독본 『유몽속편(牖蒙續編)』(1904)의 첫머리에 배치된 문장전범은 단군이 아니었다.[18] 『유몽속편』은 게일의 영문서문을 감안해보면, 한국의 역대 문장가들의 명문장을 엄선한 성격을 지닌 것이었다. 또한 한문으로 된 서문 속에 중국의 문장이 아닌 한국인의 문장을 엄선하려고 한 민족주의적 지향점이 분명히 투영되어 있었다. 즉, 한국의 저술이 아님에도 불구하고 『홍범(洪範)』의 「기자동래(箕子東來)」를 첫 번째 교과로 배치한 것은 게일이 '단군신화의 부정'이란 견지를 1904년까지 유지했다는 점을 잘 말해준다. 이는 1901년 영문잡지에서 표명한 게일의 견해 및 입장에도 동일한 것이었다. 즉, 『그리스도신문』에 보인 게일의 논리적 근거와 학술적 연원은 영문잡지에 수록된 그의 글들 그리고 서구인들의 초기 단군인식의 모습에서 찾아볼 수 있다. 우리는 그 연원을 주목해볼 필요가 있다.

개신교 선교사들이 번역한 단군신화는 1895년 *The Korean Repository*

18 필자가 참조한 저본은 성균관대학교에 소장된 것으로 大韓聖教書會가 간행한 것이다. 영어로 작성된 속면 표지에는 후꾸잉 인쇄소에서 인쇄된 시기가 1904년으로 표기되어 있다. 『유몽속편』(4권)을 포함한 『유몽천자』전집에 관해서는 남궁원, 「선교사 기일(James Scarth Gale)의 한문 교과서 집필배경과 교과서의 특징」, 『동양한문학연구』25, 동양한문학회, 2007과 이상현·임상석·이준환, 『주변부 고전의 번역과 횡단 2, 유몽천자 연구』, 역락, 2017를 참조.

에 수록되어 있다. 시라토리 쿠라키치(白鳥庫吉, 1865-1942)가 단군관련 일련의 논저를 발표한 1894-1895년 사이와도 그 시기가 겹쳐져 있다.[19] 개신교 선교사들과 시라토리의 가장 큰 변별점은, 단군신화를 접촉한 한국문헌이 『삼국유사』가 아니라, 『동국통감(東國通鑑)』과 『동몽선습(童蒙先習)』에 수록된 단군기사라는 측면이다. 하지만 단군의 실체와 역사성을 부정하는 방식, 단군신화를 '날조된 전설'로 규정하는 시각 그 자체는, 분명히 공유되는 일면을 지니고 있었다. 객관적 사실에 근거한 역사란 관점에 의거하여 단군관련 자료를 검증하는 방식은 동일한 것이었기 때문이다. 이 접근방식은 헐버트와 같은 예외적인 논자 역시 동일했다.

당시 한국역사에 관한 지식이 유통되는 양상을 엿볼 수 있는 서양인의 대표적인 단행본 자료는, 뒤 알드(Du Halde, 1674-1743)의 중국사 속에 수록된 한국에 대한 약사(1741), 달레(Claude Charles Dallet, 1829-1887)의 『한국천주교회사』(1874) 「서설」 속 역사 항목, 존 로스(John Ross, 1842-1915)의 한국사 기술(1891), 러시아대장성의 『한국지』(1900) 속 한국 고대사 기술 등을 말할 수 있을 것이다. 그 저술들을 감안해 본다면, 개신교 선교사들이 단군관련 사료를 번역하여 제시한다는 차원 그 자체가 큰 의미를 지니고 있었다.[20] 저자들 역시 그 기록의 객

---

19 조현설, 「동아시아 신화학의 여명과 근대적 심상지리의 형성」, 『민족문학사연구』16, 민족문학사연구소, 2000, 104-110면 ; 김영남, 『시조신화연구』, 제이앤씨, 2008, 23-32면.

20 D. Halde, 신복룡 옮김, 『조선전』, 집문당, 2005(*Kingdom of Corea in The General History of China*, 1741) ; C. C. Dallet, 안응렬·최석우 공역, 『한국천주교회사』(上), 서울: 분도출판사, 1980(*Historie de l'Eglise de Corée*, 1874) ; J. Ross, 홍경숙

관성 여부를 완전히 신빙하지는 않았지만, 이 대표적인 저술들 속에서 한국고대사를 알려주는 사료는 중국과 일본 측의 자료들이 중심을 이루고 있었기 때문이다. 또한 단군이 한국민족의 고유성을 표상하며 그 시원으로 부각되지 않는 공통점을 지니고 있었다.

다만 한국 측의 사료, 한국의 문헌 전반을 검토했으며, 단군이란 존재를 분명히 알고 있었던 모리스 쿠랑(Maurice Courant, 1865-1935)의 『한국서지』「서론」(1894)은 단군이 근대 학술의 중요한 표지로 부각되는 이유와 논리를 잘 말해주고 있었다. 즉, 쿠랑은 이 책에서 단군을 결코 비중 있게 다루지는 않았지만, 한글(언문)의 기원과 관련하여 단군을 다음과 같이 짧게 거론했기 때문이다.

> "한국의 통용글자의 발명이 檀君(2333-1286 B.C.) 때로 거슬러 올라가고 세종에 의해 개조되었다고 말하는 전설은 논란의 여지조차 없는 얘기이다. 하늘로부터 내려와 천여 년을 군림한 단군이라는 인물은 완전히 신화일 뿐이며 더욱이 한국에서 그렇게 오래 전에 문자를 가지고 있었다면 어떻게 한국, 중국 또는 일본의 어떤 저술에서도 그 내용을 찾아볼 수 없단 말인가?"[21]

역, 『존 로스의 한국사』, 살림, 2010 서론과 1장을 참조(*History of Corea*, 1891) ; 러시아대장성, 한국정신문화연구원 역, 『국역 한국지』, 전광사업사, 1984, 9-11면(*Описанiе Кореи (съ картой)*, 1900).

21 M. Courant, 이희재 옮김, 『한국서지』, 일조각, 1997[1994], 35면(*Bibliographie Coréenne*, 3omes, 1894-1896, *Supplément*, 1901).

물론 쿠랑의 요지는 어디까지나 한문, 이두와 다른 한글(언문)의 역사에 초점이 맞춰진 것이었다. 또한 중국과 일본의 저술들이 그 객관성과 정확성을 보여줄 중요한 표지로 역할을 담당하고 있었다. 무엇보다도 단군이 역사적 인물이 아니라 신화적 인물로 규정되고 있다. 여기서 신화라는 함의는 건국신화가 지닌 신성성을 의미하는 차원이 아니다. 즉, 텍스트 그 자체의 진술을 신성시하며 이를 숭고한 기록으로 수용하는 것이 아니라, 오히려 비역사적인 기록으로 부정하는 관점(부정적인 의미에서 탈신화화의 맥락)이 전제된 셈이었다. 그렇지만 한국민족이 지닌 고유성의 표지라고 할 수 있는 한글(언문)과 단군이 함께 소환된다는 점은, 향후 단군이 부각되게 되는 가장 중요한 맥락을 함축적으로 암시해 주는 것이었다.

러시아대장성의 『한국지』(1900)는 1900년까지 서구인 저술들을 집성 및 검토한 연구사적인 성격을 지닌 저술이다. 즉 서구인 한국학 논저들의 '유통'을 가늠할 수 있는 중요한 저술인 것이다. 『한국지』는 개신교선교사들의 영미정기간행물(*The Korean Repository*)에 수록된 한국학 논저들, 특히 한국고대사와 관련해서 헐버트의 논고를 분명히 참조했다. 그럼에도 불구하고 한국 민족의 시원은 단군이 아니라 어디까지나 기자로 묘사된다. 왜 그랬던 것일까? 그 이유는 첫째, 1895년에 개신교 선교사들의 논저들에 있어 단군신화 그 자체가 논의의 초점은 아니었기 때문이다. 아펜젤러(Henry Gerhard Appenzeller, 1858-1902)의 글은 기자를 말하기 위한 것이었으며, 존스의 글 역시도 한국 아동을 위한 교육용 도서인 『동몽선습』을 읽을 길잡이 역할로 작성된 것이었다. 게일의 글 역시 주석을 제외한 『동국통감』의 외기

부분 전반을 번역해주는 곳에 목적이 있었다.[22] 즉, 세 사람의 단군 신화의 번역이 곧 단군을 역사적 인물로 규정하며 한국 고대사의 기원으로 인정함을 뜻하는 것은 아니었다.

다만, 헐버트는 세 사람과는 다른 분명한 지향점과 한국 역사를 구성할 밑그림을 예비하고 있었다. 그의 글은 중국과 구별되는 한국의 민족성을 규명하기 위해, 한국 북방족의 유래를 탐구하고자 한 방향성을 지니고 있었기 때문이다. 나아가 헐버트는 인종이나 민족의 기원과 관련하여 신빙성이 있는 역사기록보다도 구전설화를 포함한 민속(Folklore)을 더욱 주목해 보아야 할 중요한 자료로 인식했다.[23] 즉, 단군관련 사료를 숭고한 건국신화로 읽을 것인가? 신뢰할 수 없는 역사적 기록으로 읽을 것인가? 여기서 헐버트의 선택은 전자였던 것이다. 단군에 대한 헐버트의 이러한 인식이 보다 첨예하게

---

22 H. G. Appenzeller, "Ki Tza," *The Korean Repository* Ⅱ, 1895. 3. ; G. H. Jones, "Historical Résumé of the Youth' Primer," *The Korean Repository* Ⅱ, 1895. 4. ; J. S. Gale, "Korean History," *The Korean Repository* Ⅱ, 1895. 9.

23 H. B. Hulbert, "The Origin of the Korean People," *The Korean Repository* Ⅱ, 1895. 6. ; 더불어 헐버트의 이 글은 『三國遺事』가 「古記」로 출처로 인용한 대목을 참조했다. 이 점은 "A bear was transformed into a woman who, being pregnant by a divine being, brought forth a child who in later years was found seated under a tree on Tă Pák San…"라는 진술에서 엿볼 수 있다(p. 220). 선교사들이 접촉할 수 있었던 문헌이 무엇인지를 보여준다. 헐버트는 『東國通鑑』과 이외에도 『爲例叅錄』, 『東史綱要』, 『東史會綱』, 『東史纂要』, 『東史補遺』를 기반으로 그의 글을 구성했다고 밝혔다(p. 222). 『爲例叅錄』, 『東史綱要』에 대하 그 자료적 실상을 살펴보지 못한 필자의 한계점이 이 글에 있음을 밝힌다. 옥성득은 후자, 장동의 『東史綱要』(1884)가 헐버트가 주로 활용한 사료로 지적했다(옥성득, 같은 글, 300면). 모리스 쿠랑은 『한국서지』에서 필사본 『東史綱要』의 두 가지 판본(1884)을 확인했음을 밝히고, 그 개요가 檀君에서 恭讓王까지의 역사를 다루고 있다고 언급했다(460면).

나타난 것은 『왕립아시아학회 한국지부 학술지』 1호(1900) 게일의 논문에 대한 그의 반론이었다.[24]

게일과 헐버트의 글은 각각 "한국에 영향을 끼친 중국"(게일)과 "중국과 분리된 고유한 한국"(헐버트)을 역사 속에서 규명해보는 서로 상반된 관점이 전제되어 있었다. 게일은 그의 논문에서 단군을 거론하지 않았으며, 그는 한국 민족의 중요한 기원이자 근원을 기자로 제시했다. 이에 비해 헐버트는 단군이 한국인들에게 군신관계를 가르치고, 결혼 예식을 도입하고, 요리하는 법과 집 짓는 기술을 알려주고, 상투를 가르쳐 준 인물이라고 지적했다. 헐버트의 반론에서 단군은 한국의 순수한 토착적 인물이며 한국에 남겨진 문화적 유산을 가르쳐 준 인물로 '소환'된다. 비록 전설 같은 이야기 속에서 역사적 가치를 확인할 수는 없지만 헐버트는 한국인이 믿고 있다는 사실을 강조했으며, 이를 반영하는 유물과 유적의 존재들을 그 근거로써 제시했다. 더불어 게일이 시원으로 제시한 기자 역시도 중국의 역사서 속에서 평양이 아닌 요동의 인물로 기술되고 있다는 점에서, 게일이 기자를 단군과 변별된 신뢰할만한 역사적 인물로 규정하는 것에는 무리가 있다고 비판했다.(pp. 25-26)[25]

물론 헐버트의 반론(나아가 이를 비롯한 그의 저술들)은 당시 외국인

---

24 J. S. Gale, "The Influence of China upon Korea," H. B. Hulbert, "Korean Survivals," *The Transaction of the Korea Branch of the Royal Asiatic Society* 1, 1900.

25 게일의 논문에 대한 헐버트의 반론은 이용민의 논문(「게일과 헐버트의 한국사 이해」, 『교회사학』 6(1), 한국기독교회사학회, 2007)에서 상세히 거론하고 있기에, 약술하도록 한다.

으로서는 보기 힘들 정도로 한국의 입장에 초점을 맞춘 깊이 있는 논의수준을 보여준 탁월한 업적들이었다. 또한 그가 게일과 다른 단군론을 제시할 수 있었던 저변에는 『동국통감』이 아닌 다른 역사서의 참조가 가능했기 때문이다. 향후 영문으로 된 한국의 역사서를 서술하게 될 주인공은 헐버트였는데, 그는 자신의 한국역사서에서 그가 참조한 문헌이 『동사강요(東史綱要)』라는 사실을 밝혔다. 비록 이 문헌은 오늘날 한국에서 볼 수 없는 자료이지만, 이 사서가 단군과 관련하여 참조한 문헌은 『삼국유사』 소재 단군 관련 기록을 취한 『동사보유(東史補遺)』였다.[26] 더불어 일본 제국주의에 대항하여 한국을 옹호하고자 한 당시 서구인으로서는 보긴 힘든 명백한 그의 정치적 입장과 신념이 중요한 원동력으로 작동한 것이다.[27] 그렇지만 게일에 대한 헐버트의 반론은 리처드 러트가 잘 말했듯이, 중요한 쟁점을 지적하는 데에는 실패했다.[28] 이와 관련하여 동일한 학술

---

26 소요한, 「헐버트 선교사의 한국사 연구: 새로 발굴된 『동사강요』를 중심으로」, 『대학과 선교』 30, 한국대학선교학회2016, 108면.

27 한국과 관련하여 일본제국주의 등장이라는 역사적 사건은 서구인들의 이목을 한국이라는 장소에 주목한 중요한 계기였다. 그 속에서 헐버트는 멕켄지(Frederic Arthur McKenzie, 1869-1931)와 함께 일본제국주의의 등장에 공개적이고 투쟁적으로 반발한 당시로서는 보기 힘든 드문 존재였다. 또한 헐버트의 시도는 일본의 선전과 친일적 성향을 지닌 글을 대항적 역할을 분명히 담당했고 충분한 역사적 함의를 지니고 있는 실천이었음에는 분명하다. 하지만 헐버트가 결코 식민주의를 벗어날 수 없었던 그의 논리가 지닌 시대적인 한계점, "반제국주의가 아닌 일본적 식민주의에 대한 대항담론"으로서의 한계점을 지니고 있었음을 간과할 수 없다. 이에 대해서는 A. Schmid, 「오리엔탈 식민주의의 도전: Anglo-American 비판의 한계」, 『역사문제연구』12, 역사문제연구소, 2004를 참조.

28 R. Rutt, *James Scarth Gale and his History of Korean People*, Seoul : the Royal Asiatic Society, 1972, pp. 40-41.

지에 헐버트의 글에 대한 게일의 답변(이자 반박문)과 존스의 두 논의에 대한 종합평이 함께 수록된 점을 주목해야 한다.[29]

게일에게 단군은 어디까지나 신화시대(mythical age)의 인물이었다. 게일은 단군관련 자료를 역사적으로 신뢰할 자료로는 판단하지 않았다.[30] 기자가 『서경(書經)』의 『홍범(洪範)』, 전술했던 「단군조선」에서 인용한 『논어(論語)』의 구절 등에서 그 사적을 발견할 수 있는 인물인 것에 비해, 단군은 그렇지 않았기 때문이다. 즉, 게일이 보기에 단군은 유사 이전의 인물이었던 것이다. 게일이 이러한 견해를 제기한 까닭은 서구인 중국학자들의 저술(사서삼경에 대한 번역물과 그들의 비평문)을 통해 접할 수 있었던 중국 문헌 측에 단군관련 사료가 없다는 측면도 물론 큰 이유였다.(pp. 43-45) 하지만 게일의 반론은 주의 깊게 살펴야 할 지점이 존재한다. 그가 발표했던 논문과 달리, 반박문에서 게일은 『동국통감』에 대한 직접적인 번역을 통해 반론을 제기하고 있었다.

그의 반론은 어디까지나 『동국통감』이 지닌 권위에 의거한 것이었다. 게일은 이 역사서의 권위를 입증하기 위해 『동국통감』의 서(序)를 번역했다. 이를 통해 『동국통감』의 편찬과정과 경위를 직접 보여주었다. 또한 『동국통감』의 기사 내용만이 아니라, 편찬자의 사

---

29 "Discussion," *The Transaction of the Korea Branch of the Royal Asiatic Society* 1, 1900.

30 이와 관련하여 게일은 한국에서 한문의 역사적 유래를 검토한 글, 전술했듯이 단군을 짧게 거론했던 쿠랑의 『한국서지』 「서론」 Ⅲ장을 번역한 바 있었다(J. S. Gale, "The Introduction of Chinese into Korea," *The Korea Review* Ⅰ, 1901, pp. 155-163).

평(史評), 즉 사론 부분을 함께 신뢰했다. 즉, 두 사람의 차이는 과거 정통성을 부여받은 한국의 역사서술에 관한 인식태도의 차이였다. 헐버트는 『동국통감』의 존재를 분명히 알고 있었다. 게일이 번역한 『동국통감』 소재 고대사 기술에서 번역 오류를 질정해 준 인물이 바로 헐버트였기 때문이다.[31] 즉, 그는 단군과 관련된 사료로 『동국통감』을 주목하지는 않았던 셈이다. 나아가 헐버트는 서구의 역사서술과 대비되는 동양의 역사서술을 높이 평가하지 않았다.[32] 왜냐하면 그는 "서양의 역사가들"이 "역사적 기록에서 얻은 자료를 분석하고 그 사건의 원인을 구명하며 전시대의 특징을 단 몇 줄의 문장으로 요약하는" 모습을 중국·한국의 역사서 속에서는 발견할 수 없었기 때문이다. 헐버트가 보기에, 한국의 과거 역사서는 "역사적 사실의 단순한 기록에서 어떤 원칙"을 "연역(演繹)하는 과학적 능력이 결핍"되어 있었다.

이는 헐버트의 한자·한문관과도 긴밀히 관련된 것이다. 그가 보기에, 한자·한문은 비효율적이며 비과학적인 문자, 일반 민중을 대상으로 한 보통교육의 과정을 가로막는 장애물이었다. 헐버트는 한자·한문 학습의 첩경이 여전히 과거 중국과 한국이 2천년 동안 사용되어 온 학습방법 즉, "한자의 음이나 모양에 관계없이" 암기하는

31 J. S. Gale, "Korean History(Translated from Tong-gook T'ong-gam)," *The Korean Repository* 1895. 9., pp. 321-327; H. B. Hulbert, "The Tong Guk T'ong Gam," *The Korean Repository* 1895.10., pp. 379-381.

32 이하 헐버트의 한문과 역사서에 대한 관점은 H. B. Hulbert, 신복룡 옮김, 『대한제국멸망사』, 집문당, 2006[1999], 365-366면(*The Passing of Korea*, 1906)에 의거한 것이다.

방법임을 지적했다. 그는 이렇듯 기억력에 의존하는 학습방법으로 말미암아, 한국인은 추리적 능력이 결핍되었다고 지적했다. 게일 역시 한자, 한문에 관한 헐버트와 동일한 인식을 공유했다. 하지만 당시의 어문질서 속 한자·한문의 위상은 국문과 비견할 수 없었다. 이는 분명한 실상이었다. 게일은 한자·한문이 표상해 주는 중국문화가 지닌 영향력에 대한 배제를 통해서는 한국의 민족성을 결코 설명할 수 없다고 판단했던 것이다.[33]

게일이 과거 정통성을 지녔던 한국 역사가의 저술에 대한 번역에 초점이 맞춰져 있었다면, 헐버트는 과거 사료를 통한 한국사의 새로운 재구성을 지향하고 있었던 것이다. 두 사람의 논의를 중재하는 역할을 담당한 존스에게도 단군은 물론 한국의 고유성을 말함에 있어 배제할 수 없는 인물이었다. 존스도 기자 이전 한국 선주민의 존재를 인정했으며, 이와 관련하여 단군은 한국의 고유성을 말함에 있어 가장 중요한 인물이란 사실을 강조했다. 단군은 한국인들의 영혼 혹은 샤먼숭배란 고유성과 관련하여 가장 오래된 연원을 지닌 존재이며, 과거 역사서 속에서 "무교의 주신(主神)"인 "제석의 후손"으로 기술되는 인물이었기 때문이다.[34] 하지만 존스는 헐버트가 중국으

---

33 향후 한국 한문고전의 세계를 통해 한국의 민족성을 규명하려고 했던 게일의 시도와 헐버트의 관점은 그 전제 자체가 완연히 변별되는 것이었다. 한국문학 연구에 있어 한문고전과 민간전승의 세계란 다른 대상을 탐구한 게일, 헐버트의 지향점은 김승우의 논문(「구한말 선교사 호머 헐버트의 한국시가인식」, 『한국시가연구』31, 한국시가학회, 2011 ; 「한국시가에 대한 구한말 서양인들의 고찰과 인식」, 『어문논집』, 64, 민족어문학회, 2011)을 참조.

34 "Discussion," p.48. 또한 존스가 전개한 논의는 중국에서 볼 수 없는 한국민족의 고유한 특질들을 나열한다. 그 대표적인 사례로 존스는 샤머니즘(페티시즘)과

로부터 연원을 추적할 수 없는 한국의 고유성을 찾는 시도, 어떻게 본다면 상반된 입장이라고 할 수 있는 수세기 동안 증진된 중국 문화의 영향력을 찾는 게일의 시도 속에 각자 타당한 이유를 함께 읽어주는 모습을 보여준다.

결코 겹쳐질 수 없을 것 같은 두 사람의 대화를 존스가 모두 수용할 수 있었던 까닭은 사실 그리 복잡하지 않았다. 존스는 중국문화에 영향을 받지 않았던 과거 한국 선주민의 존재를 인정할 수 있다는 점에서 헐버트의 견해를 동의했다. 동시에 중국문화가 한국에 영향을 끼친 오래된 역사 때문에 게일의 견해 역시 부정하지 않았다. 그 이유는 존스 본인이 잘 말해주었듯이 게일, 헐버트 두 사람의 논의는 결국 "한국 민족의 기원을 묻는" 공통된 탐구였었기 때문이다 (pp.47-48). 이는 당시 한국을 보는 두 사람의 관점이 모두 유효했었던 정황을 잘 보여준다. 게일이 제시해 준 중국으로부터 유래된 한자·한문이 표상하는 고전세계의 연원도 일종의 토착화이자 한국화라고 말할 수 있을 만큼 긴 연원을 지닌 것이었기 때문이다. 다만 게일은 당시 이를 한국이 중국문화에 종속된 양상으로 판단했던 한계점이 있었던 셈이다.

나아가 한국민족의 기원으로부터 현재를 서술해야 될 역사 그 자체가 두 사람에게 모두 백지상태와 같은 미개척지였던 사정도 염두

같은 민간신앙, 양반이라는 관념, 한국어의 경어법, 건축양식 등을 지적했다. 하지만 샤머니즘, 민간신앙과 관련된 한국고대사 부분을 제외한다면, 헐버트와 달리 그의 초점은 과거 역사서를 통해 재구성한 것이 아니라 현재 발견할 수 있는 중국과 분리된 한국의 고유성이었다.

에 둘 필요가 있다. 즉, 헐버트가 이야기했던 서양의 역사서술에 근접한 한국의 역사서술은, 그들이 만들어가야 할 새로운 좌표였다. 게일, 헐버트 두 사람의 논의를 종합해보면 '단군=한국 고유성의 기원'과 '기자=중국문명 유입의 기원'이라는 구별 자체를 함께 공유하고 있었다. 또한 이 구별에는 과거 두 개의 국적으로 여겨지지 않았던, 한문과 국문, 중국과 한국을 구분하는 근대 국민국가적인 분할의 시각이 내재되어 있었다. 나아가 문제는 이렇듯 고유성과 외래성이란 한 측면을 강조하는 것이 아니라, 두 측면이 지닌 관계를 어떻게 구성하느냐에 달려 있었다. 존스는 게일, 헐버트 두 사람이 보여주었던 단방향성, 양극단의 관점이 아니라 '한국적인 것'과 '중국적인 것'의 역사적 관계에 대한 문제를 제기해 주었던 셈이다.[35] 그렇지만 헐버트, 존스가 보여준 단군신화, 민간신앙(혹은 샤머니즘, 물신숭배)에서 발견되는 한국인의 고유성을, 게일이 수용할 수 없었던 이유는 보다 면밀히 점검해 볼 필요가 있다. 단군을 시원으로 규정되는 샤머니즘이라는 한국의 고유성은—비록 기독교와 동일한 참된 종교는 아니지만—훌륭한 철학적이며 도덕적인 가르침을 지닌 것으로 인식되던 불교와 유교보다 폄하되는 대상이었다. 유교, 불교,

---

35 이러한 존스의 지향점이 잘 드러난 글이, 그의 최치원론("Ch'oe Ch'I-Wun: His life and Times," *The Transactions of Korea Branch Of Royal Asiatic Society* III, 1903)이다. 이 글의 초점은 그가 거론한 게일의 논문처럼 한국에 영향을 준 중국문화, 유교이다. 하지만 게일과 달리, 한국의 성현들에 초점을 맞춰 한국의 고유한 유교사상을 살피려는 지향점을 분명히 지니고 있었다. 즉, 한국의 사료들과 서구인의 중국학 연구를 기반으로 한국의 성현, 최치원의 삶과 저작을 검토하며, 그 속에서 한국의 유교사상을 고찰하려고 시도한 논문이다.

도교와 같은 세계종교, 동양의 종교들에 미달된 야만적인 존재, '음사(淫祀)'에서 '미신'으로 인식되며 지속적인 배제의 대상인 민간신앙을 그 근간으로 하고 있었기 때문이다. 그 첫 번째 전제조건은 단군신화를 통해 발견할 수 있는 어떠한 종교성이 개신교와 대등한 차원이 되어야 했던 것이다.

3. 성취론과 원시적 유일신 관념

게일은 한국사를 일괄한 그의 마지막 저술(*A History of the Korean People*, 1924-1927)에서도 『삼국유사(三國遺事)』 소재 단군신화를 번역하지 않았다. 『삼국유사』가 출처로 제시한 「고기(古記)」의 기록을 인용할 때도 게일에게 초점은 어디까지나 단군의 교화에 맞춰져 있었다. 그는 환웅과 웅녀의 신화적 결연이란 화소를 결코 수용하지 않았으며, 단군을 역사적이며 실제 인물로 판단하는 데에는 유보적이며 조심스러운 태도를 보였다. 하지만 게일 역시 단군의 신격을 인정하게 되며, 그를 한국민족, 한국역사의 시원으로 수용하게 된다. 이것이 게일이 보여준 단군 인식의 전환이라고 말할 수 있다. 그렇지만 그 전환의 내적인 논리들이 성취론에 기반하여 한국종교를 연구했던 존스, 헐버트의 논의 속에 내재되어 있었다.

존스는 한국인의 종교관을 서구의 종교개념과 등가관계로 맺어줄 논리적 기반을 제시해 주었다. 존스는 한국인들이 지닌 종교적 관념을 세 가지로 정리했다. 첫째, 초월자 즉, 자신들보다 상위에 있고 월등한 존재에 대한 의존심, 둘째, 인간과 신적인 존재가 상호교통하고 관계를 맺을 수 있는 장에 대한 믿음, 셋째, 고통으로부터 해방되기를 원하는 영혼의 간구와 같은 종교적 감각과 제도를 지니고 있다는 점이다.[36] 하지만 한국인의 종교를 발견한다고 할지라도, 그것이 곧 서구의 개신교와 대비할 만한 '대등함'을 지닌 대상을 의미하는 것은 아니란 사실을 염두에 둘 필요가 있다. 이와 관련하여 존스, 헐버트 등이 발견한 "천(天)", "하느님", "하ᄂᆞ님"이란 어의에 담긴 한국인의 유일신 관념은 그 대등함을 모색할 중요한 단초를 제공해주는 것이었다.

존스는 단군신화의 "환인"을 불교가 아닌 "샤머니즘의 천신"으로 규정함으로, 무교의 "하ᄂᆞ님"과 단군신화를 연결시킬 수 있는 해석학적 지평을 열어 주었다. 또한 헐버트는 "환인"을 "창조주"로, "환웅"을 "신"으로, "단군"을 "성령의 숨에 의해 처녀 웅녀에게 수태되어 태어난 주"로 번역해 주었다. 헐버트의 번역양상은 단군신화의 삼신론(三神論)과 기독교 삼위일체론간의 유비적, 상징적 해석을 부여할 가능성을 제시해 준 셈이었다.[37] 『전환기의 조선』(1909)과 그 이

---

36 류대영, 같은 글, 152면 ; G. H. Jones, "The Spirit Worship of the Koreans," *The Transaction of the Korea Branch of the Royal Asiatic Society* 2, 1901, pp. 37-38 ; "The Native Religion," *The Korea Mission Field* 1908. 11. ; 헐버트 역시 새로운 종교개념의 층위를 통해 한국의 종교를 이야기했다. "한국의 종교에 관한 논의를 시작하기 전에 우리는 종교라는 어휘의 정의를 먼저 내려야 한다.……나는 종교를 넓은 의미로 해석하여 인간이 가지는 초인적·인간 이하적·인간외적 현상과의 모든 관계나 환상을 포함하는 것이 좋으리라고 생각한다. 그리고 인간 이하적 현상이라는 범주 속에는 이미 죽은 인간의 영혼에 관한 문제를 포함하는 것이라고 보충설명하지 않을 수가 없다."(H. B. Hulbert, 신복룡 옮김, 앞의 책, 468면).

후의 게일의 저술을 중심으로, 이 논리들을 게일이 수용하는 일련의 과정을 고찰해볼 필요가 있다.

『전환기의 조선』에서 게일은 한국에서 개신교라는 종교, 즉 국가가 공인한 공식적인 종교제도와 체계화된 내적 교리를 갖춘 신념체계를 지녔으며 민족 / 국민의 생활에 깊은 영향을 주는 서구와 대등한 종교를 발견할 수 없다고 말했다. 이에 게일은 한국인의 종교적 관념을 발견하기 위해, 종교개념을 다음과 같이 재정의한다.

> ① 인간 안의 '영성'(the spiritual in man)의 문제를 떠나서 ②인간을 초월한(인용자 : 인간 외부의) 다른 '영적인 것들'(other spirits over and above him)의 문제를 다루는 종교의 층위에서 본다면 한국인은 충분히 종교적이다(60면, yet if religion be the reaching out of the spiritual in man to other spirits over and above him, the Korean too is religious.(p.67))

---

37 이에 대해서는 옥성득, 같은 글, 303-305면 참조. 헐버트의 번역문[H. B. Hulbert, "Ancient Korea Chapter Ⅰ," *The Korea Review* Ⅰ, 1901. 1.]을 제시해보면 다음과 같다.

In the primeval ages, so the story runs, there was **a divine being** named ***Whan-in***, or *Che-Sok*, **"Creator."** His son, ***Whan-ung***, being affected by celestial ennui, obtained permission to descend to earth and found a mundane kingdom.······He[인용자: 桓雄] governed through his three vice-gerents, the "Wind General," the "Rain Governor," and the "Cloud Teacher," but as **he had not yet taken human shape, he found it difficult to assume control of a purely human kingdom**. Searching for means of incarnation he found it in the following manner.······***Whan-ung***, **the Spirit King**, passing on the wind, beheld her[인용자: 熊女] sitting there beside the stream. He circled round her, breathed upon her, and her cry was answered. She cradled her babe in moss beneath that same pak-tal tree and it was there that in after years the wild people of the country found him sitting and made him their king. This was the ***Tan-gun***, **"The Lord** of the Pak-tal Tree."

②라는 층위에서 발견되는 종교로 그의 저술 전반에 거론되는 것은 조상숭배와 "정령설(精靈說), 샤머니즘, 배물교적(拜物敎的) 미신 및 자연숭배 사상을 일반적으로 포함하는" '원시적인 영혼숭배 사상'이었다. 그것은 존스, 헐버트가 예비해놓은 한국 고유성의 분명한 표지이기도 했다. 하지만 게일의 진술 이후 제시되는 것은 '천(天)', '신(神)'이란 한자어를 포함한 『명심보감』의 격언들과 영혼불멸의 사유가 엿보이는 「단심가(丹心歌)」란 시조 속 '님'이었다. 게일은 비판적으로 이야기했던 조상숭배와 달리 이들 문헌에 대한 한국인의 숭배에 관해 별도의 사견을 내비치지는 않았다. 그러나 게일이 보기에, 이들은 결코 서구의 종교와 대등한 인간 안의 영성(①)이란 개념층위에 배치되는 한국인의 종교적 신앙은 아니었다.[38]

『왕립아시아학회 한국지부 학술지』 소재 게일의 논문(1900)에서 단군을 규정하는 '신인(神人)'과 '신(神)'이란 한자는 각각 "spirit-man"과 "spirit"으로 번역된다.[39] 즉, '신(神)=spirit'이란 등가관계를 구성

---

38 황호덕·이상현, 앞의 책, 345-360면.

39 "Discussion," *The Transaction of the Korea Branch of the Royal Asiatic Society* Ⅰ, 1900. 해당 번역문 전문을 제시해보면 아래와 같다.
The last State was without a king when a **spirit-man** alighted beneath the Sandalwood tree. The people of the country made him king. King Sandalwood (Tan-gun). The name of the state was Cho-sŭn. This took place in Mu-jin year of Tang-jo (2333 B.C.). At first P'yŭng-yang was the site of the capital, but afterwards it was removed to Păk-ak. He continued till the year Eul-mi, the eighth year of the Song monarch Mu-jong (1317 B.C.?). Then he entered A-sa-tal Mountain and became a **spirit.**

하는 'spirit' 자체의 화용과 문맥을 세밀하게 살펴볼 필요가 있다. 『전환기의 조선』에서는 어디까지나 서구와 대등하지 못한 종교란 층위(②인간을 초월한 다른 '영적인 것들')에 놓여 있었다. '천(天)' 그리고 "하ᄂᆞ님"이란 어휘를 통해 유대기독교적 해석을 투영할 온전한 등가관계를 게일은 이 저술 속에서 규정하지는 않았던 것이다. 그는 분명히 "하ᄂᆞ님"이란 한국어 어휘가 개신교의 신을 재현할 등가적 개념, 즉 "유일하고 위대하신 분"과 "화상(畵像)이 존재하지 않은 지고의 통치자"라는 개념을 지닌 어휘라는 사실을 잘 알고 있었다. 하지만 이 어휘 속에 담긴 유일신 관념은 "사랑, 빛, 생명, 기쁨"과 연관되지 않으며, 무엇보다 성삼위일체의 성자 예수의 고난과 사랑을 재현할 수 없는 개념이었다.(70면)

그것은 유비의 관계일 뿐, 서구와 한국 사이의 온전하며 대등한 등가관계를 지칭하는 것은 아니었다. 게일이 한국인의 유일신 관념을 알게 된 시기를 유추할 수 있는 글이 한 편 존재한다. 이 글은 "주시경(周時經)과 미국인[美人] 게일[奇一]……일본인[日人] 다카하시 도루[高橋亨]가 한어연구회를 조직하다"라는 『매일신보』의 기사(1909.12.29)가 잘 말해주듯, 게일이 주시경과의 만남을 언급한 글로 추론된다.[40] 게일은 기독교 이전 시기에도 한국인이 기독교의 신(God)을 알고 있는 지를 물었고, 주 씨는 게일에게 한국인에게 신이 "크신 한님"(the Great one)이며 "하ᄂᆞ님"(Hananim)이라고 답변했다. 그는 '하

40 J. S. Gale, "Korean Ideas of God," *The Missionary Review of the world* 1900. 9. ; 이만열·류대영·옥성득의 연구(『대한성서공회사』 II, 대한성서공회, 1994, 115-116면)에서 이 글에서 거론한 한국인을 주시경으로 유추한 바 있다.

나'(one)를 뜻하는 "하ᄂᆞ"와 "주, 주인, 임금"(lord, master, king)을 지칭하는 "님"으로 구성된 "하ᄂᆞ님"을 한국인은 천지를 만드는 일과 관련시키며 "고대의 창조자, 조화옹(造化翁)"이라고도 부른다고 말했다. 게일은 순수한 유학자들의 말과는 다른 이 한국인의 말을 주목했다. 그리고 그의 경험 속에서 '아들을 살려 달라'고 하나님을 부르는 노파, 천둥이 칠 때 담뱃대를 치워두는 한국인의 모습을 이야기한다. 주 씨는 그 속에 담긴 한국인들의 생각들을 설명해주며, 기독교가 이 "지공무사(至公無邪)"하고 "거룩한" 존재가 '사랑'이라는 새로운 사실을 가르쳐 주었다고 말한다. 그리고 게일은 주 씨의 마음속에 존재하는 예수의 형상을 이야기하며 이 글을 마무리한다.(pp. 697-698)

하지만 게일과 대화한 이 한국인은 개신교라는 종교를 분명히 알고 있었다. "하ᄂᆞ님"이란 어휘를 보완해주는 개신교의 개입이 그의 대답에는 이미 내재되어 있기 때문이다. 즉, 게일은 '하늘+님'으로 인식했던 과거 선교사의 담론에 의거하여 한국의 유일신 관념을 수용한 것이 아니었다. 오히려 개신교가 개입함으로, 한국인의 유일신 관념의 결핍이 해결된 새로운 유일신 개념("지공무사(至公無邪)"하고 "거룩"하면서도 동시에 '사랑'이라는 존재)를 선택한 셈이다. 그것은 적어도 한국인과의 일화를 통해서만 본다면, 개신교에 의해 새롭게 한국인의 사유 속에 전래하게 된 '하ᄂᆞ님'이라는 새로운 술어를 지칭하는 것이었다.[41] 하지만 그 술어는 분명히 한국인의 언어와 사유 속

41 개신교 선교사들의 신명논쟁에 관해서는 이만열, 류대영, 옥성득의 같은 책,

에 내재된 것이기도 했다.

이와 관련하여 성서를 한국어로 번역해야 했던 게일의 처지와 입장을 염두에 둘 필요가 있다. 그에게 성경전서의 출판은 『전환기의 조선』(1909)에서 그가 언급한 '하ᄂᆞ님'이란 어휘가 지니지 못했던 개념적 결핍이 해결된 중요한 사건이었다. 첫 한글 성경전서 출판 기념식에서 게일의 연설이 1914년 그들의 잡지(*The Korea Mission Field*)에 게재된다. 그 글 속에서 '하ᄂᆞ님'은 많은 신들에게 적용할 수 있는 일본어 "kami", 여러 신들 중에 최고신에 지나지 않는 중국의 "上帝"와 달리, 유일신 개념을 체현할 히브리어 여호와를 재현할 가장 온당한 어휘로 기술된다.[42] 이는 게일의 단군신화에 대한 인식이 변모되는 전제조건이자 중심개념인 '하ᄂᆞ님=God'이라는 등가교환 관계가 정립됨을 의미한다. 기독교의 교리가 한국어로 체현됨으로 말미암아 사실 '하ᄂᆞ님'은 일종의 새로운 술어로써 한국인에게 임재하며 재탄생하게 된 것이다.

이 인식의 전환과 함께 『전환기의 조선』(1909)과는 다른 종교개념이 한국인의 유일신 관념을 고찰한 글("The Korean's view of God"(1916))에서 나타난다.[43] 게일은 한국에는 비록 영적 세계를 규정하는 확고한 교리가 없지만, 이 교리 자체가 항상 지고의 가치를 지닌 순수한 신앙심을 대표하는 것은 아니라고 말했다. 즉, 명백히 선명한 종교가 없다고 해서 한국인에게 신이 존재하며 항상 곁에 있다는 확신이

104-118면을 참조.

42 J. S. Gale, "Korea's Preparation for the Bible," *The Korea Mission Field* 1914. 1.

43 J. S. Gale, "The Korean's view of God," *The Korea Mission Field* 1916.1.

없는 것은 아니라고 지적했다.(p.66) 그는 인간의 내부와 외부의 구별을 통해 제시했던 과거 종교개념과는 다른 형태로 종교를 재정의하고 있다. 비록 한국의 종교개념과 유일신 관념을 별도로 규정하지는 않았지만, 이곳에서 한국인의 유일신 관념은 인간과 분리된 외부에 놓인 존재가 결코 아니었다. 과거 그가 전달하기 어려웠던 인간과 친밀한 교류·소통을 하는 존재로서의 유일신이 비로소 제시되는 것이다. 게일은 별도의 설명 없이 한국의 문헌을 그 자체로 제시한다. 여기서 인간의 외부란 문맥에서 제시되던 유교적 격언들의 자리에, '천(天)' '신(神)'이라는 문자를 내포한 과거 한국인의 발화를 담은 문헌들이 대치되게 된다.

게일은 동일한 신명을 히브리인들이 "El, Elohim, El-Shadday, Jehovah" 등의 다양한 이름으로 호명하던 시기를 이야기한다. 그리고 한국에 동일한 유비를 적용한다. 그는 인간의 시야 밖에 존재하며 지상의 만물들을 주관하는 동일한 초월적이며, 영원불변의 영적인 존재를 한국인들은 '하ᄂ님(天, the One Great One), 上帝(the Supreme Ruler), 神明(the All Seeing God), 天君(Divine King), 天公(Celestial Artificer), 玉皇(the Prince of Perfection), 造化翁(the Creator), 神(the Spirit)' 등의 다양한 표현으로 지칭한다고 말했다. 여기서 그가 찾고자 했던 것은 한국인이 지니고 있는 과거부터 전래된 유일신에 관한 관념이자 '하ᄂ님'의 흔적이었다.(pp. 66-67)

즉, 한국인들에게 이 다양한 신명은 성경에서 히브리인이 기독교의 신을 다양한 이름으로 호명했던 구약의 시대와 등치되는 것이다. 또한 그가 한국의 문헌 속에서 기독교의 신 그리고 신의 권위를 표상하는 언어를 찾아내는 행위는 성 아우구스티누스(Aurelius Augustinus, 396-430)가 비록 기독교(Christianity)가 드러난 시대는 아니었지만, 진정으로 신을 추구했던 세네카(Lucius Annaeus Seneca, BC 4- AD 65)의 문구를 인용하는 행위에 대비된다.(p. 66) 그의 이러한 지적은 문헌해석이라는 측면에서 볼 때에는 오류라고 말할 수 있겠지만, 서로 다른 두 낯선 문화와 언어 사이의 번역이라는 관점에서 볼 때에는 타당한 측면을 지닌 것이기도 했다. 왜냐하면 그가 신·구약 성서를 국문으로 번역한 행위가 성서의 신성함을 재현할 한국의 문헌을 창출하는 작업이란 측면에서는 본다면 이 유비는 매우 적절한 것이었기 때문이다. 그가 제시한 연대기적 나열은 단계적이며 발전적인 진보보다는 영원불멸한 유일신이란 초역사적 실체를 한국인이 역사적으로 늘 추구해 왔음을 증빙해 준다. 그리고 그 유일신은 한국인의 외부에 놓인 초자연적인 영적 존재와는 변별되는 존재, 즉 한국인의 생활 속에 내재하는 '살아있는' 존재란 관념으로 형상화되며(p. 66) 역으로 이 존재를 숭배하는 한국민족이란 공동체이자 실체를 생성시킨다.

이러한 게일의 탐구를 요약해보자면, 이는 성취론의 입장에서 유대기독교적으로 해석된 천신(天神)개념이었다. 게일에게 한문고전의 기록들, 과거의 목소리가 기독교를 예비하는 원시적 계시로 비춰진 것이다. 하지만 "전통적인 한국인들의 다양한 신명을 신학적으로 모두 긍정적으로 포용"하는 이러한 게일의 시도, 이 지나친 포용적 태도는 교회가 결코 받아들일 수 없는 주장이었다.[44] 이는 한국에

44 이만열·류대영·옥성득, 같은 책, 180면.

서 한국인들과의 체험, 개신교의 신을 번역하기 위한 술어(term)를 모색하는 범주를 이미 한 참 넘어섰던 것이다. 오히려 여기서 그의 초점은 한문고전 속에 남겨져 있는 과거 한국인의 사유 그 자체를 지향하고 있었다. 이를 반영하듯, 향후 게일의 초점이 한국인의 유일신 관념을 포괄한 한국문학에 대한 연구로 확대된다는 측면을 주목할 필요가 있다. 그것은 한국인의 내면을 성서와 "활동사진"처럼 재현해 주는 한국의 한문고전세계였다.

> **東洋으로 볼지라도 古代史記는 一種 無形한 活動寫眞**이라 그 寫眞이 吾人의 눈압흐로 지날 때 亦是 偉大한 人物도 잇고 陋劣한 人物도 잇스며 模範할 일도 잇고 唾罵할 일도 잇지마는 그 結局은 有益이 적지 아니하니 엇지 아름다운 寫眞이 아니랴[45]

> 역사상 어떤 민족(people)도 한국인들이 그랬던 것만큼 활동사진에 깊이 축복받은 이들은 없었다. 그들은 역사를 공부했고, 마음으로 암기했으며, 숙고하고, 이야기하고, 그리고 꿈꿨다. B.C. 3000년부터 A.D. 1000년까지 줄곧 뻗어있는 이 역사는 영화가 총이 아니라 책으로 존재해온 통치의 상징들, 이를테면 위대한 왕들과 성자들, 그리고 위대한 학자들을 필름으로 담아냈던 4000년의 시간이었다.[46]

---

45 奇一, 「聖經을 閱覽하라」, 『眞生』 5, 1926. 1. 14면

46 황호덕·이상현 옮김, 『개념과 역사, 근대 한국의 이중어사전』2, 박문사, 2012, 170면[J. S. Gale, "What Korea Has Lost," *The Christian movement in Japan Korea and Formosa*, Kobe, 1926].

하지만 한국인의 유일신 관념을 고찰한 이 글(The Korean's view of God(1916))에서 게일은 단군에 관한 추가적인 연구가 필요하다는 유보조건을 내걸며, 유일신에 대한 관념을 보여준 사례로 포함하지는 않았다. 그 시초에 놓인 인물이며, 그 역사성과 정당성을 보장받은 인물은 어디까지나 기자였다.(p.66) 그는 이듬해인 1917년 7-8월 바로 자신이 주도한 정기간행물(*The Korea Magazine*)에서 한국문학에 대한 연구목적과 방법을 논한 두 편의 글[47]을 발표한 다음 호(1917.9)에서 단군자료에 대한 자신의 번역물을 게재했다. 즉, 게일의 한국문학 연구란 새로운 탐구지점과 한국인이 지닌 유일신 관념의 계보가 겹쳐지는 지점에서 그는 단군신화 인식의 전변과정을 보여준다.

4. 단군민족주의와 한국민족의 기원

게일은 한국의 원시적인 유일신 관념의 계보를 통해, 서구와 대등하게 배치시킬 수 있는 한국인의 종교를 상상할 수 있었다. 그렇지만 단군은 이 유일신 관념의 계보, 역사, 전통 속에 포함시킬 수 있는 존재가 아니었다. 그는 단군에 관한 연구를 지속했는데, 그 궤적을 보여주는 글들을 정리해보면 다음과 같다.

---

47 "Korean Literature(1): How to approach it,"*The Korea Magazine* Ⅰ, 1917. 7. ; "Korean Literature(2): Why Read Korean Literature?,"*The Korea Magazine* Ⅰ, 1917. 8.

① "Tan goon," *The Korea Magazine* Ⅰ, 1917. 9.(이하「단군」으로 약칭)
② "The Korean Literature," *The Korea Magazine* Ⅱ, 1918. 7.(이하「한국문학」으로 약칭)
③ "A History of the Korean People," *The Korea Mission Field,* 1924. 7. (이하『한국민족사』로 약칭)

1917년 9월「단군」(①)에서 단군관련 자료를 번역하여 소개한 후, 그 이듬 해 7월에 단군신화를 한국유일신 관념의 계보 안에 포괄하는「한국문학」(②)을 제출했다. 이 두 논저 속 단군은, 1924년 7월 단군을 시원으로 삼은 게일의 한국사 서술(③)에 잘 반영되어 있었다. ①은 게일이 단군을 신빙성 있는 사료로 인정하지 않았던, 1916년 이후 수행한 본격적인 단군신화에 대한 탐구이며 그 연구결과이다. 게일은 그가 접촉했던 단군관련 자료들을 번역했다. 게일이 보기에, 단군은 한국에 있어 종교적 영향력을 준 가장 신비롭고 흥미로운 인물이었다. 또한 단군에 대한 "진실(fact)"은 현재와 미래에도 여전히 남겨질 것이었다. 따라서 게일은 어떠한 결론이나 견해를 성급히 드러내지 않고, 단군의 이적을 말해주는 중국, 한국의 문헌자료를 인용(번역)하는 방식을 채택했다.[48]

물론 그것은 헐버트의 글에 대한 반론(1900) 속에서 보인 '번역가'라는 게일 본연의 모습이 충실히 반영된 것이었다. 하지만 서구와 대등하게 배치시킬 수 있는 한국인의 종교적 관념과 그 연원을 찾는

48 J. S. Gale, "Tan goon," *The Korea Magazine* Ⅰ, 1917. 9.

탐구와 겹쳐져 있는 실천이 단군을 대상으로 시행된 것이다. 그는 이 글에서 단군에 관하여 직접적인 논평과 비평적 언급을 보여주지는 않았다. 하지만 三神 신앙과 관련된 자료(『古今記』)의 선택, 환인, 환웅, 단군 세 명을 단수 남성으로 번역한 단군신화는 일종의 복선이었다.[49] 이 일련의 과정이 반영된 글이 「한국문학」(②)이다. 이 글에서 단군은 한국인의 유일신 관념의 계보에서 시원의 위치에 놓이며, 과거와 다른 새로운 형상으로 변모된다.

단군 즉, 신인(神人)은 하늘에서 태백산 위에 내려와 한국민족에게 종교적 가르침을 준 인물이다. 그는 기원전 2,333년으로 중국의 요(堯), 노아의 홍수란 사건과 동시대의 인물이었다. 게일이 보기에 단군은 한국인의 사상에 큰 공헌을 한 존재였다. 왜냐하면 "한국 사람들 모두 각자가 맡은 바 자신의 책임을 다하기를 원하며, 세계를 통치하는 위대한 신(a great God)"의 존재를 한국인에게 상기시켜 주었기 때문이다. 게일은 단군을 보여주는 증거물로 마리산, 재물포에 소재하는 오래된 연원을 지닌 재단, 1429년 건립된 평양의 단군릉, 안동, 서울 등의 단군전(The Church of Dan-goon) 그리고 단군을 경배한 과거 중국, 한국 문인들의 시문을 들었다.[50]

여기서 단군은 『그리스도신문』이 말해 주었던 '외국에서 온 임금(군주)'이란 형상과는 완연히 구별된다. 그 오래된 연원, 시원적인 위상뿐만 아니라, 민족·국가 단위의 범주를 주목해야 한다. 즉, 한국

49 옥성득, 같은 글, 312-313면.

50 J. S. Gale, "The Korean Literature," *The Korea Magazine* Ⅱ, 1918. 7, pp. 293-294.

"민족"전체가 상상하는 유일신을 숭배한 종교적 인물이자 시원적 존재로 재규정된 것이다. 동시에 「한국문학」에서 한국의 종교적 관념은 서구의 'religion'이라는 동일한 어휘와 개념 속에서 비로소 재규정된다. 단군을 시원으로 하는 한국인의 유일신 관념은 그들의 사전(*Century Dictionary*)속 정의, "충성과 봉사를 마땅히 드려야할 초인간적 힘에 대한 인식"과 동일하며 대등한 것이었다. 이와 관련하여 그가 귀국에 앞서 조선호텔 만찬회에서 발표한 연설문에서 한국인·한국민족의 형상을 주목할 필요가 있다.

> "한국인은 아브라함이 태어나기 수 세기 전부터 국가, 조직(교단), 시간의 문제가 아니라 진실한 종교는 하나님(인용자-天)의 마음과 일치되는 것 외에 아무것도 아니라는 것을 알고 있었습니다 …… 제가 유교나 불교 도교를 공부하면 할수록 이들 종교의 신실성, 자기부정적 사랑, 겸손, 슬기, 그리고 이 종교들을 처음 일으킨 위대한 영혼들의 헌신을 존경하게 되었습니다. 이들은 그들의 한 가지 소망이 악을 극복하고 한 걸음씩 위로 올라가 하나님(인용자-天)께 가까이 가는 데 있다는 것을 알았습니다. 이 점에 있어서 유가, 불교도, 기독교인 모든 형제들은 동일합니다. 예수는 우리 각자 모두를 완전하게 하기 위해 오셨습니다. 우리의 종교가 무엇이든지 간에, 그 안에서 우리 영혼의 이상을 발견할 수 있을 것입니다. 주 안에서 우리 모두 하나가 되기를."[51]

51 J. S. Gale, "Address to the Friendly Association June 1927,"『게일 유고』 <Box 12>, p. 3(캐나다 토론토대 토마스피셔희귀본 장서실 소장).

아브라함의 시대, BC 2,000년대 초반, 그것이 가리키는 시대에 부응하는 시원 즉, 단군이 존재했던 시기부터 진실한 종교를 알고 있었던 한국민족이 형상화된다. 나아가 이 종교적 심성은 한국인의 유일신 관념이 아니라 '한국문학'이라는 제명["The Korean Literature," *The Korea Magazine* II, 1918. 7]으로 기술되고 있었다. 그가 계시와 진리를 발견하려고 했던 자료이자 대상, 한국의 서적, 한국문학 그 자체에 초점이 맞춰지며 문학 속에 반영된 유일신 관념의 탐구로 그의 탐구는 이동하고 있었다. 그것은 종교에서 문학이라는 분과학문으로의 이동을 의미하는 것이었다. 여기서 한국문학은 한국의 구어와 한자·한문 문어를 구분하는, '말=외면=순간', '글=내면=영원'이라는 게일의 이분법적 도식에서 후자(한문문어, 글=내면=영원)를 지칭하는 것이었다. 이와 관련하여 우리는 이 글에서 게일이 의거했던 문헌들, 즉 단군을 새롭게 수용하게 한 「단군」(①) 속에 제시된 자료들이 구체적으로 무엇이었는지를 고찰해 볼 필요가 있다.

게일이 단군신화의 역사성과 신성을 수용하게 해 준 과거 한국의 원시적 계시와 진리들, 그 과거의 목소리들은 「단군」(①)에서 잘 제시되어 있다. 「단군」(①)의 자료와 「한국문학」(②)의 인식을 기반으로, 게일은 『한국민족사』(③)서두에서 단군을 배치하며 보다 상세히 기술했다.[52] ①에서 게일이 유형화한 주제항목, 그에 해당되는 번역 저본에서 명시한 출처를 순서대로 정리해보면 다음과 같다.

---

52 J. S. Gale, "A History of the Korean People," *The Korea Mission Field*, 1924. 6.

	주제항목	게일이 제시한 영문서명(『神壇實記』가 제시한 출처)
1	The Triune Spirit-God (三一神-하ᄂᆞ님)	Ko-Keum Keui(『古今記』)
		Han-su written by Pan-go(50 A.D(『漢書』)
2	The Teaching of Tan-Goon (단군의 교화)	Hai-dong Ak-boo; T'ai Baik Tan-ga(「太白檀歌」, 『海東樂府』)
		Ko-keui(『古記』)
		San hai Kyung, said to have been written by Paik Ik 2000 B. C. (『山海經』)
		Sin-i Kyung written by Tong Pang-sak 120 B.C.(『神異經』)
		Tong-gook Kwol-li-ji(『東國闕里誌』)
		Sok-wun Wi-yo Pyun(『續宛委餘編』)
		Man-joo Chi(『滿洲志』)
3	Miraculous Proofs of Tan-Goon's Power (단군의 권능에 대한 이적들)	Tong-sa Yoo-go(『東事類考』)
		Yi Sang-kook Chip 1200 A.D.(『李相國集』)
4	Places of Worship (예배의 장소들)	Sung-jong Sil-lok『成宗實錄』
		Tong-sa, Soo-san-chip(『東史』, 『修山誌』)
		Yoo-soo Ch'oi Suk-hang Ch'an(「留水崔錫恒撰」)
		Moon-hun Pi-go(『文獻備考』)
		Ch'oon-kwan Tong-go, 『春官通考』
5	The Tan Song of T'ai-Baik (인용자 :Etc.) (「太白檀哥」외 3수)	The Tan Song of T'ai-Baik by Sim Kwang-se(graduated 1601 A.D.)(沈光世,「太白檀哥」,『海東樂府』)
		Tan-Goon By Kwun Geun(1352-1409 A.D.)(權近,「檀君」)
		Tan-Goon's Temple By Kim Yook(Graduated 1605 A.D.)(金堉,「檀君殿」)
		Tan-Goon's Temple By Sa Do(A Chinaman of the Mings)(明史道,「檀君殿」)

게일이 저본으로 삼은 자료는 단군교 곧, 대종교 2대 교주인 김교헌(金敎獻, 1868-1923)이 편찬한 『신단실기(神壇實記)』(1914)이다. 게일은 전체를 번역하지 않았으며 해당부분을 발췌하여 번역했다. 하지

만 상기도표에서 정리한 바대로, 게일의 인용항목과 대비해보면 그 수록양상의 배치순서는 동일하다.[53] 선행연구에서 잘 지적된 바대로, 『신단실기』의 "단군신화기술"은 근대 계몽기 교과서에서 표상된 '人'계열로 유형화된 단군신화와 그 계몽의 흐름을 역행시킨 것이다. 그것은 탈신화화와 다른 '재신화화', 단군을 역사적인 인물이 아닌 신성한 신격으로 새롭게 자리매김하는 방향이라고 정리할 수 있다. 즉, "대종교는 단군을 신으로 선포하고 숭배를 의례화함으로써 이 신화를 재생산하는 거점의 기능을 수행했던 것이다."[54]

이와 관련하여 게일이 보여준 단군인식의 전환점은 과거 문명·독립·민족국가의 표상의 형식으로 단군을 재신화화 방식과도 변별되는 것이었다. 이것이야말로 헐버트가 보여준 단군인식의 기조와 가장 큰 변별점이었다. 『전환기의 조선』(1909) 2장에서 게일은 한국의 외교업무에 대한 통제권을 일본에 이양한 을사늑약(1905.11.17)을 "모든 오욕된 시대의 서막이 되는 첫 번째 조치"로 묘사한다. "구멍 뚫린 배를 타고 아주 오랫동안 행해 왔고, 그 틈을 막으려고 노력해 온 사람을 계

---

53 주제항목 1은 "檀君世紀", "三神上帝"를 2는 "敎化原流", 3은 "神異徵驗", 4는 "壇君殿廟", 5는 "歷代祭天", 6은 "詩詞樂章"이 출처임이 확실하다.

54 조현설, 「근대계몽기 단군신화의 탈신화화와 재신화화」, 『민족문학사연구』32, 민족문학사학회, 2006, 24-28면 ; 이와 관련하여 게일의 한국문학연구는 류준필이 짚어 주었던 바대로, 국문학이라는 이념의 출현이 문학개념을 넘어 '문명'에서 '문화'관념으로의 전환이란 맥락을 지니고 있었던 상관관계, 혹은 보편성 속에 독자성의 구현이란 자국학 출현의 맥락과도 조응되는 것이다(「'문명', '문화' 관념의 형성과 '국문학' 의 발생: '국문학' 이라는 이데올로기 서설」, 『민족문학사연구』18, 민족문학사연구소, 2001 ; 「1910-20년대 초 한국에서 자국학 이념의 형성 과정: 최남선과 안확을 중심으로」, 『대동문화연구』 52, 성균관대 대동문화연구원, 2005).

속 채찍질해왔던 대한제국이 침몰하고 있었다." "헤이그 밀사사건, 헐버트, 하와이 교민의 청원서, 베델(E. T. Bethell)과 대한매일신문사" 등의 시도들, "지푸라기라도 잡으려 했"던 모든 시도들은 "수포로 돌아갔다." 1907년 7월 24일 정미7조약이 체결되고 고종(高宗)은 폐위되었다.[55]

하지만 편집부의 언급(35면)이 잘 말해주듯, 일본의 병합은 이미 기정사실화되었고, 게일은 이에 대한 그의 입장을 특별히 제시하지 않았다.

> "한국의 이러한 위기를 어떠한 방법으로 헤쳐 나가야 하는지, 그것의 옳고 그름은 어떤지 그리고 무엇이 행해져야 하고 또한 행해져서는 안 되는지에 관한 문제는 우리가 다룰 문제가 아니다.[56]

그는 침묵했다. 아니 더 엄밀히 말한다면, 그는 이 역사적이며 정치적인 사건들이 선교사들이 해결할 수 없는 주제란 사실을 잘 알고 있었던 것이다. 그가 할 수 있는 일은 이 역사적 순간을 잘 묘사하는 방법뿐이었다. 이 책의 편집자 역시 게일의 이러한 입장에 동의했다. 그것은 여전히 논쟁거리였지만, 1909년이란 입장에서는 해결될

55 J. S. Gale, 신복룡 옮김, 앞의 책, 40-41면.

56 위의 책, 41면 ; 이러한 게일의 입장을 민족주의적 시각에서, 친일의 경향으로 읽어내는 오독의 문제는 유영식의 글(「제임스 게일의 삶과 선교」, 『부산의 첫 선교사들』, 한국장로교출판사, 2007, 116-127면)에서 비판적으로 잘 검토되었다. 이를 상론하지 않고, 유영식의 진술을 참조하여 기술하도록 한다.

수 없는 난제였기 때문이다.[57] 즉, "민족의 정신적 상징을 지킴으로써 '절대독립'을 도모할 수 있다는" "국수(國粹)로서의 단군"이 아니라 "외래적인 것으로부터 조선적인 것을 고수해야 가능한 자기인식의 한 방편"으로 단군을 수용했던 안확, 최남선으로 대표되는 1920년대 국학파가 보여준 단군론에 게일의 단군인식은 더욱 더 부응되는 것이었다.[58] 이와 관련하여 주목해야 될 지점은 게일에게 있어서 『신단실기』가 제공해 주는 단군의 표상, 즉 삼신신앙(三神信仰)과 관련하여 "화신(化身)", "강림(降臨)"한 단군이란 형상의 의미이다.

게일이 「단군」에서 자료를 유형화한 양상이 『한국민족사』에는 잘 반영되어 있다. 『한국민족사』의 단군관련 기술의 주제어들을 정리해보면, "단군(Tangoon) - 기원전 2,333년(2333 B.C.)", "쿠푸(Khufu, Cheops) 왕의 시대(Times of Cheops)", "김생(金生)(Kim Saing)", " 솔거(率去)(Solgo)", "평양의 단군릉(Temple in Pyengyang)", "강화의 재단(Altar on Kangwha)", "조선과 코리아라는 국명들(The names Chosen and Korea)"이다. 여기서 주목해야 될 지점은 단군-기원전 2,333년에 해당되는 부분이다. "한국의 첫 위대한 조상" 단군이 "신화"인지든 "실재"인지는 중요한 문제가 아니었다. 그는 "희미한 선사시대로부터 솟아나 한국과 만주 사이 태백산 위에 서 있었"던 인물이며, 백성을 교화

57 J. S. Gale, 신복룡 옮김, 앞의 책, 35면에 다음과 같이 수록되어 있다. "게일 박사가 그랬던 것처럼, 어째서 한국이 일본에 병합되었는가 하는 원인에 대한 논쟁은 피하는 것이 좋을 것 같다. 이 주제에 대해서는 신랄한 비난과 반박이 오고 갔으며, 어느 쪽이 완전한 진실을 밝힌다는 것은 쉽지 않다."

58 정출헌, 「국학파의 '조선학' 논리구성과 그 변모양상」, 『열상고전연구』27, 열상고전연구회, 2008, 20-21면.

했던 인물이었기 때문이다.(『한국민족사』, p. 134) 「단군」에서 그가 번역한 "지상에서의 단군을 신비로운 족적들을 언급한 다양한 한국과 중국의 서적들"(「단군」, p.404)과 재단, 단군릉과 같은 유물들이 보장해주는 것이었기 때문이다. 이러한 그의 시각은 단군신화의 번역에 있어서도 동일했다.

「단군」과 『한국민족사』 모두 '단군=神人'을 'spirit-man'으로 번역했던 과거와 달리, "divine man, angel, spirit, god"이라고 번역하고 있다. 즉, 단군은 선교사들이 성서의 신을 재현하는 어휘로 수용했던 "하느님"을 투사시킬 대상이었다. 1920년대 그의 인식을 살필 수 있는 『한국민족사』에서 축약하여 제시한 단군신화는 어디까지나 『신단실기』를 기반으로 하고 있었다.[59] 또한 게일에게 기독교와 동일한 유일신 관념을 발견하게 해 준 가장 핵심적인 단서는 여전히 유효한 것이었다. 그것은 여전히 그가 "깜짝 놀랄만한 풍설(startling rumour)" (『한국민족사』, p. 134)이라고 말한 『고금기(古今記)』의 다음과 같은 기

---

59 해당 번역문과 원문을 제시해보면 다음과 같다. Whan-in, Whan-oong, and Whan-gum are the Triune Spirit. Sometimes he is called Tan-in, Tan-oong and Tan-goon. In the year *kap-ja* of *Sang-wun*(2333 B.C.) and the 10th moon and 3rd day Whan-gum changed from a Spirit into a man and came with his heavenly sceptre and his three seals. He descended to the T'ai-baik Mountains and stood beneath the sandalwood trees. There he made known the truth and taught the people. The multitudes were greatly moved by his presence, and crowded about him, as men gather on market days, so 솜 he was called the Divine Market Keepter(「단군」, p. 404) 桓因桓雄桓儉이(一云 檀因檀雄檀君) 是爲三神이시니 上元甲子十月三日에 檀儉이 以身化人하샤 持天符三印하시고 降于太白山(今白頭山)檀木下하샤 及設神敎而敎民하시니 時에 人民이 被化하야 歸者ㅣ 如市함으로 有神市氏之稱이라(『신단실기』).

록이었기 때문이다.

> 桓因은 天也오 桓雄은 神也오 檀君은 神人也니 是謂三神이라. (『古今記』)

이 짧은 구절은 번역자로서 게일이 단군을 통해 발견하고 싶어 했던 그토록 갈망했던 비기독교 세계의 파편화된 진리요 계시였을 지도 모른다. 『고금기』는 환인(桓因), 환웅(桓雄), 단군(檀君)을 천(天), 신(神), 신인(神人)으로 규정하며 삼신(三神)이라고 말해주고 있었다. 물론 게일이 삼위일체의 개념을 단군신화에 처음 투영한 서구인은 아니었다. 하지만 『고금기』는 서구인의 목소리가 아니었으며 게일이 추구했던 한국 한문고전 속의 언어였다. 한국인의 목소리, 과거로부터 전래되던 문헌 속의 발화로, 삼위일체 성부(God), 성령(spirit), 성자(god-man)를 재현해 주는 소중한 기록이었다. 즉, 게일의 기술 속에는 성육신의 제 삼위, 창조주 하느님(桓因)을 예배한 한국 원시 유일신교의 제사장이란 단군의 형상이 놓여 있었다. 이를 기반으로 게일은 단군을 한문 고전 속에서 "天, 神=God"이라는 대응관계로 표상되는 과거 한국인의 원시적인 유일신 관념이 반영된 존재와 동등한 대상으로 인식한 것이다.

게일이 단군을 주목했으며 『신단실기』에 대한 번역소개를 한 시점은 주지하다시피 김교헌이 교주로 있었던 1916-1923년으로 대종교의 교세가 극성했던 시기이다.[60] 실제로 「단군」(1917.9)에서 게일은 대종교에 관해 언급했다. 그는 최근 단군의 종교를 부활시키려는

60 박영석, 「대종교의 독립운동에 관한 연구」, 『사총』21·22, 고대사학회, 1977.

몇몇 시도들을 인간의 정신적이며 정감적 차원이 아닌 단순한 "기계적(mechanical)인 노력에 불과한 것"이라고 비판했다. 하지만 「한국문학」(1918.7.)에서 김교헌의 『신단실기』를 "믿을 만한 한국의 역사가들의 기록"이라고 게일은 언급했다. 즉, 단군에 관한 역대의 문헌을 수집하여 가능한 한 사실적(史實的)인 체계를 세우려 한 『신단실기』[61]가 제시한 사료의 가치를 인정했다.

게일이 『신단실기』의 사료를 수용함으로, 『한국민족사』에서 단군은 "공자, 부처, 노자와는 별개로 이 위대하며 불가시한 하느님과의 관계"에서 "모든 시대에 걸쳐 한국인에게 영감을 주는 천재적인 인도자"(『한국민족사』, p.134)로 재규정된다. 이를 보증해주는 것은 김생, 솔거에 관한 일화였으며, 이는 게일이 번역한 필기·야담과 같은 역사서술의 일종이었다. 그곳에 「단군」의 "단군의 권능에 대한 이적들"로 유형화된 자료들, 『신단실기』에서 그 출처가 『동사유고(東事類考)』와 『이상국집(李相國集)』으로 제시된 대목이 모두 반영되었다. 이 중 제명뿐만이 아니라 실전하는 문헌자료를 직접 확인할 수 있는 것은 후자이다. 이와 관련하여 게일은 『삼국유사』 소재 단군신화를 번역하지는 않았지만, "환인이 제석(帝釋)을 지칭한다"고 말한 『삼국유사』의 주석을, 일본인들과 달리 불교적 윤색의 근거로 적용하지 않았다. 즉, 원본의 "제석경(帝釋經)"과 "제석사(帝釋使)"를 각각 "The Sutra of God(Che-suk)", "Angel of God(Tan goon)"으로 번역한 모

61 한영우, 「1910년대의 민족주의적 역사서술: 이상용·박은식·김교헌·『단기고사』를 중심으로」, 『한국문화』 1, 서울대 한국문화연구소, 1980, 116-118면.

습을 통해 이 점을 알 수 있다.[62] 그에게 한국의 한문고전은 결코 역사적 사료분석의 대상이 아니라, 번역해야 될 문학작품이었던 셈이다. 그것은 원문을 보존해야 될 성스러운 문건이었던 것이다.

이와 같은 게일의 단군론은 성서를 번역해야할 한국어, 한국인의 관념 속 유일신 관념을 찾는 선교사로서의 선교 사업에 한정되는 것이 아니었다. 그것은 기독교문명론에 의한 복음의 성취만을 의미하는 것이 아니었기 때문이다. 게일이 체험한 한국의 근대, 그곳은 결코 기독교의 복음이 성취된 시공간이 아니었다.

> 천의(天意)를 무시하는 온갖 현상을 살펴보십시오. 심하게는 귀신에게 아첨하려는 무격(巫覡)의 유행이나, 천위(天威)를 빙자한 사기로 벌이를 삼으려 드는 잡다한 종교의 창궐, 얼마나 조선인이 하늘과 배치된 채 나아가고 있는지를 알 수 있습니다. 저는 기독교도라는 고루한 견해에서 말하는 것이 아닙니다. 조선에도 일찍부터 기독교 이상으로 신을 발견하고, 이해했던 사람이 많았었지 않습니까. 신을 믿는다고 하는 기독교도도 근래는 신을 팔아 하늘에 거역하고 있습니다.[63]

한문고전으로 대변되는 세계에서 일탈하여 오히려 쇄락하고 타락한 시공간으로 묘사되고 있는 장소에서 게일은 한국의 고전을 탐

---

62 "請寫帝釋經 寫畢 問所從來 其人曰 我帝釋使者也 命我請書故來耳"(이규보, 「東國諸賢書訣評論序」, 『東國李相國後集』券 11).

63 황호덕·이상현 옮김, 앞의 책, 182면[奇一, 「歐美人の見たる朝鮮の將來: 余は前途を樂觀する」 2, 『朝鮮思想通信』 788, 1928].

구했다. 게일은 "종교사업(宗教事業)보다 교육사업[育英事業]에 힘쓰려하고" 학교를 설립했고, "조선의 문학을 불충실하게 나마 연구"[64] 한 사실을 가장 핵심적인 자신의 이력으로 술회한 바 있다. 여기서 종교와 분리된 한국문학 연구 그 자체는 오히려 한국민족을 위한 한국문학, 한국사 속에서 새겨지며 기념·기억해야 할 역사적 존재들로 구성된 세속종교의 경전을 창출하는 행위를 내포하고 있었다. 즉, 게일의 단군 담론은 한국종교연구에서 비롯되었지만, 종국적으로 문헌에 대한 탐구로 귀결되었다. 그것은 광의의 맥락에서 한국문학연구(혹은 역사서술)라고 정리할 수 있을 것이다.

5. 단군신화와 복수의 주체들

게일이 구성한 한국의 역사상은 근대 한국지식인의 것과 완연히 일치하는 것은 아니었다. 게일의 글에서 한국의 문학, 종교적 사상의 정수는 단군이 등장한 여명기부터 과거제도가 폐지된 1894년까지를 지칭하는 것이었다. 1920년대 게일은 오히려 한문고전으로 표상되는 위대한 한국문학의 죽음을 말하고 있었다. 그의 마지막 저술 『한국민족사』를 보면, 그 전체 윤곽 속에서 중국의 고대신화와 한국은 결코 분리되는 것이 아니었다. 단군을 민족의 '육적인 시원'으로 중국의 고대신화를 한국 민족의 '영적인 시원'으로 규정한 모습은,

64 奇一, 「回顧四十年」, 『新民』 26, 1927. 6

그가 『동국통감』을 기반으로 헐버트와 논쟁하던 당시와의 묘한 일관성을 보여준다. 때로는 근대 한국지식인과 공유하기도 하며 이렇듯 변별되는 게일의 연구, 그의 단군론을 우리는 어떻게 자리매김해야 할까?

이 문제는 게일의 단군론을 객관화시키며 엄정하게 대비시킬 수 있는 문맥, 게일의 단군인식의 전환에 개입했을 '근대초기 한국'이란 혼종적 시공간에 있어 단군이 지닌 총체적인 함의를 규명할 때, 비로소 답변이 가능해질 것이다. 즉, 한국 고전을 둘러싼 한국인, 서구인, 일본인들의 논의들을 엮어 읽어나가면서 풀어가야 할 문제이다. 이는 본고에서 해결하지 못한 문제점이자 한계이다. 이에 대한 사례, 그리고 짧은 소견을 거론하는 것으로 이를 대신하고자 한다. 게일이 단군을 새롭게 인식한 시기, 단군은 일본인에게도 결코 간과할 수 없는 중요한 연구대상이었던 것으로 보인다. 그 일례가 한국에 오랜 기간 거류한 외국인(일본인)이자 근대 한국학과 관련하여 중요한 인물이라고 할 수 있는 다카하시 도루(高橋亨, 1878-1967)이다. 1920년과 1927년에 나온 그의 글 속에서 한국에서 단군이란 문제는 다음과 같이 언급된다.

> ① 朝鮮에 檀君의 傳說이 有ᄒᆞ도다 檀君으로써 朝鮮人 全部의 祖王이오 朝鮮民族의 始原이라 云ᄒᆞᄂᆞᆫ도다 當今 無教育ᄒᆞᆫ 朝鮮人으로 三韓을 不知ᄒᆞ며 三國을 不知ᄒᆞᄂᆞᆫ 者ᄂᆞᆫ 其數一眞實如林如雲타ᄒᆞᆯ지나 檀君의 傳說을 不聞不知ᄒᆞᆫ 者ᄂᆞᆫ 庶乎爲有ᄒᆞ리로다 朝鮮人이 此知識과 信念을 根據로 建創ᄒᆞᆫ 宗教에 檀君教가 有ᄒᆞᆫ ᄃᆡ 一時相當히 教徒를 聚集ᄒᆞ얏더라.[65](1920)

② 병합 이후 해마다 조선인의 민족정신이 발흥함에 따라 여러 국민역사의 체재를 본뜬 조선역사 저술이 나타났다. 대체로 엄밀한 학적 연구의 결과를 이루었고 동시에 불순한 목적을 가지며 또한 연구법 및 자료가 과학적으로 불완전하기 때문에 史的 정확성이 결여되어 있다. 그렇지만 그러하기에 시대의 추이를 점칠 수 있다. 특히 기이한 것은, 종래 기자를 조선 개국의 성군이라고 하여 조선에 문화의 씨를 뿌린 성인으로서 숭배해온 것이, 돌연 기자 숭배를 그만두고 대신 종래 釋氏를 위해 사용된 전설의 神人인 단군에게 아마테라스스메오미카미(天昭皇大神)와 같은 지위를 부여하여 민족의 기원적 우상으로 삼고자 하는 것이다. 지금의 조선인은 지나에 대항하여 천오백년의 문화적 종속에서 일거에 독립하고자 하는 것이다.[66](1927)

①은 순전히 "단군전설"에 초점이 맞춰진 글이었다. 이 글의 집필동기는 건국신화로 단군신화가 일반 한국인에게 널리 유포되어 있었으며, 이를 기반으로 대종교가 창건된 사정에 있었다. 이에 다카하시는 단군신화에 대하여 학술적이며 역사적인 차원에서 그 진위여부를 논하고자 했다. 문헌자료에 대한 사료적 성격을 중심으로 단군신화를 면밀히 검토한 그의 연구는 한국의 사상, 신앙을 탐구하기 위한 목적에 의거하여 일종의 광의의 맥락에 해당되는 한국문학을 연구한 것이었다. 이는 게일과 공통된 측면이기도 했다. 또한 본고

65 高橋亨, 「檀君傳說에 對ᄒᆞ야(一)」, 『매일신보』 1920.3.6.

66 高橋亨, 「朝鮮文學硏究: 朝鮮の小說」, 『日本文學講座』 15, 東京: 新潮社, 1927, 15면.

에서 고찰한 바대로, 게일이 보여준 단군인식의 전환에는 대종교의 『신단실기』 소재 단군관련자료가 큰 역할을 담당했다.

요컨대, 게일이 보여준 단군인식의 전환점에는 관찰자의 시선 변화뿐만 아니라 관찰대상 그 자체의 변모가 깊숙이 개입되어 있었던 셈이다. 이 점을 잘 보여주는 사실이 있다. ① 즉, 다카하시의 논문이 1920년 2-3월 사이 세 가지의 다른 형태의 글쓰기—일본어, 한문, 한글로 작성되었으며 모두 "조선학자"와의 대화를 열어 놓고 있었다는 사실이다.[67] 그렇지만 그 대화는 결코 생산적일 수 없었던 것처럼 보인다. 한국문학을 주제로 한 ②가 보여주듯, 일본과 대등한 존재, 한국에서 등장하는 단군을 기원으로 한 민족단위의 一國史를 다카하시는 결코 수용할 수 없었기 때문이다. 다카하시가 보여준 문화의 고착성과 종속성, 즉 중국문화로부터 결코 분리되지 않는 "조선의 민족성"이란 관점에서, 단군은 타협이 불가능한 대화의 지점이었던 것이다.[68]

다카하시의 입장에서 본다면 게일의 단군 인식의 전환은 그가 거론하는 한국 근대지식인의 단군 담론과 일정량 궤를 같이하는 것이었다. 그렇다면 과연 한국인과 게일의 접점은 무엇이었을까? 이는 쉽게 이야기할 수 없다. 다만, 게일은 결코 한국인의 말에 귀를 기울

67 高橋亨, 「檀君傳說に就きて」, 「檀君傳說攷(煎論文漢譯)」, 『同源』 1, 1920. 2. ; 「檀君傳說에 대하여」, 『매일신보』1920.3.6.-3.10. ; 이 중 한글로 작성된 논문의 부분만을 인용해보면 다음과 같다. "然而若江湖博識ᄒᆞᆫ 朝鮮學者 更 一層 他의 卓越ᄒᆞᆫ 高見을 示ᄒᆞ면 隨而籍命ᄒᆞ야 更히 此를 補綴修正ᄒᆞ야써 眞實ᄒᆞᆫ 丕闡을 期ᄒᆞᆷ이 秋毫도 吝치 아니ᄒᆞᄂᆞᆫ 바이로다."

68 다카하시의 이 논문에 대한 분석은 이상현·류충희, 「다카하시 조선문학론의 근대 학술사적 함의」, 『일본문화연구』42, 동아시아일본학회, 2012를 참조.

이지 않은 인물이 아니란 사실 만큼은 분명했다는 점만은 첨언하도록 한다. 게일은『한국민족사』에서 당시 회자되던 단군을 증언해 주고 있기 때문이다. 게일의 증언에 따르자면, 당시 한국인들은 단군이 누구이며 어디서 온 것인지를 서로서로에게 질문하고 있었다. 또한 단군을 직·간접적으로 말해주는 많은 양의 자료들이 모여졌지만 여전히 단군은 불가사의한 존재였다. 다만 지상에서 이루어진 단군의 선교가 보여준 메아리는 세상을 구원하며 밝히러 온 메시아와 같다고 게일은 말했다. 단군이 누구인지, 그의 신성함, 정체성, 인격은 더 깊이 탐구되어야 할 대상으로 남겨져 있다는 말. 그것은 단군에 관한 게일의 마지막 언변(『한국민족사』, p.135)이자, 향후 우리가 탐구해야 될 새로운 목표이다.

문혀진
한국문학사의 사각(死角)

제6장

20세기 초 고소설의 정전화 과정과 한국문학 세계화 기획

한 개신교 선교사가 남겨 놓은 고소설 관련 자료의 존재양상과 그 의미

『게일 유고』 소재 『심청전』(한글필사본)

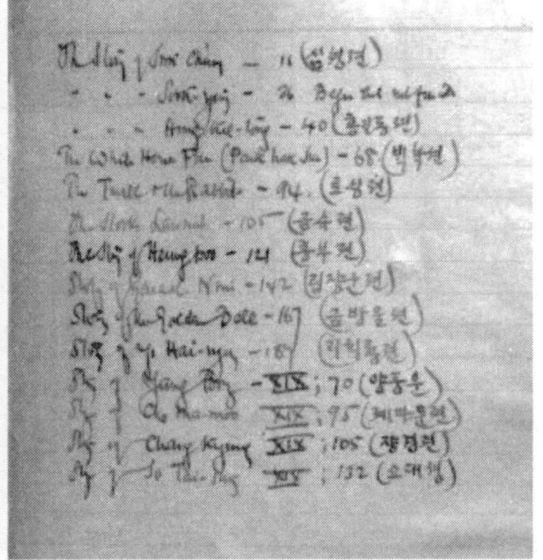

『일지』 소재 고소설 번역본 목차

30. Old Korean Novels (In the running hand of the Native Script!
17 vols.
Not to be purchased now 4.00

미 의회도서관 송부 고소설 내역 (1927. 3. 24)

오늘날 게일(James Scarth Gale, 1863-1937)을 번역가로 기억하는 이유는 그가 1922년 런던에서 출판한 그의 『구운몽』(영역본) 때문일 것이다.[1] 그렇지만 캐나다 토론토대 토마스피셔 희귀본 장서실에 소장된 『게일 유고(*James Scarth Gale Papers*)』의 존재는 우리가 전혀 상상하지 못했던 과거의 상황과 현실을 우리에게 증언해준다. 그가 남겨놓은 수많은 고소설 영역본들은 그가 번역하여 해외에 출판할 수 있었던 유일한 한국문학 작품이 단지 『구운몽』 한 편이었던 역사적 현실을 말해주기 때문이다. 40여년에 걸친 한국에서의 삶의 보람을 한국문학을 부족하게나마 공부해보았고 이를 서구에 소개했던 것이라고 했던 그의 술회, 또한 미 의회도서관에 그가 수집해 보낸 한적이 진장(珍藏)되었음을 자랑스럽게 언급한 그의 모습을 보면, 그의 이 미간행 고소설 번역본에는 그의 '한국문학 세계화 기획'이 담겨져 있었음을 능히 짐작할 수 있다.[2]

---

1 Kim Man-Jung, J. S. Gale trans., *The Cloud Dream of the Nine: A Korean novel, story of the times of the Tangs of China about 840 A.D.*, London: Daniel O'Connor, 1922 ; 이하 본문 중에 표기할 때는 '고소설 작품명'에 괄호로 판본의 형태를 병기하도록 한다. 게일의 『구운몽』(영역본)을 오늘날에도 구입할 수 있다는 사실 그 자체가 놀라운 일이며, 이 점은 분명히 진지하게 고찰해볼 만한 연구주제임에는 틀림이 없다. 게일의 『구운몽』 영역본을 중심으로 한국문학의 세계화 가능성을 성찰한 논고로는 배수찬, 「한국문학은 세계화될 수 있는가: 제임스 게일, *The Cloud Dream of the Nine*」, 『세계화 시대의 인문학 책읽기』, 아포리아, 2015를 들 수 있다.

2 奇一, 「回顧四十年」, 『新民』 26, 1927. 6 ; Sonya Lee, "The Korean Collection in the Library of Congress," *Journal of East Asian Libraries* 142(1), 2007, p. 38 ; 미 의회도서관 한국고서 현황은 한국서지학회의 조사 결과, 아시아부(Asian Division)에 409종 2,856책, 법률도서관(Law Library)에 13종 14책이 소장되어 있는 것으로 알려져 있다(한국서지학회, 『해외전적문화재조사목록-미국의회도서관 소장 한국본 목록』, 한국서지학회, 1994). 하지만 최근 이혜은, 국립중앙도서관의 재조사 작업결과, 한국고서 120종 378책이 추가로 소장되어 있음이 밝혀졌다(국립중앙도서관 편, 『국외소재 한국 고문헌 수집 성과와 과제』, 국립중앙도서관, 2009, 207-210면 ; 이혜은, 「북미소재 한국고서에 관하여: 소장현황과 활용방

또한 이 기획 속 고소설의 형상은 이 책의 2-3장에서 고찰했듯이, 19세기 말 외국인들이 묘사한 설화, 아동용 동화 등과 같은 형상이 아니었다. 한 편의 문학작품이자 보존해야할 문화유산이라는 관념이 전제되어 있기 때문이다. 소위 20세기 고소설이 근대 국민국가 단위의 민족문화를 구성하는 하나의 정전으로 인식되는 관점이 분명히 개입되어 있는 셈이다. 이와 관련하여 이 책의 6장에서는 게일의 한국문학 세계화 기획 즉, 그의 고소설 번역 실천을 둘러싼 통국가적인(transnational) 문맥을 살펴보고자 한다.[3] '통국가성'이라는 개

안」, 『열상고전연구』36, 열상고전연구회, 2012, 72-74면).

3 게일에 대한 가장 중요한 저술은 게일의 생애와 그가 쓴 한국역사에 대한 주석 작업을 수행한 리처드 러트의 저서(R. Rutt, *James Scarth Gale and his History of Korean People*, Seoul : the Royal Asiatic Society, 1972)이다. 또한 게일이 번역한 한국의 고전서사를 고찰한 기존논의들을 정리해보면 다음과 같다. 정규복, 「구운몽 영역본考: Gale 박사의 *The Cloud Dream of the Nine*」, 『국어국문학』 21, 국어국문학회, 1959 ; 장효현, 「한국고전소설영역의 제문제」, 『고전문학연구』 19, 한국고전문학회, 2001 ; 「구운몽 영역본의 비교연구」, *Journal of Korean Culture* 6, 고려대학교BK21 한국학연구단, 2004 ; 오윤선, 「韓國 古小說 英譯의 樣相과 意義」, 고려대학교 박사학위논문, 2005 ; 이상현, 「동양 이문화의 표상 일부다처를 둘러싼 근대 <구운몽> 읽기의 세 국면: 스콧·게일·김태준의 <구운몽> 읽기」, 『동아시아고대학』 15, 동아시아고대학회, 2007 ; 정용수, 『청파이륙문학의 이해』, 세종출판사, 2005 ; 『천예록 이본자료들의 성격과 화수문제」, 『한문학보』 7, 우리한문학회, 1998 ; 이상현, 「『천예록』, 『조선설화 : 마귀, 귀신 그리고 요정들』 소재 <옥소선·일타홍 이야기>의 재현양상과 그 의미」, 『한국언어문화』 33, 한국언어문화학회, 2007 ; 「제국들의 조선학, 정전의 통국가적 구성과 유통」, 『한국근대문학연구』 18, 한국근대문학회, 2008 ; 백주희, 「J. S. Gale의 『Korean Folk Tales』 연구」, 성균관대 석사학위논문, 2008 ; 오윤선, 『한국 고소설 영역본으로의 초대』, 지문당, 2008 ; 이상현, 「근대 조선어·조선문학의 혼종적 기원」, 『사이間SAI』 8, 국제한국문학문화학회, 2010 ; 「춘향전 소설어의 재편과정과 번역」, 『고소설연구』 30, 한국고소설학회, 2010 ; 권순긍·한재표·이상현, 「『게일문서』(*Gale, James Scarth Papers*) 소재 <심청전>, <토생전> 영역본의 발굴과 의의」, 『고소설연구』30, 한국고소설학회, 2010 ; 이상현, 「묻혀진 <심청전> 정전화의

념을 사용한 이유는 게일의 고소설 번역이 '국어·국문학', '국가'의 범위를 초과하는 단위에서 이루어진 실천이었기 때문이다. 또한 그의 번역실천은 우리와 동떨어진 외국인의 업적이 아니라, 복수의 언어로 된 근대 초기 한국학의 성립과정과 그 속에 개입된 번역의 문제를 보여주는 연구대상이기 때문이다.[4]

그렇지만 이렇듯 한국학 형성에 있어서의 '통국가성'은 너무 추상적이며 포괄적인 차원의 결론으로 귀결될 위험을 항시 안고 있다. 따라서 더욱 중요한 관건은 역사적 실상과 구체성을 지닌 "게일의 고소설 번역을 살필 통국가적 문맥을 어떻게 구성할 것인가?"이다. 지금까지의 선행연구는 주로 근대 초기 알렌, 쿠랑, 다카하시 도루, 호소이 하지메, 안확, 김태준 등의 고소설 담론 속에서 이를 도출해내려고 했다. 이를 통해 게일의 번역 실천이 근대 초기 고소설 유통의 맥락 안에 포괄되며, 동시에 근대 한국이라는 장소에서 이루어진 급격한 전환의 모습이 개입된 실체란 점이 잘 규명된 셈이다. 특히 후자와 관련하여, 그의 고소설 번역은 '고소설이 학술적 대상으로 소환되는 지점'이자 '근대의 고전으로 새롭게 정립되는 역사'이며, '고소설의 언어가 고전어라는 새로운 위상을 획득하게 된 사건'으로 의미화되었다. 알렌을 비롯한 다른 서구인과 달리, 게일의 고소

계보」, 『고소설연구』32, 한국고소설학회, 2011 ; 임정지, 「고전서사 초기 영역본(英譯本)에 나타난 조선의 이미지」, 『돈암어문학』25, 돈암어문학회, 2012 ; 이상현, 『한국 고전번역가의 초상』, 소명출판, 2013 ; 신상필·이상현, 「게일 『청파극담』 영역본 연구」, 『고소설연구』35, 한국고소설학회, 2013.

4 이 점에 대해서는 황호덕·이상현, 『개념과 역사, 근대 한국의 이중어사전』1, 박문사, 2012, 53-103면을 참조.

설 번역실천에는 한 편의 문학작품을 번역하고자 한 그의 지향점이 있었으며, 한국에서 '한글(국어·언문), 문학, 학문'의 근간이 재편된 1910년대 이후 한국의 역사적 작용이 개입되어 있었던 것이다.[5]

하지만 이는 한국의 학술장에 속한 몇 편의 단편적인 기록을 통해 제시한 거시적인 시론이었을 뿐, 게일이라는 한 주체로 한정할지라도 그의 번역 실천 전반에 대한 총괄적인 연구가 이루어진 것은 아니다. 예컨대, 여전히 게일의 고소설 영역본 전체가 포괄적이며 총체적으로 검토되지 못한 형국이기 때문이다. 『게일 유고』에는 출판되지 않은 다수의 고소설 영역본과 고소설 관련 자료들이 남겨져 있다. 나아가 『게일 유고』 역시 이미 선행연구에서도 잘 검토된 것처럼, 워싱턴 DC의 미 의회도서관에 남겨진 게일의 흔적을 포괄해야 그 전모를 살펴볼 수 있다.[6]

이와 관련하여 6장에서는 『게일 유고』 소재 고소설 번역본의 전반적인 특성과 그 속에서 발견할 수 있는 게일의 번역 실천을 주목해볼 것이다. 물론 게일의 고소설 영역필사본은 각 개별 작품에 대

---

5 이 책의 2-3장과 닫는 글[初出: 이상현, 「알렌 <백학선전> 영역본 연구」, *Comparative Korean Studies* 20, 국제비교한국학회, 2012 ; 이상현·이은령, 「19세기 말 고소설 유통의 전환과 '민족지'로서의 고소설: 모리스 쿠랑 『한국서지』 한국고소설 관련 기술의 근대 학술사적 의미」, 『비교문학』59, 한국비교문학회, 2013 ; 이상현, 「『조선문학사』(1922) 출현의 안과 밖: 재조선 일본인 고소설론의 근대 학술사적 함의」, 『일본문화연구』40, 동아시아일본학회, 2011]과 이상현, 앞의 책, 353-454면 그리고 이상현·류충희, 「다카하시 조선문학론의 근대학술사적 함의」, 『일본문화연구』32, 동아시아일본학회, 2012를 참조.

6 R. King, "James Scarth Gale, Korean Literature in Hanmun, and Korean Books," 서울대 규장각한국학연구원 편, 『해외 한국본 고문헌 자료의 탐색과 검토』, 삼경문화사, 2012, pp. 247-261.

한 재구 및 면밀한 저본대비 작업이 전제되어야 한다. 하지만 그 작업에 대한 예비적 점검으로『게일 유고』소재 고소설 관련 자료에 내재된 게일의 역동적인 번역 실천의 모습 그 자체가 조망될 필요가 있다.[7]

왜냐하면 그의 역동적인 번역 실천 속에는 고소설 번역본 전반을 살필 새로운 '통국가적 문맥'과 그의 한국문학세계화 기획, 한국고소설의 정전화 과정 등이 내재되어 있기 때문이다. 게일이 남긴 고소설 관련 자료는 '개신교 선교사'로 한국에서 게일이 고소설을 조사, 수집했던 시기를 이야기해주며, 그에게 고소설이 단지 '번역·비평해야 될 텍스트'로만 한정되지 않았음을 증언해주고 있다. 이와 관련하여 먼저 게일의 출간된 저술 및 미출간『게일 유고』속에 보이는 1917년 이후 게일의 고소설 번역 실천의 모습을 조망해볼 것이다. 그리고 그의 이러한 고소설 번역 실천을 40여년에 이르는 한국

7 이 역시 로스 킹의 연구로부터 시사점을 받은 것이다. 그는 게일연구와 관련하여 가장 중요한 자료,『게일 유고』소재『일지』의 성격을 규명했다. 그의 논문은『일지』소재 게일의 미간행 고소설 영역본을 살펴볼 수 중요한 시각과 기반을 제공해준다. 또한 1910-1920년대 게일의 한국문학인식과 더불어 그가 수행한 고서조사작업의 수행적 맥락을 면밀히 밝혀 주었다. 이 맥락은 게일의 고소설 번역과 밀접한 관계를 지닌다. ; 더불어 권순긍·한재표·이상현의 연구를 통해, 게일의 미간행 <심청전>, <토생전> 영역본 전문을 살펴볼 수 있으며, 최근 이진숙의 논문을 통해, 그의 미간행 육필 <홍부전>, <홍길동전>, <백학선전> 영역본을 살필 수 있게 되었다[이진숙·김채현,「게일의 미간행 육필 <백학선전> 영역본 고찰」,『열상고전연구』54, 열상고전연구회, 2016 ; 이진숙·이상현,「게일 유고』소재 한국고전번역물(2): 게일의 미간행 육필 <홍부전 영역본>에 대하여」,『열상고전연구』48, 열상고전연구회, 2015 ; 이진숙·이상현,「『게일 유고』소재 한국고전번역물(3): 게일의 미간행 육필 <홍길동전> 영역본에 대하여」,『열상고전연구』51, 열상고전연구회, 2016].

개신교 선교사로서의 삶의 궤적과 관련하여 묘사해보고자 한다.[8]

1. 『게일 유고』 소재 고소설 관련 자료와 '옛 조선'이라는 형상

(1) 『게일 유고』 소재 고소설 영역본과 필사본

게일의 미간행 고소설 영역본은 토론토대 도서관이 제공하는 『게일 유고』목록에 따르면, B항목 '저작물(Literary Works)'[Box 1-11]에 집성되어 있다.[9] <Box> 2-5에 들어있는 게일의 『일지(Dairy)』와 <Box> 6-9에 수록된 1888-1927년 '게일의 번역물과 저술들'(Translations and writings (a) 1888-1927)에 산재되어 있는데, 이를 정리해보면 아래의 도표와 같다.[10]

---

8 유영식의 저술은 그간 볼 수 없었던 게일의 서간 및 미간행 자료를 통해 게일의 삶과 선교의 모습을 보다 세밀히 엿볼 수 있는 자료적 기반을 제공해주었다. 따라서 한국의 개신교선교사란 게일의 정체성에 맞춰, 게일에게 있어 한국 고소설이 지녔던 다층적 의미를 조망할 기반을 마련해 준 셈이기 때문이다(유영식, 『착훈 목쟈 : 게일의 삶과 선교』 1-2, 도서출판 진흥, 2013).

9 『게일 유고』에 대한 개괄적인 목록은 토론토대학 도서관의 홈페이지에서 (http://www. library.utoronto.ca/home/)에서 PDF 파일로 다운받아 볼 수 있다.

10 이하 도표에서 제시한 고소설목록은 『삼국지』에 관한 영역필사본을 생략한 것이다. '제명' 항목에 『일지』에서 게일이 별도로 표기한 한글제명이 찾을 수 없는 경우, 인용자 표시를 부가하여 해당 한글제명을 붙였다. '제명' 항목에서 음영 표시로 강조한 작품은 영역필사본과 영역활자본을 함께 지닌 것들이다. '특징' 항목에서 국문 고소설을 저본으로 한 작품으로 추정되는 경우는 별도의 설명을 생략했다.

Box 번호	자료형태		번호	제명(국문제명)	면수	특징
3	책자 (Diary 8권)	영문 필사	1	챵션감의록	pp.1-13	번역저본이 한문고소설
	책자 (Diary 13권)		2-a	The Story of Oon-yung (인용자-운영전)	pp.100-139	번역저본이 한문고소설 - 게일의 빗금표시가 존재 - 게일의 교정흔적이 많음
4	책자 (Diary 18권)		3-a	Sim Chung(심텽젼)	pp.11-35	- 게일의 빗금표시가 존재 - 게일의 교정흔적이 많음 - 게일이 『일지』19권 57면을 참조하라고 표시
			4	MISS SOOK-YUNG (인용자-숙영낭자전)	pp.36-39	
			5	HONG-KIL TONG-CHUN(홍길동젼)	pp.40-67	- 40면 초반부에 게일의 교정이 많음
			6	Pak-hak Sun(빅학션)	pp.68-94	
			7-a	THE TURTLE AND THE RABBIT(토싱젼)	pp.94-102	- 게일의 빗금표시가 존재 - 게일의 교정흔적이 많음
			8	The Deer's Feast (인용자:『삼설기』 혹은 『금수전』 소재 노처사연회(鹿處士宴會))	pp.102-103	- 게일이 동일 작품 초두를 2번 번역한 것임
			9	SUL-IN-KWI (인용자:설인귀전)	pp.103-104	
			10	KEUM SOO JUN (금슈젼)	pp.105-111	
			8-b	The Deer's Feast	pp.112-121	- 102면으로부터 이어지는 것이란 표시
			11	HEUNG-POO JUN (홍부젼)	pp.121-142	
			12	NIM CHANG-KOON CHUN (림쟝군젼)	pp.142-166	
			13	KEUM PANG-OOL CHUN(금방울젼)	pp.167-186	
			14-a	YI HAI-RYONG (리히룡젼)	pp.187-200	- 게일이 『일기』19권 59면을 참조하라고 표시

Box 번호	자료형태		번호	제명(국문제명)	면수	특징
4	책자 (Diary 19권)		3-b	Sim Chung(심텽젼)	pp.57-58	- 게일의 빗금표시가 존재 - Diary 18권의 <심청전 영역필사본> 초반내용을 옮겨놓은것
			14-b	YI HAI-RYONG (리히룡젼)	pp.59-70	- Diary 18권의 <이해룡 영역필사본>을 이어서 번역한 것
			15	YANG P'OONG OON (양풍운)	pp.70-94	
			16	CHE MA-MOO CHUN (제마무젼)	pp.95-104	
			17	CHANG KYUNG (장경젼)	pp.105-132	
			18	SO TAI-SUNG (쇼대셩)	pp.132-162	
			19-a	CHUK SUNG-EUI (인용자 - 적성의전)	pp.162-179	
5	책자 (Diary 20권)		20	The Dream of the Jade Pavilion(인용자 - 옥루몽)	pp.1-11	- 번역저본이 한문고소설
			19-b	CHUK SUNG-EUI (인용자 - 적성의전)	pp.50-53	- *Diary* 19권의 <적성의전 영역필사본>을 이어서 번역한 것
			21	NAM CHUNG P'AI NAN KEUI(인용자 - 남정팔난기)	pp.53-83	
8	책자 (Old Corea)	영문 활자	2-b	The Sorrows of Oon-yung(Cloud-Bud)	pp.141-164	- *Diary* 13권 <운영전 영역필사본>이 활자화된 원고
9	책자		22	The Story of Choonyang	pp.1-56	- *The Korea Magazine*에 1917-1918년 사이 연재했던 "Choonyang"이 책자로 묶여진 자료.
	원고		3-c	The Story of Sim Chung	pp.1-36	- *Diary* 18권 <심청전 영역필사본>이 활자화된 원고
			7-b	The Turtle and the Rabbit	pp.1-31	- *Diary* 18권 <토생전 영역필사본>이 활자화된 원고

도표에서 '영문필사' 자료는 게일의 친필원고(<Box3-5>)를, '영문활자'자료는 타자기로 작성된 책자 혹은 원고(<Box8-9>)를 지칭한다. 여기서 책자 형태의 영문필사(게일의 친필원고) 자료, 『일지』(<Box2-5>)는 매권 대략 200면 분량 정도 되는 총 19권의 노트인데, 『게일 유고』의 가장 핵심이며 근원이라고 볼 수 있다. 『일지』는 게일이 한국 한문고전을 영역한 친필 원고가 대부분을 차지하고 있으며, 그 양은 전체분량의 대략 50%이상을 점하고 있다. 또한 한글문헌에 대한 번역물과 게일이 구매했거나 정리한 서적목록, 서신, 설교문과 기고문 등으로 구성되어 있다. 물론 『일지』 소재 영문필사 자료는 우리가 접할 수 있는 게일의 초역본에 가장 근접한 대상이란 사실 만큼은 분명하다.[11] 하지만 이러한 설명만으로 부족한 부분이 존재한다.

로스 킹이 명명한 "홀딩 탱크"(Holding Tanks)라는 명칭은 게일 친필원고의 전반적 성격 및 특징 그리고 친필원고[영문필사 자료]와 타이핑된 원고[영문활자 자료]의 관계를 적절히 표현해 준 말이다.[12] 『일지』에 간간히 수록된 게일의 보고서나 사적 기록에는 일자가 기록되어 있다. 이를 바탕으로 본다면, 고소설 영역본들은 1915-1922년경 사이 『일지』에 기록된 것으로 추정된다. 하지만 『일지』 소재 고소설 영역본 목록에는 게일이 1917-1919년 사이 번역을 완료한 작품으로 리처드 러트가 추정한 『구운몽』(영역본), 1917-1918년 *The Korea Magazine*에 연재했던 『춘향전[옥중화]』(영역본)이 보이질 않는

11 R. King, op. cit., pp. 237-241.

12 Ibid., pp. 238-239.

다. 『구운몽』(영역본)과 달리, 단행본으로는 출판되지 않았던 『춘향전』(영역본)의 경우 『게일 유고』 <Box9>의 책자형태로 묶여진 영문 활자 자료로 보인다. 이는 '활자화/출판된 원고'의 경우, 『일지』에서 수록하지 않았거나 삭제했음을 보여주는 증거이다. 즉, 『일지』의 고소설 번역물은 단순히 그의 초역물을 모아놓은 것이 아니었다. 이러한 게일의 고소설 영역필사본과 영역활자본 사이의 관계를 가장 잘 보여주는 자료는 『일지』18-19권에 2번 수록된 『심청전』(영역필사본)[3-a, 3-b]이다. 해당 자료의 첫 면을 발췌해보면 다음과 같다.[13]

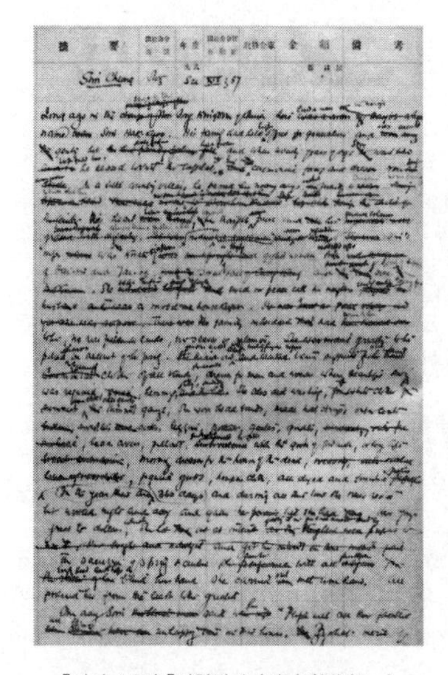

『일지』18권 『심청전』(영역필사본)(3-a)

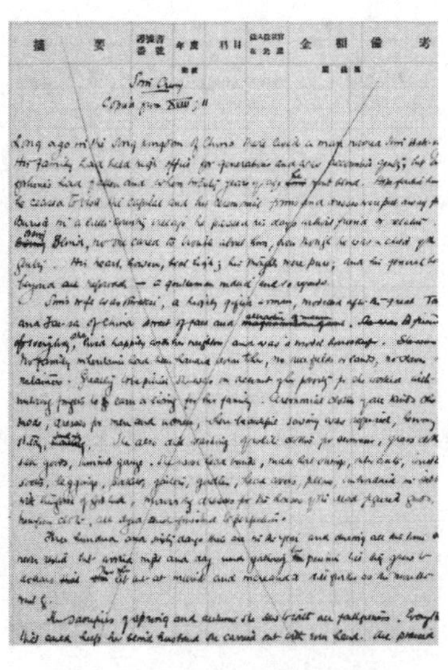

『일지』19권 『심청전』(영역필사본)(3-b)

13 J. S. Gale, "Sim Chung," *Diary* 18, p. 11 ; "Sim Chung," *Diary* 19, p. 55(『게일 유고』 <Box4>).

게일은 『일지』 19권 "Sim Chung"이란 제명 밑에 "18권 11면에서 옮긴 것"이라고 썼고, 18권에도 마찬가지로 "19권 57면을 참조할 것"이라고 적었다. 두 번역물은 서로 연결되어 있으며, 18권의 『심청전』(영역필사본)[3-a]을 교정한 결과물이 19권에 수록된 자료[3-b]이다. 두 영문필사자료는 <심청전>의 영역과 교정, 활자화(출판) 과정 속에 함께 참조된 대상이었다. 『일지』 18권에 수록된 영문필사 자료가 더욱 많은 교정의 흔적이 남겨져 있다. 19권 소재 『심청전』(영역필사본)[3-b]에는 게일의 빗금표시가 보이며, 18권에 수록된 작품[3-a]도 재번역 부분을 제외하면 동일한 빗금표시가 있다. 빗금표시는 필사자료가 활자원고로 전환된 사실을 말해주는 표지이다.[14] 그 결과물이 <Box9>에 수록된 『심청전』(영역활자본)[3-c]이다. 『심청전』(영역필사본)[3-a, 3-b]과 동일한 수준의 많은 교정흔적이 남겨져 있으며, 빗금이 표시된 작품은 『운영전』(영역필사본)[2-a]과 『토생전』(영역필사본)[7-a]이며, 두 작품 역시 마찬가지로 활자화된 원고[2-b, 7-b]가 있다.[15] 이렇듯 『일지』 속 육필 영역본에 새겨진 게일의 교정흔적은 그의 활자화 작업 즉, 활자화된 고소설 영역본과 관계된다.

게일의 육필본이 활자화된 세 편의 번역작품 중에서 그 번역시기를 가장 잘 말해주는 작품은 『심청전』(영역활자본)[3-c]이다. 이 원고의 앞에는 아래의 사진자료와 같이 "게일이 1919년 서울에서 한국어 원본에서 번역한 원고를 1933년 영국 바스(Bath)에서 옮긴 것"이

14 R. King, op. cit., pp. 238-239.

15 J. S. Gale, "The Turtle and the Rabbit," *Diary* 18, p. 94(『게일 유고』<Box 4>) ; "The Story of Oon-yung," *Diary* 13, p. 100(『게일 유고』<Box 3>).

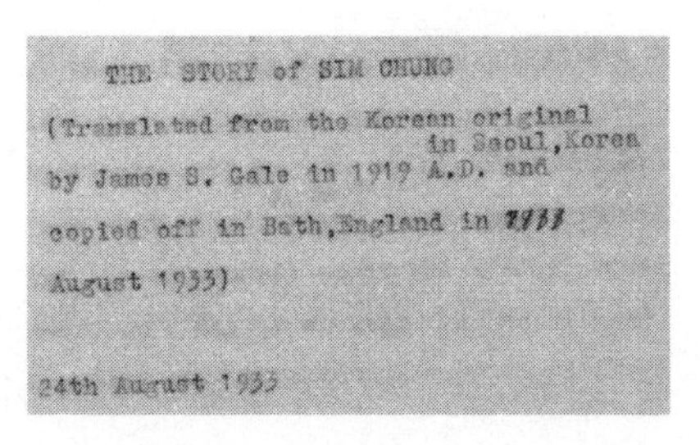
THE STORY of SIM CHUNG
(Translated from the Korean original
in Seoul,Korea
by James S. Gale in 1919 A.D. and
copied off in Bath,England in 1933
August 1933)

24th August 1933

라고 적혀있다.[16] 게일의 이 기록을 신뢰할 수 있다면 『심청전』(영역필사본)은 1933년에 활자화된 것이지만, 그 번역은 이미 1919년에 이루어진 것이었다. 또한 여기서 게일이 말한 1919년의 번역원고는 『심청전』(영역필사본)을 지칭하는 것으로 보인다. 또한 『심청전』(영역활자본) 21-22면 사이에는 아래와 같이 다른 원고 1면이 첨가되어 있는데,

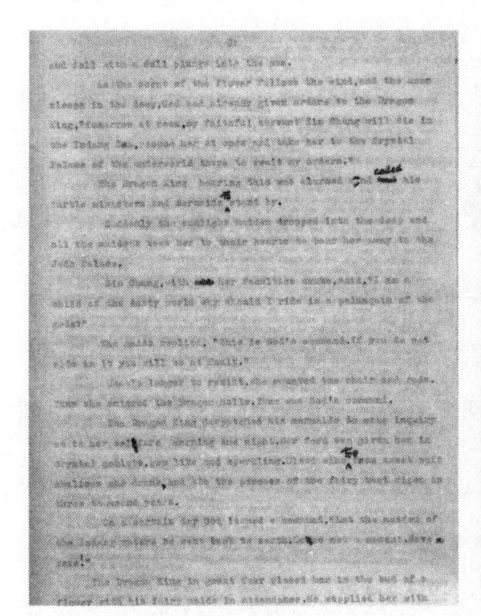
『심청전』(영역활자본a) p.21

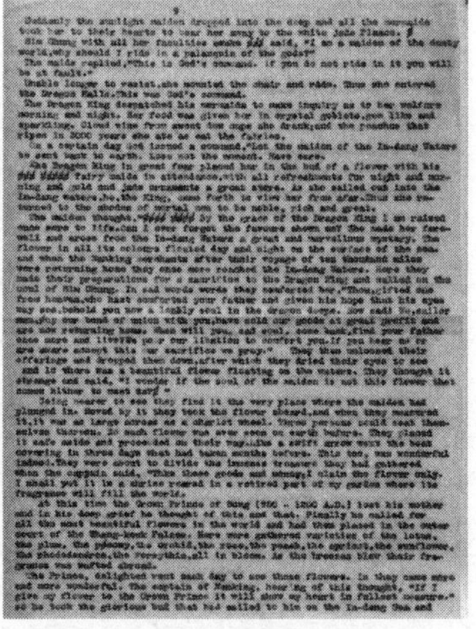
『심청전』(영역활자본b) p.9

16 J. S. Gale, "The Story of Sim Chung," p. 1(권순긍·한재표·이상현, 앞의 글, p. 444) ; 『토생전』(영역활자본)의 경우, 1933년 9월 13일 영국 바스에서 옮겨 적은 것이라고 적혀 있다("The Turtle and the Rabbit," p. 16(『게일 유고』 <Box 9>)).

『심청전』(영역활자본b)는 58행으로 『심청전』(영역활자본) 원고뭉치에 묶여진 다른 원고보다 행수가 훨씬 더 많다. 또한 교정을 표시한 내용이 『심청전』(영역활자본a)에 반영되어 있기에, 『심청전』(영역활자본b)가 1교본이라면 『심청전』(영역활자본a)는 2교본이라고 말할 수 있으며, 1933년 이전에 게일이 활자화한 자료일 가능성도 높아 보인다. 『일지』 19권 『심청전』(영역필사본)의 앞에 1919년 7월 17일 - 9월 5일 사이 일본에서 영국 런던으로 떠난 가족여행의 기록이 있으며, 『일지』 21권에는 1921년 8월 1일 - 1922년 12월 5일까지 게일의 일기가 수록되어 있다.[17] 즉, 『일지』 18-20권 소재 고소설 영역필사본들은 1919-1921년 사이 기록된 것으로 보인다. 이러한 점을 감안한다면 『심청전』(영역활자본)과 『토생전』(영역활자본)은 그가 안식년을 맞아 한국을 떠난 5월 이전에 번역했던 원고들로도 그 연원을 추정해볼 수 있다.[18]

게일 육필 고소설 번역본들의 기록 시기는 1917년 1월 - 1919년 4월까지 발행되었던 *The Korea Magazine*의 휴간시점에 조응되는 것으로 보인다. 또한 이러한 제반 정황을 감안해보면 『심청전』(영역필사본)을 비롯한 게일의 육필 고소설 영역본의 번역수준은 단순히 초역 형태가 아니라, 교정을 거치면 활자화·출간이 가능할 정도로 조금 더 완비된 형태의 원고였음을 추론해볼 수 있다. 즉, 로스 킹의 지적처럼, 게일이 어느 정도 번역을 완료한 후, 향후 활자화나 출판을 위해 저장해 놓

17 J. S. Gale, *Diary* 21, pp. 1-51(『게일 유고』<Box 5>).

18 1919년 5월 26일 게일은 3번째 안식년을 맞아 한국을 떠나 12월경 토론토를 방문했고, 1920년 10월 11일 한국에 귀국했다(R. Rutt, op. cit., pp. 66-67 ; 유영식, 앞의 책, 2013, 869면 참조).

은 '집적물'이었던 셈이다. 『일지』 속 번역물들은 즉각적인 교정 및 재번역의 과정을 거칠 경우, 바로 활자화 혹은 출간이 가능한 원고였던 것이다.

『일지』에 기록된 게일의 육필 고소설 번역본에서 주목해야 될 점은 두 가지이다. 첫째, 『일지』 18권 이후 국문고소설 영역본의 비중이 높아진 모습이다. 둘째, 활자화된 원고가 함께 있는 번역작품 3편의 저본 [<심청전>, <토생전>, 『운영전』]이 게일에게 있어서는 출간대상으로 우선순위가 높았던 대표적인 고소설 작품이란 점이다. 이러한 점과 게일이 출간한 고소설 번역본(『춘향전』(영역본)(1917-1918), 『구운몽』(영역본)(1922))을 함께 고려해 보면, 특정 시기 게일은 집중적으로 한국고소설을 번역했으며 이에 따라, 국문고소설의 비중이 증가했다는 점 그리고 주제유형별로 보면 애정소설과 판소리계 고소설이 활자화/출간에 있어서 중심작품이란 사실을 짐작해볼 수 있다. 『게일 유고』에는 게일이 국문고소설 번역과 관련하여 그 번역저본 즉, 그가 참조했을 것으로 보이는 원본의 모습을 엿볼 수 있는 자료가 있다. 그것은 『게일 유고』<Box14>의 한글필사본 고소설 6종이다.[19] 고소설 한글필사본에도 게일의 친필 흔적들이 남겨져 있는데, 이를 정리해보면 아래와 같다.[20]

19 고소설 이외에도 세 권의 책자가 있다. 첫째, 『惜別帖』이란 제명의 책자로, 그가 귀국할 때 한국에서 그의 지인 22명이 석별의 정을 적은 글들이 모아져 있는 책자이다(유영식 옮김, 앞의 책, 778-802면에 전문과 번역문이 함께 수록되어 있어, 그 자료적 실체를 확인할 수 있다). 둘째, 토마스 아켐피스(Thomas Akempis, 1380-1471)의 『그리스도를 본 받아(*De imitatione Christi*)』를 번역한 『尊主聖範』이 있다. 셋째, 『漢文名詞目錄』으로 한국에서 쓰이는 한자어와 중국(한국)의 인명, 지명을 가나다 순으로 모아놓은 책자가 있다.

20 아래의 판본내용은 이창헌, 『경판방각소설 판본연구』, 태학사, 2000을 참조하고

표지의 제명 (게일이 작성한 제명)	면수	추정번역저본	특징
슉영낭즈젼 (#4 The Story of Miss Sukyung)	pp.1-50	경판 16장본	본문 중에 『일지』18권 『숙영낭자전』(영역필사본)과 연계된 자료로 1921년경 게일이 활용한 메모가 있음.
졔마무젼 (#5 The Story of Che mamu)	pp.1-50	경판 23장본	겉표지에 『일지』19권 95면에 수록된 『제마무전 영역필사본』과 연계된 자료로 1921년경 게일이 활용한 흔적이 있음.
흥부젼 (#6 The Story of Heung bu)	pp.1-62	경판 20장본	겉표지에 『일지』18권 121면에 수록된 『흥부전』(영역필사본)과 연계된 자료로 1921년경 게일이 활용한 흔적이 있음. 속표지에 『周易』「繫辭上」 한 구절에 관한 장서인이 찍혀 있으며, 이 구절에 대한 게일의 영역이 있음.[1913년경에 작성한 것]
李海龍傳 (#7)	pp.1-84	경판 20장본	겉표지에 『일지』18권 187면에 수록된 『이해룡전』(영역필사본)과 연계된 자료로 1921년경 게일이 활용한 흔적이 있음.
掌[薔]花紅蓮傳	pp.1-64	경판 18장본 (자암본)	게일의 메모가 없음.
심쳥젼 (#9 The Story of Sim chung)	pp.1-64	경판20장본 (송동본)	속표지에 『周易』「繫辭上」 한 구절에 관한 장서인이 찍혀 있으며, 이 구절에 대한 게일의 영역이 있음. 1913년 5월 6일 서울에서 작성한 게일의 「개관(Synopsis)」이 있음. 본문 중에 『일지』18권 『심청전』(영역필사본)연계된 자료로써 1921년경 게일이 활용한 흔적이 있음.

해당 경판본 고소설과 대비하여 정리한 결과이다. 게일은 겉표지에 번호를 부여했는데, 『석별첩』을 제외한 다른 책자형 자료인 『漢文名詞目錄』와 『尊主聖範』에 게일은 각각 3번과 10번으로 표기했다. 비록 게일의 필적이 남아있지는 않지만 『장화홍련전』(한글필사본)이 8번이란 점을 능히 짐작할 수 있다. 이를 감안해 본다면, 고소설 한글필사본을 4-9번으로 묶어 놓은 셈이다. 즉, 추가적인 한글필사본은 없으며, 『일지』에 영역된 모든 작품이 수록되어 있지는 않은 셈이다.

이 자료들은『게일 유고』18-20권 소재 고소설 영역본의 저본성격을 보여준다. 게일이 고소설 영역 작업을 위해서 이를 저본으로 활용한 흔적이 남겨져 있기 때문이다. 다만,『장화홍련전』(한글필사본)은 다른 한글필사본 고소설과 필체가 확연히 다르며, 게일의 친필메모가 남겨져 있지 않다.『일지』에 이를 저본으로 한 영역본이 존재하지 않은 정황을 감안해보면, 이 자료는 새로운 고소설 영역을 위한 저본으로 추정된다. 따라서 한글필사본들에 새겨진 게일의 메모는 번역진도를 표시해 놓은 것으로도 보인다. 또한 1919년 게일이『심청전』과『토생전』을 번역했다는 진술을 감안해 본다면, 1921년 게일이 교정작업에 활용했던 흔적일 가능성도 함께 고려해볼 필요가 있다.

물론 이 한글필사본이 언제 준비된 것인지 그 시기를 명확히 확정할 수는 없다. 하지만 게일이 고소설과 관련된 어떤 기획을『춘향전』(영역본)을 *The Korea Magazine*에 연재하기 이전부터 준비하고 있었던 사실만큼은 충분히 추정할 수 있다. 사실 그것은 당연한 일이다. 고소설 번역 실천에 앞서 그가 고소설을 수집하고 읽는 과정은 선행될 수밖에 없기 때문이다. 이와 관련하여『게일 유고』의 한글필사본은 고소설 번역 이전에 게일이 수집하고 읽었던 한국고소설이 구체적으로 무엇인지를 보여준다. 이 한글필사본자료들은 게일이 수집하고 읽었고 번역저본으로 활용했던 한국고소설이 '경판본 고소설 작품'이란 사실을 말해준다.

게일이 접촉한 작품들이 이처럼 '경판본'이었던 점은 고소설과 관련된 게일의 기획이 19세기 말로부터 비롯되었음을 보여준다. 그렇지만 한글필사본 자체에서 그 연원을 엿볼 수 있는 시기는 1913년 경이다. 첫째, 『심청전』(한글필사본)에 수록된 게일의 「개관(Synopsis)」이다. 『심청전』(경판 20장본)에 의거한 줄거리 요약이 들어있다. 즉, 그 구체적인 사항을 말할 수는 없지만 게일이 이 시기 고소설과 관련된 어떤 기획을 준비하고 있었음을 짐작할 수 있다.

둘째, 1913년 게일이 남긴 또 다른 흔적이 있다. 『심청전』(한글필사본), 『홍부전』(한글필사본)의 속표지에는 아래의 그림과 같이, 금란지교(金蘭之交)의 연원이 된 "二人同心其利斷金"라는 『주역(周易)』의 유명한 한 구절(「繫辭上」)을 새긴 장서인(藏書印)이 찍혀져 있으며, 이를 영역한 게일의 친필이 남겨져 있다. 후일 게일의 글(1936)을 보면, 고소설 한글필사본에 찍힌 황동으로 된 장서인은

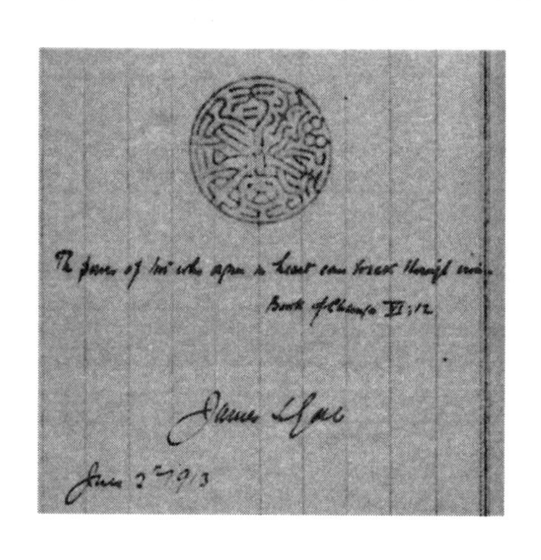

그가 골동품 상인을 통해 구입한 물건이었으며 그 구입계기는 이를 풀이해준 이원모(李元模)의 해석에 있었다. '두 사람이 마음을 합하면, 그 예리함이 쇠라도 끊게 된다'는 이원모의 해석은 "두 세 사람이 내 이름으로 모인 곳에는 나도 그들 중에 있느니라"라는 성서의 구절[『마태복음』18장 19절]과 조응되는 것이었다. 이는 게일이 최초로 공감한 『주역』의 명구(名句)였다.[21] 한글고소설 필사본에 한문고전의 명구와 고소설의 공존, 즉 한문문학과 국문문학의 공존 그리고

그 지향점을 주목할 필요가 있다.

(2) 『게일 유고』의 한국문학 세계화 기획과 '옛 조선'의 형상

『게일 유고』에 육필영역본이 활자화된 자료로 『운영전』(영역활자본)[2-b]이 있는데, 이 번역작품은 책자형 자료, *Old Korea*에 수록되어 있다. *Old Korea*은 *Korean Folk Tales*(1913)의 출판이후 그의 한국학 연구가 한국고전을 중심으로 변모된 지향점이 잘 반영된 책자이다. 또한 『구운몽』(영역본)의 출판과정, *The Korea Magazine*에 수록된 게일의 한문고전에 대한 번역물이 깊이 관련되어 있다. 그의 『구운몽』(영역본)은 미국 시카고 오픈코트(Open Court) 출판사의 편집인, 폴 카루스(Paul Carus, 1852-1919)가 사망하지 않았더라면 더 이른 시기에 출간되었을 것이다. 1922년 출판을 가능하게 해준 인물이 1919년 3월 - 5월 사이 한국을 방문한 키스 자매였다. *Old Korea*에는 저자인 게일과 함께, 삽화가로 엘리자베스 키스(Elizabeth Keith, 1897-1915)가 소개되고 있다.[22] *Old Korea*의 표지와 그 주제항목을 정리해보면 다음과 같다.

---

21 후일 게일은 『주역』의 해당구절을 "Two men who agree in heart can break through iron"이라고 더욱 분명하게 직역한 바 있다(J. S. Gale, "A Korean Ancient Seal: From the Book of Changes,"*The Korea Mission Field* 1936. 2., p. 28). ; 게일의 이 논고에 대한 번역 및 해제는 유영식, 앞의 책, 249-251면을 참조.

22 R. Rutt, op. cit., p. 59 ; 현재 전하는 엘리자베스 키스의 그림들 중 일부는 아마도 이 저술의 삽화가 되었을지도 모른다[E. Keith, 송영달 옮김, 『키스, 동양의 창을 열다』, 책과함께, 2012(*Eastern Window*, 1928) ; E. Keith·E. K. R. Scott, 송영달 옮김, 『영국화가 엘리자베스 키스의 코리아 1920-1940』, 책과함께, 2006(*Old Korea: The Land of Morning Calm*, 1947)].

*Old Korea*의 표지	*Old Korea*의 주제항목
	Korean Literature(한국문학) Korea's Noted Women(한국에서 유명한 여성) Religious and Allied Themes(종교적 혹은 관련 주제들) Social and Allied Subjects(사회적 혹은 관련 주제들) Ancient Remains(고대의 유물들) Superstitions(미신들) Short Stories(짧은 이야기들) Miscellaneous(기타) Poems(시) A Typical Korean Story(전형적인 한국 이야기) The Sorrows of Oon-yung(Cloud-Bud)(<운영전 영역 활자본>)

이 책자를 구성하고 있는 원고들은 대부분이 *The Korea Magazine*에 수록되었던 글들이다.[23] *The Korea Magazine*에서 보이는 게일의 한국문학에 대한 얼개와 윤곽이 잘 반영된 한국문학론이 이 책을 여는 첫 번째 글인데, 이 글은 게일의 『구운몽』(영역본)을 출판해주기로 했던 *Open Court*에 그가 투고했던 논문이기도 하다.[24] 게일의 주 관심사였던 한국 한문고전에 대한 번역이 이 글의 중심을 이루고 있다. 그 출처를 개괄해보면, 『동국통감(東國通鑑)』, 『삼국사기(三國史

23 일례로 '한국에서 유명한 여성' 항목은 한국고전에서 자주 인용되는 중국여성 인물을 소개한 글들인데, 동일한 주제항목으로 *The Korea Magazine*에서 연재된 바 있다. 이 점은 '고대의 유물들' 주제항목도 마찬가지이다. *The Korea Magazine*에 수록된 게일의 원고들을 각 주제항목에 맞게 재배열한 양상이다. *The Korea Magazine*에 수록된 게일의 논저목록은 유영식, 앞의 책, 459-462면에 잘 정리되어 있다. 또한 정혜경의 논문(「*The Korea Magazine*의 출판사항과 문학적 관심」, 『우리어문연구』50, 우리어문학회, 2014)을 통해 이 잡지에 관한 개관이 이루어졌다.

24 J. S. Gale, "Korean Literature," *Open Court* 741, Chicago, 1918.

記)』 등의 역사서, 『계원필경집(桂苑筆耕集)』, 『동국이상국집(東國李相國集)』, 『목은시고(牧隱詩藁)』, 『포은집(圃隱集)』, 『율곡선생전서(栗谷先生全書)』, 『구봉선생집(龜峯先生集)』 등의 문집, 『대동야승(大東野乘)』 소재 필기·야담 등이다. 이 이외에도 「숭인전비(崇仁殿碑)」, 「태자사낭공대사비(太子寺郎空大師碑)」 등과 같은 금석문도 포함된다. 이는 "고대 한국 민족의 우아하고 홍미로운 문명을 보여주는 증거"였으며, 문집을 구성하는 한시, 소고, 서간문, 비명, 전(傳), 상소, 제문, 축문 등의 다채로운 한문 글쓰기 양식 그리고 필기, 야담들이었다. 게일에게 한국의 문학과 작가는 1894년 과거제도 폐지 이전의 한문고전과 이를 기반으로 문학적 소양을 닦은 한학자를 지칭했다. 과거제도의 폐지로 말미암아 그가 보기에 한국 지식인들의 고전(classics)에 관한 연구가 쇠퇴하고, 한국의 젊은이들 속에서 좋은 고전학자(good classic scholars)를 발견할 수 없었다.[25]

이와 관련하여 세 가지 특징을 주목할 필요가 있다. 첫째, 『구운몽』(영역본)의 출판시기(1922) 및 출판과정과 관련된 인물, 출판사 등을 감안해볼 필요가 있다. 요컨대, 『춘향전』(영역본)과 『운영전』(영역활자본), 『게일 유고』 소재 한글필사본에 새겨진 1921년경 게일의 흔적이 말해주는 지향점은 고소설의 해외출판이자 한국문학 세계화 기획에 있었다. 둘째, 그에게 고소설은 한문고전과 분리되지 않는 번역의 대상이었다.[26] 셋째, 게일이 배치한 한국문학이 '옛 조선'(Old Korea)

25 J. S. Gale, "Korean Literature," *Old Korea*, p. 18.(『게일 유고』 <Box 8>)

26 *The Korea Magazine*에서 『춘향전』, 한시문, 필기·야담의 배치, *Old Korea*에서 문집 속의 한시문, 『기문총화』, 『용재총화』 소재 필기·야담(Short Stories)과 『운영

으로 호명되고 있다. 그렇다면 '옛 조선'의 의미는 무엇일까? 『게일 유고』에는 '옛 조선'이란 제명을 지닌 책자형 자료, 『조선필경(*Pen-Picture of Old Korea*)』에 수록된 1912년 6월에 작성된 게일의 「서문(Preface)」이 있다. 여기서 게일은 이 책자에서 묘사하고자 한 바가 1912년 당시의 조선이 아니라, 사라져 가는 과거 조선이라고 말했다. 즉, "옛 조선"으로 형상화되는 바는 「서문」을 작성한 1912년 이전 과거 조선의 풍경이었다.[27] 이는 그가 1912년 자신이 거주하던 현재의 공간이자 장소가 아니라 과거 경험했던 '옛 조선'이라는 심상지리이며, 1910년대를 전후로 급격히 변모되기 이전의 조선을 지칭한다.[28]

게일에게 '옛 조선'이라는 형상이 지닌 의미를 곱씹어 볼 필요가 있다. 이 점을 살펴보기 위해서는 1900년 헐버트(Homer Bezaleel Hulbert, 1863-1949)와의 지면논쟁 속에 보인 게일의 재반론을 다시 되짚어 볼 필요가 있다.[29] 헐버트는 게일의 발표문과 반대의 견지에서, 라틴문명과 영국의 관계와 중국문명과 한국의 관계를 유비로 배치시키며 한국의 고유성을 주장했다. 헐버트가 제시한 유비관계는 합

전』의 배치는 이 점을 잘 보여준다.

27 J. S. Gale, "Preface,"『朝鮮筆景(*Pen-Picture of Old Korea*)』(『게일 유고』<Box 8>).

28 즉, '옛 조선'이란 문호가 개방되고, 철도·도로의 정비가 이루어져 "세계의 중요한 교통 요지의 나라"가 된 장소가 아니라, "은자의 나라"였던 한국. 일본과 근대화된 세계관 속에 거하는 장소가 아니라 중화중심주의적 세계관과 중국고전의 탐구가 중심이었던 한국. 신문과 대중집회, 기독교, 다양한 전문직종이 생기기 이전의 한국이다(J. S. Gale,"A Contrast,"*The Korea Mission Field* 1909. 2. p. 21).

29 『왕립아시아학회 한국지부 학술지(*The Transactions of the Korea Branch of Royal Asiatic Society*)』 1호(1900)에 수록된 아래와 같은 논고들이다[J. S. Gale, "The Influence of China Upon Korea" ; H. B. Hulbert, "Korean Survivals" ; J. S. Gale & G. H. Jones, "Discussion"].

당한 면모를 지니고 있었다. 개신교 선교사의 이중어사전을 펼쳐 보면, 언더우드의 사전(1890)부터 'Classic'에 대응되는 한글 표제항은 '사서삼경(四書三經)'이었다. 즉, 한국인에게 중국고전은 분명히 서구의 고전과 대비될만한 것이었다. 그렇지만 게일이 문제 삼은 바는 '한국인에게 중국고전이 서구인에게 그리스, 로마 고전과 정말로 동일한가?'였다. 이중어사전에서 'Classic'과 그에 대응되는 한국어 어휘의 변모양상은 게일이 지적한 한국과 서구의 고전개념의 차이점을 잘 보여준다. '사서삼경=Classics'는 1928년 김동성(金東成, 1890-1969)의 한영사전에서 비로소 출현한 '고전=Classics'라는 대응 쌍과는 다른 것이었다.[30] 전자의 대응관계는 유비관계일 뿐, 후자처럼 일대일 등가관계를 지닌 개념은 아니었다. 그 개념적 차이는 게일이 헐버트의 비유에 대한 반론을 제기하는 모습에서 엿볼 수 있다.

게일은 중국 문명과 한국의 관계를 라틴문명과 영국이 지닌 관계로 설명해준 헐버트가 말한 비유의 적절성을 의문시한다. 게일은 그가 체험한 당시 한국의 상황이 영국에서도 동일한 모습으로 이루어진 상황을 가정해 본다. 예를 들자면, 영국의 초등학교 남학생들이 라틴어와 그리스어로만 노래하는 현황, 또한 이 교육의 현장에 여학생은 배제되는 현황, 영국역사와 문학은 가르치지 않고 그리스 신화와 고대 로마 역사만을 가르치는 역사수업, 영어가 오로지 고전에

30 이하 이중어사전의 활용은 황호덕·이상현 편, 『한국어의 근대와 이중어사전』 I-XI, 박문사, 2012에 수록된 자료에 의거한다. 편의상 편자와 발행년만을 표기하도록 한다.

접근하기 위한 수단으로만 활용되는 상황, 현재 왕의 치세가 끝나기 이전에 현재를 다루는 역사서를 볼 수 없는 상황, 서점에서 현대문학은 없고 고대 그리스 로마의 문학서만 판매되는 현황 등이 그것이며, 게일은 다음과 같이 결론을 내렸다.

> 만약 영국의 문학과 사상에서 이런 일이 혹 있다면 나는 영국인이 로마인이고 혹 영국 언어는 그리스어라고 말하지 않고, 대신 "이 사람들은 한국에 미친 중국의 영향과 정확하게 동일한 방식으로 대륙의 영향을 지금까지 받았다"라고 말해야 한다. 그러나 영국은 그런 처지에 있지 않기 때문에, 나는 영국과 한국에 유사한 경향이 있었다고 생각하지 않는다. 그리스와 로마의 목소리는 말한다. '앞으로 전진!' 중국의 목소리는 말한다. '후퇴하라.'[31]

게일이 보기에, 한국인에게 한문고전은 서구인의 고대 그리스·로마 고전과는 동등한 것이 아니었다. 그리스·로마 문명과 영국의 관계가 진보("앞으로 전진!")로 묶여지는 것이라면, 중국문명과 한국의 관계는 그렇지 않았다. 오히려 중국문명은 한국인의 사유 속에서 전부였고 동시대적인 것이었다. 양자의 관계 속에는 어떠한 '고전의 죽음이라고 할 수 있는 불연속점[단절]', '고전을 통한 현대적 재창조'라는 의미는 존재하지 않았다. 즉, 한국인에게 한문고전은 분명히 하나의 '전범'이자 '공준(公準)'이었을지 모르지만,

31 J. S. Gale, op. cit., p. 47.

'현재와 구분되는 과거의 것', '진보를 향한 미래지향적 기획'은 아니었던 것이다. 그렇지만 '옛 조선의 형상'은 헐버트가 말해 준 유비관계에 관한 게일의 반론이 더 이상 유효하지 않음을 말해주는 것이었다.

오히려 그가 결코 예견하지 못한 가상적 상황, 즉 한국의 문학과 사상이 영국의 상황과 유사해지는 상황이 실현된 것이다. 그것은 1910년대 한국사회의 전환과 관련된 것이다. 그가 번역하여 소개하고자 한 한국의 고전은 분명히 '현존'하는 것이었지만, 또한 그의 진단대로 '소멸·죽음'을 맞이하고 있는 것이었다. 오늘날 전근대와 근대로 구분할 수 있는 두 문화사적 흐름은 연속된 것이라기보다는 '병존'하는 흐름이었으며 양자 사이에는 큰 단절을 내포한 것이었다. 게일이 보기에, 근대 교육을 받으며 성장한 세대의 근대어와 한학적 교육을 받은 세대의 고전어는 각자 서로 소통할 수 없는 언어가 되어가고 있었다. 1920년대 게일의 글 속에서 '옛 조선'과 '새 조선'의 문학이 지칭하는 바는, 각각 '한시[혹은 시조]와 고소설', '현대시와 근대소설'이었다. 즉, 양자는 오늘날의 시각에서 본다면 각각 한국의 고전문학과 근대문학을 지칭하는 셈이었다.[32]

이는 전술했듯이 김동성의 한영사전(1928)과 게일의 한영사전(1931) 속에서도 볼 수 있는 'Classics'에 대응되는 '고전'이란 새로운 한글표제어[개념]의 출현을 암시해주는 것이었다. 그 징후를 다른 이

32 J. S. Gale, "Korea Song," *The Korea Bookman* 1922. 4 ; "Fiction," *The Korea Bookman* 1923. 3 ; "Korean Literature," *The Christian Movement in Japan, Korea and Formosa*, Kobe, 1923.

중어사전 속에서도 발견할 수 있다. 게일의 영한사전(1924)에서 '사서삼경'을 지칭하는 하는 영어풀이가 'Classics'이 아니라, 'Chinese Classics'으로 변모된다. 사서삼경이란 한국인의 전통적 고전이 '중국[한문]고전'으로 변모되고 있었다. 원한경(Horace Horton Underwood, 1890-1951)의 영한사전(1925)에서 'Classic'에는 "고서"라는 새로운 한글표제어가 보인다. 즉, 사서삼경과 함께 한국의 옛 책이 'Classic'이라는 의미맥락 속에 포함되어 있는 셈이다. 『게일 유고』에 수록된 게일의 서목을 검토한 로스 킹의 논문이 잘 말해주듯이, 게일은 한국의 고서를 수집·연구하며, 이를 미 의회도서관에 송부한 바 있다.[33] 그가 수집한 고문서, 그의 번역 속에서 한국(또한 서구적 개념)의 '고전'은 이제 다시 부활하고 재탄생해야 될 존재로 변모된 것이다. 이 고서[고전]는 현재 한국의 전범이 아니라 기획이었다.[34]

게일에게 이는 회복되어야 할 망각되어가는 역사적 기억이자, 해외에 소개될 과거 한국의 기념비였다. 미 의회도서관에 보낸 게일의 서적 목록(1927.3.24) 속에 고소설 역시 이러한 한국의 고서[고전]로 포괄되어 있었다. 그가 보낸 구체적 서적명이 무엇인지는 적혀있지 않지만, "Old Korean Novels"란 항목 아래 17권을 보냈으며, 한글 소설이며 더 이상 한국에서 판매되지 않는 것이라고 적혀 있다.[35] 이 고소설들은 어떤 작품이었을까? 물론 이를 구체적으로 분

---

33 Ross King, op. cit., pp. 247-261.

34 이러한 '고전'에 대한 개념은 살바토레 세티스의 저술[김운찬 옮김, 『고전의 미래』, 길, 2009, 139-151면]을 참조한 것이다.

35 J. S. Gale, "List of Korean Books: Library of Congress, Washington D. C. Mar. 24th,

명히 확정할 수는 없다. 하지만 『일지』18-20권 소재 영역필사본들의 번역저본이었을 것이며, 이는 당시 구입할 수 없는 '옛 조선'의 고서이며, 동시에 보존과 해외소개를 향한 그의 기획이 담겨져 있었던 것이다.

2. 개신교 선교사라는 정체성과 문학전범으로서의 고소설

(1) 19세기 말 고소설의 출판·유통문화와 서양인 장서가

지금까지 살펴본 게일의 고소설 번역 실천은 일찍이 안확이 지적했던 1910년대 문학사적 현장의 산물이다. 즉, 옛 서적의 대량출판과 신해음사(辛亥吟社), 『운양집(雲養集)』의 발행 등과 같은 과거 옛 문예의 부흥운동, 이로 인한 한학열의 대기(大起), 그 속에서 발생한 고소설의 대중적 유행과 관련된다.[36] 그의 『춘향전』(영역본)의 번역저본은 이러

1927(from J. S. Gale),"『게일 유고』 <Box 11> ; 한국서지학회의 조사결과(한국서지학회, 『海外典籍文化財調査目錄: 美義會圖書館所藏 韓國本 目錄』, 한국서지학회, 1994, 76-77면)를 보아도 미 의회도서관에 그가 보낸 고소설이 무엇인지는 알 수 없다. 고소설은 『구운몽』, 『삼국지』, 『林下叢話』 『전등신화구해』만이 수록되어 있기 때문이다. 다만, 게일이 미 의회도서관에 송부한 고소설 중에서 5종에 관한 사본을 소냐 리 선생님의 후의로 입수할 수 있었고, 유춘동 선생님의 도움을 통해 그 판본(『홍길동전』(경판 21장본(송동본)), 『황운전』(경판본 22장본), 『홍부전』(경판 21장본(송동본)), 『홍길동전』(경판 21장본(송동본), 『남정팔난기』(경판 17장본))을 명확히 알 수 있었다. 주석을 통해 두 분 선생님께 감사의 인사말을 드린다. 다만 이에 관한 종합적인 분석은 후일의 과제로 미루고 이 글에서는 게일의 미간행 국문고소설 번역본 대부분의 저본이'경판본'이라는 사실만을 주석 상으로 밝힌다.

36 安廓, 『朝鮮文學史』, 韓一書店, 1922, 127-128면.

한 문화적 흐름 속에서 출현한 이해조(李海朝, 1869-1927)의 『옥중화』였다. 또한 그가 활자화한 작품들을 보면, 그의 작품선택은 이해조의 산정(刪正)작업과 같이 판소리계 고소설을 대표적인 작품으로 선정하는 공통적인 지향점이 보인다. 하지만 게일이 번역한 『심청전』, 『흥부전』, 『토생전』의 저본은 1910년대 근대적 인쇄술을 기반으로 출판된 새로운 구활자본 고소설이 아니었다. 『게일 유고』 소재 한글필사본과 같이 세 작품의 번역저본은 19세기 말 경판본 고소설이었다.

게일은 『토생전』(영역활자본)의 「평문(Note)」에서, 그가 한국에 도착한 1888년 서울, 한국의 시장(market)에서 이 책이 판매되고 있는 모습을 보았고, 이 작품을 비롯한 고소설은 한글로 작성된 것이며 이 단순한 형태의 저술이 여성들의 세계에 큰 즐거움과 기쁨이었다는 점, 또한 한자 교육을 받지 못한 여성들은 이야기책의 매력에서 소외되었다는 점을 언급했다. 더불어 『토생전』은 모든 이가 잘 알고 있는 작품이라고 술회했다.[37] 그가 서울에 도착한 시기는 1888년 12월 16일이었다. 1889년 3월 17일부터 6월까지 선교여행(해주-장연-소래)을 한 시기가 있었지만, 9월 부산으로 떠나기 전까지 그가 머문 장소는 주로 서울이었다. 즉, 그는 19세기 말 서울 저자거리의 고소설 유통문화를 경험할 수 있었다.

또한 이 시기 국문고소설이 유통되는 현장은 외국인들에게 결코 낯설지 않은 풍경이었다. 이와 관련하여 서울에 거주했던 외국인의

37 J. S. Gale, "The Turtle and the Rabbit," 『게일 유고』<Box9>(권순긍·한재표·이상현, 앞의 글, p. 479).

증언들, 일찍이 세책고소설의 유통과 관련하여 한국고소설 연구자에게 주목받았던 자료가 존재한다. 그것은 영국외교관 애스턴(William George Aston, 1841-1911, 한국체류 : 1884-1885), 조선 정부 일어학당 교사 오카쿠라 요시사부로(岡倉由三郎, 1868-1936, 한국체류 : 1891-1893), 프랑스서기관 모리스 쿠랑(Maurice Courant, 1865-1935, 한국체류 : 1890-1892) 등이 남긴 한국문학관련 논저들이다.[38] 게일이 회고한 현장은 애스턴이 "한국의 대중문학[the native Corean literature]과 관련된 책을 사려면 서울의 주요 도로를 따라 선 임시 가판을 찾거나 작은 상점들을 찾아야 한다. 작은 상점의 한국 대중 문학은 종이, 담뱃대, 기름종이, 모자 덮개, 담배 주머니, 신발, 벼루 즉 간단히 말하면 한국 '잡화점'의 잡다한 물건들과 함께 판매용으로 진열된다"[39]라고 묘사한 현장에 근접했을 것이다. 그만치 당시 서울에서 거주했던 외국인들에게 경판본 고소설은 구매하기 어렵지 않은 서적이었다. 쿠랑의 『한국서지』에서 거론된 고소설 목록, 애스턴이 소장했던 고소설목록[40]

---

38 W. G. Aston, "On Corean popular literature," *The Transactions of the Asiatic Society of Japan* 18, 1890 ; 岡倉由三郎, 「朝鮮の文學」, 『哲學雜誌』 8(74), 1893. 4 ; M. Courant, 이희재 옮김, 『한국서지』, 일조각, 1997[1994](*Bibliographie Coréenne*, 1894-1896, 1901).

39 W. G. Aston, op. cit., p. 103.

40 최근 애스턴이 수집·조사한 한국고서와 그가 편찬한 한국어학습서인 *Korean Tales*에 관한 연구서로는 국외소재문화재재단이 편찬한 연구서 및 자료집(『러시아와 영국에 있는 한국전적』 1-3, 보고사, 2015)을 들 수 있다. 더불어 다음과 같은 일련의 연구성과들을 말할 수 있을 것이다(박재연·김영, 「애스턴 구장 번역고소설 필사본 『隨史遺文』 연구 : 고어 자료를 중심으로」, 『어문논총』 23, 국민대 어문학연구소, 2004; Uliana Kobyakova, 「애스턴문고 소장 『Corean Tales』에 대한 고찰」, 『서지학보』 32, 한국서지학회, 2008; 박진완, 「러시아 동방학연구소 애스턴 문고의 한글자료」, 『한국어학』 46, 한국어학회, 2010; 허경진·유춘

과,『일지』 18-20권 소재 국문고소설 목록은 그리 큰 차이점을 보여주지 않는다.

또한 1900년 이후 게일의 논저에서 보이는 간헐적인 고소설에 관한 언급은 세 사람의 고소설 비평과 큰 차이점이 없다. 이를 잘 보여주는 것이 『왕립아시아학회 한국지부 학술지』 1호에 수록된 게일의 논문(1900)과 *North China Herald*에 그가 투고한 글(1902)이다.

> 이제 오늘날의 대중 문학[the popular literature of the day]으로 들어가 보자. 고유어 표기로 적힌 책이 다루는 이야기의 대상과 장소는 거의 예외 없이 중국의 것이다. 도시 모든 곳에서 판매되는 가장 인기 있는 책 중에서 13권을 골랐다. 그중 11권이 중국 이야기이고 2권이 한국에 대한 이야기이다. 한국 여성들을 울게 만든다는 『심청전』마저도 1500년 전부터 내려온 주제를 5,000리도 더 떨어진 송나라로부터 끌어왔다.[41]

> 한국은 소설(novels)도 신문도 없는 나라이다. 오늘날의 문학에 보조를 맞추느라 헛되이 노력하다가 정신적인 피로를 느끼는 이가 있으면,

---

동, 「러시아 상트베테르부르크 국립대학과 동방학연구소에 소장된 조선전적에 대한 연구」, 『열상고전연구』36, 열상고전연구회, 2012; 허경진·유춘동, 「애스턴의 조선어학습서 『Corean Tales』의 성격과 특성」, 『인문과학』 98, 연세대 인문과학연구소, 2013; 정병설, 「러시아 상트베테르부르크 동방학연구소 소장 한국 고서의 몇몇 특징」, 『규장각』 34, 서울대 규장각한국학연구소, 2013; 김성철, 「19세기 후반-20세기 초반 서양인들의 한국 문학 인식 과정에서 드러나는 서구중심적 시각과 번역 태도」, 『우리문학연구』 39, 우리문학회, 2013).

41 J. S. Gale, "The Influence of China upon Korea," *The Transactions of the Korea Branch of the Royal Asiatic Society* 1, 1900, p. 16.

> 이곳으로 와서 쉬시라. 100년 동안 정규적인 소설가가 이곳에서 살았다는 것이 알려진 바가 없다. 출판사와 저작권이 없다. 학자들은 단편적인 수필들을 거의 끊임없이 써 왔지만, 문학이 일상적인 삶을 다루는 통속적인 수준으로 떨어진 적이 거의 없었다. 통상 거리에 진열되어 팔리는 구어체로 적힌 책들[인용자 - 이야기책]이 사대부들에게는 끔찍하게 보인다.[42]

상기인용문의 논지는, 애스턴, 오카쿠라, 쿠랑의 논지와 그리 큰 차이점이 존재하지 않는다. 게일에게도 고소설은 일종의 저급한 대중문학이었다. 근대 인쇄물로는 부족한 인쇄 및 서지형태와 정서법마저 미비한 한글의 모습, 한국의 문인 지식층이 고소설을 한글과 함께 저급한 것으로 인식하는 정황 등은 게일 역시 대면했던 19C말 한국고소설의 출판·유통문화였던 것이다. 또한 게일 역시 소설 속 등장인물과 배경이 중국인 사실을 근거로, 중국문화에 대한 한국의 종속성을 말하고 있었다.[43] 게일, 애스턴, 쿠랑, 오카쿠라에게 고소

42 J. S. Gale, "Corean Literature," *The North China Herald and Supreme Court & Consular Gazette*, 1902. 6.11(필자는 이 글에 대한 교정원고인 J. S. Gale, "Korean Literature"(1905), 『朝鮮筆景』(『게일 유고』<Box 8>)을 참조했다).

43 이 점에 대해서는 이 책의 3장[初出: 이상현·이은령, 「19세기 말 고소설 유통의 전환과 '민족지'로서의 고소설」, 『비교문학』 59, 한국비교문학회, 2013]을 참조; 이상현·윤설희, 『주변부 고전의 번역과 횡단 1, 외국인의 한국시가 담론연구』, 역락, 2017, 1-3장[初出: 이상현·김채현·윤설희, 「오카쿠라 요시사부로 한국문학론(1893)의 근대 학술사적 함의」, 『일본문화연구』50, 동아시아일본학회, 2014; 이상현, 「19세기 말 한국시가문학의 구성과 '문학텍스트'로서의 고시가: 모리스 쿠랑 한국시가론의 근대학술사적 의미」, 『비교문학』 61, 한국비교문학회, 2014; 이상현·윤설희, 「19세기 말 재외 외국인의 한국시가론과 그 의미」,

설의 형상은 한국인 독자가 향유한 텍스트와는 다른 차원의 것이었다. 그들의 한국문학론에는 무엇보다 '한국문학'이라는 낯선 존재를 대면했던 문제적 상황 즉, 19세기 말 한국 출판유통문화의 현장을 접하며 서구적 근대문학개념을 통해 한국문학을 설명하고, 외국문학으로 이를 번역해야했던 그들의 곤경이 반영되어 있다. 한국문학을 서구의 객관적 학술문예의 지평에서 말하고자 할 때, 게일 역시 그 입장은 동일할 수밖에 없었다.

한국의 고소설은 서구인 장서가에게 있어 수집의 대상이었으며, 또한 한국의 민족성을 이야기하기 위한 학술적 연구대상으로 존재했다. 하지만 이렇듯 19C말 고소설 서적의 수집에는 또 다른 실용적인 목적이 있었음을 염두에 둘 필요가 있다. 당시 고소설은 서적의 형태로 외국인이 접할 수 있는 가장 풍성한 한글자료였다. 이에 따라 외국인들은 고소설을 한국어학습을 위한 일종의 교재로 활용했다.[44] 이 점은 게일에게도 마찬가지였을 것으로 추론된다. 물론 그가 한국어 학습과 관련하여 고소설을 활용했음을 직접적으로 보여주는 자료를 불행히도 필자는 발견할 수는 없다. 하지만 게일의 고소설 수집 시기는 그가 한국어를 학습하던 시기와 분명히 겹쳐져

『동아시아문화연구』 56, 한양대 동아시아문화연구소, 2014]을 참조.

44 허경진·이숙, 「19세기 러시아에서 출판된 조선어독본 <춘향전>에 대한 연구」, 『한국민족문화』45, 부산대 한국민족문화연구소, 2012 ; 정병설, 「18-19세기 일본인의 조선소설 공부와 조선관」, 『한국문화』35, 서울대 규장각한국학연구원, 2005 ; 유춘동, 「근대초기 고소설의 해외 유통문제」, 『점필재연구소 학술좌담회 외국인의 한국고전학을 통해 한국고전의 근대와 미래를 논하다』자료집, 2014. 11.21.

있었다.

게일은 1888년 12월경에 송수경(宋守敬)에게 한국어를 배우기 시작했다.[45] 그는 40여년의 세월이 흘렀어도 이 한국어 학습의 첫 체험을 다음과 같이 잊지 않고 기억하고 있었다.

> …英語를 조곰도 通치 못하는 宋守敬이라하는 이를 先生으로 定하고 每日 硏究하는대 動詞로 말할 것 갓흐면 엇더케 有力한지 그 안즌 자리도 엇더케 다른 模樣이 잇는지 모든 말이 動詞로 되는 것갓기로 몬져 英語에 '꼬'(Go)하고 '컴'(Come)을 가지고 배호터 하야서 뭇기를 "'꼬'를 엇더케 말하오'하니까 對答하는 말이 '간다'고 하오 하길내 내가 여러 번 '간다' '간다' 닉혀 본 後에 말하기를 '先生 내가 간다'하엿더니 宋先生이 하는 말이 '아니오' 하길내 내가 말하기를 '아까는 그러케 가라치더니 只今은 아니라하니 무슨 뜻이오'한즉 對答하는 말이 그런 境遇에는 '先生님 내가 감니다하여야 한다'고 합듸다……其後에 석달 동안을 宋先生의게 여러 가지 말을 배홧지마는 實地로 交際上에서 배호지 못하여서 應用할 수 업는 죽은 말만 배흔 까닭에 헛 일이 되고 말앗지오[띄어쓰기는 인용자].[46]

외국인의 입장에서 영어와는 다른 어순, 한국어의 경어법, 다양한 동사의 활용 등을 익히는 일은 쉽지 않은 것이었다. 3개월 정도의 시간을 투자했지만, 그는 여전히 한국인과 회화가 불가능했다. 그는

45 J. S. Gale, 「1888년 12월 19일, 사랑하는 누나 제니에게, 서울에서」(유영식 옮김, 앞의 책, 33면).

46 奇一, 「나의 過去半生의 經歷」, 『眞生』 2(4), 1926.12, 10-11면.

해주로 전도여행을 떠나기 전 언더우드의 집에서, 로스에게 세례를 받았으며 성서번역을 도왔던 개신교 신자 서상륜(徐相崙, 1848-1926)과 만났다. 그렇지만 서상륜의 말을 게일은 전혀 알아들을 수가 없었으며, 언더우드에게 "한 말도 알아듯지 못하겟소 석달이나 배혼 거시 그릿소 아마 當身은 朝鮮말을 永遠히 못배흘 듯하오"라는 혹평을 들어야만 했다. 그가 한국인과 회화가 가능해진 때는 1891년경으로 보인다.[47] 물론 이는 그가 한국인과 교류하며 한국어를 활용하는 경험을 축적해 나가면서 가능해진 것이다.

하지만 그는 텍스트를 매개로 한 한국어 학습을 병행했다. 한국어 회화가 가능해진 1891년경에도 그는 여전히 자신의 한국어 구사능력이 온전한 것이라고 결코 여기지 않았다. 그 이유는 그에게 선교를 위한 한국어 학습의 목표는 더욱 더 원대한 것이었기 때문이다. 개신교 선교사들은 한국인의 구어에 기반한 한글(국문·언문)문어를 통해 성서번역을 수행하고자 했다. 미국 북장로교 선교부 소속이 된 이후 엘린우드에게 보낸 게일의 서간(1891.11.25)을 보면, 당시 사도행전을 번역하던 그의 고민이 잘 드러난다. 그는 자신을 비롯한 개신교선교사들이 진행하고 있던 당시의 성서번역이 실패작이며 시험작일 수밖에 없다고 진단했다. 그 이유는 당시 번역위원회 중에 "최고로 어려운 조선말에 능통한 사람들이 없기" 때문이며, 그 사정은 그들의 현지인 조사(助師)들에게도 마찬가지였다. 왜냐하면 선교사들을 돕는 한국인들은 분명히 유능한 한학적 지식인들이었지만, 그들의 손

47 유영식 옮김, 앞의 책, 82면.

을 통해 나온 번역 역시 다른 한국인들이 이해할 수 있는 번역은 아니었기 때문이다.[48] 즉, '국민어'란 차원에서 공유·소통되는 '성서를 번역할 한글문어'를 정초하는 작업은 개신교 선교사 나아가 당시 한국의 한학적 지식인들에게도 녹녹치 않은 난제였던 것이다.[49]

이를 위해 게일이 선택한 방법은 한문고전 학습이었다. 그는 자신의 한국어 학습을 위하여 틈틈이 한문고전을 익혔다. 그가 한국의 한문고전세계를 공부한 시기는 1889년경으로 추정해볼 수 있다. 이 때 평생의 동반자 이창직(李昌稙, 1866-1938)을 만났고, 그에게 한국의 한글·한문·풍속을 배우기 시작했기 때문이다. 엘린우드에게 보낸 서간을 보면, 그는 한국에 온 이후 한문고전을 정기적으로 읽으며 배우고 있었다.(1891.11.25) 게일은 1891년경부터 "매일 아침 두 시간 동안 한자를 공부하며 공자의 책을" 읽어, 1892년 즈음에 한문 복음서에 대한 독해가 가능해졌음을 말했다. 그의 한문고전 연구는 "한국의 문학을 알고자 하는" 작은 "노력의 일환"이었다. 그는 한문을 모르고서는 "한국의 생활어[구어]를 온전히" 아는 것은 불가능하기에, 한문고전을 반드시 공부해야 한다고 여겼다.(1892.4.20)[50] 물론 이처럼 텍스트를 매개로 한 한국어학습에 게일이 고소설을 활용했을 것이라고 단정할 수는 없다. 하지만 그의 한문고전 학습은 고소설을 읽고 번역하는 실천과 분리된 행위가 아니었다. 이는 오히려 고소설의 언어표현에 더욱 더 효

---

48 위의 책, 90면.

49 이 점은 이상현, 「언더우드의 이중어사전 간행과 한국어의 재편과정」, 『동방학지』 151, 연세대 국학연구원, 2010, 238-259면을 참조.

50 유영식 옮김, 앞의 책, 98면.

율적으로 접근하는 방식이었음을 염두에 둘 필요가 있다.

(2) 한문고전학습의 목표와 문학전범으로서의 고소설

게일의 한문고전 및 한국어 학습의 결실이 나오기 시작한 시기는 1893년 이후이다. 1894년 그는 한국어문법서를 출간했다. 이는 그가 최초 한국어 학습에 있어서 대면했던 곤경, 한국어 동사의 활용[동사어미와 연결사 부분]에 초점을 맞춘 저술이었다. 더불어 1892년부터 진행한 성서 및 찬송가 번역, 『천로역정』의 번역 등을 들 수 있을 것이다. 여기서 개신교 선교사만이 지니고 있었던 독특한 입장을 발견할 수 있다. 그들은 한국인에게 한국어로 그들의 복음을 전파해야 했다. 19세기 말 - 20세기 초 이처럼 한국인과 함께 한국의 언어문화 속에서 한국어를 '읽기-쓰기'의 차원에서 공유(활용)해야 했던 게일의 입장은, 외국인 독자라는 시각에서 서구의 문학개념을 통해 한국의 고소설을 논하는 입장 또한 '말하기-듣기'란 차원에서 한국어 회화공부를 위해 고소설을 활용하던 입장과는 변별되는 것이었다.

개신교선교사의 영미정기간행물에 수록된 게일의 한국문학론(A Few Words on Literature(1895))에는 1900-1902년 게일의 글에서 보이던 외국인의 비평·학술적 입장과는 다른 시각과 접근법이 담겨 있다.[51] 게일은 한국문학을 서구적 근대문학개념에 의거하여 이야기하거나 언어텍스트로 한정하지 않고, 회화, 음악, 수학이라는 세 가지 측면에서 서양과의 차이점을 설명하고자 했다. 나아가 '차이'를 열등한

51 J. S. Gale, "A Few Words on Literature," *The Korean Repository* Ⅱ, 1895.11.

것으로 환원시키기보다는 '차이' 그 자체를 주목했으며, 무엇보다 동서양의 차이 속에서 한국(인)을 이해하고 그 소통의 지점을 모색하고자 했다. 물론 서구의 회화, 음악, 수학이라는 기준에서 본다면, 한국(인)은 서구인과는 매우 다른 존재였다. 하지만 게일은 이 글에서 어디까지나 "한국인의 원리에 토대를 둔, 단순하고 정직한 문학"으로 "한국인의 마음에 이르기"를 제안했다. 또한 이 글에서는 중국 고전과 함께, 1895년부터 게일이 번역하기도 했던 『남훈태평가』 소재 시조가 하나의 예시작품으로 등장한다.

시조 및 찬송가, 성서와 『천로역정』의 번역은 언더우드와의 공동 작업을 통해 만든 일상회화를 위한 휴대용사전(1890)만으로는 사실 불가능한 작업이었다. 한국에는 이처럼 영어를 쓰는 서구인이 활용할 문어용 대형사전이 없었지만, 이를 해결할 수 있는 잠재된 번역 지평이 존재했다. 그것은 19세기 말 중국-한국 사이에 내재되어 있던 번역네트워크라고 말할 수 있다. 게일의 번역과정 속에 활용된 중국어 성경(문리본(文理本)), 『천로역정』(관화역본(官話譯本)), 자일즈의 중영사전 등의 존재는 이를 잘 보여주는 것이다.[52] 또한 이는 한문고전을 매개로 한 한국어 학습, 한국인-게일 사이의 구어상황과도 맞물리는 것

52 류대영·옥성득·이만열, 『대한성서공회사』 II, 대한성서공회, 1994 ; 김성은, 「선교사 게일의 번역문체에 관하여: 『천로역정』번역을 중심으로」, 『한국기독교와 역사』 31, 한국기독교역사학회, 2009 ; 장문석, 「판식의 증언: 『텬로력뎡』 번역과 19세기말 조선어문의 전통들」, 『대동문화연구』 78, 성균관대 대동문화연구원, 2012 ; 황호덕·이상현, 『개념과 역사, 근대 한국의 이중어사전』1, 박문사, 2012 ; 박정세, 「게일 목사와 『텬로역뎡』」, 『게일목사 탄생 150주년 기념 논문집』, 연동교회, 2013.

이었다. 사실 게일의 한국어 학습과 한국어의 활용은 한문과 한글이라는 이분법만으로는 엄밀히 규정할 수 없는 행위였다. 왜냐하면 게일의 행위는 한국인의 회화 속에 내재되어 있는 한문고전의 흔적을 찾는 작업이며 동시에 한문고전 속에 들어있는 한국의 고유성, 한국인이 공유한 동아시아의 한문고전세계를 탐색하는 것이었기 때문이다.

이를 살펴볼 흥미로운 흔적이 『한영자전』(1897) 편찬 이후 서울로 선교지를 옮긴 게일의 이력 속에 남겨져 있다. 연못골교회[연동교회]의 담임목사였던 그는 『그리스도신문』의 편집주간과 경신학교를 담당했다. 이는 1902년 그가 비판했던 소설, 신문, 근대 교육의 부재란 한국의 현실에 그가 스스로 직접 개입한 사건이었다. 『그리스도신문』과 경신학교의 교과서였던 『유몽천자』[53]에는 영미문학작품, 디포우(Daniel Defoe, 1659-1731)의 『로빈슨 크루소』가 다음과 같이 서로 다른 문체[순한글문체, 한문현토체]로 번역되어 있다.

그루소ㅣ라ᄒᆞᄂᆞᆫᄉᆞᄅᆞᆷ이 일ᄉᆡᆼᄇᆡ로 ᄌᆞ긔집을 삼고 만경창파샹으로 ᄯᅥᄃᆞᆫ니매 동셔남북에 텽쳐가 업ᄂᆞᆫ지라 ᄒᆞ로ᄂᆞᆫ 주안버난틔스ㅣ다 ᄒᆞᄂᆞᆫ 섬에 니ᄅᆞ러 큰 풍랑을 맛나셔 ᄇᆡ가 ᄭᆡ여질 ᄯᅢ에 온ᄇᆡ사ᄅᆞᆷ이 몰ᄉᆞᄒᆞ고 ᄌᆞ긔만

53 R. Rutt, op. cit., pp. 379-380 ; 남궁원, 「선교사 기일[James Scarth Gale]의 한문교과서 집필배경과 교과서의 특징」, 『동양한문학연구』25, 동양한문학회, 2007 ; 남궁원, 「개화기 교과서의 한자, 한자어 교수-학습방법」, 『한자 한문교육』18, 한국한자한문교육회, 2007 ; 진재교, 「중학교 한문교육용 기초한자 900자의 교과서 활용방안」, 『한문교육연구』31, 한국한자한문교육회, 2008를 참조 ; 김동욱, 「『유몽천자』연구: 한국어 독본으로서의 성격을 중심으로」, 부산대 석사학위논문, 2013을 참조.

> 싱명을 보젼ᄒᆞ야 이 셤 언덕으로 올라가서 대도회의 소문을 조곰도 듯지 못ᄒᆞ고 웃 하늘과 아래 물이 서로 련졉ᄒᆞᆫ 것만 보고 그 가운ᄃᆡ셔 이십오 년을 사랏시니 그 고싱ᄒᆞᆫ 거손 말ᄒᆞ지 아니하여도 가히 알니로다……[54]

> "그루소ㅣ以浮家泛宅으로凌萬頃之滄波ᄒᆞ고朝東溟暮咸池ᄒᆞ야舟楫杳然自此去 ㅣ라가至于주안난틔쓰島ᄒᆞ야爲風所破ᄒᆞ야舟中一行은蒼茫間白鷗ᄒᆞ니無處賦招魂이라獨於島中에僅保身命ᄒᆞ야不聞城市闤麗ᄒᆞ고徒見上下天光者ㅣ二十有五年이러니……"[55]

중국-한국어 사이의 번역관계를 내재화한 『천로역정』의 '순한글 표기 문체' 번역이 열어 놓은 길은 『그리스도신문』에서도 이어지고 있었다. 그리고 이는 후일 이원모와 함께 공역한 『그루소표류긔』(1925)로 완성된 셈이다.[56] 즉, 『로빈슨 크루소』는 게일이 한국인을 위해 번역한 영미문학의 대표작이었다. 하지만 더욱 주목해야 될 점은 다른 곳에 있다. 『그리스도신문』과 『유몽천자』 모두 로빈스 크루소가 프라이 데이를 구출하는 동일한 장면이다. 『그리스도신문』의 『로빈스 크루소』는 『유몽천자』 즉, 하나의 문장전범으로 교과서에

54 「그루소의 흑인을 엇어 동모함」, 『그리스도신문』 1902. 5. 8.

55 「第17科程 그루소之救一黑人作伴」, 『유몽천자』 3, 후꾸잉[福音]인쇄소, 1901.

56 로스킹은 1920년대 이후 게일의 서구문학에 관한 한국어 번역에 관한 전반적인 고찰을 수행했다. 또한 이러한 게일의 실천에 놓인 그의 선교사적인 지향점을 제시했다(R. King, "James Scarth Gale and the Christian Literature Society (1922-1927): Salvific Translation and Korean Literary Modernity (I)," Won-jung Min ed, *Una aproximacion humanista a los estudios coreanos*, Santiago, Chile : Patagonia, 2014).

수록된 문체와 내용상 등가물이었던 것이다.[57] 『그리스도신문』의 '순한글표기 문체'는 『유몽천자』의 '한문현토체' 속 한문전통과 일종의 번역적 관계를 지닌 문체였다. 『그리스도신문』의 순한글표기 문체는 『유몽천자』에 반영된 한국의 한문고전과 분리되지 않은 것이었으며, 이는 고소설을 비롯한 옛 한글문체가 지니고 있었던 한문고전과의 관계와도 동일한 것이었다.

게일은 19세기 말 고소설·시조와 같은 한국의 국문문학을 대면할 수 있었다. 하지만, 1897년 『한영자전』의 「서문」에서 게일은 기록되어 전하는 한국의 구어자료를 찾기 어려웠음을 술회했다. 즉, 게일이 수집한 한국의 한글서적 속에서 그는 한국의 구어, 혹은 생활어 전반을 포괄할만한 언어를 발견하지는 못했던 셈이다. 그렇지만 한국의 구어를 수집하는 것이 아니라 한글문어를 정초하는 과정 속에서 사정은 동일한 것은 아니었다. 물론 1909년 한국의 전환기에 출판된 게일의 저술에서도 여전히 한국어는 자신들의 언어와 같이 "고정화된 일련의 법칙과 인쇄문헌에 의해 인위적으로 구성된 언어"가 아니었으며, 성서를 완역할 수 있는 언어는 아니었다. 그렇지만 한국어는 『로마서』와 『갈라디아서』와 같은 교리서의 번역은 어

---

57 『유몽천자』에 수록된 <로빈슨 크루소>의 번역에는 언문 혹은 한글이 아니라 국한문혼용체가 당시 미디어, 공식문서, 교육부가 출판하는 모든 책의 가장 기본적인 문체란 인식이 작용한 결과물이며, 일종의 문장전범으로서의 성격을 지닌 셈이다(「언더우드와 게일이 성서공회에 보낸 편지」, 1903. 12. 30). 즉, 한문현토체 『로빈슨 크루소』는 20세기 초 국한문체로 대변되는 근대 어문질서의 산물이었다. 또한 번역문학사란 관점에서 볼 때, '문학작품의 번역'이라기보다는 '계몽교과서'라는 지향점이 상대적으로 더욱 강했던 것으로 보인다.

렵지만, 예수의 일화를 담은 복음서와 생활의 단순한 모습은 충분히 아름답게 그릴 수 있는 언어였다.[58]

즉, 그가 한국어에 느낀 결핍은 국문이 서구의 추상적 개념을 전달하는 데 있어서의 어려움, 혹은 한문과 달리 학술어로 쓰이지 않았던 오랜 전통 및 관습 차원에서의 문제였지, 결코 구어를 재현하거나 시가 및 소설과 같은 문학어의 문제에 있던 것이 아니었다. 그에게 고소설은 그가 참조해야 될 중요한 문학적 형식이자 모델이었다. 하지만 이러한 인식을 가능하게 한 것은, 그의 한국어 활용과 근대 한국어문질서의 전변이었다. 1910년대에 이르러 국문으로 성경전서의 완역은 성취되었고, 이에 대한 개정작업이 진행되고 있었다. 1910년대 게일은 한국인의 말과 문헌 속에 내재된 한국인의 원시적 유일신 관념을 탐구했다. 1911년 첫 성경전서의 출판기념식에서 게일은 '하ᄂᆞ님'이란 용어가 한국인이 성경을 잘 받아들이게 된 첫째 요인으로 지적했다. 이는 무교의 범신론적 '하ᄂᆞ님'을 기독교적 유일신 '하ᄂᆞ님'으로 변형시킨 것이며, 유일신이라는 새로운 용례로 사용한 것이다. 단군신화로부터 그 연원을 찾을 수 있는 한국인의 구어 속 유일신 관념은 한국의 한문전통 속 '천(天)', '신(神)'이란 한자에 담긴 한국인의 사유와도 맞닿아 있는 것이다. 그는 이를 기독교의 섭리와 계시를 예비하며 성취시킬 과거 한국인에게 내재되었던 원시적 유일신 관념으로 수용한다. 이러한 일련의 과정 속에서 한국문학에 관한 그의 논리가 정립된다.[59]

---

58 J. S. Gale, 신복룡 옮김, 『전환기의 조선』, 집문당, 1999, 31면(*Korea in Transition*, New York : Eaton & Mains, 1909, pp. 21-22).

59 옥성득, 「초기 한국교회의 단군신화 이해」, 이만열 편, 『한국기독교와 민족통일

성서번역에 있어서 게일의 조선어풍에 맞는 언어사용과 '자유역(Free translation)'이라는 번역원칙은 '축자역(Literal Translation)'을 주장한 진영과의 논쟁을 불러일으킨 원인이었다. 그렇지만 그에게 있어 이 번역의 원칙이 결코 '등가성' 혹은 '원본에 대한 충실한 직역'을 완연히 배제한 차원은 아니었다. 다만, 그 충실히 재현할 대상이 사전이 제시해 주는 개별 어휘와 어휘의 단위가 아니었을 뿐이다. 그에게 번역이란 "감각(sense)을 다른 나라 말로 새기는" 행위였다. 여기서 '감각'은 '불변의 본질'(the constant quality)을 의미했다.[60] 이러한 번역 원칙은 그의 고소설 번역 실천에 있어서도 동일했다. 이 점은 본래 게일의 『구운몽』(영역본)을 출판해주기로 했던 시카고 오픈코트(The Open Court)사의 편집자인 폴 카루스와 주고받은 서간이 잘 말해준다. 폴 카루스는 게일의 『구운몽』(영역본)에 관심을 보이며, 게일에게 질문했다. 그 요지는 번역자 게일이 원본에서 생략하고, 자신의 견해를 개입시킨 점이 있는지 그 여부였다. 게일은 이 질문에, 그는 자신의 견해에 맞춰 원본을 가감한 사항이 전혀 없으며, 그가 오로지 노력한 것은 오직 동양의 마음을 충실히 반영하고자 한 것이라고 말했다.[61] 이러한 게일의 답변 속에는 그의 일관적인 한국문학에 관한 인식과 번역적 지향점이 잘 반영되어 있다.

운동』, 한국기독교역사연구소, 2001 ; 류대영, 「선교사들의 한국종교이해, 1890-1931」, 『한국 근현대사와 기독교』, 푸른역사. 2009 ; 이 책의 5장[初出: 이상현, 「한국신화와 성경, 선교사들의 한국신화해석」, 『비교문학』 58, 한국비교문학회, 2012]을 참조.

60 유영식 옮김, 앞의 책, 318-319면("The Principles of Translation", 1893.9.8.).

61 J. S. Gale, "Charles Dickens and oriental writers,"『게일 유고』 <Box 9>, pp. 4-5.

동양[한국]의 심층[마음]은 게일이 지속적으로 탐구한 연구대상이었으며, 종국적으로 그가 이를 발견한 것은 한국의 한문고전세계였다. '원본의 감각을 훼손하지 않는 충실한 번역'은 게일의 한국고전 영역전반에 투영할 수 있는 번역지향이었고, 『춘향전』을 비롯한 국문고소설 역시 예외는 아니었다. 즉, 게일의 영역은 번역양상을 보아도 문장단위로 저본대비가 불가능한 과거 알렌의 고소설 영역본과는 다른 성격이었다. 무엇보다도 게일의 번역실천에서 영미문학과 한국문학의 관계는 '차이 속에서 대등함'을 전제로 성립한 것이었다. 「찰스 디킨스와 동양의 작가들(Charles Dickens and Oriental Writers)」이라는 글의 제명이 시사하듯, 그가 소개한 김만중, 이규보와 같은 한국문인지식층의 한국문학 속에서의 위상은 게일이 평생 흠모한 작가 찰스 디킨스(Charles Dickens, 1812-1870)의 작품이 차지하는 영미문학 속에서의 위상과도 동일한 것이었다.

그렇지만 이러한 게일의 인식이 그의 입국초기부터 비롯된 것은 아니었다. 또한 『게일 유고』에 수록된 한글필사본 고소설은 과거 경판본 고소설과는 결코 동일한 것이 아니었다. 경판본 고소설을 필사한 자료이지만, 본래 판본에는 없는 한자를 병기하고 한자음을 표기한 점, 정서법에 있어서 차이점을 보이고 있다. 이러한 차이점은 일차적으로 번역자 게일에게 번역저본으로 유용성을 증가시키기 위한 것이었다. 한글로만 표현되며 그 의미가 명백해지지 않은 부분, 음성화되어 은폐된 한자를 병기시켜 주었기 때문이다. 하지만 더욱 주목해야 될 점이 있다. 한글필사본의 한글표기는 그가 발행한 사전에 대응되는 한자음 표기이자 그의 문법서가 제시해주는 문법적 표지의 역할을 담당하는 것이었다. 요컨대, 고소설의 언어는 본래 경판본 고소설과 달리 근대적 어문규범을 지닌 시각화된 서면(書面)언어로 변모되어 있었다. 이 자료들은 근대 인쇄물에 새겨진 고소설이자 하나의 문어로 정립된 국문의 새로운 형태로, 실은 한자와 한글의 혼용표기를 보여주는 이해조의 『옥중화』와 대등한 근대적 언어였다.

이는 한국 언어질서의 급격한 변모에 의해 이끌린 것이기도 했다. 한영사전을 편찬한 인물답게 게일은 한국어의 변모를 체감하고 있었다. 그가 지적한 한국 문어의 변모원인은 첫째, 중국고전이 한국인의 삶에서 소멸되고, 둘째, 구어의 힘이 증대되었으며, 셋째, 일본을 통해 옛 한국인이 꿈조차 꿀 수 없었던 근대 세계의 사상과 표현들이 다가온 것이었다. 그는 새롭게 등장하는 한국의 근대어문학을 긍정적인 시선으로 보지 않았으며, 오히려 서구[일본]에 오염된 형태로 인식했고 소멸되어가는 한국의 한문고전세계를 절망적으로 바라보았다.[62] 게일의 고소설 번역 실천 이후 1920년대 출현한 그의 한국문학론에서, 고소설은 한국문학의 중요한 일부로 포괄되며 다음과 같이 새롭게 형상화된다.

> 문학적 관점으로 보아, 이 작품(인용자 - 『천리원정』)은 문학에는 전적으로 무지한 누군가에 의해 작성된 형편없는 작품이다. 『홍길동전』과 같은 옛 이야기는 잘 숙련된 저자의 손에 의해 잘 쓰였지만 오늘날의 것은

62 이상현, 앞의 책, 255-279면.

그렇지 못하다.[63]

여기서 고소설은 근대소설과 대비되며, 그가 보기에 더 훌륭한 작가의 문장전범이자 문학어로 표상된다. 그 이유는 그가 한국문학의 본령이라고 여겼던 한문고전과 그에게 이를 가르쳐 주었던 한국 한학자의 언어에 고소설의 언어는 한국의 근대어보다는 부응되는 것이었기 때문이다. 그가 보기에, 고소설은 한문고전을 학습한 작가의 작품으로 고대 중국의 역사와 신화적 전고(典故)를 간직하고 있었다. 또한 고소설의 문체는 경서언해(經書諺解)의 전통에서처럼 한문을 읽을 때 활용되던 연결어미와 종결어미를 지니고 있으며, 한국의 한문문리와 분리되지 않은 언어였던 것이다.[64] 게일의 출간물 및 그의 유고 속에 보이는 고소설 번역 실천에는 19세기 말 동시대적 향유물이자 대중적 독서물이었던 고소설이 근대의 새로운 '고전'이자 '국민문학'으로 정립되는 역사, 고소설의 언어가 고전어로 변모되는 흐름이 놓여 있었다. 그는 한국에 주재한 다른 외국인들과 달리 이처럼 변모되는 고소설의 위상에 조응할 수 있었고, 당시로서는 보기 힘든 번역수준을 보여 주었다. 그 근간은 19세기 말부터 한국에서

63 황호덕·이상현 옮김, 『개념과 역사, 근대 한국의 이중어사전』 2, 박문사, 2012, 168면(J. S. Gale, "Korean Literature," *The Christian Movement in Japan, Korea and Formosa*, Kobe, 1923).

64 J. S. Gale, "Korea Literature(1): How to approach it," *The Korea Magazine* 1917. 7, pp. 297-298; "The Korean Language," *The Korea Magazine* 1918. 2, p. 54. ; 그는 한국의 근대어에서 옛 조선의 한글[諺文]에는 한문을 읽을 때 쓰이는 '-세, -하여금, 이에, 가로되'와 같은 연결어미와 종결어미를 더 이상 볼 수 없게 되었고, 한문고전과 한글[언문·국문]이 결별하게 되었음을 지적한 바 있다.

고소설을 수집하고 읽고 이를 활용하며, 번역했던 개신교선교사로서의 오랜 체험으로 말미암은 것이었다.

나아가 1910년대부터 1920년대에 이르는 기간 동안 게일의 한국문학연구 더불어 한국어와 영어 사이를 횡단한 그의 번역 실천은 한국인에게 복음을 전파하는 선교사로서의 실천과 분리되는 것이 아니었다. 게일의 한국문학론을 통해 발견할 수 있는 '말=순간=외면'과 '글=영원=내면'이라는 논리적 기반 속에서 그에게 한국문학은 어디까지나 후자에 대응되는 것이었다. 즉, 글로 씌어져 전래되던 한국의 고전은 그에게 한국민족이 간직해야 될 문화적 정수이자 정신[조선혼, 내면, 영혼]이었다. 따라서 그에게 서구[일본]에 의해 오염되어가는 한국어·문학이란 당대의 문화현상은 단순히 언어·문학의 오염이 아니라, 한국민족 정신의 소멸이자 타락을 의미했다. 요컨대 한국고전을 소개하고자 했던 그의 영어 번역과 옛 한글문체[고소설문체]를 고수했던 그의 한국어 번역, 두 번역적 실천은 그가 입국초기부터 경험했던 '옛 조선에 대한 복원'이었으며 종국적으로 그가 보기에 근대적 전환기 속에 타락해가는 '한국어문학=한국민족의 영혼'을 구원하고자 한 그의 실천이었던 것이다.

즉, 게일의 출간물 및 미간행 유고 속에 보이는 1917년 이후 게일의 고소설 번역 실천이 지닌 의미는 이와 긴밀히 관련되는 것이기도 했다. 더불어 그의 번역 실천은 고소설이 근대의 고전으로 정립되는 역사와 고소설의 언어가 고전어로 변모되는 흐름에 부응한 것이었다. 이에 맞춰 그의 고소설 번역은 한편의 문학작품 번역이라는 지평 속에서 원본의 감각을 충실히 직역하려는 번역적 지향을 보여준 셈이다. 나아가 그 근간은 19세기 말부터 한국에서 고소설을 수집하고 읽고 번역했던 그의 한국 체험으로 말미암은 것이었다. 그는 근대문학을 내면화한 서구인 독자란 입장을 고수할 수 없었다. 왜냐하면 그는 19세기 말 - 20세기 초 한국언어-문화 속에서 성서, 찬송가 등을 한국인 독자에게 한국어로 번역해야 했던 개신교 선교사였기 때문이다. 따라서 그에게 고소설은 한국인을 이해하고 한국어 학습을 위한 교과서이자, 동시에 한국인에게 복음을 전할 중요한 문학적 형식이자 전범이었던 것이다. 또한 그가 서구권에 소개하고 싶었던 한국문학의 한 부분이었던 것이다.

문혜진

한국문학사의 사각(死角)

제7장

20세기 〈춘향전〉 원본의 탄생과 민족성의 재현방식

이광수의 「春香」(1925-1926)과 게일·호소이 하지메의 고소설 번역담론

이광수(李光洙, 1892-1950)

「一說 春香傳」(1929)

이 소설이라는 것은 『九雲夢』(漢譯 게일 박사의 英譯이 잇다. *The Cloud Dream of The Nine*라는 표제로 런던에서 發行되어 잇다.)『春香傳』(이것은 조선인에 가장 많이 愛誦된 戀愛歌劇으로 英譯·佛譯·獨譯이 잇다. 漢譯도 잇다.) 또 『洪吉童傳』 등이 이 代表이다. 其中에서도 『春香傳』은 좃튼지 납흐든지 가장 잘 朝鮮人의 마음을 낫하내엿다.

- 이광수, 「조선의 문학」(1933)

…큰 누나가 고칠 수 없는 병으로 시집 갈 나이가 지나도록 뒷방에 가만히 앉아서 바느질하기와 책 보기로 세월을 보내는 것이었다. 나는 이 누나 인연으로 언문 책을 많이 얻어 보았다. 『사씨남정기』니 『창선감의록』이니 『구운몽』이니 이런 책들은 다 이 누나의 인연으로 보았고,

"석아, 너도 이런 책을 지어 보려무나."

하는 말도 이 누나에게 처음 들었다. 석이란 내 이름이다. 다른 일가 사람들은 내 아명인 수경을 부르지마는 이 누나는 나를 석이라고 불렀다. 그것이 나를 대접해주는 것 같아서 기뻤다.

- 이광수, 「그의 자서전」(1936-1937)

7장에서는 이광수(李光洙, 1892-1950)의 「춘향(春香)」(『동아일보』, 1925.9.30~1926.1.3 혹은 『一說 春香傳』(1929); 이후 「춘향」으로 표기)을 '게일(James Scarth Gale, 1863~1937) 그리고 호소이 하지메(細井肇, 1886~1931)가 주관한 자유토구사의 <춘향전> 번역 실천'이라는 문맥 속에서 읽어 보고자 한다.[1] 이를 통해, 1910년대 중후반 이후 '한국의 근대 지식인·서구인·재조선 일본인'이 서로 달리 생각했던 한국 '문학·literature·文學(ぶんがく)'의 전체상과 '조선 민족성' 담론의 차이가 <춘향전> 다시 쓰기

1 본고에서 살펴볼 이광수의 「춘향」은 『동아일보』 1925년 9월 30일부터 1926년 1월 3일까지 총 96회 연재되었으며, 1929년 한성도서주식회사에서 『일설 춘향전』이란 제명으로 출판되었다. 본고에서는 『이광수 전집』 1(누리미디어, 2011)에 수록된 텍스트를 주로 활용하도록 할 것이며, 논의 전개상 필요한 부분이 있을 경우 『동아일보』 역시 병용하도록 할 것이다. 더불어 이광수의 「춘향」과 대비해 볼 게일, 호소이가 편찬한 <춘향전 번역본> 서지를 제시하면 다음과 같다. J. S. Gale, "Choonyang," *The Korea Magazine* 1917.9~1918.7. ; 趙鏡夏 譯, 島中雄三 校閱, 「廣寒樓記」, 細井肇 編, 『通俗朝鮮文庫』 第4輯, 京城: 自由討究社, 1921.

(혹은 번역 실천)와 작품 인식에 투영된 양상을 조명해 보고자 한다.[2] 한국문학의 전체상과 조선민족성 담론의 차이는 이 책의 여는 글에서 거론했던 바대로 1910년대 한국문학의 현장을 "신구대립의 문예"라고 명명했던 안확(安廓, 1886~1946), 그리고 이 시공간을 공유했던 게일과 다카하시 도루(高橋亨, 1878-1967)의 한국문학론을 통해 발견할 수 있다. 세 사람에게 있어 그들이 상상한 한국문학의 전체상은 결코 동일하지 않았기 때문이다. 이는 한국의 '전근대문학'(혹은 고전문학)과 '근대문학', 양자의 관계를 구성하는 방식의 차이지만 가장 중요한 변별점은 어디까지나 한국의 근대문학에 대한 인식의 차이에 있었다. 특히, 한국 근대문학을 중심에 놓고 본다면, 한국의

---

2 본고는 『일설 춘향전』에 대한 아래와 같은 성과를 그 기반으로 삼는다. 이광수의 <춘향전> 개작 양상을 명시하는 성과를 넘어, 그 개작을 가능하게 한 문학사 담론을 읽는 시도가 이미 있었다(황혜진, 「춘향전 개작 텍스트의 서사변형 연구」, 서울대 석사학위논문, 1997, 76-81면 ; 강진모, 「『고본 춘향전』의 성립과 그에 따른 고소설의 위상 변화」, 연세대 석사논문, 2003, 54~60면 ; 최재우, 「이광수 <일설 춘향전>의 특성 연구」, 설성경 편, 『춘향전 연구의 과제와 방향』, 국학자료원, 2004 ; 홍혜원, 「이광수 <일설 춘향전>의 특성연구」, 『비교한국학』21(3), 국제비교한국학회, 2013). 또한 이광수의 문학적 노정이란 관점에서 『동아일보』에 연재되었던 그의 다른 소설 작품들과 관련하여 『가실』(1923.2.12~2.23), 『허생전』(1923.12.1~1924.3.21)과 함께 『마의태자』(1926.5.10~1927.1.9), 『단종애사』(1928.11.30~1929.12.11)와 같은 '역사소설로 향하는 전 단계이자 前史'로 그 의미를 조명한 연구도 있다(박상준, 「역사 속의 비극적 개인과 계몽 의식: 춘원 이광수의 1920년대 역사소설 논고」, 『우리말글』 28, 우리말글학회, 2003, 215~216면). 본고와 관련해서 가장 밀접한 논의는 1910년대 한문학·고전국문소설·번안소설 등이 혼재했던 당대의 문학장과 서사전통을 의식한 이광수의 '패러디 문학 혹은 문학적 실험이 투영된 사례'란 관점에서, 『일설 춘향전』을 통해 이광수의 국민문학기획을 읽어낸 연구이다(유승환, 「이광수의 「춘향」과 조선 국민문학의 기획」, 『민족문학사연구』 56, 민족문학사학회, 2014). 본고는 기왕의 선행연구에서 고찰된 이광수의 「춘향」이 전통적인 <춘향전>과 다른 텍스트 혹은 문체의 문제보다는 이광수, 게일, 호소이 사이의 접점을 주목해볼 것이다.

근대지식인 안확과 외국인 게일·다카하시의 인식은 명백히 구분된다. 안확은 근대문학을 한국문학의 전체상 속에 포괄한 후 전근대문학과의 관계를 '진보이자 발전'으로 상정했다. 이와는 달리 게일과 다카하시는 한국의 근대문학을 '서구 혹은 일본에 오염된 문학'이자 한국의 민족성을 보여주지 못하는 문학으로 인식했으며 한국문학의 전체상 속에서 배제했다.[3]

하지만 세 사람이 보여준 한국 '문학·literature·文學(ぶんがく)'의 서로 다른 전체상과 민족성 담론은 어디까지나 그들의 한국문학론을 통해 도출된 것이다. 비록 '한국·서구·일본'이라는 역사·지정학적 맥락에는 부응할지 모르나, 이러한 포괄적인 구분만으로는 7장에서 고찰하고자 하는 '이광수, 게일, 호소이 하지메'라는 또 다른 개별 주체가 지닌 세밀한 차이점을 제시해 주지는 못하기 때문이다. 특히, 이광수의 「춘향」을 조명하는 데에는 조금 더 조심스러운 접근이 필요하다. 물론 '안확과 이광수', '다카하시 도루와 호소이'가 그들이 1910년대에 주목한 한국의 문학이 완전히 일치하지 않는 점을 간과할 수는 없다. 하지만 더 큰 문제점이 있다. 그것은 무엇보다도 안확, 게일, 다카하시 세 사람의 한국문학론은 <춘향전> 텍스트 내부의 언어(문학어)가 아니라 외부에서 작품을 규정해 주는 언어(학술어)라는 공통점을 지니고 있기 때문이다. 이러한 학술적 담론과 달리 이

3 이에 대한 상세한 검토는 이상현, 『한국 고전번역가의 초상, 게일의 고전학 담론과 고소설 번역의 지평』, 소명출판, 2013, 389~396면[初出: 이상현, 「<춘향전> 소설어의 재편과정과 번역」, 『고소설 연구』 30, 한국고소설학회, 2010, 400~406면]과 이 책의 여는 글[初出: 이상현, 「고전어와 근대어의 분기 그리고 불가능한 대화의 지점들」, 『코기토』 73, 부산대학교 인문학연구소, 2013, 72~108면]을 참조.

광수의 「춘향」은 근대 지식인이 <춘향전> 다시 쓰기를 통해 <춘향전> '텍스트 그 자체에 개입'한 사례이다. 또한 게일, 호소이[또한 다카하시]의 '외국어(영어, 일본어)로의 번역'과 달리, 「춘향」은 '동일한 한국어'라고 가정된 지평에서 이루어진 실천이라는 변별성을 지닌다. 이 글에서 논의의 초점은 이러한 한계를 분명히 노정하고 있다. 그럼에도 불구하고 이광수의 「춘향」과 게일·호소이의 <춘향전> 번역 실천을 함께 읽으며, 그 양상을 통해 세 사람의 서로 다른 민족성 담론을 살필 필요가 있다. 무엇보다 이광수의 「춘향」을 비롯한 1910-1920년대 <춘향전>이 놓인 새로운 문화생태를 보다 정밀하게 분석할 필요가 있기 때문이다.

물론 「춘향」에는 근대적인 문예물의 수준으로 새로운 <춘향전>을 창출하고자 한 이광수의 지향점이 투영되어있다. 그렇지만 선행연구에서 잘 지적되었듯이, 이광수의 「춘향」은 단순히 '<춘향전>의 현대화'라는 맥락만으로 살필 수 없는 '조선 국민문학의 기획'이라는 성격을 동시에 지니고 있다. 즉, 이광수의 실천은 창작의 차원에서 이루어진 것이지만, 그 속에는 원전 <춘향전>에서 '한국민족의 고전'으로서의 가치를 발굴/모색하고자 한 한국문학사 담론과의 공유지점이 내재되어 있다. 「춘향」에는 이광수가 그 창작적 원천으로 과거 <춘향전>의 이본들을 검토하며 재해석하는 과정이 전제되어 있기 때문이다. 또한 그 이면에는 '조선 민족성'에 대한 탐구와 '민족개조론'으로 나아간 1920년대 이광수의 새로운 행보가 투영되어 있다.[4]

---

4 예컨대, 이광수의 「문학강화」(『조선문단』 1924,10-1925.3)를 보면, 「문학이란

더불어 한국의 고전 <춘향전>을 번역한 게일, 호소이의 '외국어' 만큼, 「춘향」의 근대어는 한국에 있어서는 전통적인 고소설의 언어와는 다른 언어였다는 점도 주목할 필요가 있다. 즉, 「춘향」을 구성하는 언어와 문학적 형식은 1910년대 이해조(李海朝, 1869-1927)의 『옥중화』[나아가 최남선(崔南善, 1890~1957)의 『고본 춘향전』]와는 완연히 차별된다. 오히려 외국인의 <춘향전>에 대한 번역 실천은 '근대어'라는 동일한 지평에서 이광수의 실천과 대비해볼 만한 연구대상이 될 수 있다. 또한 이광수의 국민문학 기획은 결코 전래의 <춘향전> 원형을 그대로 기록 혹은 보존하는 기획이 아니었음을 주목할 필요가 있다. 즉, 그에게 있어 원전 <춘향전>의 형상은 조선의 국민문학이 될 가능성이 충만한 작품이었지만, 결코 원형을 있는 그대로 보존해야 될 '고전'이라는 형상과는 다른 것이었다. 이러한 「춘향」이 지닌 특징은 하나의 개별 텍스트만을 초점으로 삼게 될 때, 그 윤곽이 선명히 드러나지 않는다. 「춘향」의 전사(前史)이자 그의 작품이 놓인 맥락, 한국인이라는 주체로 한정할 수 없고 나아가 '소설'이라는 문학양식만으로 규명할 수 없는 근대 초기 <춘향전> 소환의 다기한 역사들이 놓여 있기 때문이다. 7장에서는 그 역사를 살필 자그마한 단초로 게일·호소이의 <춘향전> 번역 실천(1917~1921)에서 이광수의 「춘향」(1925~1926)으로 이어지는 계보와 그 상관성을 탐구해보고자 한다.

하오」(1916)와 달리 초역사적인 문학개념이 아닌 국민교육, "學"으로서의 문학과 문학사를 포괄할 수 있는 개념층위로 전환되고 있음을 그리 어렵지 않게 발견할 수 있다(이 점에 대해서는 윤영실, 「최남선의 근대 '문학' 관념 형성과 고전 '문학'의 수립」, 『국어국문학』 150, 국어국문학회, 2008, 475-480면을 참조).

1. 「춘향」과 국민문학의 기획

이광수의 「춘향」은 본래 1920년 창간된 민간지 『동아일보』 현상문예의 산물이기도 했다. 이광수가 「춘향」을 연재하기 이전, 1924년 12월 18일 『동아일보』는 일천 원의 상금을 걸고 <춘향전>에 대한 개작 작품을 모집했다.[5] 이 현상문예 기획은 과거 『동아일보』가 1천호 발간을 기념했던 때(1923.5.25)와 같은 큰 상금 규모였다. 하지만 더욱 주목되는 바는 응모 작품이 순수 창작물이 아니라 과거 '고전 작품'에 대한 개작 작품이라는 점이다. 물론 『동아일보』의 현상문예는 애초부터 신인 작가의 등단이 아니라, 독자의 참여유도 및 독자 확보에 초점이 맞춰진 기획이었다. 이를 반영하듯이 현상문예의 모집장르[혹은 독자투고란의 장르]는 근대문예물로 한정되기보다는 시조, 가요 혹은 한시, 동요, 야담, 사화, 전설, 동화, 희곡 등과 같은 보다 포괄적인 장르적 잡종성을 보여주었다.[6]

그럼에도 1924년 12월 18일 동아일보사가 <춘향전>의 개작 작품을 모집하고자 한 취지는 이러한 사례와는 크게 변별되는 점이 있었다. 왜냐하면 동아일보사는 '<춘향전>을 조선의 참된 국민문학으로

---

5 「二千圓 大懸賞 / 本報內容 擴張 前提, 朝鮮新聞界初有의 大懸賞 論文 內容은 新年號에, 小說은 春香傳改作 /各題 千圓 大懸賞」, 『동아일보』, 1924.12.18. 2면.

6 『동아일보』에 부인란(여성)·소년소녀란(아동)·문예란(문학), 현상문예모집 등 학예면의 일련의 형성 과정에 대한 분석은 이혜령, 「1920년대 『동아일보』 학예면의 형성과정과 문학의 위치」, 『대동문화연구』 52, 성균관대 대동문화연구원, 2005, 113-121면; 『동아일보』가 진행했던 현상문예 및 신춘문예에 대한 전반적인 검토는 김석봉, 「식민지 시기 『동아일보』 문인 재생산 구조에 관한 연구」, 『민족문학사연구』 30, 민족문학사연구소, 2006를 참조.

정립하고자 한 기획'이라고 그 현상문예의 취지를 명시했기 때문이다. <춘향전>은 이미 당시 모르는 조선 사람이 없을 정도로 널리 알려진 작품으로 "조선의 국민문학"이라고 말할 수 있는 작품이었다. 따라서 이 기획의 목적은 이렇듯 조선인에게 유명한 작품이며 대중적인 인기를 지닌 <춘향전>을 근대 문인의 손에 의해 '조선의 국민문학이자 근대 문예물'에 걸맞은 작품으로 재탄생시키려는 것이었다. 1925년 9월 24일 동아일보사는 이러한 기획에 맞춰 수십 편의 원고가 투고되었지만, 이 원고들이 조선의 국민문학에 부합한 수준이 아니었기에, 결국 이광수에게 <춘향전> 개작을 의뢰했음을 밝혔다.[7]

(1) 「춘향」에 관한 김동인, 조윤제의 비평·학술적 담론

이광수 「춘향」의 말미를 펼쳐보면, "이때부터 팔도 광대들이 춘향의 정절을 노래지어 수백 년 노래로 불러오더니 후세에 춘향의 동포 중에 춘원이라는 사람이 있어 이 노래를 모아서 만고 열녀 춘향의 사적을 적은 것이 이 책이다"(524면)이라고 되어있다. 하지만 그가 참조한 <춘향전>이 무엇인지를 스스로 구체적으로 밝히지는 않았다. 또한 <춘향전>에 근대적 문예의 의장을 입혀 '참된 국민문학'으로 만들고자 한 그의 기획에 대한 비평들은, 그가 보기에는 그의 노고를 충분히 알아주지는 못했던 것 같다. 이광수는 "전일(前日) 『춘향전(春香傳)』에 대(對)한 평(評)을 보았는데, 나로서는 조선 안에

7 「小說豫告: 春香傳 改作「春香」春園作」, 『동아일보』, 1925.9.24, 2면.

있는 『춘향전』은 거의 다 보고 썼다고 생각하는데, 평자(評者)는 잘 보지도 않고 쓴 것이니, 되겠습니까"라고 술회한 바 있기 때문이다.[8] 이광수의 이러한 언급은 아마도 김동인(金東仁, 1900~1951)의 평가와 관련되는 것처럼 보인다.[9]

김동인은 이광수가 「춘향」을 통해 독자층의 확대와 그에 대한 성원을 획득했지만, 「춘향」은 그에 부응하는 문학적 성과를 획득하지 못한 작품으로 평가했다. 김동인이 보기에, 이광수의 「춘향」은 '소설'이라는 근대문학장르에는 여전히 미달된 "물어(物語)"였으며, "이해조(李海朝)의 춘향전(春香傳)의 부연(敷延)에 지나지 못"한 것이었기 때문이다. 김동인은 이광수의 「춘향」에 내재된 '국민문학의 기획'을 '문화적 문화운동'이라고 적절히 표현했다. 이광수의 「춘향」은 "그의 민족개조운동에 관심을 갖고 호응해 줄 사람들을 가능한 한 많은 독자로" 확보하는 일종의 대중화 전략이었고, 또한 동시에 국문고소설이라는 과거 서사적 전통을 포괄하는 새로운 '국민문학'의 장을 모색하는 과정이었다. 또한 「춘향」은 이러한 이광수의 기획에 부응하여 『옥중화』와는 차별된 근대 소설의 의장을 일정량 갖추고 있었다.[10]

하지만 왜 김동인은 이광수의 「춘향」에서 『옥중화』의 그림자를

8 이광수, 「朝鮮文學의 發展策」, 『朝光』, 1936.11(『이광수문학전집』8, 누리미디어, 612면; 이하 '『전집』 권수, 면수'로 약칭)

9 金東仁, 「春園硏究 (六)」, 『삼천리』, 1935.6.1, 269면 ; 더불어 이광수의 「춘향」의 저본을 『고본 춘향전』이라고 논한 기사도 함께 있다(「古典의潤色補綴에對하야」, 『동아일보』, 1935. 7.13).

10 박상준, 앞의 글, 213~215면; 유승환, 앞의 글, 299~327면.

발견했던 것일까? 김동인의 글을 보면, 그는 <춘향전>과 『옥중화』를 혼재해서 사용하고 있다. 즉, 김동인의 「춘향」에 대한 평가는 <춘향전>의 개별 이본 텍스트의 차이를 세밀히 구분하여 인식하는 기반이 전제된 것이 아니었다. 요컨대, 여기서 『옥중화』는 <춘향전>의 한 이본이라기보다는 『옥중화』 계열 <춘향전> 이본 전반 혹은 <춘향전> 전반을 통칭하는 것으로 봄이 한결 더 타당하다. 이러한 김동인의 평가를 볼 때, 이광수가 자신이 본 조선에서의 모든 <춘향전>에서 어떠한 부분이 어떻게 「춘향」에 투영되었는지를 비평자가 알아보는 것은 애초에 불가능했던 것으로 보인다. 하지만 김동인이 이광수의 「춘향」에서 『옥중화』의 흔적을 감지한 까닭은 이러한 설명만으로 부족한 일면이 있다. 20여종의 <춘향전> 이본을 검토했던 초창기 국문학자인 조윤제(趙潤濟, 1904~1976)가 내린 이광수의 「춘향」에 대한 평가 역시 이와 유사한 바가 없지 않기 때문이다.

조윤제는 물론 「춘향」이 과거의 <춘향전>과 다른 '근대적 문예물'이란 사실을 명확히 감지하고 있었다. 그는 이광수가 "춘향전(春香傳)을 다시 한 번 현대소설의 형식에 고쳐 써 보고자 하는 데서 본서(本書)를 편술(編述)한 것"이며, 춘향과 이몽룡 사이 한시가 아니라 시조를 주고받는 장면, 익살스럽고 인간적인 방자의 형상과 같은 면모들을 발견했다. 특히, 그는 고소설 형식과는 다른 「춘향」의 서두 부분, 신소설문체와 구분되는 "현대소설문체", "한문구(漢文句)·한시구(漢詩句)"를 상당량 소거한 모습을 예로 들며, "현대소설로서의 이본의 한 자리를" 차지한다는 긍정적인 평가를 내렸다.[11] 그렇지만 이는 「춘향」에서 근대문학적인 면모를 찾고자 할 때 발견되는 한 부분이었다. 조윤제는 이광수의 「춘향」이 지닌 또 다른 일면에 관해서 다음과 같이 언급했다.

"그러나, 從來의 異本을 無視할 수 없었고 그 中에도 『古本 春香傳』과 『獄中花』에서는 가장 많은 影響을 받아 單純한 前記 兩本의 飜案本에 지나지 못하였다. 이것 編者가 古典을 古典으로 尊重하자는 精神에서 나온 結果일줄 생각되거니와……"[12]

이러한 1940년경 조윤제의 지적은 <춘향전>의 형상이 이광수가 「춘향」을 『동아일보』에 연재하던 시기와 달라진 모습을 잘 보여준다. 즉, 그의 글 속에서 이광수의 「춘향」에 학술적 의미를 부여해주는 "이본(異本)", "고전(古典)", "번안본(飜案(本))"과 같은 학술용어를 주목할 필요가 있다. 이 용어들을 기반으로 <춘향전>의 개별 이본들의 존재가 전제되며, 이러한 이본들 속에서 이광수의 「춘향」은 <춘향전>의 번안본 즉, <춘향전>의 "각색(脚色, Adaption)" 혹은 "옛사람의" 작품을 "원안으로 고쳐"지은 작품이 된다. 무엇보다 근대지식인의 번안 이전의 원전이 있는 작품이며, 현재 조선인에게 향유되는 국민문학이 아니라 '한국민족의 고전'이라는 <춘향전>의 새로운 형상이 전제되어 있는 셈이다.[13] 이러한 <춘향전>의 형상은 이광

11 조윤제, 「춘향전 이본고 (二)」, 『진단학보』 12, 진단학회, 1940, 142~146면.

12 위의 글, 142면.

13 근대초기 한국어 관련 사전 속에서 이 어휘군의 등재양상을 정리해보면, "異本"

수가 「춘향」을 연재했던 당시 '국민문학'으로서의 <춘향전>과는 연속점과 동시에 어떠한 불연속점을 지닌 것이다. 조윤제가 「춘향」을 '『고본 춘향전』과 『옥중화』 두 이본에 대한 번안본'이라고 지적한 내용을 조금 더 상세히 살펴 볼 필요가 있다. 조윤제는 이해조, 최남선이 편찬했으며 활자본으로 소환했던 <춘향전>과 「춘향」의 관계를 '번안'이라고 말하고 있다. 이러한 조윤제의 논의는 이광수의 「춘향」이 지닌 이중성을 매우 적절히 짚어준 것이다. 이광수의 기획은 한 편으로는 <춘향전>을 현대화하는 것이지만, 또 한편으로는 <춘향전>의 원전을 보존해야 하는 이중성을 함께 지니고 있었기 때문이다.

이광수의 「춘향」은 '연분, 사랑, 이별, 상사, 수절, 어사, 출또'란 7개의 장으로 구분되어 있다. 조윤제는 이 중 '연분'에서 '이별'까지의 전반부는 『옥중화』를 주로 참조한 것으로 파악했으며, '수절'에서 '출또'까지의 후반부는 『고본 춘향전』을 대표적인 참조저본으로 지적했다. 또한 조윤제는 이광수 개작의 모습이 전반부에 잘 보이는 반면, 후반부는 새로운 모습은 없고 『고본 춘향전』을 그냥 따라갔으며 『옥중화』에서 몇 구절을 끌어다가 증보한 양상에 불과하

의 경우 문세영의 사전에서 "같은 책으로 내용이 다소 다른 것"(문세영, 1938)이라고 최초로 등재된다. "古典"의 경우, 김동성의 영한사전에서 "Classic"(김동성, 1928)에 대응되는 모습으로 출현하는데, 이는 언더우드의 사전(1890)에서 "Classic=四書三經"이란 영한 대응관계와는 변별된 한영 대응 쌍의 출현을 의미한다(이 점에 대한 상세한 분석은 이 책의 6장을 참조). "飜[翻]案"의 경우, "案を飜すこと"(조선총독부, 1920), "Cassation ; an adaptation"(김동성, 1928), "Adaptation. Reversal of judgement"(Gale, 1931), "① 옛 사람의 시문을 원안으로 하여 고쳐 짓는 것, ②안건을 번복하는 것"(문세영, 1938)으로 풀이된다.

다고 평가했다.[14] 즉, '이몽룡과 춘향의 사랑이야기'란 내용부분에서는 『옥중화』의 흔적이 강하며 더불어 이에 대한 이광수의 개작이 엿보이지만, 춘향이 정절을 지키고 이몽룡이 어사가 되어 사건이 마무리되는 부분에서는 개작의 모습보다는 『고본 춘향전』의 흔적이 더욱 강하게 새겨져 있음을 지적한 셈이다. 이러한 조윤제의 지적을 감안한다면, 이광수의 「춘향」 속에서 『옥중화』의 자장과 흔적을 발견한 김동인의 인식은 완전히 그릇된 시각은 아니었다. 이는 적어도 김동인—조윤제 사이의 어떤 공통된 감각(혹은 착시)이었기 때문이다.

(2) 〈춘향전〉에 대한 이광수의 개작지평과 안확의 해석지평

왜 그랬던 것일까? 이와 관련하여 조윤제가 평가한 이광수의 「춘향」이 지녔던 <춘향전> 개작의 지평이 사실은 동아일보사의 현상문예 공고 그 자체에 새겨져 있었던 사실을 주목할 필요가 있다.[15] 물론 이광수가 「민족개조론」(『개벽』, 1922.5) 이후 그의 문학활동에 큰 장애를 얻게 된 상황 속에서 돌파구를 열어준 매체가 『동아일보』였으며, 『재생』을 연재하던 시기(1924.11~1925.9)는 그가 『동아일보』의 연재소설과 사설을 도맡아서 담당했던 정황을 감안해볼 필요가 있을 것이다.[16] 즉, 애초 현상문예 기획의 기안자로서 이광수가 깊이

14 조윤제, 앞의 글, 142~145면 ; 이광수의 「춘향」과 「옥중화」, 「고본 춘향전」의 화소대비는 최재우, 앞의 글, 421~439면을 더불어 참조.

15 「懸賞大募集」, 『동아일보』, 1924.12.18.

16 이광수, 「多難한 半生의 途程」, 『朝光』, 1936.4~6(『전집』8, 454~455면) ; 이광수,

관여했을 가능성은 분명히 존재한다. 그렇지만 이러한 <춘향전> 개작의 지평이 최초의 한국문학사가이자 국학자였던 안확의 『조선문학사』(1922) 속 <춘향전>에 관한 해석의 지평과도 궤를 함께 하고 있음을 주목해야 한다. 그것은 적어도 1920년대 이광수, 동아일보사, 안확이 공유하고 있던 <춘향전>에 대한 이해의 지평이기도 했던 것이다.

1924년 12월 23일 동아일보사의 현상대모집 공고에는 <춘향전>에 관한 작품 소개가 담겨져 있다. 전술했듯이 <춘향전>은 조선 사람이라면 모를 사람이 없을 정도로 잘 알려진 작품이며, "아모리 내용이 보잘 것 업게 된 것이라 하더라도 근세 조선의 국민문학작품(國民文學作品)으로 너르게 알려진 것은 이것 이외에 별로" 없었다. 즉, <춘향전>은 비록 근대의 시선에서 본다면 미달된 문예물일지라도, 조선의 국민문학작품이 될 수 있는 그 가능성만큼은 분명했다. 이를 성취할 수 있는 작품 속에 내재된 가치와 가능성에 관해 동아일보사는 다음과 같이 이야기했다.

> 하루밤 언약을 죽엄으로 직힌 춘향의 뜻을 단순한 명조관념 이외에 보다 렬렬함 보다 심각한 의미로 해석할 수가 업지 안으며 죽어서 사당에 들지 못한다함을 불고하고 지존한 (당시에) 관권의 총아로 기생의 딸을

「나의 告白」, 『春秋社刊』, 1948.12(『전집』 7, 266면) ; 이광수, 「『端宗哀史』와 『有情』: 이럭저럭 二十年間에 十餘編을」, 『三千里』, 1940.1(『전집』10, 541~543면) ; 이광수, 「東亞, 朝鮮 兩新聞에 小說 連載하든 回想」, 『삼천리』, 1940.10, 182~183면; 이러한 정황에 대해서는 김윤식, 『이광수와 그의 시대』 2, 솔, 2008, 94~152면과 박상준, 앞의 글, 210~218면을 참조.

> 정부인으로 삼은 몽룡의 태도는 일시의 풍정으로 인한 부득이의 결과라 고만 해석할 수가 업슬 것이외다.

그 가능성의 중심에는 '춘향과 이몽룡의 사랑'이 있었다. 물론 이는 분명히 <춘향전>의 가장 핵심적인 골격이라고 말할 수 있을 것이다. 그렇지만 이 지점에 <춘향전>을 "기녀(妓女)의 정절적(貞節的) 연애(戀愛)의 정사(情事)를 기술"한 것이며 "연애신성(戀愛神聖)과 인권평등(人權平等)의 정신(情神)"에서 나온 것이라고 규정한 안확의 『조선문학사』(1922) 속 기술을 함께 생각해볼 필요가 있다.[17] 즉, 여기서 '정절'이란 어휘는 '개가를 하지 않는 과부, 충성스러운 재상에 국한되던 순결함 혹은 더럽혀지지 않음'이 아니었다. 제한되는 대상 자체가 없는 '순결, 충성, 충실함'이라는 서구어와 대등한 함의를 지니고 있었다. 동아일보사의 기사, 안확이 활용하는 '정절'이란 어휘의 함의는 단순히 유가 '이데올로기'나 '이념' 안으로 제한되지 않는다. 오히려 춘향이 한 사람의 인간이자 인격으로 간직하고 있었던 '보편적 이상'이 이러한 '정절'이란 함의를 적절히 가리키는 말이다.[18]

---

17 안확, 『조선문학사』, 한일서점, 1922, 104면.

18 이러한 함의에 대한 분석은 이상현, 앞의 책, 269~278면 참조. 춘향의 열 혹은 정절 관념을 게일은 동양의 'Ideal'이라고 번역했다. 이 서구어는 근대어 '理想'이라는 역어가 출현하기 이전, '烈'을 비롯한 <춘향전>을 구성하는 어휘로는 번역될 수 없는 것이었다. 이중어사전은 '정절'이란 어휘의 새로운 함의를 다음과 같이 재현해 준다. "졍졀(貞節) Pure and undefiled—as a loyal minister or widow who will not remarry(Gale, 1897~1911) A Purity; loyalty; faithful(Gale, 1931)" 물론 이는 근대어 문맥에 배치된 정절이라는 조선어 자체의 의미 전환을 게일이 감지

춘향과 이몽룡 사이의 사랑은 결코 일방향적이지도 수직적이지 않다. 그 사랑은 '간통, 바람'과 같은 '결혼의 골칫거리', '사회적 책무와 의무'를 일탈하는 '찰나적인 매혹', '열정', '열병'과 같은 인류 보편적인 감정으로서의 '사랑'이 아니었다. 오히려 유럽에서 18세기말 이후 '사랑'이 성, 계급, 경제 조건 등의 외부 조건이 배제된 채 남녀 개인 간의 평등하며 동반자적인 위치에서 '자아실현', '자유', '결혼' 등의 개념과 결합된 특수한 문화적인 현상, '낭만적 사랑'이라는 理想에 근접한 것이다.[19] 물론 이러한 <춘향전>에 대한 해석의 지점은 안확과 동아일보사의 담론 속의 이야기일 뿐만 아니라, <춘향전> 자체에 내재된 작품의 가치에 기인한 것이기도 했다.[20]

하지만 더욱 주목해야 될 점은 이러한 해석의 지점이 바로 곧, 이광수의 <춘향전> 개작의 방향과 긴밀히 연결된다는 점이다. 이는

한 결과라고도 말할 수 있다. 그러나 이 전환 자체는 과거 조선의 이상이 지닌 새로운 문맥을 제시해 주는 것이다. 여기서 정절은 단순히 한문문헌에 귀속되는 범위, 수직적인 질서인 상하의 구별을 제거하고, 국가/민족의 단위로 확대된 범주를 지닌 것이었다. 이광수, 안확의 경우 역시, 그들이 말하고자 한 남녀 관계의 새로운 윤리는 전근대적인 유교의 '烈'과는 구분되는 이러한 근대적 의미를 분명히 지니고 있었다(이광수, 「婚姻에 對한 管見」, 『學之光』, 1917.4(『전집』10, 44~47면; 안확, 『자각론』, 회동서관, 1920, 16~17면; 안확, 『개조론』, 조선청년연합회, 1921, 14~17면).

19 A. Giddens, 배은경·황정미 옮김, 「현대사회의 성·사랑·에로티시즘: 친밀성의 구조 변동」, 새물결, 2003, 3장을 참조.

20 일례로 홍종우가 관여한 『향기로운 봄(*Printemps Parfumé*)』이라는 <춘향전 불역본> 속 해제를 들 수 있다. 물론 쿠랑이 비판한 것처럼 보엑스 형제의 서문이자 해제 역시 그가 체험한 바와는 어긋나는 점이 분명히 있었지만, 보엑스 형제의 해제는 <춘향전> 속 남주인공이 지닌 전근대 봉건사회에 대한 저항이자 비판의 담론을 읽어 내는 모습을 보여준다. <춘향전>은 근대적 관념을 투영시켜도 읽어 낼 중요한 가치가 내재되어 있었음을 능히 짐작할 수 있다.

이광수의 「춘향」을 '이광수 특유의 자유연애사상의 발현'으로 해석할 수 있는 근거이자 활자본으로 출현한 애정소설들이 보여주는 변주가 반영된 지점이며, 근대의 자유연애[혹은 낭만적 사랑] 담론이 <춘향전>에 개입하고 있는 지점이라고 말할 수 있다.[21] 요컨대, 춘향과 이몽룡이라는 "두 주인공을 뼈로 하고 그 사이로 흐르는 그 시대 인물 풍속의 정조를 만일 솜씨 잇는 현대문사의 손으로 곳처 놋는다 하면 그 소득이 얼마나" 클지가 기대된다는 진술은 안확의 해석의 지평 그리고 조윤제가 이광수의 「춘향」을 통해 발견한 '현대소설의 형식'에 대응되는 것이었다.

반면, 동아일보사의 공고문에는 <춘향전>의 후반부에 대한 현대적 해석의 지점이 생략되어 있다. 이 점은 안확의 『조선문학사』에서 역시 마찬가지였다.

> 非理處事와 御使의 出道의 情況은 實로 目睹함가티 滔滔한 興味가 紙上에 躍然이라 貪官汚吏의 非理行動은 地方民政의 腐敗에 至하고 御使의 出道는 公私 兩便의 正大를 取 함가트나 오히려 公보다는 私를 重하는 便이 强하니 當時 政治의 不健全함을 可見이오.[22]

안확은 변학도의 모습 속에서 '조선 지방민정(地方民政)의 부패

---

21 황혜진, 앞의 논문, 76-81면 ; 권순긍, 「근대의 충격과 고소설의 대응: 개·신작 고소설에 투영된 "남녀관계"의 소설사적 고찰」, 『고소설연구』 18, 한국고소설학회, 2004, 198-202면 ; 권보드래, 『연애의 시대』, 현실문화연구, 2003을 참조.

22 안확, 『조선문학사』, 한일서점, 1922, 104면.

(腐敗)'를 읽어냈다. 또한 이몽룡의 어사출도 역시 관원으로서의 공적인 차원보다 개인적인 차원에서 행해진 실천으로 인식했다. 이를 통해 <춘향전> 속에서 과거 조선사회 "정치(政治)의 불건전(不健全)함"을 발견했다. 물론 안확의 이러한 성찰 역시 <춘향전>에 대한 근대적인 해석의 모습이다. 하지만 안확의 이러한 해석은 춘향의 '정절 혹은 열'에 대한 해석과는 다른 차원이다. 무엇보다도 <춘향전>에 내재된 가치이자 안확이 서 있는 근대에도 통용되는 미래적 가치를 발견한 것이 아니기 때문이다. 즉, 그가 <춘향전>에서 발견한 과거 조선사회의 모습은 텍스트에 내재된 '과거 조선의 전근대성'이었으며, 이는 근대적인 시선 속에서 비판의 지점이었던 셈이다. 안확이 보여주는 이러한 해석의 지평은 상대적으로 이광수의 근대적인 개작을 발견할 수 없는 「춘향」 후반부의 일반적 경향 그리고 후반부에 보이는 개작의 모습들—예컨대, "관리들이 백성들을 수탈하는 현실을 환기시키고 목민관의 도리를" 제시한 측면과 '변 사또의 징치'란 결말부의 변개[23]—등과 분명히 궤를 같이 한다.

(3) 〈춘향전〉을 통한 국민문학 기획의 전사(前史)

이렇듯 「춘향」이 보여주는 <춘향전> 개작의 지평은 1910년대 이해조, 최남선이란 두 지식인이 마련했던 바이기도 하다. 『옥중화』와 『고본 춘향전』은 이광수의 개작 작업에 있어서 자양분을 제공해 준

23 박상준, 앞의 글, 216~217면.

중요한 참조 저본이자, 1910년대 한국 지식인의 <춘향전>에 대한 기획이 담겨져 있었다. 동아일보사의 '현상모집규정'과 '투고요령'에는 이해조, 최남선이 남겨 놓은 자취와 더불어 이광수가 만들어야 할 새로운 <춘향전>의 형상이 새겨져 있다. 이와 관련하여 가장 주목되는 것은 아래와 같은 두 가지 조항이다.[24]

> 一. 改作範圍: 時代, 人物 等을 一切 隨意로 改作하되 在來 春香傳의 經緯를 損傷치 말 일. (①)
>
> 一. 文體長短: 文體와 長短도 一切 隨意로 改作하되 되도록 長篇에 順諺文으로 할 일. (②)

①이 잘 말해 주듯이 현상모집의 개작 범위는 <춘향전>의 경위를 훼손하면 안 되는 것이었다. 즉, 애초에 <춘향전>을 <춘향전>이라고 인식할 수 있는 최소 단위의 화소가 전제되어야 했던 것이다. 당연한 말이겠지만, 이광수의 「춘향」은 <춘향전>과 완연히 분리될 수는 없는 작품이었다. 오히려 관건은 '원전에 대한 개작과 보존의 긴밀한 연관성을 어떻게 설정하느냐?'에 놓여 있었던 셈이다. 이광수가 "참된 국민문학"으로 만들 <춘향전>과 관련하여, 과거의 <춘향전>을 벗어날 수 있는 범주는 사실 ②에 있었다. 즉, 그것은 장편이라는 분량의 조건과 국한문혼용 표기가 아닌 순국문 표기라는 조건이다. 또한 여기서 후자의 조건, "순언문"은 당시의 정황을 감안해

---

24 「懸賞大募集」,『동아일보』, 1924.12.18.

본다면 단순히 표기 차원의 문제는 아니었다. 고소설 속 언어와는 다른 규격화되고 균질화된 근대의 어문 질서를 기반으로 한 언어라는 차별성이 더불어 존재했기 때문이다. 이러한 '한국의 근대어'라는 조건에는 이해조, 최남선이 남겨 놓은 <춘향전> 이본과는 다른 새로운 <춘향전>의 형상이 잠재되어 있다.

즉, 이러한 조항에 부합한 작품은 이광수의 「춘향」이었다. 하지만 이광수의 「춘향」에 대한 예고 기사를 펼쳐보면, 동아일보 편집부 측이 요구한 새로운 <춘향전>의 모습에는 이해조, 최남선의 자취가 남겨져 있다.[25] 동아일보사는 현재 <춘향전>의 문제점을 이야기한다. 첫째, <춘향전>은 여전히 "민요의 시대"를 벗어나지 못했기에, "광대에 따라 사설이 다르고 심지어 인물의 성격조차" 달랐다.(③) 둘째, "시속의 나즌 취미에 맛게 하느라고 야비한 재담과 음담패설을 만히 석거 금보다도 모래가 만하지게 되었다"라고 지적했다.(④) 여기서 ③과 관련하여 다양한 <춘향전> 이본과 판소리로 연행된 복수의 <춘향전>을 상정할 수 있다. 사실 ③은 <춘향전> 이본에서 하나의 정본을 선정하는 행위, 번역에 있어 하나의 저본을 선택하는 행위와 맞닿아 있는 실천이다. ④는 성을 연상시키는 '외설적 표현'이나 '저속하거나 해학적 표현' 등을 소거하는 작업, 요컨대 작품 속의 언어 표현을 순화시키는 작업과 연관된다. 하지만 이렇듯 <춘향전>을 참된 국민문학으로 재탄생시키기 위해 <춘향전>의 정본을 새롭게 구성하고 그 언어 표현을 정화/정제하는 기획은 사실 『옥중

25 「小說豫告: 春香傳 改作「春香」春園作」, 『동아일보』, 1925.9.24, 2면.

화』와 『고본 춘향전』에도 내재되어 있었다.

그렇다면 이광수가 훼손할 수 없는 "재래(在來) <춘향전>의 경위"를 제공해준 작품은 무엇이었을까? 이와 관련하여 이광수 「춘향」의 전반부 자체의 개작은 어떠한 하나의 저본을 분명하게 추론할 수 없게 한다는 사실을 염두에 둘 필요가 있다. 더불어 이광수의 개작 흔적이 최소화된 후반부에서 드러나는 <춘향전>의 저본을 조윤제가 『고본 춘향전』이라고 감지한 점을 상기해볼 필요가 있다. 물론 조윤제가 잘 지적했듯이, 이광수의 「춘향」에서 『옥중화』의 영향력을 완전히 간과할 수는 없다. 하지만 조윤제는 당시 이본 연구의 현황 속에서 '남원고사 계열' 즉, 세책본 계열 <춘향전>의 존재를 모르고 있었다. 판소리와 긴밀한 친연성을 지닌 『옥중화』와는 달리 세책본 고소설의 전통—물론 이점을 이광수가 인식했다고 주장할 수는 없다—이 담겨져 있는 『고본 춘향전』은 사실 새로운 <춘향전> 구상을 위하여 『옥중화』에 대한 적절한 대안이 될 수 있었다. 또한 이광수의 「춘향」의 화소전개 순서와 전체 윤곽을 감안해 본다면, 그의 작품에서 큰 윤곽과 틀을 제공한 바탕은 어디까지나 『고본 춘향전』으로 추정된다.[26]

그렇지만 『고본 춘향전』은 단지 「춘향」에 가장 큰 영향력을 끼친

26 유승환, 앞의 글, 313면 ; 「고본 춘향전」와 「옥중화」의 화소를 「춘향」과 대비해 보면 이 점을 발견할 수 있다. 「고본 춘향전」의 화소에 관해서는 김동욱, 김태준, 설성경, 『춘향전 비교연구』, 삼영사, 1979, 20~24면 ; 박갑수, 『고전문학의 문체와 표현』, 집문당, 2005, 150~165면을 참조. 「옥중화」의 화소에 관해서는 서유석, 「20세기 초반 활자본 춘향전의 변모양상과 그 의미: 『옥중화』 계통본을 중심으로」, 『판소리연구』24, 판소리학회, 2007, 159~165면을 참조.

저본이라는 의미로 한정될 수 없는 중요한 의미를 지닌 판본이다. 왜냐하면 「춘향」에 내재된 국민문학의 기획이 『옥중화』보다는 『고본 춘향전』에 더욱 더 근접하기 때문이다. 『고본 춘향전』의 개작 양상은 "① 서두에 들어 있는 여러 가지 긴 노래를 자신이 새로 쓴 것으로 교체"했으며, "② 중국에 관한 것이나 중국을 높게 평가한 것으로 보이는 표현을 삭제하거나 조선적인 것으로" 전환했으며, "③ 외설적이거나 상스럽다고 생각한 내용을 모두 제거"한 모습을 보여준다.[27] 여기서 ①과 ②는 「춘향」과 『고본 춘향전』의 기획이 지닌 가장 큰 공통점이었다. 또한 '유교적 명분'을 통해 고소설 간행을 정당화한 이해조와 달리, 최남선은 근대 문학적 가치와 근대 소설의 관점을 통해 고소설을 옹호하는 이광수와의 공통된 논리를 보여준다.[28] 다만, 이광수는 조윤제가 "번안본"이라고 까지 말했을 수준으로 과거 고소설의 언어와는 다른 '근대어'로 <춘향전>을 새롭게 직조했다는 변별점이 있다.

그렇지만 지금까지 살펴본 「춘향」에 관한 비평, 학술적 담론들과 함께 두 가지 측면을 함께 주목해야 한다. 첫째, 동아일보사의 현상모집 공고, 이광수의 <춘향전> 개작양상, 안확의 『조선문학사』 속 <춘향전> 인식과는 다른 조윤제의 새로운 시각이다. 그것은 「춘향」에서 근대 문인 이광수의 개작 흔적과 그가 참조한 저본 <춘향전>을 찾고자 하는 모습이다. 나아가 「춘향」, 『옥중화』, 『고본 춘향전』

27 박갑수, 앞의 책, 165~222면 ; 이윤석, 「『고본 춘향전』 개작의 몇 가지 문제」, 『고전문학연구』 38, 한국고전문학회, 2010, 380~396면.

28 윤영실, 앞의 글, 463~467면.

과 같은 1910년대 이후 한국 근대지식인의 <춘향전>과 과거의 <춘향전>을 구분하는 모습이다. 이러한 조윤제의 새로운 시각(1940)은 이광수의 「춘향」(1925~1926)과는 시기적으로 또한 인식적으로 볼 때 상당히 큰 차이점을 지니고 있다. 따라서 「춘향」과 동시기에 이루어진 실천의 모습을 주목할 필요가 있다. 이와 관련하여 둘째, 이광수[동아일보사]의 개작 이전에, 근대 일본어로 한국의 고소설이 번역된 사건을 주목할 필요가 있다. 즉 그것은 호소이가 주관한 자유토구사가 1921~1923년 한국의 고소설을 일본인 일반 독자를 위해 '통속역'의 형태로 번역하여 출판하고, 호소이가 이들 작품들을 함께 엮어 『조선문학걸작집(朝鮮文學傑作集)』(1924)으로 출판한 사건이다.[29] 물론, 자유토구사의 고소설 일역본 출판과 이광수의 「춘향」(혹은 동아일보사의 기획)의 직간접적인 관련성을 확정하기는 어려운 것이다. 그렇지만 이 우연성은 정밀하게 조망될 필요가 있다.

2. 「춘향」과 '근대어'라는 번역의 지평

이광수의 「부활의 서광」(『청춘』, 1918.3)을 펼쳐보면, 한국의 근대지식인이 서구적이며 근대적 시선으로 바라본 <춘향전>의 형상이 잘 제시되어 있다. 이광수가 보기에, <춘향전>은 일종의 "가극(歌

---

29 박상현, 「제국 일본과 번역: 호소이 하지메의 조선 고소설 번역을 중심으로」, 『일어일문학』 71(2), 한국일어일문학회, 2009, 428~441면.

劇)"이라고 할 수도 있지만, 결국 "원시적(原始的)·전설적(傳說的)·유희적(遊戲的)이요 결(決)코 예술적(藝術的)"이라고 말할 수 없는 것이었다. 왜냐하면 이에 대한 "각본(刻本)이 되는 춘향가(春香歌)"는 하나의 '전설'에 불과한 것이었기 때문이다. 이 "조선인의 전설, 진실로 조선인의 생활에 접촉한 전설"은 "어느 예술가의 손을 거쳐 나오기 전에는 전설적 일재료(一材料)에 불과"하다고 말했다.[30]

여기서 이광수가 문제 삼은 것은 연행되던 <춘향가>가 아니었다. 오히려 그것이 문자언어로 변모된 각본이다. 물론 <춘향전>을 비롯한 국문고소설은 근대적 문학개념을 상대적으로 투영할 수 있는 대상이었으며, 작품 속 언어는 '민족어'라는 조건을 충족시켜주었다. 따라서 이광수가 "조선인이 조선문으로 작(作)한 문학"이라고 늘 강조했던 "조선문학"의 얼개에는 상대적으로 부합한 작품이었다. 하지만 「부활의 서광」에서 그것은 어디까지 하나의 가능성이었을 따름이다. 즉, <춘향전>은 '근대적 문예물', '근대어' 혹은 '국어'라는 요건을 모두 충족한 것이 아니었다. 사전에 등재된 공통된 합의를 지닌 어휘, 확정된 문법 및 철자법을 지닌 균질한 언어체계라는 조건, 작가, 저작권과 출판사 등의 근대 인쇄문화적 요소를 내면화한 시선에서 본다면, <춘향전>은 여전히 "예술(藝術)"이라고 말할 수 없는 구술문화적이며 원시적인 작품이었다.

물론 「부활의 서광」에서 이러한 이광수의 논리는 애초 일본의 시마무라 호게츠(島村抱月)의 글에서 비롯된 것이기도 하다.[31] 그렇지

30 이광수, 「부활의 서광」, 『청춘』, 1918.3(『전집』10, 547면).

만 그 연원을 따져본다면, 이광수의 논지는 한국고소설을 '설화'의 관점에서 번역/인식했던 외국인의 실천들과 그들의 '한국문학 부재론'이라는 논리를 연상시킨다. 즉, 그것은 한국의 개항과 함께 시조와 고소설과 같이 민족어로 구성된 한국문학작품을 대면한 후 '한국에 국민국가 단위의 민족문화를 구성해 줄 높은 예술성과 고유성을 보유한 문학(문예)이 없다'고 내린 외국인의 결론이자 담론과 유사한 논리이다.[32] 아니 더 엄격히 말한다면, 근대인의 시선과 관점에서 본 <춘향전>을 비롯한 한국고소설에 대한 일관된 평가였던 셈이다. 그렇지만 이러한 외국인의 시선과 다른 이광수의 변별점이 있었다. 그것은 <춘향전>이 "예술가"에게 있어서 "전설적 일재료(一材料)"란 표현 속에 담겨 있다. 그에게 <춘향전>은 '창작의 원천'이자 '참된 국민문학'이 될 가능성이 있는 작품이었던 것이다. 이광수의 이러한 독법은 사실 <춘향전>에 내재된 국민문학적 가치와 함께 '고전'적 가치를 전제로 출현한 것이었다. 다만, <춘향전>은 '고전'이 되기에

---

31 이광수를 비롯한 조선의 지식인과 시마무라 호게츠의 우연한 만남, 그리고 그 체험에 대한 다소 다른 견해를 보인 이광수, 시마무라 호게츠의 논저(이광수, 「吾道踏破旅行」, 『매일신보』 1917.6.28[최주한·하타노 세츠코 엮음, 『이광수 초기 문장집』 Ⅱ, 소나무, 2015, 427~428면] ; 시마무라 호게츠의 글(島村抱月, 「朝鮮だより」, 『早稻田文學』, 1917.10)에 대해서는 최주한, 「이광수의 이중어글쓰기와 오도답파여행」, 『민족문학사연구』 55, 민족문학사학회, 2014, 40~44면을 참조 ; 실제 「부활의 서광」과 시마무라 호게츠의 글의 관계에 대한 검토는 유승환, 앞의 글, 304~312면을 참조.

32 이 점에 대해서는 이상현, 앞의 책, 233~242면과 이 책의 3장[初出: 이상현, 이은령, 「19세기 말 고소설 유통의 전환과 '민족지'로서의 고소설: 모리스 쿠랑 『한국서지』 한국고소설 관련 기술의 근대 학술사적 의미」, 『비교문학』 59, 한국비교문학회, 2013, 40~55면]을 참조.

는 당시도 여전히 너무나도 대중적으로 향유되고 있던 동시대적인 작품이었을 따름이다. 이는 한국문학사 담론 속에 <춘향전>을 배치시키는 것이 아니라, <춘향전>에 근대문학의 의장을 입히고자 한 이광수의 실천이 출현한 맥락이기도 했다.[33]

자유토구사의 『광한루기』는 일본어로 <춘향전>을 번역했지만, 이광수와 동일한 지평을 지닌 실천이기도 했다. 이는 당시 제국 일본[어]과 식민지 조선[어]의 관계가 지닌 특수성에 기인한 것이기도 했다. 자유토구사, 이광수의 동일한 지평은 첫째, <춘향전>을 조선의 대표적인 국민문학이자 '미달된 문예물=현재 조선인의 민족성'으로 보는 공통된 인식이며, 둘째 일본/조선의 '근대어'로 <춘향전>을 재탄생시키는 공통된 행위란 점이다. 호소이는 『조선문학걸작집』의 권두에서 자유토구사의 고전정리사업의 결과물 즉, '통속조선문고'와 '선만총서'시리즈의 특징, 다른 재조선 민간 학술단체의 사업들과의 차이점을 밝힌 바 있다. 그것은 원문을 그대로 간행했던 조선고서간행회, 원문을 직역하여 일본인으로서는 그 뜻을 이해할 수 있는 부분이 지극히 적었던 조선연구회의 번역과 다른 자유토구사

33 또한 이광수는 <춘향전>을 예술적인 작품으로 자리매김하는 데 가장 적합한 인물이기도 했다. 이와 관련하여 과거 한국고소설에 관한 가장 긍정적 시각을 보여주었던 개신교 선교사 헐버트의 언급을 겹쳐서 생각해볼 필요가 있다. 헐버트는 "소설 창작을 필생의 직업으로 삼고 또 그 위에 자신의 문학적 평가의 기초를 둔 사람"이 만든 "극히 세분화된 분야의 창작물"이란 관점으로는 한국의 고소설을 논할 수 없음을 지적했다. 그렇지만 디포우(D. Defoe)와 같은 선구적인 작가들이 "대중적인 독자층을 갖는 모범적 소설을 씀으로써 영미소설에 이바지한 바와 같이 한국에도 훌륭한 소설가가 나타나서 한국의 소설을 위해 이바지할 수 있는 때가 오기를" 기대했다(H. B. Hulbert, 신복룡 옮김, 『대한제국멸망사』, 집문당, 2009[1999], 241면).

의 '통속역'이라는 번역의 지향점이다. 자유토구사의 한국고전에 대한 번역문은 "난해하고 많은 분량인 조선의 고사(古史)·고서(古書)를 그 요점만을 잘 정리해서 일반인이 이해하기 쉬운 언문일치로 해석하고 설명한 것"이었다.[34] 그렇지만 자유토구사의 한국(국문) 고소설의 번역 과정은 이러한 호소이의 언급만으로는 면밀히 살펴볼 수는 지점이 존재한다. 특히, 한 사람의 문사(文士)로서 <춘향전>을 "예술"로 만들고자 한 그의 <춘향전> 개작과는 다른 모습들이다. 그것은 한국의 민족성을 말하기 위한 유용성으로 말미암아 '미달된 문예물'이란 존재방식 그 자체를 용인해주어도 괜찮은 그 '번역의 존재방식 및 목적', 한 사람의 개인이 아니라 '집단적인 작업형태로 창출된 번역본'이란 특징이다.

(1) 자유토구사의 〈춘향전〉 번역사정과 '통속역'이라는 번역지향

자유토구사의 『옥중화』(일역본)가 『광한루기』라는 제명으로 출간되는 과정 속에는 다카하시 도루의 『춘향전』(일역본), 조선총독부에서 진행된 조선고서 정리사업이 개입되어 있다.[35] 호소이는 그의 저술 『조선문화사론(朝鮮文化史論)』(1911)에 <춘향전>의 줄거리 개관역 및 발췌역을 수록한 바 있었다. 그 이유는 호소이 이전에 다카하시의 번역 사례가 있었으며 다카하시의 번역문만으로도 원전의 내용을 충분히 자세히 알 수 있다고 판단했기 때문이다. 즉 "물어(物語)"

34 細井肇, 『朝鮮文學傑作集』, 奉公會, 1924, 5~6면.

35 이에 대한 개관은 이상현, 앞의 책, 5장 참조.

로 구현된 <춘향전 번역본>만으로 <춘향전>은 충분히 이해할 수 있는 작품이었다.[36] 자유토구사의 『광한루기』에 수록된 호소이의 발문에서도 여전히 십여 년 전 그의 추억과 함께 그의 발췌역이 함께 새겨져 있다. 그렇지만 그의 발문 속에서 <춘향전>은 다카하시의 번역문만으로 충분히 원서의 내용을 알 수 있는 작품은 아니었다.[37]

이 시기 호소이에게 <춘향전>은 판소리로 연행되기도 하며, 2~3종의 다른 제목을 가진 이본이 있는 작품이었다. 그중 한 작품이 조선총독부 참사관 분실에서 발행한 『조선도서해제』 소설 관련 서목에 수록된 작품이자, 자유토구사가 발간한 『춘향전』(일역본)의 제명, 한문본 <춘향전>인 『광한루기』였다. 그렇지만 제목이 다른 <춘향전>의 "내용이 모두 같은 것"이라는 호소이의 언급이 잘 말해주듯이, 호소이는 자유토구사의 이 일역본의 저본이 실은 『광한루기』가 아니라 『옥중화』란 사실을 잘 알지는 못했다.

이러한 사실은 자유토구사의 『선만총서』 1권에 수록된 호소이의 서문을 통해서 알 수 있다.[38] 이 글은 자유토구사가 '통속조선문고'에 이어 '선만총서' 시리즈에서 번역해야 될 한국 고전 목록을 선정하는 과정이 담겨져 있다. 그 절차를 먼저 간략히 정리해 보면, 그들은 조선총독부가 발간한 『조선도서해제』(1915; 1919)에 수록된 서목을 기초로 실제 소장된 서적들을 점검하는 작업을 수행했다. 그러한 작업 과정 속에서 조선총독부의 소설관련 서목에 있는 작품들이

36 細井肇,「半島의 軟文學」,『朝鮮文化史論 』, 朝鮮研究會, 1911, 628면.
37 細井肇,「廣寒樓記の卷末に」,『通俗朝鮮文庫』4, 自由討究社, 1921, 77면.
38 細井肇,「鮮滿叢書 第一卷の卷頭に」,『鮮滿叢書』1, 自由討究社, 1922, 1~4면.

"굳이 소설이라면 소설이라 하겠지만, 매우 평범한 기술에 불과"하다는 사실을 발견했다. 그들의 해결책은 종로에 있는 조선인의 서점에서 직접 소설 작품을 조사하는 것이었다. 그리고 총독부 참사관 분실에 근무하는 한국 지식인, 한병준(韓秉俊)[39]에게 그 중 가장 흥미있는 작품을 선정해 줄 것을 부탁하여 종국적으로 총 10편의 작품을 선정했다.

최종적인 작품 선정의 과정 이전 호소이는 종로의 서점에서 총 41편의 작품을 수집했는데, 이 목록 속에서 고소설, 신소설 작품들과 함께 『옥중화』가 포함되어 있다. 한국 지식인의 최종 작품선정과정 속에서 『옥중화』는 배제되었다. 그 이유는 물론 간단했다. 이 작품은 과거 자유토구사가 번역한 동일한 작품이었기 때문이다. 즉 『옥중화』가 『광한루기』라는 제명으로 출판된 『춘향전』(일역본)의 저본이라는 사실이 여기서 처음 명기된 것이다. 이렇듯 호소이가 『옥중화』를 자신이 발행한 『춘향전』(일역본)의 저본이란 사실을 몰랐던 이유는, 자유토구사의 한국고전에 대한 번역 작업 방식 때문이었다. 자유토구사가 출판한 한국고전 번역물의 번역자[40]를 보면, 한 가지 흥미로운 특징이 발견된다. 그것은 일본인이 단독으로 번역 작업을 수행한 한문고전과 달리 국문 고소설의 경우, 한국 지식인의 초역 작업 이후 일본인의 교정, 윤문 작업이 병행되었다는 점이다. 즉, 호소

---

39 한병준은 조선총독부의 『조선도해제』와 『조선어사전』의 편찬과정에 참여했으며, 후일 경성사범학교 서기로 근무한 인물이었다.

40 박상현, 「번역으로 발견된 '조선인': 자유토구사의 조선 고서 번역을 중심으로」, 『일본문화학보』 46, 한국일본문화학회, 2010를 참조.

이는 다카하시의 『춘향전』(일역본)을 접했던 것과 마찬가지로 한국어 원전이 아니라 한국인에 의해 '일본어로 번역된 한국의 고소설'을 접촉했던 것이다. 또한 『춘향전』(일역본)의 최종 교열자는 호소이가 아니라, 그의 벗 시마나카 유조(島中雄三, 1881~1940)로 그는 한문본 『사씨남정기』, 『구운몽』을 홀로 번역했으며 『추풍감별곡』의 교열자였다.[41]

자유토구사가 1921~1923년이란 짧은 기간 동안 다수의 한국 고소설을 번역할 수 있었던 근간에는 이처럼 '일본어로 한국의 고소설을 번역할 수 있었던 한국 지식인의 존재'가 있었던 것이다. 또한 한없이 가까워진 한국어와 일본어의 관계망도 염두에 들 수 있을 것이다. 그렇지만 호소이의 시각에서 본다면 그를 비롯한 일본인의 교정, 윤문 작업은 결코 의미 없는 실천은 아니었다. 과거 호소이는 다카하시의 번역본만으로 <춘향전> 원전을 충분히 대신할 수 있다고 판단했다. 왜냐하면 그가 보기에 <춘향전>의 요점을 '잘 선별한 후 쓸데없는 바'를 삭제했고 번역문 역시 매우 유창하고 아름다운 작품이었기 때문이다. 즉, 다카하시의 『춘향전』(일역본)은 원전을 번역한 작품이기도 했지만, 또한 원전을 한층 더 정제된 형태로 번역한 작품으로 비쳐진 셈이다. 조선고서간행회, 조선연구회 등의 재조선 일본의 민간학술단체와 다른 '통속역'이라는 자유토구사의 번역 방식

41 그는 자유토구사의 상의원이었으며, 일본의 사회운동가이자 저술가였다. 자유토구사 임원진 명단에는 '문화학회 주간'으로 그의 소속 및 직책이 보이는 데, 이는 1919년 시마나카 본인 창설에 관여했던 단체였다. 그는 10년 전 호소이가 일본 본국으로 돌아갔던 시기에 교유한 인물이었다.

은 단순히 원전의 표현을 있는 그대로 직역하는 행위와는 또 다른 차원의 문제를 내포한다. 왜냐하면 그것은 일본인 독자를 위해 통상의 일본어로 원전의 가독성을 높이는 차원일 뿐만 아니라, 이광수의 <춘향전> 다시 쓰기와 같이 '원전을 한층 더 정제된 형태로 만드는 작업'이란 함의를 더불어 지니고 있었기 때문이다.

(2) 1910년대 후반 이후 〈춘향전〉 번역의 다층성과 그 계보

자유토구사의 『춘향전』(일역본)에서 한국 지식인의 번역과 일본인 교열자의 윤문을 구별하는 작업은 물론 불가능하다. 그렇지만 『옥중화』의 원전과 그에 대한 일본어 직역문을 병기한 『만고열녀 일선문 춘향전(萬古烈女 日鮮文 春香傳)』(1917)은, 적어도 일본인 독자에게 원전을 최대한 있는 그대로 번역한 행위의 결과물이 어떠한 것인지를 짐작할 수 있게 해 준다.[42] 즉, 『만고열녀 일선문 춘향전』는 자유토구사의 국문 고소설 번역에 있어 전제 조건 즉, 한국 고전을 일본어로 번역할 수 있는 한국 지식인의 초역본을 보여주는 셈이기도 하다. 『옥중화』의 초두 부분을 『만고열녀 일선문 춘향전』, 게일의 『춘향전』(영역본), 자유토구사의 『춘향전』(일역본)과 대비해 보도록 하자(다만 『만고열녀 일선문 춘향전』은 편의상 원문의 한자에 일본식 한자음을 표기한 후리가나와 한글 표기로 병기된 『옥중화』 원문을 생략한 채 제시한다).

42 남궁설 편, 『萬古烈女 日鮮文 春香傳』, 漢城: 唯一書館, 1917.

絶對佳人 삼겨날 졔 江山精氣 타셔난ᄃᆞ 苧蘿山下若耶溪 西施가 **鍾出**ᄒᆞ고 群山萬壑赴荊門에 王昭君이 **生長**ᄒᆞ고(①) 雙角山이 秀麗ᄒᆞ야 綠珠가 삼겻스며(②) 錦江滑膩蛾嵋秀 薛濤文君 **幻出**이라 湖南左道 南原府는 東으로 智異山, 西으로 赤城江 山水情神이 어리어셔 春香이가 삼겨있다

—『獄中花』(1912)

絶代佳人ガウマレルトキ、江山ノ精氣ヲ受ケテ出ル苧蘿山下若耶溪ニ西施ガ鍾出シ、群山萬壑赴荊門　王昭君ガ生長シ、雙角山ガ秀麗シテ、綠珠ガ生レテ居リ、錦江滑膩蛾嵋秀ニ、薛濤文君幻出シタ、湖南左道南原府ハ、　東ハ智異山、西ハ赤城江、山水情神ガ凝テ、春香ガ生レタ、

— 남궁설 편,『萬古烈女 日鮮文 春香傳』(1917)

When specially beautiful women are born into the world, it is due to influence of the mountains and streams. Sosee(주석 1) the loveliest woman of ancient China(+), **sprung from** the banks of the Yakya River at the foot of the Chosa Mountain; Wang Sogun another great marvel(+), **grew up** where the waters rush by and hills circle round; and because the Keum torrent was clear and sweet, and the Amee hills were unsurpassed, Soldo and Tak Mugun **came into being.** / Namwun District of East Chulla, Chosen, lies to the west of the Chiri mountains, and to the east of the Red City River. The spirits of the hills and streams meet there, and on that spot Choonyang was born.[인용자 역문: 유난히 아름다운 여인이 세상에 태어나는 것은 산과 강의 영향을 받아서이다. 고대 중국의 가장 아름다운 여인(+)인 서시는 저라산 아래 약야강

변에서 태어났고, 또 다른 위대한 가인(+) 왕소군은 물살이 빠르고 산이 겹겹으로 둘러싸인 곳에서 성장하였고(①), 맑고 향기로운 금강과 수려한 아미산이 있었기에 설도와 탁무군이 생겨나게 되었다. / 조선의 동 전라도 남원부는 지리산의 서쪽과 적성강의 동쪽에 있다. 산과 강의 정기가 만나는 바로 그곳에서 춘향이 태어났다.]

[주석 1] Sosee. who lived about 450 B.C., was born of humble parents, but by her beauty advanced step by step till she gained complete control of the Empire, and finally wrought its ruin. She is the *ne plus ultr*a of beautiful Chinese women. [서시: BC 450년의 중국 여인으로 출신은 미천하나 미모가 뛰어나 조금씩 지위가 상승하여 마침내 중국을 완전히 장악한 뒤 중국을 멸망에 이르게 한 중국 제일의 미인이다.]

— 게일의 『춘향전』(영역본)(1917-1918)

昔から絶代の佳人は、常に江山の精氣を受けて生れるものである。西施が苧羅山の若耶溪に生れ、王昭君が群山萬壑の赴刑門に生れ、緑珠が秀麗なる雙角山に生れた如きは、皆その著しい例である。/　ここに全羅南道南原郡の生れで、名を春香といふものがあった。南原郡は東に智異山高く聳え、西に赤城江の流れを控へて、山水の景勝見るべきの地である。[인용자 역문] 예로부터 절대 가인은 항상 강산의 정기를 받아서 태어나는 법이다. 서시(西施)가 저라산(苧羅山) 약야계(若耶溪)에서 태어나고, 왕소군(王昭君)이 군산만학(群山萬壑)의 부형문(赴刑門)에서 태어나고, 록주(綠珠)가 수려한 쌍각산(雙角山)에서 태어난 것처럼, 모두 그 현

저한 예이다. / 이때에 전라남도 남원군에서 태어나고 이름을 춘향(春香)이라고 부르는 자가 있었다. 남원군은 동으로 지리산이 우뚝 솟아 있고, 서로는 적성강(赤城江)의 흐름이 가로 놓여 있어, 가히 산수의 경승을 볼 수 있는 곳이다.]
— 자유토구사의 『춘향전』(일역본)(1921)

『만고열녀 일선문 춘향전』의 번역 양상은, 물론 예외적인 지점이 있지만 전반적으로 보면 『옥중화』의 한자를 일본식 한자음을 병기한 채 그대로 두고, 문법적 표지 역할을 담당하는 한글을 일본어로 번역한 방식이라고 말할 수 있다. 게일의 번역은 비록 다른 뜻으로 풀거나(①) 생략한 부분(②), 첨가한 부분(+)이 있다. 하지만 그 첨가는 고소설 속의 전고이자 중국 고전 속 유명한 여성 인물을 주석과 함께 설명하고자 한 것이다. 원문(西施가 鍾出ᄒᆞ고 (…중략…) 王昭君이 生長ᄒᆞ고 (…중략…) 薛濤文君 幻出이라)에서 대구를 이루며 생동감 있는 변주를 보여주는 서술어를 반영하여 다른 어휘로 번역했다. 또한 그의 전체적인 번역 양상을 보면 원문의 한문 통사구조를 충실히 반영하고자 노력했다.[43]

이와 달리, 자유토구사의 일역본은 현대의 일본인 독자를 위해 본

43 이상현, 앞의 책, 374면 ; 1917~1918년에 출현한 게일의 영역본은 한문고전과 공존했던 고소설 문체 및 판소리 사설을 보존하려는 지향점을 보인다. 게일의 영역본은 일종의 '한문현토체 고소설 일역본'이라고 할 수 있는 『만고열녀 일선문 춘향전』과 동일한 번역지평을 지니고 있다. 『만고열녀 일선문 춘향전』의 번역문체는 1910년대 조선연구회의 한국 한문고전소설 일역본과 상통하는 모습이다. 즉, 1910년대 <춘향전> 번역본은 일본의 현대어로 전환시킨 자유토구사의 일역본과는 변별된다.

래 마침표가 없는 한문의 통사구조를 해체했다. 원문에서 계속 연이어 제시되는 언어 표현을 인과 관계를 지닌 문장 단위로 재편했으며, 단어 단위로 풀어서 서술한 특징을 보여준다. 또한 원전을 변개한 모습이 보인다. 『옥중화』에서 각기 다른 서술어(鍾出ᄒᆞ고~生長ᄒᆞ고~삼겻스며~幻出이라)를 통해 동양의 유명한 여성들이 제시되는 것과 달리, 모두 "태어났다" 정도로 풀었다. 더불어 설도(薛濤)·문군(文君)에 대해서는 생략했다. 또한 원문의 문장 제시 순서를 바꾼 부분도 있다. 예컨대 남원부의 산수를 먼저 제시하지 않고, 일역본에서는 춘향을 먼저 등장시켰다. 사실 이러한 번역은 이광수의 근대어로 번역된 「춘향」과도 상통되는 부분이 있다. 또한 『옥중화』의 상기 서두는 여느 한국 고소설에 비한다면 세련된 형태이기도 했다. 그렇지만 이광수의 「춘향」은 다른 지향점을 보여준다. 그것은 '미달된 문예물'의 형식을 그대로 제시한 자유토구사의 번역과는 상당히 다른 차이점이다.

이광수 「춘향」의 도입부는 『옥중화』, <춘향전 번역본>들과는 상당히 다른 방식의 서술이다. 이 점은 기존논의 속에서도 크게 주목받았던 이광수의 「춘향」이 한국의 전통적인 고소설 서술 방식에서 벗어난 큰 차이점이기도 하다. 1925년 9월 30일자 『동아일보』에 첫 연재 지면과 초반 부분을 펼쳐보면 다음과 같다.

春香

연분 (一)

"여봐라 방자야"

하고 책상우헤 펴 노흔 책도 보는 듯 마는 듯 우둑하니 무엇을 생각하고 안젓든 몽룡은 소리를 치엇다.

"여이"

하고 익살ㅅ덩어리로 생긴 방자가 억개짓을 하고 뛰여 들어와 책방 층계 압헤 읍하고 선다.

몽룡은 책상우헤 들어오는 볏을 막노라고 반쯤 다치엇든 영창을 성가신드시 와락밀며

"예 너의 남원고을에 어듸 볼만한 것이 없느냐"

『옥중화』와 그에 대한 번역본들과 상기 인용 대목을 비교해 보면, 고소설의 통상적인 문법이라고 할 수 있는 소설적 시공간과 인물 소개 부분으로 제시되는 초두 부분이 생략된 채, 바로 이몽룡과 방자의 대화로 제시된다. 이는 기존 논의에서 그 의의를 잘 지적했듯이, 서술자의 설명이 아니라 등장인물의 대화와 묘사를 장면화함으로 소설을 여는 지극히 근대적인 서술 양상이라고 평가할 수 있다.[44] 물론 구술 문화 혹은 연창을 전제로 한 판소리(혹은 판소리계 고소설)의 사설 역시도 과거 한국인이 향유했을 구체적이고 생동적인 묘사가 존재한다. 그렇지만 그 연행의 현장 혹은 서술 양상에 동참하기 위해서는 작품 내에 내재된 율격미와 음악에 대한 정서적 공

44 홍혜원, 앞의 글, 437~438면.

감이 전제된다.[45] 그것은 구술적인 것이었고 또한 그 형상화는 세밀한 디테일을 지닌 사실적인 묘사는 아니었다. 이광수의 「춘향」의 서술을 보조해 주고 있는 『동아일보』에 수록되어 있는 삽화는 본래 <춘향전>의 형상화와는 다른 시각화 방식을 잘 보여준다. 매회 연재 시기 마다 이러한 삽화는 결코 동양적인 회화의 방식이 아닌 세밀한 디테일을 지닌 서구식 재현의 방식으로 장면을 제시해 주기 때문이다. 또한 이러한 이광수의 서술방식은 실은 연극, 영화와 같은 과거와는 다른 <춘향전>의 소환방식에 상대적으로 더욱 부합한 것이기도 했다.[46]

(3) 이광수와 호소이의 분기점, 고전 〈춘향전〉이라는 형상

그렇지만 이렇듯 고소설의 전통적인 도입부를 소거해 버린 것은 이광수만의 변용은 아니었다. 호소이는 『옥중화』의 번역에 직접 관여하지는 않았다. 따라서 그는 이 작품 속에서 발견할 수 있는 조선의 민족성에 관해 별도로 이야기하지는 않았다. 그렇지만 그가 최종적인 교열 작업을 담당했던 <홍길동전>, <장화홍련전>, <연의각>에서는 이와는 다른 모습을 보여준다.[47] 먼저, 작품의 도입부와 관련

45 이에 관해서는 박영주, 『판소리 사설의 특성과 미학』, 보고사, 2000를 참조.

46 이러한 진술은 이광수의 「춘향」이 최초의 발성영화 <춘향전>(1935)의 원작이 된 사실 그리고 이광수의 소설 쓰기란 실천이 실은 영화라는 근대 미디어와 함께 출현한 것이며, 또한 근대 문학과 근대 미디어와 상호번역관계란 측면을 주목한 황호덕의 논문에서 시사받은 것이다(황호덕, 「활동사진처럼, 열녀전처럼: 축음기·(활동)사진·총, 그리고 활자; '『무정』의 밤'이 던진 문제들」, 『대동문화연구』 70, 성균관대 대동문화연구원, 2010, 432~443면).

47 호소이가 제시한 한국인 민족성에 대한 구체적 진술양상은 박상현, 「호소이 하

하여 호소이가 논평을 남긴 작품은 <장화홍련전>으로, 호소이는 그가 교열을 하는 과정에서 이 작품의 권두와 권말에 수록된 언어 표현을 삭제했음을 밝혔다. 왜냐하면 고소설에서 직접적으로 교훈을 전달하는 상투적인 권선징악적 내용이 거슬렸기 때문이다. 물론 『옥중화』의 서두는 <장화홍련전>보다는 한결 더 세련된 형태의 도입부이기는 했다.[48]

또한 <춘향전>과 관련해서 흥미롭게 볼 호소이의 교정의 원리는, 또 다른 판소리계 고소설 번역물인 『연의각』(일역본) 서발문에 있다. <흥부전>을 한국의 소설 작품으로 분명히 인식한 호소이였지만, 그의 눈에 이 작품은 여전히 한 편의 문학작품은 아니었다. 이 작품은 일본의 "<혀 짤린 참새(舌切雀)>, <딱딱산(はカチ<山)>과 같은 동화"와 다를 바 없는 것이었다. "과장(誇大)되고 거칠고 우스꽝(粗漫)스러운" 서술 양상을 보여주며, 수와 시간이 일관적이며 명확하지 않아 읽어 나가기에는 매우 당혹스러운 작품이기도 했다. 따라서 그의 일역본에는 원전에 대한 상당한 변개가 이루어졌다.[49] 즉, 일본인의 교열, 감수 작업이자 번역 과정에는 한국의 고소설을 정제하는 작업 역시 개입되어 있었다. 그렇지만 호소이가 자유토구사의 한국 고소

지메의 일본어 번역본 『장화홍련전』 연구」, 『일본문화연구』 37, 동아시아일본학회, 2011에 잘 제시되어 있다.

48 細井肇, 「薔花紅蓮傳を閱了して」, 『通俗朝鮮文庫』 10, 自由討究社, 1921. 더불어 그가 번역한 부분의 저본이 명백히 밝혀진 바가 없기에, 그가 참조한 저본이 한성서관에서 발행된 활자본 <장화홍련전>(초판 1915; 재판 1917; 삼판 1918)이란 사실을 병기해 둔다.

49 細井肇, 「鮮滿叢書 第一卷の卷頭に」, 『鮮滿叢書』 1, 自由討究社, 1922, 1~4면.

설 번역과정 속에서 이러한 원전에 관한 정제행위를 명시한 의미는 무엇 때문일까? 한 편으로는 원전에 대한 일정량 가감(加減)을 수행했음을 밝힌 번역자의 책무라고도 볼 수 있지만, 또 한 편으로는 번역본에 소거된 본래 원전의 '미개한 문예물'로서의 흔적을 제시하기 위한 것일 수도 있다. 그만치 자유토구사의 고소설 번역 실천에는 그들이 인식한 '조선인의 민족성을 재현'하고자 한 강한 목적의식이 투영되어 있었던 것이다. 이러한 호소이의 조선 민족성 담론은 의당 근대 한국 지식인이 수용할 수는 없는 논의였을 것이다.

예컨대, 그 대표적인 사례로 들 수 있는 글이 김태준(金台俊, 1905~1950)의 「고전섭렵 수감(古典涉獵 隨感)」이다. 김태준은 자유토구사의 『홍길동전』(일역본) 권두에 수록된 호소이의 글을 포함한 일본인들의 논의들이 과거의 단편적인 사실 혹은 조선인의 풍속 및 습속을 선험적이며 전통적인 조선 민족성 전체로 환원했음을 비판했다.[50] 흥미로운 점은 이러한 그의 글이 비단 일본의 지식인만을 향한 비판이 아니었던 사실이다.[51]

---

50 天台山人, 「古典涉獵 隨感」(三), 『동아일보』, 1935. 2.13, 3면; 이에 대한 분석은 이 책의 닫는 글[初出: 이상현, 「『조선문학사』 출현의 안과 밖」, 『일본문화연구』 40, 동아시아일본학회, 2011, 457~461면]을 참조.

51 김태준의 글 속에 담겨져 있는 조선의 근대지식인을 향한 이러한 비판의 모습을 다카하시 도루의 조선 민족성론과 그 이후 근대 한국지식인과의 관계를 분석한 구인모의 글을 통해 발견할 수 있었다[구인모, 「다카하시 도루, 『조선인』(1921), 민족(국민)성 담론 혹은 한국학의 한 원점」, 부산대 점필재 연구소 편, 『동아시아, 근대를 번역하다: 문명의 전환과 고전의 발견』, 점필재, 2013, 305~319면]; 1920년대 초반 한국 지식층의 개조론에 대한 검토는 박찬승, 『한국

文弱하고 懶惰한 것이 흔히 이 사람들의 民族性 같이 傳하지만 사람이 어떤 境遇에 文弱해지며 懶惰해지는 것을 알아서 그를 匡正하려는 努力이 없이 이러한 習性은 그 民族傳統의 것이라 해서 隱蔽하려하며 이로써 그 民族의 運命을 規定하려는 것은 確實히 老猾한 官僚學者의 常套手段이다 이를 그대로 引用하야 "朝鮮民族性의 改造"를 쓰는 것이 얼마 危險한 것인가를 알아야 한다 民族性의 先天性이 이러하니 우리는 習性을 改造하자는 것이니 그 愛國心의 發露로서된 純良한 動機에서 出發하얏다 할 지라도 自己를 잘 못아는 點에서 모든 行爲의 誤謬를 犯케 하나니 이는 宗敎家들이 이 現實의 悲慘을 宿世의 運命에 돌리는 것과 同軌의 罪惡이라는 것을 알아야 한다[52]

김태준은 1920년대 한국 지식인의 개조론 전반이 조선총독부 관료 및 관변인사의 조선인 민족성론을 참조하거나 내면화한 결과란 사실을 비판했다. 이광수의 「민족개조론」 역시 이러한 김태준의 비판을 벗어날 수 없는 논의였다. 아니 더 엄격히 말한다면, 김태준 이외의 한국인 다수에게도 거센 반발을 불러일으킨 논의라고 말할 수 있다. 물론, 김태준이 발견할 수 없었던 이광수, 호소이[또한 다카하시 도루]의 민족성론이 지닌 대척점은 분명히 존재했다. 또한 그의 「민족개조론」은 갑자기 돌출된 이광수의 사유라기보다는 1910년대 이광수의 사유와도 연속된 측면이 있었다. 이광수 역시 다카하시[나아가

근대 정치사상사 연구: 민족주의 우파의 실력양성운동론』, 역사비평사, 1992, 176~185면, 197~217면을 참조.

52 天台山人, 앞의 글, 3면.

호소이]의 조선민족성 담론의 핵심적 기조라고 할 수 있는 '사상의 고착', '사상의 종속'으로 표상되는 사대주의적이며 정체된 '조선'의 형상을 액면 그대로 받아들일 수는 없었기 때문이다.[53] 일례로, 이광수가 「민요에 나타난 조선 민족성의 일단」(1927)을 통해, 호소이의 저술에서 기술된 조선 민족성론을 비판한 점을 볼 때 이러한 사실은 더욱 더 분명하다.[54]

그렇지만 이광수의 「민족개조론」이 보여주는 제 양상들, 조선민족성의 '과거잔재'에 대한 개조를 통해 '미래의 이상'을 향해 나가야 한다는 논리 또한 여기서 부정적인 조선인의 민족성으로 규정했던 과거의 잔재(虛僞·懶怠·怯懦), 호소이의 저술을 비판하는 긍정적인 조선인의 민족성('낙천성')은 다카하시의 『조선인』(1920) 속 민족성 담

---

53 예컨대, 최주한은 1910~1920년대 이광수의 사상적 논정을 다카하시 도루를 비롯한 재조선 일본인의 조선민족성 담론과 대비검토를 수행하며, 「민족개조론」이 지니고 있던 제국 일본의 조선 민족성 담론에 대한 전유의 지점과 독자성을 제시한 바 있다(최주한, 『이광수와 식민지 문학의 윤리』, 소명출판, 2014, 322~352면[初出: 최주한, 「이광수의 민족개조론 재고」, 『인문논총』 70, 서울대학교 인문학연구원, 2013]) 더불어 상하이에서 귀국 이후 이광수가 처한 정황과 그의 논문들이 보여준 사상적 궤적에 관해서는 김윤식, 앞의 책, 17~49면을 함께 참조했다.

54 이광수, 「민요에 나타난 조선 민족성의 일단」, 최주한, 『이광수와 식민지 문학의 윤리』, 소명출판, 2015, 817~820면을 참조. 이에 대한 원전은 李光洙, 「民謠に現はれたる朝鮮民族性の一端」, 『眞人』, 1927.1이며, 후일 市山盛雄 編, 『朝鮮民謠の硏究』, 坂本書店, 1927에 재수록되었다. 여기서 이광수가 비판한 호소이의 저술은 다카사키 소지가 잘 언급했듯이, 1926년 6월25일부터 『오사카아사히신문(大阪朝日新聞)』 부록 『조선아사히(朝鮮朝日)』에 「조선이야기」(1)로 연재된 기사였다. 이 연재물은 대원군을 다룬 것으로 후일 『國太公の眦』(1929)라는 단행본으로 출판된다(다카사키 소지, 최혜주 옮김, 『일본 망언의 계보』, 한울아카데미, 2010, 206면).

론과의 긴밀한 연관성을 지니고 있다.[55] 제국 일본과 식민지 조선 지식인이 공유한 학술어와 공론장의 모습과 함께 주목할 지점이 하나 더 있다. 이광수의 호소이에 대한 비판에서, 그가 민요와 함께 <춘향전>, <심청전>을 엮어 조선의 민족성을 논하는 모습이다.[56] 이와 관련하여 이광수 「춘향」의 연재 이전, 동아일보사의 예고광고에서 <춘향전>이 '민요의 시대'를 벗어나지 못함을 언급한 내용을 상기해 볼 필요가 있다.

「춘향」의 밑바탕을 이루는 1920년대 이광수의 문학론은 과거와 달리 시조와 고소설을 통해, '국민문학적 가치'를 재발견하려는 지향점을 지니고 있었다. 예컨대, 과거 그가 제출한 논문으로 충분히 논하지 못했던 "문학개론(文學槪論)의 지식(知識)" 즉, "문학연구(文學硏究)하는 이", "문학적 창작을 하려"는 이, "문학적 작품을 감상하려 하는 이"에게 반드시 필요한 "기초지식"을 제공하고자 한 「문학강화」(1924.10~1925.2)를 펼쳐보면, 시조는 문학의 정의를 말해주기 위해 "문학적" "쾌미(快味)"를 제공하는 "작품"의 예시로 활용된다.[57] 「민요소고」(1924.12)를 보면, 이러한 시조는 작가가 없는 "민족의 공동적 작품"으로 4·4조를 근간으로 한 "민족의 고유한 리듬"이 새겨진 장르인 민요와도 긴밀히 연결된 장르이다. 가사와 함께 "순전한 조선말로 된 것으로 민요의 역을 벗어난" 유일한 장르였기 때

55 구인모, 앞의 책, 305~319면 ; 구인모, 『한국 근대시의 이상과 허상』, 소명출판, 2008, 141~146면.

56 이광수, 「민요에 나타난 조선 민족성의 일단」, 앞의 책.

57 이광수, 「文學講話」, 『조선문단』, 1924.10~1925.2[『전집』10, 384~386면].

문이다. 그렇지만 이광수는 시조와 가사 역시도 "대부분은 형식이나 생각이나 다 한문식이기 때문에 일반적·민중적인 지경에는 달하지 못하였고, 우리의 노래는 아직 민요 시대를 벗어나지 못"함을 진단했다.[58]

이러한 그의 진단은 몇몇의 시편을 제외한 근대시 나아가 근대문학 일반에 관해서도 마찬가지였다. 여기서 민요의 존재는 "조선 사람의 정조와 사고 방법에 합치하기에", "새로운 문학을 짓고자 하는 이"가 "전설(傳說)"과 함께 살펴야 할 대상이었다. 그는 이에 현전하는 민요의 연원, 그 곡조, 자수에 근거한 율격을 고찰했다.[59] 「시조」(1928.11.1~11.9)에서 이러한 그의 민요에 대한 탐구방식이 시조에도 투영됨을 발견할 수 있다. 그렇지만 여기서 시조는 「민요소고」에서의 시조와 결코 동일한 형상이 아니었다. 그는 "시조(時調)"를 어디까지나 "현존한 조선문학 중 최고(最古)"의 "형식"으로 인식했으며, 시조가 지니고 있던 중국적인 요소는 이러한 고유한 형식으로 인하여 중요한 문제로 인식되지 않았다. 그는 최남선의 『시조유취』 수록 작품을 대상으로 시조의 명칭의 유래 및 연원을 언급한 후 작품에 내재된 고유한 율격("1編 3章 12句 45音"이라는 기본형을 지닌 "音樂的 形式美")과 시조의 초·중·종장이 지닌 시상의 보편적인 전개방식(意的構成)을 제시했다.[60]

「춘향」의 원전, <춘향전>은 그가 말미에서 기술한 바대로 "팔도

58 이광수, 「民謠小考」, 『朝鮮文壇』, 1924.12[『전집』10, 394~395면].
59 위의 글, 395~398면.
60 이광수, 「時調」, 『동아일보』, 1928.11.1.~11.9[『전집』 10, 443~449면].

광대들이 춘향의 정절을 노래지어 수백 년 노래"(524면)로 전승된 것이며 또한 "설화"이자 "이야기"였다. 즉, 그 작품 속의 언어는 이광수의 「부활의 서광」, 동아일보의 예고광고에서의 언급이 잘 말해주듯, 이러한 민요, 시조와 대비해볼만한 율격미를 갖춘 언어였다. 그럼에도 「춘향」이 연재될 즈음, <춘향전>의 형상은 1928년 이광수가 논하고 있던 시조의 형상과 결코 대등한 것은 아니었다. '소설 혹은 근대 문예물에 미달된 작품'이자 '구술문화'로 여겨지는 외국인(근대)의 시각에서 열등한 고소설이라는 맥락이 일정량 존재하고 있었기 때문이다. 「부활의 서광」, 「민요소고」에서 드러나는 <춘향전>, 민요의 모습처럼, 고소설은 일종의 '창작적 원천'으로 향후 예술가의 손을 거쳐 구현된 '참된 국민문학작품'이 될 가능성이었던 셈이다. 여기서 고소설의 형상은 이광수의 「시조」에서 제시되는 시조의 형상과는 다른 것이었다. "근래에 사이비(似而非)한 시조에 대하여 가지는 악심적(惡心的) 반감을 나 자신의 작품에 대하여서도 아니 가지지 못하는 것이 슬플 뿐이다"[61]라는 자신의 시조와 현대시조에 대한 그의 논평이 잘 말해주듯, 그곳에는 현대적 재창작의 소재라기보다는 보존해야 할 어떠한 '고유한 형식'과 '원형'이라는 개념이 전제되어 있기 때문이다.

다만, 「춘향」에는 「시조」에서 보이는 그의 인식이 출현하는 과정이 내재되어 있었다. 그것은 후일 경성제국대학 조선문학과에서 『격몽요결(擊蒙要訣)』과 『구운몽』을 교재로 활용하는 점을 비판하

61 위의 글, 443면.

며, 교재로 활용해야 될 작품의 경개를 “신라향가·시조·춘향전·현대조선작가의 작품” 즉, “조선문으로 된 문학작품”으로 밝힌 그의 조선문학의 얼개 안에 <춘향전>이 포괄되는 과정이라고 말할 수 있다.[62] 이 글에서 이광수가 제시한 <춘향전>은 무엇일까? 그것은 단지 근대어와 근대소설적 형식을 통해 ‘구전물로서의 고소설’이라는 당대의 위상을 탈피하고자 시도한 「춘향」만을 의미하지는 않는다. 여기서 <춘향전>은 이광수가 「춘향」을 창작하기 위해 보았던 모든 <춘향전>을 지칭한다. 나아가 이러한 이광수의 진술 속에는 김동인이 비판했고 조윤제가 말했던 바 「춘향」에 내재된 “고전을 존중하는 정신”이 전제되어 있다. 사실 이렇듯 <춘향전>을 ‘고전’으로 존중하는 정신의 부재는 자유토구사의 번역이 지닌 최대의 한계점이었다. 경성제국대학의 학생 김종무가 호소이의 『조선문학걸작집』에 수록된 『춘향전』(일역본)을 보고 남긴 다음과 같은 기사는 이 점을 잘 말해준다.

> 책의 冒頭에 『춘향전』이라는 그럴듯한 表題가 붙어 있었음에도 불구하고 그 내용에 있어서는 실로 飜譯·飜案이라고 하기는 어려웠기 때문에, 크게 참고할 수는 없었다. 나는 이러한 엉터리 번역이 세상에 돌아다님으로 인하여 조선문학에 관하여 잘못된 인상을 전하게 되지는 않을까 걱정하지 않을 수 없다.[63]

62 이광수, 「朝鮮文學의 槪念」, 『新生』, 1929.1(『전집』 10, 449~451면).

63 김종무, 「我觀春香傳」, 『淸凉』 6, 京城帝國大學予科學友會文藝部, 1928, 46면[허찬, 「1920년대 <운영전>의 여러 양상—일역본 <운영전(雲英傳)>과 한글본 『연

<춘향전> 다시 쓰기 혹은 번역 실천은 의당 그 저본의 존재를 환기시킨다. 또한 원전의 언어표현을 정제시키는 행위는 이러한 저본에 대한 훼손을 수반하게 된다. 즉, 이렇듯 번역본이 일으키는 두 가지 작용 즉, 저본[원전]을 상기시키고 동시에 훼손하는 과정은 결국 보존해야 될 '고전'의 형상을 출현시킨다. 그것은 이광수의 「춘향」뿐만 아니라 <춘향전>을 문학텍스트가 아닌 연극, 영화와 같은 다른 양식으로 소환해야 될 사람들이 공통적으로 대면하게 될 문제점이기도 했다. 김종무가 말한 '번역·번안'이라고까지 평가하기 어려웠던 어떠한 기준점. 그 원전의 형상은 이해조, 최남선, 이광수의 <춘향전> 이전에 존재했던 '고전'<춘향전>의 형상이 출현함을 암시해주고 있다. 김종무의 지적은 지식인 독자의 '고전' <춘향전>이라는 새로운 기대지평이 등장함을 보여준다. 또한 자유토구사의 '통속역'이라는 번역지향의 한계점 즉 단순히 <춘향전>의 요점을 간추려 현대인 독자가 읽기 쉬운 근대어로 만드는 것만으로 해결할 수 없는 지점을 이야기해주는 것이다. 나아가 고전 <춘향전>이라는 형상은 '미달된 문예물'이라는 형태를 그대로 재현하고자 했던 자유토구사의 실천 또한 근대 소설의 의장을 입혀 근대문예물로 개작하고자 한 이광수의 실천과는 다른 새로운 '<춘향전>=조선인 민족성'의 재현방식이란 사실을 주목할 필요가 있다.

정 운영전(演訂 雲英傳)』, 영화 <운영전—총희(雲英傳—寵姬)의 연(戀)>의 관계를 중심으로」, 『열상고전연구』 38, 열상고전연구회, 2013, 541~542면에서 재인용].

3. 「춘향」과 민족성 담론

再昨年 三月一日 以後로 우리의 精神의 變化는 무섭게 急激하게 되었습니다. 그리고 이러한 變化는 今後에도 限量없이 繼續 될 것입니다.

그러나 이것은 自然의 變化이외다. 또는 偶然의 變化이외다. 마치 自然界에서 끊임없이 行하는 物理學的 變化나 化學的 變化와 같이 自然히 우리 눈으로 보기에는 偶然히 行 하는 變化이외다. 또는 無知蒙昧한 野蠻人種이 自覺없이 推移하여 가는 變化와 같은 變化이외다.[64]

이광수는 "제일 욕먹어보기는 「민족개조론」을 썼을 때와 「선도자」를 썼을 때인데, 그때 중추원(中樞院) 참의(參議)일동이 연명(連名)해서 들은즉 '이광수란 놈이 어려서부터 아비없는 놈이여서 양반계급을 허는 글을 쓴다'고 총독부 당국과 경성일보사 사장에게 금후 이광수의 글을 실리지 말라는 진정서와 경학원(經學院)에선 반대 강연회, 도쿄에서도 이광수 매장(埋葬) 연설회가 있었으며, 경성관립학교(京城官立學校)의 여규형(呂圭亨)선생은 학생들에게 이광수의 글을 절대로 읽지 말라고 선언까지 했다"[65]라고 술회한 바 있다. 그가 귀국 후 비로소 자신의 이름을 내 걸은 「민족개조론」이 거센 반발을 불러일으킨 이유는, 물론 '상하이에서의 무사귀국[혹은 독립운동의 배반자]'이라는 그의 행보도 문제였겠지만, 식민지 시기 문인지식층에

---

64 이광수, 「民族改造論」, 『開闢』, 1922.5[『전집』10, 116~117면].

65 이광수, 「東亞, 朝鮮 兩新聞에 小說 連載하든 回想」, 『삼천리』, 1940.10, 182~183면 ; 이광수, 「나의 告白」, 『春秋社刊』, 1948.12(『전집』7, 266면).

게 '미증유의 사건'이자 동시에 평생의 기억으로 남겨진 3·1운동에 관한 그의 저평가도 또 다른 중요한 이유였다.[66] 이광수의 「춘향」에 담겨진 국민문학의 기획 그 속에서 <춘향전>의 형상은 미달된 문예물이자 동시에 '개조'되어야 할 '민족성'을 표상하는 것이었다.

물론 이광수, 게일, 호소이의 3·1운동에 대한 인식 또한 그들의 민족성 담론을 엄격히 비교하는 작업 자체가 상당히 어려운 문제이며, 또한 이를 고찰함은 <춘향전>의 번역과 민족성의 재현이라는 이 글의 주제를 크게 벗어나는 일이다. 하지만 3·1운동이 이광수를 거세게 비판받게 만들었던 숭고미를 지닌 역사적 사건이었으며, 이후 제국 일본의 문화통치 그리고 한국 사회문화 전반의 급격한 전환점이었던 사실은 간략하게나마 언급할 필요는 있다. 왜냐하면 3·1운동에 대한 직·간접적인 체험과 이후 한국 사회문화의 전환은 게일, 호소이가 한국고소설을 집중적으로 번역하게 된 중요한 동기이자 그들의 삶을 전환시킬 만큼 큰 것이었기 때문이다. 이 역사적 사건과 관련하여 가장 극적인 인물이라고 할 수 있는 이는 호소이였다. 그는 1918년 『오사카아사히신문』의 필화사건을 계기로 편집진에 대항하여, 동료들과 함께 도쿄 아사히신문사를 집단 퇴사했다. 이러한 정황 속에서 호소이는 한국의 3·1운동을 그에게 있어 인생의 전기(轉機)로 여기고, 자신의 몸을 '조선 문제' 해결에 투신하고자 했다. 호소이는 3·1운동의 원인을 "수천 년의 특수한 역사와 습속 및 심

66 김윤식, 앞의 책, 44~45면 ; 권보드래, 「3·1운동과 "개조"의 후예들: 식민지 시기 후일담 소설의 계보」, 『민족문학사연구』 58, 민족문학사학회, 2015, 230~233면.

성"을 지닌 조선민족에 대한 올바른 이해에 기반하지 않은 식민정책에서 찾았고, 향후 그 대안으로 내선융합을 위한 조선문화에 관한 연구를 도모하고자 자유토구사를 설립하게 된다.[67]

호소이가 주관한 자유토구사의 실천은, 한국의 고전 속에 보이는 조선인의 민족성을 도출하여 미래를 위한 어떠한 기획을 제시한다는 측면에서 본다면, 이광수, 게일의 실천과도 분명히 겹쳐지는 것이다. 그렇지만 그 배후에는 조선총독부 및 총독 사이토 마코토(齋藤實, 1858~1936)의 지원이 있었다.[68] 또한 호소이의 조선민족성론의 그 중심기조는 사실상 일관되었으며, 이는 그의 입장이 어디까지나 제국 일본이 제시하고자 했던 조선인의 민족성을 구현하는 데에 맞춰져 있었음을 반증해준다. 나아가 내지인이 조선인의 민족성을 이해하는 데 가장 중요한 연구대상이 한국문학이라는 인식, 그에 부응하는 고소설 작품선정 및 번역은 실상 그의 저술 『조선문화사론』(1911)에서 부터 이미 마련되어 있었다. 예컨대 『조선문화사론』의 「서설

---

67 島中雄三,「自由討究社趣意書」,『通俗朝鮮文庫』2 自由討究社, 1921, 1~2면 ; 細井肇,「『朝鮮文學傑作集』の卷頭に題す」,『朝鮮文學傑作集』, 奉公會, 1924, 1~2면 ; 다카사키 소지, 앞의 책, 187~209면 ; 최혜주,「한말 일제하 재조 일본인의 조선고서간행사업」, 육당연구학회 편,『최남선 다시 읽기』, 현실문화, 2009, 155~162면, 169~184면[初出: 최혜주,「한말 일제하 재조일본인의 조선고서 간행사업」,『대동문화연구』66, 성균관대학교 대동문화연구원, 2009] ; 박상현,「제국 일본과 번역: 호소이 하지메의 조선고소설 번역을 중심으로」,『일어일문학연구』71(2), 한국일어일문학회, 2009, 428~441면 ; 윤소영,「호소이 하지메의 조선인식과 '제국의 꿈'」,『한국 근현대사 연구』45, 한국근현대사학회, 2008, 15~18면, 28~42면 ; 최혜주,「일제 강점기 고전의 형성에 대한 일고찰」,『한국문화』64, 서울대학교 규장각 한국학연구원, 2013, 165~168면.

68 다카사키 소지, 앞의 책, 204~209면 ; 윤소영, 앞의 글, 16면.

(敍說)」에서, 그는 "문학"은 "인정의 극치를 증류한 수정옥(水晶玉)"과 같은 것이며, 단지 당시의 시대정신을 밝힐 뿐만 아니라 고금을 횡단하여 영원한 국민의 성정을 지배, 감화시키는 것이라고 밝혔다. 그리고 "조선을 이해하는 유일한 첩경"이 "조선문학"을 탐구하는 것이라고 여겼다. 호소이가 1921~1922년경 서울 종로에서 조사한 소설 작품 목록, 그리고 번역작품 선정의 논리는 사실 『조선문화사론』과 긴밀한 연속선을 지니고 있었던 셈이다.[69]

호소이에게 3·1운동은 결코 비폭력 저항운동이 아니라, "조선폭력사변(朝鮮暴力事變)"이었다. 또한 이 사건은 과거 조선연구회의 일원으로 그가 조선에 있을 때 예상했던 일이며, 단지 그의 생각보다 빨리 나타난 것이었다. 그가 이 사건을 비탄하며 바라본 이유는 자신이 지녔던 과거 사회주의 이력으로 인해 조선을 떠나게 됨으로, 그 당시 미처 그의 과업을 완료하지 못했기 때문이다.[70] 이와 관련하여 그의 저술 『조선문화사론』에는 번역이 마무리되지 못했던 고소설 작품들이 존재함을 주목할 필요가 있다. 즉, 호소이는 이렇듯 그가 이루지 못했던 기획을 완성시켜 조선인의 민족성에 관한 지식을 제시해준다면, 3·1운동이 보여준 일본 식민통치의 실패를 반복하지 않을 것이라고 여겼던 셈이다. 요컨대, 3·1운동은 실상 과거 자신이

69 이상현, 앞의 책, 425~436면[初出: 이상현, 「묻혀진 <심청전> 정전화의 계보」, 『고소설연구』 32, 한국고소설학회, 2011]과 이 책의 닫는 글[初出: 이상현, 「『조선문학사』(1922) 출현의 안과 밖」, 『일본문화연구』 40, 동아시아일본학회, 2011, 464~478면]을 참조.

70 細井肇, 「自序」, 『大亞遊記』, 自由討究社, 1922, 4면.

완료하지 못했던 사업을 조선총독부의 은밀한 지원을 받으며 다시 펼칠 수 있도록 해준 사건이자 기회였다. 그의 조선연구 또한 자유토구사의 수립을 가능하게 한 일종의 기회와 명분을 제공해준 셈이기 때문이다. 그리고 그는 '미달된 문예물' 혹은 조선인의 원시성을 조선인의 작품을 통해 보여주고자 시도한 셈이다.

게일의 3·1운동("己未萬歲事件")에 관한 관점은 이렇듯 호소이의 '제국 일본의 입장'과는 완전히 다른 것이었다. 역설적으로 외국인 게일은 이광수, 호소이와 달리, 한국에서 이 사건을 "목전(目前)에서 보"았고, "조선과 가치 웃고 조선과 가치 울"었다.[71] 물론, 그가 남긴 한국역사에 관한 서술(1924~1927) 속에서 3·1운동은 기술되어 있지 않다. 그가 남겨놓은 역사서의 마지막 장은 개별적인 역사적 사건에 초점이 맞춰지기 보다는, "우리 선교사들은 무의식중에 조선을 포함하나 동아시아의 파괴자가 되었다"고 스스로 자탄했던 19세기 말에서 20세기 초두에 일어난 주변부 한국에서의 '서구적 근대' 그리고 '옛 조선이 지녔던 고전적 문명의 소멸'로 마무리되기 때문이다.[72] 물론 이는 3·1운동 이후 한국사회문화의 전변에 대한 그의 부정적 인식이 개입한 흔적이기도 하다.

그렇지만 3·1운동이 발발했던 당시, 게일은 이에 대한 상당수의 기록을 남겼다. 그는 서구인들에게 공포의 대상이었던 "흉노", "사람을 잡아먹는 도깨비(ogre)", "악마", "협오스러운 괴물" 등의 표현

---

71 奇一, 「回顧四十年」, 『新民』26, 1927. 6, 10~11면.

72 J. S. Gale, "A History of the Korean People," *The Korea Mission Field* 1927. 9.

으로 제국 일본을 지칭하며 그들의 식민지 통치의 잔혹성과 야만성을 노골적으로 비판했다. 또한 그는 3·1운동이 지닌 숭고미를 지극히 공감했다. 조선인의 용기와 결코 동화되지 않을 조선민족의 고유한 문명을 옹호했기 때문이다.[73] 또한 그는 조선인의 입장에서 그들을 돕고자 했다. 그 대표적인 사례를 들자면, 1919년 3월 10일 한 때 영국의 주미대사를 역임했던 정치인 제임스 브라이스 경(Viscount Bryce)에게 3·1운동의 실상과 조선민족의 곤경을 알리는 비밀서한을 들 수 있다. 이는 브라이스가 한국에 방문했을 때, 통역 역할을 담당해주었던 인연으로 가능했던 것이다. 그렇지만 브라이스는 "조선은 이제 기술적으로 일본의 지배를 받고 있기 때문에, 우리 자신을 공개적으로 들추어내어 문제를 제기하는 것 이외에는 일본의 통치에 간섭할 수 없습니다"[74]라는 미국, 영국의 공식적인 입장을 알고 있었지만, 이 문제점을 주시하여 영국과 "미국 정부에게 일본에 대한 어떤 조치를 취하도록 우호적으로 촉구할 수는 있을 것"이라는 가능성을 제시해 주었다. 그리고 자신의 조언을 다음과 같이 제시했다.

> 좋은 날이 올 때까지 민족의 혼을 유지하기 위해서는 조선인들이 학문이나 혹은 그들이 장구하게 지녀왔던 전통을 고수함으로 민족의 혼을 유지하는 데 매진하는 것이 가장 좋은 방법이 아닐까요?……조

73 이 점에 대해서는 유영식, 『착혼 목자: 게일의 삶과 선교』 1, 도서출판 진흥, 2013, 435~441면을 참조. 게일이 작성한 문건은 유영식 옮김, 『착혼 목자: 게일의 삶과 선교』 2, 도서출판 진흥, 2013, 208~284면에 수록되어 있다.

74 유영식 옮김, 앞의 책, 216~217면[「브라이스 경이 게일에게 보낸 회신」(1919)].

> 선에서 식자층이 늘어날수록 결국 조선은 더욱 더 강한 나라가 될 것입니다. 일본이 마음대로 하도록 내버려 두십시오. 자신의 언어를 고수하고 민족문화를 보존하려는 **1,200** 만명에서 **1,400** 만명에 달하는 사람들의 민족성을 말살할 수는 없습니다. 잠시 후면 일본의 그러한 처사는 효력이 없다는 것이 밝혀질 것입니다.[75]

리처드 러트가 잘 말해주었듯이, 게일의 주된 실천은 1910년 이전까지 '교육'이었으며 1910년대 이후에도 '한국학 전반에 관한 연구'였다. 1920년대 이후 그는 한국인을 위해 문학활동을 더욱 활발히 수행한다.[76] 『게일 유고』 소재 그의 『일지』 18-20권에 수록된 다수의 국문 고소설에 대한 육필 번역본의 기록 시기(1919~1922년경)는 매우 흥미로운 것이다.[77] 3·1운동 이후의 이러한 정황을 본다면, 이러한 그의 고소설 번역 속에는 한국의 민족문화를 보존하고자 한 지향점이 새겨져 있었던 셈이다. 물론 이러한 브라이스의 조언은 이광수가 회고했던 상하이에서 들었던 『차이나 프레스』의 기자의 말을 연상시킨다.[78] 물론 브라이스의 언급은 게일의 소견에 대한 존중이 바탕

75 위의 책, 217면.

76 R. Rutt, *James Scarth Gale and his History of the Korean People,* Seoul: Royal Asiatic Society, Korea Branch in conjunction with Taewon Publishing Company, 1972, pp. 31-79.

77 이 책의 6장[初出: 이상현, 「게일의 한국고소설 번역과 그 통국가적 맥락: 『게일 유고』(*Gale, James Scarth Papers*) 소재 고소설 관련 자료의 존재양상과 그 의미에 관하여」, *Comparative Korean Studies* 22(1), 국제비교한국학회, 2014, 16-30면]을 참조.

78 이광수는 「나의 告白」(『春秋社刊』, 1948.12(『전집』 7, 255면))에서 다음과 같이 언급했다. "일본 통치에 불복하고 독립을 원한다는 뜻과 또 독립을 위하여서는

이 되어 있으며 한국의 민족문화를 한층 더 강조하며 상대적으로 더 욱 낙관적인 미래를 제시해준다. 하지만, 3·1운동을 통해 이루어질 근본적 변혁을 바라던 이의 시각에서 본다면, 이는 이광수가 실망했을만한 동궤의 발언이었다.

다만 여기서 오래된 연원을 지닌 '조선의 민족성'은 분명한 실체를 지닌 것이었으며, 제국 일본과 식민지 조선 양자의 입장에서도 조선 민족의 미래를 설계하기 위해서는 탐구되어야 할 중요한 연구대상이다. 또한 고소설 작품은 조선인의 민족성을 표상해주는 것으로 투명하게 재현되어야 할 번역대상었다. 그렇지만 호소이와는 다른 게일, 이광수에게 존재했던 <춘향전>의 새로운 형상을 주목해야 한다. 그것은 <춘향전>이 '미달된 문예물'에서 '민족의 고전'으로 승화되는 모습이다. 이 승화의 과정 속에서 <춘향전>은 '조선의 국민문학'과 '민족의 고전'이라는 두 가지 형상이 겹쳐지면서도 분리된다.

(1) 게일의 고소설 번역사정과 원전 〈춘향전〉의 형상

조선의 국민문학을 정초하기 위해 '창작의 영역'에서 현대물과 역사물을 넘나들었던 이광수와 달리 게일, 호소이가 조선인의 민족성 탐구를 위해 연구/번역한 대상은 어디까지나 한국의 전근대 문학으로 한정된다. 예컨대, 호소이의 소설작품 목록에는 한국 고전 목록

죽기도 두려워하지 않는다는 용기도 표시되었으니 더 동포를 선동하여 희생을 내지 말라. 지난 수십 년간에 길러낸 지식계급을 다 희생하면 다시 수십 년을 지나기 전에는 그만한 사람을 기를 수 없으니 앞으로 교육과 산업으로 독립의 실력을 길러라. 내가 보기에는 현재의 힘으로는 일본을 내쫓고 독립할 힘은 없다."

이외에도 이해조, 최찬식(崔瓚植, 1881-1951)이 창작한 『추월색』, 『화세계』, 『탄금대』 등과 같은 신소설 작품이 포함되어 있다. 호소이는 당연히 이들 작품을 번역하지 않았으며 그 배제의 이유를 별도로 밝혀 놓지는 않았다.[79] 그렇지만 근대의 신문물과 새로운 사상이 담긴 이들 신소설 작품은 "호소이가 주장하고자 한 조선민족성악론(朝鮮民族性惡論) 즉, 한국역사의 내재적 발전을 인정하지 않고 '타율성사관'과 '정체사관'"[80]을 제시하기에는 적절치 않았던 작품인 것은 분명하다. 또한 이러한 호소이의 번역작품선정에는 이미 조선의 '신문예'와 '구문예'를 구분하는 시각이 분명히 전제되어 있었음을 알 수 있다. 게일 역시 1922년경 자유토구사와 동일한 한국의 출판문화 속에 놓여 있던 인물이다. 그가 구입한 서적 1권은 자유토구사의 수집서적목록에 포함된 작품이었다. 그는 종로에서 『천리원정』이란 신소설 한 편을 구입했음을 다음과 같이 회고한 바 있다.

> 시에서 뿐 아니라 소설에 있어서도, 그 세계는 공히 바다에 떠 있는 것과 같다. 최근 종로에 있는 가장 큰 서포를 지나며 나는 베스트셀러 소설

79 細井肇, 「鮮滿叢書 第一卷の卷頭に」, 『鮮滿叢書』 1, 自由討究社, 1922, 3-4면 ; 물론 이 작품들은 조선총독부 참사관 분실의 한병준이 보기에, 다소 흥미성이 떨어지는 작품이었을지도 모른다. 하지만 이 작품들은 이미 자유토구사가 번역한 작품(『옥중화』), 한국인의 창작으로 보기에는 어려운 작품(『전등신화』), 중국의 역사 문화를 이야기한 작품(『금산사몽유록』), 소설 장르로는 보기에는 어려운 작품(『사소절』), 조선의 종교 단체가 포교를 위해 만든 작품(『만강홍』)에는 결코 해당되지 않는 것들이었다. 따라서 호소이의 유일한 설명을 억지로 찾는다면, 이러한 신소설 작품들은 그들이 수집한 서적의 대다수를 차지하는 "기타 얼토당토않은" 작품들에 포함될 뿐이다.

80 다카사키 소지, 앞의 책, 209면.

이 무엇인지 물었는데, 즉시 『천리원정』이 건네졌다. 그것은 잘 채색된 겉표지를 지니고 있었는데, 해변에서 손수건을 흩날리고 있는 한 소녀에게 배 위의 한 남자가 왼손으로 모자를 흔들어대고 있었다.

이들의 두 번의 만남은, 처음에는 평양의 대동강에서 이루어졌으며 그 후에는 서울 서대문 밖 홍제원에서 이루어졌다. 그들은 서로를 그리며 힘들게 살다가 마침내 결혼하여 금강산으로 여행을 떠난다. 그들이 울릉도에 오름으로써 소설은 그 홍취를 더 하는데, 훅 불어 닥친 바람이 그들을 집어삼켜 바다로 데려갔고 더 이상 그들에 대한 소식은 들을 수 없었다.[81]

게일의 상기 진술을 통해서, 외국인이 한국고전 이외의 근대적 문학작품을 접촉했던 사실을 알 수 있다. 또한 그가 이 작품을 배제한 이유 역시 짐작할 수 있다. 『천리원정』은 잘 알려진 작품은 아니지만 고소설이라기보다는 '신소설' 작품에 더욱 근접한 모습이다. 게일은 이 작품이 "처음부터 신혼여행에 이르기까지 철저히 서양적 내용을 담고 있고, 또 최신의 것으로 행세하려고 하"며, "한민족이 우리의 길(서구의 길)을 앞 다퉈 가고 있"음을 지적했다. 하지만 게일의 시각과 입장은 자유토구사와는 달랐다. 이와 관련하여 주목해야 될 점은 이어지는 게일의 다음과 같은 진술에 있다. 그것은 게일이 『천리원정』을 "문학에는 전적으로 무지한 누군가에 의해 작성된 형편없는 작품"이며 오히려 "<홍길동전>과 같은 옛 이야기는 잘 숙련

81 황호덕·이상현 옮김, 『개념과 역사, 근대 한국의 이중어사전』 2, 박문사, 167~168면[J. S. Gale, "Korean Literature," *The Christian Movement in Japan, Korea and Formosa*, Kobe, 1923].

된 저자의 손에 의해 잘 씌어진" 작품이라고 말한 부분이다.[82]

이렇듯 일종의 '문장전범'으로 고소설을 이야기 한 게일의 마지막 진술에는 선교사라는 그의 입장이 개입되어 있다. 요컨대 그가 한국입국과 함께 대면했고 1910년대를 전후로 변모된 '옛 조선의 문예'는 한국을 이해하기 위한 민족지학적 연구대상으로 한정되는 것이 아니었다. 오히려 이는 한국 민족성의 정수를 재현해줄 정신문화적 산물이었다. 물론 게일은 이광수와 같은 "춘향의 동포"(524면)는 아니었다. 하지만 적어도 그는 '내지인=한국인'이라는 시각과 입장을 지니고 있어야만 했다. 왜냐하면 그는 한국인에게 한국어로 성경 및 찬송가, 개신교의 교리를 전해야 했던 개신교 선교사였기 때문이다. 1895년 게일이 명시한 "명확하고 세밀한 묘사"를 근간으로 한 서구인과는 다른 "명확하지 않은 암시와 윤곽"만을 제시하는 한국인의 회화양식. 그것은 비유, 상징, 알레고리와 같은 언어적 재현의 문제를 함께 포괄하는 것이었고 게일은 이 낯선 이문화의 예술양식을 개신교선교사가 한국인을 전도하기 위해서는 반드시 습득하고 수용해야 될 것으로 여겼다.[83] 물론 그가 한 편의 "활동사진"처럼 한국인의 옛 언어적 재현양식을 공감한 문학작품은 『대동야승』과 같은 한국의 한문고전이었다. 하지만 이러한 그의 교감에 관한 고백은 그가 『춘향전』(영역본)을 연재하기 이전 한국문학연구의 목적을 말한 글에서 비로소 보이기 시작하며, 그에게 <춘향전>은 한국의 한

---

82 위의 책, 168면.

83 J. S. Gale, "A Few Words on Literature," *The Korean Repository* Ⅱ, 1895.11.

문고전과 구별되는 문학작품이 아니었다.[84]

게일이 한국문학연구의 방법 및 의의를 최초로 제시했고 『춘향전』(영역본)을 연재했던 이 잡지에는 이광수와 한국의 근대어에 관한 그의 기사가 함께 수록되어 있다. 그가 보기에 이광수라는 근대 지식인의 새로운 글쓰기는 옛 한학적 지식인을 문맹자로 만들어 버리는 언어였다. 이광수는 옛 한학적 지식인과 대척되는 위치에 놓인 인물로 그의 글쓰기는 한국의 근대어, 근대적 사상을 보여주는 훌륭한 표본이었다. 게일은 춘원이라는 이광수의 호, 그가 와세다 대학교 유학생이자 과거 일본 메이지대학의 일원이었으며, 한국 오산학교의 교사였던 사실을 잘 알고 있었다.[85]

그렇지만 게일이 한국근대문화에 대해 본격적인 비판의 시각과 그에 대한 실천의 모습을 보여준 것은 사실 1920년대였다. 선교사라는 입장에서 게일은 한국문학을 한국인의 내면이자 영혼으로 인식했다. 이러한 그의 시각에서 한국의 근대문학은 서구(일본)에 오염되며 타락한 한국의 문학이자 한국인의 내면 그 자체였다. 그는 한국어의 순화를 위하여 실천적으로 개입했다. 그것은 이광수가 「춘향」을 연재하기 이전, 한국인을 위해 서양의 문학을 고소설 문체로 번역한 실천들이다.[86] 이는 <춘향전>을 근대 문인의 손으로 '재탄생'

84 J. S. Gale, "Why read Korean Literature," *The Korea Magazine* Ⅰ, 1917.8, p. 355.

85 J. S. Gale, "The Korean Language," *The Korea Magazine* Ⅱ, 1918, p. 498 ; J. S. Gale, "Christianity in Korea," *The Korea Magazine* Ⅱ, 1918, p. 533.

86 이 번역물에 관한 상세한 검토는 R. King, "James Scarth Gale and the Christian Literature Society(1922~1927) : Salvific Translation and Korean Literary Modernity (Ⅰ)," In : Won-jung Min (ed.), *Una aproximacion humanista a los estudios coreanos,*

시키고자 한 이광수와는 반대의 지향점을 보인 사건이라고 볼 수 있다. 그의 『춘향전』(영역본)에는 이러한 한국의 문화생태 속에서 그가 보존하고자 했던 고소설의 형상이 새겨져 있었다.

(2) 게일의 〈춘향전 번역본〉과 「춘향」의 공유지점

게일의 『춘향전』(영역본)은 단행본으로 출판되지는 못했기에 한국의 지식인들에게 있어서 널리 알려지지 못한 일종의 '망각된 번역본'이었다. 또한 그의 『춘향전』(영역본)을 제외한다면, 게일의 다른 판소리계 고소설 영역본들의 저본은 이해조가 산정한 구활자본이 아니었다.[87] 하지만, 그의 『춘향전』(영역본)에는 호소이, 이광수의 작품보다 상대적으로는 더욱 원전을 충실히 번역하고자 하는 지향점이 담겨져 있었다. 한국의 근대어문학에 대한 부정적 시각을 지니고 있었던 게일에게 『옥중화』는 적어도 '한국어로 씌어진 문학작품' 중에서 결코 '전근대의 한국문학' 혹은 '서구적 근대문예에 미달된 문학작품'을 의미하지 않았다. 그가 1916년경 조선호텔에서 한국인의 노래로 들은 작품과 동일한 것이자, 1927년 미의회도서관에 더

Ebook distributed by Patagonia, Santiago, Chile, 2014를 참조. ; 물론 그의 실천은 그의 번역본들이 '희귀본'이 된 사실, 그가 연차 보고서를 통해 이 실천을 실패로 자인한 점에서 알 수 있듯이, 이광수의 실천 보다도 더욱 더 큰 실패였다. 결과적으로 본다면, 게일의 고소설 영역본은 남겨졌지만 그가 추구한 한국어문체는 사실 역사상에서 소멸될 성격이었기 때문이다.

87 권순긍, 한재표, 이상현, 「『게일문서』(*Gale, James Scarth Papers*) 소재 <심청전>, <토생전> 영역본의 발굴과 의의」, 『고소설연구』 30, 한국고소설학회, 2010, 428~438면 ; 이상현·이진숙·장정아, 「<경판본 홍부전>의 두 가지 번역지평」, 『열상고전연구』 47, 열상고전연구회, 2015, 385~389면.

이상 한국에서 구입할 수 없는 책자라고 말했던 19세기 말 경판본 고소설 작품과 동일한 성격을 지닌 텍스트였던 셈이다.[88]

그가 번역저본으로 활용했던 고소설은 두 가지 형태를 찾아볼 수 있다. 예컨대, 미의회 도서관에 게일이 보낸 <홍길동전>과 별도로 『게일 유고』 소재 한글 필사본이 수록되어 있다. 후자를 통해서 게일이 생각한 고소설에 관한 최소한의 변용은 한자가 병기되고 정서법이 통일된 규범화·시각화된 언어로 재편된 차원이었음을 알 수 있다.

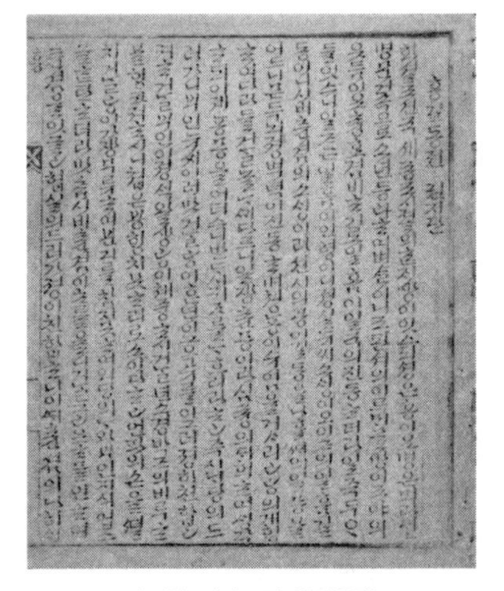

미 의회도서관 소장 〈홍길동전〉

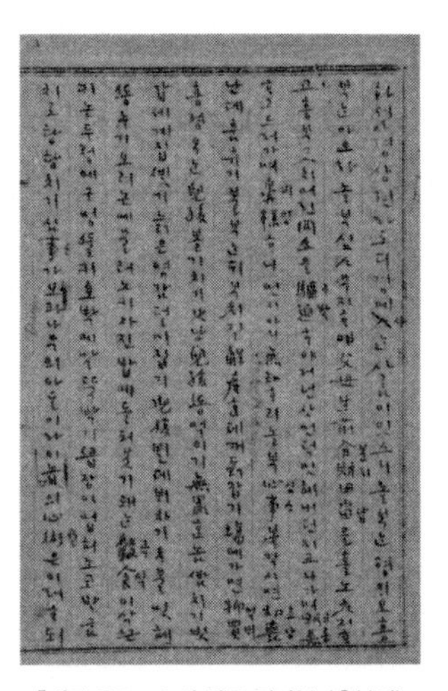

『게일 유고』 소재 한글 필사본 〈홍부전〉

88 J. S. Gale, “List of Korean Book: Library of Congress, Washington D. C. Mar. 24th, 1927(from J. S. Gale),” 『게일 유고』 Box 11.

게일의 한글필사본은 신문연재 시기보다 한 층 더 국한문혼용표기의 형식으로 출판된 『옥중화』의 단행본을 연상시켜준다. 『옥중화』는 게일이 새롭게 필사할 필요가 없는 텍스트 즉, 이미 번역 저본으로 그 요건을 충분히 갖춘 텍스트였다. 또한 본래 한문구를 보존하고자 한 이해조의 『옥중화』는 한문맥을 소거하고자 한 『고본 춘향전』의 기획보다는 게일이 더 거부감 없이 수용할 수 있는 저본이었다. 그의 시선 속에서 『옥중화』는 1910년대 이전 게일이 경판본 고소설을 통해 체험했던 '보존해야 되어야 할 고전어'이자 문학형식을 지닌 작품이었다. 1918년 게일의 작품이 연재되던 시기 잡지(*The Korea Magazine*) 편집자의 논평이 연재 작품의 초두에 배치된 바 있다. 여기서 편집자는 <춘향전>은 원전에서 무엇을 빼거나 더한다면 작품의 매력이 상실되기 때문에 의당 직역이 필수이고, 게일의 『춘향전』(영역본)은 원전을 직역(literal translation)했기 때문에 충실한 번역(faithful translation)이라고 말했다.[89]

물론, 이러한 직역의 성취는 하나의 이념형이자 이상일 뿐이었으며, 게일의 『춘향전』(영역본) 역시 원전 『옥중화』의 모든 언어 표현을 보존할 수는 없었다. 그렇지만 번역자의 실수로 인한 사소한 오역이나 누락, 장황한 사설·외설적이거나 비속적인 표현들에 대한 의도적인 변용의 모습들은 결코 원전을 크게 변모시키는 차원으로

89 NOTE: The Editors have been asked if this is a literal translation of Choonyang and they answer. Yes! A story like Choonyang to be added to by a foreigner or subtracted from would entirely lose its charm. It is given to illustrate to the reader phases of Korean thought, and so a perfectly faithful translation is absolutely required. (*The Korea Magazine,* 1918, p. 21).

는 인식되지 않는 것이었다. 예컨대, 이러한 변용에 대한 허용은 『고본 춘향전』, 자유토구사의 일역본 나아가 이광수의 「춘향」에 있어서도 동일한 것이었다. 또한 게일에게 '충실한 번역'이란 '직역'과 '의역'이라는 이분법만으로 쉽게 환원되는 것이 아니었다. 그에게 번역 실천의 의미는 본래 텍스트가 지닌 어떠한 "감각(sense)을 다른 나라 말로 새기는" 행위였으며 여기서 '감각'은 '불변의 본질(the constant quality)'을 의미했다.[90] 그것은 단순히 축자적인 차원의 의미뿐만 아니라 어휘 혹은 개념을 둘러싼 문맥과 용례와 그 문화사적 함의를 포괄해 주는 복합적인 것이었다. 나아가 게일에게 한국문학 작품은 단순히 충실하게 번역해야 될 대상일 뿐만 아니라, '존중'되고 '보존'되어야 할 어떠한 본질—민족문화적이며 고전적 가치—을 지닌 텍스트였다. 이러한 게일의 번역본은 충실히 직역되어야 할 가치를 지닌 원전 <춘향전>을 지속적으로 상기시켜 준다. 그의 번역 원리 속에서 원전 <춘향전>의 형상은 '고전' <춘향전>이라는 새로운 형상에 근접하게 되는 셈이다.

게일이 서구인에게 전하고자 했던 원전의 감각(본질)은 그의 서문 속에 표명한 바대로, 춘향의 열 실천이며 이를 "많은 동양인들이 목숨 그 자체보다 더 소중하게 생각하는 이 동양의 이상(Ideal)"라고 풀이했다.[91] 이와 같이 게일이 생각한 원전의 본질은 근대적 문학개념

---

90 유영식 옮김, 앞의 책, 2013, 318-319면[J. S. Gale, "The Principles of Translation," 1893.9.8].

91 The heroine was true to her principles in the midst of difficulties and dangers such as the West knows nothing of (…중략…) May this ideal of the Orient, dearer to so many

에 의거한 최남선의 고전정리사업보다는 유교적 교훈과 덕목을 활용하여 고소설 연재를 정당화했던 이해조의 방식에 더욱 근접한 것이었다.[92] 물론 이미 춘향의 열 실천을 "동양의 이상"이라고 번역한 게일의 명명법은 더욱 복잡한 문제를 야기하는 것이었으며, 게일의 번역 역시 전술했던 안확이 보여준 현대적 해석의 지평과 이광수가 보여준 개작의 지평을 함께 공유하고 있었다.[93]

더불어 원전을 보존하고자 한 게일의 번역지향이 이광수의 「춘향」에도 공유되는 지점이 있음을 주목할 필요가 있다. 이광수는 원전에 기록된 조선의 문물, 제도와 관련된 어휘에 관해서는 자유토구사의 일본인 교열자들 보다 더욱 친숙한 인물이었다. 안확은 <춘향전>의 사랑과 함께 이 작품 속 풍채, 용모, 의복, 기구, 인물의 행동거지에 대한 관찰이 지극히 정밀하며 세밀하다고 말했다.[94] 나아가 김태준은 작품 속 다양한 물산명(物產名)에 주목하며 그 속에서 각계각층의 생활의 단면 그리고 근대적 소유 관계와 수공업의 맹아를 발견하기도 했다.[95] 또한 그 속에 조선 사회의 다양한 관직명의 모습을 덧붙여 볼 수도 있을 것이다. 이는 『옥중화』, 『고본 춘향전』 모두에서 발

---

than life itself, help us to a higher appreciation of the East with its throbbing masses or humanity(*The Korea Magazine,* 1917, p. 382).

92 이 점에 대해서는 윤영실, 앞의 글, 461-467면을 참조.

93 이에 대한 상세한 검토는 이진숙, 이상현, 「게일의 『옥중화』 번역의 원리와 그 지향점」, 『비교문학』 65, 한국비교문학회, 2015, 270~286면을 참조.

94 안확, 앞의 책, 114면.

95 김태준, 박희병 교주, 『증보 조선소설사』, 한길사, 1990, 192면(『朝鮮小說史』, 淸進書館, 1933; 學藝社, 1939(증보판)).

견할 수 있는 지점이다. 이는 외국인의 입장에서 본다면 지극히 번역하기 어려운 난제였지만, 게일은 신임 사또의 부임 장면, 과거장과 같은 장면들을 충실히 재현하고자 노력했다. 또한 『옥중화』의 언어유희와 율격 역시 마찬가지였다.[96] 비록 동일한 저본을 대상으로 수행한 작업은 아니지만, 이광수의 「춘향」에서도 이와 같은 유사한 지향점을 발견할 수 있다. 반면 자유토구사의 번역은 그렇지를 못했다. 요컨대, 이광수의 「춘향」은 비록 자유토구사와 동등한 지평의 근대어로의 전환을 전제로 한 작업이었지만, 상대적으로 원전을 보존하고자 한 지향점을 지니고 있었던 셈이다.[97]

(3) 이광수의 「춘향」과 〈춘향전〉의 문화생태

이광수의 「춘향」은 원전을 최대한 보존하고자 한 게일과 원전에 대한 축역이자 통속역을 지향한 자유토구사 사이에 놓여 있다. 나아가 이해조, 최남선과 달리 <춘향전>에 근대 소설의 의장을 부여하고자 한 그의 실천, 원전의 언어를 근대어로 변모시킨 이광수의 「춘

---

96 이 점에 대해서는 이상현, 이진숙, 「『옥중화』의 한국적 고유성과 게일의 번역실천」, 『비교문화연구』38, 경희대 비교문화연구소, 2015, 167~181면을 참조.

97 예컨대, 후일 이광수가 생각한 <춘향전>의 결점은 장황한 사설에 있었다. 또한 그가 발견한 <춘향전>의 다음과 같은 문예미를 보존하고자 한 지향점을 「춘향」에서도 발견할 수 있다. 그가 보기에 <춘향전>은 (1) "4·4·4·4調의 韻文"을 근간으로 하며 "散文的"으로 씌어진 부분에서 발견할 수 있는 아름다운 리듬을 지닌 작품, (2) "朝鮮·朝鮮人"을 그린 작품, (3) 시인을 염두에 두고 場面轉換이 이루어지며, 時間, 舞臺, 效果에 대한 보이는 戲曲的 要素가 많은 작품, (4) 인물의 성격묘사에 있어 유형(Type)묘사가 훌륭한 작품이었다(이광수, 「朝鮮小說史」, 『사해공론』, 1935. 5(『전집』 10, 470면)).

향」 그 자체는, <춘향전>과 이를 구성하는 언어가 '고전문학' 또한 '고전어'로 재편되는 모습을 예비하는 실천이었다. 원전에 대한 다양한 변용의 산물들은 끊임없이 원전의 존재를 상기시켜주기 때문이다. 따라서 근대 문예물에 미달된 <춘향전>을 근대문학의 의장을 입혀 조선의 참된 국민문학으로 만드는 작업은 애초에 실패를 노정할 수밖에 없는 기획이었다. 왜냐하면 <춘향전>이 근대소설의 의장과 근대어로 재구성된 텍스트로 재탄생할 지라도, 이는 어디까지나 <춘향전>의 한 이본이며 나아가 근대 문예물에 미달된 과거의 <춘향전>을 소거할 수는 없기 때문이다. 이광수의 「고전연구와 문사(文士)」와 「조선소설사(朝鮮小說史)」(1935)에서의 새로운 <춘향전>의 형상은 이러한 사실을 잘 말해준다.

> 文士가 되려는 이는 적어도 四書三經과 唐宋詩文과 佛經, 예수教 聖經, 古今 大文豪의 大作, 哲學, 歷史, **朝鮮에 關한 것으로는 朝鮮歷史·鄕歌까지는 몰라도 時調集, <春香傳>, <沈淸傳>쯤은 通讀한 後에 文學 짓기를 始作할 것이라고 생각합니다.** / 그렇다고 이러한 古典을 다 讀破하기까지는 執筆 말자는 것은 아니지마는 이만한 **讀書와 그 짝하는 瞑想과 및 年齒的 成熟에 達할 때까지는 謙遜한 習作의 態度로 나아가는 것이 大成하는 正路라고 믿습니다.**[98]

98 이광수, 「古典硏究와 文士」, 『朝鮮文學』, 발표연월일 미상(『전집』 10, 602면) ; 이광수의 기사에 대한 발표연월일을 확인하지는 못했다. 하지만 『조선문학』이 1933년 12월에 창간되어 1939년 6월까지 발간된 잡지를 감안할 때, 이 기사는 적어도 이광수 「춘향」 이후의 기사이며, 국민문학으로서의 <춘향전>과는 다른 '고전 <춘향전>의 형상'이 성립된 이후의 모습을 잘 보여주는 자료라고 볼 수 있다.

> <春香傳>은 語彙가 풍부한 점은 놀랄 만한데, 오지 하나의 缺點은, 所謂 문자를 늘어 놓은 것과 超人間的·超自然的인 것인데, 後者는 希臘의 이야기나 세익스피어의 作品 속에서도 나오는 것으로 그리 탓할 것이 아닙니다. 실상 이 缺點만 뺏다면 지금 내놓아도 훌륭한 것입니다. 朝鮮 사람의 理想·人生觀 - 福善禍淫의 宿命觀은 비록 우리가 지금 이 <春香傳>·<沈靑傳>을 읽지 않더라도 벌써 우리의 뇌수에까지 깊이 젖어 있습니다. 또 이 노래的 이야기는 廣大·妓生의 唱劇으로 因해서 널리 퍼져 가서 實로 論語·八萬大藏經보다 더욱 우리의 머리를 차지하고 있는 겝니다.[99]

상기 인용문에서 이광수가 이야기하는 <춘향전>은 「춘향」이 아니라 「춘향」의 창작적 원천이다. 또한 미달된 문예물 그 자체가 승화되어 출현한 고전 <춘향전>의 형상이다. 즉, 그것은 미달된 문예물 즉, "전설" 혹은 구전물이 아니며 나아가 근대소설의 의장을 입은 그의 새로운 「춘향」을 의미하지도 않는다. 그의 말대로 '문사'가 되기 위해서는 필히 "통독"해야 될 조선과 관련된 "고전"이며 한국 "문학의 지보(至寶)"이다. 이광수는 <춘향전>에서 보이는 근대적 문예물에 미달된 어떠한 한계점을 개선하거나 심판하지 않는다. 그것은 그 시대의 한계이며 서구의 고전 역시 지녔던 한계이기 때문이다. 또한 작품 속의 이상, 인생관은 한국민족의 "뇌수에 깊이" 젖어 있으며, <춘향전>은 유가, 불가의 경전보다 한국인에게 더욱 더 높

---

99 이광수, 「朝鮮小說史」, 『사해공론』, 1935. 5(『전집』 10, 470면).

은 위상을 지닌 작품이었다. 그것은 이 시기 이광수에게도 마찬가지였다. <춘향전>을 비롯한 한국의 고소설 작품은 그의 “문학교사” 외조부, 삼종누이를 통해 배운 그의 “유년시대의 문학적 교양”의 원천으로 표상되기 때문이다.[100] 이러한 <춘향전>의 형상은 「부활의 서광」, 동아일보의 문예공고 및 「춘향」의 예고와는 완연히 변별되는 것이었다. 무엇보다도 ‘미달된 문예물’이라는 의미망이 상당량 상쇄되어 있기 때문이다.

이와 관련하여 이광수 「춘향」 후반부에서 근대적인 개작의 모습을 발견하기 어렵다고 말했던 조윤재의 언급을 상기해볼 필요가 있다. 이광수의 「춘향」과 원전 <춘향전> 사이의 관계는 이광수의 「춘향」 그 자체에 내재된 문제이기도 했다. 이광수의 「춘향」에서 시조로 서로의 마음을 전하는 춘향과 이몽룡의 모습이 보이지만, 이몽룡과 다른 지식인, 관료들과의 관계 속에서는 여전히 한시와 한문구가 그대로 노출된다. 또한 이광수는 <춘향전>에서 보이는 ‘과거 급제, 어사 출도’로 사건을 해결하는 이야기 방식과는 다른 새로운 해결방식을 상상할 수 없었다. 즉, <춘향전>에서 ‘조선’이란 시대 배경은 정밀히 묘사될 수 있을지는 몰라도 결코 소거될 수 없는 과거였다. 이러한 측면을 감안해 본다면, 원전을 충실히 재현하고자 하며 고소설 전고에 주석을 부여하는 게일의 번역방식이야말로 <춘향전>을 한국 민족의 고전으로 개작하는 온당한 방식이었다. 즉, 고전 <춘향전>의 성립에 있어 필요한 담론과 텍스트는 이광수의 「춘향」과는

100 이광수, 「多難한 半生의 途程」, 『朝光』, 1936. 4~6(『전집』 8, 445~446면).

다른 성격을 지니고 있어야만 했던 것이다. 하지만 게일의 번역물 역시도 종국적으로 본다면, 고전 <춘향전>의 형상을 정립시킨 행위는 아니었다.

게일이 이 작품을 연재한 시기였던 1917~1918년이 지닌 의미를 안확의 『조선문학사』 속 기술과 함께 생각해볼 필요가 있다. 안확은 1910년대 "고대소설(古代小說)의 유행(流行)은 기세(其勢)가 한학보다 오히려 대(大)하야 팔십여종이 발행되니 차구소설(此舊小說)은 구형대로 간행함도 잇고 명칭을 변경한 것도 잇스니 춘향전은 옥중화라고 하고…(중략)…문학적 관념이 칠팔년전보다 진보되야 점차 소설을 애독하는 풍(風)이 성(盛)하얏나니"라고 술회했다.[101] 게일이 본격적으로 고소설을 번역하는 모습은 안확이 지적한 이러한 시기에 부응하고 있었다. 또한 이 시기는 이광수의 『무정』이 출현했던 때이기도 하며, 게일이 <춘향전>을 번역, 연재했던 잡지(*The Korea Magazine*)에 이광수의 「신생활론」의 기독교 비판 부분을 번역, 소개하던 시기이기도 하다.

물론 이러한 안확의 진술이 포착한 현장은 <춘향전>을 비롯한 한국의 고소설을 '소설'이라고 명명하고 '문학연구'의 관점에서 검토한 의의를 지닌 다카하시 도루의 한국문학론에서도 발견할 수 없다. 애초에 다카하시는 자신의 연구대상을 "아직 현대 일본과 서양의 문학에 영향을 받지 않던 시대의 조선인이"이 쓴 소설로 한정했기 때문이다. 따라서 『옥중화』는 다카하시에게 있어서 그가 볼 수 있었

101 안확, 앞의 책, 138면.

던 <춘향전>이본 중 한 판본이었을 따름이었다.[102] 그렇지만 이렇듯 『옥중화』를 '제목만 변경된 <춘향전>이라고 인식'하는 모습은 안확, 게일 두 사람 모두 마찬가지였던 점을 주목할 필요가 있다.

즉, 『옥중화』가 19세기 말 경판본 <춘향전>과 구별된 한 이본으로 인식되는 순간을 주목해야 한다. 1920년대 게일이 <심청전>, <흥부전>, <토끼전>의 번역저본으로 이해조의 구활자본이 아니라 경판본 고소설을 선택하는 순간, 이해조의 판소리 산정 작품은 경판본 고소설과 엄연히 분리된다. 이러한 변모 그리고 1927년경 게일이 더 이상 한국에서 구할 수 없는 서적이라며 한적과 함께 경판본 고소설을 미 의회도서관에 보내는 순간을 주목해야 한다. 즉, 한국의 고소설을 폐허 속의 유적처럼 소멸되어 가는 과거의 문학으로 인식한 시점이 출현할 때, <춘향전>은 한국의 '국민문학'에서 '한국민족의 고전'으로 재탄생한다. 『옥중화』를 최근에 '개편(改編)'된 작품으로 인식하는 관점은 김태준의 연구가 잘 말해주듯이 <춘향전>을 '고전'으로 규정하고 고전을 산출한 시대성을 이야기하고자 할 때, 비로소 가능한 것이었기 때문이다.[103] <춘향전> 이본연구의 개척자였던 조윤제는 이해조를 회고하며 당시 그가 "소설계에 활동할 시대는 세태가 시각으로 변하여 문학을 즐기고 생각하는 것도 왼통 전과 달라

102 高橋亨, 「朝鮮文學研究: 朝鮮の小說」, 『日本文學講座』, 東京: 新潮社, 1927, 1면, 23~24면.

103 一步學人, 「李朝時代民心, 貞烈을 보인 春香傳의 特質」, 『조선일보』, 1935.1.1. ; 김태준, 「春香傳의 現代的 解釋(一)」, 『동아일보』, 1935. 1.1. ; 李在郁, 「春香傳 原本」, 『三千里』 9(5), 1937.10.1, 44~45면.

졌"음을 회고했다. 또한 그는 이해조의 『옥중화』에 대한 한 결 더 높은 차원의 평가를 내렸다. 이러한 시대에 발을 맞춰 이해조는 "춘향전을 다시 부활시켰고 어느 정도까지 일로서 현대문학을 자극하였"음을 지적했다. 『옥중화』는 "홀로 춘향전의 이본으로서 그 광채를 빛내고 있을 뿐 아니라, 실로 과도기에 있는 조선소설로서 잊을 수 없는 작품이라 할 것"이며 이후 <춘향전> 이본에 큰 영향을 미친 작품임을 지적했다. 그리고 이해조가 투영하고자 했던 1910년대 <춘향전>에 반영된 근대적인 감각들을 제시하고자 했다.[104]

이러한 조윤제의 분석은 최남선의 『고본 춘향전』에도 마찬가지였다. 조윤제는 『옥중화』, 『고본 춘향전』, 「춘향」에 남겨진 근대인의 자취를 발굴하며, 이들 텍스트를 하나의 개별 이본으로 자리매김했다. 이러한 조윤제의 실천 속에는 근대 지식인이 활용했을 저본, 고전 <춘향전>의 형상이 전제되어 있었던 셈이다. 조윤제의 모습이 잘 보여주듯, 민족의 고전으로 <춘향전>을 정립시키기 위해서는 <춘향전>과 근대 문학 혹은 근대적 실천 사이 어떠한 불연속선이 설정될 필요가 있었다. 이를 가능하게 한 것은 (1) 과거 사람들이 살았던 방식은 지금 사는 사람들이 사는 방식과는 '원칙적으로' '질적으로' 다르다고 주장하는 전제를 지니며, (2) 문헌학적 비평을 통해 매우 먼 과거에 대한 지식을 획득하고, (3) 이러한 탐구들에 의해 밝혀진 차이를 사회가 한 단계에서 다른 단계의 진보적 운동으로 이론화되는 근대 역사 담론[105]이었다. 사실 이 점에 부합한 <춘향전> 텍

104 조윤제, 앞의 글, 107-116면.

스트는 이광수의 「춘향」이 아니었다. 오히려 후일 조윤제, 김사엽, 이가원 등의 문학 연구자들이 주석을 부여한 교주본이다.[106] <춘향전>의 교주본은 <춘향전>을 현재와는 분리된 과거의 텍스트로 상정하고 이를 보존하는 행위 혹은 그 이본군을 조사하여 그 속에서 정본 및 계통을 상정하거나 과거의 사회문화사적 의미를 도출하는 작업의 결과물이었다.

하지만 이광수의 「춘향」을 비롯한 근대 <춘향전>의 다양한 변주들은 이러한 변주들을 흔쾌히 수용하는 한국/외국인들에게 원전의 존재를 지속적으로 상기시켜주었다. <춘향전>의 작가와 그 원전의 기원은 풀어나가야 할 하나의 수수께끼와 같이 등장한다. 물론 그러한 원전들로부터 변용된 텍스트는 한국/외국인을 <춘향전> 원전으로부터 더욱 더 멀어지게도 해주었다. 하지만 근대초기 <춘향전>의 새로운 문화생태 그 속의 다양한 <춘향전>들의 탄생과 상호작용은, 종국적으로는 고전이자 원전 <춘향전>의 형상을 지속적으로 상상하게 해주며 이를 정립하게 한 실천들이었던 셈이다. 요컨대, 원전에서 벗어난 수많은 변형들이야말로 원전이자 고전 <춘향전>의 형상을 탄생시키는 가장 중요한 계기이자 동인이었던 것이다.

---

105 A. Callinicos, 박형신 옮김, 『이론과 서사: 역사철학에 대한 성찰』, 일신사, 2002, 108~117면.

106 이윤석, 「문학 연구자들의 <춘향전> 간행」, 『열상고전연구』 30, 열상고전연구회, 2009, 151~156면.

묻혀진
한국문학사의 사각(死角)

제8장

'문화재 원형' 개념의 형성과정과 19세기 말-20세기 초 한국어의 문화생태

한국 문화유산의 (재)발견과 복수의 언어를 원천으로 한 한국학의 현장

퍼시벌 로엘이 남긴 원각사지10층석탑

조선총독부 공문서 속 원각사지 10층석탑

오늘날 종로구 탑골공원에 있는 국보 제2호 '원각사지 10층석탑'은 과거에도 서울 도심 속에 있으면, 누구라도 쉽게 접촉할 수 있는 한국의 문화유산이자 옛 이정표였다. 이는 한국을 방문한 외국인에게도 마찬가지였다. 1883~1884년 한국을 방문했던 미국의 천문학자 퍼시벌 로엘(Percival Lowell, 1855-1916)은 이 석탑의 외형을 상세히 묘사했으며 서울에서 쉽게 볼 수 없는 불교적 건축물이자 예술적 영감을 제공해주는 문화유산으로 소개한 바 있다.[1] 그렇지만 로엘에게 이 한국의 문화유산은 그냥 '이름 없는 대리석탑'이었다. 또한 석탑을 세심하게 관찰하는 것 자체도 매우 힘든 일이었다. <사진 1>이 보여주듯, 1902년까지 주위에 민가들이 놓여 있는 한복판에 이 석탑이 있었기 때문이다. 따라서 당시 로엘은 한국인의 양해를 얻은 후 민가의 지붕 위에 올라가 이 석탑을 볼 수 있었다. 즉, 이 시기 원각사지 10층석탑은 일종의 방치된 한국의 문화유산이었다.

반면 <사진 2>에서는 민가가 철거된 모습과 돌난간이 생긴 모습이 보인다. 이는 조선총독부에 의해 새롭게 조성된 공원의 모습으로, 일반인에게 공원이 개방된 1913년 이후의 모습이다.[2] 이 석탑은 1910년대 일종의 전시 대상이자 동시에 관광명소에 배치된 문화유산으로 변모된 셈이다. 하지만 제국 일본의 보존관리의 대상이 된 문화유산이었음에도, 석탑의 건립시기와 연원은 정확히 규명되지 못한 형국이었다. 이와 관련하여 게일(James Scarth Gale, 1863-1937)이 『왕립아시아학회 한국지부 학술지』에 투고한 「파고다公園考(The Pagoda of Seoul)」(1915)는 이 석탑의 역사적 연원을 규명한 학술적인 논문이다.[3]

---

1 P. Lowell, 조경철 옮김, 『내 기억 속의 조선, 조선사람들』, 예담, 2011, 156-159면 [*Chosön, the Land of the Morning Calm*, Boston : Ticknor and company, 1888].

2 이 변모과정과 관련해서는 '김해경, 김영수, 윤혜진, 「설계도서를 중심으로 본 1910년대 탑골공원의 성립과정」, 『한국전통조경학회지』 31(2), 한국전통조경학회, 2013'을 참조.

3 J. S. Gale, "The Pagoda of Seoul," *The Transactions of the Korea Branch of the Royal Asiatic Society* 6(2), 1915 ; 게일의 대표적인 저술목록은 凡外生, 「獻身과 活動으로 一貫한 奇一 博士의 生活과 業績」, 『조광』 18, 1937. 4, 95면에서 소개된 바 있

게일은 원각사지 10층석탑이 세조의 명에 의해 1464~1466년 사이 건립된 것으로 추정했으며, 무엇보다도 이 석탑이 중국으로부터 전래된 것이 아니라 한국인에 의해 건축된 문화유산이라는 사실을 논증했다. 이러한 게일의 고증이 가능했던 이유는 마멸되어 해독이 불가능했던 김수온(金守溫, 1410-1481)의 비문(「大明朝鮮國大圓覺寺碑銘」)이 『속동문선(續東文選)』 20권에 수록된 사실을 발견했기 때문이다. 즉, 그의 논문은 '원각사지 10층석탑'의 건립과 그 저변의 역사적 원형을 복원해준 뜻 깊은 글이었다. 이 글은 모리스 쿠랑(Maurice Courant, 1865~1935)을 비롯한 유럽 동양학자들의 초기 한국학의 수준을 뛰어넘는 모습을 보여준 1910년대 게일의 대표적인 고고학/언어·문헌학 논저이기도 하다.

하지만 이렇듯 한국의 전근대 문헌에 대한 번역 혹은 매개를 통해 창출한 게일의 저술들은 게일 개인만의 업적이 아니었으며, 공동의 작업이 전제되어 있었으며 또한 그에 준하는 한국의 근대 학술사적 문맥이 존재했다. 이는 서양인, 일본인 그리고 한국인이라는 세 연구주체들이 함께 펼친 역동적인 활동의 장으로 복수의 언어를 원천으로 한 '근대초기 한국학'이 형성되던 현장이기도 했다. 8장에서는 이 현장 속 서로 다른 언어들이 놓인 대화적 상황을 주목해보고자 한다. 이 대화적 상황 그 자체가 19세기 말-20세기 초 한국어가 놓여 있는 문화생태의 일면이기도 하기 때문이다. 특히 한국어, 영어, 일

는데, 본고에서 게일의 이 영문논문을 지칭할 「파고다公園考」는 여기서 소개된 한글제명임을 밝힌다.

본어가 뒤섞인 혼종적 상황 속에서 한영이중어사전을 3차례 출판한 게일 또한 그를 비롯한 사전편찬자들의 이중어사전들이 보여주는 근대 한국어 형성과정과 함께, 한국에서의 '문화재 원형' 관념이 형성되던 현장[4]을 겹쳐서 고찰해볼 생각이다.

1. 이중어사전과 문화재 원형 개념

「파고다公園考」(1915)가 놓인 근대 학술사적 문맥을 재구하기 위해서는 한국의 문화유산을 논하고 있던 당시 복수의 주체들의 대화적 상황 즉, 이를 구성하고 있는 다양한 언어들과 한국의 고문헌 등이 복잡하게 얽혀있던 당시 한국어의 문화생태를 재구해볼 필요가 있다. 게일의 한국학 저술 중 이중어사전은 이러한 종합적 정황들을 가늠할 유효한 자료이다.[5] 물론 사전에 어떠한 어휘가 등재된 사실

4 문화재 보존, 관리, 활용의 기본원칙이자 보호법의 원칙을 구성하는 '원형' 개념에 대한 어원적이며 개념적인 발전과정을 살핀 특집[문화재 '원형' 개념의 역사적 변천과정과 적용상의 제문제]이 국립문화재연구소『문화재』49(1)에 수록되어 있다. 특히 필자는 한국의 근현대에 있어서 원형 개념의 유입 및 변천과정을 일괄한 이수정의 논문(「한국의 문화재 보존·관리에 있어서 원형개념의 유입과 원형유지원칙의 성립, 그리고 발달과정」)과 고건축물을 중심으로 원형 개념의 다층적인 층위를 명쾌히 정리하고, 이를 문화재 보존의 문제와 관련하여 검토한 강현의 논문(「건축 문화재의 원형 개념과 보존의 관계-한국 목조건축문화재 수리 역사의 비판적 검토를 중심으로」)을 통해, 본고의 논제와 관련한 귀중한 시사점을 얻을 수 있었음을 주석 상으로 밝힌다.

5 게일의 이중어사전편찬과정에 대한 사항은 이상현,『한국고전번역가의 초상, 게일의 고전학과 고소설 번역의 지평』, 소명출판, 2013, 100-124면과 황호덕·이상현,「게일, 한영사전(1897-1931), 한국어의 새로운 형상을 만들다」, 부산대 점

이 곧 해당어휘의 최초출현을 의미하는 것은 아니다. 하지만 우리는 사전에 등재된 어휘가 어떤 특정한 사회집단 속에서 어느 정도 공유·균질·표준화된 의미를 지니며 해당어휘가 자연·관습화가 이루어진 정황을 증언해준다는 가설은 던져볼 수 있다. 따라서 사전에 등재된 어휘는 '기원'의 관점이 아니라 '사용'의 관점에서 접근해야한다.[6]

이러한 관점에서 한국의 이중어사전들이 보여주는 근대 한국어의 역사이자 그 형성과정을 고찰한 시론적인 연구성과들이 있다.[7]

필재연구소 고전번역학 센터 편, 『동아시아, 근대를 번역하다: 문명의 전환과 고전의 발견』, 점필재, 2013에 정리되어 있다.

6 이러한 관점은 이병근, 「서양인 편찬의 개화기 한국어 대역사전과 근대화」, 『한국문화』 28, 서울대 한국문화연구소, 2001과 황호덕·이상현, 『개념과 역사, 근대 한국의 이중어사전』 1, 박문사, 2012의 「서설」과 1장을 참조 ; 본고에서 활용하는 이중어사전은 황호덕·이상현 편, 『한국어의 근대와 이중어사전』 I -XI, 박문사, 2012이다. 이 전집에 수록된 개별 사전과 문세영의 한국어사전(『조선어사전』, 박문서관, 1938)의 서지사항은 편저자, 발행년으로 약칭하도록 한다. 이 전집에 포함되지 않은 이중어사전의 경우에만 서지사항을 별도로 표시하도록 한다. 또한 부산대학교 [고전번역+비교문화학연구단]의 '지능형개화기한국어사전'(http://corpus.pusan.ac.kr/ dicSearch/)과 『현대 한국어로 보는 한불자전』, 소명출판, 2015을 함께 활용하기로 한다.

7 한국의 이중어사전에 관한 다음과 같은 연구성과를 기반으로 논의를 전개하고자 한다. 먼저, 이중어사전을 비롯한 한국어 관련 사전에 관한 논의는 이병근, 『한국어 사전의 역사와 방향』, 태학사, 2000을 참조했으며, 이중어사전의 편찬과정과 그 계보에 관한 고찰은 황호덕·이상현, 앞의 책 1부와 부산대 인문학연구소, 『한불자전 연구』, 소명출판, 2013의 1부와 3부의 논의를 기반으로 한다. 이들 연구 성과를 비롯한 국내의 이중어사전에 관한 선행연구와 그 연구사적 검토는 강용훈의 논문(「이중어사전 연구 동향과 근대 개념어의 번역」, 『개념과 소통』 9(2012); 「개념의 지표를 공유하는 또 다른 방식식: 황호덕·이상현, 『개념과 역사, 근대 한국의 이중어사전』 1·2(박문사, 2012)」, 『개념과 소통』 10, 한림과학원, 2012)에서 이루어진 바 있어, 이에 대한 상론은 생략한다. 다만, 상기 논의들로 해결될 수 없는 지점이 있어 이에 대해서는 간략히 언급하도록 한다. 이중어사전 편찬과 관련된 외국인 한국어학 전반에 관해서는 고영근의 저술(『민족어

이 성과에 의거하여 "원형(原形)"의 등재양상을 살펴보면, 아래와 같이 조선총독부의 『조선어사전(朝鮮語辭典)』(1920)에서 처음 그 모습이 보인다. 이후 김동성(金東成, 1890-1969)·게일 두 사람의 한영사전(1928/1931), 문세영(文世榮, 1888-?)의 한국어사전(1938)에서도 발견할 수 있다.

	조선총독부, 1920	김동성, 1928 ~ Gale, 1931	문세영, 1938
원형(原形)	本來の形狀	original form	본디의 형상

즉, "원형(原形)"은 1920년대 이후 한국어로 정착하게 된 어휘란 사실을 어느 정도 확정할 수 있다. 하지만 각 사전 사이 등재양상의 계보는 실상 그 연속선을 분명히 말할 수 없다. '原形'은 '일본어에 대한 번역어'이자 '한국문헌 속에 수록되어 있는 한문어'라는 두 가지 형상을 함께 지니고 있기 때문이다. 먼저, 게일과 김동성의 경우, 이 표제항의 등재와 그에 대한 풀이를 일영사전에서 가져왔을 가능성이 크다. 게일이 사전편찬 작업에 있어 참조했을 가능성이 높은 이노우에 쥬키치(井上十吉, 1862-1929)의 일영사전을 펼쳐보면, 1909년 판본부터 "GenKei(原形)=The original form"이라는 대응관계가 보이기 때문이다.[8] 즉, 김동성과 게일은 조선총독부가 펴낸 사전이 아

학의 건설과 발전』, 제이앤씨, 2012)을, 황호덕·이상현의 저술 속 서지사항에 관한 오류에 관해서는 한영균, 「19세기 서양서 소재 한국어 어휘자료와 그 특징」, 『한국사전학』 22, 한국사전학회, 2013을 참조할 필요가 있음을 밝힌다.

8 井上十吉 編, 『和英辭典 : 新訳』, 三省堂, 1909, 335면.

니라 이노우에의 사전을 참조하여 이에 대한 영어풀이를 작성했을 가능성이 있다. 물론 '사용'의 관점에서 볼 때 1909년에 출판된 일영 사전에 등재된 "GenKei(原形)"는 김동성·게일이 편찬한 사전 속 "原形"과는 다른 어휘이다. 1909년 일영사전 속에 수록된 "GenKei(原形)"는 어디까지나 일본어 어휘였다. 1920년대까지 한국어 관련 사전편찬자들이 한국어의 어휘로 포괄하지 않았다. 즉, 그들은 "GenKei(原形)"가 지닌 어떠한 특정한 용례와 문맥을 재구할 수 없었고 따라서 한국어 속에 정착되지 못한 어휘로 인식했던 셈이다. 이와 달리 조선총독부, 김동성, 게일, 문세영의 사전에 등재된 원형(原形)은 이 어휘가 '1910년대 후반 한국에서 자연·관습·토착화된 어휘'였으며 동시에 당시 분명한 역사적 용례를 지니고 있음을 증언해 주고 있다. 그렇지만 "원형(原形)"은 동시에 '번역어'가 아니라 전래되었던 한국어였을 가능성 또한 크다. 이와 관련하여 게일이 중요한 참조사전으로 밝힌 조선총독부의 『조선어사전』(1920)을 주목해볼 필요가 있다. 조선총독부의 사전과 이노우에의 일영사전에 수록된 "原形" 표제항의 상호관계를 명확히 밝힐 수는 없기 때문이다.[9] 또한 조선총독부의 사전에서 "原形"이란 표제항을 김동성, 게일, 문세영이 재수록 했을 가능성 역시 결코 배제할 수 없다.

9 황호덕, 이상현 옮김, 『개념과 역사, 근대 한국의 이중어사전』 2, 박문사, 2012, 192-225면[小田幹治郎, 「朝鮮語辭典 編纂의 經過」, 『朝鮮語辭典』, 朝鮮總督府, 1920. 12.1.(印刷), 1920.12.5.(發行); 『서류철4(書類綴4, 奎 22004)』(서울대 규장각 소장)].

	조선총독부, 1920	김동성, 1928	Gale,1931	문세영, 1938
본래(本來)	もとより。	Originally ; from the first	Originally ; at first	본디
형상(形狀)	かたち。なり。	Shape ; form ; figure ; configuration	Form ; appear-ance ; look	물건의 형체, 모양, 꼴

상기도표가 잘 보여주듯, 조선총독부 사전에서 원형을 풀이해주는 어휘인 "본래(本來)"와 "형상(形狀)"을 김동성, 게일, 문세영의 사전 속에서 찾아보면, 각 사전에 수록된 원형을 풀이해주는 개별 한국어 표제항에 대한 풀이양상 역시 동일하기 때문이다. 하지만 그 풀이양상을 엄격히 살펴보면, 이 모든 풀이는 실상 "원형"을 구성하는 개별 한자 "원(原)"과 "형(形)" 자체에 대한 풀이란 사실을 알 수 있다.[10] 주지하다시피 『조선어사전』은 한국 한문문헌에 대한 해독을 위한 사전이란 성격을 지닌다.[11] 또한 『조선어사전』의 편찬에 깊이 관여한 오구라 신페이(小倉進平, 1882~1944)는 이 사전을 어디까지나 한국인이 편찬한 사전으로 분류했다. 나아가 애초에 이 사전이 "한국어 표제항 - 한국어 풀이문 - 일본어 번역문"이란 형식으로 작업되었던 사정을 주목할 필요가 있다.[12] 『조선사서원고(朝鮮辭書原稿)』(1920)에는 그 흔적이 다음과 같이 남아 있다.

10 게일의 1914년 한자-영어 사전에는 다음과 같이 풀이되어 있다.
原(언덕) A high level ; a plain. Origin ; source. A moor.
形(형상) Form ; figure ; shape. The body. To appear. Appearance ; To be manifest.

11 황호덕·이상편 옮김, 앞의 책, 137면(「朝鮮語辭典編纂事務終了報告書①」).

12 小倉進平, 『增訂朝鮮語學史』, 刀江書院, 1940, 51면; 이병근, 「朝鮮總督府 編 『朝鮮語辭典』의 編纂目的과 그 經緯」, 앞의 책, 195-205면.

原形(원형) 本來의貌樣(又称原狀)。/モトノママノ形狀。[13]

原狀(원상) 原形과仝. / 原ノ狀態(モトノアリサマ)。[14]

상기 두 표제항에 대한 한국어풀이문과 일본어번역문이 동일하지 않다는 사실을 주목할 필요가 있다. 즉, "原形(원형)"과 "原狀(원상)"이 한국어 풀이문에서 동의어로 되어 있지만, 일본어 번역문에서는 두 어휘가 각각 "形狀"과 "狀態"라는 다른 어휘로 풀이되고 있다. 일본어 번역문에서 "原形(원형)"이 외형적인 형태를 뜻한다면, "原狀(원상)"은 물리적이며 환경적인 상태 및 상황을 포괄하는 의미를 지니고 있다.[15] 『조선어사전』의 편찬자들은 최종적인 출판물에서는 "原狀(원상)"을 소거하고 "原形=本來の形狀"이라는 양상으로 등재시켰다. 비록 형체, 모양, 꼴과 함께 상태를 포괄하는 "形狀"으로 풀이했지만, 후술하겠지만 "形狀" 역시도 "원래의 상태(原ノ狀態)"를 포괄하는 개념은 아니었다. 하지만 더욱 주목해야 될 점은 "原狀(원상)"과 함께 "原形(원형)"은 어디까지나 번역어가 아니라 엄연히 한국어 어휘로 등재된 어휘였던 사실이다.

『조선사서원고』의 풀이와 같이 "原形"[더불어 이와 동의어라는 차원

13 朝鮮總督府 編, 『朝鮮辭書原稿』 35(필사본), 1920, 49면.

14 위의 책, 47면.

15 "原形(원형)"과 그 풀이는 서울대 규장각에서 보관하고 있는 1917년판 『朝鮮辭書原稿』에서도 발견할 수 있다. 그렇지만 1917년 판에는 일본어 번역문이 첨가되어 있지 않았다. 이 자료는 부산대 인문학연구소에서 제공하는 『웹으로 보는 조선총독부 사전(http://corpus.pusan.ac.kr/)』을 통해 검토할 수 있다. 原形과 原狀에 관한 이러한 개념적 구분과 역사적 용례는 이수정, 앞의 글, 103-106면과 강현, 앞의 글, 132면을 참조.

에서의 "原狀(원상)"]은 동아시아의 한문맥 속에서 "본디의 모양", "원래의 형태, 본 모양"이라는 의미를 지니고 있었으며, 그 용례를 아래와 같이 찾아볼 수 있다.[16]

> 장빙(張憑)의 초혼장의(招魂葬議)에 이르기를, '예전(禮典)을 보면 혼령을 불러 장사 지낸다는 글이 없습니다. 만약 빈 관을 가지고 장사 지내어 마지막 가는 길을 받든다면 원형(原形)을 장사 지내는 실제가 아니며, 혼령을 매장하여 구원(九原)에 갇혀 있게 한다면 신령을 섬기는 도를 잃는 것입니다.' 하였다.[張憑招魂葬議云, "禮典無招靈之文, 若葬虛棺以奉終, 則非原形之實, 埋靈爽於九泉, 則失事神之道。"][17]
>
> - 金長生, 「附虛葬」 『疑禮問解』(『沙溪全書』 40)

> 진한이 청파에, "원래 이 갓트시면 득죄 다다하도소이다."
>
> 하고, 다시 뭇되, "이 요도가 가히 물이 변형하야 이 갓치 환영작관하오니, 저에 진형을 내여 뒤에 폐단이 업게 하소서."
>
> 한대, 사선인이 진언을 외우며 꾸짓되, "일후야 쾌히 원형을 나타내라."

---

16 이하 "原形" 및 "原狀(원상)"에 대한 고전적 용례는 단국대학교 동양학연구소, 『漢韓大辭典』 2, 단국대학교, 2000, 1008면, 1012면을 참조했다. 지면관계상 '原形'에 관한 사례만을 제시하도록 한다. 본고에서는 해당 어휘의 용례를 검토하기 위해서 국립국어원, 『21세기 세종계획 최종 성과물 수정판(CD)』, 문화체육관광부·국립국어원, 2011의 말뭉치와 함께, '한국고전종합DB'와 '한국역사정보통합시스템'을 활용할 것이다. 이하 인용표시는 어휘의 소재문헌을 간략히 제시하는 것으로 대신하도록 한다.

17 해당 역문은 한국고전종합DB에 의거하여 제시했다. 해당구절은 「招魂葬」, 『常變通攷』 22에서도 발견할 수 있다.

하니, 주명선이 할일 업서 짱에 업더지더니 한 번 쑤여 변하야 선학이 되는지라. 『설명산실긔』 51면(『구활자본 고소설 전집』 7)

첫 번째 인용문은 상례(喪禮)에서 초혼장(招魂葬) 및 허장(虛葬)의 문제와 관련하여 『통전(通典)』에서 해당 내용의 개요를 간추린 부분이다. 이 대목은 비록 중국 측 문헌의 내용을 기반으로 하고 있지만, 김장생(金長生, 1548-1631)이 한국 유가지식층이 허장의 시비(是非)를 묻는 질문에 대한 답변과 이에 대한 근거가 되는 선유(先儒)의 글을 제시한 것이기도 하다. 두 번째 인용문은 『薛仁貴征東』이라는 제명으로 익히 잘 알려진 중국소설을 축약, 번안한 작품, 『설정산실기(薛丁山實記)』에서 발췌한 것이다. 본래 "원형(原形)"은 "마각(馬脚)"과 유사한 의미에서 "가식하여 숨긴 본성이나 진상(眞相)"이 드러남을 의미하기도 했는데, 이러한 용례가 한국어 구문 속에서도 잘 드러나 있다. 이러한 사례를 감안해본다면, 원형이란 한문어 역시 한국인에게도 그리 낯선 어휘는 아니었던 셈이다. 따라서 "원형(原形)"은 폭넓은 대상의 '本來の形狀'이라고 제시한 『조선어사전』의 새로운 풀이와 충돌 없이 통용될 수 있는 성격의 어휘였던 것이다.[18]

18 반면 학술적인 관점으로 보기에는 매우 '추상적이며 모호한 용어'였던 셈이다. 애당초 출현과 성립 그 자체가 외국어이자 학술적 개념어로서의 성격을 지니고 있지는 않았던 셈이다. 예컨대, 사전 속에 등재된 "原形"은 "archetype"나 "prototype"에 대한 일대일 등가관계를 지닌 대역어이자 학술개념어도 아니었다. 참고로 이 중에서 "prototype"의 대역어는 원한경의 영한사전(1925)에서 발견할 수 있다. 하지만 이는 그 한자형태가 다른 "원형(原型)"으로 등재되어 있다. 후일 문세영은 이 어휘에 대하여 "제작물의 근본이 되는 거푸집, 또는 본"이라고 풀이하며 "원형(原形)"과 분명히 다른 어휘로 구별했다.

하지만 『조선사서원고』(1920)에서 "원상(原狀)"에 대한 일본어 번역문이 제시해주는 '본래의 상태 (原ノ狀態(モトノアリサマ))'라는 의미는 소거된 셈이다. 또한 이와 궤를 같이하며 『조선어사전』(1920)의 "형상(形狀)"에 대하여 『朝鮮辭書原稿』(1917~1920)는 "표현(表現)하는 외모(外貌)의 칭(稱)(형용)"이라고 풀이한다. 즉, 일본어사전과 한국어사전에 등재된 "原形"은 완전히 일치하는 개념은 아니었다.

이러한 차이점과 관련하여, 조선총독부 사전편찬 관계자들이 어휘의 수집이란 차원이 아닌 사전의 편제구성과 관련하여 참조한 일본어사전을 주목할 필요가 있다. 근대초기의 한국어학자이기도 했던 가나자와 쇼사부로(金沢庄三郎, 1872-1967)가 편찬한 『辞林』(1909)에서도 표제항 "げん-けい[原形]"를 발견할 수 있기 때문이다.

> げん-けい[原形](名) ①もとのかたち。以前の狀態。② 原始のかたち。進化なさほどの狀態[19]

『辞林』의 "原形"에 대한 풀이는 『조선어사전』을 비롯한 한국의 이중어사전과 동일하지 않다. 특히 『辞林』의 '풀이 ②'는 그러한데, 이 풀이는 '문화재 원형보존'의 '원형'과 관련하여 주목되는 측면이 있다. "진화(進化)"와 "원시(原始)"라는 어휘를 포함한 이 풀이는 이후 상술할 전근대와 근대 사이의 불연속점, '폐허의 발견'과 같은 개념

---

19 金沢庄三郎 編, 『辞林』, 三省堂, 1907, 469면.

을 함의하고 있기 때문이다. 그렇지만 흥미롭게도 『辞林』(1909)을 한국어로 번역한 사전인 『선역 국어대사전(鮮譯 國語大辭典)』(1919)에서 '풀이 ②'는 다음과 같이 누락되었다.

ゲン-ケイ[原形](名) 원형」 이젼모양。 본래형용。 原ノ形。[20]

상기 사전 속에서 "원형(原形)"은 한국어로 풀이되어야 할 '번역어'이지만 '풀이 ②'는 생략되었다. 또한 "もとのかたち。以前の狀態"라는 『辭林』의 본래 풀이와 달리, "狀態"가 아니라 "모양 및 형용"(かたち)만을 취했음을 알 수 있다. 결과적으로 본다면, '풀이 ①'에 대한 『선역 국어대사전』(1919)의 한국어번역은 『조선어사전』의 편찬과정 그리고 이후 김동성, 게일, 문세영의 사전에서 개별 한자들이 풀이되는 모습과 큰 차이점을 지니고 있지 않다.[21] 『선역 국어대사전』(1919)의 일본어 "ゲン-ケイ[原形]"가 등재·번역되는 양상은 한문고전 속의 한자 혹은 '한문어'가 한국어 통사구문의 '한자어'로 재배치되는 층위와 동일하다. "원형"은 본래의 "모양(貌樣)(『朝鮮辭書

20 船岡獻治 譯, 金澤庄三郞, 小倉進平, 林圭, 李完應 玄櫶 교열 『鮮譯 國語大辭典』, 東京 : 大阪屋號書店(간행), 京城 : 日韓印刷所, 1919, 339면.

21 狀態에 대한 등재양상을 정리해보면 다음과 같다. 비록 게일의 『韓英字典』(1911)에는 "Aspect, appearance, form, condition, state"라고 잘 등재되어 있지만, 『朝鮮語辭典』의 편찬과정에서는 "內情이 發表하는 者(『朝鮮辭書原稿』(1917)), 內情이 發外하는 意/アリサマ、ヤウス(『朝鮮辭書原稿』27(1920), 72면), 有樣. 樣子. (조선총독부, 1920)"와 같이, 일본어 풀이에서는 외형적 형체를 뜻하며 한국어 풀이에 있어서는 혼란스러운 모습을 보여준다. 이러한 이중어사전의 대역관계망이 『鮮譯 國語大辭典』에서의 번역양상을 불러온 것으로 추론된다.

原稿』(1917-1920), 모양·형용(『鮮譯 國語大辭典』(1919)), 형체·모양·꼴(문세영, 1938)"이라고 풀이되고 있기 때문이다. 이러한 한국어의 개념 층위는 외국어[일본어] / 한문어 "원형(原形)"이 한국의 이중어사전 속에서 한국 한자어로 무리 없이 등재되게 해 준 가장 중요한 기반이란 사실을 알 수 있다. 한국의 미디어 속에서 "원형(原形)"의 용례 역시 이러한 모습과 크게 다르지 않다.

① … 十錢은 原形더로 ᄒᆞ되…(『황성신문』1898.3.8.)

② … 土地의 原形을 變ᄒᆞ며…(『황성신문』 1898.3.8.)

③ … 物情이 原形에 回復케ᄒᆞ던지…(『대한매일신보』 1905.08.11.)

④ … 이 窟[인용자 : 석굴암]이 近日에 오아 荒壞가 甚함으로 大正 4년에 이도 또한 修理를 加하얏는데 修理라 하면 原形그대로 하는 것이 아니라 (「慶州行」, 『개벽』 18, 1921.12.01.)

⑤ 社稷壇은 原形保存, 공원의 셜계는 다소 변경, 금년에는 길부터 내인다……"(『동아일보』 1922.10.21.)

물론 '본래의 형상'이란 어의를 지닌 원형(原形)의 '기원'을 우리는 성급히 진단할 수 없다. 또한 한국의 이중어사전에 수록된 "원형"이 본래 '번역어', '한문어', '한국어'였는지를 쉽게 단정하는 것 역시 어려운 일이다. 그렇지만 "원형"이 '번역어', '한문어[혹은 한자어]'란 형태로 동시에 존재했던 당시 한국어의 문화생태, 또한 이러한 혼종적 상황 속의 "원형"이 『조선사서원고』(1917~1920) 이후 본래의 "상태"라는 개념이 배제된 본래의 "형상[=형체, 모양, 꼴]"(문세영, 1938)이란 한정적 의미로 한국어로 정착하게 되는 과정을 주목해야 한다. 나아가 1920년대 이후 한국의 미디어 속에서 문화재 보존 관념이 출현할 때 "원형" 개념 역시 주로 문화유산의 외형적 형태를 의미했던 용례로 존재했던 사실은 흥미로운 고찰의 지점이라고 할 수 있다.[22] 이와 관련하여 우리는 상기예문 ④와 ⑤에서 "원형"의 용례 즉, '무엇의 원형' 중 '무엇'에 한국의 문화유산이 배치된 '문화재의 원형'이라는 용례의 출현을 주목해야 한다. 또한 문화재란 유사 개념을 담고 있었던 용어들 즉, 한국의 문화유산을 지칭하던 한국어 어휘들을 살펴보아야 한다.

2. 문화재 이전의 문화재

'문화재'는 문세영의 한국어사전(1938)에서도 그 자취를 찾아볼 수 없는 어휘이다. 즉, 문화재란 어휘를 우리는 1880~1938년 사이 출판된 주요한 한국어 관련 사전을 통해서는 발견할 수 없다. 그렇지만 한국에서 "문화재"란 용어와 개념이 출현한 것은 1920년대 후반 경으로 추론된다. "자연에 인위를 가하여 어떤 이상을 실현하는 과정을 총칭하는"것이 "문화"이며, 이와 관련하여 "문화재(文化財, Cultural Properties, Kulturgüter)"는 그 과정의 총결산물이라고 미디어 속에서 명시된 바 있기 때문이다. 물론 이러한 정의는 천연기념물과 무형문

22 이수정, 앞의 글, 104-105면; 강현, 앞의 글, 128-129면.

화재 등을 포괄하는 오늘날의 문화재 개념과 완전히 일치하는 것은 아니었다.[23]

그렇지만 '문화재 이전의 문화재', 즉 한국의 문화유산을 지칭하는 유사한 한국어 어휘는 분명히 있었다. 나아가 한국어 대역어 없이 외국어 그 자체로 한국의 문화유산에 관해 논의했던 외국인[서양/일본인]의 논저들이 존재했다. 요컨대, 외국인들의 논의를 구성하는 주요 개념 및 어휘들에는 적어도 그에 대응되는 한국의 문화유산 그리고 이와 유사한 한국어, 적어도 이에 기반이 되는 개념과 관념들 혹은 한국어와 경계가 그리 크지 않은 일본어 어휘[개념·관념]들이 그 대응 쌍으로 분명히 존재하고 있었다.[24]

비록 불충분한 표본이지만, 한국개신교 선교사의 고고학 논저의

23 "이경렬, 「문화의 의의: 인류의 이상」, 『동광』 9, 1927.1.1."과 "최남선, 「朝鮮의 古蹟」(1933), 『육당 최남선 전집』 9, 고려대 아세아문제연구소, 1974"를 대표적인 사례로 든다[정수진, 「근대적 의미의 조선 문화, 예술」, 『한독사회과학논총』 15, 한독사회과학회, 2005, 197-201면 ; 정수진, 「무형문화재에서 무형문화유산으로: 글로벌 시대의 문화표상」, 『동아시아문학연구』 53, 한양대 동아시아문화연구소, 2013, 94-95면 ; 정수진, 「문화재 보호제도와 전통담론」, 『문화재』 47(3), 국립문화재연구소, 2014, 175-178면].

24 이와 관련하여 원한경(元漢慶, Horace Horton Underwood, 1890-1951)의 서구인 한국학 서목(1931) XI장 「예술과 유적(Art and Antiquities)」에는 한국의 미술 및 예술 일반, 화폐, 도자기, 기념비 및 유물들을 논한 서구인들의 논저목록이 존재한다. 여기서 '기념비와 유물(Monuments and Antiquities)'을 다룬 소주제 항목이 본고의 주제와 관련된 주요연구대상이다. H. H. Underwood, "A Partial Bibliography of Occidental Literature on Korea," *The Transactions of the Korea Branch of Royal Asiatic Society* 20, 1930, pp. 155-157 ; 해당 논저목록은 이 책의 참고문헌에 정리해 놓았다. 더불어 '문화재 원형보존관념' 형성에 가장 큰 영향력을 제공했을 『朝鮮古跡圖報』(1915-1935)로 대표되는 일본인들의 고적조사사업과 그 결과물을 주목할 필요가 있다. 이러한 일본인의 고적조사사업에 대한 전반적인 검토는 이순자, 『일제강점기 고적조사사업 연구』, 경인문화사, 2009를 참조.

제명에서 한국의 문화유산 전반을 가리키는 상위 개념어를 추출해 본 후, 그들의 영한사전 속 한국어 대역어 목록만을 정리해보아도 다음과 같은 좌표를 설정할 수 있다.

	Underwood, 1890	Scott, 1891	Jones, 1914	Gale, 1924	Underwood, 1925
antiquity	샹고	녯적, 샹고	샹고(上古) : 고딕(古代) : 녯적(昔)	샹고(上古), 태고(太古), 원시(元始)	(1) 샹고(上古) (2) 고물(古物), 고인(古人), 고풍(古風), 고졔(古制)
relic[s]	×	×	유물(遺物) : 고물(古物) : 긔념물(記念物) : (bones of a saint) 셩골(聖骨)	×	(1) 남아지물건, 유물(遺物), 고젹(古蹟). (2) 유골(遺骨)(셩도 聖徒와 슌교쟈 殉敎者 등의 씻친빅골 白骨), 셩골(聖骨) (3) 긔념물(記念物).
remain(s)	×	×	남다(剩餘) : (sojoun) 머므다(留) : 두류ᄒᆞ다(逗留)	유젹(遺跡)	(pl.) (1) 시톄(屍体), 송장, 죽은것, 유골(遺骨), 잔히(殘骸). (2) 유젹(遺蹟).
monument	불망비, 비	비문, 비셕	×	긔념비 (記念碑)	(1) 비(碑), 긔념비(記念碑). (2) 긔념물(記念物).

상기도표의 서구어-한국어의 대응관계를 구성하는 어휘들은 한국의 '문화재 이전 문화재' 개념의 형성과정을 가늠할 중요한 어휘이자 좌표이다. 개신교 선교사들의 논저를 보면, 한국의 문화유산은 주로 "antiquity, relic[s], remain(s), monument"이라는 상위개념 안에 포괄된다. 이는 오늘날 한국의 문화유산을 지칭하는 중요한 영어 어휘이기도 하다. 또한 이 영어 어휘의 한국어 대역어로 상정된 "유물, 유적, 고적, 고물"을 '문화재'라는 신조어 등장 이전에 한국의 문화

유산을 지칭한 대표적인 어휘들로도 상정할 수 있을 것이다. 이 일련의 어휘를 포괄하는 가장 핵심적인 영어 어휘는 후대의 대응관계를 감안해보면 "Remains"와 "Relics"이다. 그렇지만 두 핵심적 영어 어휘에 대하여 1910년대 이전 영한사전에는 대응관계 자체가 설정되어 있지 않았다.

물론 언더우드(Horace Grant Underwood, 1859-1916), 스콧(James Scott, 1850-1920)의 영한사전은 일상회화를 위한 포켓용 소사전이라는 한계점을 지니고 있지만, 두 영어 어휘에 대한 한국어 대역어를 굳이 상정할 필요가 없었던 상황만큼은 분명히 암시해준다. 하지만 더욱 포괄적인 한국어 어휘를 담고 있는 당시의 이중어사전들 즉, 한국어 어휘를 표제항으로 삼았으며 한국의 문어를 포괄한 대형사전들을 함께 면밀히 검토할 필요가 있다. 파리외방전교회의 한불사전, 게일의 한영사전, 조선총독부의 한일사전, 문세영의 한국어사전을 포괄하여 1910년대 이후 영한사전에서 대역어로 제시된 해당 한국어 어휘들의 등재양상은 다음과 같다.[25]

① 고물(古[故]物) viel objet, chose ancienne[오래된 물건, 옛 것] (파리외방전교회, 1880) Curios(Gale, 1897-1911) 古きめの(人と物とにいふ。) (조선총독부, 1920) Curios, antiques(Gale, 1931) 옛날 물건, 오래된 물건 또는 사람(문세영, 1938)

25 게일의 『한영자전』(1897) 2부 한자-영어사전[옥편] 부분을 보면, "蹟, 跡, 迹"은 동일한 한자란 점을 명시하고 있다. 본고에서는 인용자료 원문을 그대로 제시하지만, "古[遺]蹟, 古[遺]跡, 古[遺]迹"는 동일한 어휘로 인용함을 밝힌다.

② 유적(遺跡) Historical monuments(Gale, 1897-1931) 끼친 자취, 남은 자취(문세영, 1938)

③ 고적(古蹟) Ancient documents, former traces, old landmarks(Gale, 1897-1911) → 古代の事跡(조선총독부, 1920) Ancient remains, old landmarks (Gale, 1931) 옛 날의 사적, 옛 날의 자취(문세영, 1938)

④ 유물(遺物) Things or property left by a deceased person, bequest, legacy(Gale, 1911) → 遺存せること(조선총독부, 1920) Remains, relics, bequest, legacy(Gale, 1931) 후세에 끼친 물건(문세영, 1938)

물론 상기 한국어 어휘에 대한 개념풀이를 보면, 이 어휘들은 넓게 본다면 문화재 이전의 문화재, 한국의 문화유산을 지칭하는 광의의 함의를 분명히 지니고 있다. 그렇지만 이 일련의 어휘들은 1911년까지 출판된 사전 속에서는 "Remains" 그리고 "Relics"와 같은 영어 어휘와는 일대일 대응관계를 이루지 못하고 있었다. 즉, 서구적 개념과 등가관계를 지니지 못하고 있었던 셈이다. 각각의 어휘를 보면, 『한불자전』(1880)부터 그 어휘의 존재를 일찍부터 찾아볼 수 있는 ①(古物)은 한국의 문화유산을 지칭하는 영어어휘를 통해서 풀이되지 않으며, 그 의미는 오히려 '골동품'에 근접한 의미이다. 공간적인 의미를 지녔으며 '문화재 이전의 문화재'를 지칭하는 우리가 찾을 수 있는 가장 적절한 어휘는 "역사적인 기념물이자 기념비"로 풀이되는 ②(遺蹟)와 '고대의 문서, 옛 흔적, 옛 이정표'를 뜻하는 ③(古蹟)이다. 여기서 ③이 1931년판 게일의 한영사전에서 새로운 대응관계의 형태로 그 의미가 변모되는 점이 주목된다. 1911년에 처음으로 출현한 ④(遺物) 역시 이러한 변모양상과 동일하며, 변모이전에는 '고인이 남겨놓은 물건이나 재산'이란 정도의 의미를 지니고 있었다.

"古蹟"과 "遺物"에 대한 풀이방식의 변모와 관련하여 가장 큰 영향을 주었을 가능성은 게일이 1931년판 사전의 서문에서 밝힌 두 참조사전을 일차적으로 생각해볼 수 있다. 그렇지만 게일은 조선총독부의 사전보다는 이노우에 쥬키치의 일영사전을 참조했던 것 같다. 게일의 한영사전의 풀이항은 영일사전의 아래와 같은 풀이항에 보다 근접한 양상을 보여주고 있기 때문이다.

> Koseki(古蹟) Ruins ; historic remains[26]
>
> Ibutsu(遺物) ① Remains; relics(遺跡, 記念物) ② [遺産] A bequest(動産にいふ); a legacy ③ [生き殘ろ人又物]Survivals"[27]

이러한 참조양상에는 1910년대 이후 한국어와 일본어 양자의 관계가 외국어로 한정할 수 없는 번역적 관계를 지니고 있었던 사정이 관련된다. 물론 종국적으로 게일은 "遺物"과 달리 "古蹟"에 대해서는 영일사전보다는 자일즈(Herbert Allen Giles, 1845-1935) 중영사전(1892)의 풀이방식(古蹟 = ancient remains)을 채택했다. 그렇지만 이러한 풀이방식의 채택 역시도 변화의 흐름을 벗어나는 것은 아니다. 결과적으

26 井上十吉 編,『和英辭典 : 新訳』, 三省堂, 1909, 908면.
27 위의 책, 532면.

로 본다면 게일을 비롯한 사전편찬자가 "고적(古蹟)"과 "유물(遺物)"을 1911년까지의 풀이양상과는 다른 차원의 의미로 풀이해야 했음을 의미하기 때문이다. 즉, 이 속에는 "고적(古蹟)"과 "유물(遺物)"이 '근대 국민국가 단위의 민족문화를 구성하는 문화유산'이란 함의를 얻게 되는 과정 또한 사전의 편찬자들이 보기에 '서구적 개념과 등가교환의 관계를 지닌 문화유산'이란 의미를 획득하게 되는 과정이 놓여 있었던 셈이다.

지금까지 고찰한 가장 중요한 한국어 어휘를 정리해본다면, 아무래도 "고적(古蹟)"과 "유물(遺物)"이다. 게일을 비롯한 개신교선교사의 이중어사전과 관련시켜본다면, "고적(古蹟)=Ancient Remains"과 "유물(遺物)=Remains, Relics"라는 대응관계의 출현이 중요한 함의를 지니고 있었다. 이러한 등가관계 형성을 가능하게 한 가장 큰 근본적인 계기는 무엇보다도 제국일본과 일본 지식인이 진행한 고적조사사업으로 추론된다. 조선총독부가 박물관 전시를 위해 또한 1916년 이후 5개년 계획으로 본격적인 고적조사사업을 실시하기 위해 제정한 「고적급유물보존규칙(古蹟及遺物保存規則)」을 보면, 이 점을 충분히 추론해볼 수 있다. 이 법규의 제1조에는 고적과 유물에 관한 개념규정이 있으며 나아가 이 규정은 아래와 같이 『매일신보』 1916년 7월 6일에 한국어로도 함께 제시된 바 있기 때문이다.

> 古蹟 : 패총, 석기, 골각기류를 포유(包有)하는 토지 및 수혈(竪穴) 등의 선사유적, 고분 및 도성, 궁전, 성책, 관문, 교통로, 역참, 봉수(烽燧), 관부, 사우(祠宇), 단묘, 사찰, 도요(陶窯) 등의 유지(遺址) 및

전적(戰跡), 기타 사실(史實)과 관계있는 유적을 뜻함.

遺物 : 오래된 탑, 비, 종, 금석불, 당간(幢竿), 석등(石燈) 등으로 역사, 공예, 기타 고고 자료가 될 만한 것.

특히, 고적은 문화재 원형보존 개념의 형성과 관련해서 가장 주목해야 할 어휘이다. 유물에 비해 건축물과 같은 부동산은 상대적으로 최초의 형태나 상태에서 변모될 가능성이 높기 때문이다. 즉, 문화유산의 원형 및 보존/보수를 더욱 염두에 둘 수밖에 없는 문화재인 셈이다.[28] 물론 고적을 비롯한 전술했던 어휘들에 대한 용례는 이러한 규정 이전에도 분명히 발견된다. 일례로, 『동국여지승람(東國輿地勝覽)』에는 해당 지역의 '고전(古蹟)'이란 항목 아래 연원이 오래된 문화유산이 명시되어 있으며, 근대 초기의 신문자료에서도 다음과 같은 사례가 보인다.

이타리는 구라파즁에 가장 유명ᄒᆞᆫ 나라이라 라마고젹(鸞馬古蹟)과 명인의 셔화가 만흘ᄲᅮᆫ외라 (『독립신문』 1896.4.7.)

世界上文明ᄒᆞᆫ民族은新事業이發達될사록古代의遺蹟을더욱崇拜ᄒᆞ고保守ᄒᆞᄂᆞ니盖其新文明이即舊文明에셔胚胎ᄒᆞᆷ을研究ᄒᆞ고思慕ᄒᆞᆷ이오且古代傳人의事業을崇拜ᄒᆞ고保守ᄒᆞᄂᆞᆫ것이即一般國民으로ᄒᆞ여곰自國을崇拜ᄒᆞ고自國을保守ᄒᆞᄂᆞᆫ精神을培養ᄒᆞᆷ이오

28 강현, 앞의 글, 121면.

(「我國古代發達의遺蹟」, 『황성신문』 1909. 2. 6. 2면 1단)

이들 어휘의 용례를 살펴보면, 비록 원형이라는 개념어를 활용하지는 않았지만 문화재 원형보존의 관념 역시 충분히 도출해낼 수 있다. 그렇지만 「고적급유물보존규칙」의 제 5조[29]가 잘 보여주듯, 이는 한국 문화유산에 관한 '원형유지의 원칙'이 최초로 법령으로 제시된 사례였다. 나아가 조선총독부의 고적 및 유물에 대한 개념 규정[범주화]에는 19세기 말부터 이어진 일본인들의 수행적이며 제도적인 실천이 전제되어 있었다. 1902년부터 건축물 및 고분에 대한 학술적 조사라는 차원에서 외국인과 한국 문화유산의 접촉이 있었으며, 그 이전에도 접촉이라는 차원에서만 생각해본다면 고려자기를 비롯한 공예물이 약탈되거나 한국의 고분이 도굴되는 사례가 많았다. 또한 「고적급유물보존규칙」은 메이지 일본에서 시행되었던 문화재보호법이 한국에 적용된 사례였으며, 1910년경 반포된 일련의 법령들(「鄕校財産管理規程」(1910), 「寺刹令」(1911) 등)과 연속선을 지니고 있었다.[30] 이러한 제국 일본의 개입으로 말미암아 한국의 문화

29 "古蹟及遺物臺帳에 등록된 物件의 現狀을 變更, 그것을 移轉, 修繕하거나 만약 處分하려고 할 때 또는 그의 보존에 影響을 미칠 施設을 하려고 할 때에는 當該物件의 所有者 또는 管理者는 다음 事項을 구비하여 警察署葬을 경유하여 미리 許可를 받아야 한다."

30 이순자, 앞의 책, 15-68면 ; 유승훈, 「일제시기 문화재보호법의 '중점보호주의'와 '포괄적 법제'에 관하여」, 『역사민속학』 17, 한국역사민속학회, 2003, 301-305면 ; 김왕직·이상해, 「목조 건조물문화재의 보존이론에 관한 연구: 일본 건조물문화재의 수리사례를 중심으로」, 『건축역사연구』 11(3), 한국건축역사학회, 2004, 35-44면 ; 박선애, 「1910년대 총독부의 조선 문화재 조사 사업에 관하여」,

생태에 새롭게 생성되는 문화재 관념들과 개신교 선교사의 고고학적 논의들의 상관관계를 살펴보기로 한다.

3. 근대적 문화유산 관념의 출현

개신교 선교사 언더우드, 구한말 외교관 스콧이 1890년경에 발행한 영한사전에서, 한국어 어휘와 대응관계를 지니고 있으며 한국의 문화유산을 지칭하는 영어 표제항은 아래와 같다.

	Underwood, 1890	Scott, 1891	Jones, 1914
antiquity	샹고	녯적, 샹고	샹고(上古) : 고딕(古代) : 녯적(昔)
monument	불망비, 비	비문, 비셕	×

1910년대까지 'antiquity'는 "유적(遺蹟), 유물(遺物), 고적(古蹟)" 등의 어휘와 대역관계를 지니지 않았다. 하지만 한국에서 서구인들의 언어생활과 한국인과의 의사소통을 위하여, "샹고, 녯적, 고딕"와 같은 '한국의 고대'를 지칭하는 한국어 어휘를 찾는 것이 그리 어렵지 않았던 정황을 보여준다. 'monument'라는 영어표제항과 이 어휘가 지칭하는 "비문"들의 존재는, 한국이 연원이 오래된 역사와 문명을 지닌 장소라는 사실을 말해주는 것이었다. 또한 한국의 고대와

『역사와 경계』 69, 부산경남사학회, 2008, 208-245면.

비문을 지칭하는 한국어 어휘들과 이에 대한 영한사전의 대역관계는 당시 '서구인 한국학의 지평'에도 잘 조응된다.

1900년 이전 '서구인 한국학 전반에 관한 연구사적 성격'을 지닌 저술 2편(그리피스(William Elliot Griffis, 1843-1928)의 『은자의 나라, 한국』(1882), 러시아대장성의 『한국지』(1900))을 펼쳐보면, 한국의 문화유산은 별도의 주제항목으로는 편제되어 있지 않다. 그러나 역사는 단행본 속 주제항목으로 배치되어 있으며 한국의 고대사가 수록되어 있었다. 그들은 한국 고대왕국의 역사를 분명히 인식하고 있었다.[31] 『은자의 나라 한국』과 달리, 『한국지』는 한국을 직접 체험할 수 있었던 구한말 외교관[혹은 유럽의 동양학자]과 개신교선교사의 논의들을 반영한 저술이다. 하지만 여전히 그들에게 과거 한국의 역사는 어디까지나 지극히 한정적인 '한국의 문헌' 혹은 '한국인의 구술'이라는 매개를 통해서만 접근이 가능한 대상이었으며, 이 역시도 1890년경에 이르러 서서히 탐구되기 시작한 연구대상이었다. 그렇지만 이러한 그들의 '언어·문헌학적 탐구'는 '고고학적 탐구'와 분리된 실천이 아니었다. 이는 발굴된 한국 문화유산의 그 원형을 재구하는 데 밑바탕이 될 역사적 좌표가 상정되는 과정이었기 때문이다.

---

31 W. E. 그리피스, 신복룡 역주, 『은자의 나라 한국』, 집문당, 1999, 49-123면[*Corea, the Hermit Nation*, London : W. H. Allen & Co., 1882]; 러시아대장성, 한국학중앙연구원 편역, 『국역 한국지』, 한국학중앙연구원, 1984, 9-17면[Составлено въ канцеляріи Министра Финансовъ, *Описаніе Кореи (съ картой)*, С.-Петербургъ : изданіе Министерства Финансовъ, типографія Ю. Н. Эрлиха ' Ju. N., 1900].

애초에 '한국의 문화유산에 대한 발굴 및 조사'는 국가 혹은 특정 기관의 대규모 지원 없이 연구자 개인이 홀로 담당할 수 없는 규모의 사업이었으며 그만큼 특정하며 전문적인 기술이 필요한 사업이었다. 1890년대 중반 한국을 접촉했던 외국인이란 입장과 처지에서 그들이 소속된 국가 혹은 기관에게 이러한 고고학적인 발굴 작업을 수행할 명분과 보조를 얻기는 매우 힘든 일이었다. 설사 그러한 지원이 가능했을지라도 '그들이 이를 발굴하여 보수·보존해야한다'는 의무감과 사명을 가지기는 분명히 어려웠을 것이라고 판단된다. 이러한 정황을 감안한다면, 한국에 머물렀던 선교사, 외교관[혹은 유럽 동양학자들]에게 수집 및 조사가 상대적으로는 용이한 당시 한국의 문화유산은 아무래도 한국의 고문헌과 비문들이었다. 예컨대, 한국에서 『한국서지』(1894-1896/1901)를 집필하고 있던 쿠랑이 콜랭 드 플랑시(Collin de Plancy, 1853-1922)에게 보낸 아래와 같은 서한내용을 보면 이러한 당시 외국인의 초상이 잘 드러난다.[32]

> 2주 정도 후면 제가 가진 모든 문서에 나타나는 비문들을 주사와 함께 자세히 읽어보는 작업이 끝날 것 같습니다. 게다가 이제는 서울의 세 곳과 여기서 멀지 않은 묘지의 비문만 탁본하면 됩니다. 그러면 이 일을 잠시 쉬었다가 서울에서 했던 만큼 북경이나 파리에서도 이어나갈 수 있을 것입니다. [1891.8.27., 서울]

32 부산대 인문학연구소·점필재연구소, 콜레주 드 프랑스 한국학연구소 편, 『『콜랭 드 플랑시 문서철』에 새겨진 젊은 한국학자의 영혼: 모리스 쿠랑 평전과 서한자료집』, 소명출판, 2017, 225면, 234면.

9월에는 서울과 그 주변의 유적들에 대해 계획했던 조사가 완료된 기념으로 강화도로 소풍을 갔습니다. 거기서 지금까지 보아온 조선인 중에서 가장 상냥한 사람을 만났습니다. 강화군수인 그는 아전들이 저를 맞이하게끔 하였고, 온 힘을 다해 제게 집과 하인을 하사하려고 했으며, 저를 위해 탁본을 뜨도록 했습니다. 그 이후로는 그가 서울에 있기에 그는 저를 보러왔고 저는 그를 점심 식사에 초대했습니다. [1891.11.6., 서울]

『한불자전』(1880)에서는 향후 한국의 문화유산을 지칭하게 될 핵심적 어휘 "유적(遺蹟), 고적(古蹟)"을 찾을 수 없다. 이 두 어휘는 게일의 『한영자전』(1897)에서 비로소 출현하며 각각 "역사적인 기념물", "고대의 문서, 옛 흔적, 옛 이정표" 정도로 풀이된다. 이러한 새로운 한국어 표제항이 등장한 까닭은 게일이 참조한 자일즈의 중영사전(1892)에 수록된 다음과 같은 두 표제항이 관련된다.

遺跡 : historical monuments[33]

古蹟 : ancient remains, as of buildings; vestiges of former events, as a footstep of Buddha; places of historic interest.[34]

여기서 "유적(遺蹟)"에 관한 풀이양상은 게일-자일즈의 사전이 동일하다. 반면 "고적(古蹟)"의 경우는 그렇지 않다. 하지만 이 두 어휘

33 H. A. Giles, *A Chinese-English dictionary*, London : Bernard Quaritch; Shanghai : Kelly and Walsh, 1892, p. 558.

34 Ibid., p. 636.

는 과거 한적에서 그 용례를 일괄적으로 정리할 수 없을 정도로 많이 보이는 어휘이다. 나아가 아래와 같이 국문가사 속에서도 그 용례를 충분히 찾아볼 수 있는 어휘이기에 충분히 '한국화된 한자어'라고도 말할 수 있을 것이다.

… 丹靑한 큰 碑閣이 漢昭烈의 遺蹟이라 … 天下大觀 古今 遺蹟 歷歷히 다 보고서 故國에 生還하야 …

(李邦翼, <漂海歌>, 『歌集』(『雅樂部歌集』, 『樂府』)

… 그 덧시 무숨 일노 외로이 혼즈 남아 古蹟을 본디마다 눈물 계울 뿐이로다 … (<白馬江歌>, 『17세기 가사 전집』)

… 凄凉한 이 江山에 죠흔 古蹟 依舊하다.

(<彈琴歌>, 『歌集』(『雅樂部歌集』, 『樂府』))

물론 사전편찬자들은 상기의 국문가사를 참조하지는 못했을 것이다. 또한 여기서 유적(遺蹟)과 고적(古蹟)의 용례를 면밀히 살펴볼 때, '한국의 문화유산'을 지칭하기보다는 '중국적인 전고'를 가리키는 표현인 경우(<漂海歌>, <彈琴歌>)도 있으며, 때로는 과거 유배 중이던 부친의 자취를 나타내는 표현인 사례(<白馬江歌>)도 있다. 하지만 이는 동아시아의 한문맥에서 "고인(古人)의 유풍(遺風)", "고인(古人)의 법첩(法帖)이나 묵적(墨迹)"을 뜻하기도 하는 "고적(古蹟)"의 용례와 "예부터 남아 있는 자취"를 뜻하는 "유적(遺迹)"의 용례에 상응하는 것이다. 또한 "고적"에는 이후 "Ancient Remains"와 의미개념이 연결될 만한 "고대의 유적(遺跡)"이라는 함의가 존재했다.[35] 이와 관련하여 『동국여지승람』에서 "고적(古蹟)"이 '한국 해당지역의 역사적 유적을 기술할 편목으로 배치되어 있음을 주목할 필요가 있다. 즉, "남아 있는 옛적 물건(物件)이나 건물(建物)", "옛 물건(物件)이나 건물(建物)이 있던 자리. 성터·절터·가마터 따위. 옛 자취"를 뜻했음을 알 수 있다.

『동국여지승람』은 쿠랑의 『한국서지』에서 소개된 이후, 개신교 선교사 역시 유용하게 활용한 저술이었다. 이 저술을 *The Korean Repository*에 소개한 인물이 바로 헐버트(Homer Bezaleel Hulbert, 1863-1949)였는데, 그는 '고적(古蹟)' 편목을 "Ancient monument, inscriptions, remains…"라고 번역했다.[36] 이는 게일이 편찬한 이중어사전에서 두 어휘[특히 古蹟] 모두 "Relics"나 "Remains"와 등가관계를 이루거나 이러한 영어어휘를 매개로 하여 풀이되지 않은 점과는 지극히 대조되는 모습으로, 향후 '고적(古蹟)/유적(遺蹟)'이란 한국어 어휘와 대역관계에 놓이게 될 영어어휘의 변모[의미변화]를 예언해주고 있는 듯하다. 이는 헐버트란 저술자의 특징이 여실히 잘 드러난 셈이기도 하다. 이후 그의 개별 논저들이 단행본으로 수렴된 『대한제국멸망사』(1906)는 다른 서구인의 한국학 관련 저술과 비교해볼 때, 개신교 선교사의 고고학/고전학 논저들의 발전과정이 집약된 저술이었다.

개신교 선교사의 초기 고고학 논저를 살펴보자면 *The Korean*

35 단국대학교 동양학연구소, 『漢韓大辭典』 2, 단국대학교, 2000, 1126면 ; 단국대학교 동양학연구소, 『漢韓大辭典』 13, 단국대학교, 2008, 1202면.

36 모리스 쿠랑, 이희재 옮김, 『한국서지』, 일조각, 1997[1994], 533-534면 ; H. B. Hulbert, "An Ancient Gazetter of Korea," *The Korean Repository* Ⅳ, 1897, p. 408.

Repository(1892~1898)에 수록된 3편의 논저를 들 수 있다. 모든 논저는 이 잡지의 창간해인 1892년에 게재된 글들이었다. 1892년 중국에 의료선교사역을 펼친 미국 침례교회 선교사 맥그완(D. J. MacGowan, 1815-1893)은 연해주(블라디보스톡 우수리) 지역에서 이루어진 패총에 대한 러시아 측의 발굴조사보고서를 소개했다. 더불어 같은 해 이 보고서를 발췌, 번역한 기사가 수록되었다.[37] 즉, 이는 당시 한국의 국경 바깥, 재외에서 발견된 한국의 유적이었던 셈이다. 그렇지만 이 기사와 원본 기사 사이에는 상당한 시차가 놓여 있었다. 그 저본은 1881년 얀콥스키 미하일 이바노비치(Янковский , Михаил Иванович 1842~1912)와 마르가리토프 바실리 페트로비치(Маргаритов, Василий Петрович, 1854~1916)의 '시데미[현재 얀콥스키반도]패총'에 관한 보고서였다.[38] 나아가 이 글은 온전한 한국 개신교선교사의 논저라

---

37 D. J. Macgowan, "Notes on Recent Russian Archaic Researches adjacent to Korea and Remarks on Korean Stone Implements," *The Korean Repository* I, 1892, pp. 25-30 ; Mr. Margarieff, Trans. Mr. Korylin, "Discoveries in Kitchen-Mounds near Korea," *The Korean Repository* I, 1892, pp. 251-261.

38 강인욱의 연구(「러시아 연해주 출토 석검의 연구」, 『동북아 문화연구』 28, 동북아시아문화학회, 2011, 54면)에서도 해당 원전서명은 제시되어 있지 않다. 고고학 논저들에서 인용되는 두 사람의 논문은 다음과 같다. 마르가리토프 바실리 페트로비치, 「시데미 강 부근 아무르 만 해안에서 출토된 부엌 흔적/잔재들」(블라디보스톡, 1887)(Маргаритов В.П. Кухонные остатки, най денные на берегу Амурского залива, близ р. Сидеми. - Владивосток, 1887); 얀콥스키 미하일 이바노비치, 「슬라비안카 해변과 시데미 강 하구 사이에 위치한 아무르 만 해안 반도에서 출토된 부엌 흔적들과 돌 도구」, 『IVSORGO러시아 지리학회 동부 및 시베리아 부문 소식지』 12(2-3)(1881)(Янковский М.И. Кухонные остатки и каменные орудия, най денные на берегу Амурского залива на полуострове, лежащем между Славянской бухтой и устьем р. Сидеми // ИВСОРГО. - 1881. - Т. 12. - Вып. 2-3).

고 보기는 어려운 사례였다. 어디까지나 외부 조사작업의 성과가 중국 주재 미국선교사를 통해 한국에 소개된 사례였기 때문이다.

한국 개신교선교사의 본격적인 고고학 논저는 오늘날 '부여 정림사지 5층석탑'과 관련된 비문을 소개한 글이 1편 보일 뿐이다. 익명의 필자는 이 비문이 고대왕국 백제의 멸망과 관련된 역사적으로 중요한 유적이라고 평가했다. 그렇지만 당시 개신교선교사에게 이 오랜 세월 동안 훼손된 비문을 복원하여 소개하는 작업은 사실상 불가능한 것이었고, 따라서 이에 대한 공개는 후일로 미뤄졌다.[39] 이렇듯 백제의 멸망과 관련된 고고학 논저는, 이후 개신교 선교사들이 접촉하고 주목하게 될 한국 내에 존재하는 문화유산의 존재를 이야기해준다. 그들이 주목한 장소는 한국에서 멸망된 왕조 혹은 고대왕국의 고도(古都)였기 때문이다. 이를 뒷받침해주는 것이 원한경의 서목 속 개신교선교사의 고고학 논저들이다. 이들 논저를 보면 1883년과 1901년 사이가 긴 공백의 시간으로 남겨져 있다. 이들의 학술적 논저는 한국의 문화유산보다는 한국 민족의 기원과 그 정체성을 말해줄 한국의 역사서 속 한국의 고대에 초점이 맞춰져 있었기 때문이다. 이러한 동향에 맞춰 이 시기 개신교선교사의 고고학 논저에서 한국의 문화유산은 역사기록으로 탐구될 수 없는 과거 문화의 존재양상을 알려주는 징표가 아니었다. 오히려 한국의 고대사를 증빙해줄 역사적 기념물로 존재했던 셈이다.

---

39 Z, "Discovery of an Important Monument," *The Korean Repository* I, 1892, pp. 109-111.

개신교선교사의 고고학 논저 역시도 한국의 문헌과 비문에 상대적으로 더욱 초점이 맞춰져 있었다. 또한 1892~1910년 사이 그들의 논저에서 한국의 고적 및 유물에 대한 '보존'보다는 '발견'이라는 측면이 강조되는 점 역시 중요한 특징이라고 볼 수 있다. 이러한 '발견할 대상으로서의 고적/유물'과 다른 모습들이 *The Korea Review*(1901~1906) 수록 개신교선교사의 고고학 논저에서 보인다. 물론 *The Korea Review*는 발행주체란 측면에서 볼 때, *The Korean Repository*와 연속된 잡지였다. 일례로, 전술했던 백제멸망과 관련된 비문에 관한 후속원고가 1902년 게재된다. 이 글을 통해서 제시되는 비문의 제목은 「평백제국비문(平百濟國碑文)」이며, 또한 이는 개신교선교사가 발굴한 비명이 아니라 중국인 세관리이자 육영공원의 교사로 임명받았던 당소위(唐紹威, 1860~1938)에 의해 1886년에 발굴된 것이었다.[40]

그러나 과거에 불가능했던 비문에 대한 재구 및 번역, 소개의 모습이 잘 말해주듯, 1902~1904년 사이 *The Korea Review*의 개신교선교사의 고고학 논저는 한결 더 진전된 모습을 보여준다. 을사늑약 이전 한국의 문화적 독립성을 보여주고자 한 전반적인 논저들의 지향점에 맞춰, 한국의 문화유산을 논한 기사들이 보이기 시작하기 때문이다. 예컨대 경주의 문화유산을 논한 논저에서, 문헌 속에서만 언급된 금척(金尺)과 같은 보물을 말하기도 했지만, 성덕여왕신종 그리고 첨성대와 같이 그들이 실제 접촉했던 유적에 관해서도 이야기

---

40 "A Celebrated Monument Marking the Fall of Pak-je," *The Korea Review* II, 1902, pp. 102-107.

된다. 강화도의 전등사를 향하는 그들의 여행길에 있어 답사장소로 마니산 단군의 유적을 언급한 글도 보인다. 이는 발견/발굴 이후 보다 한결 일상화된 한국 문화유산의 형상이라고 말할 수 있다.[41]

즉, 한국의 문화유산은 한국의 고대사에 대한 인식이 확대되면서, 문헌과 여행 및 답사를 통해 쉽게 접촉할 수 있는 대상으로 변모된 것이다. *The Korea Review*의 한국 문화유산에 관한 새로운 지평과 지향점이 수렴된 저술이 바로 헐버트의 『대한제국멸망사』(1906)였다. 이 저술은 한국의 역사를 개괄하며 다양한 도상자료를 통해, 한국의 문화유산에 관해 이야기해준다. 또한 이 저술 속에서 한국의 문화유산은 단행본의 한 주제항목을 구성할 수 있을 만큼 내용과 분량이 확보되어 있었다.[42] 헐버트는 이 주제항목의 서두에서 한국의 문화유산에 대하여 다음과 같이 말한다.

> 4천 년이나 되는 전설적인 역사를 가지고 있는 나라에서는 지난날의 모습을 보여주는 여러 가지의 기념물과 유적을 보게 되리라고 기대하게 되는데 그런 점에 있어서는 한국도 마찬가지여서 우리는 그러한 기대에 실망을 느끼지 않는다.[43]

---

41 "The Treasures of Kyong-ju," *The Korea Review* II, 1902, pp. 385-389 ; "The Oldest Relic in Korea(Tangan's Altar, Kangwha Island)," *The Korea Review* Ⅳ, 1904, pp. 255-259, 더불어 서울의 원각사지 10층석탑에 관한 논저가 있는데, 이에 대해서는 후술하도록 한다.

42 H. B. Hulbert, 신복룡 옮김, 『대한제국멸망사』, 집문당, 1999, 345-358면["Monuments and Relics," *The Passing of Korea*, New York : Doubleday, Page & Company, 1906].

43 위의 책, 345면.

한국의 문화유산은 비록 잘 관리되며 보존된 것은 아니었다. 하지만 충분히 발견/발굴할 수 있는 흔적 및 자취가 남겨져 있었다. 더불어 이러한 문화유산에 관한 헐버트의 서술은 '과거 한국의 고대왕국과 역사에 대한 증언'이라는 의미로만 한정되지 않는다. 그의 서술 속에는 '한국민족이 생산한 고유하며 가치 있는 문화유산'이란 의미가 부여되어 있기 때문이다. 예컨대, 헐버트가 한국의 대표적인 문화유산으로 여긴 성덕여왕 신종에 관한 다음과 같은 서술부분을 들 수 있을 것이다.[44]

고대 한국의 유적들(Relics of Ancient Korea)

…그 안에는 세계에서 가장 큰 종중의 하나가 걸려있다. 그 종은 신라의 전성시대인 지금부터 1,400년 전에 만들어진 것이다. 그 크기는 모스크바에 있는 대종과 같지만 무게는 그만 못하다. 반면에 그 종은 아직도 대들보에 걸려 있으며 그것을 만들 때와 다름없이 은은하고도 맑은 소리를 내고 있다. 이 종은 우리로 하여금 여러 가지 신라 문물의 우수성을 인정하도록 하기 때문에 어느 의미에서 보면 이 종이야말로 한국에서 가장 흥미롭고도 눈여겨볼 유물(Relic)

---

44 아래의 도상자료와 영문제명은 위의 책, 101면에서, 이 문화유산에 대한 기술은 347-348면에서 발췌한 것이다.

> 이라고 볼 수 있다. 광물을 깨내어 그것을 녹이고 주형을 만들어 흠이 없이 종을 만들고 그곳에 달아맬 수 있는 능력은 그 당시의 문화수준이 매우 높았음을 말해 주는 것이다.

이러한 그의 서술 속에서 한국의 문화유산은 '문화재 이전의 문화재'라고 말할 수 있는 형상을 지니고 있다. 여기서 성덕여왕 신종은 근대 국민국가 단위에서 민족문화의 우수성을 구성해주는 문화유산이라는 함의를 충분히 지니고 있기 때문이다. 이러한 『대한제국 멸망사』에서 보이는 '문화재 관념'은 사실 1905년에 출판한 그의 일련의 역사서 이후 출현한 것이었다.[45] 즉, 문헌을 매개로 한 '언어·문헌학'과 문화유산을 매개로 한 '고고학'은 별도로 구축된 것이 아니었다. 더불어 헐버트의 이러한 서술은 그가 자신의 저술 서문에서 명시했던 바대로, 그의 개인적 견해가 아니었던 점을 우리는 기억해야 한다. 헐버트는 자신의 역사서술이 『동사강목(東史綱目)』, 『동국통감(東國通鑑)』, 『문헌통고(文獻通考)』, 또한 이름을 밝히지 말아달라고 부탁한 한국인 학자가 소장한 왕조사 필사본과 같은 순수한 한국 사료에 의거한 저술임을 강조했다.[46] 한국을 방문한 '관광객'들의 피상적인 견해와 다른 자신의 독자적인 견해가 자신의 저술을 구성하고 있음을 밝혔다. 나아가 그의 견해는 오랜 한국체험을 통한 그

45 H. B. Hulbert, 마도경·문희경 옮김, 『한국사 드라마가 되다』 1-2, 리베르, 2009[*The History of Korea* 1-2, Seoul : Methodist Publishing House, 1905].

46 H. B. Hulbert, 마도경·문희경 옮김, 『한국사 드라마가 되다』 1, 리베르, 2009, 14-16면.

의 개인적 관찰, 한국인 또는 한국인의 저작을 통해 도출한 '내지인의 관점'에 의거한 것임을 명시했다.[47]

그럼에도 게일을 비롯한 『한영자전』의 편찬자들은 헐버트의 서술과 번역용례 혹은 자일즈의 사전을 통해 충분히 참조할 수 있었던 "고적(古蹟)=Ancient Remains"란 등가관계를 1911년까지 수용하지 않았다. 그 이유는 1900년 게일-헐버트의 지면논쟁 속에 보인 게일의 재반론을 통해 대략적으로 유추해볼 수 있다.[48] 헐버트는 라틴문명과 영국의 관계와 중국문명과 한국의 관계를 유비로 배치시키며 한국의 고유성을 주장했다. 그렇지만 게일은 한국인과 중국고전문명의 관계가 서구인과 그리스, 로마 고전문명과의 관계와 동일하지 않다고 보았다.

게일이 보기에, 한국인에게 한문고전은 서구인의 고대 그리스 로마의 고전과는 결코 동등한 것이 아니었다. 그리스 로마 문명과 영국의 관계가 진보("앞으로 전진!")로 묶여지는 것이라면, 중국문명과 한국의 관계는 그렇지 않았기 때문이다. 오히려 중국문명은 한국인의 사유 속에서 전부였고 현재적이며 동시대적인 것이었다.[49] 양자

47 H. B. Hulbert, 신복룡 옮김, 『대한제국멸망사』, 집문당, 1999, 17면 ; 또한 본고의 2장에서 제시한 것처럼, 한국 미디어 속 고적과 유적의 용례는 이러한 헐버트의 서술에 부응하는 예문을 찾을 수 있다는 점도 감안할 필요가 있다.

48 J. S. Gale, "The Influence of China Upon Korea,"; H. B. Hulbert, "Korean Survivals,"; J. S. Gale & G. H. Jones, "Discussion," *The Transactions of the Korea Branch of Royal Asiatic Society* 1, 1900; 왕립아시아학회 학술지에 수록된 게일의 재반론에 관한 서술은 논의전개를 위한 입론은 이 책의 6장[初出: 이상현, 「게일의 한국고소설 번역과 그 통국가적 맥락: 『게일 유고』 소재 고소설관련 자료의 존재양상과 그 의미에 대하여」, 『비교한국학』 21(1), 국제비교한국학회, 2014, 27-30면]을 참조.

의 관계 속에는 어떠한 '고전의 죽음이라고 할 수 있는 불연속점[단절]', '고전을 통한 현대적 재창조'라는 부활의 의미는 존재하지 않았다. 즉, 한국인에게 한문고전은 분명히 하나의 '전범'이자 '공준(公準)'이었을지 모르지만, '현재와 구분되는 과거의 것', '진보를 향한 미래지향적 기획'은 아니었던 것이다. 게일은 이러한 개념상의 불일치를 분명히 인식하고 있었던 것이다. 이렇듯 게일-헐버트 사이 고전에 관한 인식상의 차이점은 한국의 문화유산에 관한 인식과도 궤를 같이하는 것이었다.

4. 한국, 서양, 일본인이 공유한 문화재 원형 개념

1911년까지 게일을 비롯한 『한영자전』의 편찬자들은 "고적"의 의미를 자일즈, 헐버트와는 다른 모습(Ancient documents, former traces, old landmarks)으로 풀이하고 있었다. 또한 그들은 1912-1923년이라는 오랜 시간 동안 사전을 편찬하지 않았다. 그렇지만 "고적(古蹟)=Ancient Remains"라는 등가관계를 게일은 훨씬 더 이전 시기에 수용했다.[50] 1910년 이후 한국사회의 변모는 한국어 자체에 큰 영향을 줄

49 Ibid., p. 47.

50 예컨대, 게일의 고고학 논저 속에서도 "古蹟=Ancient Remains"이라는 번역용례는 발견할 수 있다. 그 대표적인 것이 *The Korea Magazine* 에 1918-1919년 사이에 연재된 고대 한국의 유적들에 대한 게일의 글을 들 수 있다[J. S. Gale, "Ancient Korean Remains," *The Korea Magazine* 1918, pp. 354-356·401-404·498-502 ; "Ancient Korean Remains," *The Korea Magazine* 1919, pp. 15-18·64-68·114-116].

만큼 지대한 것이었기 때문이다. 그렇지만 우리가 더욱 주목하고 고찰해야 지점은 다른 곳에 있다. "고적(古蹟)"과 "Ancient Remains"사이 등가관계의 형성과 관련하여 간과할 수 없는 점이 있기 때문이다. 그것은 『한영자전』(1897-1911)이 "고적"과 "Ancient Remains" 양자가 지닌 의미상의 차이점을 명확히 보여주고 있다는 사실이다. 두 영어어휘["Ancient", "Remains"]와 두 개별 한자["古", "蹟"]의 훈에 대한 풀이양상을 비교해보면, "蹟"과 "Remains"가 등가교환의 관계가 아님을 알 수 있기 때문이다.[51] 이와 관련하여 영한사전들을 통해 "Remains"와 한국어 대역어휘 사이 등가관계의 형성과정을 면밀하게 살펴볼 필요가 있다.

	Underwood, 1890	Scott, 1891	Jones, 1914	Gale, 1924	Underwood, 1925
remain(s)	×	×	놈다(剩餘) : (sojoun) 머므다(留) : 두류ᄒᆞ다(逗留)	유적(遺跡)	(pl.) (1) 시톄(屍体), 송장, 죽은것, 유골(遺骨), 잔히(殘骸). (2) 유적(遺蹟).

이 글은 게일이 저자로 제시되어 있지는 않지만, 『게일 유고』에 소장된 책자형 자료(*Old Korea, Miscellaneous Writings* 30) 속에서 동일원고를 발견할 수 있다. *The Korea Magazine* 소재 게일의 기사목록은 유영식, 『착훈목쟈: 게일의 삶과 선교』 1, 도서출판 진흥, 2013, 459-465면을 참조 ; 한국의 문화유산을 소개한 이 글의 영문제명 자체가 "Ancient Korean Remains"이며, 매번 연재 시기마다 게일은 『朝鮮古蹟圖報』에 수록된 도상자료를 함께 참조해야 할 자료로 그 수록번호를 함께 제시했다. 게일은 『朝鮮古蹟圖報』를 "Pictorial Albums of Ancient Korean Remains"이라고 번역했다. 즉, 이는 1911년 『韓英字典』에서 보이지 않던 "古蹟 = Ancient Remains"라는 대응관계가 게일의 번역용례를 통해서 드러난 사례인 셈이다.

51 1914년에 출판된 게일의 『韓英字典』 2부에서 "古"는 "Ancient; old"로, "蹟"은 "Foot- prints; traces. To follow; to search"라고 풀이된다.

상기도표가 잘 말해주듯 "Remain(s)"은 언더우드와 스콧의 초기 영한사전에서는 풀이되지 않은 영어 어휘였다. "remain(s)"이 명사로 등재된 사례는 게일의 『삼천자전(三千字典)』(1924)에서 보인다. 『삼천자전』은 당시 "한국어의 일부가 되어 있는 새롭고 보다 근대적인 용어에 대한 지식을 얻는 데 도움을 주"고자 한 사전이었다.[52] 물론 "유적(遺跡)"은 신조어와 번역어는 아니었다. 이미 "유적"이라는 표제항이 『한영자전』(1897-1911)에 등재되어 있는 모습은 이 어휘가 한국어로 정통성을 획득한 어휘란 사실을 반증해주기 때문이다.[53]

하지만 『한영자전』(1897-1911)과 『삼천자전』(1924)에 이 유적에 대응되는 서구어는 결코 동일하지 않다. 즉, 『삼천자전』에 수록된 "Remain(s)"의 대역어, "유적(遺跡)"은 과거 『한영자전』(1897-1911)에 수록되었던 유적과는 개념이 다른 것이었다. 한국어 "유적"보다 이에 대한 영어 대역어 Remain(s)이 "유적"의 어의변화를 잘 말해주는 셈이다. 이후 출판된 원한경의 영한사전(1925)을 보면, 명사형 "remain(s)"에 포함된 다양한 의미를 전달해 줄 한국어가 필요하게 된 현황을 보여준다.

더불어 『삼천자전』에서 이 등가관계는 본래 "Remains[Ruins]=遺跡"으로 제시되어 있음을 주목해볼 필요가 있다. 이 등가관계 속에는 'Ruins'란 영어 어휘도 개입되어 있다. "Ruins"에 대한 영한사전

---

52 황호덕·이상현 옮김, 앞의 책, 144면[J. S. Gale, "Preface," 『三千字典(*Present day English-Korean: three thousand words*)』, 京城 : 朝鮮耶蘇教書會, 1924].

53 비록 조선총독부의 『朝鮮語辭典』(1920)에 이 어휘에는 누락되어 있지만, 『朝鮮辭書原稿』(1917)에는 "遺傳한 事蹟의 稱"이라고 풀이되어 있다.

속 대역관계의 계보를 제시해보면 다음과 같다.

	Underwood, 1890	Scott, 1891	Jones, 1914	Gale, 1924	Underwood, 1925
Ruin(s)	결단내ᄂᆞᆫ 것, 결단낸 것, 결단난 것 / 망케ᄒᆞ오, 결단내오.	패ᄒᆞ다, 헐다, 허려지다, 문허지다, 퇴락ᄒᆞ다	멸망(滅亡) : 회멸(毁滅) : (ancient remains) 영락(零落) : 고적(故跡) : (of a house) 퇴락(頹落)	유적(遺跡)	(pl) 구적(舊跡), 고적(古跡), 헌터. (2) 결단(決斷), 랑패(狼狽), 와히(瓦解), 몰락(沒落), 타락(墮落) / 망케ᄒᆞ다(亡), 결단내다, 패ᄒᆞ다(敗), 멸ᄒᆞ다(滅), 헐다, 문으지르다, 황폐되다(荒廢), 와히되다.

RUINS OF "GOLDEN PAGODA" ANCIENT SILLA

"Ruin(s)=ancient remains=古蹟=遺蹟"이라는 번역용례는 의당 『삼천자전』 이전으로도 소환될 수 있다. 즉, 존스의 영한사전(1914)을 보면, "Remain(s)"이 아니라 "Ruin(s)"이라는 영어 표제항에 한국어 대역어, "고적(故迹)"이 보이기 때문이다. 또한 이는 단순히 이중어사전 안에서의 용례로 제한되는 것이 아니다. 예컨대, 헐버트의 번역용례 속에서도 한국의 문화유산을 "폐허"란 어휘를 통해 제시한 사례를 분명히 발견할 수 있기 때문이다. 헐버트는 신라의 불교유적인 '분황사지 석탑'에 관해, "고대 신라의 '황금탑'의 폐허/유적(Ruins of "Golden Pagoda" Ancient Silla)"이라고 명명한 바 있기 때문이다.

이러한 헐버트의 '폐허'라는 규정에 걸맞게, 사진 속 분황사지석탑은 오래 세월 속에 방치된 흔적이 그대로 남겨져 있다. 본래 영어 어휘에 담겨 있던 "폐허"와 "시체, 송장, 죽은 것, 유골"과 같은 뜻이 공통적으로 함의하는 바는 '죽음 혹은 멸망'이다. 헐버트는 통일 신라가 고도의 문명을 지닌 국가였지만 중화사상이 유입되면서 한국이 서서히 국력이 몰락하게 된 시초라고 말했으며, 300여년의 통일 신라시대를 "급속한 쇠락의 세기(centuries of rapid decline)"라고 평가했다.[54]

분황사지 석탑이 보여주는 폐허는 물론 현재 한국으로 이어지는 연속된 과거였다. 하지만 동시에 전술했던 선덕여왕 신종과 같은 신라문물의 우수함이 "오늘날에도 한국인들에 의해 성공적으로 이룩될 수 있는지의 여부에 대해 필자는 회의를 느낀다"[55]는 그의 언급처럼, 현재와는 단절된 고대왕국 신라의 형상이기도 했다. 나아가 그의 저술이 출판되던 당시 한국은 "대한제국의 멸망"이라는 큰 단절의 사건이 놓여 있는 시공간이었음을 주지할 필요가 있다.

이렇듯 헐버트가 폐허화된 한국의 문화유산을 보면서 느낀 심미적 체험이 본래 고적 혹은 유적이란 어휘 속에서 담겨있었던 것일까? 분명히 한자문화권에서 이 어휘들은 이러한 심미적 체험을 표현할만한 고전적 용례를 지니고 있었다. 그렇지만 전술했던 게일의 헐버트에 대한 반론을 상기할 필요가 있다. 동양의 회고(懷古[혹은 詠史]) 속에서 이러한 왕조의 '죽음과 멸망마다 새로운 부활이 뒤 따'라

54 H. B. Hulbert, 신복룡 옮김, 앞의 책, 105-106면.

55 위의 책, 348면.

야 하는 것은 아니었다. 무엇보다 이 폐허의 흔적은 물리적으로 다시 복원되며 보존되어야 할 대상으로 소환되지는 않았다. 즉, 영사(詠史)와 회고(懷古)의 대상이라고 할 수 있는 '고전/고적/유물'은 "죽고 다시 태어나며, 매번 자신과 동일하지만 또한 매번 다른 모습"은 아니었던 셈이다. 이와 달리 서구인의 '고전적 고대'에 관한 "순환적 모델, 언제나 죽은 것으로 주어지고 또 언제나 다시 태어나는" 고전/고적/유물에 대한 반복적인 집착[56]을 헐버트의 한국문화유산에 관한 서술에서 발견할 수 있다.

오랜 시간 방치되었기에 폐허가 되어버린 문화유산의 존재는 서구인에게 그들이 과거 서구의 문화유산을 보는 것과 유사한 정서를 상기시켜 주었을 것이다. 서구인의 시선 속에서 한국의 문화유산은 이와 같은 폐허의 공간에서 서구적 의미와 대등한 것으로 (재)출현한다. 즉, 발굴 이전에 '죽어 있던' 한국의 문화유산은, 발굴과 함께 '재탄생'하게 된다. 과거에 죽어 있던 존재와 장소가 마치 발굴/발견과 함께 유령이자 귀신처럼 복귀하는 형식이다. 한국의 문화유산이 보존의 대상이 아니라 방치되어 있던 상황은 발굴 자체만으로도 이러한 죽음/재탄생의 형식을 저절로 이끌어 내는 것이기도 했다.

즉, 전술했던 헐버트의 말처럼, 한국의 "기념물이나 유적은 사람들이 살고 있거나 또는 경배의 대상이 되고 있는 건물의 형태로 존속되고 있는 것은 아니"었기 때문이다. "극동의 모든 건축 양식은

56 살바토레 세티스, 김운찬 옮김, 『고전의 미래 : 우리에게 고전이란 무엇인가』, 길, 2009, 139면.

그것을 전체적으로 개축하리만큼 철저하게 보수하지 않고서는 100년 이상을 존속할 수 없"는 것이지만, 역으로 "그렇기 때문에 고대 이집트의 유적과 같은 사원을 볼 수는 없지만, 그와 거의 맞먹는 고적을 찾기란 어렵지 않"았다.[57] 즉, 문화유산의 원형을 보존한다는 개념 이전에 문화유산은 이미 훼손된 것으로 발견되며, 이러한 문화유산의 발견은 그 원형을 상상하게 만들기 때문이다.

그렇지만 이러한 헐버트의 문화유산에 대한 조명 그 자체가 문화유산에 대한 보존 및 보수란 실천과 등치되는 것은 아니었다. 이와 달리, 『조선고적도보(朝鮮古蹟圖報)』로 수렴된 고적조사사업 및 이 도록의 편찬과정을 주도했던 인물, 한국 고고학 연구의 여명을 연 도쿄제국대학 공과대학 조교수 세키노 타다시(關野貞, 1868~1935)의 행보는 달랐다. 세키노의 조사작업 자체는 개인적 저술의 차원이 아니라 국가 단위의 차원에서 이루어진 거대한 사업이었으며, 공개적인 아니 더 엄밀히 말하자면 홍보적인 차원에서 이루어졌다. 1910년대 『매일신보』를 통해 지속적으로 한국인에게 그의 조사와 강연 소식은 소개된다.[58] 또한 세키노의 조사작업은 건축양식에 대한 전문

---

57 H. B. Hulbert, 신복룡 옮김, 앞의 책, 345.

58 1910년대 『매일신보』를 펼쳐보면 일일이 나열하기 어려운 수준이다. 대표적인 기사만을 선별해 보아도 「古蹟調査의 旅程」(1912. 9.21), 4면 ; 「평양통신: 古墳調査」(1912.9.29), 3면 ; 「關野박사의 관람」(1912.10.4), 4면 ; 「關野박사의 시찰」(1912.10.6), 4면 ; 「新羅時代珍寶」(1912.10.31) 4면 ; 「二大遺利 發見, 木賊과 鑛鐵冷泉」(1912.12.20), 4면 ; 「朝鮮 最古의 寶物, 一千 三百五十年 前의 壁畵, 江陵의 古鍾 浮石寺의 建築, 工學博士 關野貞氏談」(1913.1.1), 13면 ; 「千年 고분의 발견」(1913.9.11), 2면 ; 「黃海통신 : 關野 박사의 강연」(1913.9.26), 4면 ; 「咸鏡道 古蹟調査(1-3), 關野博士의 講演」(1914.1.9-1.11) ; 「백제의 古蹟(1-3), 공학박사 關野

적인 식견과 실제의 수리경험을 기반으로 한 문화재에 대한 보존/보수 관념이 전제되어 있었다.[59] 나아가 한국의 문화유산이 발견/발굴되는 차원이 아니라, 일본의 국보로 편입되고 보존·관리의 대상이 된 점은 헐버트-세키노 사이의 가장 큰 변별점이었다.[60] 이중어사전에 수록된 "국보(國寶)"라는 표제항은 이러한 정황을 보여준다.

> 國寶 : The wealth of a country; the national treasures(Gale, 1911~1931) → (一) 君上의 御印의 稱, (二) 一般 國民의 愛重하는 古物의 稱; (一) 君王の御印, (二) 國ノタカラ(『朝鮮辭書原稿』(1917~1920))[61] → ㊀「國璽」(국식)に同じ。㊁ 國の寶物。(조선총독부, 1920) → National treasures (김동성, 1928).

국보는 근대 국민국가 단위의 문화유산이라는 의미로 『한영자전』(1911)에 등재되어 있다. 또한 결국 출판되지 못한 원고이지만 『조선사서원고』에서는 "일반(一般) 국민(國民)의 애중(愛重)하는 고물(古物)"

貞氏 강연」(1915. 8.22-8.24) ; 「關野박사 조사 일정」(1916.9.27) 4면 ; 「확인된 樂浪郡 郡治의 장소(1-2)」(1916.12.5-12. 6) ; 「朝鮮古墳의 變遷(15)」(1918.1.8), 4면 등 다수를 들 수 있다.

59 세키노 타다시의 한국에서 고적조사업과 그의 저술활동 전반에 관해서는 "우동선, 「세끼노 타다시(關野貞)의 한국 고건축 조사와 보존에 대한 연구」, 『한국근현대미술사학』11, 한국근현대미술사학회, 2003 ; 강현, 「關野貞과 건축문화재 보존」, 『건축역사연구』 41, 한국건축역사학회, 2005"를 참조.

60 「日本國寶에 編入된 者」, 『황성신문』, 1910.9.11 ; 「古代의 建築物」, 『매일신보』, 1910. 9.29 ; 「古建築物 보호」, 『매일신문』, 1911.10. 4 ; 「國寶編入의 조사」, 『매일신문』, 1912. 2.24.

61 朝鮮總督府 編, 『朝鮮辭書原稿』 4(필사본), 1920, 49면.

을 뜻하는 한국어 어휘였다. 물론 한국인은 문화유산의 발굴/보존/보수의 주체는 아니었다. 하지만 이 보존 및 관리의 체계에서 배제된 존재 역시 아니었다. 또한 제국 일본의 관리에 놓이게 된 문화유산을 민족의 문화유산으로 상상할 수 있으며 애중(愛重)할 수 있었다.[62] 나아가 총독부의 문화유산 복원 및 보수작업 이후에도 그것이 얼마나 원형을 보존했는지를 질문할 수 있으며, 본래 그 문화유산은 '언제 무엇을 위해 존재했는가?'와 같은 역사적인 연원과 존재양상을 물을 수 있었다.

게일 역시 이러한 사정은 마찬가지였다. 그는 「파고다公園考」를 여느 도입부로 세키노의 저술을 인용했다.[63] 그 이유는 과거 원각사

---

62 1913년 진행되기 이전 조선총독부의 석굴암 수리공사와 관련하여, 다보탑과 석굴암을 서울로 이전한다는 소식에 소요가 발생했고 이 소식이 誤報란 사실을 알리는 다음과 같은 기사는 이러한 사실을 잘 보여준다(「慶州古寶와 流說」, 『매일신보』, 1912.10.30, 4면; "慶州에 在ᄒᆞᆫ 新羅 古都의 多寶塔 及 石窟庵의 佛蹟 等을 總督府에셔 京城으로 移轉保管ᄒᆞᆫ다ᄂᆞᆫ 流說을 傳ᄒᆞᆫ 結果로 慶州地方의 鮮民 等은 大히 騷擾ᄒᆞᆫ 事가 有ᄒᆞ나 右ᄂᆞᆫ 何等의 誤報인지 全然無根이오 總督府에셔ᄂᆞᆫ 絶對的 京城으로 移轉ᄒᆞᆯ 意志가 無ᄒᆞ고 但 其保存及修理에 關ᄒᆞ야ᄂᆞᆫ 現狀과 如히 放棄키 不能ᄒᆞᄂᆞ 然이ᄂᆞ 其 修理費도 巨額을 要ᄒᆞ야 支出의 方法으로 總督府에셔 保管ᄒᆞᆯ 必要도 有ᄒᆞ고 或은 此等 修理保存의 方法에 關ᄒᆞ야 如斯ᄒᆞᆫ 虛報를 傳ᄒᆞᆷ인 듯 ᄒᆞ다더라.").

63 주지하다시피, 게일은 일본인들의 조선학 논저를 참조하지 않지만 이러한 그의 선택에 있어서도 예외의 지점이 있다. 그것은 朝鮮古書刊行會, 朝鮮硏究會와 같은 재조선 일본민간학술단체가 발행한 한국고전 영인본과 조선총독부가 편찬을 주관한 『朝鮮古蹟圖報』(1915-1935)에 수록된 도상자료이다(R. Rutt, *James Scarth Gale and his History of the Korean People*, Seoul : the Royal Asiatic Society Korea Branch, 1972, pp. 357-361과 R. King, "James Scarth Gale, Korean Literature in Hanmun, and Korean Books," 서울대 규장각한국학연구원 편, 『해외 한국본 고문헌 자료의 탐색과 검토』, 삼경문화사, 2002, pp. 246-250). 세키노 타다시의 저술은, 게일이 자신의 원고에서도 종종 인용되는 독특한 사례였다(關野貞, 강태진 옮김, 『한국의 건축과 예술』, 산업도서 출판공사, 1990, 143-148면[關野貞, 『韓

지 10층석탑에 관한 외국인의 비평·학술적 언급들과 다른 세키노의 글이 지닌 미덕 때문이었다. 세키노는 경천사지 석탑과 이 석탑의 건축양식이 동일함을 주목했다. 게일은 이러한 선행연구성과에 의거하여 원각사지 석탑의 모델을 경천사지 석탑으로 인식했다. 또한 세키노의 이러한 탐구의 저변에는 한국의 문헌자료를 통해서 원각사지 10층석탑의 역사적 연원을 살피고자 한 새로운 지향점이 담겨져 있었다.

「파고다公園考」에 수록된 「大圓覺寺碑」 사진

이는 한국 문화유산의 "본래의 형상" 즉, 그 원형(原形, Original form)에 관한 탐구였다. 물론 세키노의 논의 이전에도 이 석탑의 역사적 연원을 살피고자 한 개신교선교사들의 논의는 있었다. 알렌(Horace Newton Allen, 1858~1932)과 헐버트 역시도 과거 여행가들의 시선과는 달리, 이 석탑의 연원과 그 유래를 탐구했다.[64] 두 사람은 남공철(南公轍, 1760~1840)의 『금릉집(金陵集)』(1815)에 수록된 기록(「高麗佛寺塔記」)에 근거하여, 이 석탑은 풍덕(豐德) 경천사(擎天寺)에 세워진

國建築調査報告』, 東京: 東京帝國大學工科大學, 1904, 87-93면]).

64 H. N. Allen, "Places of Interest in Seoul," *The Korean Repository* Ⅱ, 1895, p. 4 ; H. N. Allen, *Korea, Fact and Fancy*, Seoul: Methodist Publishing House, 1911, p. 146 ; H. B. Hulbert, "The Marble Pagoda," *The Korea Review* I, 1901, pp. 534-538 ; H. B. Hulbert, 신복룡 옮김 앞의 책, 118-119면.

'경천사지 10층석탑'과 함께 원나라의 황제인 순제(順帝)가 충순왕(忠順王)의 딸이자 자신의 황후[金童公主]를 위해 고려에 보낸 선물이라고 이야기했다. 하지만 이는 남공철의 글 이후 잘못 전승된 당시 한국인, 일본인, 서구인의 통념이었다.[65]

세키노가 잘 지적한 바처럼, 남공철이 전거문헌으로 삼은 『고려사』에는 해당 기사가 없으며, 『고려사』에 수록된 역사적 사실과 남공철의 기록내용은 어긋나는 점이 많았다. 그렇지만 세키노 역시도 종국적으로 남공철의 기록에서 합리적인 측면들을 가려내어 원각사지 10층석탑 역시 경천사지 10층석탑과 함께 중국에서 고려로 전래된 것이라는 결론을 내렸다.[66] 그가 이와 같은 오류를 범했던 까닭은 두 건축물의 건축양식이 유사했으며, 시데하라 다이라(幣原坦, 1870~1953)와 함께 당시 원각사지 10층석탑과 함께 있던 「대원각사비(大圓覺寺碑)」를 해독하고자 했지만 성공하지 못했기 때문이다.[67]

물론 후일 세키노는 자신의 이 오류를 시정했다. 아사미 린타로(淺見倫太郎, 1869~1943)의 도움으로 『속동문선』의 기록을 보고 이 석탑이 조선시대의 문화유산이란 사실을 발견했기 때문이다.[68] 즉, 세

---

65 「京城古塔」, 『西友』 11, 1907, 35-38면에는 김수온의 글이 드러나기 이전, 남공철의 기록(『金陵集』 12, 「高麗佛寺塔記」), 알렌, 헐버트의 글을 비롯한 이 석탑에 대한 당시의 다양한 논의들이 잘 정리되어 있다.

66 關野貞, 강태진 옮김, 앞의 책, 144-145면.

67 위의 책, 418-419면 ; 물론 세키노는 『동국여지승람』의 기록을 통해 김수온의 비문의 존재를 분명히 알고는 있었다.

68 關野貞, 『朝鮮の建築と藝術』, 東京 : 岩波書店, 1941, 569-570면.

키노는 본래 이 석탑의 물리적이며 건축학적인 원형은 고구할 수 있었지만, 이에 대한 역사적인 연원을 담고 있는「대원각사비」를 복원하지는 못했던 것이다.

게일의 글은 이러한 세키노의 오류를 정정하고 원각사지 10층석탑의 역사적 연원을 규명해 준 논문이었다. 물론 세키노와 게일 사이에는, 두 사람이 검토할 수 있었던 한국 고문헌의 차이가 분명히 존재했다. 그것은 1910년대 한국 주재 일본 민간학술단체들이 대량으로 영인, 출판한 한국고전으로 발생한 두 사람 사이의 간극이기도 했다. 하지만 게일의 이러한 작업이 가능했던 이유는, 그가 스스로 밝혔듯이 김수온이 작성한「대원각사비」사본의 존재를 알려준 인물, 지제(止齊) 김원근(金瑗根, 1868~1940)이라는 한학적 지식인이 있었기 때문이다.[69] 이러한 협업은 단지 한국개신교선교사 집단에만 한정되지 않았다.『청춘』에 연재된 최남선의 일지(「一日一件」(1914.12.6))에는, 게일이 최남선과 김교헌을 만나 자문한 흔적이 다음과 같이 새겨져 있다.

… 쩨, 에쓰, 쩨일 博士가 來訪하야 圓覺寺와 및 敬天 등 塔에 關하야 問

69 김원근은 시화나 야사를 국한문혼용체로 풀이하여 잡지 및 신문에 많은 기사와 논저를 남긴 한학자였다. 또한 배제학당, 경신학교, 정신여학교에서 교편을 잡은 교육자이기도 했다. 그는 게일의 오랜 동료였으며 그의 한국역사서술을 가능하게 도와주었던 인물이었다[「育英에廿五年 金瑗根氏祝賀」,『동아일보』, 1928.4.22 ;「貞信校金瑗根先生 廿五年勤續記念」,『동아일보』, 1930.10.14 ;「育英盡瘁廿五星霜 敎育界精神的貢獻者들」,『동아일보』 1935. 1. 1 ; 이종묵,「일제강점기의 한문학 연구의 성과」,『한국한시연구』 13, 한국한시학회, 2005, 431면].

議가 잇거늘 金茂園 先生으로 더부러 答說하다. 그가 갈오대 碑文에도 잇거니와 朝鮮初期에 朝鮮匠色의 손에 製作된 것인대 精巧하기敬歎할밧게 업스니 갸륵하다하며 거긔 對한 몃 가지 疑難을 提出하더라.[70]

The Pagoda of Seoul.

(A translation of the inscription that has disappeared from the face of the tablet that stands on the turtle's back.)

by
Kim Soo-on.

It was in the 10th year of the reign of King Se-jo who won great praise for his righteous rule, demonstrated the principles of justice, and brought the sweet music of peace and rest to the state, making the people and all that pertained to them happy and glad. At this time His Majesty gave himself up to religion and meditated on the deep truths of the faith, desirous also that the people might be impregnated with a

『게일 유고』 소재 「大圓覺寺碑」 번역문

상기의 사진자료가 잘 보여주듯 게일의 글은 『게일 유고(*James Scarth Gale Papers*)』 속에도 다른 금석문 번역문들과 함께 보존되어 있는데, 그 말미에는 1914년 10월 2일 서울에서 번역한 것이라고 적혀 있다.[71] 즉, 그는 비문에 대한 번역작업을 마친 후, 최남선과 김교헌을 찾아가 자신의 논문에 대한 검증을 받았던 것이다. 최남선이 남긴 구절은 아주 짧은 기록이지만, 한국 문화유산의 우수성에 관한 인식이 분명히 전제되어 있다. 나아가 원각사지 10층석탑과 경천사지 10층석탑의 관계 등과 같은 주요 요지와 논점, 과거 세키노의 오류와 이에 대한 게일의 정정내용이 잘 반영되어 있다. 즉, 게일 논문

70 최남선, 「一日一件」, 『청춘』 3, 1914. 12. 6.

71 J. S. Gale, "The Pagoda of Seoul," *Miscellaneous Writings* 29, pp. 62-66[『게일 유고』 <Box 8>(캐나다 토론토대 토마스피셔 희귀본장서실 소장)].

의 요지를 김원근, 최남선, 김교헌은 함께 공유하고 있었던 셈이다. 여기서 최남선이라는 근대 지식인을 주목할 필요가 있다. 최남선의 한국 문화유산에 관한 인식은 서구인의 인식에 충분히 부응하고 있었다.

예컨대, 최남선의 『조선광문회고백(朝鮮光文會告白)』 소책자(1910)에서 한국의 문화유산은 다음과 같이 일종의 폐허이자 복원되어야 할 존재로 형상화된다.[72]

> … 내 일찍이 대동강 위에 편주를 띄우고 물결을 따라 내려오는데, 깨진 성곽과 무너진 누각, 버려진 폐허와 남은 주춧돌이며 높은 벽, 얕은 물결과 깊은 굴, 뾰족한 돌이 모든 반만년 풍상의 자취가 아님이 없고 수백대의 榮枯를 반복함이라. 大聖山[인용자 : 고구려 유적이 많이 남겨진 평양의 북부에 있는 산]에 이르니 저 기장만 더부룩하고 만경대를 문안하니 깨진 항아리가 쓸쓸한데, 아사달의 석양은 창연하게 머리를 드리우고 장성 한 쪽에 용솟음치는 물은 은근히 할 말이 있는 듯 하여라 …

이 소책자에서 제시되는 한국의 문화유산은 전술했던 '폐허의 발견과 죽음/재탄생'이란 의미에 부합하다. 그는 이 책자에서 청천강강에 남은 을지문덕의 비와 조각상이 버려진 현실을 말하고, 통군정에서 동명성왕을 그리며 그 기록의 산실을 애달파했다. 더불어 에도

72 임상석의 논문(「고전의 근대적 재생산과 최남선의 국한문체 글쓰기: 「조선광문회고백(朝鮮光文會告白)」 검토」, 『민족문학사연구』 44, 민족문학사학회, 2010)에 수록된 자료를 참조.

박물관에서 광개토왕비 탁본을 보고, 금강에서 사비성 왕업과 계백을 그리며 백제의 역사를 상상했다. 김해 구자봉과 남릉을 방문하여 버려진 가야 유적들을 보았다. 여기서 제시되는 한국의 문화유산은 일종의 폐허이자 죽은 것이지만, 동시에 '재탄생/복귀'시켜야 할 대상으로 소환되고 있다.

비록 게일의 사전만으로는 그 등재된 흔적과 자취를 찾을 수 없지만, 우리는 1914~1915년경 게일과 한국인이 "고적(古蹟)[혹은 遺蹟]=Ancient Remains"라는 대응관계 속에서 원각사지 10층석탑이라는 한국의 문화유산에 관한 대화를 나눴던 흔적만큼은 충분히 논증할 수 있다. 요컨대, 이 시기 서구인의 문화유산에 대한 대등한 관념이 한국인과 한국어 속에서 출현하고 사회화된 사실만큼은 충분히 말할 수 있는 셈이다. 이는 게일의 언어·문헌학이 놓여 있던 근대 학술사적 문맥이자 사전편찬자 게일과 한국 근대 지식인이 나눈 학술적 교류의 현장이기도 하다. 나아가 이 현장은 게일의 사전을 비롯한 한국의 이중어사전만으로 발견할 수 없는 순간, 우리에게 서양인과 한국인이 한국의 문화재와 그 원형 개념을 공유하던 순간을 증언해 주는 셈이다.

문혜진

한국문학사의 사각(死角)

고소설을 둘러싼 혼종의 정치학

『조선문학사』(1922)와 한국 주재 일본민간 학술단체의 고소설 담론

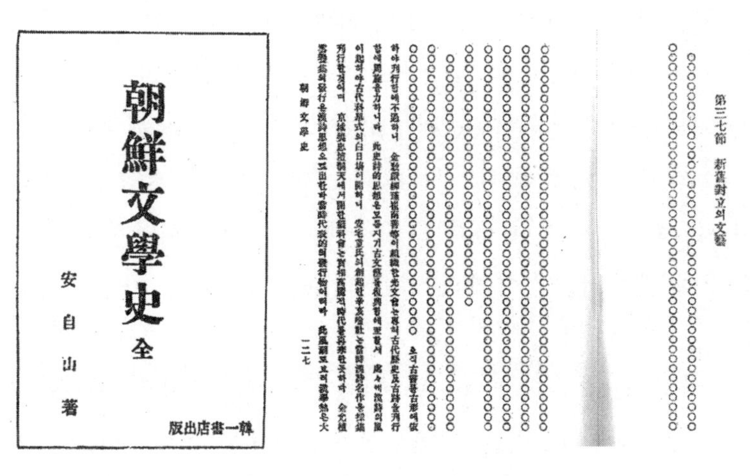
朝鮮文學史 全
安自山 著
韓一書店出版

第三七節 新舊對立의文藝

朝鮮文學史 一二七

『조선문학사』의 37절 「신구대립의 문예」

이 책은 자산 안확(安廓, 1886-1946)이 분명히 그 존재를 알고 있었지만, 그의 한국문학사 저술에서는 배제된 존재들, 나아가 한국문학사 서술의 사각(死角)에 놓인 서양인의 언어문헌학 논저들에 관해 살폈다. 그렇지만 이 책에서 비록 간헐적으로는 언급했지만 서양인의 논저들에 비한다면 상세히 고찰하지 못한 또 다른 외국인의 업적들이 있다. 이는 상기 도상자료의 검열로 인해 삭제부분과 긴밀히 관련되는 한국주재 일본 민간학술단체의 언어문헌학 논저이다. 이 일본인들 역시 또 다른 중요한 한국학의 주체라고 볼 수 있다. 이 책의 '닫는 글'에서는 지금까지 살핀 외국인의 고소설 담론과 함께, 일본 민간학술단체의 고서정리사업을 포괄하여 정리함으로 향후의 연구 과제를 남겨놓도록 할 것이다.[1]

다시 '여는 글'에서 제시했던 이 책의 발원지로 복귀해볼 필요가 있다. 그 장소는 안확이 회고한 1910년대 한국문학사의 현장이다. 즉, 그의 문학사 저술(『朝鮮文學史』(1922)) 속 「신구대립(新舊對立)의 문예(文藝)」에서 '구문예'와 '신문예'라는 대립되는 두 방향의 흐름으로 서술되는 대목이다. 특히, 그 초두에서 언급되는 다음과 같은 '구문예'에 관한 서술은 이 책의 시원이라고 볼 수 있다.

> "○○○○○오직 옛 책을 옛 형태대로 간행함에 불과하니 金敎獻, 柳瑾, 崔南善 등이 조직한 光文會는 오직 옛 역사 및 고적에 관한 서적 간행을 주선하는 데 힘썼다. 이 史詩的 관념은 모름지기옛 문예를 부흥함에 이를새 곳곳에 漢詩 짓는 기풍이 일어나 옛날 科擧 식의 白日場이 열리니 安宅重 氏가 창립한 '辛亥唫社'는 당시 한시명작을 채집하여 간행했으며, 서울 장충단 동천(洞天)에서 열린 擬科會는 實相 고려시대가

1 이와 관련하여 정출헌은 모리스 쿠랑에서 김태준으로 이어지는 고소설 연구의 계보를 주목했다. 그는 식민 담론과 근대 담론이 착종되었던 한국주재 외국인의 고소설 연구와 이에 대한 대항 담론적 성격을 지녔던 한국지식인의 고소설 연구, 양자의 상호관계와 계보를 정밀히 조망한 중요한 논문을 제출했다(정출헌, 「근대전환기 '소설'의 발견과 『조선소설사』의 탄생」, 『한국문학연구』 52, 동국대 한국문학연구소, 2016).

> 다시 온 듯하다. 金允植의 『雲養集』 발행은 한시 관념으로 나온 바 당시 대표적인 간행물이었다. 이 풍조로부터 한학열은 크게 일어나기에 이르니, 신교육을 받은 청년도 『孟子』 『論語』를 習讀하며 서적업자는 『천자문』, 『통감』, 四書 등 옛 한적을 발매하여 큰 이익을 취득하며, 고대소설의 유행은 그 세력이 한학보다 오히려 커서 80여 종이 발행되었다.(147면)[2]

그가 술회한 이 현장 속에서 신구문예는 '대립'이라는 표제명에 부합되듯 연속선이 존재하기보다는 동일한 시공간에서 병존한 두 방향의 흐름으로 기술된다. 하지만 인용문에 진술된 문화현상을 '구(舊)'문예로 환원시키는 다양한 명명들(古代, 古跡, 古文藝, 古代小說)을 부여할 수 있는 것은 어디까지나 이들을 과거의 것으로 호명해 주는 '신문예(新文藝)'란 그 대응 쌍에 있었다. 또한 한국의 전근대와 근대를 구분하는 안확의 시선과 초점 그 자체는 이 대응 쌍에 조응하는 것이었다. 이어지는 "문학적 관념(文學的 觀念)"이 7-8년 전보다 "진보(進步)"되어 신구소설을 애독하게 되었다는 언급은 "신구문예"라는 대응 쌍을 묶어주는 진술이며 그의 시선이 놓인 위치이다. 이는 당시 작가의 창작, 독자의 수용이란 차원의 문제일 뿐만이 아니라, "신구문예의 대립"이란 대응 쌍을 구성하는 안확의 시선이 형성되

---

2 안확, 최원식·정해렴 편역, 『安自山 國學論選集』, 현대실학사, 1996, 147면(안확, 『조선문학사』, 한일서점, 1922, 127면) ; 이하 최원식, 정해렴의 편저의 면수를 본문 중에 표시하기로 한다. ; 더불어 다른 안확의 국학논저는 권오성·이태진·최원식 편, 『自山安廓國學論著集』, 여강출판사, 1994에 수록된 영인본을 활용하도록 한다.

는 기반이기도 했다. 그가 술회한 1910년대에 『학지광(學之光)』에 일련의 논설을 게재하며, "국학연구의 실마리를 구체화한 시기"이기도 했기 때문이다.[3]

그의 투고논설 중에는 1910년대 '문학적 관념의 진보'를 반영하듯, "미감상(美感想)을 문자(文字)로 표현(表顯)"한 것으로 규정되는 근대적 '문학개념'이 투영된 「조선(朝鮮)의 문학(文學)」(1915.7)이 포함되어 있다. 안확은 "정치가 인민의 외형(外形)을 지배(支配)하는 자"라면 "문학"은 "인민의 내정(內情)"을 지배하는 것이라 구분했지만, 오히려 문학(사)은 국민의 문명을 고찰해야 할 때 정치(사)보다 더 필요한 것이며 정치의 부흥보다 선결되어야 할 "인민 이상(理想)의 부흥"과 관련되는 중요한 문제적 영역이었다.[4] 즉, 문학연구를 포함한 그의 국학연구는 '정치(학)의 포기'를 일컫는 것은 아니었다. 특히 그가 저술한 국민의 심적 발달의 역사, "정신사로서의 문학사"는 관념적 소산이 아니라, "고유사상과 외래문화의 경쟁과 변용을 문학사 기술의 핵심"에 두고, 식민지 상황에 대한 자신의 해결과 고민을 담은 실존적이며 실천적 산물이었다.[5]

하지만 인용문이 보여주는 "고대소설(古代小說)"의 발간, 그리고

---

3 이태진, 「안확의 생애와 국학세계」, 권오성·이태진·최원식 편, 『自山安廓國學論著集』, 여강출판사, 1994, 14-22면 ; 최원식, 「안자산의 국학: 『조선문학사』를 중심으로」, 권오성·이태진·최원식 편, 『自山安廓國學論著集』, 여강출판사, 1994, 60-68면.

4 안확, 「朝鮮의 文學」, 『학지광』6, 1915(권오성·이태진·최원식 편, 앞의 책 4, 219면).

5 정출헌, 「국학파의 '조선학' 논리구성과 그 변모양상」, 『열상고전연구』27, 열상고전연구회, 2008, 17-24면 ; 김준형, 「한국문학사 서술의 경과 : 고전문학사 서술을 중심으로」, 『민족문학사연구』 43, 민족문학사연구소, 2010, 160-165면.

문학적 관념의 진보와 함께 찾아온 소설을 애독하는 풍토가 그의 문학사 서술에 미친 영향력은 무엇일까? 「조선의 문학」은 그의 문학사 서술의 전사(前史)이기는 했지만, "문학(文學)의 기원(起源), 변천(變遷), 발달(發達)을 질서적(秩序的)으로 기재(記載)"하려고 했던 『조선문학사』와 동일한 업적은 아니었다.[6] 예컨대, 「조선의 문학」에서 고소설 관련 기술은 아래와 같이 아주 미비한 분량이었다.

> 李朝世宗이 諺文을 發布한 後에 至하야 비로소 文學이 大發達의 曙光을 見하니 小說家로는 金萬重가튼 이가 繼踵而出하매 九雲夢 謝氏南征記 白鶴傳 春香傳 小說等을 見하면 此는 特히 漢文學에 陷한 民性을 鼓吹함이 明白하니 何如한 이야기冊이던지 玉童子女를 生하야 早 失父母로 苦楚를 經하다가 戰勝의 功名을 立하고 富貴하엿다는 趣旨가 多하니 此는 卽 我朝鮮上古 數千年의 固有한 武力精神을 感銘케 하야 隱隱中 漢文學을 擊退하고 배달혼을 發揮코쟈 함에 在하니라[7]

비록 소설을 중요한 문학장르 인식하고 있으며 한문과 국문문학이라는 구도에 기반을 둔 문학사적 시각이 엿보이나, 이는 매우 단편적인 차원으로 후술할 안확의 논리와 동일한 수준은 아니다. 즉, 「조선의 문학」에서 민족의 고유성의 표지로 그 제명이 단편적으로

6 이 시기 안확에 대하여 류준필은 아직 "민족사에 대한 체계화에 이르"지 못했음을 지적했다(류준필, 「自山 安廓의 國學思想과 文學史觀」, 『自山安廓國學論著集』 6, 여강출판사, 1994, 104-117면).

7 권오성·이태진·최원식 편, 앞의 책 4, 222면.

거론된 고소설의 표상은 『조선문학사』와는 달랐던 셈이다. 하지만 한국인이라는 입장, 한국인의 문학연구 혹은 문학사 서술이라는 제한만으로는, 이 변모 나아가 이 책의 여는 글에서 단편적으로나마 기술했던 그의 저술이 지닌 당시의 혼종적인 문맥 그리고 그의 동시대적인 지평은 온전히 조명될 수 없다.[8]

이와 관련하여 검열로 인해 주어가 생략된 "오직 고서(古書)를 고형(古形)에 의(依)하야 간행함에 불과(不過)하니"에 해당된 작업을 수행했던 또 다른 단체들의 활동을 주목해볼 필요가 있다. "조선총독부의 구적(舊蹟)조사나 규장각 도서에 대한 재편과정, 일본의 민간단체인 조선고선간행회(朝鮮古書刊行會), 조선연구회(朝鮮硏究會), 자유토구사(自由討究社)의 한국고전에 대한 출판"[9]은 『조선문학사』에는 언급되지 않은 사건이다. 하지만 그들은 과거 한국의 문헌자료를 근대 학술의 영역에 재배치시키며 이를 통해 한국에 관한 근대지식을 생산했던 행보란 공통점을 지녔다. 또한 안확과 동시기적 비교검토

---

8 근대 문학관념과 관련하여 안확의 저술을 다룬 업적들(이경돈, 「근대문학의 이념과 문학의 관습」, 『민족문학사연구』26, 민족문학사연구소, 2004 ; 정병호, 「이광수의 초기문학론과 일본문학사의 편제」, 『일본학보』59, 한국일본학회, 2004 ; 이희환, 「식민지 체재하, 자국문학사의 수립이라는 난제: 안확의 『조선문학사』가 놓인 동아시아 문학사의 맥락」, 『국학연구』17, 한국국학진흥원, 2010)은 분명히 존재하나 소설 그리고 그의 동시대적 외부에 관한 질문은 탐구되지 못했다.

9 조선총독부의 조선고서 정리과정에 대한 전반적인 검토는 김태웅의 논문(「1910년대 전반 조선총독부의 취조국·참사관실과 '舊慣制度調査事業」, 『규장각』16, 1993, 「일제 강점 초기의 규장각 도서정리사업」, 『규장각』18, 서울대 규장각 한국학 연구원, 1995)을 참조. 재조 일본민간단체의 고서정리사업에 관해서는 최혜주(「한말 일제하 재조일본인의 조선고서간행사업」, 『최남선 다시 읽기: 최남선으로 바라본 근대 한국학의 탄생』, 현실문화, 2009)를 참조.

가 가능한 존재들이다. 즉, 그들은 『조선문학사』 출현의 밖이라고 말할 수도 있겠지만 또한 안확과 함께 머문 20세기 한국이라는 시공간 내부의 존재이기도 하다. 즉, 이들은 안확이 놓여있던 한국어, 한국인만으로 환원되지 않는 조선이란 혼종적 공간 그리고 그의 문학사라는 실천이 지닌 함의를 보다 선명하게 보여줄 수 있는 외부/내부이기도 하다. 이 책의 마지막 장에서는 근대문학개념의 등장과 함께 위상이 크게 변모된 고소설이란 장르에 초점을 맞춰 『조선문학사』 출현의 이 외부이자 내부를 검토해볼 것이다.

1. 근대 학술사의 사각(死角), 외국인의 묻혀진 유산들

『조선문학사』의 부록으로 함께 배치된 「조선인의 민족성」, 「조선어원론」은 당시 외국인에게도 문학과 분리될 수 없는 한국학 연구의 중심적인 탐구대상이었다. 여기서 한국어와 관련된 '한글의 기원문제', '사전', '문법' 등의 주제와 관련하여 안확은 외국인들의 선행연구를 분명히 거론했다.[10] 또한 그는 비록 완전한 형태는 아니었지만 당시 한국문학에 관한 "외국인들의 논평"의 존재를 알고 있었다.(16면) 한국인과 외국인이 대립되는 접점은 그들이 각자 구축하고자 했던 조선인의 민족성 담론에서 발견할 수 있다. 이 점은 비단 안

---

10 특히, 이 책의 여는 글과 1장에서 고찰한 바와 같이, 조선어학과 관련된 그의 「朝鮮語의 價値」(『학지광』4호, 1915), 「辭書의 類」(『啓明』8, 1925. 5.)를 보면 그는 서구인 사전, 문법류의 존재를 분명히 알고 있었다.

확뿐만 아니라, 다른 근대 한국 지식인에게 동일한 양상이었다. 안확은 「이조시대(李朝時代)의 문학」(1929)에서 소설과 관련하여 김태준(金台俊, 1905~1949)의 『조선소설사(朝鮮小說史)』(1933, 1939(增補))를 참조하기를 부탁했다. 김태준 역시 안확과 마찬가지로 외국인이 남긴 선행연구의 존재를 분명히 인식하고 있었다. 김태준의 「고전섭렵 수감(古典涉獵 隨感)」(1935)이라는 글을 통해 이 점을 알 수 있다.[11]

김태준은 "후인의 연구물 특히 구미인의 조선 연구에 관한 2천종의 문헌"을 "등한"시 할 수 없다고 했으며,(255면) 특히 "인종학·지리학 방면"에서 여전히 참조해야 될 유효성을 인정했다.(260면)[12] 하지만 그에게 더욱 지근거리에 놓여있던 대상은 일본인의 한국학 연구였다. 이는 김태준에게 있어 청산되어야 할 과거 한문학의 유산(255-258면)과 함께 또 다른 그의 대항축이었다.

> 民族性에 關한 問題도 「民族」의 成立과 崩壞에 관한 考察이 없이 輕率하게 議論하기 어려운 問題임에도 不拘하고 從來에 함부로 건드리는 이가 만헛다……예컨대 自由硏究士(인용자 - 자유토구사) 『洪吉童傳』譯 劵首에 變文을 쓴 細井肇氏(인용자 - 호소이 하지메)의 口調라든가……어떤

11 안확, 「李朝時代의 문학」, 『朝鮮日報』 1929. 3-9 ; 天台山人, 「古曲涉獵隨感」, 『東亞日報』 1935. 2. 9-2.16[김태준의 이 논저의 인용은 정해렴이 편역한 저술(『金台俊文學史論選集』, 現代實學社, 1997)의 해당면수를 본문 중에 표기하도록 한다].

12 "洋人의 종교서적"(서구의 종교학 연구)에 관해서는 당시 조선이 처한 비참한 현실과 대면하지 않고 천국이라는 다음 생을 말하는 "惑世誣民의 전술"이라고 비판했다.

史上의 一個事實을 分離시켜 가지고 대번에 조선사람의 普遍的 事實로 掩蔽하려한다. 現在 朝鮮人의 一部習俗도 全혀 조선人이 몇 만년부터 傳承하는 先天性이라고 唾棄하려고한다. 그들의 論理는 너무도 飛躍이 크다.(258-259면)

여기서 그가 언급한 문헌은 자유토구사가 편찬한 『통속조선문고(通俗朝鮮文庫)』제 7집 『홍길동전』에 수록된 호소이 하지메(細井肇, 1886~1934)의 글이었다. 한국인의 민족성을 언급하는 부분을 중심으로 이를 발췌해보면 아래와 같다.

조선(朝鮮)에서 관리(官吏)는 약탈(掠奪)의 절대적(絶對的)권위자(權威者)이다. 관리(官吏)이외의 백성은 약탈(掠奪)을 당하는 절대적(絶對的)복종자(脅從者)이다. 이 계급만이 사회를 조직하고 있다.……조선(朝鮮)과 같이 세계에 유례(類例)가 없는 악정(惡政)이 행해진 국가에서, 그 악정(惡政)에 항쟁(抗爭)하는 백성의 의분(義憤)은 세상 어디에도 견줄 바가 없는 것이기에 훌륭한 글을 세상에 알림이 마땅하다. 그런데, 정사(正史)와 야사(野史)를 찾아봐도 어느 것 하나 의분(義憤)의 자취를 인정하고 있지 않다. 신라조(新羅朝)와 고려조(高麗朝)시대에, 그토록 융성하고 번창했던 불교(佛教)가 이조(李朝)초기의 압박(壓迫)으로 오늘날 보는 바와 같이 쇠멸(衰滅)했다. 천주교(天主教)가 대원군(大院君)의 학살적(虐殺的)탄압으로 민족 사이에 완전히 상실하여 사라진 것처럼, 조선인(朝鮮人)의 심성(心性)에는 융통성이 없다.[13]

호소이는 조선이 세계 속에서 유례를 찾아볼 수 없는 악정(惡政)이 행해진 국가라고 규정했다. 더불어 약탈의 절대적 권위자인 '관리'와 피약탈의 절대적 복종자 '백성'이라는 구도에서 조선사회를 서술했다. 이러한 그의 서술에는 한국역사의 내재적 발전을 인정하지 않는 '타율성사관'과 '정체사관'이 투영되어 있었다. 즉, 그의 글에서 '백성'으로 대표되는 한국민족은 혁명이나 진보의 모습을 보이기보다 주어진 것을 그대로 수용하는 수동적인 존재로 묘사되고 있다. 물론, 김태준은 이러한 호소이의 세세한 언급 전반을 비판하지는 않았다. 하지만 호소이가 제시한 논리의 본질을 매우 타당한 방식으로 비판했다. 김태준은 호소이를 비롯한 일본인들의 논의가 과거의 단편적인 사실을 조선의 민족성 전체로 환원하거나 현재의 관습을 과거로부터 연원하는 점을 비판했다. "당쟁(黨爭)", "문약(文弱)", "나태(懶怠)"와 같은 측면들을 선험적이며 선천적인 "조선민족성"으로 규정하고만 마는 그들의 시각에는, "광정(匡定)"하려는 노력이 없다고 했다. 그는 이러한 습성을 "민족 전통의 것"으로 환원함으로 은폐하는 "노회한 관료학자의 상투수단"이라고 비판했다.(259면)

사실 이러한 김태준의 비판은 한국 주재 일본인 민간학술단체의 구성원들뿐만 아니라, 1920년대 민족개조를 외치는 한국의 근대 지식인에게도 해당되는 것이었다. 그의 비판이 가능했던 이유는 학술적 대상으로서의 "조선"은 이들의 방식과는 다른 차원에서 구성되어야 함을 김태준이 분명히 알고 있었기 때문이다. 안확이 1910년대

13 細井肇, 「洪吉童傳の卷頭に」, 『通俗朝鮮文庫』7, 自由討究社, 1921, 1-3면.

를 "신구문예의 대립"이라 규명했던 점에서 보이듯 조선은 과거와 현재를 분절하고 양자의 관계망을 구성할 수 있는 형상을 지니게 되었기 때문이다. 김태준이 상상하는 조선(의 민족성)은 보다 더 넓은 범주를 지닌 것이었다. 그것은 정치, 종교와 분리된 학문, 즉 과학적 엄밀성을 지닌 구성물이어야 했다. 이를 가능하게 하는 조건은 "역사적 법칙", "민중 생활의 발전된 양자(樣姿)"(255면)와 같은 조선사회의 발달을 가늠하며 미래를 향해 안내해 줄 '진보'란 직선적인 역사관이자 법칙이었다. 이 진보라는 개념은 한국 주재 일본인이 일부의 역사적 사료를 통해 구성한 조선민족의 역사와 달리 과거와 현재를 잇는 조선역사의 전체상을 상상할 수 있게 해주는 표지였기 때문이다. 이 점이 외국인의 연구를 한국문학 연구에서 검토하지 않게 한 가장 큰 변별의 지점이었다.

그럼에도 불구하고 "전제군주를 중심으로 한 왕권변혁 및 전란사·영웅전·군신 언행록 등이거나 나아가서는 춘추필법(春秋筆法)의 서술과 강목체재(綱目體載)의 포폄(襃貶)에 불과한" 과거의 한문 문헌(255면)을 통해 문학이라는 근대적 지식을 구성해야 하는 곤경은 김태준과 외국인들의 공통적인 화두였다. 김태준의 비판 속에 담긴 "진보"개념과 같이, "국민의 심적 현상의 발달의 역사"와 등치된 "문학의 기원·변천·발달을 질서 있게 기재한" 문학사 저술[14]의 보편자이자 최종적인 목적지가 무엇인지를 상기해볼 필요가 있다. 이는 어디까지나 김태준이 "자신의 미몽(迷夢)을 깨우쳐 주었다"고 말한

14 안확, 최원식·정해렴 편역, 앞의 책, 15면.

"조선문학이란 무엇인뇨, 조선문으로 쓴 문학"이란 이광수의 풍자 속에 놓인 근대적(협의의) 문학관념(260면)이었기 때문이다.

근대 문학관념 속에 놓인 소설(픽션)이 차지하는 가장 높은 장르서열, 언문일치의 한국어란 보편자 때문에, '조선어로 쓴 조선의 고소설'은 고전연구에게 있어 내러티브의 정점에 놓일 수밖에 없었던 셈이다.[15] 그러나 이렇듯 근대적 문학관념을 투영하고 그 속에서 국문고소설이 엄선되는 과정이 외국인의 작업 속에서도 존재했다. 그 결과물이 호소이가 편찬한 『조선문학걸작집(朝鮮文學傑作集)』(1924)이었다.[16] 이 전집에 수록된 작품군은 특히 1920-23년 사이 자유토구사가 기존에 번역한 성과들을 엄선한 축적물이었는데, 그 선택과 배제의 논리는 언어예술 즉, 시가와 소설이란 협의의 문학개념이었다. 여기에 배치된 작품들은 당시 한국문학을 대표하는 정전들로, 이 저술은 일종의 한국문학전집이었다.[17] 이 선집을 구성하는 고소설 목

---

15 『조선한문학사』가 『조선소설사』보다 나중에 집필된 서적이었음에도 방법론적으로 낙후되었으며 전통적 관점에 의거해 한문학사를 정리했을 뿐이라 평가받는 한계점은 사실 이곳에 배태되어있던 셈이다(이에 대해서 박희병, 「天台山人의 국문학연구(상): 그 경로와 방법」, 『민족문학사 연구』 3, 민족문학사 연구소, 1993, 255-263면을 참조).

16 細井肇, 『朝鮮文學傑作集』, 東京: 奉公會, 1924.

17 한국 주재 일본인 민간학술단체의 고소설 번역목록은 박상석의 논문(「추풍감별곡 연구: 작품의 대중성을 중심으로」, 연세대 석사학위논문, 2007)과 서신혜의 논문(「일제시대 일본인의 古書刊行과 호소이 하지메의 활동: 고소설 분야를 중심으로」, 『온지논총』16, 온지학회, 2007)에서 소개된 바 있다. 더불어 박상현의 일련의 논의를 통해 각 고소설 번역본의 번역자들과 그 상호 간의 관련양상이 더 명쾌하게 정리되었다.(「제국일본과 번역: 호소이 하지메의 조선 고소설 번역을 중심으로」, 한국일어일문학회, 『일어일문학연구』 71(2), 2009 ; 「번역으로 발견된 '조선(인)': 자유토구사의 조선고서번역을 중심으로」, 『일본문화학

록은 알렌, 다카하시 도루, 호소이가 편찬한 고소설 번역목록, 쿠랑 이후 이어진 문헌학적인 업적들(『조선고서목록(朝鮮古書目錄)』(1911)과 『조선도서해제(朝鮮圖書解題)』(1915, 1919))과 비교해보면 결코 동일하지 않음을 발견할 수 있다.[18]

1924		1889	1894-1896 (增補)1901	1910-1911			1914 -1916	1915	1919
호소이 하지메 (봉공회)		알렌	모리스 쿠랑	다카하시 도루	호소이 하지메 (조선연구회)	조선고서 간행회	조선 연구회	조선총독부	
1	춘향전	○	○	○	○	○	x	x	○
2	심청전	○	○	x	○	x	x	x	x
3	제비다리 (흥부전)	○	○	○	x	x	x	x	x
4	사씨남정기	x	○	x	x	○	○	○	○
5	추풍감별곡	x	x	x	△ (시가)	x	x	x	x
6	장화홍련전	x	○	○	○	○	x	x	x
7	구운몽	x	○	x	○	○	○	○	○
8	숙향전	x	○	○	○	○	○	x	x
9	운영전	x	x	x	x	x	x	x	○
번역		번역	서지목록 해제	번역	번역	서지목록	번역	서지목록 해제	

호소이가 고소설을 통해 보여주려고 했던 조선민족성 담론(조선

보』 46, 한국일본문화학회, 2010).

18 각 문헌에 대한 서지와 관련 논저는 이후 실질적으로 개별 논저를 검토할 때 제시하도록 한다. 외국인 한국문헌학의 계보는 오쿠라 치카오의 논의(小倉親雄, 「(モーリスクーラン)朝鮮書誌序論」, 『挿畫』, 1941 2면)를 착안하여 정리한 것이다.

인론)은 안확, 김태준과 같은 한국문학사가와는 공유될 수 없는 것이었다.[19] 그러나 그의 작품선정의 논리는 당시 한국사회의 대중적 인기와 함께 새롭게 부상한 국문 고소설의 위상을 잘 보여주는 양면성을 동시에 지닌 것이기도 했다. 상기 도표에서 알렌-조선총독부에게 있어 한국의 고소설은 '문헌학적 연구대상' 혹은 '번역적 대상'으로 새롭게 소환된 것이었으나, 결코 호소이가 엄선한 작품 목록과는 일치하지 않는다. 판소리계 고소설이라고 할 수 있는 세 편의 작품을 우선순위로 배치하며, 구전설화 그리고 한문 문헌과 분리하여 국문 고소설을 엄선한 측면은 과거와는 다른 중요한 변별점이었다.

또한 『조선문학걸작집』에 수록된 자유토구사의 고소설 번역본은 번안이나 부분역, 혹은 "한문을 그대로 원용하면서 훈독한 문어체"가 아니라 일본인 일반 독자를 위한 "통속역(通俗譯)"을 지향했다.[20] 사실 이러한 변모는 3·1 운동 이후 변화된 호소이의 인식을 반영하는 것이었다.[21] 이 점에서 상기도표의 계보를 따라 『조선문학걸작집』의 작품목록의 논리와 그것이 형성되는 과정에 대하여 검토해볼 필요가 있다. 이는 전술했던 안확의 「조선의 문학」(1915)과 『조선문학사』(1922) 사이에 놓인 "문학적 관념의 진보"에 따라 "소설을 애독하는

19 호소이가 고소설을 통해 규명했던 조선 민족성 담론(조선인론)에 관해서는 박상현의 연구(「호소이 하지메(細井肇)의 일본어 번역본 『장화홍련전(薔花紅蓮傳) 연구』」, 『일본문화학』 37, 동아시아일본학회, 2011)를 참조.

20 박상현, 「제국일본과 번역: 호소이 하지메의 조선 고소설 번역을 중심으로」, 앞의 책, 434-438면.

21 윤소영, 「호소이 하지메(細井肇)의 조선인식과 '제국의 꿈'」, 『한국근현대사연구』 45, 한국근현대사학회, 2008, 7-42면.

풍속”이 왕성해진 문화현상 즉, 한국에서 고소설의 재편과정을 고찰하는 것이기도 하기 때문이다.

2. 외국인이 본 고소설의 두 가지 표상

(1) ‘미달된 문예물’로서의 고소설 텍스트

모리스 쿠랑(Maurice Courant, 1865-1935)『한국서지』「서론」은 한국 주재 일본인들에게도 결코 낯선 저술이 아니었다. 이 책의 4장에서 잠시 거론했듯이, 그들에게는 아사미 린타로(淺見倫太郎, 1869-1943)가 이를 일역한 원고가 있었고, 이 원고는 조선총독보의 독서회에서 강연되었기 때문이다. 이를 보급하기 위해 아사미 린타로의 일역본은 1912년 출판되었다.[22] 아사미 린타로가 쿠랑의 저술을 본 것은 더 이전 시기였을 것이다.『조선고서목록(朝鮮古書目錄)』(1911)의「총서(總叙)」에서 쿠랑의 업적이 거론되며 발췌·번역된 양상을 보면 이러한 사실을 분명히 알 수 있기 때문이다. 아사미 린타로는 “프랑스인 모리스 쿠랑 씨의 한적 목록 3책은 서기 1895년에 이루어졌고 1901년의 부록이 있다. 다소 비무(紕繆)를 지적할 만한 곳이 있다 하더라도, 조선 책에 관한 매우 높은 지식을 망라한 방대한 책으로, 나중에 나온 책 중에서 아직 그것보다 나은 것을 보지 못했다”[23]고 높이 평가

22 모리스 쿠랑의『한국서지』「서론」을 번역한 서적의 서지사항은 ‘淺見倫太郎,『朝鮮藝文志』, 京城: 朝鮮總督府, 1912’이다.

23 淺見倫太郎,「朝鮮古書目錄總叙」,『朝鮮古書目錄』, 京城: 朝鮮總督府, 1911,

했다. 이를 반영하듯이, 한국의 문헌 전반에 관한 그들의 총론은 쿠랑의 「서론」에 큰 빚을 지고 있었다. 다소 길지만, 그가 번역한 한국 고소설에 관한 총론을 펼쳐보도록 하자.

> 통속 언문문학의 경우는 유생·역관(譯官)·양반·상인 따위, 관리이거나 또한 관리가 되려는 무리가 알지 못하는 바이다. 그 하나는 소설로서, 중등 사회라 하더라도 그것을 손에 잡는 것을 부끄러워 했으나, 한문소설의 경우는 학식이 없는 이에게는 이해하기 어려웠다. 내방(內房)에 생활하는 부인·여자, 노동자 같은 이는 한자를 알지 못했고, 또한 그것을 읽을 수 없었다. 그렇지만 한문을 알지 못하는 이가 적지 않아서[인용자: 원문은 '적어서'로 되어 있다.], 언문소설은 그 사이에 널리 퍼졌다. 한문소설은 상류사회의 여자·소년과 궁인 사이에서 널리 퍼졌다. 중국소설로는 『삼국지』, 『수호전』, 『서상기』, 『홍루몽』, 『전등신화』가 있었다. 조선소설로는 김만중의 원작을 김춘택이 한역한 『사씨남정기』, 『구운몽기(九雲夢記)』가 있다. 쿠랑 씨는 한문본을 원작이라 생각했지만, 그가 잘못 본 이유는 『북헌잡설(北軒雜說)』을 보지 않았기 때문일 것이다. 이 외에 『강도몽유록(江都夢遊錄)』, 『김각간실기(金角干實記)』, 『계구전홍백화기(桂句傳紅白花記)』과 같은 것이 있는데, 모두 한문소설이다. 대다수 소설은 언문을 썼고, 작자의 이름도 없으며 연대도 자세하지 않은 경우가 많다. 혹은 중국소설을 번역했고, 혹은 모의(模擬)했다. 혹은 창작에 걸리는 중국·조선의 역사상 기지의 사실에 관한 것이 있고, 혹은 하나도 사실이 아

1-2면.

닌, 상상에 기초한 것이 있다. 후자 가운데는 중국에 있었던 것과 같은, 많은 음모·책략이 아닌 것이 없었고, 모두 이 서린(西隣)의 조선(祖先)이 조선사상에 정착시킨 것이 아닌 것이 없었으며, 또한 소설상의 중국으로 나오는 것은 조금도 사실(史實)에 합치되지 않고 시대도 어긋나는 경우로 가득했다. 소설상의 인물은 매양 조선사상을 하나의 허식(虛飾)도 없이 표명한 것이다. 그 무대가 어디든 이러한 저작물의 공유성(共有性)은 다수에 보이고, 또한 현저한 것이었다. 즉 인격·기질 연구 따위는 절무했다. 그 인물은 매양 천편일률적으로 학자든지, 또는 청년무인으로 적을 격양(擊攘)하든지, 용모·도덕이 완전한 소녀가 연모하든지, 그 아비가 이들 소년·소녀의 행복에 반대하든지, 악도(惡徒)가 소녀를 괴롭히려 하지만 허구·무고(誣告)가 발각되고 무술 또는 그 신변불가사의(神變不可思議)의 학(學)에 의해 대관(大官)이 되든지, 신선이 되든지 하는 식에 불과했다. 그 형식은 모두 일률적이다. 그 음모·책략도 일률적으로, 소년·소녀가 성혼할 때, 또는 오랫동안 실종된 아이를 인지(認知)하는 것에 관한 것이다. 사변(事變)·전쟁·유괴·악몽·기서(奇瑞)·무고(誣告)·함해(陷害)·추방·유찬(流竄) 따위를 축차(逐次)로 중첩(重疊) 연속된 일을 서술한 것이다. 유일하게 호기심을 동하게 하는 것은 어떻게 이 복잡한 난마(亂麻)를 탈출할지 알려는 데 있다. 2-3종의 저작물을 읽고 나면, 기타 모두 이와 같음을 요해(了解)할 수 있다. 때때로 청신한 풍경을 서술한 것이 있다. 또한 전혀 풍자적인 의지 없이, 인격을 묘사한 것이 있다. 그렇지만 그 서사는 동일하여, 곧 염권이 생기기 쉽고, 그 성격을 묘사하는 것도 과도하게 중복에 빠져 싫증날 만한 것이 많다.[24]

비록 아시미 린타로는 『구운몽』의 작가를 당시의 구술을 바탕으로 김춘택(金春澤, 1670-1717)으로 인식한 오류를 정정했지만, 그 역시 거론한 고소설 작품명은 매우 한정적이며, 한문소설에 초점이 맞춰져 있다. 사실 아사미 린타로가 쿠랑의 저술로부터 취한 바는 개별 작품의 문헌서지 그 자체는 아니었을 것이다. 오히려 그가 쿠랑의 「서론」을 더더욱 충실히 번역한 양상을 보면, 고소설을 문학이라는 서구적이며 근대적 지식으로 논하는 방식과 논리 그 자체를 중요시 했음을 알 수 있기 때문이다. 이렇듯 아사미 린타로에 의해 번역된 쿠랑의 한국고소설 관련 총론은 한국주재 일본 민간학술단체의 한국문학론에도 큰 영향을 끼쳤다. 이 책의 3장에서 고찰한 바대로, 쿠랑의 『한국서지』 「서론」에서 한국의 한문 문헌들은 민족어로는 미달된 한문이란 서기체계를 지닌 "중국에 대한 모방물"이었으며, 한글문헌은 민족어라는 조건을 충족시켜주지만 민족의 정신을 표상할 문학이라는 기준에는 "미달된 수준의 문예물"로 규정된다. 이로 인하여 한국 민족성은 중국과 변별된 독자성을 지니지 못한 것으로 표상된다.[25] 사실 이는 향후 다카하시와 호소이가 한국의 문학을 보는 중심기조였으며, 안확의 입장에서 본다면 피할 수 없는 난제였다.

---

24 위의 글, 26-28면.

25 M. Courant, 이희재 옮김, 『한국서지』, 일조각, 1997[1994], 73-74면(*Bibliographie Coréenne*, 3tomes, 1894-1896, 1901, *Supplément*, 1901). 쿠랑에 대한 전반적인 검토는 D. Bouchez, 전수연 옮김, 「韓國學의 先驅者 모리스 꾸랑」(上) 『동방학지』 51, 연세대 국학연구원, 1986를 참조. 그의 한국문학론에 대한 상세한 분석은 이상현, 「근대 조선어, 조선문학의 혼종적 기원: 「조선인의 심의」(1947)에 내재된 세 줄기의 역사」, 『사이』 8, 국제한국문화문학회, 2010의 II장을 참조.

쿠랑의 공헌은 단지 일본인들이 그들 나름의 한국문학론을 구성하는 것에 제한되지 않았다. 또한 이는 영향력이라기보다는 엄밀히 말하자면 쿠랑을 포함한 서양인, 일본인 나아가 한국의 근대 지식인이 공유했던 근대적 시각이라고 보아야 할 것이다. 이 한국문학론의 논리이자 쿠랑의 작업 속에는 국문고소설이 가장 중요한 연구대상으로 부각될 수밖에 없는 징후가 잠재되어 있었다. 이 책의 3장에서 고찰했듯이 『한국서지』의 각론에서 고소설 작품을 모아주는 분류항목, "전설(傳說)"(ROMANS, 文墨部 3장 傳說類)이 보여주듯 이곳에 배치된 고소설 작품은 그들의 근대적 문예물 소설에는 미달된 서사였다. 전설류(傳說類)의 하위항목은 "(1) '중국소설', (2) 한국인이 지은 한문 소설 (3) 중국인을 다룬 한글 소설 (4) 한국인을 다룬 한글 소설"로 유형화되어 있으며 196항목의 서적들이 배치되어 있다. 각 개별 작품에 대한 쿠랑의 해제방식을 보면 작품선정의 논리를 발견할 수 있다. 쿠랑의 해제를 보면, ① 작품들의 제명만을 제시한 경우 ② 제명과 기본적인 서지사항을, ③ 제명, 서지사항과 작품의 줄거리가 병기된 경우가 있다. 쿠랑의 서지목록에서 830-945항목이 ①에 해당되는데 소장처의 정보조차 표시되지 않았다. 이는 그가 실제 서적을 검토했다기보다는 목록 자체를 그대로 전사했을 가능성이 크다. 그가 실질적으로 접촉했고 검토했던 서적은 ②와 ③이다.[26] 그리고 ③은 가장 주목한 작품으로 판단되는데, 이것이 쿠랑이 엄선한 작품목록이었던 셈이다. 이곳에는 다른 서구인

26 그가 열거한 고소설의 출처는 파리의 동양어학교 도서관, 런던 대영박물관에 소장중인 자료 그리고 그가 현지조사를 통해 한국인들 그리고 서울에 있는 몇몇 열람실에서 확보한 것들이었다(262면).

의 저술들이 개입되어 있었다. 즉, 그 엄선의 논리가 쿠랑 개인의 차원은 아니었다. ③에 해당되는 작품들 그리고 그 속에서 쿠랑이 참조한 서구인의 저술들을 다시 정리해보면 다음과 같다.[27]

유형		줄거리 수록 작품명(일련번호)	참조 서구인 저술
1	중국소설	三國志(755), 西遊記(760), 水湖志(766)	Wylie(1864) : 755, 760, 766 Mayers(1874) : 755
2	한국인이 지은 한자소설	九雲夢(770), 謝氏南征記(772)	
3	중국인을 다룬 한글소설	梁豊傳(781), 玉環奇峰(782), 濟馬無傳(783), 唐太宗傳(786), 薛仁貴傳(787), 郭汾陽傳(788), 玉珠好緣(790), 金香亭記(791), 陣大方傳(792), 淑香傳(793), 張風雲傳(794), 張慶傳(795), 현수문전(798), 張韓節孝記(799), 黃雲傳(800), 趙雄傳(801), 금방울전(804), 月奉記(805), 楊山栢傳(806), 白鶴扇傳(807), 金紅傳(808), 沈靑傳(809), 金圓傳(810), 蘇大聲傳(811), 懲世비泰錄(812)	Allen(1889) : 807, 809 Aston(1890) : 793
4	한국인을 다룬 한글소설	壬辰錄(814), 林將軍傳(815), 春香傳(816), 辛未錄(818), 薔花紅蓮傳(819), 興甫傳(820), 洪吉童傳(821), 赤聖義傳(822), 淑英郎子傳(823), 三說記(825)	Allen(1889) : 816, 820, 821 Aston(1890) : 814, 819 Ross(1879) : 815 Rosny(1892) : 816

---

27 A. Wylie, *Notes on Chinese literature*, Changhai et Londres, 1867 ; W. F. Mayers. *The Chinese reader's manual*, Changhai,1874 ; J. Ross. *History of Corea ancient and Modern*, Paisley, 1879(존 로스, 홍경숙 옮김, 『존 로스의 한국사-서양 언어로 기록된 최초의 한국 역사』, 살림, 2010) ; W. G. Aston. "On Corean popular literature," *The Transactions of the Asiatic Society of Japan* XVIII, 1890이다. 그가 참조한 번역본은 로니(Rosny)·홍종우의 『춘향전』(불역본), 『심청전』(불역본), 알렌의 영역본(H. N. Allen, *Korean Tales*, Londres, 1889)이다. 이하 도표에서 이들의 저술들은 '저자(발행년)'으로 표기하며, 이 논저를 참조한 쿠랑의 해당 문헌서지는 『한국서지』의 항목번호(일련번호)만을 기재하기로 한다.

고소설 목록 중 1유형(중국소설)은 중국과 분리된 한국만의 독자적인 민족성을 제시할 문헌들을 엄선하기보다는 양자가 공존하던 당시 한국의 현황 그 자체를 알리고자 한 의도를 보여준다. 쿠랑은 이러한 목적에 맞춰 고소설들이 '저급한 것'으로 경멸받는 현상, 그리고 한문을 소유하지 못한 향유자들을 위한 대중문학으로 유통되는 방식에 주목했다.(69-70면) 또한 쿠랑은 "저자명"이 없고 "연대 표시"가 없는 서적들(70면)이란 특성을 그대로 받아들여 상기도표에 배치된 작품들 상호간의 연대기와 위계를 상정하지 않았다. 그가 접촉했던 한문학을 포함한 서적들과는 다른 향유층을 지니지만 '동시대적'으로 유통되는 양상 그 자체를 중요시한 셈이다.

이 점은 쿠랑이 그 권위를 인정했고 참조했던 당시 유일한 고소설에 대한 논의인 애스턴(William George Aston, 1841-1911)의 글에서도 동일했다.[28] 이 작품들이 고찰되는 큰 이유는 문학적 권위라기보다는 당시 대중적인 인기 때문이었다. 고소설은 쿠랑의 지적처럼 오래된

28 쿠랑은 자신이 수행한 연구와 애스턴의 연구가 일치했던 점을 기뻐했을 만큼 애스턴은 당시 이 분야에 있어 가장 권위가 있는 서구의 동양학자였다(쿠랑, 「한국의 여러 문자 체계에 관한 소고」, 『프랑스 문헌학자 모리스 쿠랑이 본 한국의 역사와 문화』, 살림, 2010 109면). 애스턴은 "높은 예술적인 가치를 지닌 문학", "최소한 흥미롭고 독자적인 민족적 특성을 지닌 설화, 시, 드라마"가 한국에는 존재하지 않는다고 했다. 서구의 "서사시", "민요"에 대응될 만한 문학이 존재하지 않으며, 중국과 분리된 독자적인 문학의 부재란 규정은 애스턴이 보여주는 당시 한국문학의 인식층위였다. 이에 대한 대안책이 한국의 고소설이었던 셈이다(W. G. Aston, op. cit., pp. 106-107). 그럼에도 애스턴 역시 고소설을 문예물로 본 것은 아니었다. '비현실적인 소설 속 공간', '몰개성적인 인물', '단순한 줄거리', '서투른 결말', '상투적인 표현', '개연성 없는 반전'을 지닌 것으로, 그들의 "아동용 우화 중 가장 볼 품 없는 것보다"도 못한 작품들이란 쿠랑의 지적은 그의 인식과 겹쳐지는 것이었다(Ibid., p. 70).

숙련을 요구한 "한문"이나 "의례, 고사(故事), 행정관계와 무관한 사람"에 관심을 지니지 못하는 "진지한 내용의 저술들"이 아니었다. 한자를 알고 조리 있는 본문을 읽을 수 없는 한국의 계층들-"이웃 아낙네들과 실컷 수다를 떨고 온 후 한가한 긴 시간동안 부인네들", "고객을 기다리며 상인", "자주 찾아오는 쉬는 날에 노동자들"을 위한 "이야기책"이었다.(69면)

그럼에도 불구하고, 각론 속에서는 언어, 소설 속 인물을 통해 한국 민족성을 도출할 수 있는 논리가 내재되어 있었다. 즉, 쿠랑의 언어문헌학에는 분명 향후 고소설 작품들이 엄선되며 재편되는 방향성이 있었다. 이 점은 이 책의 2-3장에서 고찰했듯이 그의 각론 부분 <흥부전> 해제에서 그가 이 작품을 직접 번역한 부분에서 찾을 수 있다.(290-291면) 쿠랑이 <흥부전>을 번역한 목적은 알렌과 동일했다. 그것은 <흥부전>이 묘사해주는 한국인들의 생활상 때문이었다. 즉, 쿠랑은 고소설을 통해 한국인들이 살아가는 풍습, 생활을 보여줄 수 있는 유용성을 발견했던 셈이다. 그 유용성을 찾기 가장 좋은 고소설 작품은 4유형(한국인을 다룬 한글소설)으로, 이 작품들은 쿠랑이 참조한 애스턴의 한국문학론에서도 일부 거론된 것들이었다.[29] 이는 미달된 문예물 혹은 저급한 것이지만 인기와 재미를 지닌 '대중적인 독서물'이 아닌 또 다른 고소설의 표상을 제공해주는

29 상기도표에서 '중국인을 다룬 한글소설'이라고 규정했던 <심청전>에 관해서 쿠랑은 증보판(1901)에서 소설의 무대가 한국인 판본이 있다라고 그 내용을 정정했다. 이하 쿠랑의 분류체계에서 <심청전>은 "한국인을 다룬 한글소설"로 규정한다.

것이었다.

(2) '설화'로서의 고소설 텍스트

1890년 한국에 거주하던 서구인들에게 '언문'(국문)은 '말'과 구분되는 문어(글쓰기)로서의 지위를 확보하지 못한 존재였다. 신분계층에 따라 다른 언어처럼 들리는 말의 세계, 정서법이 완비되지 못하고 표준어로 균질화되지 못했던 당시의 언어실상은 서구인들에게 "언문은 말"이란 오해를 불러일으켰다.[30] 이에 따라 이 책의 2장 알렌(Horace Newton Allen, 1858-1932)의 저술(1889)에서 볼 수 있듯이 고소설이 설화와 분리되지 않은 채 설화의 번역/연구대상이 되는 것은 당시의 일반적 정황이기도 했다.[31] 하지만 '설화'로서 고소설을 바라보는 경향(민속연구)은 "미달된 문예물"로 인식되던 고소설에 새로운 효용적 가치를 발견하게 해주는 동기이기도 했으며, 그것은 전술했던 쿠랑이 보여준 작품선정의 논리에 이미 내재되어 있는 것이기도 했다.

속담, 설화와 같은 '민속'(folk lore)연구가 지닌 의의에 관하여 헐버트(Homer Bezaleel Hulbert, 1863-1949)는 정사(正史)가 보여줄 수 없는 인류학적 부품들이 존재하며, 가정과 가족과 같은 일상생활을 조감할

30 H. G. Underwood, "Introductory remarks on the study of Korean," 『韓英文法(*An Introduction to the Korean Spoken Language*)』, Yokohama, Seishi Bunsha, Kelly & Walsh, 1890, pp. 1-2.

31 조희웅,「서구어로 씌어진 한국설화·한국설화론」, 『이야기문학 모꼬지』, 박이정, 1995, 409-425면

수 있게 해줄 수 있다고 했다.[32] 여기서 고소설은 텍스트 자체의 문예미가 아니라 텍스트에 반영된 한국인의 사상, 생활, 관습을 발견하기 위한 연구대상으로 인식된다. 물론 다카하시, 호소이 두 사람이 모두 고소설을 설화라는 차원에서 인식한 것은 아니다. 그렇지만 한문이라는 글쓰기로 포괄할 수 없는 일반 대중을 설명할 수 있는 보완물이란 측면을 다카하시, 호소이 역시 수용했다.[33] 두 사람의 고소설 번역목록을 애스턴, 알렌, 쿠랑의 저술과 비교하여 정리해보면 다음과 같다.

<table>
<tr><th colspan="3">쿠랑, 알렌, 애스턴</th><th>다카하시 도루</th><th>호소이 하지메</th></tr>
<tr><td colspan="2" rowspan="2">쿠랑의 줄거리집성작품</td><td rowspan="2">도표 참조</td><td>再生緣
(淑英娘子傳(823,4))</td><td>○</td></tr>
<tr><td>x</td><td>九雲夢(770, 2),
趙雄傳(801, 3)</td></tr>
<tr><td rowspan="8"></td><td rowspan="3">Aston(1890)
거론작품</td><td>淑香傳(793, 3)</td><td>x</td><td>x</td></tr>
<tr><td>薔花紅蓮傳(819, 4)</td><td>○</td><td>○</td></tr>
<tr><td>壬辰錄(814, 4)</td><td>x</td><td>x</td></tr>
<tr><td rowspan="5">Allen(1889)
번역작품</td><td>白鶴扇傳(807, 3)</td><td>x</td><td>x</td></tr>
<tr><td>沈靑傳(809, 4)</td><td>x</td><td>○</td></tr>
<tr><td>春香傳(816, 4)</td><td>○</td><td>○</td></tr>
<tr><td>興甫傳(820, 4)</td><td>○</td><td>x</td></tr>
<tr><td>洪吉童傳(821, 4)</td><td>x</td><td>○</td></tr>
</table>

※ 항목은 "작품명(『한국서지』의 항목번호, 쿠랑의 유형분류 번호)"으로 제시

32 H. B. Hulbert, 신복룡 옮김, 『대한제국멸망사』, 집문당, 2006[1999], 437면(*The Passing of Korea*, 1906).

33 高橋亨, 『朝鮮の物語集附理諺』, 京城: 日韓書房, 1910(이하 본문 중에는 『조선설화집』으로 표기) ; 細井肇, 『朝鮮文化史論』, 京城 : 朝鮮研究會, 1911.

다카하시, 호소이의 공유/변별점을 살펴보도록 하자. 『조선문화사론(朝鮮文化史論)』의 8편 「반도(半島)의 연문학(軟文學)」 서문을 보면, 호소이는 다카하시의 고소설 번역을 알고 있었다.(551면) 또한 『조선문화사론』에는 다카하시가 번역한 세 작품(<장화홍련전>, <춘향전>, <재생연>)은 모두 수록되었다. 또한 말미에 이들이 새롭게 번역한 사례가 아니라 다카하시 번역본의 줄거리 요약본이란 점을 명시하고 있다.(627면) 다만, 호소이는 <흥부전>을 자신의 저술에 수록하지 않았다. 그렇지만 다카하시의 저술에서 <흥부전>이 세 작품들과 분리되어 설화와 동일하게 수록된 측면이 『조선문화사론』에서 생략된 이유라고 추론할 수 있다.[34] 오히려 『조선문화사론』의 변별점은 호소이가 다카하시의 『조선설화집』이 담지 못한 한국의 고소설들을 보완하여 제시한 점에 있었다. 호소이가 쿠랑과 연속선('미달된 소설장르'(전설, Romans, 쿠랑))에서 고소설을 서적 속에 놓인 '문자' 언어로 인식했다면, 다카하시는 알렌과 연속선에서 '구전된 언어'(설화, 민담, Folk lore, 알렌)로 인식한 셈이다.

두 사람의 고소설 번역 작품 목록은 쿠랑이 줄거리를 요약한 작품 범주를 벗어나지 않고 있다. <조웅전>과 <구운몽>을 제외한다면 쿠랑의 "중국인을 다룬 한글소설" 유형이 배제되며 "한국인을 다룬 한글소설"이 중심대상이다. 즉, 한국적인 작품이라고 볼 수 있는 고소

34 다카하시의 고소설 작품 배치의 의도는 권혁래의 지적(「근대 초기 설화·고전소설집 『조선물어집』의 성격과 문학사적 의의」, 『한국언어문학』 64, 한국언어문학회, 2008, 232면)처럼 <흥부전>을 상대적으로 더욱 설화에 가까운 것으로 파악했기 때문이다.

설을 번역대상으로 선정한 셈이다. 이에 부응되는 알렌의 번역 작품이 모두 수록되었다. 알렌이 "특별히 엄선한 것이 아니라", 한국인 "생활의 다양한 국면"을 보여주기 위해 번역했다는 민족지학적 목적을 다카하시, 호소이 모두 공유했던 셈이다.[35] 그렇지만 알렌과 연속선을 지닌 인물은 역시 다카하시였다. 첫째, 저술 속의 작품배치 양상이 그러하다. 다카하시는 속담, 설화(物語)와 분리시키지 않고 고소설을 함께 하나의 단행본으로 묶었기 때문이다. 둘째, 다카하시 저술의 출간목적 역시 한국의 문학연구가 아니라, 사회의 풍속과 습속을 규명하는 것에 있었다는 점이다. 다만, 다카하시 역시 알렌과 동일하지 않은 모습을 함께 지니고 있었다.[36]

그는 설화를 "사회생활의 정수의 축소판"이라고 규정하며 사회 관찰자로서 "있는 그대로의 생활 속에서 변하지 않는 풍속, 습관의 특색"을 발견해야 한다고 했다. 그것은 일회적인 것이 아니라 과거로부터 현재까지 지속되는 연속선이 전제되어야 하기 때문이다. 다카하시는 "그 풍속, 습관에 일관된 정신"을 밝혀내고 "그 사회를 통제하는 이상"으로 귀납해야 한다고 지적했다. 그가 규명하고자 한 한국의 민족성은 그들의 육안으로 관찰되는 외부, 생활의 단편적인 측면과는 달리 연속적이며 '깊이'를 지닌 심층적인 지식이어야 했

35 H. N. Allen, *Korean Tales: Being a Collection of Stories Translated from the Korean Folk Lore*, New York & London : The Nickerbocker Press, 1889, p. 3.

36 이상현, 『한국 고전번역가의 초상, 게일의 고전학 담론과 고소설 번역의 지평』, 소명출판, 2013, 5장 1절[初出: 이상현, 「<춘향전> 소설어의 재편과정과 번역: 게일 <춘향전> 영역본(1917) 출현과 그 의미」, 『고소설연구』 30, 한국고소설학회, 2010, 382-384면]을 참조.

다. 이러한 차이점과 더불어 또 하나 주목해야 될 점이 있다. 다카하시는 이들 작품들이 "가나문(假名文)으로 쓰였으며…서림(書林)에서 판매"되며, <장화홍련전>, <재생연>, <춘향전>에 대하여 중류 이상의 부녀자들은 서로 모여 이 작품들을 열심히 읽고 주인공에 동정하며 여덕을 닦는다고 말했다. 이 소설 작품들이 주는 감화는 막부시대 바킹의 작품이 가정에 주는 효과와 같으며, 이 작품들은 한국의 남녀관계와 상류부인들의 도덕을 관찰하는 데 좋은 자료가 된다고 지적했다.(201면) 즉, 다카하시에게 한국의 고소설은 알렌에 비해 상대적으로 한국 여성에게 서적이란 형태로 향유되는 문학이라는 전제가 더욱 놓여있었던 셈이다.[37]

물론 그가 보인 교화를 위한 소설의 효용성에 대한 언급은 과거에도 물론 존재했다. 하지만 그 단위는 다카하시와 같이 조선이라는 근대적 국경개념에 의거하여 제한되는 것은 아니었으며, '도덕'(=morality)이라는 개념어가 아니라 열(烈), 열녀(烈女)와 같은 유교적 명분 안에서 규정되는 것이었다. 이는 과거의 이념적 가치가 근대의 맥락에서 새로운 학술개념어를 통해 풀이되는 양상을 보여준다. 즉, 이야기(한국인의 말/글) 자체에 대한 번역을 통해 소설 속에 반영된 생활상을 서구인에게 보여주려 했던 알렌과 달리, 다카하시는 고소설 텍스트의 외부에 놓인 자신의 학술어를 통해 한국의 민족성

---

37 하지만 이렇듯 "田夫, 野人 이나 내방의 부녀자의 읽을거리"에 그쳐 국민국가 단위의 독자가 상정되지 못했으며, 중국과 분리된 독자성이 보이지 않는다는 측면 때문에 그는 언문으로 된 문학이 없다고 까지 말했다(高橋亨, 구인모 옮김, 『식민지 조선인을 논하다: 다카하시 도루가 쓰고 조선총독부가 펴낸 책, 『조선인』』, 동국대학교 출판부, 2010, 76-78면).

을 규명하고자 했다.

물론 이러한 한국 민족성 담론이 그만의 특화된 영역은 아니었지만, 그의 진술에는 고소설에 대한 직접적인 번역과는 다른 층위의 번역적 과정이 개입되어 있다. 그것은 고소설 자체를 풀이해주는 그의 학술적 언어(일본어)와 고소설 텍스트의 번역적 관계이다. 그의 서문에 있어서 중심적인 개념을 제공하는 '도덕(道德)', '사회(社會)', '풍속(風俗)', '습관(習慣)', '정신(精神)', '이상(理想)' 등과 같은 근대어를 통해 작품에 대한 비평적, 학술적 담론이 창출된다. 이들 일본(개념)어는 한국인에게 서구어보다는 한결 더 가까운 것이었다. 이들 어휘들은 특히 일본유학을 경험한 한국의 지식인들에게 있어 일본어=외국어의 관점에서 감지된 번역어라기보다는 이미 번역이 종결된 자명한 어휘들에 근접한 것이었다. 개별 한자를 한국식 한자음으로 치환할 때, 이 어휘들은 조선학을 구성하는 조선의 개념어로 전유될 수 있었으며 일본인과는 다른 한국문학의 전체상을 구상할 수 있게 해주는 것이었다.[38] 문학(文學), 소설(小說), 언문(諺文(國文))이란 중심 개념어를 통해 이 점을 살펴보도록 한다.

---

38 황호덕·이상현, 『개념과 역사, 근대 한국의 이중어사전』, 박문사, 2012, 1부 3장[初出: 황호덕·이상현, 「번역과 정통성, 제국의 언어들과 근대 한국어: 유비·등가·분기, 영한사전의 계보학」, 『아세아연구』 54(3), 고려대 아세아문제연구소, 2011, 11-54면]을 참조.

3. 근대 국문개념의 전변과 국문고소설의 위상변화

(1) 근대문학개념과 '번역 대상'으로서의 고소설 텍스트

호소이는 『조선문화사론』 「서설(敍說)」에서, "문학(文學)"은 "인정(人情)의 극치(極致)를 증류(蒸溜)한 수정옥(水晶玉)"과 같은 것이며, 단지 당시의 시대정신을 밝힐 뿐만 아니라 고금을 횡단하여 영원한 국민의 성정을 지배, 감화시키는 것이라 정의한다. 이 점에서 "조선문학(朝鮮文學)"은 "조선을 이해하는 유일한 첩경(捷徑)"이었다.(1-2면) 호소이가 『조선문화사론』을 출판한 경위이자 그가 한국의 고전을 최초로 접하게 된 술회가 자유토구사에서 발간한 『장릉지』에 대한 그의 서문에 다음과 같이 남겨져 있다.

> 『장릉지』는 지금으로부터 11년 전, 내가 기쿠치 겐조·오무라 도모노조·아오야기 츠나타로·이즈미 료조 제군(諸君)과 조선연구회를 발기(發起)했을 무렵, 한 번 직역한 것이 있던 것으로, 그 직역은 『평양속지(平壤續志)』와 합본하여 조선연구회에서 발간되어 있다. 내가 조선고서에 친해진 것은 『장릉지』가 처음으로, 조선 고서를 읽는 힘이 『장릉지』에 의해 조금이나마 붙었다. 그 다음에 『동문선』을 통람(通覽)하고, 『삼국유사』, 『고려사』, 『국조인물지』, 『동국문헌비고』, 『여지승람』 등을 번독(飜讀)하며, 조선의 고사(古史)·고서(古書)에 매우 흥미를 느꼈고, 그 뒤 정사(正史)와 야사를 난독했는데, 이것도 조선연구회에서 『조선문화사론(朝鮮文化史論)』에 묶여 발행되었다.[39]

애초에 그가 접한 한국문학은 고소설이라기보다는 한문학 오히려 역사서적에 더욱 근접한 것이었다. 따라서 호소이가 『조선문화사론』에서 '문학' 개념의 내포 및 외연을 느슨하게 설정할 수밖에 없었다. 즉, 쿠랑이 "Literature"를 그들의 자명한 개념범주가 아니라, 그 어의 "보다 더 넓은 의미에서 문자로 써서 표현된 정신의 산물"이라고 규정한 범주와 마찬가지로 광의의 문학개념으로 규정한 것은 당연한 일이었다.(287-288면)

문세영의 『조선어사전』(1938)을 보면, 문학은 "① 글에 대한 지식, ② 이학(理學) 및 이것을 응용하는 기술 밖의 모든 학문. 심적 과학(心的科學). 사회적 과학(社會的科學), ③ 상술한 의미에서 정치·경제·법률에 관한 것을 뺀 나머지의 모든 학과. 곧 철학·종교·교육·역사·언어들의 학문, ④ 시가·소설·미문·극본들을 연구하는 학문·곧 언어로 나타내는 예술"이라고 풀이된다. 문세영이 보여주는 문학이란 어의가 지닌 넓은 스펙트럼은 물론 본래 "Literature"가 지닌 의미망이기도 했다.[40]

『조선문화사론』과 『한국서지』가 다루는 한국 문헌의 전체는 실상 ④라는 개념 층위만으로 제한되는 것이 아니었다. "문학=literature"라는 어휘가 당시 한국에서 사회화된 정도를 가늠해보기 위해, 이에 대한 이중어사전의 등재양상을 정리해볼 필요가 있다.[41]

---

39 細井肇, 「莊陵誌の譯述について」, 『通俗朝鮮文庫』2, 自由討究社, 1921, 1면.

40 문세영, 『조선어사전』, 박문서관, 1938 ; 鈴木貞美, 김채수 옮김, 『일본의 문학개념: 동서의 문학개념과 비교고찰』, 보고사, 2001, 71-88면.

41 황호덕·이상현 편, 『한국어의 근대와 이중어사전』 I~XI, 박문사, 2012에 집성

표제항	Gale, 1911	조선총독부, 1920	김동성, 1928	Gale, 1931
문학(文學)	literature ; literary, philosophical, or political studies ; belles-lettres	文章ど學問	literature	literature ; belles-lettres

표제항	Underwood, 1890	Scott, 1891	Jones, 1914	Gale, 1924	Underwood, 1925
Literature	글, 셔	글, 문, 문ᄌ	문학(文學)	문화(文化), 학문(學文)	글, 학문(學文), 시문(詩文), 학(學), 문화(文化), 져술(著述), 져셔(著書)

한영-영한의 구도 속에서 "문학"은 1911년에 처음으로 그 모습을 드러낸다. '문학'이란 어휘는 서구인들의 관점에서 보았을 때도 이 시기 사전에 등재시키고 활용해야할 엄연한 한국어로 토착화되기 시작했다. 또한 게일의 사전을 보면, 1931년 사전에서는 인문학 전반을 뜻하는 풀이가 소거됨을 발견할 수 있는 데, 이 전환은 문세영의 개념풀이에 있어서 ④로의 이동처럼 보인다. 게일 사전의 개념변동은 어떠한 중심적인 방향성을 담지하고 있었다. 더불어 1920년대 이후 영한의 구도 속에서 볼 수 있듯이, "Literature"는 다양한 한국어 역어를 통해 번역될 수 있는 범주를 지닌 것으로 확대되어 있었다. 즉, "문학=literature"란 등가교환의 관계가 성립되었지만, 즉, 이와 별도로 "literature"가 지닌 개념적 함의는 넓어졌다고 볼 수 있다.

안확은 "문학(文學)이라는 것은 미적(美的) 감정에 바탕한 언어 또는 문자에 의하여 사람의 감정을 표현한 것"이라 규정했으며, "시

된 사전류를 활용하기로 하며, 편찬자와 발간년만을 표시하도록 한다.

가·소설과 같이 상상력을 위주로 한 것은 물론이요, 다소 사상성(思想性)을 더한 사전(私傳)·일기·수록(隋錄) 또는 교술적인 문류(文流)" 일지라도 미적 감상(感想)에 바탕인 저작인 이상 포괄할 것이라고 했다.(15면) 이렇듯 「조선의 문학」에서부터 보인 "순(純)/잡문학(雜文學)"이라는 이원화는 동시기 이광수와 달리 전근대의 문학('문학' 以前의 문학)을 포괄할 민족문학을 상상하는 방식이었으며, 일본의 메이지문학론에 대한 주체화의 지점이라고 평가할 수 있다.[42]

그러나 이러한 문학개념은 쿠랑, 호소이 역시도 공유하고 있었다. 그들에게 문학이라는 개념을 투영시킬 대상, 당시 한국문헌 전반의 실상은 동일한 것이었기 때문이다. 또한 안확의 문학개념에도 '순문학'이라는 보편자가 있었으며, 이 보편자와 '잡문학' 사이 진화(진보)의 법칙에 의거한 위계가 설정되어 있었다. 물론 안확의 문학개념은 주자학과 관련된 유가 경전과 같은 범주의 저술들을 포함한 쿠랑이 예시한 광의의 문학개념은 아니었다. 그가 다루고자 한 자료들은 "도의·경륜(徑輪)의 연문학(硬文學)"이 아니라 "정감을 위주로 한 연문학(軟文學)"이었기 때문이다.(129면)

하지만 이 역시 안확만의 독창적인 측면은 아니었다. 쿠랑 역시 『한국서지』의 「서론」과 각론에서 문학개념을 광의/협의란 두 층위로 나누어서 활용했다. 그는 광의의 문학개념을 제시한 「서론」과 달리,

---

42 이경돈, 「근대문학의 이념과 문학의 관습」, 『민족문학사연구』 26, 민족문학사연구소, 2004, 224-255면 ; 이희환, 「식민지 체재하, 자국문학사의 수립이라는 난제: 안자산의 『조선문학사』가 놓인 동아시아 문학사의 맥락」, 『국학연구』 17, 한국국학진흥원, 2010, 27면.

자신의 저술 각론의 문학항목에서 '시가류(詩歌類)', '문집류(文集類)', '전설류(傳說類)'(Roman ; 고전소설), '잡서류(雜書類)'(Ceuvres Diverses)를 함께 묶어놓았다. 이는 오늘날 고전문학이란 범주로 다뤄지는 한시, 문집, 국문시가, 국문(한문)소설들, 개인문집과 같은 서적들 모두를 포괄해준다. 그 구체적인 구성물들을 살펴보면 '시가류', '전설류', '잡서류'에는 서정, 서사, 제4장르(교술)라는 장르론적인 구분의 표지에 대응되며, 문집류(文集類)은 '저명한 저자의 개인저술'이라는 관념이 개입되어있었다. 이는 한국의 모든 문헌을 포괄하기 위한 광의의 문학개념이라고는 볼 수 없는 셈이었다. 오히려 작가 개인의 창작물, 언어예술이라는 협의의 문학개념에 부합되는 한국의 문헌을 역으로 모으는 방식이었기 때문이다.

안확 그리고 호소이의 "연문학(軟文學)"이란 개념 역시 이와 유사하다. 전술했던 호소이의 문학개념은 『조선문학걸작집』「서문」에서도 동일한 것이었지만(4-5면), 다만, 『조선문화사론』(1911)과 『조선문학걸작집』(1924)에 배치된 고소설 번역본은 결코 동일한 양상이 아니었다. 유가 지식층이 남긴 한문 문헌의 방계로 편성된 저급한 대중문학, 국문 고소설(『조선문화사론』)이 한국문학을 대표하는 걸작이자 정전(『조선문학걸작집』)으로 변모된 큰 층차가 양자 사이에 놓여 있는 것이다. 전자인 『조선문화사론』 8편 「반도의 연문학」의 서문을 보면, 번역된 고소설 이외에도 "『금강몽유록(金剛夢遊錄)』, 『사씨남정기(謝氏南征記)』, 『임경업전(林慶業傳)』, 『어우야담(於于野談)』, 『청강잡저(淸江雜著)』, 『황극편(皇極編)』, 『회니간답(懷尼間答)』"과 같은 작품들이 거론되며, 호소이는 이 작품들이 한국 일반독자들이 애독하는 것들이라고 했다.(551면) 물론 이 작품들이 작자의 창작적인 산물, 허구로 간주할 만한 요소가 전혀 없다고는 단언할 수 없다. 하지만 결코 한국어, 소설이란 장르적 지평 안에 제한되지 않는 작품군(『於于野談』, 『淸江雜著』, 『皇極編』, 『懷尼間答』)이 편재되어 있었던 셈이다.

1910년대 초 조선총독부, 한국주재 일본 민간단체의 고적 정리/번역의 대상은 어디까지나 다양한 한문 전적에 초점이 맞춰져 있었다. 조선고서간행회가 간행한 '조선군서대계(朝鮮群書大系)' 28종 82책 중 고소설 작품은 존재하지 않으며, 조선연구회가 3기에 걸쳐 간행한 조선고서진서(朝鮮古書珍書) 총 56책 중 고소설은 『구운몽』, 『사씨남정기』, 『한당유사(韓唐遺史)』 세 작품에 불과했다.[43] 고소설 번역에 초점을 맞춘 사업은 자유토구사의 작업에 이르러 본격화된 셈이다. 하지만 그 전환의 단초를 발견할 수 있다. 1911년 10월 26일 조선총독부의 산하기관인 취조국의 세부 분류항목 '자부(子部)'에는 '소설(小說)'항목이 별도로 제시되어 있지 않았다. 하지만 1913년 업무를 이어받은 참사관분실에서 정정된 분류항목 속에서 비로소 등장하게 된다.[44]

참사관분실의 조선본 해제작업이 1913년 일단 원고가 완성되었으나 체제의 통일성이나 기술의 불충분함 때문에, 이를 다시 보완, 정리하여 출판한 것이 『조선도서해제』(1915)였다. 이는 단순히 제명과 목록을 정리한 『조선고서목록』과는 달리, 실제로 도서를 접하고

43 서신혜, 「일제시대 일본인의 古書刊行과 호소이 하지메의 활동: 고소설 분야를 중심으로」, 『온지논총』 16, 온지학회, 2007, 393-395면.

44 이에 대한 상세한 고찰은 이승일, 「조선총독부의 고기록 정리와 기록물 수집정책」, 『조선총독부의 공문서』, 역사비평사, 2007를 참조.

해제를 단 실증적인 산물이었다. 또한 쿠랑이 참조하지 못한 규장각 도서를 정리하는 사업의 일환이었다는 점에서 큰 의미를 지닌 결과물이었다.[45] 『조선도서해제』에는 다른 한문전적에 비해 미비한 분량이지만 소설(류)을 독자적인 항목으로 배치했는데, 이를 향후 한국 주재 일본인 민간단체의 번역출판과 대비해보면 다음과 같다.

『朝鮮圖書解題』			조선연구회 1914-1915	자유토구사			
수록작품	수록시기			통속조선문고 1921		선만총서 1922-1923	
작품명	1915	1919	간행	예정	간행	예정	간행
花史	○	○	×	○	×	○	×
謝氏南征記	○	○	○	○	○	×	×
九雲夢	○	○	○	○	○	×	×
彰善感義錄	○	○	×	×	×	○	×
帷幄龜鑑	×	○	×	×	×	○	×
雲英傳	×	○	×	○	×	○	○
春香傳(여규형 한문본)	×	○	×	○	×	×	×
廣寒樓記	×	○	×	○	△ (옥중화의 번역본)	×	×
王郎返魂傳	×	○	×	×	×	○	×
奇談隨錄	×	○	×	×	×	○	×
選諺篇	×	○	×	○	×	○	×
罷睡錄	×	○	×	○	×	○	×

45 조선총독부의 조선고서 정리과정에 대한 전반적인 검토는 김태웅의 논문(「1910년대 전반 조선총독부의 취조국·참사관실과 '舊慣制度調査事業'」, 『규장각』16, 1993 ; 「일제 강점 초기의 규장각 도서정리사업」, 『규장각』18, 서울대 규장각 한국학 연구원, 1995)을 참조했으며, 『朝鮮圖書解題』에 관해서는 박윤희, 「『朝鮮圖書解題』의 수록도서에 대한 서지학적 고찰」, 이화여대 석사학위논문, 1992 ; 도태현, 「『朝鮮圖書解題』의 목록적 특성에 관한 연구」, 『한국도서관 정보학회지』 34(2), 한국도서관정보학회, 2003을 참조.

<구운몽(九雲夢)>, <춘향전(春香傳)>을 제외한 나머지 작품들은 다카하시의 『조선설화집』(1910), 호소이의 『조선문화사론』(1911)에서는 번역되지 않은 것들이었다. 1914-1915년 조선연구회의 간행목록과 1920년대 초 자유토구사의 발간예정 목록을 대비해 보면, 총독부와 민간단체의 협업관계를 잘 보여준다. 이러한 사실은 『선만총서(鮮滿叢書)』 1권의 서문에 잘 드러나 있다.

> 鮮滿叢書 제1기 간행 서목(書目) '조선 고사(古史)고서(古書) 및 시가(詩歌)·소설에 관한 20서목(書目)'은 조선총독부 고서해제에 기초하여 선택하고, 그것을 『통속조선문고』 제10집 이하에 예고해 두었는데, 그 뒤 도선(渡鮮)입성(入城)한 뒤 총독부 참사관(參事官)분실(分室)에 장(藏)하고 있는 당해(當該)서목의 내용을 하나하나 검열(檢閱)함에 미쳐, 당초의 기대에 크게 반하는 것이 있음을 발견했다.[46]

『조선도서해제』에서 소개된 작품들은 이들과의 협업관계를 감안할 때, 그들이 분명히 번역해야 될 텍스트이기도 했다. 다만, 목록 차원에서 거론될 뿐 해당 텍스트를 실질적으로 검토한 것은 아니었다. 따라서 간행예정 목록과 실질 출간 도서목록은 다를 수밖에 없었다. 전체문헌목록을 작성하거나 이에 대한 해제를 덧붙이는 것에 비해, 문헌을 번역한다는 행위는 더욱 소수의 특정 작품을 엄선해야할 필요성이 전제되기 때문이다. 물론 고소설 텍스트를 '구전물'이 아니

46 細井肇,「鮮滿叢書 第一卷の卷頭に」,『鮮滿叢書』1, 自由討究社, 1922, 1면.

라 인쇄된 서적의 형태, '문학작품'으로 인식하는 간극을 감안해야 하지만, 이 점에서 번역대상으로 선정된 고소설 텍스트는 당시 한국 문학의 정전을 지칭하는 의미를 지니고 있었다.

1915년 『조선도서해제』에 제시된 4작품은 모두 '작가'가 있는 허구적 창작물이란 공통점을 지닌다.[47] 『구운몽』은 재번역 사례이며, 『사씨남정기』는 새롭게 번역된 셈이다. 양자 모두 한문과 일본어 역본이 병기되어 있다는 사실과 두 편의 작품에 배치된 원문은 '설화'가 아니라 오래된 문어전통을 지닌 한문이었다는 사실을 주목해야 한다.[48] 1919년 『기담수록(奇談隨錄)』, 『선언편(選諺篇)』, 『파수록(罷睡錄)』이 『조선도서해제』에 추가된다. 이들 작품들을 유가 지식층이 여항에 떠도는 이야기를 한문으로 기록한 작품들이라고 거론했다. 또한 『유악구감』은 한고조의 창업사적을 소설적인 형식으로 만든 작품으로 규정했다. 즉, 이들은 소설이란 장르개념과 부응되는 일면을 지닌 한문으로 전하는 작품들이었다.

다양한 이본을 지닌 <춘향전>에 대한 해제를 보면, 대표적인 한문본 <춘향전>이라고 할 수 있는 여규형의 『춘향전』(한문본)과 『광한루기』가 배치되어 있다. 『운영전(雲英傳)』, 『왕랑반혼전(王郎返魂傳)』역시 한문소설이란 점을 감안한다면 저자가 존재하거나 혹은 불명확할지라도 오랜 문어전통을 지닌 한문으로 씌어진 소설(혹은

47 『창선감의록』의 경우는 金道洙로 작자로 말하고 있으나, 현재 학계의 통설은 조성기이다(임형택, 「17세기 규방소설의 성립과 <창선감의록>」, 『동방학지』 57, 연세대 국학자료원, 1988, 127-135면).

48 金萬重, 『原文和譯對照 謝氏南征記 九雲夢』, 京城: 朝鮮硏究會, 1914.

이야기, 구전물)이 중점적인 위치를 점하고 있었던 셈이다. 『조선문화사론』 서문에서 번역되지 않았으나, 거론된 작품들 중 일부는 이러한 작품들과 유사한 특징을 지니고 있다.

사실 이 점은 소설이란 개념 속에 많은 작품들이 포괄되게 됨을 의미하는 것이었다. 하지만 이러한 개념의 투사는 결국 소설적인 것과 덜 소설적인 것을 구분하게 했다. 그 사례가 1917-1919년 사이 게일의 일기에 담긴 고소설 번역본[49], 1920년대 자유토구사의 고소설 번역이다. 상기도표가 잘 보여주듯, 1919년 증보, 간행된 『조선도서해제』의 '소설'부분을 자유토구사는 발간예정도서목록으로 선정하고 있었지만 실제로 간행된 도서목록은 결코 동일하지 않았다. 오히려 『조선문화사론』의 초기 번역물이 자유토구사의 고소설 번역목록에 상대적으로 더욱더 근접한 것이었다는 점을 발견할 수 있다.

사실 이러한 변모의 이유는 매우 간단한 것이었다. 이 책의 7장에서 잠시 살펴보았듯이, 그들은 실제 당시 한국에서 유통되던 한국고소설 작품을 번역하고자 했기 때문이다. 『선만총서(鮮滿叢書)』 1권의 서문을 펼쳐보면 이 점을 분명히 알 수 있다. 그들은 최종적으로 번역해야 될 소설 10종을 선정했는데, 그 작품명을 나열해보면 『연의각』, 『설중송(雪中松)』, 『석중옥(石中玉)』, 『청야휘편(青野彙編)』, 『곽낭애사(霍娘哀史)』, 『백년한(百年恨)』, 『봉황금(鳳凰琴)』, 『숙향전(淑香傳)』,

49 1917-1919년 사이 작성된 게일(James Scarth Gale)의 고소설 번역과 미간행된 그의 번역노트가 존재한다. 게일의 번역태도는 '직역'을 지향했는데 그의 번역노트를 보면 대다수가 한문 문집에 한정된다. 그럼에도 이 시기 그는 집중적으로 고소설을 번역하며, 직역 관념이 그의 고소설 번역에도 투영되어 있다. 그 구체적인 작품 목록과 번역적 지향은 이 책의 6장을 참조.

『옥루몽(玉樓夢)』, 『옥린몽(玉麟夢)』이었다. 이 소설 목록은 그들이 매우 고심한 결과였으며, 종로에서 한국인이 운영하는 서점에서 구입한 도서이기도 했다. 이는 아래와 같은 총 41종의 소설 속에서 엄선된 결과물이었기 때문이다.

삼쾌정(三快亭), 곽낭애사(霍娘哀史), 봉황금(鳳凰琴), 추월색(秋月色), 백년한(百年恨), 화옥쌍기(花玉雙奇) 연의각(燕의脚), 금낭이산(錦囊二山), 청야휘편(青野彙編), 금산사몽유록(金山寺夢遊錄), 옥중화(獄中花), 전등신화(剪燈新話), 옥루몽(玉樓夢), 사소절(士小節), 동상기(東廂記), 만강홍(滿江紅), 숙향전(淑香傳), 옥린몽(玉麟夢), 오백년기담(五百年奇談), 설중매(雪中梅), 원앙도(鴛鴦圖), 숙상강(瀟湘江), 최보운(崔寶雲), 도화원(桃花園), 단산봉황(丹山鳳凰), 산천초목화세계(花世界), 절처봉생(絶處逢生) 탄금대(彈琴臺) 누구의죄 목단화(牡丹花), 화에 앵(花에鶯), 앙천대소(仰天大笑), 석중옥(石中玉), 천리원정(千里遠征), 송죽(松竹), 모란병, 구의산, 만월대(滿月臺), 공산명월(空山明月), 소양정(昭楊亭)[50]

이들 서적을 구입한 후, 총독부 참사관(參事官)분실(分室)의 한병준(韓秉俊)에게 가장 흥미있는 작품을 추천해줄 것을 부탁했다. 더불어 "『금산사몽유록』은 옛날 어떤 문인이 한조(漢朝), 당종(唐宗), 명태조(明太祖)의 공덕을 논한 희작(戲作)을 언역(諺譯)한 것이고, 『옥중화』는 이미 통속조선문고에 역술(譯述)된 『춘향전(광한루기)』이며, 『전등

50 細井肇, 「鮮滿叢書 第一卷の卷頭に」, 『鮮滿叢書』1, 自由討究社, 1922, 3면.

신화』는 명초(明初)구우(瞿祐)의 작품으로, 조선의 창작이 아니라는 사실이 밝혀졌다. 『사소절』은 이덕무의 저작으로 소설이라 부를 만한 것이 아니라, 사자(士子)가 처세(處世)하는 방법을 설명한 책"이며, 『만강홍(滿江紅)』은 천도교의 홍포목적으로 쓴 작품이라는 사실을 알았음을 밝혔다. 더불어 "기타 얼토당토않은" 작품들이 대다수를 차지하고 있기에, 종국적으로 10종의 작품을 선별했음을 밝혔다.[51] 이렇듯 자유토구사의 작품선별에는 당시 시중에 유통되던 작품들에 관한 일련의 수집 및 검토과정이 존재했고, 이를 통해 고소설 번역본이 출판되었고 최종적인 엄선과정은 『조선문학걸작선』에 수렴되었던 것이다. 나아가 이 엄선과정 속에는 한국인, 한국사회에서 소설이라는 개념이 형성된 측면이 반영되어 있었던 셈이다.

(2) 소설·언문 개념과 '원본=국문 고소설텍스트'의 표상변화

문세영의 『조선어사전』(1938)에서 "소설(小說)"은 "(1) 작자의 사상대로 사실을 구조 또는 부연하여 인정 세태를 묘사한 산문체(散文體)의 이야기 (2) 소설책(小說冊)의 준말"이라고 풀이된다. 여기서 "산문체(散文體)의 이야기"란 구절을 제외한다면 이는 조선총독부의 사전(1920)의 풀이[小說: 事實を構造して世態, 人情を寫せる文 (稗說), 小說冊の略]를 번역한 형태였는데 이는 어디까지나 '소설'이란 어휘의 근대적 풀이였다. "기미운동(己未運動) 전후로 문학혁명" 이전에 한국에는 "인정세태를 묘사한 저작"이 없었다는 김태준의 언급[52]이 잘

51 위의 글, 3-4면.

말해주듯, 문세영·조선총독부의 정의((1)의 층위)를 충족시켜 줄 "Novel"이란 영어 개념을 투사시키기에, 고소설은 '미달된 문예물'이었다.

이렇듯 Novel을 적절히 풀이/대응시킬 한국어를 발견하지 못하는 정황은 서구인의 초기 이중어사전에도 마찬가지였다. 1890-1891년 언더우드, 스콧의 사전 속에는 "Novel"이란 표제항 자체가 없었으며 '소설'은 등재되지 못한 표제항(동시에 대역어)이었다. 이야기("니야기")란 한국어 표제항이 "Story", "Fable"의 대역어로 배치되어 있을 뿐이다. 1897-1911년 게일의 사전 속에 "소설"이란 표제항이 등장한다.[53]

표제항	Gale, 1897-1911	조선총독부, 1920	김동성, 1928	Gale, 1931
소설(小說)	Small talk ; gossip. A story book - in the character See. 야스	事實を構造して世態, 人情を寫せる文 (稗說), 小說冊の略	Prose fiction ; fiction	Prose fiction ; a novel See. 야스

cf) 野史 Private written comments on the government dynasty etc. Opp. 국스(Gale, 1897-1911)

52 김태준, 박희병 교주, 『증보조선소설사』, 한길사, 1990, 18면.

53 『韓佛字典』의 "小說"이란 표제항 역시 근대소설이란 개념을 내포하고 있지는 않았다(김인택, 윤애선, 서민정, 이은령, "웹으로 보는 한불자뎐 1.0", 저작권위원회 제호 D-2008-000026, 2008(http://corpus.fr.pusan.ac.kr/dicSearch/) ; 파리외방전교회, 펠릭스 클레르 리델 편, 이은령·김영주·윤애선 옮김, 『현대 한국어로 보는 한불자전』, 소명출판, 2015, 700면). 다음과 같이 수록되어 있다[小說 : 작은 말 / 수다 / 험담 / 근거없는 소문 / 헛소문 / 터무니없는 이야기 / 풍문 / 난처한 소문 [Pelite parole. Bavardage ; cancan ; nouvelle sans fondement ; nouvelle fausse ; conte ; rumeur ; bruit fâcheux].

하지만 이는 결코 “novel”의 등가어가 아니었다. 야사(野史)란 참조항목의 배치가 말해주듯, 과거 “소설”에 대한 전통적 용례 풀이—대설(大說), 대도(大道)와 대비되는 “자질 구레한 작은 이야기”(『莊子』, 「外物」)란 풀이, “철학적으로 하위의 담론, 비공식적이며 열등한 역사의 유형”(班固, 『漢書』 「藝文志」의 범주)에 근접한 것이었다. 『조선도서해제』의 “소설”이란 표제항 그리고 『조선문화사론』의 “연문학(軟文學)”에 배치된 작품들의 양상과 이러한 개념층위는 분명히 조응되고 있었다. 자유토구사의 1기 간행서목 “소설시가지부(小說詩歌之部)” 역시 동일했다.[54]

번역작업이 진행되고 그들이 해당 서적을 접촉함에 따라 간행예정도서 목록을 보면, 해제가 덧붙여지고 그 출간의 우선순위가 변모된다.[55] <홍부전>, 『창선감의록』, 『유악구감』, 『왕랑반혼전』, 『기담수록』이 추가됨으로 『조선도서해제』의 서목을 포괄하게 된 셈이다. 추

---

54 「自由討究社第一期刊行書目」, 『通俗朝鮮文庫』 2, 自由討究社, 1921에 다음과 같이 제시되어 잇는데, 이는 출판도서, 출판순서를 의미하는 것이기도 했다.
· 간행 : <사씨남정기>(『통속조선문고』 2집, 이하 “- 집”으로 약칭)
· 간행예정 : <파수록>, <구운몽>, <선언편>, <춘향전>, <화사>, <재생연>, <광한루기>, <운영전>, <장화홍련전>, <홍길동전>, <추풍감별곡>, <남훈태평가>

55 「第1期刊行書目内容」, 『通俗朝鮮文庫』4, 自由討究社, 1921에는 <파수록>과 <선언편>에 관해서, “조선여항에 유포되거나 옛날부터 전해 내려오는 민담(俚話)”을 작가가 서술한 것이라고 해제한 곳에서 알 수 있듯이, 자유토구사의 편찬자들도 이들 작품이 소설들과는 변별된다는 사실을 잘 알고 있었다.
· 출간 : <사씨남정기>(2집), <구운몽>(3집), <춘향전>(4집)
· 간행예정 : <재생연>(미출간), <운영전>(『선만총서』11권으로 출간), <홍길동전>(향후 7집으로 출간), <파수록>(향후 『선만총서』10권으로 출간), <선언편>(미출간), <화사>(미출간), <장화홍련전>(향후 10집으로 출간), <추풍감별곡>(향후 8집으로 출간), <남훈태평가>(향후 5집으로 출간)

가된 작품 중 1919년 『조선도서해제』소개된 4작품은 출판되지 않고, <흥부전>이 출판되는데 그 해제가 잘 보여주듯 <춘향전>, <심청전>과 함께 가장 대표적인 한국의 고소설로 인식했기 때문이다.[56]

『조선도서해제』에서 여항의 이야기로 규정되던 『기담수록(奇談隨錄)』, 『선언편(選諺篇)』의 간행이 뒤로 연기되었으며 『파수록(罷睡錄)』을 제외한 나머지 작품들은 『왕랑반혼전』, 『화사』와 함께 끝내 발행되지 못했다. 『선언편』, 『파수록』에 관하여 안확은 "여항에 흘러 다니는 이야기를 보고 들은 대로 기록한 것인데, 이것이 완전히 소설적으로 각색되니 이들 책은 다 소설계의 진보를 촉진하여 평민문학을 발전시키는 데 기여"(125면)했다고 기술했다. 비록 『기담수록』은 거론하지 않았지만 이는 이 두 편의 작품, 그리고 그가 거론한 『잠곡필담』과 같이 허구화(=소설화)된 측면을 발견할 수 있는 저술이었다. 그렇지만 그는 결코 이들 작품들을 소설로는 규정하지 않았으며, 『조선문학사』에서 이 작품들은 다음과 같이 '배해(俳諧)'란 장르로 규정된다.

『조선문학사』(1922)	
장르명	작 품 명
俳諧	선언편, 파수록, 潛谷筆譚
小說	화사, 임진록, 소대성전, 여장군전, 이대봉전, 창선감의록, 적성의전, 백학선전, 삼설기, 제마무전, 옥루몽, 구운몽, 숙영낭자전, 사씨남정기, 장화홍련전, 홍길동전, 운영전
戱曲	별주부, 두껍전, 춘향전, 심청전, 흥부전, 장끼전

56 「鮮滿叢書刊行書目と其內容」, 『通俗朝鮮文庫』10, 自由討究社, 1922 ; <재생연>, <운영전>, <파수록>, <선언편>, <화사>, <연의각>, <창선감의록>, <유악구감>, <왕랑반혼전>, <기담수록>으로 제시되어 있다.

'배해(俳諧)'는 안확의 인식 속에서 소설/희곡과는 변별된 장르로 분류되고 있으며, 문학발달(혹은 진보)에 있어 소설/희곡의 이전에 놓인 장르였다. 그리고 그 진보의 정점은 희곡에 놓인 <춘향전>, <심청전>이었다. 이러한 안확의 분류방식과 자유토구사의 출간과정에 개입된『조선도서해제』소설 목록의 작품 배제/선택의 논리적 근거에는 1931년 게일의 사전 속에서 전통적 개념용례가 소멸되고 "Fiction, Novel"로 대체된 소설 개념이 작동하고 있었다.[57] 안확은 「조선의 문학」(1915)에서『구운몽』,『사씨남정기』, <춘향전>과 시가 작품 300여종의 저작이 산출되어 "독매업(讀賣業) 세책가(貰冊家)"가 크게 흥했다고 말한 바 있다.(222면) 그러나 그가 거론한 세 편의 작품을 풀어 설명하지 않았고, 300여종의 저작에 대한 작품명은 보이지 않았다.

쿠랑이 정리했던 한국의 많은 이야기책들은 호소이의 번역시기에도 있었으며, 그 역시 그 존재를 알고 있었다. 호소이는『조선문화사론』(1911)에서 번역된 고소설을 한국인 일반인 독자가 아니라 2류, 3류 독자를 위한 것이라고 말했다. 여기에 해당하는 작품들이 수십종에 이르지만 이를 소개하지 못한 점이 유감이라고 했다. 자유토구사의 발간예정도서와 간행도서 사이 불일치는 이 이름 없는 작품들

57 게일에게 '소설'이 'Novel'이나 'Fiction'에 대한 대당어로 배치된 것은 1924년(Gale, 1924)이었지만, 이 대응관계는 1914년 존스의 사전에 이미 등장했다 [Novel 쇼셜(Jones, 1914), Novel 小說(Gale, 1924)]. 게일이 1911년 출판한 한영사전에는 '小說冊'과 '小說家'란 항목이 각각 "Novel"과 "Novelist"에 대응되고 있었다[小說家 A novelist 小說冊 A novel ; a work of fiction. See. 쇼셜(Gale, 1911-1931)].

의 새로운 재편을 의미한다. 『조선문화사론』에서 번역된 고소설이 1910년대 후반 이후 중심적으로 번역해야 될 대상으로 변모되었다는 점 그리고 한문과 국문 사이의 위계에 큰 변화가 이루어졌음을 시사해주기 때문이다.

이는 '구전물'로 인식되던 고소설 텍스트가 문어로서의 권위를 획득하고 있었다는 점을 의미하는 데, 이렇듯 고소설 텍스트의 언어가 재편되는 과정을 호소이의 두 저술 사이에서 발견할 수 있다. 『조선문화사론』 수록된 고소설 번역본은 이나다 슌수이(稲田春水)에 의한 것이었다. 호소이는 이나다의 번역능력과 자질을 결코 의심하지는 않았지만, 여기서 번역된 7편의 작품들을 '미완성'의 형태("未製品")라고 말했다. 그 이유는 수록된 번역본이 부분역과 축역이란 형태였으며, 한국에는 소개되지 못한 다수의 고소설이 여전히 남아있었기 때문이다.(551면) 사실 한국 고소설 텍스트의 언어를 직역의 차원에서 완역하는 작업은 한문 글쓰기를 번역하는 것보다 더 어려운 작업이었다. 근대 국민어란 관념과 인쇄문화가 관습화·내면화된 그들의 시각에는 고소설 텍스트는 번역에 있어 용이하지 않은 대상이었기 때문이다. 한국어교사로 근무하며 한국어문법서, 속담과 같은 저술을 산출한 다카하시가 고소설을 번역했던 사례, 그리고 자유토구사의 고소설 번역에 조경하, 정재민과 같이 한국인 공역자가 있었다는 측면은 이 점을 잘 보여준다.

호소이에게 고소설의 서기체계는 1890년대 한국을 애스턴이 현지조사를 했던 정황과 동일한 것이었다.[58] 애스턴은 한국의 고소설에 대하여 "제본 면지, 책 제명, 발행인, 출판소, 출판시기 심지어는 저자까지 불분명하"며, 철자법의 미비로 말미암아 보이는 인쇄 상의 수많은 오류를 보면 사백년 전 정서법이 존재하지 않던 영국의 문헌들을 보는 것과 같다고 말했다. 이는 단순히 외형적이며 규범적인 측면일 뿐만 아니라 텍스트 내 문장 및 어휘의 의미를 해석/번역하는 곳에도 큰 지장을 주는 것이었다. 애스턴은 자신의 한국어 교사이기도 했던 이에게 고소설에 배치된 "언문"에 해당 한자를 배치해 보라는 요구를 해보았지만, 그 결과가 치명적인 오류를 범하는 수준이었다고 술회했다. 국문 고소설의 언어, 諺文은 분명히 서구의 알파벳에 대응할만한 표음문자였다. 그러나 고소설의 어휘는 사전이란 형태가 보여주는 국민/민족 단위의 공유된 의미를 규범화시킨 표기가 아니었다. 애스턴이 한국어의 정서법이 없는 상황에서 한국인에게 한자 표기를 요구했던 방식은, 사실 1890년 언더우드가 한국어사전을 만들 때 찾은 해법이기도 했다. 언더우드는 해당 한국어를 구성하는 한자를 찾고, 그에 대한 『전운옥편』, 『한불자전』의 한자음을 통해 규범화를 시도했다.[59] 나아가 언문(諺文)이 단순히 소리를 기록하는 차원이 아니라, 국민/민족 단위의 테두리 안에서 소통되는 문어로 활용되는 것은 별개의 문제였다. 그곳에는 사회화/관습화되는 시행과 시간이 필요한 것이었기 때문이다. 개신교 선교사들이 편찬한 이중어사전에서 '언문(諺文)'이란 표제항은 이 점을 잘 보여준다.

---

58 W. G. Aston, op. cit., pp. 104-105.

59 황호덕·이상현, 앞의 책, 1부 2장[初出: 이상현, 「언더우드의 이중어사전 간행과 한국어의 재편과정」, 『동방학지』 151, 연세대 국학연구원, 2010, 228-238면]을 참조.

諺文 The common Korean alphabet(Underwood, 1890), The native Korean writing ; Ünmun See.국문(Gale1897-1911), The native Korean writing ; oral and written languages(Gale, 1931)

한국의 표음문자를 지칭하는 의미였던 '언문'이 "구어와 문어를 포함한 언어"라는 차원으로 변모되는 모습이 게일의 1911-1931년 사전에 놓여있다. 게일의 사전에서 언문과 유사어로 배치된 국문(國文) 역시도 1897~1911년까지 국자(國字) 차원의 의미("The national character- Ünmun")만을 지니고 있었다. 1890~1897년 사이 사전에 배치된 쓰기(표기)의 한 방식이던 언문(諺文=國文)이 언문일치란 관념을 통하여 구어, 한글문어라는 한국어의 모든 영역을 포괄할 수 있는 국민어라는 조건을 충족시켜주지 존재로 거듭나는 과정이 호소이가 편찬한 두 편의 저서 사이에 놓여 있었던 셈이다.[60]

물론 책의 형태로 고정된 고소설의 언어는 이러한 어문질서의 변화가 반영되지 않은 것이었다. 그럼에도 고소설이 외국문학으로 번역의 대상이 된다는 점은, 이본 중 정본의 선정 그리고 어휘와 문장 구조에 대한 분석이 전제되어야 한다. 사실 이는 고소설의 언어를 문법서, 사전이 표상해주는 새로운 국문 개념 안에서 재편하는 행위

60 國文이 국문학이란 어휘와 유사한 의미를 지니게 된 것(The national literature. Korean Ünmun)은 1931년판 사전이다. 1911년에서 1931년 사이에 '언문'과 '국문'에 있어 의미전환과 함께 이중어 사전에 國語("The national tongue; the language of a country"(Gale, 1911-1931))와 言文一致가 출현한다. 여기서 후자의 대응관계가 "The oneness of the oral and written languages."(Gale, 1911)에서 "The unification of the oral and written languages"(Gale, 1931)로 변모된다.

이다. 하나의 고소설 텍스트를 완역한 결과물을 생성시킨다는 점은, 고소설 텍스트의 언어를 해독 가능한 '외국어=한국어'로 재편하는 것이었다. 이는 비단 외국인 번역자만의 문제가 아니라 새로운 번역 저본을 출현시킨 한국인의 행위를 내포하는 것이었다. 방각본에서 '활자본'이란 새로운 형태로 출현한 고소설은 알렌, 다카하시 번역본과 다른 번역본 등장과 긴밀한 길항관계를 지니고 있는데, 이 점을 잘 보여주는 사례가 <춘향전>이다. 『조선문화사론』(1911)에서 호소이는 다카하시 <춘향전>의 번역문체가 "매우 유려(流麗)"한 것이어서, 일반 독자는 이 번역서만을 보아도 충분히 "원서(原書)의 내용"을 모두 알 수 있다고 평가한 바 있다.[61] 하지만 다카하시의 번역본은 단일한 저본을 추정할 수 없을 정도로 다양하며 복합적인 이본적 특성을 지닌 텍스트였다. 현존 <춘향전>이본들로는 하나의 저본을 추적할 수 없는 변모의 모습들이 보인다는 측면에서 알렌의 영역본과 공통된 것이었다.

이에 비해 자유토구사가 출판한 『광한루기』는 『옥중화』라는 분명한 저본을 추적할 수 있을 정도로 원본의 내용을 보존했다. 이는 번역에 있어 상대적으로 원본을 보존할 필요가 없던 '구전물'이었던 고소설의 언어가, 그렇지 않은 '문학작품'으로 인식되는 지점이라고 말할 수 있다. 또한 저급한 대중적 독서물이자 2-3류 한국인 독자를 위한 이야기책이었던 고소설의 존재방식이 과거와는 달라져

61 이에 따라 그는 줄거리 제시와 부분발췌만으로도 이 소설에 대한 설명이 충분할 것으로 판단하여 간략히 마무리했다(627면).

있는 것이었다. 호소이는 새로운 <춘향전> 번역본에서 한국"소설"은 "人倫"의 "三綱", 孝, 烈, 友를 골자로 하는 것이 많다고 했으며, <심청전>, <흥부전>, <춘향전>을 이에 대한 대표적인 작품으로 규정했다.[62] 즉, 이 세 편의 고소설 작품은 구연물이 아니라 한 권의 인쇄된 서적으로 상상되는 대상이며, 한국문학전집인 『조선문학걸작집』에 재배치된 한국의 대표적인 문학정전이었다. 이를 반영하듯 이러한 판소리계 고소설 작품유형은 안확의 『조선문학사』에서 "지금까지 비상히 유행하는 희곡"으로 기술된다.

나아가 "소설……에 한 줄기 생명이 유지되어 본래의 정신을 보존하였다……실상 조선 고유의 정신은 여성계와 하층 계급의 두 힘을 빌려 보존되어 왔다."(138면)란 안확의 진술은 이렇듯 변모된 국문고소설의 위상이 아니면 제기될 수 없는 것이었다. 그것은 과거의 실제 사실이라기보다는, 한문을 대체하는 국문의 위상변화 함께 상하층을 아우르는 문학작품으로 변모된 당시 고소설의 위상을 과거에 소급한 것이었기 때문이다. 물론 「조선의 문학」(1915)에서도 이러한 소설에 위상에 부응되는 언급이 있다. 예컨대 영웅소설의 구조를 연상시키는 유형군("玉童子女를 生하야 早 失父母로 苦楚를 經하다가 戰勝의 功名을 立하고 富貴하였다는 趣旨")에 관한 안확의 서술을 들 수 있다. 안확은 이를 한문학에 대한 대항축인 "상고(上古) 수천년(數千年)의 고유(固有)한 무력정신(武力精神)"이 깃들어 있는 것이라고 규명했다. 비록 『조선문학사』에서 역시 조선의 고유성을 유지하는 것이란

62 細井肇, 「廣寒樓記の卷末に」, 『通俗朝鮮文庫』4, 京城: 自由討究社, 1921, 77면.

측면에서 이러한 흔적이 남겨져 있었다. 그러나 「조선의 문학」에는 그러한 고유성의 산물을 읽으며 상기하는 역사적인 주체이자 문학 담당층인 국민이 존재하지 않았다.[63] 『조선문학사』에서 문학담당층을 중심으로 전개되는 이조시대(李朝時代)의 귀착점 평민문학(平民文學)을 가능하게 한 장르로 소설이 그 역할을 엄연히 담당하고 있는 양상과 다른 것이었다.

『조선문학사』의 부록으로 제시된 조선인의 민족성("先朝崇拜, 組織的 精神, 禮節, 敦厚多情, 平和樂天, 實際主義, 人道主義")과 호소이의 규명은 결코 동일하지 않았다. 호소이가 제시하고자 한 조선의 민족성은 결코 이러한 번역본이 보여준 원본 고소설 텍스트의 표상변모와 궤를 같이 하지 않았다. 그 이유는 작품의 문학성에 대한 비평적 인식의 차원에 있는 것이 아니었다. 안확 역시 그가 문학서 서술에 배치한 고소설("소설", "희곡"항목의 작품군)의 한계점을 분명히 잘 알고 있었다. "미달된 문예물"이란 고소설의 표상이 변모되는 데에는 또 다른 조건이 필요했다. 호소이에게 이들은 어디까지나 '고전'이 아니라 여전히 향유되는 동시대적인 독서물로 인식되고 있었단 측면이 그 조건에 대한 좋은 단초를 제공해준다. 이곳에 안확과의 변별점이 존재했는데, 그것은 『조선문학사』 출현 이후 한국의 고소설 연구논문을 쓴 다카하시의 시선과의 대비검토를 통해 더

63 『조선문학사』에 대한 개괄적인 보완을 지향한 「이조시대의 문학」에서 이 유형군의 소설을 "人生의 目的을 **國民的 發現**에 專置한 것이니 壬辰錄, 蘇大成傳, 李大鳳傳 等은 人物及事件의 發展이 다 戰場에서 싸우고 民과 國을 安定한 것이라."이라고 정리했다.

욱 잘 살펴볼 수 있다.

4. 고소설론의 출현과 『조선문학사』의 정치성

다카하시는 『조선속담집』(1914)에서 조선(인)의 민족성을 "사상의 고착성, 사상의 무창견(無創見), 무사태평(無事泰平), 문약(文弱), 당파심, 형식주의"로 규정했다. 이는 『조선민담집』(1910)에서 규명하고자 했던 그의 연구결과였다. 그러나 『조선속담집』에는 이 민족성을 조선의 사정에 적용시키기에 조선이 너무 변모되었다는 언급이 더불어 보인다. "도로의 확충, 토지조사로 인한 소유권의 확립, 사회적 계급의 타파, 직업의 귀천이 사라지고 수입(收入)을 숭상하는 분위기"가 그것이다. 그는 조선사회가 그가 규명했던 민족성이 사라지고 일본을 모방하여 새로운 형태로 변모되고 있다고 말했다.(2-3면) 즉, 쿠랑이 <흥부전>을 통해서 발견했던 것, 알렌, 다카하시가 고소설 번역을 통해 재현하려고 했던 조선의 현실과는 다른, 근대라는 분절된 현실이 생성되고 있었다.

신구문예의 대립을 연상시키는 고소설 텍스트와 '근대 조선'이라는 현실의 분리는 고소설 속에 반영된 '사회생활과 풍속'을 말하려하던 '구전물'이란 고소설과는 다른 표상을 출현시킨다. 다카하시는 변모된 조선의 현실 속에도 그가 발견한 조선의 민족성이 유효하며, 이 민족성이 사라져 일본에 동화되지는 않을 것이라고 진단했다. "근대 조선"을 상상할 수 없는 "전근대 조선과 근대 일본"이란 고정된 지정, 역사적인 도식 속에서, 그는 그가 규명한 조선의 민족성을 변하지 않는 항수이며 심층으로 규정한 것이다. 이러한 민족성 층위를 규명하는 고소설의 표상은 과거의 것이지만 여전히 유효한 '한국의 고전'이었고, 다카하시는 식민자란 입장에서의 '고전'에 대한 활용이라는 어두운 이면을 여실히 보여준 셈이다.

그의 일관된 시각은 『조선인』(1917/1921), 「조선문학연구」(1927/1932)에서도 지속된다. 「조선문학연구: 조선의 소설」은 다카하시가 경성제국대학 법문학부 조선어학조선문학강좌 교수로 취임한 다음 해인 1927년에 발표된 글이었다.[64] "문화의 고착성, 종속성"이란 조선의 민족성을 반영하듯 조선문학에서 순문학(純文學)은 경미하며 발전되지 않은 것으로 규정된다. 이는 이조(李朝) 후기에 등장하기 시작한 언문소설이 "중국소설을 표절한 것이거나 환골탈태한 데에 불과한 것"이라고 말한 『조선인』에서의 언급과 동일한 것이었다. 쿠랑 이후 고소설에 대한 중심기조가 되었던 "미달된 문예물"이란 고소설에 대한 규정은 여전히 지속되었던 셈이다.

하지만 그의 글에서 고소설은 과거와 달리 구전물, 광의의 문학 개념에 포괄되는 많은 문헌들과는 독자적이며 분리된 연구영역이

---

64 高橋亨,「朝鮮文學研究: 朝鮮の小說」,『日本文學講座』15, 東京: 新潮社, 1927 ; 구인모의 연구(「조선연구의 발산과 수렴의 교차점으로서 민족성 연구: 다카하시 도루(高橋亨)의 『朝鮮人』과 조선연구」,『한국문학연구』38, 2010, 121-129면)에 따르면, 다카하시의 이 논문은 1920년대까지 이루어진 일본 국문학 연구의 결산(『日本文學講座』)에 포함된 것으로, "조선문학이 일본 국문학 가운데 지역 이민족 문학의 범주로 완전히 자리잡게 되었던 가운데, 다카하시의 연구 또한 제국 일본의 문학연구 내에서 나름대로의 위상을 차지했음을 시사"해주는 것이었다.

었으며, 이는 『조선문학걸작집』(1924)의 작품배치에 조응되는 것이었다. 이 글의 4장 "조선소설의 분류"에서 그는 한국의 고소설을 10개 유형으로 다음과 같이 개괄한다.

	유 형	해당 작품
1	조선의 고대사와 영웅전기를 윤색한 소설	김유신전, 김덕령전, 임경업전, 개소문전, 을지문덕전 이외에도 많은 작품이 있다고 덧붙임.
2	부처의 공덕 이야기로 佛法弘布를 위한 목적으로 만들어졌다고 생각되는 작품	심청전, 왕랑반혼전을 대표적 사례로 삼고 구운몽, 사씨남정기, 숙향전, 적성의전, 양풍운전 등이 유형에 속한다고 말함.
3	조선인의 이상적 인생을 묘사한 소설	춘향전, 옥루몽, 숙향전 이외에 10수종이 더 있다고 말함.
4	권선징악을 목적으로 쓴 소설	홍부전, 창선감의록을 대표적인 작품으로 예시했으나, 이는 모든 고소설에 필수적인 요소라고 말함
5	교훈소설 중 주자학의 학설을 소설체로 표현한 작품	천군연의, 천군본기, 화사
6	중국(支那)史實에서 일반적으로 알려진 것을 윤색한 작품	유악구감, 선한연의, 화용도, 대단강유, 이태백실기
7	조선 사회생활의 실제에 있어 감상적 사건을 取來하여 實寫化.	장화홍련전, 운영전, 김효증전
8	소설을 가장하여 당시 정치를 풍자하거나 작자의 불평을 토로.	구운몽, 사씨남정기, 홍길동전, 서옥기
9	이상주의 소설이며 시대정신의 산물로, 일반적인 이상으로서 열망하는 사항(事柄)이 통쾌하게 실현된 것을 묘사한 작품.	임경업전, 박씨전, 신유복전, 강릉추월
10	일반 저급한 민중의 호기심과 공상을 만족시켜주기 위한 가공의 영웅담	홍장군전, 황장군전, 소대성전, 전우치전, 금령전(금방울전) 이외에도 다수의 작품이 존재.

여기에 배치된 작품들은 안확이 "배해(俳諧)"라고 지적했고, 『조선도서해제』에서 목록화되었던 소설이란 장르로 일축(一蹴)하기에는 곤란한 작품들이 존재하지 않는다. 그가 제시한 작품목록은 안확

이 『조선문학사』의 “근세문학”에 배치한 소설·희곡 유형에서 거론된 작품들과도 대비될만한 수준이었다. 또한 더 엄밀히 평가하자면 양적이나 질적인 측면에서 안확의 고소설 유형화를 뛰어넘는 수준이었다. 그럼에도 『조선민담집』(1910)부터 이어지는 전술한 그의 일관된 시각은 안확과 균열의 지점을 내포하고 있었다. 일례로 <춘향전>의 이상이 안확에게는 “연애(戀愛)”라고 풀이되었다면, 다카하시에게는 여전히 “열(烈)”로 규정된다. <소대성전>의 “나가서는 장수요 들어서는 재상의 공훈”이란 이상이 다카하시에게는 “중국과 동일한 모양”의 비상식적인 사실을 믿는 몽매함을 보여주는 사례였다. 이와는 달리 안확에게 주인공의 나라는 왕조가 아니라 ‘민족/국가’였으며, 이 소설 속에서 주인공이 구현한 이상은 ‘국민적 이상의 발현’을 뜻하는 것이었다.

다카하시가 『조선속담집』(1914)에서 감지했던 당시 한국의 변모상은 의당 한국의 언어현실에도 반영되는 것이었으며, 조선어로 조선이라는 민족성을 학술의 대상으로 재편할 수 있게 해주었다. 「조선문학연구」(1927)에서 그의 연구대상을 “아직 현대 일본과 서양의 문학에 영향을 받지 않던 시대의 조선인”이 쓴 “소설”(1면)이라고 지적한 것은, 역설적으로 그 역시 “신구문예의 대립” 안에 놓인 존재였음을 반증해준다. 하지만 다카하시는 조선어로 된 조선의 학술을 받아들일 수는 없었다.(13면) 그에게 조선인의 근대학술과 함께 한국의 근대문학은 배제될 수밖에 없는 것이었다. 전근대와 근대를 포괄하는 한국의 민족성을 구성하는 것은 종국적으로 조선인의 민족성이 일본과 대등한 차원에서 재구성되는 것을 의미했기 때문이다.

이 지점에서 안확은 다카하시에게 있어서 "전근대 한국"과 "근대 일본"이라는 역사, 지정학적인 대응 쌍과 대체할 "전근대 조선"과 "근대 조선"이라는 관계망을 제기한 것이다. 나아가 안확의 대응 쌍은 "진보"라는 역사서술의 내러티브에 의해 양자는 번역적 관계가 은폐되고 그 연속선이 보장된다. 그의 저술은 그의 말대로 "문채(文彩)"가 아니라 문학의 "변천과 발달"을 논하는 것으로 한국의 과거에 없던 것(16면)이었다. 이렇듯 동일한 장소 그리고 동일한 계열의 고소설들을 통해 구현하고자 그의 변별성 이 자체, 그리고 『조선문학사』를 구성하는 그의 근대어 자체, 신구대립의 문예가 상징하는 전근대와 근대가 합쳐진 조선민족의 상은 1920년대 안확이 보여준 독자성이자 정치성이라고 평가할 수 있을 것이다.

문혜진
한국문학사의 사각(死角)

참고문헌

1. 참고자료

『국외소재 한국 고문헌 수집 성과와 과제』, 국립중앙도서관, 2009.

『콜레주 드 프랑스 소장 한국 고문헌』, 국립중앙도서관 도서관연구소, 2012.

『海外典籍文化財調査目錄 : 美義會圖書館所藏 韓國本 目錄』, 한국서지학회, 1994.

『21세기 세종계획 최종 성과물 수정판(CD)』, 문화체육관광부·국립국어원, 2011.

奇一, 「나의 過去半生의 經歷」, 『眞生』2(4), 1926.12.

____, 「聖經을 閱覽하라」, 『眞生』 5, 1926. 1.

____, 「心靈界」, 『眞生』, 1925.12.

____, 「回顧四十年」, 『新民』 26, 1927. 6.

金東仁, 「春園硏究」, 『삼천리』, 1935.

김태준, 박희병 교주, 『증보조선소설사』, 한길사, 1990.

김태준, 정해렴 편역, 『金台俊文學史論選集』, 現代實學社, 1997.

남궁설 편, 『萬古烈女 日鮮文 春香傳』, 漢城: 唯一書館, 1917.

단국대학교 동양학연구소, 『漢韓大辭典』, 단국대학교, 2000.

러시아대장성, 한국학중앙연구원 편역, 『국역 한국지』, 한국학중앙연구원, 1984[Составлено въ канцеляріи Министра Финансовъ, *Описаніе Кореи (съ картой)*, С.-Петербургъ : изданіе Министерства Финансовъ, типографія Ю. Н. Эрлиха 'Ju. N., 1900].

문세영, 『조선어사전』, 박문서관, 1938.

凡外生, 「獻身과 活動으로 一貫한 奇一 博士의 生活과 業績」, 『조광』 18호, 1937.4

부산대학교 인문학연구소·점필재연구소, 콜레주 드 프랑스 한국학연구소 엮음, 『「콜랭 드 플랑시 문서철」에 새겨진 젊은 한국학자의 영혼: 모리스 쿠랑 평전과 서한자료집』, 소명출판, 2017.

서정민 편역, 『한국과 언더우드』, 한국기독교역사연구소, 2004.

유영식 편역, 『착훈 목쟈: 게일의 삶과 선교』 2, 도서출판 진흥, 2013.

안확, 권오성·이태진· 최원식 편, 『自山安廓國學論著集』 1-5, 여강출판사, 1994.

안확, 최원식·정해렴 편역, 『안자산 문학론선집』, 현대실학사, 1996.

이광수, 『이광수 전집』3, 7~10, 누리미디어, 2011.

______, 「춘향」, 『동아일보』(1925.9.30.~1926.1.3.)(『일설 춘향전』, 한성도서주식회사, 1929).

이만열·옥성득 편역, 『언더우드 자료집』 Ⅰ~Ⅵ, 연세대 국학연구원, 2005~ 2012.

李在郁, 「春香傳 原本」, 『三千里』 9(5), 1937.10.1.

최남선, 「一日一件」, 『청춘』 3, 1914. 12. 6.

최주한·하타노 세츠코 엮음, 『이광수 초기 문장집』Ⅱ, 소나무, 2015.

파리외방전교회, 펠릭스 클레르 리델 편, 이은령·김영주·윤애선 옮김, 『현대 한국어로 보는 한불자전』, 소명출판, 2015.

황호덕·이상현 편역, 『개념과 역사, 근대 한국의 이중어사전』 2, 박문사, 2012.

황호덕·이상현 편, 『한국어의 근대와 이중어사전』 I ~XI, 박문사, 2012.

C. C. Dallet, 안응렬·최석우 공역, 『한국천주교회사』, 서울: 분도출판사, 1980(*Historie de l'Eglise de Corée*, 1874).

C. L. Varat, 성귀수 옮김, 「조선종단기 1888-1889」, 『조선기행』, 눈빛, 2001 ("Voyage en Coree," *Tour du Monde* 1892. 5. 7- 6).

D. Halde, 신복룡 옮김, 『조선전』, 집문당, 2005[1999](*Kingdom of Corea in The General History of China*, 1741).

E. Keith, 송영달 옮김, 『키스, 동양의 창을 열다』, 책과함께, 2012(*Eastern Window*, 1928).

E. Keith·E. K. R. Scott, 송영달 옮김, 『영국화가 엘리자베스 키스의 코리아 1920~1940』, 책과함께, 2006(*Old Korea—The Land of Morning Calm*, 1947).

É. Bourdaret, 정진국 옮김, 『대한제국 최후의 숨결』, 글항아리, 2009 (*En Corée*, 1904).

G. C. Mutel, 한국교회사연구소 역주, 『뮈텔 주교 일기』1-8, 한국교회사 연구소, 1986-2008.

G. H. Jones, 옥성득 옮김, 『한국 교회 형성사』, 홍성사, 2013.

M. Courant, 이희재 옮김, 『한국서지』, 일조각 1994(*Bibliographie Coréene*, 1894~1896, 1901).

M. Courant, P. Grotte·조은미 옮김, 『프랑스 문헌학자 모리스 쿠랑이 본 한국의 역사와 문화』, 살림, 2009(Collège de France ed, *Études Coréennes de Maurice Courant*, Paris: Éditions du Léopard cl'r, 1983).

H. A. Rhodes, 최재건 옮김, 『미국 북장로교 한국선교회사』, 연세대 출판부, 2009.

H. B. Hulbert, 신복룡 옮김, 『대한제국멸망사』, 집문당, 1999[*The Passing of Korea*, 1906].

H. B. Hulbert, 마도경·문희경 옮김, 『한국사 드라마가 되다』 1~2, 리베르, 2009(*The History of Korea* 1-2, 1905).

H. G. Arnous, 송재용, 추태화 옮김, 『조선의 설화와 전설』, 제이앤씨, 2007(*Korea, Märchen und Legenden*, 1893).

H. G. Underwood, 이광린 옮김, 『한국개신교수용사』, 일조각, 1989 (*The Call of Korea*, 1908).

W. E. Griffis, 신복룡 역주, 『은자의 나라 한국』, 집문당, 1999(*Corea, The Hermit Nation*, 1882).

J. Ross, 홍경숙 옮김, 『존 로스의 한국사』, 살림, 2010(*History of Corea*, 1891).

J. S. Gale, 권혁일 옮김, 『제임스 게일』, KIAT, 2012.

J. S. Gale, 김인수 옮김, 『제임스 S. 게일 목사의 선교편지』, 쿰란출판사, 2009.

J. S. Gale, 신복룡 옮김, 『전환기의 조선』, 집문당, 1999(*Korea in Transition*, 1909).

J. S. Gale, 장문평 옮김, 『코리언 스케치』, 현암사, 1970(*Korean Sketches*,

1898).

L. H. Underwood, 이만열 옮김, 『언더우드 한국에 온 첫 선교사』, 기독교문사, 1990(*Underwood of Korea*, 1918)

P. Lowell, 조경철 옮김, 『내 기억 속의 조선, 조선사람들』, 예담, 2011(*Chosön, the Land of the Morning Calm*, 1888).

關野貞, 강태진 역, 『한국의 건축과 예술』, 산업도서 출판공사, 1990.

高橋亨, 박미경 편역, 『다카하시 도루의 조선속담집』, 어문학사, 2006(『朝鮮の俚諺集附物語』, 1914).

高橋亨, 구인모 옮김, 『식민지 조선인을 논하다: 다카하시 도루가 쓰고 조선총독부가 펴낸 책 『조선인』』, 동국대 출판부, 2010(『朝鮮人』, 1921).

高橋亨, 이시준·김광식·조은애·김영주 옮김, 『조선이야기집과 속담』, 박문사, 2016(『朝鮮の物語集附俚諺』, 1910).

『게일 유고(*James Scarth Gale Papers*)』(토론토대 토마스피셔 희귀본 장서실 소장).

『플랑시 문서철(*PA-AP, Collin de Plancy*)』 2.

The Korea Magazine, The Christian Literature Society of Korea, 1917~1919(연세대학교 소장, 자료형태 : 1 microfilm reel ; 35mm)

The Korea Bookman, The Christian Literature Society of Korea, 1920~1925(연세대학교 소장, 자료형태 : 1 microfilm reel ; 35mm)

"A Celebrated Monument Marking the Fall of Pak-je," *The Korea Review* II, 1902.

"Antiquarian Study," *The Korea Magazine* Ⅱ, 1918.

"Tan Goon (Legendary Founder of Korea)," *The Korea Magazine* I, 1917.

"The Oldest Relic in Korea(Tangan's Altar, Kangwha Island)," *The Korea Review* Ⅳ, 1904.

"The Tomb on the Chosen Christian College Grounds," *The Korea Magazine* Ⅱ, 1918.

"The Treasures of Kyong-ju," *The Korea Review* Ⅱ, 1902.

A. H. Kenmure, "Bobliographie Coréene," *The Korean Repository* Ⅳ, 1897.

A. Wylie, *Notes on Chinese literature*, Shanghai: American Presbyterian Mission Press ; London: Trübner & Co. 60, Peternoster Row 1867.

B. Trollope, "Corean Books and Their Authors," *The Transactions of the Korea Branch of the Royal Asiatic Society* 21, seoul : Korea, 1932.

C. Madrolle, *Chine du Nord et de l'Ouest : Corée, le transsibé*, Comité de l'Asie française (Paris), 1904.

D. J. Macgowan, "Notes on Recent Russian Archaic Researches adjacent to Korea and Remarks on Korean Stone Implements," *The Korean Repository* I, 1892.

G. H. Jones, "Ch'oe Ch'I-Wun: His life and Times," *The Transactions of Korea Branch Of Royal Asiatic Society* III, 1903.

_________, "Historical Résumé of the Youth' Primer," *The Korean Repository* Ⅱ, 1895. 4.

_________, "Sul Chong, Father Korean Literature," *The Korea Review* Ⅰ, 1901.

_________, "The Native Religion," *The Korea Mission Field* 1908. 11.

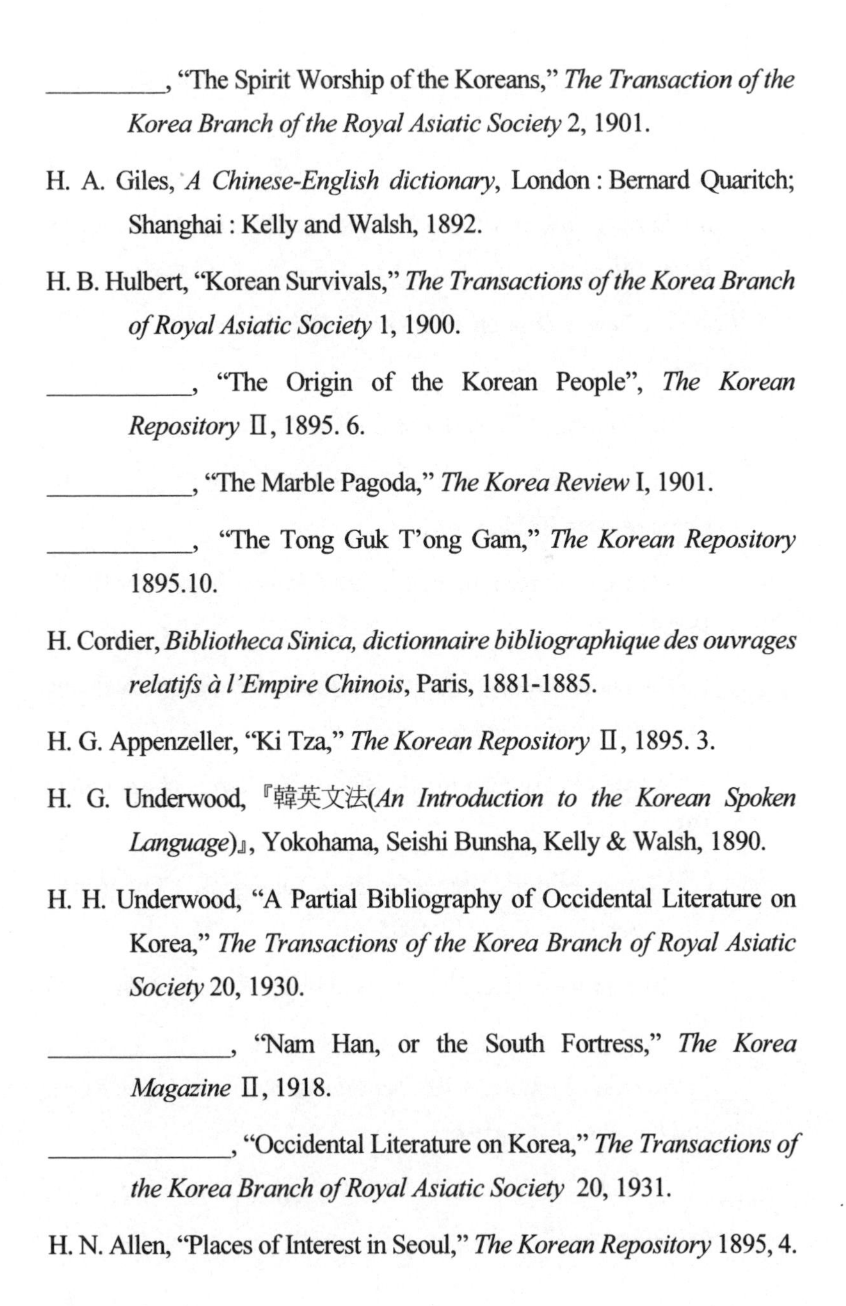

__________, “The Spirit Worship of the Koreans,” *The Transaction of the Korea Branch of the Royal Asiatic Society* 2, 1901.

H. A. Giles, *A Chinese-English dictionary*, London : Bernard Quaritch; Shanghai : Kelly and Walsh, 1892.

H. B. Hulbert, “Korean Survivals,” *The Transactions of the Korea Branch of Royal Asiatic Society* 1, 1900.

__________, “The Origin of the Korean People”, *The Korean Repository* Ⅱ, 1895. 6.

__________, “The Marble Pagoda,” *The Korea Review* I, 1901.

__________, “The Tong Guk T’ong Gam,” *The Korean Repository* 1895.10.

H. Cordier, *Bibliotheca Sinica, dictionnaire bibliographique des ouvrages relatifs à l’Empire Chinois*, Paris, 1881-1885.

H. G. Appenzeller, “Ki Tza,” *The Korean Repository* Ⅱ, 1895. 3.

H. G. Underwood, 『韓英文法(*An Introduction to the Korean Spoken Language*)』, Yokohama, Seishi Bunsha, Kelly & Walsh, 1890.

H. H. Underwood, “A Partial Bibliography of Occidental Literature on Korea,” *The Transactions of the Korea Branch of Royal Asiatic Society* 20, 1930.

__________, “Nam Han, or the South Fortress,” *The Korea Magazine* Ⅱ, 1918.

__________, “Occidental Literature on Korea,” *The Transactions of the Korea Branch of Royal Asiatic Society* 20, 1931.

H. N. Allen, “Places of Interest in Seoul,” *The Korean Repository* 1895, 4.

_________, *Korea, Fact and Fancy*, Seoul : Methodist Publishing House, 1911.

_________, *Korean Tales: Being a Collection of Stories Translated from the Korean Folk Lore*, New York & London : The Nickerbocker Press, 1889.

J. S. Gale, "A Few Words on Literature," *The Korean Repository* Ⅱ, 1895.11.

________, "A Contrast," *The Korea Mission Field*, 1909.

________, "A Korean Ancient Seal — From the Book of Changes," The Korea Mission Field 1936. 2.

________, "Ancient Korean Remains," *The Korea Magazine* Ⅱ~Ⅲ, 1918~1919.

________, "Corean Literature," *The North China Herald and Supreme Court & Consular Gazette*, 1902. 6.11.

________, "Korea's Preparation for the Bible," *The Korea Mission Field* 1914. 1.

________, "Korean History(Translated from Tong-gook T'ong-gam)," *The Korean Repository* Ⅱ, 1895. 9.

________, "Korean Ideas of God," *The Missionary Review of the world* 1900. 9.

________, "Korean Literature," *The Christian Movement in Japan, Korea and Formosa*, Kobe, 1923.

________, "Korean Literature(1): How to approach it," *The Korea Magazine* Ⅰ, 1917. 7.

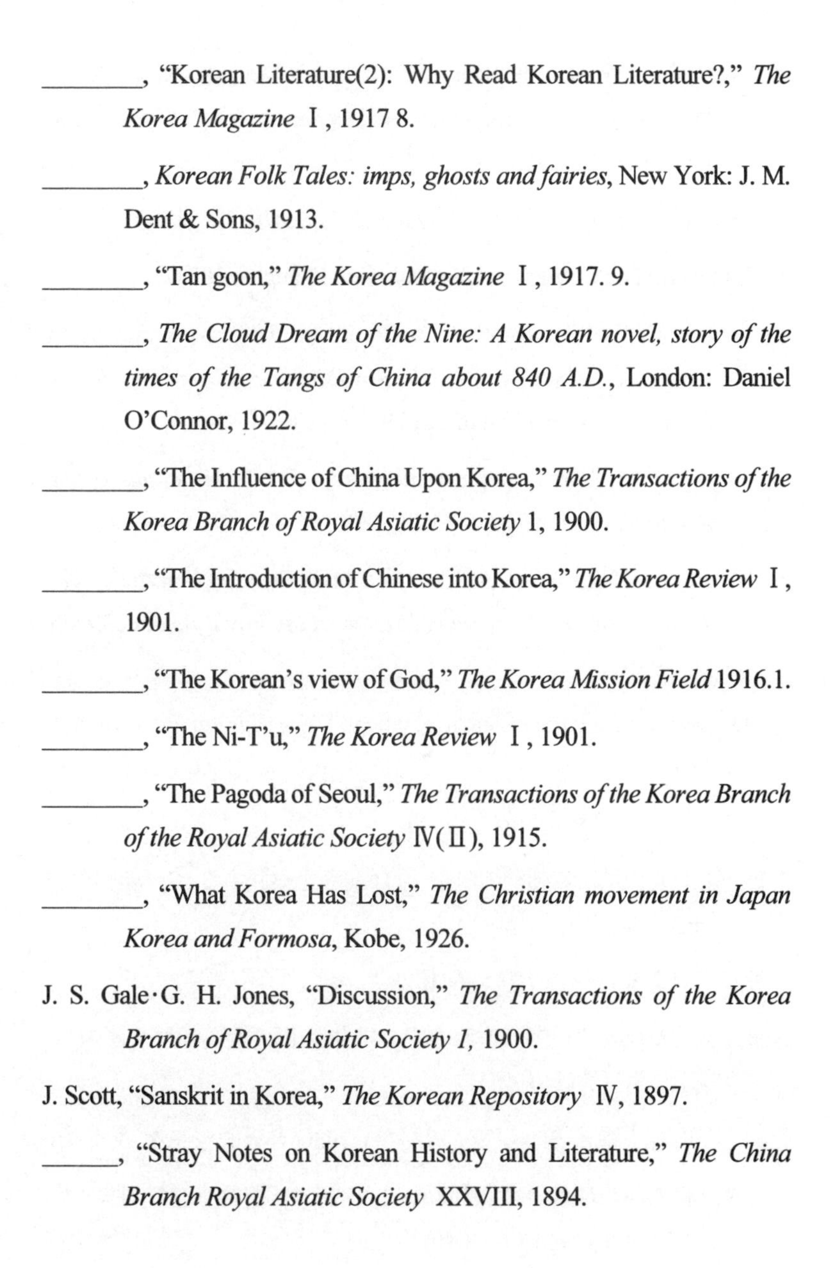

________, "Korean Literature(2): Why Read Korean Literature?," *The Korea Magazine* Ⅰ, 1917 8.

________, *Korean Folk Tales: imps, ghosts and fairies*, New York: J. M. Dent & Sons, 1913.

________, "Tan goon," *The Korea Magazine* Ⅰ, 1917. 9.

________, *The Cloud Dream of the Nine: A Korean novel, story of the times of the Tangs of China about 840 A.D.*, London: Daniel O'Connor, 1922.

________, "The Influence of China Upon Korea," *The Transactions of the Korea Branch of Royal Asiatic Society* 1, 1900.

________, "The Introduction of Chinese into Korea," *The Korea Review* Ⅰ, 1901.

________, "The Korean's view of God," *The Korea Mission Field* 1916.1.

________, "The Ni-T'u," *The Korea Review* Ⅰ, 1901.

________, "The Pagoda of Seoul," *The Transactions of the Korea Branch of the Royal Asiatic Society* Ⅳ(Ⅱ), 1915.

________, "What Korea Has Lost," *The Christian movement in Japan Korea and Formosa*, Kobe, 1926.

J. S. Gale·G. H. Jones, "Discussion," *The Transactions of the Korea Branch of Royal Asiatic Society 1,* 1900.

J. Scott, "Sanskrit in Korea," *The Korean Repository* Ⅳ, 1897.

______, "Stray Notes on Korean History and Literature," *The China Branch Royal Asiatic Society* XXVIII, 1894.

Mr. Margarie, Trans. Mr. Korylin, "Kitchen Mounds Near Korea. Proceedings Soc. for study of Amoor region," *The Korean Repository* I, 1892.

W. C. Rufus, "Trip to Kyungju," *The Korea Magazine* I, 1917.

W. F. Mayers, *The Chinese reader's manual*, Shanghai,1874.

W. G. Aston, "A Comparative Study of the Japanese and Korean Languages," *The Journal of the Royal Asiatic of Great Britain and Ireland, new series* XI(III), 1879.

__________, "On Corean popular literature," *The Transactions of the Asiatic Society of Japan* XVIII, 1890.

W. M. Royds, "Introduction to Courant's "Bibiliográpie Coreene"," *The Transactions of the Korean Branch of the Royal Asiatic Society* 25, 1936.

Z, "Discovery of an Important Monument," *The Korean Repository* I, 1892.

金沢庄三郎 編, 『辞林』, 三省堂, 1911.

奇一, 「歐美人の見たる朝鮮の將來: 余は前途を樂觀する」 2, 『朝鮮思想通信』 788, 1928.

김종무, 「我觀春香傳」, 『淸凉』 6, 1928.

趙鏡夏 譯, 島中雄三 校閱, 「廣寒樓記」, 細井肇 編, 『通俗朝鮮文庫』4(京城: 自由討究社, 1921)

朝鮮總督府 編, 『朝鮮辭書原稿』(필사본), 1920(국립중앙도서관 소장).

高橋亨, 「檀君傳說に就きて」, 『同源』 1, 1920. 2(「檀君傳說에 대하여」, 『매일신보』1920.3.6.~3.10).

______, 「檀君傳說攷(煎論文漢譯)」, 『同源』 1, 1920. 2.

______, 「朝鮮文學研究: 朝鮮の小說」, 『日本文學講座』 15, 東京: 新潮社, 1927.

______, 『朝鮮の物語集附俚諺』, 京城: 日韓書房, 1910[이시준·장경남·김광식 편, 『조선이야기집과 속담』, 제이앤씨, 2012].

______, 『朝鮮の俚諺集附物語』, 京城: 日韓書房, 1914.

______, 『朝鮮人』, 京城: 朝鮮總督府, 1921.

關野貞, 『韓國建築調査報告』, 東京: 東京帝國大學工科大學, 1904.

______, 『朝鮮の建築と藝術』, 東京: 岩波書店, 1941.

島中雄三, 「自由討究社趣意書」, 『通俗朝鮮文庫』2, 自由討究社, 1921.

淺見倫太郎, 「朝鮮古書目錄總敍」, 『朝鮮古書目錄』, 京城 : 朝鮮古書刊行會, 1911.

_________, 『朝鮮藝文志』, 京城: 朝鮮總督府, 1912.

岡倉由三郎, 「朝鮮の文學」, 『哲學雜誌』 8(74~75), 1893. 4~5.

小倉親雄, 「(モーリスクーラン)朝鮮書誌序論」, 『挿畵』, 1941.

井上十吉 編, 『和英辞典 : 新訳』, 三省堂, 1909.

船岡獻治 譯, 金澤庄三郎, 小倉進平, 林圭, 李完應 玄檍 교열, 『鮮譯國語大辞典』, 東京 : 大阪屋號書店(간행), 京城 : 日韓印刷所, 1919.

細井肇, 「廣寒樓記の卷末に」, 『通俗朝鮮文庫』 4, 京城: 自由討究社, 1921.

細井肇, 「鮮滿叢書 第一卷の卷頭に」, 『鮮滿叢書』 1, 京城: 自由討究社, 1922.

______, 『通俗朝鮮文庫』 7, 東京: 自由討究社, 1921.

______, 「莊陵誌の譯述について」, 『通俗朝鮮文庫』2, 自由討究社, 1921.

______, 「薔花紅蓮傳を閱了して」, 『通俗朝鮮文庫』 10, 京城: 自由討究社, 1921.

______, 『朝鮮文化史論』, 京城: 朝鮮硏究會, 1911.

______, 『朝鮮文學傑作集』, 東京: 奉公會, 1924.

細井肇, 「莊陵誌の譯述について」, 『通俗朝鮮文庫』2, 自由討究社, 1921

윤애선·이은령·김인택·서민정, 『웹으로 보는 한불자뎐-1880 v.1.0』 (D-2008- 000026)

________________________, 『웹으로 보는 한영자뎐-1911 v.1.0』 (D-2008- 000027)

윤애선, 이은령, 『웹으로 보는 조선총독부사전(1.0 v.)』

국립문화재연구소 http://www.nrich.go.kr/

한국고전종합DB http://db.itkc.or.kr/

한국역사정보통합시스템 http://www.koreanhistory.or.kr/

국립국어원 표준국어대사전 http://stdweb2.korean.go.kr/

2. 참고논저

(1) 단행본

구자균, 「Korea Fact and Fancy의 書評」, 『아세아연구』 6(2), 고려대 아세아문제연구소, 1963.

구인모, 『한국 근대시의 이상과 허상』, 소명출판, 2008.

권보드래, 『연애의 시대』, 현실문화연구, 2003.

권순긍, 『활자본 고소설의 편폭과 지향』, 보고사, 2000

권오성·이태진·최원식 편, 『自山安廓國學論著集』6, 여강출판사, 1994.

고영근, 『민족어학의 건설과 발전』, 제이앤씨, 2010.

김동욱· 김태준· 설성경, 『춘향전 비교연구』, 삼영사, 1979.

김민수, 『신국어학사(전정판)』, 일조각, 1980.

김민수 외, 『외국인의 한글연구』, 태학사, 1997.

김승우, 『19세기 서구인들이 인식한 한국의 시와 노래』, 소명출판, 2014.

김승태, 『한말·일제 강점기 선교사 연구』, 한국기독교역사연구소, 2006.

김윤식, 『이광수와 그의 시대』 1~2, 솔, 2008[1999].

김영남, 『시조신화 연구』, 제이앤씨, 2008.

김종서, 『서양인의 한국종교연구』, 서울대 출판부, 2006.

다카사키 소지, 최혜주 옮김, 『일본 망언의 계보』, 한울아카데미, 2009.

류대영·옥성득·이만열, 『대한성서공회사』Ⅱ, 대한성서공회, 1994.

류대영, 『초기 미국선교사 연구』, 한국기독교역사연구소, 2001.

______, 『한국 근현대사와 기독교』, 푸른역사, 2009.

박갑수, 『고전문학의 문체와 표현』, 집문당, 2005.

박영주, 『판소리 사설의 특성과 미학』, 보고사, 2000.

박찬승, 『한국근대 정치사상사 연구 : 민족주의 우파의 실력양성운동론』, 역사비평사, 1992.

배수찬, 『세계화 시대의 인문학 책읽기』, 아포리아, 2015

부산대 인문학연구소, 『한불자전 연구』, 소명출판, 2013.

부산대 점필재연구소 고전번역학 센터 편, 『동아시아, 근대를 번역하다 : 문명의 전환과 고전의 발견』, 점필재, 2013.

살바토레 세티스, 김운찬 옮김, 『고전의 미래 : 우리에게 고전이란 무엇인가』, 길, 2009.

설성경 편, 『춘향전 연구의 과제와 전망』, 국학자료원, 2004.

백낙준, 『한국개신교사』, 연세대 출판부, 1973.

오윤선, 『한국고소설 영역본으로의 초대』, 집문당, 2008.

유영식, 『착훈 목자: 게일의 삶과 선교』 1, 도서출판 진흥, 2013.

육당연구학회 편, 『최남선과 근대 지식의 기획』, 현실문화, 2015.

육당연구학회 편, 『최남선 다시 읽기: 최남선으로 바라본 근대 한국학의 탄생』, 현실문화, 2009.

윤희흠 편,『단군, 그 이해와 자료』, 서울대 출판부, 2001.

이각규, 『한국의 근대박람회』, 커뮤티케이션북스, 2010.

이병근, 『한국어 사전의 역사와 방향』, 태학사, 2000.

이상현, 『한국 고전번역가의 초상, 게일의 고전학 담론과 고소설 번역의 지평』, 소명출판, 2013.

이상현·윤설희, 『주변부 고전의 번역과 횡단 1, 외국인의 한국시가 담론 연구』, 역락출판사, 2017.

이상현·임상석·이준환, 『주변부 고전의 번역과 횡단 2, 유몽천자 연구』, 역락, 2017.

이순자, 『일제강점기 고적조사사업 연구』, 경인문화사, 2009.

이연숙, 고영진·임경화 옮김, 『국어라는 사상』, 소명, 2006.

이연숙, 이재봉·사이키 카쓰히로 옮김, 『말이라는 환영』, 심산출판사, 2012.

이창헌, 『경판방각소설 판본연구』, 태학사, 2000.

인권환 편, 『홍부전연구』, 집문당, 1991.

정용수, 『청파이륙문학의 이해』, 세종출판사, 2005.

정충권, 『흥부전 연구』, 월인, 2003.

조희웅, 『이야기문학 모꼬지』, 박이정, 1995.

최박광 편, 『동아시아의 문화표상』, 박이정, 2007.

최주한, 『이광수와 식민지 문학의 윤리』, 소명출판, 2014.

황호덕·이상현, 『개념과 역사, 근대 한국의 이중어사전』 1, 박문사, 2012.

A. Giddens, 배은경·황정미 역, 『현대사회의 성·사랑·에로티시즘: 친밀성의 구조 변동』, 새물결, 2003.

A. Callinicos, 박형신 옮김, 『이론과 서사: 역사철학에 대한 성찰』, 일신사, 2002.

F. Boulesteix, 이향·김정연 옮김, 『착한 미개인 동양의 현자』, 풀빛, 2002.

L. H. Liu, 민정기 옮김, 『언어횡단적 실천』, 소명출판, 2005.

R. Jacobson, 권재일 옮김, 『일반언어학이론』, 민음사, 1989.

安田敏朗, 이진호 외역, 『「언어」의 구축: 오구라 신페이와 식민지 조선』, 제이앤씨 2009.

鈴木貞美, 김채수 옮김, 『일본의 문학개념: 동서의 문학개념과 비교고찰』, 보고사, 2001.

Richard Rutt, *James Scarth Gale and his History of Korean People*, Seoul : the Royal Asiatic Society, 1972.

小倉進平, 『增訂朝鮮語學史』, 刀江書院, 1940.

⑵ 참고논문

강진모, 「『고본 춘향전』의 성립과 그에 따른 고소설의 위상 변화」, 연세대 석사논문, 2003.

강용훈, 「개념의 지표를 공유하는 또 다른 방식 - 황호덕·이상현, 『개념과 역사, 근대 한국의 이중어사전』 1·2(박문사, 2012)」, 『개념과 소통』 10, 한림과학원, 2012.

______, 「이중어사전 연구 동향과 근대 개념어의 번역」, 『개념과 소통』 9, 한림과학원 2012.

강인욱, 「러시아 연해주 출토 석검의 연구」, 『동북아문화연구』 28, 동북아시아문화학회, 2011.

강 현, 「건축 문화재의 원형 개념과 보존의 관계-한국 목조건축문화재 수리 역사의 비판적 검토를 중심으로」, 『문화재』 49(1), 국립문화재연구소, 2016.

______, 「關野貞과 건축문화재 보존」, 『건축역사연구』 41, 한국건축역사학회, 2005.

강혜정, 「20世紀 前半期 古時調 英譯의 展開樣相」, 고려대학교 박사학위논문, 2013.

구자균, 「Korea Fact and Fancy의 書評」, 『亞細亞硏究』 6(2), 고려대 아세아문제연구소, 1963.

권보드래, 「3·1운동과 "개조"의 후예들: 식민지 시기 후일담 소설의 계보」, 『민족문학사연구』 58, 민족문학사연구소, 2015.

권순긍,「근대의 충격과 고소설의 대응: 개·신작 고소설에 투영된 '남녀관계'의 소설사적 고찰」, 『고소설연구』 18, 한국고소설학회, 2004.

권순긍·한재표·이상현,「『게일문서』(Gale, James Scarth Papers) 소재 <심청전>, <토생전> 영역본의 발굴과 의의」, 『고소설연구』 30, 한국고소설학회, 2010.

권혁래, 「근대 초기 설화·고전소설집 『조선물어집』의 성격과 문학사적 의의」, 『한국언어문학』64, 한국언어문학회, 2008.

______, 「다카하시(高橋) 본 춘향전의 특징과 의의」, 『고소설연구』 24, 한국고소설학회, 2007.

김광식, 「우스다 잔운(薄田斬雲)과 한국설화집 「조선총화」에 대한 연구」,

『동화와 번역』 20, 건국대 동화와 번역연구소, 2010

김경일, 「편집자로서의 초기 선교사 언더우드」, 『출판학연구』 35, 한국출판학회, 1993.

김남이, 「20세기 초 한국의 문명전환과 번역: 중역과 역술의 문제를 중심으로」, 『어문논집』63, 민족어문학회, 2011.

김석봉, 「식민지 시기 『동아일보』 문인 재생산 구조에 관한 연구」, 『민족문학사연구』 30, 민족문학사연구소, 2006.

김승우, 「구한말 선교사 호머 헐버트의 한국시가인식」, 『한국시가연구』 31, 한국시가학회, 2011.

김영민, 「근대 계몽기 기독교 신문과 한국 근대 서사문학」, 『동방학지』 127, 연세대 국학연구원, 2004.

______, 「한국시가에 대한 구한말 서양인들의 고찰과 인식」, 『어문논집』 64, 민족어문학회, 2011.

김인택, 「19세기 서양인의 한국어 문자와 음운현상에 대한 기술」, 『코기토』73, 부산대 인문학연구소, 2013.

김왕직·이상해, 「목조 건조물문화재의 보존이론에 관한 연구: 일본 건조물문화재의 수리사례를 중심으로」, 『건축역사연구』 11(3), 한국건축역사학회, 2004.

김해경·김영수·윤혜진, 「설계도서를 중심으로 본 1910년대 탑골공원의 성립과정」, 『한국전통조경학회지』 31(2), 한국전통조경학회, 2013.

김동욱, 「『유몽천자』연구: 한국어 독본으로서의 성격을 중심으로」, 부산대학교 석사학위논문, 2013.

김성은, 「선교사 게일의 번역문체에 관하여: 『천로역정』 번역을 중심으로」,『한국기독교와 역사』31, 한국기독교역사학회, 2009.

김성철,「19세기 후반~20세기 초반 서양인들의 한국 문학 인식 과정에서 드러나는 서구 중심적 시각과 번역 태도」,『우리문학연구』39, 우리문학회, 2013.

김승우,「한국詩歌에 대한 구한말 서양인들의 고찰과 인식: James Scarth Gale을 중심으로」,『어문논집』64, 민족어문학회, 2011.

김영민,「근대 계몽기 기독교 신문과 한국 근대 서사문학:『죠션크리스도인회보』와『그리스도신문』을 중심으로」,『동방학지』127, 연세대 국학연구원, 2004.

김정환,「뮈텔 주교의 한국천주교회사 자료 발굴과 이해」,『한국사학사학보』23, 한국사학사학회, 2011.

김준형,「한국문학사 서술의 경과 : 고전문학사 서술을 중심으로」,『민족문학사연구』43, 민족문학사연구소, 2010.

김진영,「<백학선전>의 소재적 특성과 이합구조」,『국어국문학』120, 국어국문학회, 1997.

김태웅,「1910년대 전반 조선총독부의 취조국·참사관실과 '舊慣制度調査事業」,『규장각』16, 서울대 규장각 한국학연구원, 1993.

_____,「일제 강점 초기의 규장각 도서정리사업」,『규장각』18, 서울대 규장각 한국학연구원, 1995.

김창수,「日愚 姜宇奎 義士의 思想과 抗日義烈鬪爭」,『이화사학연구』30, 이화사학회, 2003.

김창현,「「흥부전」의 주제와 현대적 의미」,『비교문학』41, 한국비교문학회, 2007.

남궁원,「개화기 교과서의 한자, 한자어 교수-학습방법」,『한자 한문교육』 18, 2007.

______, 「선교사 기일[James Scarth Gale]의 한문교과서 집필배경과 교과서의 특징」, 『동양한문학연구』 25, 2007.

도태현, 「『朝鮮圖書解題』의 목록적 특성에 관한 연구」, 『한국도서관정보학회지』 34(2), 한국도서관정보학회, 2003.

마이클 김, 「서양인들이 본 조선후기와 일제초기 출판문화의 모습: 대중소설의 수용과 유통문제를 중심으로」, 『열상고전연구』 19, 열상고전연구회, 2004.

마이클 크로닌, 「인문학, 번역, 미시정치학」, 『코기토』 71, 부산대 인문학연구소, 2012.

류대영, 「선교사들의 한국종교이해, 1890~1931」, 『한국 근현대사와 기독교』, 푸른역사, 2009.

류준필, 「'문명', '문화' 관념의 형성과 '국문학'의 발생: '국문학' 이라는 이데올로기 서설」, 『민족문학사연구』 18, 민족문학사연구소, 2001.

______, 「1910~20년대 초 한국에서 자국학 이념의 형성 과정: 최남선과 안확을 중심으로」, 『대동문화연구』 52, 성균관대 대동문화연구소, 2005.

서신혜, 「일제시대 일본인의 古書刊行과 호소이 하지메의 활동-고소설 분야를 중심으로」, 『온지논총』 16, 온지학회, 2007.

신상철, 「19세기 프랑스 박물관에서의 한국미술 전시 역사」, 『한국학연구』45, 고려대 한국학연구소, 2013.

박상석, 「추풍감별곡 연구」, 연세대 석사학위논문, 2007.

박상준, 「역사 속의 비극적 개인과 계몽 의식: 춘원 이광수의 1920년대 역사소설 논고」, 『우리말글』 28, 우리말글학회, 2003.

박상현, 「번역으로 발견된 '조선(인)': 자유토구사의 조선고서번역을 중심으로」, 『일본문화학보』 46, 한국일본문화학회, 2010.

_____, 「제국일본과 번역: 호소이 하지메의 조선 고소설 번역을 중심으로」, 『일어일문학연구』 71(2) 한국일어일문학회, 2009.

_____, 「호소이 하지메(細井肇)의 일본어 번역본 『장화홍련전(薔花紅蓮傳) 연구』」, 『일본문화학』37, 동아시아일본학회, 2011.

박선애, 「1910년대 총독부의 조선 문화재 조사 사업에 관하여」, 『역사와 경계』 69, 부산경남사학회, 2008.

박영석, 「대종교의 독립운동에 관한 연구」, 『사총』21·22, 고대사학회, 1977.

박윤희, 「『朝鮮圖書解題』의 수록도서에 대한 서지학적 고찰」, 이화여대 석사학위논문, 1992.

박재연·김영, 「애스턴 구장 번역고소설 필사본 『隨史遺文』 연구 : 고어 자료를 중심으로」, 『어문논총』 23, 국민대 어문학연구소, 2004.

박정세, 「게일 목사와 『텬로역뎡』」, 『게일목사 탄생 150주년 기념 논문집』, 연동교회, 2013.

박종천, 「「척사윤음」연구」, 『종교학연구』18, 서울대 종교학연구소, 1999.

박진영, 「천리구 김동성과 셜록 홈스 번역의 역사: 『동아일보』 연재소설 『붉은 실』」, 『상허학보』 27, 상허학회, 2009.

박진완, 「러시아 동방학연구소 애스턴 문고의 한글자료」, 『한국어학』 46, 한국어학회, 2010.

박 환, 「姜宇奎의 의열투쟁과 독립사상」, 『한국민족운동사연구』55, 한국민족운동사학회, 2008.

박희병, 「天台山人의 국문학연구: 그 경로와 방법(상)」, 『민족문학사연구』 3(1), 민족문학사 연구소, 1993.

______, 「天台山人의 국문학연구: 그 경로와 방법(하)」, 『민족문학사연구』 4(1), 민족문학사 연구소, 1993.

백주희, 「J. S. Gale의 『Korean Folk Tales』 연구: 임방의 『천예록』 번역을 중심으로」, 성균관대 석사학위논문, 2008.

서신혜, 「일제시대 일본인의 古書刊行과 호소이 하지메의 활동: 고소설 분야를 중심으로」, 『온지논총』 16, 온지학회, 2007.

서유석, 「20세기 초반 활자본 춘향전의 변모양상과 그 의미: 『옥중화』 계통본을 중심으로」, 『판소리연구』24, 판소리학회, 2007.

서준섭, 「안자산의 『조선문학사』에 대하여」, 『국어교육』 35, 한국국어교육학회, 1979.

소요한, 「헐버트 선교사의 한국사 연구: 새로 발굴된 『동사강요』를 중심으로」, 『대학과 선교』 30, 한국대학선교학회, 2016

신상필·이상현, 「게일 『청파극담』영역본 연구」, 『고소설연구』 35, 한국고소설학회, 2013.

안성호, 「19세기 중반 중국어 대표자 번역에서 발생한 '용어논쟁'이 초기 한국성서번역에 미친 영향」, 『한국기독교와 역사』 30, 한국기독교역사연구소, 2001.

______, 「1910년 에딘버러 세계선교사대회의 성취이론에 대한 재고」, 『한국기독교사연구소소식』91, 2010.

옥성득, 「초기 한국교회의 단군신화 이해」, 이만열 편, 『한국기독교와 민족통일운동』, 한국기독교역사연구소, 2001.

우동선, 「세끼노 타다시(關野貞)의 한국 고건축 조사와 보존에 대한 연구」, 『한국근현대미술사학』11, 한국근현대미술사학회, 2003.

우쾌재, 「조선연구회 고서진서간행의 의도고찰」, 『민족문화논총』 4, 인천대 민족문화연구소, 1999.

유승훈, 「일제시기 문화재보호법의 '중점보호주의'와 '포괄적 법제'에 관하여」, 『역사민속학』 17, 한국역사민속학회, 2003.

유승환, 「이광수의 『춘향』과 조선 국민문학의 기획」, 『민족문학사연구』 56, 민족문학사연구소, 2014.

유영식, 「제임스 게일의 삶과 선교」, 『부산의 첫 선교사들』, 한국장로교출판사, 2007.

윤소영, 「호소이 하지메(細井肇)의 조선인식과 '제국의 꿈'」, 『한국근현대사연구』 45, 한국근현대사학회, 2008.

윤애선, 「개화기 한국어문법연구사의 고리 맞추기」, 『코기토』73, 부산대 인문학연구소, 2013.

______, 「지식베이스 구축을 위한 『한불ᄌ뎐』(1880)」, 『불어불문학연구』, 한국불어불문학회, 2009.

______, 「파리 외방전교회의 19세기 한국어 문법 문헌 간의 영향 관계: Grammaire Coréenne(인쇄본), Grammaire Coréenne(육필본), Histoire de l'église de Corée의 비교」, 『교회사연구』 45, 한국교회사연구소, 2014.

______, 「LEXml을 이용한 『한영자전』(1911)의 지식베이스 설계: 『한불ᄌ뎐』(1880)과의 통합적 지식베이스 구축을 위하여」, 『불어불문학연구』 87, 한국불어불문학회, 2011.

윤영실, 「최남선의 근대 '문학' 관념 형성과 고전'문학'의 수립」, 『국어국문학』 150, 국어국문학회, 2008.

이경돈, 「근대문학의 이념과 문학의 관습」, 『민족문학사연구』 26, 민족문학사연구소, 2004.

이병근, 「서양인 편찬의 개화기 한국어 대역사전과 근대화」, 『한국문화』 28, 서울대 규장각 한국원, 2001.

이문성, 「판소리계 소설의 해외영문번역 현황과 전망」, 『한국학연구』 38, 고려대 한국학연구소, 2011.

이상현, 「근대 조선어·조선문학의 혼종적 기원: 「조선인의 심의」(1947)에 내재된 세 줄기의 역사」, 『사이間SAI』 8, 국제한국문학문화학회, 2010.

______, 「동양 이문화의 표상 일부다처를 둘러싼 근대 <구운몽> 읽기의 세 국면: 스콧·게일·김태준의 <구운몽> 읽기」, 『동아시아고대학』 15, 동아시아고대학회, 2007.

______, 「언더우드 이중어사전의 간행과 한국어의 재편과정」,『동방학지』151, 연세대 국학연구원, 2010.

______, 「묻혀진 <심청전> 정전화의 계보: 알렌(H. N. Allen), 호소이(細井肇), 게일(J. S. Gale) <심청전> 번역본의 연대기」, 『고소설연구』 32, 한국고소설학회, 2011.

______, 「제국들의 조선학, 정전의 통국가적 구성과 유통: 『天倪錄』, 『靑坡劇談』소재 이야기의 재배치와 번역·재현된 '朝鮮' 」, 『한국근대문학연구』 18, 한국근대문학회, 2008.

______, 「『천예록』, 『조선설화 : 마귀, 귀신 그리고 요정들』 소재 <옥소선·일타홍 이야기>의 재현양상과 그 의미」, 『한국언어문화』 33, 한국언어문화학회, 2007.

______, 「<춘향전> 소설어의 재편과정과 번역: 게일 <춘향전> 영역본(1917) 출현과 그 의미」, 『고소설연구』 30, 한국고소설학회, 2010.

______, 「한국고전작가의 발견과 서양인 문헌학의 계보」, 『인문사회 21』 8(4), 사단법인 아시아문화학술원, 2017.

______, 「한국주재 영국외교관, 스콧(J. Scott)의 '훈민정음 기원론'과 만연사본 『眞言集』」, 『한국언어문학』 99, 한국언어문학회, 2016

______, 「19세기 말 한국시가문학의 구성과 '문학텍스트'로서의 고시가: 모리스 쿠랑 한국시가론의 근대학술사적 의미」, 『비교문학』 61, 한국비교문학회, 2014.

이상현·김채현·윤설희, 「오카쿠라 요시사부로 한국문학론(1893)의 근대 학술사적 함의」, 『일본문화연구』50, 동아시아일본학회, 2014.

이상현·류충희, 「다카하시 조선문학론의 근대 학술사적 함의」, 『일본문화연구』42, 동아시아일본학회, 2012.

이상현·윤설희, 「19세기 말 재외 외국인의 한국시가론과 그 의미」, 『동아시아문화연구』 56, 한양대 동아시아문화연구소, 2014.

이상현·이은령, 「모리스 쿠랑의 『한국서지』와 훈민정음 기원론」, 『열상고전연구』 56, 열상고전연구회, 2017.

이상현·이진숙·장정아, 「<경판본 흥부전>의 두 가지 번역지평: 알렌, 쿠랑, 다카하시, 게일의 <흥부전> 번역사례를 중심으로」, 『열상고전연구』 47, 열상고전연구회, 2015.

이수정, 「한국의 문화재 보존·관리에 있어서 원형개념의 유입과 원형유지원칙의 성립, 그리고 발달과정」, 『문화재』 49(1), 국립문화재연구소, 2016.

이승일, 「조선총독부의 고기록 정리와 기록물 수집정책」, 『조선총독부의 공문서』, 역사비평사, 2007.

이영미, 「朝-美 修交 이전 서양인들의 한국 역사 서술」, 『한국사연구』 148, 한국사연구회, 2010.

______, 「쿠랑이 본 한국의 역사와 동아시아 속의 한국」, 『한국학연구』28, 인하대 한국학연구소, 2012.

이용민, 「게일과 헐버트의 한국사 이해: 서로의 상반된 사관의 중심으로」, 『교회사학』 6(1), 한국기독교회사학회, 2007.

이윤석, 「문학 연구자들의 <춘향전> 간행」, 『열상고전연구』 30, 열상고전연구회, 2009.

이은령, 「『한불자전』과 현대 한국어문학」, 『반교어문연구』 42, 반교어문학회, 2016.

______, 「『한어문전』의 문법기술과 품사구분: 문화소통의 관점에서 다시 보기」, 『프랑스학연구』56, 프랑스학회, 2012.

______, 「이중어사전으로 본 문화의 번역」, 『코기토』 11, 부산대 인문학연구소, 2011.

______, 「19세기 이중어 사전 『한불자전』(1880)과 『한영자전』(1911) 비교연구」, 『한국프랑스학논집』 72, 한국프랑스학회, 2010.

______, 「19세기 프랑스 동양학의 한국어 연구: 아벨 레뮈자(Abel-Rémusat)에서 레옹 드 로니(Léon de Rosny)까지」, 『코기토』 82, 부산대 인문학연구소, 2017

이은령·이상현, 「모리스 쿠랑의 서한과 한국학자의 세 가지 초상: 『플랑시 문서철』(PAAP, Collin de Plancy Victor)에 새겨진 젊은 한국학자의 영혼에 대하여」, 『열상고전연구』 44, 열상고전연구회, 2015.

이종두, 「안확의 『조선문학사』와 『조선문명사』비교연구」, 『대동문화연구』 73, 성균관대 대동문화연구원, 2011.

이종묵, 「일제강점기의 한문학 연구의 성과」, 『한국한시연구』 13, 한국한시학회, 2005.

이준환, 「개화기 및 일제 강점기 영한사전의 미시구조와 국어 어휘 및 번역어 고찰: 공통 표제어 대응 어휘를 중심으로」, 『대동문화연구』80, 성균관대 대동문화연구원, 2012.

______, 「英韓辭典 표제어의 다의성 및 다품사성, 뜻풀이어의 유의어 확대」, 『코기토』 73, 부산대 인문학연구소, 2012.

______, 「『字典釋要』의 체재상의 특징과 언어적 특징」, 『반교어문연구』 32, 반교어문학회, 2012.

______, 「朝鮮光文會 편찬 『新字典』의 體裁, 漢字音, 뜻풀이」, 『어문연구』 40(2), 한국어문교육연구회, 2012.

______, 「조선에서의 한국어학 연구의 형성과 전개에 영향을 끼친 유럽과 일본의 학술적 네트워크 탐색」, 『코기토』 82, 부산대 인문학연구소, 2017.

이지영, 「사전편찬사의 관점에서 본 『韓佛字典』의 특징—근대 국어의 유해류 및 19세기의 『國漢會語』, 『韓英字典』과의 비교를 중심으로」, 『한국문화』 48, 서울대 한국문화연구소, 2009.

이진숙·김채현, 「게일의 미간행 육필 <백학선전> 영역본 고찰」, 『열상고전연구』 54, 열상고전연구회, 2016.

이진숙·이상현, 「게일 유고」소재 한국고전번역물(2): 게일의 미간행 육필 <홍부전 영역본>에 대하여」, 『열상고전연구』 48, 열상고전연구회, 2015.

__________, 「『게일 유고』 소재 한국고전번역물(3): 게일의 미간행 육필 <홍길동전> 영역본에 대하여」, 『열상고전연구』 51, 열상고전연구회, 2016.

이진명, 「프랑스 국립도서관 및 동양어대학교 소장 한국학 자료의 현황과 연구동향」, 『국학연구』2, 국학연구소, 2003.

이혜령, 「1920년대 『동아일보』 학예면의 형성과정과 문학의 위치」, 『대동문화연구』 52, 성균관대 대동문화연구소, 2005.

이혜은, 「북미소재 한국고서에 관하여: 소장현황과 활용방안」, 『열상고전연구』36, 열상고전연구회, 2012.

이혜은·이희재, 「꼴레쥬 드 프랑스 소장 한국 고서의 현황과 활용방안」, 『한국문헌정보학회지』 45(4), 한국문헌정보학회, 2011.

이희재, 「모리스 꾸랑과 한국서지에 관한 고찰」, 『숙명여자대학교 논문집』, 숙명여자대학교 논문편집위원회, 1985.

이희환, 「식민지 체재하, 자국문학사의 수립이라는 난제: 안자산의 『조선문학사』가 놓인 동아시아 문학사의 맥락」, 『국학연구』 17, 한국국학진흥원, 2010.

임상석, 「고전의 근대적 재생산과 최남선의 국한문체 글쓰기 : 「조선광문회고백(朝鮮光文會告白)」 검토」, 『민족문학사연구』 44, 민족문학사연구소, 2010.

임정지, 「고전서사 초기 영역본(英譯本)에 나타난 조선의 이미지: Korean Tales와 Korean folk tales의 경우」, 『돈암어문학』 25, 돈암어문학회, 2012.

임형택, 「17세기 규방소설의 성립과 <창선감의록>」, 『동방학지』 57,

연세대 국학자료원, 1988.

장경남, 이시준, 「『백학선전』의 일역본 『여장군』의 번역양상과 의의」, 『민족문학사연구』 54, 민족문학사연구소, 2014.

장문석, 「판식의 증언: 『텬로력뎡』번역과 19세기말 조선어문의 전통들」, 『대동문화연구』 78, 성균관대 대동문화연구원, 2012.

장정아, 「'민족지'로서의 고소설 번역본과 시선의 문제: 홍종우의 불역본 『심청전 Le Bois sec refleuri』을 중심으로」, 『불어불문학연구』 109, 한국불어불문학회, 2017.

장정아·이상현·이은령, 「외국문학텍스트로서의 고소설 번역본 연구(Ⅱ): 홍종우의 불역본 『심청전』 Le Bois sec refleuri와 볼테르 그리고 19세기 말 프랑스문단의 문화생태」. 『한국프랑스학논집』 85, 한국프랑스학회, 2014.

장효현, 「구운몽 영역본의 비교연구」, Journal of Korean Culture 6, 고려대학교BK21 한국학연구단, 2004.

______, 「한국고전소설영역의 제문제」, 『고전문학연구』 19, 한국고전문학회, 2001.

정규복, 「구운몽 영역본考: Gale 박사의 The Cloud Dream of the Nine」, 『국어국문학』 21, 국어국문학회, 1959.

정대성, 「『춘향전』 일본어 번안 텍스트(1882~1945)의 계통학적 연구: <원전>의 전이양상과 多聲的 얽힘새」, 한국일본학보, 『일본학보』 43, 한국일본학회, 1999.

정병설, 「러시아 상트베테르부르크 동방학연구소 소장 한국 고서의 몇몇 특징」, 『규장각』34, 서울대 규장각한국학연구소, 2013.

정병호, 「이광수의 초기문학론과 일본 문학사의 편제」, 『일본학보』

59, 한국일본학회, 2004.

전상욱, 「<춘향전> 관련 자료 몇 종에 대하여」, 『국문학연구』 23, 국문학회, 2011.

_____, 「<춘향전> 초기 번역본의 변모 양상과 그 의미: 내부와 외부의 시각 차이」, 『고소설 연구』 37, 한국고소설학회, 2014.

_____, 「프랑스판 춘향전 Printemps Parfumé의 개작양상과 후대적 변모」, 『열상고전연구』 32, 열상고전연구회, 2010.

정수진, 「근대적 의미의 조선 문화, 예술」, 『한독사회과학논총』 15, 한독사회과학회, 2005.

_____, 「무형문화재에서 무형문화유산으로: 글로벌 시대의 문화표상」, 『동아시아문학연구』 53, 한양대 동아시아문화연구소, 2013.

_____, 「문화재 보호제도와 전통담론」, 『문화재』 47(3), 국립문화재연구소, 2014.

정용수, 『천예록 이본자료들의 성격과 화수문제」, 『한문학보』 7, 우리한문학회, 1998.

정출헌, 「국학파의 '조선학' 논리구성과 그 변모양상」, 『열상고전연구』27, 열상고전연구회, 2008.

_____, 「근대전환기 '소설'의 발견과 『조선소설사』의 탄생」, 『한국문학연구』 52, 동국대 한국문학연구소, 2016.

조재룡, 「중역과 근대의 모험: 횡단과 언어적 전환이라는 문제의식에 관하여」, 『탈경계인문학』 4(2), 이화여대 이화인문과학원, 2011.

_____, 「중역의 인식론: 그 모든 중역들의 중역과 근대 한국어」, 『아세아연구』54(3), 고려대 아세아문제연구소, 2011.

조현범, 「선교와 번역 : 한불자전과 19세기 조선의 종교용어들」, 『교회사연구』36, 한국교회사연구소, 2011.

조현설, 「근대 계몽기 단군 신화의 탈신화화와 재신화화」, 『민족문학사연구』32, 민족문학사학회, 2006.

_____, 「한중일 신화학의 여명과 근대적 심상지리의 형성」, 『민족문학사연구』16, 민족문학사연구소, 2000.

조희웅, 「韓國說話學史起稿: 西歐語 資料(第Ⅰ·Ⅱ期)를 중심으로」, 『동방학지』 53, 연세대 국학연구원, 1986.

진경돈, 박미나, 「근대초기 파리만국박람회(1900) 「한국관」의 건축과정과 초기 설계안의 디자인 특성에 관한 연구」, 『한국실내디자인학회논문집』68, 한국실내디자인학회, 2008.

진경돈, 박미나, 「1900년 파리 만국박람회 「한국관」의 건축경위 및 건축적 특성에 관한 연구」, 『한국실내디자인학회논문집』69, 한국실내디자인학회, 2008.

진재교, 「중학교 한문교육용 기초한자 900자의 교과서 활용방안」, 『한문교육연구』 31, 2008.

최주한, 「이광수의 민족개조론 재고」, 『인문논총』 70, 서울대 인문학연구원, 2013.

_____, 「이광수의 이중어글쓰기와 오도답파여행」, 『민족문학사연구』 55, 민족문학사연구소, 2014.

최혜주, 「일제 강점기 고전의 형성에 대한 일고찰」, 『한국문화』 64, 서울대 규장각 한국학연구원, 2013.

한영균, 「19세기 서양서 소재 한국어 어휘자료와 그 특징」, 『한국사전학』 22, 한국사전학회, 2013.

______,「『朝鮮偉國字彙』의 국어사 자료로서의 가치」,『코기토』77, 부산대 인문학연구소, 2015.

한영우,「1910년대의 민족주의적 역사서술: 이상용·박은식·김교헌·『단기고사』를 중심으로」,『한국문화』1, 서울대 한국문화연구소, 1980,

허　찬,「1920년대 <운영전>의 여러 양상: 일역본 <운영전(雲英傳)>과 한글본『연정 운영전(演訂 雲英傳)』, 영화 <운영전—총희(雲英傳—寵姬)의 연(戀)>의 관계를 중심으로」,『열상고전연구』38, 열상고전연구회, 2013.

홍혜원,「이광수 <일설 춘향전>의 특성연구」,『비교한국학』21(3), 국제비교한국회, 2013.

황호덕,「개화기 한국의 번역물이 국어에 미친 영향: 외국인 선교사들이 본 한국의 근대어」,『새국어생활』22(1), 국립국어원, 2012.

______,「사전과 번역과 현대 한국어문학, 고유한 근대 지성의 출현과 전파 번역의 황혼: 이광수, 제임스 게일, 윌리엄 커의 근대 한국(어)관, The Korea Bookman을 중심으로」,『반교어문연구』42, 반교어문학회, 2016

______,「漢文脈의 근대와 순수언어의 꿈: 한국 근대 개념어 연구의 과제」,『한국근대문학연구』16, 한국근대문학회, 2007.

______,「활동사진처럼, 열녀전처럼 : 축음기·(활동)사진·총, 그리고 활자; '『무정』의 밤'이 던진 문제들」,『대동문화연구』70, 성균관대 대동문화연구원, 2010.

황호덕·이상현,「번역과 정통성, 제국의 언어들과 근대 한국어: 유비·등가·분기, 영한사전의 계보학」,『아세아연구』54(3), 고려대 아세아문제연구소, 2011.

황혜진,「춘향전 개작 텍스트의 서사변형 연구」, 서울대 석사학위논문, 1997.

허경진·유춘동,「애스턴의 조선어학습서『Corean Tales』의 성격과 특성」,『인문과학』98, 연세대 인문과학연구소, 2013.

_____,「러시아 상트베테르부르크 국립대학과 동방학연구소에 소장된 조선전적에 대한 연구」,『열상고전연구』36, 열상고전연구회, 2012.

허 찬,「1920년대 <운영전>의 여러 양상: 일역본 <운영전(雲英傳)>과 한글본『연정 운영전(演訂 雲英傳)』, 영화 <운영전-총희(雲英傳-寵姬)의 연(戀)>의 관계를 중심으로 」,『열상고전연구』38, 열상고전연구원, 2013.

A. Schmid,「오리엔탈 식민주의의 도전: Anglo-American 비판의 한계」,『역사문제연구』12, 역사문제연구소, 2004.

D. Bouchez, 전수연 옮김,「한국학의 선구자 모리스 꾸랑」,『동방학지』51·52, 연세대 국학연구원, 1986.

_________,「모리스 꾸랑과 뮈텔」,『한국교회사 논총』, 한국교회사연구소, 1982.

Uliana Kobyakova,「애스턴문고 소장『Corean Tales』에 대한 고찰」,『서지학보』32, 한국서지학회, 2008.

Ross King,「영어권 학습자를 위한 문법교육(Korean grammar education for Anglophone learners: Missionary beginnings)」,『한국어교육론』2, 국제한국어교육학회, 한국문화사, 2005.

________, “Dialect, Orthography and Regional Identity: P’yong’an Christians, Korean Spelling Reform, and Orthographic Fundamentalism,” The Northern region and Korean culture,

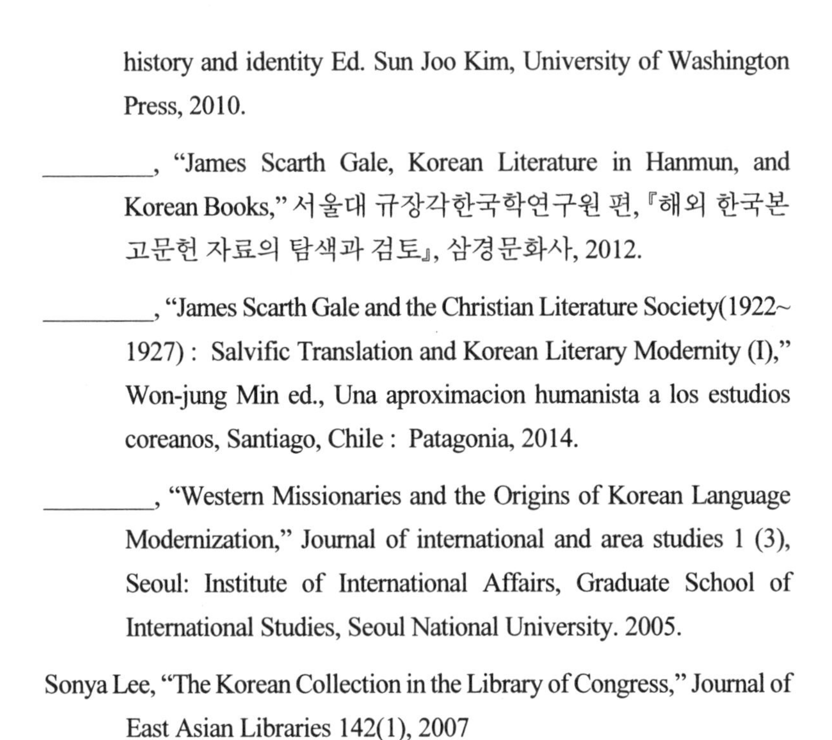

history and identity Ed. Sun Joo Kim, University of Washington Press, 2010.

________, "James Scarth Gale, Korean Literature in Hanmun, and Korean Books," 서울대 규장각한국학연구원 편,『해외 한국본 고문헌 자료의 탐색과 검토』, 삼경문화사, 2012.

________, "James Scarth Gale and the Christian Literature Society(1922~1927) : Salvific Translation and Korean Literary Modernity (I)," Won-jung Min ed., Una aproximacion humanista a los estudios coreanos, Santiago, Chile : Patagonia, 2014.

________, "Western Missionaries and the Origins of Korean Language Modernization," Journal of international and area studies 1 (3), Seoul: Institute of International Affairs, Graduate School of International Studies, Seoul National University. 2005.

Sonya Lee, "The Korean Collection in the Library of Congress," Journal of East Asian Libraries 142(1), 2007

찾아보기

1. 인명

(ㄱ)

(ㄷ)

(ㄹ)

(ㅁ)

(ㅅ)

(ㅇ)

(ㅈ)

(ㅊ)

(ㅍ)

(ㅎ)

2. 서명

(ㄱ)

(ㄴ)

(ㄷ)

(ㅁ)

(ㅂ)

(ㅅ)

(ㅈ)

(ㅊ)

(ㅌ)

(ㅎ)

(A)

(L)

(N)

(O)

(P)

(T)

(V)

(W)

(일본어)

초출문헌

여는 글 이상현, 「고전어와 근대어의 분기 그리고 불가능한 대화의 지점들: 『조선문학사』(1922) 출현의 근대 학술사적 문맥, 다카하시·게일의 한국(어)문학론」, 『코기토』 73, 부산대 인문학연구소, 2013.

제 1장 이상현, 「한국어사전의 전범과 기념비: 『한불자전』의 두 가지 형상 그리고 19C말~20C초 한국의 언어-문화」, 부산대 인문학연구소 편, 『한불자전 연구』, 소명출판, 2013.

제 2장 이상현, 「알렌 <백학선전>영역본 연구: 모리스 쿠랑의 고소설 비평을 통해 본 알렌 고소설 영역본의 의미」, *Comparative Korean Studies* 20(1), 국제비교한국회, 2012.

제 3장 이상현·이은령, 「19세기 말 고소설 유통의 전환과 '민족지'로서의 고소설: 모리스 쿠랑 『한국서지』 한국고소설 관련 기술의 근대 학술사적 의미」, 『비교문학』 59, 한국비교문학회, 2013.

제 4장 이상현, 「『삼국사기』에 새겨진 27년 전 서울의 추억: 모리스 쿠랑과 한국의 고전세계」, 『국제어문』 55, 국제어문학회, 2013.

제 5장 이상현, 「한국신화와 성경, 선교사들의 한국신화해석: 게일(James Scarth Gale)의 성취론과 단군신화 인식의 전환」, 『비교문학』 58, 한국비교문학회, 2012.

제 6장 이상현, 「게일의 한국고소설 번역과 그 통국가적 맥락 : 『게일 유고』 소재 고소설관련 자료의 존재양상과 그 의미에 대하여」, 『비교한국학』 21(1), 국제비교한국학회, 2014.

제 7장 이상현, 「<춘향전>의 번역과 민족성의 재현: 이광수의 『春香』(1925-1926)을 읽을 또 다른 문맥, 게일·호소이 하지메의 고소설 번역담론」, 『개념과 소통』 16, 한림과학원, 2015.

제 8장 이상현, 「이중어사전과 개념사 그리고 한국어문학: 게일 고전학을 읽을 근대 학술사적 문맥, '문화재 원형' 개념의 형성 과정과 한국어의 문화생태」, 『반교어문연구』 42, 반교어문학회, 2016.

닫는 글 이상현, 「『조선문학사』(1922) 출현의 안과 밖: 재조 일본인 고소설론의 근대 학술사적 함의」, 『일본문화연구』 40, 동아시아일본학회, 2011.

저자 약력

이상현(李祥賢 , Lee Sang Hyun)은 현재 부산대 인문학연구소의 HK교수로 근무하고 있다. 한국 고소설을 비롯한 고전문학 전반에 있어서의 번역의 문제, 외국인들의 한국학, 한문 전통과 근대성의 관계, 한국문학사론 등에 관심을 갖고 공부하고 있다. 공저로 『개념과 역사, 근대 한국의 이중어사전 : 외국인들의 사전편찬사업으로 본 한국어의 근대』(2012), 『주변부 고전의 번역과 횡단, 외국인의 한국시가 담론 연구』(2017)가 있으며, 저서로는 『한국고전번역가의 초상, 게일의 고전학 담론과 고소설 번역의 지평』(2013)이 있다.

묻혀진 **한국문학사의 사각(死角)**
외국인의 언어·문헌학(philology)과 조선후기-식민지 언어문화의 생태

초판인쇄 2017년 08월 21일
초판발행 2017년 09월 04일

저 자 이 상 현
발 행 인 윤 석 현
발 행 처 도서출판 박문사
책임편집 최 인 노
등록번호 제2009-11호

우편주소 서울시 도봉구 우이천로 353 성주빌딩 3층
대표전화 02) 992 / 3253
전 송 02) 991 / 1285
홈페이지 Http://www.jncbms.co.kr
전자우편 bakmunsa@hanmail.net

ISBN 979-11-87425-46-5 93800 정가 46,000원